BASTEI
LÜBBE

Von Alan Savage sind die folgenden Bastei Lübbe Taschenbücher lieferbar:

13 661-6 Die Söhne des Sahib
13 761-2 Die Gesandten des Sultans
13 875-9 Die weiße Lotusblüte
13 909-7 Die Königin von Neapel
14 142-3 Die Herrscherin der verbotenen Stadt
14 239-X Die Königin der Löwen
14 312-4 Die Heilige
14 720-0 Die Königin der Sonne
14 862-2 Die Herrin der Pagoden
15076-7 Die Töchter der Steppe

*Über den Autor:*

Alan Savage zählt zu den profiliertesten Autoren historischer Romane. Mit seinen Büchern über bedeutende Herrscherinnen des Mittelalters hat er sich bei Lesern und Kritikern einen Namen gemacht. Alan Savage lebt mit seiner Frau, die ebenfalls Schriftstellerin ist, auf der Kanalinsel Jersey.

ALAN SAVAGE

# Die letzte Königin

Aus dem Englischen von
Cécile G. Lecaux

BASTEI
LÜBBE

BASTEI LÜBBE TASCHENBUCH
Band 15 221

Erste Auflage: November 2004

Bastei Lübbe Taschenbücher ist ein Imprint
der Verlagsgruppe Lübbe

Deutsche Erstveröffentlichung
Titel der englischen Originalausgabe: QUEEN OF LOVERS

Published by arrangement with Christopher Nicole
c/o The Maggie Noach Literary Agency

Dieses Werk wurde vermittelt durch die Literarische
Agentur Thomas Schlück GmbH, 30827 Garbsen
Umschlaggestaltung: Gisela Kullowatz
Titelbild: AKG – Images
Satz: hanseatenSatz-bremen, Bremen
Druck und Verarbeitung: GGP Media GmbH, Pößneck
Printed in Germany
ISBN 3-404-15221-2

*She walks in beauty, like the night*
*Of cloudless climes and starry skies;*
*And all that's best of dark and bright*
*Meet in her aspect and her eyes:*
*Thus mellow'd to that tender light*
*Which heaven to gaudy day denies*

Lord Byron

*Jane Digby galt als schönste und skandalträchtigste Frau des neunzehnten Jahrhunderts. Doch sie wurde stets nur von der Sehnsucht nach Liebe getrieben.*

# INHALTSVERZEICHNIS

# ERSTER TEIL

# VON TRÄUMEN UND MÄNNERN

# 1. KAPITEL

## Träume

Zum ersten Mal verliebte ich mich im Alter von neun Jahren. Sein Name war George Gordon, Lord Byron, und gehörte dem niederen Adel an. Ich bin Lord Byron nie begegnet, da er in jenem Jahr 1816 England fluchtartig verließ und nie zurückkehrte. Aber ich hatte ein Porträt von ihm gesehen. Für mich war er der schönste Mann, den man sich nur vorstellen konnte, mit ausdrucksstarken Zügen, einem kecken kleinen Oberlippenbart und leuchtenden Augen. Dem Gerücht, er habe einen Klumpfuß, maß ich keine Bedeutung bei, war dieser Makel doch auf dem Bild nicht zu erkennen, das nur Kopf und Schultern zeigte. Doch mehr noch als sein Aussehen faszinierte mich sein mehr als zweifelhafter Ruf. Sein Name war in aller Munde in diesem Sommer, da ganz England sich noch im Ruhm des britischen und preußischen Triumphs über Napoleon Bonaparte in Waterloo im Jahr zuvor sonnte; ein Sieg, der der Welt nach zwanzig Jahren Krieg endlich den Frieden beschert hatte.

Inzwischen weiß ich, dass einer der Gründe für Lord Byrons gesellschaftliche Ächtung seine unverhohlene Bewunderung für das französische Ungeheuer war, aber es wurden noch andere, schwerwiegendere Vorwürfe gegen ihn erhoben. Einige Jahre zuvor war er mit dem epischen Gedicht *Childe Harold's Pilgrimage* berühmt geworden, einem angeblich wahren Bericht einer Reise ins Morgenland, aber tatsächlich eine Geschichte nicht nur der Region, sondern vor allem dort vorkommender verwerflicher Gebräuche, namentlich der Homosexualität, die in England als Kapitalverbrechen galt. Dass dies pure Heuchelei war, schien niemanden zu stören. England war in der Regency-Zeit zwischen 1811 und 1820 der unmoralischste Ort auf Erden und Homosexualität an der Tagesordnung, auch wenn sie – zu offen ausgelebt – mit dem Galgen bestraft werden konnte.

Die Veröffentlichung von *Childe Harold's Pilgrimage* machte Byron praktisch über Nacht zur einerseits begehrtesten Persönlichkeit Londons, andererseits zum Feindbild all jener, die ihm sein Talent neideten. Sein gutes Aussehen und seine angenommene Lasterhaftigkeit verschafften ihm Zutritt zu zahlreichen Schlafzimmern, und er schien den Rummel um seine Person zu genießen. Und warum auch nicht? Aber letztlich wendete sich das Blatt, und sein ausschweifender Lebenswandel rächte sich. Ich möchte nicht weiter auf seine zahllosen Affären eingehen. Stattdessen möchte ich lediglich erwähnen, dass er oft unklug war in der Wahl seiner Gespielinnen. Seine Liebschaft mit der labilen Caro Lamb, der Gattin des späteren Premierministers Lord Melbournes, sorgte denn auch für einigen Aufruhr. Tatsächlich habe ich mir oft gesagt, dass Byrons Affäre mit Caro sehr viel gemein hatte mit meiner Liebelei mit Felix, auch wenn ich selbst ganz und gar nicht labil bin oder mich zumindest nicht dafür halte. Auch hatten wir es nie nötig, uns gegenseitig ein paar von unseren Schamhaaren zu schicken, zogen wir es doch vor, diese an Ort und Stelle zu belassen und uns ihnen auch dort zu widmen.

Byrons Affäre mit Caro hätte jedoch, auch wenn sie damals in London einen Riesenskandal verursachte (da ich selbst damals erst fünf Jahre alt war, habe ich erst später davon erfahren), für sich allein nicht seinen Untergang heraufbeschworen. Dafür sorgte vielmehr sein Hang, sich auf möglichst dünnem Eis zu bewegen. So heiratete er nach der Trennung von Caro einen Blaustrumpf namens Annabelle Milbanke und ließ sich hiernach wahrhaftig mit seiner eigenen Halbschwester ein. Ich bin sicher, dass sogar Byron dieses inzestuöse und somit illegale Techtelmechtel lieber geheim gehalten hätte, doch als seine Ehefrau zu dem Schluss kam, nicht länger ihr Leben mit ihm teilen zu können, beschuldigte sie ihn der Sodomie, was durchaus den Tatsachen entsprechen mochte, da sie in sexueller Hinsicht offenbar eine höchst unbedarfte Person war, sodass Byron sich irgendwann diesem hinteren Zugang zugewandt haben mochte, um den Verkehr mit ihr ein wenig lustvoller zu gestalten. Während London noch mit diesem Skandal beschäftigt war, entdeckte seine Schwester Augusta, dass sie schwanger war, nachdem sie einige Monate im Haus seiner Lordschaft verbracht hatte, was an sich als Schwester des Hausherrn legitim war, allerdings nicht, wenn so etwas dabei herauskam.

Und so suchte er das Weite und kehrte nicht wieder zurück. Er starb bereits acht Jahre später in Griechenland im Kampf für eine gute Sache. Nun ja, streng genommen starb er an einem Fieber und nicht mit dem Schwert in der Hand, aber zumindest hatte er die Absicht. Ich habe oft daran gedacht, wie wunderbar es gewesen wäre, wenn er überlebt hätte, bis ich in diese sonnigen Gefilde gelangte.

☆

Man mag sich fragen, wie eine gut erzogene junge Dame dazu kam, im zarten Alter von neun Jahren bereits Gedanken an Männer und die Liebe zu hegen. Aber so ich denn ein frühreifes Kind war, hatten die Umstände sich verschworen, mich dahin gehend zu formen. So hatte ich bereits erste Eindrücke gewisser Aspekte des Lebens gewonnen, die für gewöhnlich – und vielleicht zu Recht – möglichst lange vor den Blicken kleiner Mädchen verborgen gehalten werden.

Der erste Blick auf körperliche Nacktheit hat in mir ein

lebenslanges Interesse am zuweilen wahrlich imposanten männlichen Geschlechtsteil geweckt, das uns armen weiblichen Wesen von der Natur leider verwehrt wurde. Besagte Faszination hat mir eine Menge abfälliger Kritik eingebracht. Ich wurde als Ehebrecherin beschimpft (zu Recht), als gefallene Frau (unleugbar), Herzensbrecherin (nie absichtlich), Ungeheuer (nein, wirklich), herzlose Mutter (nie herzlos, aber vielleicht habe ich mich tatsächlich nicht genug gekümmert, bis es zu spät war), Kurtisane (definitiv nein, ich habe nie einen Penny für meine Liebesdienste erwartet oder bekommen) und sogar Hure (der Vorwurf ist zu absurd, um ihn überhaupt zu kommentieren). Tatsache ist, dass ich zwar alle Männer faszinierend fand (woran sich nichts geändert hat), ich doch immer nur einen lieben wollte ... zumindest immer nur einen auf einmal. Und ich war immer fest entschlossen und bestrebt, meine jeweilige Liebe ein Leben lang zu erhalten. Bedauerlicherweise sind Männer nur in einem beständig: in ihrer Unbeständigkeit. Und da ich ebenso eigenwillig wie eigenständig war, führte mich meine Suche nach dem einen, der mich so lieben würde, wie ich es mir erträumte, von einem Ende Europas ans andere und wieder zurück. Aber schließlich habe ich meinen Heiligen Gral doch noch gefunden.

☆

Das ist zweifellos Blasphemie. Im Alter von acht Jahren beginnt meine eigentliche Geschichte. Damals hatte ich noch keine Ahnung, wonach ich suchte oder wohin die Suche mich führen würde. Und ich wusste auch noch nichts von dem, was man als harte Wahrheiten bezeichnet. Es hat sich auch nie jemand die Mühe gemacht, mich über diese so wichtigen Fakten aufzuklären; so etwas tut man in der englischen Oberschicht einfach nicht. Jede Generation muss sich ihren eigenen Reim machen, und dies mit sehr unterschiedlichen und zuweilen sehr traurigen Ergebnissen. So sind Jungen, die dem spartanischen Internatsregime unterworfen werden, diesbezüglich auf ältere Schulkameraden angewiesen, was eben jene Homosexualität zur Folge hat, die nicht nur gesellschaftlich verteufelt wird, sondern ihnen zudem ein sehr einseitiges und völlig falsches Frauenbild vermittelt. Die Mädchen, die daheim unterrichtet werden, lernen ihrerseits von den älteren Schwestern und Kusinen oder von Kindermädchen und Gouvernanten, was häufig ähnliche Fehleinschätzungen zur Folge hat, da Gouvernanten oft eine gescheiterte Ehe oder zumindest eine verflossene Liebe hinter sich hatten oder auch alte Jungfern waren – aus Überzeugung oder mangelnder Schönheit –, weshalb sie entschlossen waren, Männer durchweg als Ungeheuer zu betrachten. Ich hatte leider keine ältere Schwester, und ich glaube nicht, dass man mir wirklich einen Vorwurf machen kann, dass ich das eine oder andere in der falschen Reihenfolge entdeckt habe.

Es war im Frühsommer 1815, jenem Jahr, in dem der große Krieg seinen Höhepunkt erreichte. Da Bonaparte mal wieder marschierte, wovon ich persönlich natürlich nichts verstand, wurde ich von den Menschen, die für mich verantwortlich waren, wohl weniger streng beaufsichtigt, als es angebracht gewesen wäre. Ich lebte damals bei meinem Großvater, Thomas Coke, der noch nicht in den Adelsstand erhoben worden war, und der sich auch fast bis zuletzt gegen einen solchen in seinen Augen völlig unbedeutenden gesellschaftlichen Aufstieg wehrte. Zum einen war er Unterhausabgeordneter und wollte nicht im Meer der Lords untergehen, zum anderen war er zeitlebens ein Gegner von »Georgs und Konsorten« gewesen, womit er die Regierung meinte. Überhaupt, wie sollte ein Mann, der mal als König von Ost-Anglien, mal als Vizekönig von England bezeichnet wurde, noch höher aufsteigen?

Es war ein rundum ungewöhnliches Jahr, in dem der Frühling ungewöhnlich zeitig anbrach, wohl um den besonders strengen Winter zwei Jahre zuvor wettzumachen. Überall blühten Blumen, darunter viele außerhalb ihrer üblichen Blütezeit. Aber nicht alle Menschen waren so glücklich, wie sie hätten sein sollen, da der Krieg, der sich nun schon seit über zwanzig Jahren hinzog, ein immer kostspieligeres Unterfangen wurde, sodass die Großgrundbesitzer, um ihre schwindenden Einkünfte zu schützen, ein neues Gesetz erlassen hatten, das so genannte *Corn Law,* das die Einfuhr ausländischen – preiswerteren – Getreides verbot, solange die inländischen Erzeugnisse die Nachfrage deckten. Dieses Gesetz ermöglichte es den Grundbesitzern, die Getreidepreise selbst zu bestimmen und künstlich hoch zu halten. Das war ein harter Schlag für die niederen Schichten, sodass sie murrten und den Grundbesitzern grollten. So geriet mein Großvater in jenem Frühjahr trotz all seiner Macht und Bekanntheit zusammen mit seinem engen Freund Lord Albemarle bei einem landwirtschaftlichen Kongress in arge Bedrängnis und konnte sich und seine Lordschaft nur aus der Affäre ziehen, indem er einen wütenden Stier auf den Mob losließ, der auf die zornige Menge die gleiche Wirkung hatte wie ein Angriff der Kavallerie.

Ich war im Frühling nicht dort, wohl aber im Sommer, den meine Mutter stets auf dem Land verbrachte. Holkham Hall war ein großes, luxuriöses Anwesen mit so vielen Fluren und Zimmern, dass man den ganzen Sommer dort verbringen konnte, ohne sämtliche Räume betreten zu haben. Als Fremder konnte man sich in diesem Labyrinth leicht verirren. Kurz, es war der ideale Ort für ein abenteuerlustiges Kind. Andererseits konnte man sich auf Holkham auch schnell einsam fühlen, wenn alle um einen herum anderweitig beschäftigt waren. Gut, ich hatte zwei Brüder, aber Edward war damals erst sechs und Kenelm vier, und auch wenn die beiden fast alles mitmachten, was ich vorschlug, waren sie doch keine sehr anregende Gesellschaft. Und da man mich so vernachlässigte, begab ich mich allein auf Erkundungstour.

Das Holkham-Anwesen umfasste 43.000 arrondierte Morgen, größtenteils Acker und Weiden, durchzogen von Wasserläufen mit zahlreichen Brücken. Damals gab es noch keine Zäune. Jeder wusste, dass der Grund und Boden sich im Besitz des wichtigsten Mannes in ganz Ostengland befand. Selbstverständlich gab es Wildhüter, Gärtner und Landarbeiter in Hülle und Fülle, aber denen konnte man aus dem Weg gehen, wenn man wollte. An diesem sonnigen Junitag – in Frankreich musste der Herzog von Wellington seine Truppen im strömenden Regen marschieren lassen – schlenderte ich also unbekümmert etwa eine Viertel Meile vom Haus und den Nebengebäuden entfernt über die Wiesen, pflückte Blumen und stimmte hin und wieder ein Liedchen an. Eigentlich war es mir verboten, unbeaufsichtigt herumzulaufen, seit ich im vergangenen Jahr versucht hatte, einen hohen Baum zu erklimmen, den ich in meiner kindlichen Fantasie als Mast auf dem Schiff meines Vaters betrachtet hatte, das Ganze bei stürmischer See. Den Sturm gab es nur in meiner Einbildung, aber ich verlor dennoch den Halt und fiel herunter. Mir wurde gesagt – vermutlich ganz zu Recht –, ich könne mich glücklich schätzen, mir nicht das Genick gebrochen, sondern nur den Knöchel verstaucht zu haben. Daher also die Einschränkung meiner Bewegungsfreiheit. Aber in den oberen wie in den unteren Etagen interessierte man sich derzeit mehr für die Geschehnisse in Flandern, sodass es nicht weiter schwer war, meiner Nanny zu entwischen.

Meine unbekümmerte Träumerei wurde von einem Geräusch unterbrochen, wie ich es noch nie gehört hatte. Aus dem vielen Knarzen und Wiehern schloss ich rasch, dass es sich um mehrere Kutschen und Pferde handeln musste. In diese Hintergrundgeräusche mischten sich Stimmengewirr, Hundegebell und Kindergeschrei. Neugierig ging ich durch die Bäume, stieg einen kleinen Hügel hinauf und blickte hinab auf etwas, wovon ich heute weiß, dass es sich um eine Zigeunersippe handelte. Da ich so etwas jedoch noch nie gesehen hatte, war es für mich lediglich eine höchst interessante Ansammlung von Pferden, Wohnwagen, Kochtopf- und Pfannengeklapper, bellenden Hunden, meckernden Ziegen, lachenden Männern und Frauen und schreienden Kindern. Dass keiner dieser Menschen gut genug gekleidet war, um bei uns empfangen zu werden – die meisten Kinder steckten in Lumpen – und dass die Männer fast ausnahmslos Bärte trugen, fand ich interessant. »Hallooo!«, rief ich und lief den Hügel hinunter auf sie zu. »Hallooo!«

Die Betriebsamkeit unten in der Wagenkolonne kam zum Erliegen, als sich alle Blicke auf mich richteten: Zwar hatte ich noch nie etwas wie sie gesehen, erst recht aber waren *sie* nie zuvor jemandem wie *mir* begegnet. Mein ganzes Leben, und daran hat sich bis heute nichts geändert, haben mich alle, sogar meine ärgsten Feinde, als die schönste Frau ihrer Zeit bezeichnet. Und wer bin ich, dem allgemeinen Urteil zu widersprechen? Zumal diese Einschätzung aller Wahrscheinlichkeit nach zutreffend war, wurde meine Mutter doch einst von keinem Geringeren als Georg IV. persönlich als schönste Frau seines Königreichs bezeichnet. Außerdem war auch mein Vater ein ausnehmend gut aussehender Mann. Mit acht Jahren war ich natürlich noch weit davon entfernt, eine Frau zu sein, aber die Ansätze waren da und unübersehbar. Ich hatte damals bereits langes rotgoldenes Haar, klassisch schöne Züge und makellose Haut, die mir mein Leben lang erhalten bleiben sollte. Vor allem aber besaß ich bereits diese riesigen, tiefblauen (manche haben sie auch als violett beschrieben), weit auseinander stehenden

Augen, von denen es heißt, sie hätten Legionen von Männern verhext. In meinem hellblauen Kleid mit der weißen Schärpe, den weißen Strümpfen und schwarzen Schuhen musste ich den Zigeunern wie eine Märchenprinzessin vorgekommen sein.

Ich rannte in ihre Mitte, da sie erfreut schienen, mich zu sehen. Sie umringten mich und berührten neugierig mein Haar, meine Arme, sogar mein Kleid. Ich verspürte nicht den leisesten Hauch von Furcht. Ich hatte noch nie physische Angst verspürt, und wie sollte sich die Enkelin des Herrn von Holkham auch vor irgendetwas fürchten? Ich wollte diese braven Leute jedoch nicht dadurch in Verlegenheit bringen, dass ich ihnen verriet, wer ich war, und so mussten sie glauben, ich wäre vom Himmel gefallen. Sie hätten nicht freundlicher sein können. Als eins der Kinder, ein Junge, der nicht viel älter sein konnte als ich selbst, an meinem Kleid zog, als wolle er herausfinden, was sich darunter verbarg, verpasste einer der Männer ihm einen Schlag aufs Ohr, der ihn zu Boden schleuderte. Der Junge tat mir Leid, aber die anderen schienen nur belustigt. Ich wurde eingeladen, in einem der Wagen mitzufahren, und da noch nicht Mittag war, nahm ich das Angebot gerne an. Es war ein Abenteuer, und einem Abenteuer hatte ich noch nie widerstehen können.

Ich saß zwischen einem Mann und einer Frau. Sie waren beide ziemlich alt, ebenso ärmlich gekleidet wie ihre Gefährten und rochen ziemlich streng, aber ich nahm an, dass sie die Anführer der Sippe wären, da ihre Anweisungen widerspruchslos befolgt wurden. Ich fragte, woher sie kämen und wohin sie wollten, verstand jedoch nicht viel von ihrer Antwort, da sie eine mir fremde Sprache sprachen, in der nur hier und da ein Wort Englisch vorkam. Sprachen zu lernen ist mir immer sehr leicht gefallen, und heute beherrsche ich neun Sprachen fließend, sodass ich wohl behaupten kann, dass ich auch den rumänischen Dialekt der Zigeuner rasch erlernt hätte, wenn sich die Gelegenheit ergeben hätte. Doch ich war vollauf zufrieden auf unserer beschaulichen Fahrt durch den verschlafenen Nachmittag. Heute ist mir klar, dass ich sehr gedankenlos war, zum einen in der Wahl meiner neuen Freunde und zum anderen, weil ich nicht darüber nachdachte, welchen Aufruhr mein Fernbleiben vom Abendessen daheim verursachen würde. Leider hat mich eben diese Gedankenlosigkeit – die in Wahrheit allein darauf zurückzuführen ist, dass ich mich so völlig auf eine bestimmte Sache konzentrieren kann, dass ich alles um mich herum vergesse – mein ganzes Leben begleitet.

Ich genoss die Gesellschaft dieser Menschen, die so völlig anders waren als alle, die mir bisher begegnet waren, auch wenn ich kaum etwas von dem verstand, was sie sagten. Zeit bedeutete mir nichts, und erst als wir an einem sprudelnden Bach Halt machten, die Pferde zum Grasen ausgespannt und Lagerfeuer angezündet wurden, wurde mir bewusst, dass es bereits Abend war. Nun musste ich doch an daheim denken, Abenteuer hin oder her, aber ich wusste nicht, was ich unternehmen sollte. Die Essenszeit auf Holkham, wo für gewöhnlich um siebzehn Uhr gespeist wurde, war längst vorbei, aber da erst Mitte Juni war, würde es noch einige Stunden hell sein. Ich hatte keinen Schimmer, wo ich war und ob wir uns überhaupt noch auf Großvaters Grund befanden. Mir war wohl klar, dass es ein sehr weiter Weg zurück wäre, und ich dachte mir, dass es keine so gute Idee wäre, ihn im Dunkeln anzutreten und mich womöglich zu verlaufen. Im Übrigen stiegen aus dem gemeinschaftlichen Kessel über dem Kochfeuer verlockende Düfte auf, und die Vorstellung, im Freien zu schlafen, fand ich ebenso faszinierend wie alles andere, das um mich herum vorging. Und so beschloss ich, die Nacht im Zigeunerlager zu verbringen und mich gleich am nächsten Morgen auf den Heimweg zu machen.

Von allen Aktivitäten um mich her fand ich jene der Kinder und Jugendlichen am interessantesten, die sich anschickten, im Fluss zu baden. Dass sie dies alle gemeinsam taten, noch dazu im Freien, verblüffte mich. Baden war auf Holkham eine sehr private Angelegenheit, bei der nur die Nanny anwesend war. Nacktheit wurde weitestmöglich vermieden, und ganz allgemein wurde so getan, als gäbe es sie gar nicht. Sie zu kommentieren war erst recht undenkbar. Aber dort, vor meinen Augen sowie jenen aller anderen im Lager, legten Kinder jeden Alters, von solchen, die gerade laufen konnten, bis hin zu Jugendlichen von bestimmt vierzehn Jahren, alle Kleider ab und stürzten sich jauchzend in die Fluten – ohne dass irgendjemand sich daran gestört hätte. In meiner Neugier entfernte ich mich vom Wagen und ging ans Ufer, um sie besser sehen zu können, und zum ersten Mal wurde mir *der* Unterschied bewusst.

Ich weiß noch, dass ich mir durch das Kleid hindurch zwischen die Beine fasste und überlegte, ob mir etwas fehlte oder sie vielleicht an einer physischen Anomalie litten. Ich kam rasch zu dem Schluss, dass vielmehr mir und den anderen Mädchen etwas fehlte, was mich sehr besorgt stimmte. Hinzu kam der dringliche Wunsch herauszufinden, was genau zwischen den Beinen der Jungen baumelte, zumal diese Attribute ein gewisses Eigenleben besaßen, begannen doch einige, sich während des Planschens zu verändern, was sie in meinen Augen noch faszinierender machte. Und so widersprach ich nicht, als eins der älteren Mädchen auf mich zukam. Bis zu den Knien im Wasser und mit triefnassem Haar blieb sie vor mir stehen und sprach mich an. Sie unterschied sich auch insofern von mir, als sie Brüste hatte – wieder etwas, das ich noch nie gesehen hatte und das meiner eigenen Physiognomie fehlte – und dazu Körperbehaarung. Ich verstand nicht, was sie sagte, konnte jedoch nicht widerstehen, auf ihre Brüste zu zeigen und zu fragen: »Was ist das?«

Sie streichelte sich selbst, sichtlich erfreut ob meines Interesses. »Titten«, entgegnete sie. »Dass sin' Titten.«

Ich begriff weder das, noch was sie sonst noch zu mir sagte, aber die Bedeutung war klar: Ich sollte mit ihnen baden. Ich zögerte keine Sekunde, und da ich es nicht gewohnt war, mich alleine auszuziehen, kam sie aus dem Wasser, um mir zu helfen. Mein Unterhemd entlockte ihr einen entzückten Aufschrei, während meine Unterhosen sie eher zu amüsieren schienen. Als sie mir diese ausgezogen hatte, hielt das Mädchen sie hoch, um sie ihren Freundinnen zu zeigen, die gleichermaßen belustigt reagierten; sie alle hatten keinerlei Unterwäsche getragen. Nun folgten Schuhe und Strümpfe, und als ich so nackt war wie sie und an ihrer Seite ins Wasser watete, verspürte ich ein nie gekanntes Gefühl der Freiheit.

Natürlich wollte ich an ihren Spielen teilhaben, und bald planschte und spritzte ich so eifrig wie alle anderen und wurde meinerseits von eifrigen Händen gepackt und geschubst. Im Verlauf dieses Herumtollens gelang es mir, meine eigentliche Absicht umzusetzen und eins dieser interessanten männlichen »Anhängsel« zu packen. Ich war ebenso entzückt davon, wie es sich anfühlte, wie der Eigentümer von meiner Berührung, aber ehe ich mich näher mit dem Objekt befassen konnte, wurden wir von dem Anführer unterbrochen, der, wie ich annahm, auch der Vater mehrerer der Kinder war. Er rief eine Reihe von Befehlen, und meine neuen Freunde wichen alle vor mir zurück. Dann winkte er mich ans Ufer. »Du anziehen«, sagte er streng. »Nicht gut. Anziehen.« Ich wagte nicht, mich ihm zu widersetzen, da ich mich in seiner »Gewalt« befand. Ich rechnete beinahe schon damit, bestraft zu werden, auch wenn ich keine Ahnung hatte, wie eine Strafe in Zigeunerkreisen aussehen mochte. Meine Befürchtung erwies sich jedoch als unbegründet. Ich wurde nicht bestraft, sondern vielmehr mit solchem Respekt behandelt, dass ich mich fragte, ob sie nicht vielleicht doch wussten, wen sie da aufgenommen hatten. Ich genoss ein köstliches Mahl, das ich mit den Fingern aß und als weiteres Novum mit einem schäumenden Getränk herunterspülte, von dem mir ganz schwindlig wurde. Dann wurde ich im Wohnwagen der Anführer schlafen gelegt. Die Bodenbretter, auf denen ich lag, waren hart, und die Decken, mit denen man mich zudeckte, waren ganz offensichtlich lange nicht gewaschen worden, aber da ich ebenso müde wie betrunken war, schlief ich bald ein, enttäuscht von mir, weil ich eigentlich über den Schatz nachdenken wollte, den ich so kurze Zeit in der Hand gehalten hatte.

☆

Am folgenden Morgen wurde ich von einem Riesenlärm geweckt. Ich setzte mich auf, im ersten Moment völlig desorientiert und verdutzt, nicht in meinem eigenen Bett zu liegen. Gleich darauf zuckte ich erschrocken zusammen, als der Vorhang hinten am Wagen zur Seite gerissen wurde. Erst jetzt nahm ich die Rufe und Schreie um mich herum richtig wahr; es fielen sogar zwei Schüsse. Ich starrte den Jungen an, und er starrte zurück. Es war Thomas Burows, einer der Pferdepfleger meines Großvaters, ein junger Bursche von vielleicht sechzehn Jahren, der mein Pony und das dazugehörige Sattelzeug pflegte. »Miss Jane!«, sagte er atemlos. »Geht es Ihnen gut?«

Nachdem ich aus dem Wasser gestiegen war, hatte ich so wie alle anderen im Lager in meinen Kleidern geschlafen. Mein Haar musste zerzaust sein und mein Kleid verknittert, ansonsten aber deutete nichts darauf hin, dass mir Schlimmes widerfahren war. »Natürlich geht es mir gut. Warum schreien denn alle so?«

Thomas wurde von Mr Carter abgelöst, dem obersten Wildhüter, der mit einem Gewehr bewaffnet war und ein beängstigend grimmiges Gesicht machte. »Miss Jane? Sind Sie wohlauf?«

»Ja, ja«, wiederholte ich leicht gereizt. Die Gereiztheit wich jedoch Beunruhigung, als ich sah, dass meine neuen Freunde von den Wildhütern, die allesamt bewaffnet waren und nicht minder finster dreinblickten als Carter, zusammengetrieben wurden wie Vieh. »Was machen Sie mit diesen Leuten?«

»Sie stehen unter Arrest. Wir bringen sie nach Norwich, wo ihnen der Prozess gemacht wird. Sie werden entweder gehängt oder nach Botany Bay geschickt. Das ist in Australien«, fügte er hinzu, nur für den Fall, dass mir Letzteres nicht bekannt war.

»Aber warum? Was haben sie denn getan?«

»Kindesentführung ist ein Kapitalverbrechen, Miss Jane.«

Meine Sorge wuchs. »Sie haben mich aber doch gar nicht entführt.«

Er schien nicht überzeugt. »Sie sollten mit seiner Lordschaft sprechen, Miss.«

Die Männer hatten einen Ponykarren mitgebracht, in den ich gesetzt wurde. Carter übernahm die Leinen persönlich. Ich blickte auf meine Freunde, denen die nackte Angst ins Gesicht geschrieben stand. »Habt keine Angst«, sagte ich ihnen. »Ich werde mit meinem Großvater sprechen, und dann lässt man euch wieder frei.« Sie schienen kein großes Vertrauen in mein Versprechen zu haben, und Carter machte sogar ein noch skeptischeres Gesicht als zuvor.

»Wie haben Sie mich gefunden?«, fragte ich.

»Ich hätte Sie schon früher gefunden, aber es wurde erst gestern Abend Alarm gegeben. Bis dahin glaubten alle, Sie wären irgendwo im Haus. Erst als Sie nicht zum Abendessen erschienen sind, sorgten sich alle. Als ich erfuhr, dass am Stadtrand Zigeuner gesehen worden waren, wusste ich gleich, was passiert sein musste. Im Dunkeln ist es allerdings schwierig, Spuren zu lesen, und so hat es einige Zeit gedauert. Ich habe die ganze Nacht kein Auge zugetan. Und die Jungs ebenso wenig.«

Das war offensichtlich meine Schuld, aber ich hatte ganz andere Sorgen. Mir stand eine Begegnung mit La Madre bevor, wie wir Mama nannten, ein Spitzname, der mehr aus Furcht denn aus Liebe entstanden war ... und mit Großvater!

☆

Die Eingangshalle von Holkham war so prunkvoll, dass sie schon viele, noch verwöhntere Zeitgenossen als mich in Staunen versetzt hatte. Die kostbaren Teppiche und die üppigen Kristalllüster an der hohen Decke sowie die diversen Ritterrüstungen und riesigen Topfpflanzen waren eines Palastes würdig. Und genau hier wurde ich von Mama und Großpapa erwartet. Mama war in Tränen aufgelöst und sah ebenso schön wie verzweifelt aus. Ich möchte an dieser Stelle nicht unerwähnt lassen, dass meine Mutter in jeder Lebenslage eine strahlende Schönheit war. Allerdings muss ich leider hinzufügen, dass sie in Sachen Versnobtheit nicht besser war als alle anderen Frauen der feinen Gesellschaft. So kam es, dass sie es, obwohl sie Captain Henry Digby heiratete, der kurze Zeit später zum Admiral befördert und zum Ritter geschlagen wurde (was sie berechtigt hätte, den Titel Lady Digby zu führen), vorzog, sich bis zuletzt Lady Andover zu nennen. Diesen Titel verdankte sie ihrem ersten Ehemann, Charles Nevinson, der Lord gewesen war, sie jedoch nach nur vier Jahren Ehe als kinderlose Witwe zurückgelassen hatte. Auch war sie seit seinem Tod leicht verwirrt. Das rührte daher, dass Mama zum Träumen neigte, und so hatte sie auch in der Nacht vor Lord Andovers Tod geträumt (übrigens auf Holkham, da Mama als älteste Tochter häufig die Rolle der Gastgeberin übernahm, seit ihre eigene Mutter vor einigen Jahren verstorben war), dass ihr Gatte bei Schießübungen am nächsten Tag von einer verirrten Kugel tödlich getroffen würde. Nur wenige Menschen nehmen solche Träume ernst, aber meine Mutter war so beunruhigt, dass Lord Andover sich bereit erklärte, an diesem Tag auf das Schießen zu verzichten, zumal es draußen regnerisch und neblig war. Als das Wetter jedoch mittags aufklarte, hielt er es nicht länger daheim aus und gesellte sich zu den anderen Schützen. Wenige Stunden später wurde er tot nach Hause gebracht, getroffen von einem Gewehrschuss, der sich ungewollt gelöst hatte.

Die Katastrophe ging nicht spurlos an Mama vorbei, die sich aus Angst vor weiteren prophetischen Träumen nun verständlicherweise vor dem Schlafen fürchtete. Abgesehen vom Unglück seiner Tochter, stand es damals in Großvaters Haus ohnehin nicht zum Besten. Ganz so wie man es von ihr erwartet hatte, hatte seine Frau, meine Großmutter Jane, einen Sohn und Erben zur Welt gebracht. Unglücklicherweise, so erzählte man sich, schlüpfte im Augenblick der Geburt eine Maus unter ihre Schlafhaube (das ist durchaus glaubhaft, da es auf Holkham trotz einer ganzen Armee von Katzen von diesen Nagern nur so wimmelte). Meine Großmutter reagierte hysterisch, was dem Erben gar nicht gut bekam, wurde er doch tot geboren. Nach diesem Unglücksfall brachte meine Großmutter noch drei weitere Kinder zur Welt, jedoch nur Mädchen. Dann starb sie. Da das Gesetz weibliche Nachkommen von der Erbfolge ausschloss, blieben Großvater nur sein Neffe und sein riesiges Vermögen. Die Situation war umso ärgerlicher, als meine Tante Margaret, die ein Jahr jünger war als Mama und einen Thomas Anson geehelicht hatte (einen Enkel des großen Admirals, der später selbst zum Viscount Anson aufsteigen sollte), bereits damit begonnen hatte, ihre Fruchtbarkeit unter Beweis zu stellen – insgesamt sollte sie elf Nachkommen gebären.

Doch ihr ältester Sohn würde von Gesetzes wegen der Anson- und nicht der Coke-Erbe sein. Aber Grandpa hatte beschlossen, dass seine wunderschöne verwitwete Tochter wieder heiraten sollte, und den gut aussehenden Henry Digby zum Schwiegersohn erkoren. Papa selbst trug keinen Adelstitel, auch wenn sein Vetter ein echter Baron war, zu dessen Vorfahren einige berühmte, aber auch berüchtigte Persönlichkeiten zählten. Ein Digby war am Schwarzpulver-Komplott von 1605 beteiligt gewesen und hatte das schreckliche Schicksal erlitten, am Galgen zu sterben, um anschließend vor den Augen der grölenden Menge ausgeweidet und gevierteilt zu werden. Zuvor war ihm übrigens bei vollem Bewusstsein das männliche Attribut abgetrennt worden, um das ich die Männer so beneidete. Als ich älter war und mehr von diesen Dingen verstand, drehte sich mir bei dem Gedanken, eine solche Schmach zu erleiden, der Magen um.

Durch einen dieser Zufälle, die die Geschichte so interessant machen, war Papas Vorfahre von keinem Geringeren als Richter Edward Coke für schuldig befunden und zum Tode verurteilt worden, jenem berühmten Ahnen meiner Mutter, der durch geschicktes Verwalten anderer Leute Angelegenheiten das Coke'sche Familienvermögen angehäuft hatte. Da dieser Vorfall jedoch zweihundert Jahre zurücklag, war keiner der Betroffenen geneigt, sich hiervon beeinflussen zu lassen. Auch wenn Papa keinen Anspruch auf irgendwelche Adelstitel hatte, war er doch zu dem Zeitpunkt, da er um die Hand meiner Mutter anhielt, ein ziemlich wohlhabender Mann, hatte er doch einige Jahre zuvor als Fregattenkapitän ein spanisches Schiff mit kostbarer Fracht gekapert, und dank seines Anteils an der Beute hatte er bis ans Ende seiner Tage ausgesorgt, wenngleich er sich entschied, seine Karriere bei der britischen Marine fortzusetzen. Auch seine Erfolgsgeschichte beruhte interessanterweise auf Winkelzügen der Vorsehung. Papa segelte auf dem Atlantischen Ozean nach

Süden, als eine innere Stimme ihm zuflüsterte, er solle wenden und stattdessen in die entgegengesetzte Richtung segeln. Nach kurzer Überlegung gehorchte er der geheimnisvollen Botschaft und befahl seiner verdutzten Mannschaft, Kurs nach Norden zu nehmen. Schon am folgenden Tag stießen sie auf ihr Opfer. Meine Eltern erwähnten mir gegenüber weder dieses Ereignis noch die Umstände von Lord Andovers Tod, doch ich habe das Gefühl, dass diese schicksalhaften Ereignisse, von denen das eine im Triumph und das andere in einer Tragödie endete, eine besondere Verbindung zwischen ihnen schuf. Schon ein knappes Jahr nach ihrer Trauung wurden sie mit ihrem ersten Kind gesegnet.

☆

Dass dieses erste Kind eine Tochter war, bedeutete für alle eine große Enttäuschung. Das wurde mir schon sehr früh bewusst, umso mehr, als mir nicht entgehen konnte, welches Aufhebens um meine Brüder gemacht wurde, als diese zur Welt kamen. Das lag vor allem daran, dass Papas Vetter, der Baron, noch kinderlos war und dass bei seinem Tod Titel und Vermögen an seinen nächsten männlichen Nachfahren fallen würden, meinen Bruder Edward. Aus diesem Grund erwarb Papa sogar ein Anwesen namens Forston Manor in der Nähe von Dorchester in Dorset und somit nicht weit von Minterne entfernt, dem Anwesen seines Vetters, um die familiären Entwicklungen stets im Auge zu haben. Ich glaube, ich war niemals neidisch auf meine Brüder, zumindest bis jetzt nicht, da mir zum ersten Mal bewusst geworden war, wie viel mehr sie besaßen als ich, und damit meine ich nicht die materiellen Güter, die ihnen eines Tages zufallen würden. Aber immerhin besaß auch ich etwas Kostbares, hatte meine Mutter mir doch ihre eigenen Namen geschenkt: Jane Elizabeth.

Nun fiel sie auf die Knie und umarmte mich. »Mein liebster Schatz«, sagte sie schluchzend. »Was haben sie dir angetan?«

»Gar nichts, Mama.«

Sie hielt mich auf Armeslänge von sich und betrachtete mich forschend, derweil Großvater nur ein abschätziges Grunzen von sich gab.

»Glaubst du ...«, meinte Mama.

»Die Hebamme ist unterwegs«, sagte er.

Ich hatte keine Ahnung, wovon sie sprachen. »Ich möchte nicht, dass diese netten Leute bestraft werden«, erklärte ich.

»Nette Leute?«, rief Mama aus. »Das sind *Zigeuner!* Sie haben dich entführt.«

Wieder dieser Unsinn. »Sie waren sehr nett zu mir«, entgegnete ich beharrlich.

»Aber sie haben dich nicht nach Hause gehen lassen.«

»Ich wollte nicht heim.« Mir wurde bewusst, dass ich vorsichtig sein musste bei dem, was ich sagte. »Zumindest nicht gleich. Wir hatten viel Spaß. Ich wollte heute Morgen heimkommen.«

»Und du glaubst wirklich, sie hätten dich gehen lassen?«

»Ganz bestimmt! Sie sind meine Freunde.«

Mama hob in einer Geste der Verzweiflung beide Hände, und man brachte mich ins Kinderzimmer. Meine Brüder starrten mich nur aus großen Augen an. Sie hatten natürlich keinen Schimmer, was passiert war; sie wussten nur, dass ihr Spielführer sehr unartig gewesen war. Kurz darauf traf die Hebamme ein. Ich musste mich aufs Bett legen und wurde untersucht. Ich kniff die Augen ganz fest zu und konnte somit nicht sehen, was sie tat, aber ich weiß wohl, dass es mir nicht gefiel. Schon gar nicht, als sie sich in einem mir unverständlichen Kauderwelsch an Mama wandte. »Sie ist unberührt, Mylady.«

»Gott sei Dank, Gott sei Dank!«, rief Mama aus. »Wir haben sie noch rechtzeitig gefunden.«

»Ich bezweifle, dass ihre Unschuld in unmittelbarer Gefahr war, Mylady. Nicht nur, weil sie noch ein Kind ist (mit ihren Kenntnissen der männlichen Laster war es offensichtlich nicht weit her), sondern weil man sie zweifellos verkaufen wollte, und eine Jungfrau ist ein Vielfaches von dem wert, was befleckte Ware einbringt.«

Ich konnte nicht länger an mich halten und setzte mich auf. »Mich verkaufen? Sie sind meine Freunde.«

»Pssst, Liebes«, sagte Mama. »Du brauchst dich nicht mehr zu fürchten.«

»Ich habe mich nicht gefürchtet. Ich hatte keine Angst vor ihnen. Sie waren nett zu mir.« Obwohl ich nicht wirklich verstand, was vorging, sagte mir mein Instinkt, dass es ein Fehler wäre, zuzugeben, dass ich nackt mit den Zigeunerkindern im Fluss gebadet hatte. »Mama!« Ich nahm ihre Hand. »Bitte versprich mir, dass sie nicht bestraft werden.«

»Diese Entscheidung liegt bei deinem Großvater.«

»Aber er wird sie gehen lassen, wenn du ihn darum bittest, Mama. Ich weiß es.« Ich war mir damals schon der Macht meines flehenden Blickes bewusst, wenn meine großen Augen feucht von Tränen waren.

»Nun, in Anbetracht des großen Sieges Seiner Hoheit ist es vielleicht möglich, Gnade vor Recht ergehen zu lassen.« Auch jetzt verstand ich kein Wort, aber als ich später dahinter kam, war ich Bonaparte ausgesprochen dankbar, dass er sich ausnahmsweise einmal hatte besiegen lassen.

Gleich am folgenden Tag ordnete Großvater an, einen Zaun um das Anwesen zu ziehen.

☆

Leider habe ich nie erfahren, was aus meinen Zigeuner-Freunden geworden ist, da ich keinen von ihnen je wiedergesehen habe. Doch ich bin sicher, dass sie nicht gehängt wurden, weil mir das ganz bestimmt zu Ohren gekommen wäre, sei es von einem Dienstboten oder jemand anderem. Ob man sie ins Land der Wombats und Kängurus gebracht hat, kann ich nicht sagen, aber ich hoffe nicht. Sollte es doch der Fall gewesen sein, ist es ihnen dort hoffentlich so gut ergangen, dass sie mit Wehmut und nicht mit Bedauern an ihr Missgeschick in England zurückdachten. Ich habe sie nie vergessen, wenn auch vielleicht aus den falschen Gründen, da die Begegnung mit ihnen meine ganze Lebenseinstellung veränderte und ich fortan keinen Mann mehr ansehen konnte, ohne mir vorzustellen, wie er ohne Hose aussehen mochte. Das galt natürlich nicht für Männer wie Großvater oder auch Papa, da sie so schrecklich alt waren, aber mein Interesse an jungen Burschen war grenzenlos. Und als dann überall um mich herum hinter vorgehaltener Hand der Name Byron geflüstert wurde und mir klar wurde, wie ähnlich wir uns waren, ging die Fantasie endgültig mit mir durch.

Manchmal wurde das Bedürfnis, meine Kenntnisse des männlichen Geschlechts aufzufrischen oder gar zu intensivieren, beinahe übermächtig, aber auch diesmal warnte mich mein Instinkt, dass es mich in ernste Schwierigkeiten bringen würde, dieser Sehnsucht offen nachzugeben. Allerdings boten sich reichlich Gelegenheiten, meine Neugier im Verborgenen zu befriedigen, da meine diversen Vettern uns regelmäßig besuchten. Der älteste von ihnen war William Coke, eine beeindruckende Erscheinung, nicht nur, weil er vierzehn Jahre älter war als ich und somit ein erwachsener Mann, sondern weil er als der älteste Sohn von Großpapas Bruder auch der Erbe von Holkham war. Ich bewunderte ihn sehr, da er abgesehen von seinem guten Aussehen und seinem wundervollen kastanienfarbenen Haar der beste Reiter war, den ich je gesehen habe, zumindest in England. Außerdem war er so mutig wie klug und weit über den Kreis der Familie hinaus bekannt, weil er während seiner Studienzeit in Eton die Themse durchschwommen hatte, mit einem lebenden Hasen zwischen den Zähnen. Davon abgesehen war er eine eher melancholische Natur, träumte er doch von militärischem Ruhm, der ihm verwehrt blieb, da es ihm als Erben nicht gestattet war, Soldat zu werden. Als der Herzog von Wellington später erklärte, die Schlacht von Waterloo sei auf den Spielfeldern von Eton gewonnen worden, meinte er damit nicht nur die naturgegebenen Führungsqualitäten der Studenten dieser Institution, sondern auch die unfassbare Anzahl reicher Erben, die nach ihrem Studium an diesem Elite-College im Krieg ihr Leben gelassen hatten.

Meine Anson-Vettern, Tante Margarets Kinder, standen mir viel näher, erst recht die drei Brüder, die mir dem Alter nach am nächsten waren. George war der älteste von ihnen und vier Jahre älter als ich, William war zwei Jahre älter und Henry so alt wie ich selbst. George war dunkelhaarig und hübsch; er sah so ähnlich aus, wie ich mir Lord Byron vorstellte, natürlich ohne Klumpfuß. Wie William Coke hegte auch er militärische Ambitionen, und da er kein nennenswertes Erbe zu erwarten hatte (er hatte einen älteren Bruder) erhob niemand Einwände. Ich betete ihn an, vermute allerdings, dass er mich damals als Nervensäge empfand und sich vor allem an meiner zuweilen recht herrischen Art störte und meinem Bestreben, bei unseren sämtlichen Spielen den Ton anzugeben. Außerdem verübelte er mir, dass ich als Einzige von allen Kindern (und wie ich argwöhnte, auch von den meisten Erwachsenen im Haus, auf jeden Fall sämtlichen Dienstboten) keine Angst vor dem Gespenst hatte.

☆

Jedes Herrenhaus, das etwas auf sich hält, brauchte ein Gespenst, und Holkham bildete da keine Ausnahme, auch wenn unser Gespenst vergleichsweise jungen Ursprungs war. Es begab sich, dass mein Großvater ursprünglich nicht als Erbe von Holkham geboren war, auch wenn er es im Leben noch so weit gebracht hatte. Tatsächlich war er nur der Neffe des damaligen Grafen von Leicester, jenes Mannes, der Holkham – »The Hall«, wie alle es nannten – erbaut hatte. Somit hatte er sich also in genau der gleichen Lage befunden wie Vetter William.

In seinem Fall war der Sohn des Grafen, Edward Coke, der eigentliche Erbe gewesen, aber dieser Vorfahre von mir soff, spielte und hurte sich im frühen Alter von nur 36 Jahren zu Tode, ohne eigene Nachkommen zu zeugen, was Großvater entsprechend zum Vorteil gereichte. Besagter Edward Coke war schon sehr früh mit einer Lady namens Mary verheiratet worden. Ich weiß nur sehr wenig von ihr und erst recht nichts darüber, was sich im Ehebett abgespielt hat, aber die Vermutung liegt nahe, dass es damit nicht weit her war. Ob Edward sie schon in der Hochzeitsnacht gegen sich aufbrachte – was leicht passieren kann; wer wüsste das besser als ich? – oder sie bereits über ihn und seinen Lebenswandel Bescheid wusste und ihn allein wegen seines Geldes oder auf Befehl ihrer Eltern geheiratet hatte, vermag ich nicht zu sagen. Allem Anschein nach gewährte sie ihm jedoch nie Zugang zu ihrem Heiligtum. Edward starb etwa vierzig Jahre vor meiner Geburt, und als Großvater sein Erbe antrat, musste er feststellen, dass er auch die verbitterte Witwe geerbt hatte, die Holkham weiterhin als ihr Haus betrachtete und zudem die feste Absicht hegte, bis zu ihrem Tod dort wohnen zu bleiben. Großvater, ganz Gentleman, verzichtete darauf, sie an die Luft zu setzen, doch die Situation dürfte sich zugespitzt haben, als er seine Braut heimbrachte, meine wunderschöne Großmutter Jane Dutton. Es war nie die Rede davon, dass Großmama übertriebene Keuschheit an den Tag legte, ganz gleich, wie viele Mäuse um das Ehebett herumhuschten.

Aber Großtante Mary, wie sie genannt wurde, überlebte Großmama und starb erst 1811. Ich glaube, mich noch an sie zu erinnern, eine große, leichenblasse und hagere Frau mit spitzer Zunge, wenngleich ich gestehen muss, dass man Erinnerungen aus frühester Jugend mit ein wenig Skepsis begegnen muss. Im Übrigen waren Marys Ansprüche auf den Titel der Hausherrin ohnehin unberechtigt, da eine Ehe erst dann rechtmäßig wird, wenn sie auch vollzogen wurde, wie jedermann weiß.

Großvater, Mama und meine Tanten Anne Margaret und Wilhelmina (aus einem mir unerfindlichen, absurden Grund wurde der Name auf Eliza abgekürzt) mussten überglücklich gewesen sein, als Großtante Mary das Zeitliche segnete. Leider mussten sie schon wenige Monate nach der Beerdigung feststellen, dass sie Mary keineswegs los waren: Ein Hausmädchen, das sich eines nachts dem Turmzimmer näherte (Mary hatte gern erzählt, Großvater hätte sie ihr halbes Leben dort eingesperrt), begegnete dort dem jammernden, heulenden Geist meiner verstorbenen Großtante. Das Mädchen ließ den Korb mit der frisch gewaschenen Wäsche fallen und rannte kreischend um sein Leben. In den oberen Etagen war man der Meinung, sie habe zu tief ins Glas geschaut, aber im Dienstbotentrakt glaubte man ihr unbesehen, sodass die Dienstmädchen sich fortan nur noch zu zweit und wenn möglich zusätzlich in Begleitung eines Lakaien in diesen Teil des Hauses wagten. Trotz dieser Maßnahme behaupteten Dienstboten immer wieder, dem Gespenst begegnet zu sein, wenngleich Großtante Mary nie vor einem Mitglied der Familie spukte. Vermutlich wollte sie damit die Verachtung unterstreichen, die sie uns gegenüber zeitlebens an den Tag gelegt hatte. Jedenfalls, sobald ich alt genug war, die Geschichte erzählt zu bekommen und zu verstehen, beschloss ich, der alten Dame aufzulauern und sie wenn möglich in ein Gespräch zu verwickeln. Auch wenn mir Tod und Jenseits unvorstellbar fern erschienen, war ich doch sehr neugierig zu erfahren, wie es im Jenseits so war.

Es ist mir nie gelungen, Mary zu begegnen, aber ich fand den langen dunklen Flur und vor allem das Turmzimmer an sich wundervoll unheimlich, erst recht, als mir klar wurde, wie sehr sich alle anderen vor diesem Teil des Hauses fürchteten. Sogar Großvater kam nur äußerst selten dorthin. Und so schikanierte ich meine beiden Brüder oft so lange, bis sie mich begleiteten, um dann, wenn sie ängstlich über den Flur schlichen, unvermittelt zu rufen: »Da! Da ist sie!«, woraufhin die beiden jedes Mal in panischem Entsetzen aufschrien und ins Kinderzimmer liefen, wo ich sie zur Strafe für ihre Feigheit im Schrank einsperrte. Ich fürchte, ich muss zu meiner Schande gestehen, dass ich kein sehr liebenswertes Kind war. Aber ich sonnte mich in meinem Mut, umso mehr, als sich herausstellte, dass George, William und Henry sich ebenfalls vor dem dunklen Flur ängstigten. Da sie alle größer waren als ich, konnte ich sie natürlich nicht in einem Schrank einsperren, aber ich tat zumindest so, woraus sich herrliche Ringkämpfe ergaben. Mit vierzehn Jahren war zumindest George bereits ein junger Mann, und ich hatte an ihm weit mehr zu grabschen als er an mir. Hinzu kam, dass es allen drei peinlich war, wenn sie mich festhielten, und noch peinlicher, wenn ich sie packte. Es gelang mir, mich davon zu überzeugen, dass sie ebenso gut bestückt waren wie die Zigeunerjungen, aber wieder einmal warnte mich mein Instinkt, dass es gefährlich wäre, meine Erkundungen zu ihrem logischen Ende zu führen.

☆

Ich hoffe, man wirft mir nicht vor, untreu zu sein, wenn ich gestehe, dass ich Holkham Hall unserem Haus in Dorset vorzog, auch wenn es sich hierbei ebenfalls um ein ansehnliches Herrenhaus handelte. Immer wenn Papa daheim war, wohnten wir dort, aber wenn er auf See war, zog Mama es vor, in ihr Elternhaus zurückzukehren. Inzwischen führte Tante Eliza dort den Haushalt (leider war sie von den drei Schwestern die einzige, die so gar nichts Schönes an sich hatte), aber da sie erst kurz vor Großmutters Tod zur Welt gekommen war und somit viel jünger als ihre beiden Schwestern (sie war mir von Alters wegen näher als meiner Mutter), unterwarf sie sich bereitwillig Mamas altersbedingter Autorität. Forston, unser Haus in Dorset, war ganz nett. Wir hatten kleine Stallungen, und ich besaß mein eigenes Pony sowie aufgrund meiner ausgeprägten Tierliebe, die ich mit Mama gemein hatte, meinen eigenen Esel namens Turpin, einen Affen »Gibraltar« und mehrere Hunde. Doch abgesehen vom Reiten gab es dort nicht viele Möglichkeiten, sich zu beschäftigen. Wie Mama war auch ich auf Holkham glücklicher, wo stets etwas los war. Großvater war ein begeisterter Jäger und Sportschütze, und zu jeder Jahreszeit gingen dort aufregende Gäste ein und aus. In diesem Jahr schenkte Großvater mir meine erste Jagdwaffe zu Weihnachten. Es war natürlich noch ein Kindergewehr, aber es feuerte echte Kugeln ab, und ich erinnere mich noch gut an den Applaus, als ich meinen ersten Vogel vom Himmel holte.

Aber auch ohne Gäste war Holkham wunderbar. Meine Mutter gab mir Farben, Pinsel, Stifte und Papier, und ich verbrachte Stunden damit, zu malen oder Gedichte zu schreiben – ziemlich holprige Verse, fürchte ich, aber ich war trotzdem sehr stolz auf meine Dichtkunst. Und im Zweifelsfall gab es ja immer noch den Turm und die Hoffnung auf eine Begegnung mit Großtante Mary. Außerdem gab es eine große Bibliothek, zu der man mir freien Zutritt gewährte, als ich älter wurde und man sicher sein konnte, dass ich keine Seiten aus den Büchern herausreißen würde. Die Bibliothek gehörte zu den bekanntesten im ganzen Land. Sie war zwei Jahrhunderte vor meiner Geburt begründet worden und enthielt einige sehr alte und kostbare Bände. Für mich war es ein Wunderland der Fantasie und der Erzählungen von fremden Orten, von denen ich noch nie gehört hatte und die ich nie zu sehen erwartete. Besonders fasziniert war ich von der Geschichte Zenobias, der Königin von Palmyra im dritten Jahrhundert nach Christus, berühmt für ihre Schönheit und die Eroberung des römischen Reiches. Natürlich musste sie letztendlich scheitern, aber ihre Niederlage schien mir der passende Abschluss zu sein für eine so ruhmreiche Herrschaft. Wenn auch nicht im Traum daran zu denken war, sie zu übertrumpfen, konnte ich doch davon träumen, sie zu sein. Der einzige Wermutstropfen war, was ich in *The Decline and Fall of the Roman Empire* las, einem Werk des Historikers Gibbon: Zenobia war ebenso berühmt für ihre Keuschheit und dafür, dass sie ihrem Gatten nur einmal im Monat Zugang zu ihrem Schlafgemach gestattete, immer dann, wenn eine Empfängnis am wahrscheinlichsten war. Als ich zum ersten Mal davon las, war ich viel zu jung, um zu begreifen, was Empfängnis damit zu tun hatte, mit einem Mann das Bett zu teilen, aber eines stand für mich fest: Wenn es so weit war, würde ich keinen Mann, schon gar nicht meinen Gatten, von *meinem* Bett fern halten.

Die Bibliothek war denn auch eine wunderbare Zuflucht an regnerischen oder nebligen Tagen, von denen es in Ostengland mehr als genug gab, doch sie konnte natürlich nicht mit der Freude mithalten, im Freien zu sein. An erster Stelle standen bei mir die Stallungen, wo inzwischen drei Ponys standen, die ich mein Eigen nannte. Ich verbrachte jeden Tag viel Zeit damit, sie zu bewegen und mein eigenes Können zu verbessern, indem ich auf einem Paddock immer höhere Hindernisse bewältigte. Die Stallburschen waren meine besten Freunde und halfen mir, wo sie konnten. Ich mochte sie alle, aber am liebsten war mir Tom Burrows, der mich seinerzeit im Zigeunerlager gefunden hatte. Mit 16 Jahren war er ein richtiger Mann mit kräftigen Muskeln und stets guter Laune. Er sah nicht besonders gut aus, und als ich vorschlug, er solle sich einen Oberlippenbart – à la Byron – wachsen lassen, schlug der Versuch kläglich fehl.

Mein Interesse an Menschen und vor allem Männern hatte kein bisschen nachgelassen, aber da Tom ein Dienstbote war, blieb unsere Beziehung rein platonisch, wie nah wir uns beim Striegeln der Pferde oder beim Ausreiten auch kommen mochten und wie offensichtlich seine Bewunderung für mich war. Dass ich einmal zu einer Schönheit heranwachsen würde, war nicht zu übersehen, und in dieser Zeit gab Mama auch ein erstes Porträt von mir in Auftrag. Das heißt, genau genommen war es eine Familienstudie, da das Bild meine Brüder einschloss, die allerdings später neben meinem Bildnis verblassten, da ich zum Leidwesen des Malers nicht hatte still sitzen wollen, sodass er aus der Not eine Tugend machte und mich beim Tanzen malte, wobei Edward und Kenelm mir mit großen Augen zusahen. Ich betrachte jenes Porträt bis heute als eines der wenigen gelungenen Bilder von mir. Unglücklicherweise blieb meine wachsende Freundschaft zu Tom nicht unbemerkt, sodass schließlich Gerüchte bis zu meiner Mutter vordrangen. Mit zehn Jahren vollzog sich unübersehbar mein Wandel vom Kind zum jungen Mädchen, das schon bald zur jungen Frau heranreifen würde. Außerdem stellte sich die Frage meiner Erziehung. Genau genommen war ich für eine Frau bereits ziemlich gebildet. Mama hatte mir persönlich Lesen und Schreiben beigebracht, Großvater nahm mich oft auf den Schoß und erzählte mir von geschichtlichen und politischen Ereignissen, und schließlich war da noch die Bibliothek. Ich fand das alles faszinierend, auch wenn es mein innigster Wunsch war, jemand würde mir von London, von gesellschaftlichen Ereignissen und feinen Damen erzählen. Aber das tat niemand, vermutlich, weil alle der Ansicht waren, dazu wäre es noch früh genug, wenn ich als Debütantin in besagte Gesellschaft eingeführt würde. Ich konnte es kaum erwarten und erinnere mich noch gut, dass ich einen meiner ersten Tobsuchtsanfälle hatte, als Tante Eliza kurz nach ihrem sechzehnten Geburtstag in die Stadt gefahren wurde, um bei Hofe vorgestellt zu werden (und sich bei dieser Gelegenheit vielleicht einen Mann zu angeln) und ich mit meinen sechs Jahren nicht einmal als Zuschauer mitdurfte, obwohl noch eine meiner Anson-Cousinen zur gleichen Zeit »vorgeführt« wurde.

Mama wurde irgendwann klar, dass sie und Großvater mir nichts mehr beibringen konnten. Die meisten anderen Mütter hätten es dabei belassen und sich gesagt, dass die Pflicht einer Frau sich darauf beschränkte, zu heiraten, Kinder zu kriegen und den Haushalt zu führen, aber Mama erkannte, dass ich mit einem ungewöhnlich – um nicht zu sagen außergewöhnlich – scharfen Verstand gesegnet war, und auch wenn es nicht ihre Absicht war, aus mir einen Blaustrumpf zu machen, war sie doch der Meinung, es wäre eine Schande, meine Talente nicht zu fördern. Kurz, sie entschied, dass ich eine Gouvernante bekommen sollte.

So wurde ich völlig unvorbereitet eines Morgens in Mamas Boudoir gerufen, wo sie mir eine Frau vorstellte, die in den nächsten Jahren beträchtlichen Einfluss auf mein Leben haben sollte.

☆

Ich nehme an, dass Mama ein Inserat aufgab und mit mehreren Bewerberinnen Gespräche führte, ehe sie ihre Wahl traf. Ich hatte nichts davon bemerkt, was nicht weiter verwunderlich war, denn in einem Haushalt wie dem unseren war es nicht erwünscht – oder erforderlich –, dass Kinder ihre Mutter mehr als einmal am Tag sahen, was in der Regel am Abend vor dem Zubettgehen der Fall war, da wir Kinder in unseren eigenen Räumen zu Abend aßen. Als Mama nun bei meinem Eintreten sagte: »Jane, ich möchte dir Miss Steele vorstellen«, hatte ich keinen Schimmer, worum es ging.

Ich schaute die Dame an und stellte fest, dass sie jünger war als Mama und auf eine etwas langweilige Art nicht unattraktiv, auch wenn ihr kleiner schmallippiger Mund wahrer Schönheit im Wege stand. Ebenso unübersehbar war, dass sie nicht von meinem Stand war.

»Es ist mir eine Freude, dich kennen zu lernen, Jane«, sagte sie.

Welche Dreistigkeit! Ich wandte mich fragend Mama zu. »Margaret wird dich unterrichten«, erklärte sie mir. »Sie wird dir alles Mögliche beibringen.« Ich war entsetzt; ich zog es bei weitem vor, mir ganz eigenständig Wissen anzueignen. »Ich habe ein Zimmer als Klassenzimmer herrichten lassen«, fuhr Mama fort. »Und nun geht.«

Ich war den Klauen dieser Person ausgeliefert worden! Wenigstens hielt sie mir die Tür auf, aber draußen auf dem Flur übernahm sie prompt die Führung. Ich folgte ihr und versuchte, mir darüber klar zu werden, wie ich mich angesichts dieser unwillkommenen Einmischung in mein Privatleben verhalten sollte. Das Klassenzimmer befand sich ganz in der Nähe meines Schlafzimmers und war, wie sich herausstellte, mit einer großen schwarzen Tafel, mehreren Pulten, Tintenfässchen, Schreibfedern, Löschpapier und einer Reihe von Büchern ausgestattet worden. Ich hatte sogar gesehen, wie das alles ins Haus gebracht worden war, jedoch ohne zu ahnen, dass diese Gegenstände auch nur das Geringste mit mir zu tun haben könnten. Im Übrigen hatte es mich nicht genug interessiert, um nachzufragen.

»Nun«, begann Margaret Steele, »ich denke, wir beide werden gut miteinander auskommen, Jane.«

»Mein Name ist Digby«, entgegnete ich von oben herab. »Sie dürfen mich mit Miss Digby anreden.«

»Dein Name ist Jane, und diese Anrede gedenke ich auch zu benutzen.«

Ich wollte zornig mit dem Fuß aufstampfen, überlegte es mir jedoch anders. »Gut. Ihr Name ist Margaret. Ich werde Sie Meggy nennen.«

»Du wirst mich mit Miss Steele anreden.«

»Sie sind nur eine Dienstbotin, und ich werde Sie anreden, wie es mir gefällt.«

Miss Steele nahm an dem größten der Pulte Platz, der wohl ihr zugedacht war, legte ihr Handtäschchen darauf, öffnete dieses und nahm einen Lederriemen heraus. Das Utensil war etwa einen halben Meter lang und mit einem Griff versehen. Der Lederriemen war ziemlich dick, wodurch er umso beeindruckender wirkte. Sie legte diese Furcht einflößende Waffe vor sich auf den Tisch. »Lady Andover hat dich in meine Obhut gegeben und mich mit deiner Erziehung betraut, Jane«, sagte sie in gemessenem Tonfall. »Und das heißt, dass ich in den kommenden Jahren nicht nur deine Lehrerin sein werde, sondern deine ständige Begleiterin. Verstehst du?«

»Ha! Als Nächstes wollen Sie noch das Zimmer mit mir teilen.«

»Richtig. In eben diesem Augenblick werden mein Bett und mein Gepäck in dein Zimmer gebracht.«

Ich lief zur Tür und blickte ungläubig auf den Flur. Und tatsächlich: Männer trugen Bett und Kisten in mein Zimmer. Ich wandte mich wieder der Gouvernante zu. »Und das hat Mama erlaubt?«

»Lady Andover hat mir gestattet, alles zu tun, was ich für richtig halte, um eine gut erzogene junge Dame aus dir zu machen. Alles. Hast du verstanden?« Ich fürchte, ich starrte sie nur stumpfsinnig an und fragte mich, ob das Ganze nicht nur ein Albtraum war. »Sei so nett und schließ die Tür«, sagte sie. Ich sah keine Veranlassung, mich dem zu widersetzen. »Als Erstes musst du akzeptieren, dass du Disziplin lernen musst. Das heißt, dass du dich künftig an bestimmte Regeln halten wirst.«

»Und wer stellt diese Regeln auf?«, fragte ich in möglichst herrischem Tonfall.

»Ich. Und ich werde auch dafür sorgen, dass sie eingehalten werden.« Ich wollte ihr impulsiv die Zunge herausstrecken, aber wie zuvor mit dem Fußaufstampfen überlegte ich es mir anders. »Die erste Regel«, fuhr Steele fort, »lautet, dass du mir in allem bedingungslos gehorchen wirst.« Ich traute meinen Ohren nicht. »Und als Erstes möchte ich, dass du diesen Riemen nimmst, zum Schrank hinüberträgst und ins oberste Fach legst.« Das erschien mir noch recht harmlos, und ich tat wie geheißen. »Und jetzt schließe den Schrank wieder.« Ich gehorchte. »In Zukunft werde ich jedes Mal, wenn ich eine Züchtigung für angebracht halte, mit den Fingern schnippen, woraufhin du zum Schrank gehen und mir den Riemen bringen wirst.«

»Sie? *Sie* wollen mich züchtigen? Wenn Sie das wagen, sage ich es Mama.«

»Wie du meinst. Die zweite Regel lautet, dass du niemals eine meiner Anweisungen infrage stellen wirst. Das hast du gerade getan.« Sie schnippte mit den Fingern. Ich starrte sie nur an, ohne mich von der Stelle zu rühren. »Jedes Zögern bei der Ausführung einer Anweisung zieht eine Verdoppelung der Strafe nach sich.«

»Sie widerlicher Drache!«, fuhr ich sie an.

Steele schnippte ein weiteres Mal mit den Fingern. Eine Fülle von Möglichkeiten und Wünschen ging mir durch den Kopf. Der dringlichste war der, einen Stuhl zu nehmen und ihr damit eins überzuziehen. Mir wurde aber rasch klar, dass sie viel größer und stärker war als ich, sodass ein solches Vorhaben in einer demütigenden Niederlage enden musste. Der zweite Einfall war: Flucht! Doch die Vorstellung, sie könnte mich einholen und vor den Augen anderer Dienstboten gewaltsam ins Klassenzimmer zurückschleifen, war noch erniedrigender. Meine dritte Option – so laut zu schreien, wie ich konnte – würde auch nur die Dienstboten alarmieren, da die Wohnräume meiner Mutter zu weit weg waren, als dass sie mich hätte hören können.

Blieb nur die vierte Möglichkeit, die darin bestand, sich zu fügen. Sie hatte sogar einen gewissen Reiz, denn ich war neugierig, ob sie ihre Drohung tatsächlich wahr machen würde. Ich ging also zum Schrank, nahm den Riemen heraus und legte ihn vor sie auf den Tisch. »Sehr gut«, sagte sie. »Wie ich sehe, begreifst du schnell. Und jetzt zieh die Röcke bis zur Taille hoch und beuge dich über das Pult.«

Sie würde es wahrhaftig tun! Und ich hatte keine andere Wahl, als zu gehorchen. Und das tat ich. Wenigstens zwang sie mich nicht, den Po zu entblößen, versetzte mir jedoch sechs extrem schmerzhafte Hiebe auf das Hinterteil. Nach dem dritten Schlag brüllte ich mir bereits die Seele aus dem Leib, aber mein Hirn arbeitete auch unter so extremen Umständen. Wenn eine dreifache Strafe sechs Hiebe waren, bestand eine einfache aus zweien, und ich war sicher, zwei Hiebe jederzeit wegstecken zu können. Und so startete ich eine gezielte Kampagne der Widersetzlichkeit und Unhöflichkeit. Erst weigerte ich mich zu lernen. Dann trat ich in den Hungerstreik, was meine Mutter auf den Plan brachte. »Du bist wirklich ein dummes kleines Ding, Jane«, sagte sie so streng, wie es einer von Natur aus so wenig strengen Person möglich war.

»Ich hasse sie«, sagte ich. »Hasse sie, hasse sie, hasse sie.«

»Irgendwann wirst du für ihre Dienste noch dankbar sein«, entgegnete Mama wenig überzeugend.

☆

Ich sah ihr jedoch an, dass mein Hungerstreik sie zutiefst beunruhigte, und wenn es jemanden gab, dem ich keine Sorgen bereiten wollte, dann war es Mama. Ich schrieb ihr also einen Brief, in dem ich für mein Benehmen um Verzeihung bat und versprach, wieder zu essen, was mir nicht weiter schwer fiel, war ich doch völlig ausgehungert nach meiner freiwilligen Fastenkur. Mir war jedoch noch eins klar geworden: Im Zweifelsfall würde sie immer für Steele Partei ergreifen. Offener Widerstand war somit zwecklos. Ich musste mir eine neue Strategie ausdenken. Solche Überlegungen deuten wohl darauf hin, dass ich schon als Kind über einen außergewöhnlichen Verstand verfügte, und sei es auch nur insofern, als ich in der Lage war, Situationen zu erfassen und kurzfristig zu entscheiden, wie ich jeweils zu verfahren hatte. Allerdings muss ich zugeben, dass nicht alle meine Schlussfolgerungen oder spontanen Entschlüsse klug waren – auch wenn ich letztlich nur sehr wenige bereue.

Doch besagte Irrtümer lagen noch in der Zukunft. So war auch die Schlussfolgerung, dass meine Rettung allein in meinen eigenen Händen lag und nur in bedingungsloser Kapitulation bestehen konnte, absolut richtig. Ich betrachte dies eher als Anpassung denn als Heuchelei. Jedenfalls hatte ich durchschlagenden Erfolg damit. Ich übte mich in Geduld (da mir klar war, dass eine zu abrupte Kehrtwende Steeles Argwohn erregen würde) bis zum nächsten Regelverstoß, der nicht lange auf sich warten ließ und wie gehabt mit dem gefürchteten Riemen geahndet wurde. An diesem Abend wartete ich, bis sie vom Abendessen mit dem Butler und der Haushälterin zurückkam und sich schlafen legte. Dann verließ ich mein eigenes Bett, schlich auf Zehenspitzen zu ihr hinüber und schlüpfte zu ihr unter die Bettdecke. Natürlich war sie völlig verblüfft.

»Was tust du denn da?«, fragte sie.

»Ich hab Angst.«

»Wovor?«

»Sie zu enttäuschen.«

Ich war schon immer eine überzeugende Lügnerin, und auch Steele ließ sich täuschen. »Mein gutes Kind«, entgegnete sie und drückte mich an ihren Busen. »Mein liebes, liebes Kind. Es ist nicht wichtig, wie etwas anfängt, sondern wie es ausgeht.«

Ich ließ mich noch einmal drücken und gestattete mir dann zu flüstern: »Ich bin ja so glücklich, hier an Ihrer Seite liegen zu dürfen.«

Wieder eine Umarmung. »Was für ein reizendes Kind du doch bist. So hübsch, so lebendig und klug, dass ich wünschte, du wärst meins.« Ich schlief in ihren Armen ein.

☆

Von dieser Nacht an wurde alles anders. Ich wurde zu ihrem Liebling, und statt meiner bekamen meine Brüder den Riemen zu spüren, nachdem sie zu alt geworden waren für ihr Kindermädchen und Mama sie ebenfalls Steeles Obhut anvertraut hatte. Sie gestattete mir, sie Steely anstatt Miss Steele zu nennen, und ließ mir so viel Freiraum, wie ihre Natur gerade noch zulassen konnte. Das heißt nicht, dass es eben wegen jener Natur nicht auch schwierige Zeiten gegeben hätte. Später führte ich dies darauf zurück, dass Steely selbst in einem sehr engstirnigen, eingeschränkten Umfeld aufgewachsen war, auch wenn sie etwas von Grammatik, Literatur und Mathematik verstand. Schon bald erkannte ich, dass sie sich, indem sie sich wünschte, ich wäre ihr Kind, in ihre eigene Fantasiewelt flüchtete, da allein der Gedanke an eine Schwangerschaft sie mit Abscheu erfüllte. Natürlich war ihr klar, dass Männer ein notwendiges Übel waren für den Bestand der menschlichen Rasse, und im Gegensatz zu Mary Wollstonecraft war sie sogar geneigt zu akzeptieren, dass

Männer die Welt regierten, und dass sich wohl nie etwas daran ändern würde. Doch allein der Gedanke, von einem Mann angerührt zu werden, war ihr unerträglich.

Dieser Abscheu gegenüber körperlicher Intimität richtete sich auch gegen Frauen, sogar gegen ihren eigenen Körper. Als mir klar geworden war, dass sie mir bei meinem eigenen Interesse am anderen Geschlecht keine Hilfe sein würde, suchte ich mir andere Ventile für meine lebhafte Fantasie. So fragte ich sie, ob sie Titten habe, wobei ich das Wort benutzte, das ich von meiner Freundin im Zigeunerlager gelernt hatte. Nur mein frisch eroberter Platz in ihrem Herzen bewahrte mich vor einer Züchtigung mit dem gefürchteten Riemen. Stattdessen musste ich mir nur den Mund mit Wasser und Seife auswaschen. Steely zwang mich in eine sehr eng gesteckte und schrecklich korrekte Welt. Sie hätte diese Welt gern noch weiter eingeengt und mir die Ausritte verboten, aber das ging dann doch zu weit. Nicht einmal Mama, die die Ansicht vertrat, dass ein korrekter Sitz im Sattel zu den größten Tugenden einer Frau zählte, unterstützte sie in diesem Punkt, auch wenn sie zu meinem Leidwesen zustimmte, als Steely daraufhin anführte, es gehöre sich nicht für junge Damen, Waffen zu tragen und sie nur zum Vergnügen – oder überhaupt – abzufeuern.

Als Nächstes wurde mir der harmlose Umgang mit Tom verwehrt; in Steelys Welt führten junge Damen keine privaten Gespräche mit Pferdepflegern, die sich darauf zu beschränken hatten, sich vor der Herrschaft zu verneigen und ihr beim Aufsteigen das Pferd zu halten.

Was nun den Augenblick betraf, da ich zur Frau wurde, weiß ich nicht, wer erschütterter war: Ich, weil ich fürchtete, schwer krank zu sein und zu verbluten, oder Steely, weil sie sich mit einer so unappetitlichen Situation konfrontiert sah, auch wenn diese sie ja selbst jeden Monat heimsuchte. Aber es gab auch Höhepunkte. Sogar Steely erkannte, dass ich wahres Talent zum Zeichnen und Malen hatte, und sie war es auch, die Mama gegenüber anregte, dieses Talent solle gefördert werden, worauf meine Mutter bei ihrem eigenen Talent und Kunstinteresse gern einging. Steely handelte nicht ganz uneigennützig, war die Lehrerin, die sie empfahl, doch ihre eigene Schwester. Wie sich herausstellte, besaß Jane Steele tatsächlich eine große Begabung, die sie Dritten zu vermitteln vermochte. Ich genoss den Unterricht und glaube behaupten zu können, sinnvoll umgesetzt zu haben, was sie mich gelehrt hat.

Angetan von meinen Fortschritten stellte Mama noch einen Klavierlehrer, einen Gesangslehrer und einen Tanzlehrer ein, die gemeinsam dazu beitragen sollten, mich in die perfekte zukünftige Ehefrau zu verwandeln, auch wenn ich nicht wirklich an einem speziellen Mann interessiert war – es sei denn, Lord Byron wäre aus Italien zurückgekehrt, wo er damals residierte und mit einer jungen Frau, die ich zutiefst beneidete und die selbstverständlich verheiratet war, eine leidenschaftliche Affäre lebte: Contessa Teresa Guiccioli.

☆

Ich war dreizehn und gerade zur Frau geworden, als ich meine ersten Eindrücke von der Außenwelt gewann. Bis dahin hatte ich mich ausschließlich auf Holkham und Forston aufgehalten, einmal abgesehen von den Kutschfahrten von einem Anwesen zum anderen. Im Sommer 1820 jedoch fuhr Papa, der längeren Landurlaub hatte als sonst, mit der ganzen Familie in die Schweiz, um uns die Alpen zu zeigen. Wie alle englischen Familien hatten auch wir seit 1793 auf Reisen auf das europäische Festland verzichten müssen, und dass wir die verlorene Zeit im Gegensatz zu den meisten anderen erst so spät nachholten, lag an Papas Beruf. Steely begleitete uns, um uns unterwegs weiter unterrichten zu können, aber nicht einmal ihre Anwesenheit konnte mir die traumhaften Ferien verderben, die uns auch nach Frankreich und Italien führten. Als wir nach Hause zurückkehrten, kam ich mir furchtbar erwachsen vor und erhielt ein wöchentliches Taschengeld in Höhe von zwei Guineen. Da ich von Steely wusste, dass dies in etwa dem *Jahreseinkommen* einfacher Leute wie den Zigeunern entsprach, konnte ich mich wohl glücklich schätzen, aber leider reichte dieses kleine Vermögen nicht aus, nachdem ich auf den Geschmack gekommen war, mir schöne Dinge zu kaufen, sodass ich Papa mehr als einmal um einen Vorschuss bat. Ich muss sagen, dass er in diesem Punkt ausgesprochen großzügig war.

Genau genommen aber waren die sorglosen Tage meiner Kindheit an meinem vierzehnten Geburtstag bereits vorbei, erwartete uns doch bei unserer Rückkehr vom Kontinent daheim so manche Krise.

## 2. KAPITEL
### Taten

Die bedeutendste Krise ereignete sich auf nationaler Ebene und betraf die Scheidung des Königs. Im Land schwelte es bereits seit Kriegsende. Großbritannien hatte ein gewaltiges Heer aufgebracht und gegen Napoleon in den Krieg geschickt, um seine ausgedehnten Territorien zu schützen. Diese riesige Streitmacht kostete ein Vermögen, sodass gleich nach der entscheidenden Schlacht von Waterloo möglichst viele Soldaten aus dem Heer entlassen wurden: An die 400.000 Mann saßen plötzlich ohne Sold und Aussicht auf Arbeit auf der Straße. Es war keine Abfindung für diese Männer und ihre Familien vorgesehen, kein Übergangsgeld, und der Unmut der Massen wurde noch geschürt von den Maßnahmen, die die Reichen ergriffen, um sich und ihren Besitz zu schützen. Nach dem verhassten Gesetz von 1816, das die Einfuhr ausländischen Getreides untersagte, wurde die Einkommensteuer abgeschafft, die von Pitt eingeführt worden war, um die Kriegskassen zu füllen. Die Streichung dieser Steuer war natürlich nur für Reiche von Vorteil und kam die Armen sogar teuer zu stehen, wurden doch zum Ausgleich die Zölle erhöht, was die Preise für sämtliche Importwaren in die Höhe trieb. Diese Maßnahme, die für die gehobeneren Schichten kaum mehr war als ein kleines Ärgernis, sorgte dafür, dass die unteren Klassen sich nicht mehr den geringsten Luxus leisten konnten.

Dies hatte eine wahre Plage unerfreulicher Demonstrationen und regelrechter Aufstände zur Folge, denen die Regierung mit dem Coercion Act von 1817 begegnete, einem Gesetz, das drakonische Strafen für die Initiatoren oder Teilnehmer solcher Aktionen vorsah. Da ich ein so behütetes Leben führte und im Überfluss aufwuchs (nur Steelys Gegenwart überschattete mein Dasein ein klein wenig), ahnte ich nichts von dem, was in England vor sich ging, aber sogar ich hörte vom Peterloo-Massaker 1819, bei dem ein Trupp berittene Milizsoldaten in einem Vorort von Manchester eine nicht genehmigte Kundgebung auflöste, wobei mehrere Teilnehmer ums Leben kamen, darunter auch Frauen und Kinder. Dies trug nicht eben zur Entspannung der Lage bei, und im Februar 1820 kam es zu einem weit ernsteren Zwischenfall, der so genannten Caro-Street-Verschwörung: Eine Hand voll Männer unter der Führung eines gewissen Thistlewood hatte sich zusammengetan, um meinen Vorfahren Everart Digby und dessen Freund Guy Fawkes zu ermorden und beide Parlamente in die Luft zu jagen. Das Komplott flog rechtzeitig auf, nachdem die Polizei Spitzel in die Verräterkreise eingeschleust hatte, und die Verschwörer wurden festgenommen. Einige wurden hingerichtet, auch wenn man sich in unserer zivilisierten Zeit damit begnügte, sie zu hängen, und auf ein öffentliches Vierteilen verzichtete. Obwohl der Anschlag gescheitert war, sorgte er doch im ganzen Land für Unruhe. Tatsächlich habe ich mich oft gefragt, ob Papas Entscheidung, unmittelbar nach diesem Vorfall mit uns ins Ausland zu reisen, nicht vielleicht auf seiner Furcht gründete, Großbritannien stünde kurz vor einem Bürgerkrieg, zumal nur einen Monat nach der Verhaftung der Komplotteure der alte König Georg III. starb, »Farmer George«, was für weitere politische Unruhen sorgte.

Die Nachwehen seines Todes waren auch nach unserer Rückkehr in die Heimat noch spürbar. Viele Leute, darunter auch Großpapa, vertraten allerdings den Standpunkt, dass der Regent schon lange tot gewesen war. Zweifellos hatte er seit kurz nach meiner Geburt als geistig verwirrt gegolten, also genau genommen fast die gesamte Dauer seiner Regentschaft.

Jetzt war Georg IV. an der Macht, was viele Leute, unter ihnen diesmal sogar mein Großvater, als nationale Katastrophe betrachteten, wenngleich es dem ehernen Thronfolgegesetz entsprach. Tatsächlich aber wäre jeder der Söhne des verstorbenen Königs – sogar der Herzog von Kent, der Vater unserer derzeitigen Königin –, eine einzige Katastrophe auf dem Thron gewesen. Die Sippschaft musste die wohl nutzloseste und verschwendungssüchtigste im ganzen Land sein.

Großvater hatte als langjähriges Parlamentsmitglied und Großgrundbesitzer die Krone und den Toryismus immer schon entschieden abgelehnt. Er prahlte gern damit, dass er keinen einzigen Antrag der königstreuen Regierung unterstützt habe, und zu seinen schönsten Erinnerungen gehörte, dass er 1782 auserwählt wurde, den König davon in Kenntnis zu setzen, dass das Unterhaus entschieden hatte, die Unabhängigkeit der amerikanischen Kolonien anzuerkennen. Bestrebungen, ihn aus dem Unterhaus zu entfernen und ins vergleichsweise harmlose Oberhaus abzuschieben, waren stets daran gescheitert, dass er sich stur weigerte, sich in den Adelsstand erheben zu lassen – und ein Adelstitel war hierfür nun mal unabdingbar. Tatsächlich trieb seine Abneigung gegen das Herrscherhaus absurde Früchte. So gab es beispielsweise ein Gesetz, das es nur Mitgliedern der königlichen Familie gestattete, in London sechsspännig zu fahren, oder genauer: mit sechs Pferden im Geschirr. So spannte Großvater fünf Pferde und einen Maulesel vor seine Kutsche und fuhr dann hocherhobenen Hauptes am wutschnaubenden Monarchen vorbei.

So kam es, dass er sich ganz auf die Seite der Königin

stellte und dies auch von allen anderen Familienmitgliedern erwartete, jedenfalls, solange sie sich auf Holkham aufhielten. Inzwischen war ich alt genug, um einiges von dem wahrzunehmen, was um mich her vorging, auch wenn Steely sich strikt weigerte, sich zu diesem Thema zu äußern. Trotzdem fand ich heraus, dass Königin Caroline, die Gattin Georgs, eine Frau war, die man wohl als Freigeist bezeichnen konnte. Es hatte eine Zeit gegeben, da wäre eine Königin, die sich offen des Ehebruchs schuldig machte, kurzerhand auf dem Schafott gelandet. Carolines pikante Eskapaden, darunter beispielsweise Abendessen, zu denen ausschließlich männliche Gäste geladen wurden, die sie einen nach dem anderen vernaschte, hatten ihr jedoch nur die Verbannung eingebracht. Als sie erfuhr, dass ihr Gatte die Thronfolge angetreten hatte, kehrte sie jedoch rasch zurück, um die Königinnenwürde zu übernehmen, was das Land erneut in zwei gegnerische Lager spaltete.

Denn König Georg wollte nichts davon wissen. Er verwehrte ihr – seiner Cousine ersten Grades, Tochter der älteren Schwester Georgs III. – nicht nur die Krönung, sondern leitete außerdem die Scheidung ein. Seine eigene Stellung war schwach, nicht weil er selbst eine Reihe von Mätressen gehabt hatte (von Königen, Fürsten und überhaupt von Männern, die etwas darstellen, erwartet man, dass sie die sexuellen Privilegien ihrer Stellung ausnutzen), sondern weil er Jahre zuvor eine Trauungszeremonie mit einer Witwe namens Maria Fitzherbert vollzogen und mit ihr mehrere Kinder gezeugt hatte. Diese Ehe war illegitim, da von Gesetz wegen ein Prinz nicht ohne Einverständnis seines Vaters heiraten konnte und dieses Einverständnis nie erteilt worden war. Ganz abgesehen davon war die Dame, sofern man sie als solche bezeichnen konnte, römisch-katholischer Konfession – ebenfalls ein Tabu für jeden potenziellen Thronanwärter. Doch dies alles fiel vielleicht sogar weniger ins Gewicht als der Umstand, dass König Georg stets seine Liebe zur schönen Maria verkündet hatte und zugleich sein völliges Desinteresse an der schönen Caroline, die eigentlich gar nicht schön war. Ich bin ihr nie begegnet und habe sie nie auch nur aus der Ferne gesehen, doch mir kam zu Ohren, dass sie dick und hässlich gewesen sein soll und zudem mit abscheulichen Gewohnheiten behaftet, von denen der König den völligen Mangel an Körperhygiene vermutlich am abstoßendsten fand.

Aber egal! Vergessen wir ihre persönlichen Defizite, vergessen wir, dass sie unleugbar eine Ehebrecherin war: Die Nation schloss sich fast einstimmig ihrer Sache an, und die lauteste Stimme gehörte Thomas Coke, dem König von Ost-Anglien. Abgesehen von seiner langjährigen Opposition gegenüber dem Hause Hannover war Großvater, der regelmäßig mehr als hundert Gäste auf einmal auf Holkham unterhielt, ganz zu schweigen von deren noch zahlreicheren Dienstboten, angewidert von den Extravaganzen des Königs, dem Vermögen, das er für den Brighton »Pavillon« und seine Londoner Residenz, Carlton House, aufwandte. So kam es, dass die empörten Mitglieder des Oberhauses siegten und die Annullierung der Ehe verweigert wurde.

Doch für die Königin war es ein Pyrrhussieg. Die Krönung blieb ihr verwehrt (als sie versuchte, sich gewaltsam Zugang zur Zeremonie zu verschaffen, gab es einen höchst unschicklichen Tumult), und der neue König dachte trotz seiner Unbeliebtheit im ganzen Land gar nicht daran, seine Gewohnheiten oder die Minister zu wechseln. Fakt aber ist, dass die britische Öffentlichkeit sich zwar schnell für jemanden einsetzt, dem scheinbar Unrecht widerfährt, des Betreffenden jedoch ebenso rasch überdrüssig wird. Und so begab es sich, dass man Königin Carolines Eskapaden satt hatte. Es zirkulierte ein Flugblatt, auf dem es hieß: *Eure allergnädigste Königin, wir flehen Euch an, Euch zu entfernen und der Sünde zu entsagen, und wenn Letzteres zu viel verlangt ist, doch zumindest zu verschwinden.* Nur wenige Monate später starb sie – an gebrochenem Herzen, wie manch einer meinte.

☆

Einige Jahre vor dem Abschluss dieser unschönen Episode hatte die königliche Familie und mit ihr das ganze Land einen herben Schicksalsschlag erlitten, als das einzige Kind, das aus dieser unglücklichen Liaison hervorging (überhaupt das einzig Gute, da Prinzessin Charlotte eine wirklich hübsche, reizende und talentierte junge Frau gewesen sein soll), im Kindbett starb. Diese Tragödie wirkte sich in nicht unerheblichem Maße auf mein eigenes Leben aus, da meine Mutter unmittelbar darauf einen ihrer prophetischen Träume hatte, der wie gewöhnlich von einem Todesfall innerhalb der Familie handelte. Diesmal traf es nicht direkt ein Familienmitglied, sondern eine gute Freundin und Nachbarin, Lady Albemarle, Ehefrau von Großvaters altem Kameraden. Sie lag ebenfalls in den Wehen (es war ihre elfte Geburt!), als die Kunde vom Tod der Prinzessin die Runde machte. Sie war eine Freundin von Charlotte gewesen, und der Schock war so groß, dass Lady Albemarle es der Prinzessin gleichtat und im Kindbett ihr Leben aushauchte.

Ich muss gestehen, dass diese Ereignisse mich nicht so tief beeindruckten, wie es vielleicht der Fall hätte sein sollen. Ich war erst zehn Jahre alt, als sie sich ereigneten, und Steely war erst kürzlich in mein Leben getreten. Doch Lady Albemarles Tochter, Lady Anne Keppel, war Großvaters Patentochter, und so kam es, dass sie zwei Jahre nach dem Tod ihrer Mutter auf Holkham einzog. Da besagter Umzug während unserer Europareise stattfand, wurde ich dessen erst nach unserer Rückkehr gewahr, als ich erfuhr, dass Lady Anne zusammen mit uns Digbys und dem einen oder anderen Anson das Klassenzimmer teilen sollte. Da Anne bereits siebzehn war, war ihre Bildung bislang offensichtlich vernachlässigt worden. Ich entwickelte eine enge Bindung zu meiner neuen Freundin und eiferte ihr in allem nach. Sie war eine lustige und attraktive Person, nicht wirklich schön, auch wenn sie selbst sich dafür hielt, jedoch mit einem perfekten Teint gesegnet, was ihr den Spitznamen White Lily einbrachte, sowie mit einer schlanken, ansehnlichen Gestalt und weiblichen Rundungen. Binnen kürzester Zeit war ich richtig verknallt in sie. Natürlich war das Ganze völlig unschuldig und harmlos. Was sie mir über Sex erzählte, beruhte ausschließlich auf Hörensagen und erwies sich später als völlig falsch. Auch wenn wir nachts oft unter die Bettdecke der anderen schlüpften (inzwischen galt ich als alt genug, nicht mehr der ständigen Gegenwart Steelys zu bedürfen), uns umarmten, küssten und streichelten, wobei es uns auch gelang, prickelnde Gefühle zu wecken, waren wir noch zu unerfahren, um mehr zu erreichen als das.

Ob sich aus unserer Beziehung mehr hätte entwickeln können, vermag ich nicht zu sagen. Während ich in dieser Zeit ganz zufrieden war mit meinem Leben, machten Anne die Entwicklungen daheim Sorgen. Tatsächlich war sie ausquartiert worden, weil ihr verwitweter Vater ein Auge auf meine Tante Charlotte Hunloke geworfen hatte, Papas verwitwete Schwester, eine humorlose Matrone, die berüchtigt war für ihr strenges Regiment. Da Anne seit dem Tod ihrer Mutter weit gehend sich selbst überlassen gewesen war, war sie von der Aussicht auf einen solchen Hausdrachen als Stiefmutter verständlicherweise wenig begeistert.

Ihr zweites Problem bestand darin, dass Großvater auf der Suche nach einem Ehemann für sie war. Seine erste Wahl war William, doch Anne zeigte nicht das geringste Interesse an meinem Vetter. Mir war das unbegreiflich – nicht nur, weil William (abgesehen von George Anson und natürlich

Lord Byron) für mich der attraktivste Mann auf der Welt war, sondern weil ich nicht verstand, wie man sich überhaupt gegen eine Heirat sträuben konnte. Wir Kinder ahnten damals natürlich nicht, dass White Lily höhere Ziele anstrebte und einen ganz anderen Mann im Auge hatte. Tante Eliza war die Einzige, die Anne möglicherweise durchschaut hatte. Im Laufe der vergangenen Jahre hatte Mama ihre Pflichten nach und nach endgültig an ihre jüngere Schwester abgetreten, und Eliza, deren Einführung in die Gesellschaft trotz einer beachtlichen Mitgift als Tom Cokes Tochter nicht den gewünschten Erfolg gebracht hatte, hatte sich weit gehend mit ihrer Rolle als Herrin von Holkham abgefunden. Da es so aussah, als würde sie in ihrem ganzen Leben keine andere Machtposition mehr innehaben, war sie verständlicherweise nicht geneigt, diese Stellung kampflos aufzugeben. So betrachtete sie Annes Anwesenheit denn auch mit einiger Missbilligung und fragte die Weiße Lilie sogar eines Tages, wer sie auf Holkham hielt, William Coke oder sein Onkel, worauf Anne knapp erwiderte: »Mr Thomas natürlich.«

Wir anderen hielten das für einen Scherz, und sogar Eliza gab sich belustigt. Großvater ging auf die siebzig zu, und soweit wir Kinder wussten, beschränkten seine Interessen sich auf die Jagd, das Angeln, die Verwaltung seines Gutes und die Politik. Für uns war allein der Gedanke, dass ein so alter eingefleischter Witwer noch das geringste Interesse an Sex haben könnte, schlicht absurd – auch wenn wir in der Materie noch sehr unbedarft waren. Wie entscheidend man seine Meinung im Laufe der Zeit doch ändern kann! Wir wussten, dass er zumindest in der Öffentlichkeit oder in Gegenwart seiner Familie als höchst moralischer, durch und durch korrekter Mann auftrat. Jeder wusste, dass er mit einem seiner ältesten Freunde, dem allseits anerkannten Führer der Liberalen, Charles James Fox, vor dessen Tod gebrochen hatte, weil er sich weigerte, dessen Frau auf Holkham zu empfangen, da diese schon vor der Ehe das Bett des Politikers geteilt hatte. Wahrscheinlich kannte Eliza, die ihr ganzes Leben im direkten Umfeld ihres Vaters verbracht hatte, diesen besser als jeder von uns anderen, sodass sie mit noch größerem Nachdruck versuchte, eine Ehe zwischen Anne und meinem Vetter zu Stande zu bringen. Doch war Anne abgeneigt, und auch William zeigte nicht das geringste Interesse, sich mit seiner »Paten«-Cousine einzulassen.

Der Höhepunkt der Angelegenheit war ebenso unerwartet wie verwunderlich. Lord Albemarle ehelichte Tante Charlotte mit großem Pomp in London. Ich war ganz aus dem Häuschen, kam ich doch bei dieser Gelegenheit zum ersten Mal in die Stadt. Überwältigt ließ ich das lärmende bunte Treiben in den breiten Straßen mit den eleganten, wenn auch ein wenig eintönigen und dicht an dicht stehenden Häusern auf mich wirken. Zusammen mit noch einigen anderen jungen Mädchen (ich war jetzt fast fünfzehn) durfte ich die Schleppe der Braut tragen. Draußen vor der St. James am Piccadilly herrschte reger Betrieb, und die Leute jubelten laut, als wir ganz in Weiß gekleidet aus der Kutsche stiegen. Manch einer mochte denken, die Menge würde der Braut applaudieren, die uns unmittelbar folgte, aber da Tante Charlottes Schönheit (sofern sie denn jemals welche besessen hatte) längst verblüht war, bildete ich mir ein, die Zurufe würden mir gelten, hatte Steely mich doch sorgfältig zurechtgemacht. In meinem weißen Kleid mit Schärpe und Handschuhen, das lange rotgoldene Haar wie Seide über meinen Rücken fallend, fühlte ich mich unwiderstehlich.

Auf der anschließenden Feier ging es hoch her, aber ich bekam leider nur wenig davon mit, da ich nach einigen Gläsern Sekt schon früh zu Bett gebracht werden musste. So kam es, dass ich die Abreise von Braut und Bräutigam verpasste, und als ich am nächsten Morgen zum Frühstück nach unten ging, stellte ich fest, dass im Haus jene düstere Stille herrschte, die so oft auf große Feiern folgt, auf Hochzeiten sowieso. Anne stocherte ebenso wie meine Brüder lustlos in ihrem Porridge, derweil Großvater wie gewöhnlich am Kopfende des Tisches thronte, wenn auch sichtlich verkatert. Papa war fort, aber Mama und Tante Eliza saßen bei ihm. Die Ansons waren bereits in ihr eigenes Stadthaus zurückgekehrt, und wir Digbys sollten später am Vormittag die Heimreise nach Dorset antreten, die für gewöhnlich mindestens zwei Tage in Anspruch nahm. Als er fertig gegessen hatte, kam Großvater, der nach Holkham in Norfolk zurückkehren würde, um den Tisch herum, tätschelte den Jungen den Kopf und küsste mich und Anne zum Abschied auf die Wange. »Wir sehen uns bald wieder«, sagte er noch, bevor er das Speisezimmer verließ.

Sein Gepäck war bereits nach unten gebracht worden, und in wenigen Minuten würde er aufbrechen. Aus irgendeinem Grund schaute ich Anne an, und sie erwiderte meinen Blick. Ihre Wangen waren flammendrot. Mir war nicht entgangen, dass Großvaters Kuss harmlos gewesen sein mochte, wobei seine Hand jedoch gleichzeitig in einer nicht ganz so unschuldigen Geste ihre Hüfte gedrückt hatte, und ich nahm an, dass dies der Grund für ihre Verlegenheit war. Umso verwunderter waren meine Mutter und ich, als sie urplötzlich wortlos aufsprang und aus dem Zimmer stürzte. Da sie nach unten rannte und nicht nach oben, traten wir ans Fenster und blickten hinaus auf die Straße. Großvaters Kutsche wollte eben losfahren, als Anne aus dem Haus und über die Straße rannte, die Kutschentür aufriss und zu ihm hineinkletterte. »Grundgütiger!«, bemerkte Mama. »Was ist nur mit dem Kind los?«

Ich bin sicher, dass Mama sehr genau wusste, was mit Anne los war, was sie vorhatte oder bereits getan haben mochte. Aber nicht einmal sie rechnete mit dem, was dann geschah. Was immer mein Großvater, der stets korrekte alte Gentleman, und Lady Anne auf der langen Rückfahrt nach Holkham in der Kutsche trieben, gefiel ihm offenbar so gut, dass schon kurze Zeit später eine weitere Hochzeit anstand und die Braut am zweiten Weihnachtstag 1822 eine erfolgreichere Hochzeitsnacht erlebte als meine erste Großmutter, brachte sie doch (von Mäusen verschont) den Sohn zur Welt, der Großvater bisher versagt geblieben war.

☆

Die meisten Familienmitglieder versuchten, diese überraschende Entwicklung mit Humor zu nehmen, und die so offensichtlich nicht rein platonische Beziehung zwischen dem Achtundsechzigjährigen und seiner fünfzig Jahre jüngeren Frau war noch lange in aller Munde. Großvaters Heirat mit Lady Anne wirkte sich unwiderruflich auf unser aller Leben aus. Bislang hatten wir in einer sehr geordneten Welt gelebt, innerhalb derer jeder seinen Platz in der Hackordnung kannte, der ihm von Geburt aus zustand. Niemand hätte damit gerechnet, dass das Familienoberhaupt Thomas Coke auf seine alten Tage noch einen Erben zeugen und somit besagte Ordnung über den Haufen werfen könnte. Mama beispielsweise hatte immer eine Sonderstellung eingenommen, weil sie die Älteste war und ihr mit der ersten Heirat ein gesellschaftlicher Aufstieg gelungen war. Jetzt wurde sie plötzlich von einer lebhaften Stiefmutter vom Sockel gestürzt, die gerade einmal halb so alt war wie sie selbst! Und ich mit meinen noch nicht ganz fünfzehn Jahren hatte jetzt eine achtzehn Jahre alte Großmutter!

Mama war von Natur aus sehr anpassungsfähig, aber Tante Eliza hatte weder Ehemann noch Kinder und auch kein eigenes Zuhause. Sie verlor ihre angesehene Position als Hausherrin und wurde zum unbedeutenden Anhängsel degradiert, da Anne darauf bestand, die Führung des eigenen Haushalts persönlich zu übernehmen. Tatsächlich erwies ihr Regime sich als ebenso streng wie das ihrer eigenen neuen Stiefmutter. Ich weiß nicht, wie fromm sie wirklich war, aber offenbar war sie der Meinung, Frömmigkeit stünde der Herrin von Holkham gut zu Gesicht, und so führte sie das Abendgebet ein. Wir anderen mussten uns fügen und diese Qual über uns ergehen lassen, war Großvaters Blick doch völlig verklärt, was seine junge Frau betraf, sodass er ihr jeden Wunsch erfüllte. Sogar Mama musste nach dem Dinner niederknien. Sie selbst fand das nicht weiter schlimm, einmal abgesehen von der Würdelosigkeit des Rituals, aber einigen unserer Gäste fiel es doch sehr schwer, vor allem Ladys und Gentlemen in Großvaters Alter, die naturgemäß nicht mehr ganz so agil waren. Niederknien ging ja noch, aber wieder hochzukommen bereitete manchen der altehrwürdigen Herrschaften größte Schwierigkeiten, sodass die Lakaien von einem zum anderen rennen mussten, um dem alten Adel des Landes wieder auf die Füße zu helfen. Wir Kinder fanden das Ganze furchtbar komisch.

Der arme William hatte von allen am meisten zu leiden, und das nicht wegen des Abendgebets. Ob er sich nun für Großvaters Patenkind interessiert hatte oder nicht (und in seiner Position hatte er geglaubt, sich mit der Wahl seiner Braut Zeit lassen zu können) –, plötzlich sah er sich seines Erbes beraubt, das ihm so lange Zeit sicher erschienen war. Von einem Tag auf den anderen wurde er in die Bedeutungslosigkeit gestoßen.

Seltsamerweise war der einzige Mensch, der tatsächlich von den Ereignissen auf Holkham profitierte (natürlich abgesehen von Großvater und Anne), ausgerechnet Tante Eliza. Nachdem sie sich von dem Schock erholt hatte, raffte sie sich auf und fand doch noch einen Mann, einen Gentleman namens Spencer Stanhope, wenn dieser auch weder gut aussehend noch geistreich oder wohlhabend war, wobei Letzteres bei einer Coke-Erbin weniger ins Gewicht fiel. Mich veranlasste die Heirat zu der Überlegung, dass Tante Eliza bei ihren früheren Bemühungen, einen Mann zu finden, ihre Ansprüche möglicherweise zu hoch gesteckt hatte.

☆

Aber auch für mich änderte sich mit diesem unerwarteten Ereignis so manches, auch wenn hiervon nach außen hin nichts spürbar war. Allerdings bekam ich bei unseren Aufenthalten auf Holkham zu spüren, dass meine ehemalige Spielgefährtin zu einer echten Lady aufgestiegen war, während ich selbst noch Kind war. Ich nahm ihr das nicht übel; ich war schon immer dafür, dass jeder es möglichst schnell möglichst weit bringen sollte. Ich erkannte, dass Anne ihren kometenhaften Aufstieg ihrer eigenen Entschlossenheit zu verdanken hatte, das eigene Schicksal in die Hand zu nehmen, und ich beschloss, sie mir zum Vorbild zu nehmen. Mit fünfzehn war ich fast ausgewachsen. Ich war überdurchschnittlich groß (ich hatte Großvater eingeholt), war von ansehnlicher, wenn auch vielleicht noch ein wenig zu knabenhafter Gestalt, hatte wunderschönes Haar, das mir inzwischen bis über den Po reichte, und so feine Züge, dass sie als göttlich bezeichnet wurden. Darüber hinaus galt ich als bester weiblicher Schütze und beste Reiterin der Grafschaft (wenn ich an einer Reitjagd teilnahm, versammelten sich Zuschauermassen entlang der Strecke), und Steely sei Dank war ich so ziemlich die gebildetste junge Dame im ganzen Land. Französisch beherrschte ich fließend, ebenso Hochdeutsch, und auch Latein bereitete mir keine Probleme. Ich hatte sämtliche Klassiker gelesen und war dank Großvater auch politisch bestens informiert. Hinzu kamen eine bemerkenswerte mathematische Begabung und ein außergewöhnliches Gedächtnis, und von Mama hatte ich abgesehen von der Schönheit auch Liebe und Talent zum Zeichnen und Malen sowie eine poetische Ader geerbt. Wenn man noch meinen brennenden Wunsch hinzunahm, meine Schönheit auf sehr leidenschaftliche Weise zu teilen, konnte kein Mann sich eine perfektere Ehefrau wünschen.

☆

Zweifellos gingen Mamas Gedanken in die gleiche Richtung, aber mir war nicht entgangen, dass Eheschließungen in den oberen Schichten viel zu oft ein Kuhhandel waren in Richtung: *Ich habe eine hübsche kleine Tochter und Ihr einen ganz passablen jungen Sohn. Ich kann 20.000 Jahreseinkommen bieten, und Ihr 30.000 Morgen Land, das passt doch wunderbar!* Ob die jungen Leute sich je gesehen hatten oder ob sie einander auch nur sympathisch waren, spielte dabei keine Rolle.

Ich wollte nicht, dass es auch mir so erging. Heute weiß ich, dass Mama mich niemals gegen meinen Willen zu einer Ehe gezwungen hätte, und als ich meinen Ehemann selbst auswählte, gab sie mir ihren Segen, auch wenn sie an einem glücklichen Ausgang der Ehe ihre Zweifel gehabt haben mochte. Mit fünfzehn aber war mir das alles noch nicht klar, und so sagte ich mir, dass der einzig richtige Weg der wäre, mir sobald als möglich einen Mann zu suchen und meine Eltern vor vollendete Tatsachen zu stellen.

Nachdem ich mich einmal zu diesem Schritt entschlossen hatte, konnte es nur eine Wahl geben. Ich geduldete mich bis zum Sommer, als ich auf Holkham war und George zu Besuch kam. Er hatte schon einige Jahre zuvor sein Offizierspatent erhalten und es zwischenzeitlich zum Hauptmann gebracht, wobei sein rascher Aufstieg (der sich noch fortsetzen sollte) vom Geld meines Vaters erkauft worden war, eine damals durchaus übliche Praktik. Er war eine schneidige

Erscheinung in seinen weißen Hosen und der roten Uniformjacke mit dem hohen steifen Kragen und Goldtressen. Das Schwert und den hohen Tschako legte er allerdings im Haus ab, da sie eine ständige Gefahr für das Mobiliar darstellten. »Du bist der attraktivste Mann, den ich je gesehen habe«, sagte ich, als wir einmal allein waren.

»Und du bist das hübscheste Mädchen, das ich je gesehen habe.«

Ich empfand seine Antwort eher als hölzern und höflich, als dass sie für mich auf weiterreichendes Interesse hätte schließen lassen, aber so leicht lasse ich mich nicht entmutigen. »Wie lange wirst du bleiben?«

»Nur ein paar Tage, fürchte ich. Ich muss am Dienstag wieder meinen Dienst antreten.«

Da bereits Freitagmittag war, hatte ich keine Zeit zu verlieren. »Sollen wir ausreiten?«

Er stimmte zu, und so zog ich mich um und traf mich mit ihm im Stall, wo Tom Burrows inzwischen unsere Pferde gesattelt hatte. Er musterte uns ein wenig finster, da ihm sicher nicht entging, dass wir nur mit uns beschäftigt waren. Dann ging es los, und wir galoppierten über die Wiesen. Ich wusste sehr genau, wohin ich wollte, kannte ich das Anwesen doch besser als George, der mir bereitwillig die Führung überließ, da er nichts von meinem Plan ahnte. Genau genommen gab es auch gar keinen konkreten Plan. Wir waren Freunde, seit ich denken konnte, hatten zusammen gelacht und gespielt und gelegentlich auch gestritten. Aber unsere Beziehung war seit einem frühen, unschuldigen Versuch herauszufinden, ob er über das gleiche Attribut verfügte wie die Zigeunerjungen, völlig unerotisch gewesen. Ich ging davon aus, dass er den Zwischenfall vergessen hatte. Wollte ich bei ihm weiterkommen, das war mir klar, musste ich ihm erst einmal deutlich machen, dass ich ein Mädchen im heiratsfähigen Alter war, das es obendrein kaum erwarten konnte, sich einem Mann hinzugeben. Die Frage war nur, wie ich das bewerkstelligen sollte, ohne dass es nach einer geplanten Aktion aussah.

Ich überlegte mir, mich in einem geeigneten Augenblick vom Pferd fallen zu lassen und ihn somit zu zwingen, mir zu Hilfe zu eilen. Besonders geeignet für die Durchführung meines taktischen Manövers erschien mir einer der zahlreichen Bäche, und als wir uns einem Graben näherten, ließ ich ihn an mir vorbeiziehen, da meine Stute Wonder absolut zuverlässig war, ich jedoch den Anschein erwecken wollte, als hätte sie gescheut und den Sprung verweigert. Als George nun über den Graben hinwegsegelte und dabei wie erwartet nach vorn sah, zügelte ich Wonder vor dem Graben und schwang mich aus dem Sattel. Tatsächlich lief alles besser – zumindest dramatischer – als geplant, da Wonder, völlig verwirrt von diesem unerwarteten Zwang zum Verweigern, mich von hinten mit dem Maul anstupste, als wolle sie fragen, was das alles zu bedeuten habe. Ich verlor das Gleichgewicht und fiel mit einem lauten Platscher ins Wasser.

Ich stieß einen spitzen Schrei aus, doch das Geräusch bei meinem Sturz ins kühle Nass hätte auch für sich allein gereicht, Georges Aufmerksamkeit zu erregen, zumal Wonder vor Schreck wieherte. George wendete sein Pferd und kam zu mir zurückgeritten. Er blieb am anderen Ufer, stieg ab und blickte aus drei, vier Schritten Entfernung auf mich. »Was ist passiert?«

Ich konnte ihm nicht verübeln, dass er sich nicht sofort ins Wasser stürzte, da der Bach gerade mal einen halben Meter tief war und ich offensichtlich nicht Gefahr lief zu ertrinken. »Meine Stute ist gestolpert«, entgegnete ich und spuckte ins Wasser. »Sie muss in ein Loch getreten sein.«

»Großer Gott! Vielleicht hat sie sich verletzt!« Jetzt zögerte er nicht länger und watete in den Bach, allerdings nicht, um mir zu helfen. Vielmehr spritzte er mich noch nass auf dem Weg zu meiner Stute, deren Beine er sehr sorgfältig abtastete. Das war meine erste Lektion, was männliche Prioritäten anging, aber in diesem Moment fühlte ich nur Zorn und rappelte mich langsam auf. »Ihr scheint nichts passiert zu sein.« Er richtete sich wieder auf, derweil Wonder uns beide mit verräterischer Neugier musterte. »Gott sei Dank.«

»Und was ist mit mir?«, fragte ich gereizt.

»Du bist pitschnass.«

»Ich sollte die nassen Sachen besser ausziehen«, meinte ich.

»Äh ... ja, wahrscheinlich. Ich gehe da rüber, in Ordnung?« Ich hatte nie daran gezweifelt, dass seine Instinkte als Gentleman stärker sein würden als sämtliche Triebe. Ich kletterte also ans Ufer, zog mich aus und breitete meine Kleider ordentlich zum Trocknen im Gras aus. Abschließend kippte ich das Wasser aus meinen Stiefeln und bemerkte dann erst, dass ich den Hut noch auf dem Kopf hatte. Ich war erleichtert, nicht nur, weil der Hut brandneu war, mit einem blauen Schal um die Krone, sondern weil das bedeutete, dass auch mein Haar trocken geblieben war, zumindest oberhalb der Ohren.

Ich nahm den Hut ab, legte ihn neben meine Stiefel ins Gras und machte mich barfuß auf die Suche nach meinem Begleiter, der sich hinter ein paar Sträucher zurückgezogen hatte und leicht nachdenklich in die Ferne starrte. Er hörte mich nicht kommen, sodass ich ihn ansprach. »Möchtest du mich nicht auch auf Verletzungen untersuchen?«

Er drehte sich um, und seine Kinnlade klappte buchstäblich herunter. »Jane ... du bist splitternackt.«

Mit dieser Reaktion hatte ich nicht gerechnet. Ich war mir meiner Schönheit bewusst, und seit dem Bad mit den Zigeunern sieben Jahre zuvor war er das erste männliche Wesen, dem der wirklich sehenswerte Anblick zuteil wurde. Auch bestand ein haushoher Unterschied zwischen einem noch so hübschen achtjährigen Kind und einer makellosen Fünfzehnjährigen mit allen körperlichen Merkmalen einer erwachsenen Frau. Aber er errötete nur bis unter die Haarwurzeln und wandte sich ab. »Gefalle ich dir nicht?«, fragte ich.

»Mein Gott.« Ich fand ihn doch sehr einfallslos. »Wenn jemand vorbeikommt.«

»Es wird niemand vorbeikommen. Und falls doch, verstecken wir uns im Gebüsch.«

Ich gebe offen zu, dass meine Annäherung ausgesprochen ungeschickt war, aber geduldiges Abwarten war noch nie meine Stärke. Ich habe immer dazu geneigt, die Dinge zu beschleunigen – in die Richtung, die ich für richtig hielt. Diesmal erzielte ich sogar eine positive Reaktion. Er machte einen Schritt auf mich zu. »O Jane. Du bist so süß. Und so wunderschön.«

Ich beschloss, auch Ersteres als Kompliment aufzufassen. »Ich finde dich auch süß, lieber George.« Ich trat dicht vor ihn, schlang die Arme um seinen Hals und hielt ihn ganz fest, während wir uns küssten. Nach kurzem Zögern tat er es mir gleich, und einige Sekunden lang klammerten wir uns aneinander und durchnässten seine Uniform, da ich mich in Ermangelung eines Handtuchs nicht abgetrocknet hatte. Nach einer Weile empfand ich den Druck seiner Messingknöpfe auf der Haut als schmerzhaft. »Könntest du das vielleicht ausziehen?«, fragte ich.

Ich meinte von Anfang an mehr als nur die Uniformjacke, und fünf Minuten später hatte ich endlich den Gegenstand jahrelanger Neugierde zumindest visuell erobert. Als er mich dann wieder in die Arme schloss und küsste, dauerte es nicht lange, bis der körperliche Sieg folgte. Ich hatte nicht den leisesten Schimmer, wie es weitergehen sollte, aber für den Augenblick war ich ganz zufrieden mit dem, was passierte. Ich war noch nie richtig, also mit offenem Mund, geküsst worden und fand die Erfahrung faszinierend, zumal ja mein nackter Leib an seinen ebenso unbekleideten Körper geschmiegt war. Aber was auch immer ich erwartet haben mochte, ganz sicher war es nicht das, was dann folgte: George trat einen Schritt zurück und sagte knapp: »Wir müssen zurück.«

»Gefalle ich dir denn nicht?«, fragte ich wieder, den Tränen nahe.

»Natürlich gefällst du mir, liebste Jane. Ich liebe dich. Ich bete dich an. Aber ...«

»Aber was?«, fragte ich kalt und schluckte die Tränen hinunter. »Du liebst also eine andere.«

»Du lieber Himmel, nein. Aber dich jetzt zu nehmen ...«

Ich verstand nicht, was er meinte. »Du meinst, mich zu heiraten?«

»Das würde ich wohl müssen, nehme ich an. Aber das geht nicht. Wir sind Cousin und Cousine ersten Grades.«

»Spielt das denn eine Rolle.«

»Das ist ungesetzlich.«

»Unsinn.«

»Nein, wirklich. Kein Geistlicher würde uns trauen, und wenn herauskäme, dass wir ... dass wir miteinander ... also, man würde uns ins Gefängnis werfen.«

Das wollte ich genauer wissen. »Weshalb?«

»Wegen Inzest. Geschlechtsverkehr zwischen uns ist tabu.« Diese Worte klangen für mich schrecklich aufregend. Auch wenn ich nicht wusste, was Geschlechtsverkehr war, und annahm, es handle sich nur um einen verbalen Austausch, hatte ich der Verlockung des Verbotenen noch nie widerstehen können. »Im Übrigen bist du zu jung. Du kannst nicht ohne die Einwilligung deiner Mutter heiraten, und die würdest du niemals bekommen. Außerdem muss ich an meine Karriere beim Militär denken. Es heißt, man würde das Regiment nach Indien schicken.«

»Wunderbar. Ich würde dich begleiten.«

»Jane!« Er ergriff meine Hände und verleitete mich zu der Annahme – und Hoffnung –, es würde eine weitere Umarmung folgen. »Bitte, sei ein braves Mädchen. Wenn es Folgen hätte, würde man mich der Vergewaltigung bezichtigen. Dafür könnte ich sogar am Galgen enden.«

Vergewaltigung? Mein Vokabular erweiterte sich so rasch, dass ich kaum mitkam. Ich brauchte dringend ein Wörterbuch. Aber ein Blick auf seine Männlichkeit verriet mir, dass ich verloren hatte. Ich fühlte mich schrecklich gedemütigt und war furchtbar zornig. »Also gut, wenn du mich nicht lieben willst, George, was stehen wir dann noch hier herum und holen uns den Tod?«

»Aber deine Kleider sind noch nass«, protestierte er.

Rückblickend frage ich mich, ob mein ganzes Leben möglicherweise völlig anders verlaufen wäre, hätte ich mich nur eine Stunde geduldet. Natürlich hätte es einen Riesenskandal gegeben und sogar die Möglichkeit rechtlicher Konsequenzen, andererseits wusste ich damals schon, dass sehr wohlhabende und einflussreiche Familien sich in der Regel mit dem Gesetz arrangieren konnten. Es ist also mehr als wahrscheinlich, dass Mama und Tante Anne, zwei sehr vernünftige und praktisch veranlagte Frauen, mit der Wahrheit und eventuell einem dicken Bauch konfrontiert, eine Lösung gefunden hätten. Vielleicht wäre ich sogar tatsächlich nach Indien gekommen. Leider wusste ich damals noch nicht, dass zwischen uns noch viel mehr hätte passieren können und innigeres Kuscheln weitreichende Konsequenzen haben konnte. So war ich nur zutiefst beleidigt. »Die Sachen sind fast trocken, und in einer halben Stunde bin ich zu Hause und nehme ein heißes Bad.«

☆

Das war leichter gesagt als getan. Zwar war ich dreißig Minuten später auf Holkham Hall, doch um an ein Bad zu kommen, musste ich an Steely vorbei. »Jane!«, rief sie entsetzt. »Deine Kleider sind ja ganz feucht!«

»Wonder hat mich abgeworfen, und ich bin in einen Bach gefallen.«

Das war ein Fehler: Es war eine Ewigkeit her, dass ich das letzte Mal vom Pferd gefallen war, und Wonder hatte mich noch nie abgeworfen. Steely war von Natur aus ebenso misstrauisch wie neugierig, und als ich mich weigerte, weiter Auskunft zu geben, wandte sie sich an George. Ich saß noch in der Wanne, als ich zu La Madre zitiert wurde. Ich zog mich an, so schnell ich konnte, und eilte in Mamas Boudoir. Zu meiner Erleichterung war sie allein. »Setz dich, Jane«, sagte sie in ihrer gewohnten ruhigen und freundlichen Art. »Erzähl mir, was sich heute Nachmittag ereignet hat. Ich habe gehört, du wärst mit George ausgeritten und von Wonder gefallen.«

»Also ...« Ich fühlte, wie ich errötete. »Sie ist gestolpert. Sie muss in ein Kaninchenloch getreten sein. Mein Fuß ist aus dem Steigbügel gerutscht, und dann lag ich auch schon im Wasser. Aber es ist alles gut gegangen; sie ist unverletzt.«

»Ich möchte gern genauer wissen, was sich zugetragen hat. Du bist also von Wonder gefallen und in einem Bach gelandet. Welcher Bach war das genau?«

»Der Parallel Brook. Aber ich habe mir nichts getan. Das Wasser hat den Sturz abgefangen.«

»Bist du mitten hinein gefallen?«

»Ja, Mama.« Ich verstand nicht, worauf sie hinauswollte.

»Dann musst du pitschnass gewesen sein.«

»O ja, Mama. Nass bis auf die Haut.«

»Das muss aber sehr unangenehm gewesen sein. Was hast du gemacht?«

»George hat mir ans Ufer geholfen, und nachdem wir

hiernach beide ziemlich nass waren, sind wir so schnell wie möglich zurückgeritten.«

»Sehr vernünftig. Mal sehen ... bis zum Parallel Brook ist es ungefähr eine viertel Stunde.«

»Eher eine halbe Stunde.«

»Nicht, wenn man sich beeilt, und du sagtest eben, ihr wärt so schnell wie möglich heimgeritten. Deine Kleider müssen erstaunlich schnell getrocknet sein.«

»Mama ...«

»Als du zurück warst, bis du sofort hinauf auf dein Zimmer, nicht wahr? Und bevor die Dienstmädchen dir ein Bad einlassen konnten, noch bevor du Gelegenheit hattest, dich auszuziehen, bist du Margaret begegnet. Ist das richtig?«

»Ja, Mama.«

»Ihr ist aufgefallen, dass deine Kleider allesamt feucht, aber nicht wirklich nass waren. Margaret schätzt, dass zwischen deinem Sturz ins Wasser und deiner Heimkehr mindestens eine Stunde vergangen sein muss.« Sachlich fuhr sie fort: »Sie ist der Meinung, dass du die nassen Sachen ausgezogen und in noch feuchtem Zustand wieder angezogen hast. Eine der Schnüre deiner Unterhose ist gerissen.«

»Ich ...«

»Ich hätte nie erwartet, dass du mich irgendwann anlügen würdest.«

»O Mama!« Ich brach in Tränen aus, fiel vor ihr auf die Knie und vergrub das Gesicht in ihrem Schoß.

»Erzähl mir jetzt ganz genau, was sich in diesen fehlenden fünfundvierzig Minuten zugetragen hat.«

»O Mama. Es ist nichts passiert. Ich schwöre es.«

»Aber du hast dich ausgezogen. Vor George?«

»Er hat weggesehen.«

»Das war schamlos von dir. Und wenn er weggesehen hat, wie kommt es dann, dass seine Uniformjacke ebenfalls feucht war?«

Ich biss mir auf die Unterlippe.

»Ich möchte diese Angelegenheit aus der Welt schaffen, ohne dass sein Großvater, dein Vater oder deine Tante Anne Margaret etwas davon mitbekommen. Oder, Gott behüte, deine Stiefgroßmutter! Ich möchte nur eins von dir wissen: Ist zwischen euch etwas Unzüchtiges vorgefallen?« Ich hob den Kopf und starrte sie an. War ein Kuss unzüchtig? Wenn beide Parteien dabei splitternackt waren, vermutlich schon ...

»Ich kann auch die Hebamme kommen lassen.«

»Mama?« Meine Verständnislosigkeit war offensichtlich.

»Er hat dich nicht angerührt?«

»Nein. Wir haben uns geküsst, mehr nicht.« Schließlich hatte vor allem ich *ihn* angefasst.

»Ich verstehe. Nun, du warst sehr, sehr ungezogen, und ich werde mir überlegen müssen, was in dieser Sache geschehen soll. Ich möchte keinesfalls die Familie in Aufruhr bringen, indem ich die Angelegenheit anspreche, und da ich annehme, dass George Anson mir hierin zustimmen wird, dürfte die Sache unter uns bleiben. Allerdings wirst du künftig nicht mehr allein mit George oder sonst einem Mann ausreiten. Ein Ungehorsam würde mich sehr, sehr böse machen.«

»Ja, Mama. Was meine Strafe angeht ...«

»Wie ich schon sagte, ich werde darüber nachdenken.«

☆

Die Bestrafung blieb aus, was daran liegen mochte, dass ich am Abend zu schniefen anfing und zwei Tage später so schwer erkältet war, dass ich für längere Zeit das Bett hüten musste. Als ich wieder aufstehen konnte, war George längst abgereist. Ich nahm an, dass meine Erkrankung ihn davon abgehalten hatte, sich von mir zu verabschieden, doch ich war trotzdem verärgert. Erst später erfuhr ich, dass Steely ihn nicht zu mir vorgelassen hatte. Aber auch wenn ich Mamas Zorn nicht direkt zu spüren bekam, weiß ich heute, dass sie damals begann, ernsthaft meine Heirat mit einem angemessenen Gentleman ins Auge zu fassen. Das Problem war, dass in unserem Land fünfzehnjährige Mädchen noch nicht als heiratsfähig galten, sodass Mama sich fürs Erste damit begnügen musste, zu verhindern, dass ich irgendwelchen Unsinn anstellte.

Ich selbst ahnte nichts von dem, was hinter meinem Rücken vorging. Mir ging erst im folgenden Sommer ein Licht auf, als wir nach einem höchst unangenehmen Winter wieder auf Holkham weilten und Stiefgroßmutter Anne, die meines Wissens nichts von der George-Episode wusste, eines Tages meinte: »Dein Papa will also für die kommende Saison ein Haus in der Stadt beziehen. Dann komme ich dich in London besuchen.«

Ich war entzückt von diesen Aussichten und sprach Mama darauf an. Zu meiner Überraschung reagierte sie verlegen, was völlig untypisch für sie war. »Wir dachten, das könnte vielleicht interessant werden«, sagte sie nur.

Ich war nicht so dumm, dass ich nicht eins und eins zusammengezählt hätte. Im nächsten Sommer würde ich siebzehn sein, alt genug, um als Debütantin in die Gesellschaft eingeführt zu werden, mit der unverhohlenen Absicht, mir einen Ehemann zu suchen. Grundsätzlich war ich auch dafür, doch die konkrete Umsetzung bereitete mir Kopfzerbrechen. Meine Sorge war umso größer, als ich jetzt alt genug war, an förmlichen Dinnerpartys teilzunehmen, von denen es in diesem Sommer ziemlich viele gab. Und jedes Mal saß ich neben einem Gentleman, der mir unweigerlich mitteilte – noch bevor die Suppenteller abgeräumt waren –, dass er entweder Junggeselle war oder Witwer. Ich fand an keinem einzigen Gefallen. Sie alle gaben sich große Mühe, charmant zu sein, waren aber ausnahmslos alt. Im Gegensatz zu Stiefgroßmutter Anne reizte mich die Aussicht, das Bett mit einem Mann zu teilen, der von Alters wegen mein Vater sein könnte, nicht im Geringsten, zumal jeder dieser potenziellen Verehrer unzählige schlechte Angewohnheiten an den Tag legte. Sie alle rauchten entweder ganz offen oder rochen nach kaltem Tabakrauch, tranken zu viel oder hatten eine Fahne; keiner von ihnen war ein guter Schütze, und nur sehr wenige konnten reiten oder hatten auch nur einen halbwegs manierlichen Sitz. Das Schlimmste aber war, dass sie heftig und unangenehm schwitzten und keine Gelegenheit ausließen, mich anzufassen. Mir ist klar, dass alle Menschen schwitzen, Männer wie Frauen, wobei wir Damen selbstverständlich nur transpirieren, aber wenn man darum weiß, sollte man sich der Notwendigkeit bewusst sein, die Kleidung möglichst häufig zu wechseln – und das war diesen Gentleman offenbar fremd. Was das Anfassen betrifft, hatte ich grundsätzlich nie etwas dagegen gehabt, aber es sollte doch bitte der richtige Mann sein, am richtigen Ort und zur richtigen Zeit – und mit sauberen Händen. Es erfüllte mich mit Abscheu, wenn von Butter schmierige Finger meine Hand hielten oder Fettflecken auf meinem Rock hinterließen.

Ich beklagte mich bei Mama, die jedoch nur lapidar erwiderte: »Männer sind nun einmal so. Und was sollten wir ohne sie anfangen?« Später erfuhr ich, dass der gute, inzwischen pensionierte Papa gegen diese Verkupplungsversuche war, weil er mich noch für zu jung hielt. Im Übrigen behagte ihm die Vorstellung, einen ganzen Sommer in London zu vergeuden, gar nicht, wo er seine Zeit doch so viel sinnvoller und angenehmer auf dem Land verbringen konnte, ganz abgesehen von den Kosten des Unterfangens. Aber so mutig und berühmt Papa als Seefahrer sein mochte – an Land stand er unter der Fuchtel meiner Mutter. Das hing vermutlich damit zusammen, dass Mama von höherer Geburt war und ihre Familie wohlhabender und einflussreicher, aber ich möchte auch gerne glauben, dass er ihr nachgab, weil er sie aufrichtig liebte. Ich verbrachte also einen sehr ereignisreichen Sommer, der gekennzeichnet war von Georges Zurückweisung und der Katastrophe, auf die ich zusteuerte, während ich bei Steely seit meiner Eskapade einen schweren Stand hatte. Meine Gouvernante war überzeugt, dass zwischen George und mir etwas Unanständiges vorgefallen war, und konnte einfach nicht verstehen, warum ich nicht auf das Strengste bestraft worden war. Ich war inzwischen zu alt, um noch mit dem Riemen gezüchtigt zu werden, zumal ich größer und stärker war als sie, aber sie bestand weiterhin auf strikter Disziplin, der ich mich in Anbetracht meiner wackligen Position gegenüber Mama zu unterwerfen genötigt sah, so sehr es mir auch gegen den Strich ging.

Aber ich war nicht die Einzige in der Familie, die sich einen Fehler leistete. Mamas Herkunft und Erziehung, erst recht ihre angeborene Versnobtheit untersagten es ihr, auch nur in Betracht zu ziehen, dass eine wahre Lady einen Mann, der mehr als eine Klasse unter ihr stand, eines Blickes würdigte. Deshalb erteilte sie mir die Anweisung, nicht alleine oder ohne Anstandsdame in Begleitung eines Gentleman auszureiten. Von Pferdepflegern allerdings war kein Wort gefallen, und da ich nicht geneigt war, das Reiten aufzugeben, beschloss ich, das Beste aus der Situation zu machen, und wählte mir einen Begleiter, der mir zusagte. Es war nur natürlich, dass meine Wahl auf Tom Burrows fiel. In den acht Jahren seit meinem Abenteuer mit den Zigeunern hatte ich ihn auf Holkham fast täglich gesehen, und wie so oft, wenn man mit jemandem ständig Umgang hat, bemerkte man Veränderungen kaum – beispielsweise das Heranreifen körperlicher oder geistiger Art –, erst recht, wenn es sich um jemanden handelte, der niedriger gestellt war als man selbst. In den vergangenen vier, fünf Jahren hatte ich Tom kaum noch wahrgenommen, teils wegen Steelys Regiment und teils, weil mich so viele andere Dinge beschäftigten.

Erst jetzt, als wir gemeinsam über Wiesen und durch den Wald galoppierten, wurde mir bewusst, dass er sich zu einem athletischen, gut aussehenden Mann entwickelt hatte. Er war acht Jahre älter als ich und somit erwachsen, von großer, kräftiger Statur und mit einem üppigen Oberlippenbart, der in nichts mehr an seine früheren kläglichen Versuche erinnerte, sich einen solchen wachsen zu lassen. Als ich ihn bei unserem ersten gemeinsamen Ausritt dazu beglückwünschte, entgegnete er errötend: »Das ist Ihr Verdienst, Miss Jane.«

»Meiner?« Vor Überraschung zügelte ich mein Pferd.

»Sie haben mir vor fünf Jahren befohlen, mir einen wachsen zu lassen.«

Das war mir gänzlich entfallen! »Ich fühle mich geschmeichelt.« Ich war noch unschuldig und mir des Standesunterschiedes zu bewusst, um mehr in diesem Wortwechsel zu sehen als einen höflichen Austausch. Aber im Laufe der Zeit lernte ich Tom auf unseren Ausritten besser kennen und erfuhr, dass er lesen und schreiben konnte. Seine bisherige Lektüre beschränkte sich weitestgehend auf die Bibel, allerdings hatte er sich statt auf das Neue Testament mehr auf den viel schwierigeren ersten Teil der Heiligen Schrift konzentriert. Und so kam der Tag, an dem ich laut dachte, als wir unsere Pferde eine Weile Schritt gehen ließen: »Es gibt so vieles, das ich gerne wüsste oder verstehen würde.«

»Sie, Miss Jane? Die Dienstboten sagen, Sie wüssten alles.«

»Ich weiß vieles, aber das meiste ist sinnloser Kram. Amo, amas, amat.«

»Miss Jane?«

»Das ist Latein. Sprichst du nicht Latein?«

»Nein, Ma'am. In den Stallungen haben wir dafür keine Verwendung.«

»Weißt du, was diese Worte bedeuten?«

»Nein, Ma'am.«

»Ich liebe, du liebst, er liebt. Warst du je verliebt, Tom?« Er galoppierte an, ohne zu antworten. Ich gab Wonder die Sporen und hatte ihn bald eingeholt. »Du sollst neben mir reiten und nicht voraus. Warum bist du so rot im Gesicht? Du bekommst doch hoffentlich keinen Herzanfall, oder?«

»Würde Sie das denn kümmern, Ma'am?« Ich starrte ihn sprachlos an, war ich es doch nicht gewohnt, von einem Dienstboten auf so persönlicher Ebene angesprochen zu werden. »Ich bitte um Verzeihung, Ma'am. Sie haben mir eine Frage gestellt, auf die ich nicht zu antworten wagte.«

Er ließ den Blick über mich gleiten, und da fiel der Groschen endlich. »Tom! Oh, du lieber, lieber Junge.« Und ohne nachzudenken beugte ich mich vor und drückte seine Hand. Ich weiß selbst nicht genau, was dann passierte. Plötzlich stand ich auf dem Boden, seine Arme um mich geschlungen, aber ich weiß nicht mehr, ob ich freiwillig abgestiegen bin oder aus dem Sattel gezerrt wurde. Er küsste mich so wild, dass ich Blut schmeckte. Ich verlor meinen Hut, und seine Hände glitten besitzergreifend über meinen Körper, zogen meine Röcke herauf, um meinen Po zu umfassen, und wandten sich dann wieder meinen Brüsten zu. Noch nie hatte ein Mann mich so berührt – George hatte nur sehr flüchtig meinen Po gestreichelt – und auch keine Frau, abgesehen von Anne bei unseren heimlichen Liebesspielen als Kinder. Was ich jetzt fühlte, übertraf bei weitem alles, was ich je zuvor gefühlt hatte.

Das Feuer, das er in mir entfacht hatte, griff immer weiter um sich. Meine Hände entwickelten ein Eigenleben und fuhren ebenso gierig über und unter sein Hemd, dann abwärts, bis ich den unwiderlegbaren Beweis seines Verlangens spürte. Hektisch nestelte ich an seinem Gürtel. Er hielt in seinen Erkundungen meines Körpers kurz inne, um mir zu helfen; dann bettete er mich (ein wenig unsanft, wenn ich ehrlich sein soll) im Gras, sodass ich zu Wonder aufblickte, die mich wie so oft kritisch beäugte. Während ich noch atemlos und ganz benommen dalag, fühlte ich einen kühlen Luftzug an den Beinen und erkannte, dass er meine Röcke hochschob. Auch das hatte bisher noch niemand getan, und eine innere Stimme sagte mir, dass ich ihm Einhalt gebieten sollte, denn während meine Brüste von drei Lagen Stoff bedeckt waren, trennte hier nur dünne Baumwolle seine fordernden Hände von nackter Haut.

Ich fand, das ginge etwas zu weit, und versuchte mich aufzusetzen, aber er drückte mich sanft zurück auf den Boden und löste gleichzeitig die Riemen meiner Unterhosen. Ich gab nach und gestattete ihm, das lästige Kleidungsstück zu entfernen, wobei ich den Blick auf seine Männlichkeit gerichtet hielt, hatte er doch von mir unbemerkt die eigene Hose bis zu den Knien hinuntergezogen. »O Jane«, keuchte er heiser. »O Jane. Darf ich?«

»Ob du was darfst?«

Er begriff nicht gleich, dass meine Worte völlige Ignoranz verrieten. »Ich will dich«, sagte er und begann schwer zu atmen.

»Du hast mich doch«, entgegnete ich. »Wenigstens für diesen Nachmittag.«

»Du meinst, ich kann ...«

Er kniete zwischen meinen Schenkeln und stand unmittelbar davor, seine Absicht in die Tat umzusetzen, auch wenn ich noch nicht ahnte, was genau das bedeutete. Aber ich war neugierig, es herauszufinden. Als er sich auf mich legte und ich seine Haut auf meiner fühlte, hätte ich fast aufgeschrien vor erwartungsvoller Freude, aber dann rollte er sich abrupt von mir, blieb an meiner Seite auf dem Rücken liegen und starrte in den Himmel. Das war nun schon das zweite Mal, dass ein Mann sich von mir abwandte. Ich stützte mich auf einen Ellbogen und blickte auf ihn herab. »Was ist mit dir?«

»Es war falsch, so falsch!« Er sah mich an. »Das wäre Unzucht.«

Offensichtlich hatte er das Alte Testament noch gut im Kopf. Auch ich erinnerte mich noch an das Wort »Unzucht«, auch wenn ich nie wirklich begriffen hatte, was damit gemeint war. »Indem wir miteinander herumspielen?«

»Nein, nein. Wenn ich ihn in dich hineinstecke.« Er setzte sich auf. »Weißt du denn nicht, wie Babys gemacht werden?«

Ich setzte mich ebenfalls auf. »Babys werden gemacht, wenn Mann und Frau heiraten.«

»So sollte es zumindest sein. Aber Babys entstehen, indem der Mann sein Ding in eine Frau hineinsteckt, ob die beiden verheiratet sind oder nicht.«

Konsterniert starrte ich ihn an. »Aber ...« Ich blickte an mir herab. Mit den hochgeschobenen Röcken war ich von den Knien bis zum Nabel entblößt. Der Gedanke, dass mein eigenes Geschlechtsteil tatsächlich von praktischem Nutzen sein sollte, war überwältigend. Hatte George das auch gewusst? Natürlich hatte er.

»Alle Babys werden so gemacht«, sagte Tom nachdrücklich. »Auch du bist so entstanden.« Meine Fantasie reichte nicht aus, um mir vorzustellen, wie Papa sein ... Ding in Mama hineinsteckte. Und erst Großvater und Anne ... Anne vielleicht, sicher sogar. Aber *Großvater?* »Wenn es zwischen Eheleuten passiert, bezeichnet man es als ›Verkehr‹, und das Kind ist ›ehelich‹. Geschieht es zwischen Menschen, die nicht miteinander verheiratet sind, spricht man von Unzucht, und die gilt als Sünde und Verbrechen, und ein Kind, das aus einer solchen Vereinigung hervorgeht, schimpft man einen Bastard.« So viele Worte, die ich ab und an gehört hatte, ohne sie zu verstehen. »Darum muss eine Frau in der Hochzeitsnacht noch Jungfrau sein«, fuhr er mit seinen Erklärungen fort. »Um zu beweisen, dass sie keinen außerehelichen Verkehr hatte.«

Seine Erläuterung waren zwar elementar, erschienen mir aber durchaus logisch und erklärten außerdem vieles von dem, was George gesagt hatte. Aber was mich betraf, war George Vergangenheit. Das hier war ein richtiger Mann und dazu noch ein echter Gentleman, trotz seiner niederen Herkunft. Für ihn wäre es ein Leichtes gewesen, sein ... Ding in mich hineinzustecken und mit den Erklärungen zu warten, bis es vorbei war. Ich hätte ihn gewähren lassen. Jetzt sah es ganz so aus, als würde sein schrumpfendes Anhängsel nirgendwo hingesteckt außer zurück in die Hose, es sei denn, ich übernahm wieder die Führung. »Dann sollten wir heiraten«, sagte ich.

Rückblickend bin ich selbst erstaunt über meine Unfähigkeit, über die unmittelbare Gegenwart hinauszublicken. Leider ist mir diese Schwäche trotz aller Lebenserfahrung, die ich im Laufe der Jahre gesammelt habe, erhalten geblieben. Ich wusste, dass es einen Skandal geben würde, aber nachdem ich bereit gewesen war, diesen für George zu riskieren, war mir einfach danach, die Familie in Aufregung zu versetzen. Und was sollten sie schon tun, wenn ich sie vor vollendete Tatsachen stellte?

Obwohl sichtlich entzückt von meinem Vorschlag, war Tom vernünftiger als ich. »Heiraten? Du und ich? Du bist eine Lady und ich ...«

»Ein Gentleman. Das hast du gerade bewiesen.«

»Ich könnte Ihnen niemals Schaden zufügen, Miss Jane.«

Die Anrede war eindeutig ein Rückschritt seitens meines zukünftigen Ehemannes. »Das habe ich auch nie erwartet. Und was deinen Status als Gentleman angeht, werde ich mich der Sache annehmen.«

»Ich habe kein Geld.«

»Das wird sich ändern. Der alte Carter geht bald in Rente, dann wirst du Oberstallmeister.«

»Aber viele von den Stallburschen sind älter und stehen schon länger in Diensten Ihres Großvaters als ich.«

»Aber im Gegensatz zu ihnen wirst du mit mir verheiratet sein. Ich werde alles in die Wege leiten.« Ich beugte mich zu ihm hinüber, und wir küssten und streichelten uns eine Weile. Ich konnte mich nach Herzenslust dem Objekt meiner Begierde widmen und erschrak nur ein wenig, als mein Spielzeug plötzlich zuckte und eine glitschige weiße Flüssigkeit über meine Hände spritzte. »Ich habe dir wehgetan«, rief ich aus und fürchtete, ihn ernsthaft verletzt zu haben.

»Nein, nein«, versicherte er mir schwer atmend. »Du hast mich zum glücklichsten Mann auf der Welt gemacht.« Aber sein Ding erschlaffte und schrumpfte wieder in sich zusammen. Ich muss ihm zugute halten, dass auch er nicht untätig gewesen war und die ganze Zeit meinen Po, meine Schenkel und meine anschwellenden Brüste liebkost hatte, bis ich selbst kurz davor gewesen war zu kommen, auch wenn ich nicht wissen konnte, wie ein solcher Höhepunkt sich anfühlte – oder dass es so etwas überhaupt gab. Ich spürte nur, dass etwas fehlte, und war ernüchtert und seltsam unzufrieden, als er erneut von mir abrückte. »Deine Mutter würde das niemals zulassen.«

»Dann erzählen wir es ihr erst, wenn wir bereits verheiratet sind.«

»Das geht nicht. Wir können nicht heiraten, ohne das Aufgebot zu bestellen, und das wiederum geht nicht ohne den Pfarrer. Der würde uns niemals trauen, ohne vorher die Einwilligung deiner Mutter einzuholen.«

Ich dachte nach und erinnerte mich an andere Gesprächsfetzen, die ich von Erwachsenen und meinen Tischherren aufgeschnappt hatte. »Dann müssen wir eben irgendwo hingehen, wo niemand mich kennt.«

»Trotzdem wäre das Aufgebot Pflicht, und dazu müssten wir drei Wochen an dem Ort leben, an dem die Trauung vollzogen werden sollte. Deine Mutter und der Squire würden uns das ganze Land auf den Hals hetzen – so wie damals, als du von den Zigeunern entführt worden bist.«

»Sie haben mich nicht entführt«, entgegnete ich. »Ich bin bei ihnen geblieben, weil ich sie gemocht habe. Außerdem gibt es für jedes Problem eine Lösung.« Ah, die Zuversicht der Jugend! »Hast du schon mal von einem Ort namens Gretna Green gehört?«

»In Suffolk?«

»In Schottland.«

»Schottland?« Ebenso gut hätte ich vom Mond sprechen können.

»Dort werden Trauungen sofort vorgenommen, ohne Aufgebot oder irgendwelche Fragen.«

»Schottland«, murmelte er. »Das ist weit weg. Man wird uns suchen.«

»Ganz sicher sogar. Aber sie werden nicht schneller unterwegs sein als wir, und wir werden einen Vorsprung haben. Lass uns nach Gretna Green gehen und heiraten, dann können sie nichts mehr dagegen tun.« Natürlich ließ ich zahlreiche Details außer Acht, aber mir kam das Ganze wie ein großes aufregendes Abenteuer vor, und so war ich geneigt, darauf zu vertrauen, dass lästige Einzelheiten sich irgendwie von selbst erledigten. Jetzt wollte ich erst einmal Pläne schmieden und war sogar gewillt, mich einigen praktischen Aspekten meines Vorhabens zu widmen. »Ich schätze, bis Gretna brauchen wir etwa vier Tage. Hast du Geld?«

»Ich habe siebzehn Schillinge gespart.«

Das klang nicht nach sehr viel. »Ich habe fünf Sovereigns«, entgegnete ich. »Das dürfte reichen, um hinzukommen.«

»Und zurück?«

»Wir ... suchen uns für ein oder zwei Tage Arbeit, ehe wir die Heimreise antreten. Du kannst Holz hacken, und ich ... ich kann in einem Wirtshaus bedienen. O ja, das wird ein Riesenspaß.«

☆

Wenn wir eine Stunde früher als sonst ausritten, überlegte ich, würde mich bis zum Abendessen niemand vermissen, sodass Tom und ich, wenn wir gleich nach Nordwesten ritten, mehrere Stunden und etwa dreißig Meilen Vorsprung haben würden vor etwaigen Verfolgern. Außerdem war ich sicher, dass ein Suchtrupp erst einmal das Anwesen absuchen würde, was uns zusätzliche Meilen Vorsprung verschaffte. Das konnten unsere Verfolger unmöglich aufholen. Doch wie nicht anders zu erwarten, ergaben sich rasch verschiedene praktische Probleme – das erste, als ich am späten Nachmittag beim Abendessen zum Rest der Familie stieß. Alle waren bester Laune, wenn auch ein bisschen wehmütig, da wir in zwei Tagen nach Dorset zurückkehren sollten. Papa war bereits dort; ich wollte mir gar nicht vorstellen, wie er reagieren würde, wenn er von meiner Heirat erfuhr, und verspürte einen Anflug von Furcht. Da mein Vater nur selten daheim gewesen war, hatten wir keine sehr enge Bindung aufbauen können, sodass ich ihn als Respektsperson fürchtete. Aber das galt bei näherer Betrachtung für alle Anwesenden, und so wuchs meine Nervosität während der Mahlzeit. »Stimmt etwas nicht, Jane?«, fragte Mama schließlich.

»Ich bin nur ein wenig müde, Mama.« Doch ihre mütterliche Sorge machte mir nur umso deutlicher bewusst, dass ich im Begriff war, sie wieder zu täuschen, und das schlechte Gewissen trieb mir Tränen in die Augen, auch wenn es mich nicht von meinem Vorhaben abbrachte. Ich war überzeugt, es wieder gutmachen zu können, so wie ich ganz fest daran glaubte, dass ich Tom mit der Zeit lieben lernte. Eine meiner positiven Eigenschaften war immer schon mein unerschütterlicher Optimismus. Doch es gab auch Probleme ganz praktischer Art. Ob ich nun von Holkham oder Forston aus nach Schottland ritt, ich würde mindestens eine Woche unterwegs sein, eher länger. Ich brauchte also Kleider zum Wechseln. Ich hatte bisher noch nie selbst für mich packen müssen, darum hatten sich immer meine Kinderfrauen und dann später Steely gekümmert, und so packte ich nur zwei Unterhosen, zwei paar Strümpfe und einen Reitdress zum Wechseln ein. Tatsächlich war das Verbergen meines Gepäcks vor Steely der haarigste Teil bei der Umsetzung meines Plans.

Es fiel mir schwer, mich von meinen Haustieren zu trennen, vor allem von Gibraltar, der mich im Gegensatz zu meinen Ponys, die immer im heimatlichen Stall auf Holkham oder in Dorset blieben, stets begleitet hatte. Aber als ich ihn streichelte und küsste, bevor ich am Morgen das Haus verließ, tröstete ich mich damit, dass ich ihn ja bald wiedersehen und er während meiner Abwesenheit bestens versorgt werden würde.

☆

Holkham das erste Mal eigenständig zu verlassen war eine aufregende Erfahrung, und ich atmete noch einmal tief durch, als wir die Grenze von Holkham Hall passierten und zur Hauptstraße ritten, die von London nach Chester führte, der alten Roman Watling Street. Irgendwann entlang dieser Route würden wir schon auf den Abzweig zur schottischen Grenze und nach Gretna stoßen. Und so kam es auch. Allerdings hinterließen wir eine sehr deutliche Spur, indem wir uns an die Hauptstraße hielten. In jedem Gasthaus, in dem wir unterwegs abstiegen, erregten wir Aufsehen. Natürlich gaben wir uns als Ehepaar aus (ich trug einen goldenen Siegelring am Finger und behielt wann immer möglich die Handschuhe an, damit ihn sich niemand allzu genau ansehen konnte), aber zweifellos kam ich allen ziemlich jung vor. Außerdem sorgten sicher auch meine auffallende Schönheit und meine Kleider aus feinstem Tuch im Kontrast zur derberen Garderobe meines »Gatten« dafür, dass wir überall einen bleibenden Eindruck hinterließen, ganz zu schweigen von unseren Erkundigungen nach dem kürzesten Weg nach Gretna Green, da diese Ortschaft uns sicher nicht interessiert hätte, wären wir tatsächlich schon verheiratet gewesen.

Aber niemand versuchte uns aufzuhalten, und da wir nicht wussten, was sich in unserem Rücken abspielte, waren wir wunschlos glücklich – bis auf eine Kleinigkeit. Trotz aller Bemühungen meinerseits, die ich weitere Keuschheit für überflüssig hielt, da wir ja schon in wenigen Tagen vor Gott und dem Gesetz Mann und Frau sein würden, weigerte Tom sich standhaft, den Akt vor der eigentlichen Eheschließung zu vollziehen. Heute weiß ich, dass ich ihm zutiefst dankbar dafür sein sollte, aber damals fand ich es ernüchternd. Andererseits genoss ich das Kuscheln und Küssen, das Streicheln und Gestreicheltwerden, und es gefiel mir auch, ihm »einen runterzuholen«, auch wenn ich den Ausdruck nicht mochte, an den ich mich jedoch gewöhnen zu müssen glaubte, wenn ich den Rest meines Lebens an Toms Seite verbringen wollte. Man sollte annehmen, dass diese ebenso elementare wie wichtige Lektion in Sachen Liebesdienste sich noch als nützlich erweisen sollte, und so war es auch ... in späteren Jahren. Kurzfristig war es einfach nur ein Glück im Hinblick auf den großen Standesunterschied und die bevorstehende Begegnung mit dem Mann, der schon bald Toms Platz einnehmen sollte.

Endlich überquerten wir die Grenze und ritten in das kleine Dorf ein, erschöpft, aber triumphierend. Auf unsere Erkundigungen hin erfuhren wir, dass der Mann, den wir suchten, Mr Mackenzie wäre, der Hufschmied. Wir begaben uns also zur Schmiede, wo wir auf einen massigen Mann mit vorspringenden Brauen und rotem Haar stießen, der zu meiner Enttäuschung keinen Kilt trug. »Natürlich, wird mir ein Vergnügen sein«, sagte er, nachdem wir ihm unser Anliegen vorgetragen hatten. Er musterte mich forschend. »Sie sind ein Glückspilz, Mr Burrows, wenn ich das sagen darf«, wandte er sich dann an Tom. »Kommen Sie beide mit zum Haus.«

Hierbei handelte es sich um ein kleines, aber gemütliches Cottage ganz in der Nähe der Schmiede, mit einem eigenen Stall, wo wir unsere Pferde – Wonder und Toms Hengst – absattelten und versorgten, da auch sie ermattet waren von unserem viertägigen Ritt. Dann gingen wir ins Haus, wo uns eine Frau imposanten Umfangs empfing, die sich als Mrs Mackenzie vorstellte. »Möchten Sie 'nen Tee?«, fragte sie freundlich.

Es war gegen vier Uhr am Nachmittag, und wir hatten in den vergangenen Tagen nur wenig gegessen, weil wir mit unserer begrenzten Reisekasse haushalten mussten. »Sehr gern, danke«, antwortete ich. »Aber wann findet die Trauung statt?«

»Geduld, Kindchen, vor morgen wird das nichts.«

»Morgen?« Ich hatte fest damit gerechnet, dass wir auf der sicheren Seite wären, sobald wir das Dorf erreicht hatten.

»Morgen«, wiederholte sie fest. »Das ist Gesetz. Und jetzt kommen Sie, ich zeige Ihnen Ihre Zimmer.« Wir folgten ihr die Treppe hinauf. »Sie haben kein Gepäck dabei«, sagte sie über die Schulter. Es war weder eine Frage noch ein Kommentar, sondern lediglich die Feststellung einer Tatsache.

»Nur diese Bündel«, entgegnete ich, da Tom das Reden offenbar lieber mir überließ.

»Ist auch praktischer, mit leichtem Gepäck zu reisen. Sie können dieses Zimmer haben, Miss ...?«

Ich wollte eben »Smith« antworten, als mir einfiel, dass wir uns im Haus eines echten Schmiedes befanden, und Jones kam auch nicht infrage, da ich keinen walisischen Akzent hatte. Also optierte ich für »Brown«. Das Zimmer war klein, aber sauber und ordentlich wie alle Räume im Haus. Es stand nur ein Bett darin. »Und wo soll Mr Burrows schlafen?«, fragte ich.

»Den Flur hinunter. Wir haben zwei Gästezimmer. Sie können sich erst ein Zimmer teilen, wenn Sie verheiratet sind.« Sie musterte mich stirnrunzelnd. »Sie sind doch unbefleckt?«

Da ich nicht verstand, was sie meinte, schaute ich Tom an. »O ja«, versicherte er. »Sie ist rein.«

»Gut«, stellte Mrs Mackenzie fest. »Ich beherberge keine Schlampen, wissen Sie.« Ich wusste nicht, was ich dazu sagen sollte, und so nahm ich die Haube ab und setzte mich auf das Bett, während Mrs Mackenzie mit Tom davonging, um ihm seine Unterkunft für die Nacht zu zeigen. Plötzlich machte das Ganze mich schrecklich nervös, und ich fuhr erschrocken zusammen, als die Tür zu meinem Zimmer wieder aufging und Mrs Mackenzie eintrat. »Sind ein hübsches Ding«, bemerkte sie.

»Vielen Dank.«

»Und Sie haben sich einen gut aussehenden Mann ausgesucht. Kennen Sie beide sich schon lange?«

»Unser ganzes Leben«, antwortete ich wahrheitsgemäß.

»So ist es am besten. Ich will mich nicht in Dinge einmischen, die mich nichts angehen, verstehen Sie mich nicht falsch, aber ... Sind Sie auch ganz sicher, dass Sie das wirklich wollen?«

»Warum nicht?«, entgegnete ich gereizt.

»Zum einen wegen des Standesunterschieds.« Sie rieb den

Stoff meiner Reitjacke zwischen den Fingern. »Teuer. Man sieht gleich, dass Sie eine Lady sind.«

»Natürlich bin ich das. Und Tom ...«

»Ist kein Gentleman.« Sie hob abwehrend eine Hand, als ich zu einer Erwiderung ansetzte.

»Lassen Sie mich ausreden. Ist nicht mein Bier, Ihnen was auszureden, aber 's is' wohl meine Pflicht, Ihnen eins klar zu machen, Lady. Wenn Sie erst verheiratet sind, sind Sie verheiratet. Das steht schon in der Heiligen Schrift: Was Gott zusammengeführt hat, das soll der Mensch nicht scheiden. Eine Ehe is' was fürs Leben. Ich meine, das is' jetzt Ihre allerletzte Chance, drüber nachzudenken. Wenn Sie erst morgen vor meinem Mann stehen, isses zu spät. Sollten Sie also nicht wirklich hundert Prozent sicher sein ...«

Wie sollte ich nach einer solchen Ansprache *nicht* an der Richtigkeit meines Vorhabens zweifeln? »Ich bin mir vollkommen sicher, vielen Dank.«

»Na gut, Sie wissen offenbar, was Sie wollen, junge Lady. Das macht dann zehn Schillinge.«

»Zehn Schillinge?«

»Fünf pro Zimmer. Ich führ keine Pension, aber das hier is' mein Haus, in dem Sie schlafen. Ich hab Ihren Bräutigam gefragt, aber der meinte, Sie zahlen das.«

Nur weil wir sein ganzes Geld bereits ausgegeben und das meine noch nicht angerührt hatten. Ich war verärgert, weil diese Gedankenlosigkeit Mrs Mackenzie stutzig gemacht und mir die Predigt eingebracht hatte. Aber ich holte meine Börse hervor und bezahlte die geforderte Summe. Sie steckte das Geld ein. »Sind ein braves Mädchen. Der Tee ist fertig.«

Es wäre ebenso unsinnig wie kleinlich gewesen, ihr die Warnung übel zu nehmen; die arme Frau hatte nur getan, was sie als ihre Pflicht betrachtete. Also bürstete ich mir das Haar, setzte die Haube wieder auf und gesellte mich zur Familie am gut gedeckten Tisch im Wohn- und Esszimmer.

Es gab alles, was das Herz begehrte, von Scones bis Lammkotelettes, selbst gebackenen Kuchen und Törtchen, dazu so viel Tee, wie wir trinken konnten. Ich saß neben Tom, und wir konnten einander ansehen, aber für ein Gespräch unter vier Augen bot sich keine Gelegenheit. Dabei sehnte ich mich nach meiner Plauderei mit Mrs Mackenzie nach einer aufmunternden Umarmung und einem beruhigenden Kuss.

Mir ging durch den Kopf, dass wir morgen schon ein verheiratetes Paar sein würden, das sich anschickte, seinen gemeinsamen Gang durch das Leben anzutreten, und der Gedanke baute mich ein wenig auf. Ich brachte sogar ein Lächeln zu Stande und gestattete Tom, mir verstohlen die Hand zu drücken. Das trug erheblich dazu bei, meine Laune zu heben, und zum ersten Mal seit meiner Unterredung mit Mrs Mackenzie war ich zuversichtlich, dass alles gut würde. Aber wir hatten unser Mahl noch nicht ganz beendet, als von draußen Lärm hereindrang, gefolgt von einem lauten Klopfen an der Tür. Kaum hatte Mr Mackenzie geöffnet, wurde er auch schon beiseite geschoben, und vor mir stand ... Großvater.

# 3. KAPITEL
## Die Hochzeit

»O Jane«, sagte Mama. Trotz meiner Schuldgefühle war ich zugleich wütend und enttäuscht. Großvater hatte auf unserer dreitägigen Heimfahrt kaum ein Wort mit mir gewechselt. Nicht dass er in Gretna Green viel gesagt hätte ... Er hatte sich darauf beschränkt, mir zu befehlen, dass ich aufstehen, meine Sachen holen und in die Kutsche steigen sollte. Wonder würde hinten angebunden werden und konnte mitlaufen. Die Mackenzies hatten sich nicht eingemischt, zumal Großvater sich in Begleitung von sechs Männern unter Führung Mr Carters befand und Reichtum und Macht ausstrahlte. Außerdem hatte ein Blick von seinem Gesicht auf das meine genügt, um die beiden davon zu überzeugen, dass es sich um einen wütenden Verwandten handelte.

Ich war ebenfalls sehr still. Ich hätte im Erdboden versinken mögen. Ich konnte nicht fassen, was geschehen war, und war so durcheinander, dass ich mich nicht einmal von Tom verabschiedete. Tatsächlich glaubte ich, ihn wiederzusehen, wenn die Wogen sich erst etwas geglättet hatten, was sich jedoch als Irrtum erweisen sollte. Ich weiß, dass man ihn nach Holkham zurückbrachte, wo er jedoch in Arrest blieb, bis die Hebamme mir Jungfräulichkeit attestierte und man ihn fortschickte. Ich habe keine Ahnung, was aus ihm geworden ist. Ich nehme an, dass man ihn nach der Episode mit den Zigeunern als den zweiten Schandfleck in meinem Leben betrachtete. Damals konnte ich nicht einmal um ihn weinen, da ich viel zu sehr mit meiner persönlichen Lage beschäftigt war. Großvater und ich fuhren in derselben Kutsche, saßen uns sogar gegenüber, aber er schaute die ganze Zeit aus dem Fenster, und als ich versuchte, mich zu verteidigen, ignorierte er mich. Wenn wir abends irgendwo einkehrten, saßen wir am selben Tisch, aber da wir nie allein waren, konnte ich beim Essen nicht mit ihm reden, und hinterher wurde ich gleich auf mein Zimmer geschickt. Großvater postierte sogar einen der Wildhüter als Wache vor der Tür. Ich wurde behandelt wie eine Gefangene.

Ich fühlte mich so elend, dass ich wünschte, Großvater würde mich mit seinem Gürtel windelweich prügeln, wenn er mir nur hinterher über den Kopf strich und sagte, damit wäre alles vergessen. Aber sechzehnjährige Mädchen wurden nicht versohlt, zumindest nicht von ihrem Großvater; sie mussten viel Schlimmeres erdulden, indem man sie mit Liebesentzug strafte, wenn auch nur kurz. Und die ganze Zeit wusste ich, dass mich daheim noch weit Schlimmeres erwartete. Jetzt war der Augenblick gekommen, den ich so gefürchtet hatte.

»O Jane«, sagte Mama noch einmal. »Wie konntest du nur so etwas tun?« Wenigstens hatte man mich direkt zu ihr gebracht, und wenngleich ich auf meinem Weg Steely, meinen Brüdern und zahlreichen Dienstboten begegnet war, hatte niemand ein Wort zu mir sagen können – abgesehen von Stiefgroßmutter Anne, die im eigenen Haus natürlich die Autorität schlechthin war. »Also wirklich, kleine Jane (tatsächlich war ich größer als sie), was für ein dummes Unterfangen.«

Ich bin sicher, dass sie vor allem deswegen schlecht auf mich zu sprechen war, weil ihr betagter Gatte quer durch das ganze Reich hatte fahren müssen, um mich zurückzuholen, aber darüber hinaus nahm sie wie alle anderen an, ich hätte Unzucht getrieben, und das mit einem gemeinen Stallburschen. »Dir ist hoffentlich klar, dass du mit dieser Eskapade dein Leben ruiniert hast«, sagte Mama.

Es schien, als wäre sie mehr traurig als wütend. »Ich habe mich verliebt«, entgegnete ich. Das war meine einzige Rechtfertigung, auch wenn ich heute weiß, dass das nicht einmal stimmte. Ich war verliebt, ja, aber nicht in Tom. Ich war verliebt in die Liebe und in die Vorstellung, endlich mit einem Mann zusammen zu sein. Tom war der erste Vertreter seines Geschlechts gewesen, der mir gegeben hatte, was ich wollte. Oder fast.

Aber so etwas konnte La Madre natürlich nicht verstehen. »In einen *Stallburschen*?«

»Er ist ein Mann, Mama. Er sieht gut aus, ist sanft, freundlich und ...«

»War er auch sanft, als er dich vergewaltigt hat?«

»Er hat nichts dergleichen getan.«

»Dann hast du dich ihm also widerstandslos hingegeben.«

»Er hat mich nicht genommen«, erwiderte ich heftig.

Sie musterte mich stirnrunzelnd. »Ihr wart vier Nächte gemeinsam unterwegs, und ... habt in verschiedenen Zimmern geschlafen?«

»Nur in der letzten Nacht. In getrennten Zimmern. Aber er wollte nicht mit mir ... Verkehr haben.« Zumindest nicht in dem Sinne, um den es ihr ging. »Er ist ein Ehrenmann.«

»Wenn ich das nur glauben könnte. Ich hoffe doch, dass du keine Einwände erhebst, wenn ich eine Überprüfung deiner Worte verlange.«

Ich beugte mich dem Unausweichlichen. »Wenn du es wünschst, Mama. Aber Tom ...«

»Wenn es stimmt, was du sagst, ist es das Beste, wenn du ihn nicht wiedersiehst.«

»Du meinst, wenn wir Unzucht getrieben hätten, dann hättet ihr uns die Heirat gestattet?«

Mama fächerte sich hektisch Luft zu. »Es gehört sich nicht für ein anständiges junges Mädchen, solche Reden zu führen. Ich meine damit, dass, wenn du noch Jungfrau bist, sich vielleicht doch noch etwas retten lässt. Allerdings nicht, solange Burrows noch in der Nähe ist.«

»Du willst ihn bestrafen.«

»Nun, es versteht sich von selbst, dass er nicht hier bleiben kann. Dein Großvater ist sehr wütend. Doch wenn er sich dir gegenüber tatsächlich ehrenhaft verhalten hat, werde ich mich für ihn einsetzen.«

»Ich danke dir, Mama. Und was ist mit mir?«

»Lass uns erst abwarten, was Mrs Ogilvie sagt.«

☆

Mrs Ogilvie war die Hebamme, die mich nach dem Zwischenfall mit den Zigeunern untersucht hatte. Ich hatte sie vor nicht allzu langer Zeit wiedergesehen, da sie Stiefgroßmutter Anne bei der Geburt beigestanden hatte, aber wir hatten kein Wort miteinander gewechselt, abgesehen von dem einen oder anderen Gruß. Jetzt musste ich mich erneut der erniedrigenden Prozedur unterziehen, mich mit hochgezogenen Röcken auf den Rücken legen und die Beine spreizen, damit sie mit den Fingern dort herumtasten konnte, wo ich nur Toms – oder vielleicht George – hatte fühlen wollen. Das Ergebnis der Untersuchung fiel jedoch zur Zufriedenheit aller aus. »Miss Jane ist unberührt«, teilte sie Mama mit und klang dabei so, als wäre sie selbst am meisten überrascht von diesem Ergebnis.

»O Jane«, rief Mama aus, umarmte und küsste mich. Nicht dass mir damit vergeben gewesen wäre. Mein Leben mochte nicht unwiderruflich ruiniert sein, doch in Anbetracht der Tatsache, dass dies schon mein zweiter Versuch in ebenso vielen Jahren gewesen war, meine Jungfräulichkeit loszuwerden (auch wenn nur Mama, Steely, ich selbst und natürlich George von dem Intermezzo mit meinem Vetter wussten), war Mama sehr daran gelegen, mich möglichst rasch unter die Haube zu bringen, was jedoch erst im kommenden Jahr möglich sein würde. Bis dahin sollte ich »aus dem Verkehr« gezogen werden. Schon ein paar Tage nach meiner »Unterredung« mit Mrs Ogilvie verließen die Digbys Holkham und kehrten zurück nach Forston, wo wir den ganzen Winter über blieben.

Das bedeutete natürlich eine Konfrontation mit Papa, die mir große Angst einflößte, da Väter immerhin bedeutend größere Macht über einen hatten, als es in der Regel bei Großvätern der Fall war. Letztendlich lief aber alles viel glatter, als ich zu hoffen gewagt hätte, und dies aus zwei Gründen, wie ich vermute. Zum einen hatte Mama mit ihm gesprochen, bevor ich zu ihm zitiert wurde, und mit ihrer ebenso sanften wie entschiedenen Art hatte sie ihn offenbar davon überzeugt, dass ich genug bestraft oder zumindest gedemütigt worden sei. Zum anderen hatte mein Vater sich stets ein wenig gefürchtet vor der eigensinnigen Schönheit, die er gezeugt hatte, sodass er die Angelegenheit nur zu gern in Mamas kompetente Hände legte. Ich war nicht die Beliebteste auf Forston in jenem Winter. Es war das erste Weihnachtsfest, das wir nicht auf Holkham verbrachten, und Edward und Kenelm waren deswegen stinkwütend. Natürlich war Jenny, wie sie mich nannten (ein Spitzname, den ich verabscheute) schuld, und mit dieser Meinung standen sie nicht allein.

Jenen Personen, die sie als geboten erachtete und zu denen Großvater und Stiefgroßmutter, Papa und Steely zählten, teilte Mama mit, dass ich zumindest körperlich intakt sei, was jedoch ihren Groll auf mich nicht schmälerte. Großvater weigerte sich weiterhin, mit mir zu sprechen, was ich ein wenig scheinheilig fand in Anbetracht seiner eigenen Eskapade mit Anne. Aber er hatte sich mit jemandem seines Standes eingelassen, und die Beziehung wurde nur ein klein wenig von dem extremen Altersunterschied überschattet, dem der Hauch von moralischem Inzest anhaftete. Anne verhielt sich mir gegenüber ausgesucht höflich, ließ mich aber spüren, dass ich ihr in gewisser Weise die Schau gestohlen hatte. Steely begegnete mir ihrerseits mit einer Mischung aus Argwohn und Missbilligung, da sie offenbar unsicher war, wie, wann, wo und durch wen der nächste Skandal über die Familie hereinbrechen würde.

Aber dank Mamas geschickter Handhabung der Angelegenheit kam es gar nicht zum Skandal, sondern lediglich zu ein paar Gerüchten, die jedoch rasch wieder verstummten. Der arme Tom wurde fortgeschickt, bevor ihn seine Freunde und Kollegen löchern konnten, und die Dienstboten in ihrer Gesamtheit wurden eindringlich davor gewarnt, dass es die fristlose Kündigung zur Folge hätte, würden sie auch nur ein Wort über die Sache verlieren oder gar Einzelheiten nach außen tragen. Sogar Tante Anne Margaret wurde im Unklaren gelassen, wofür ich sehr dankbar war, nachdem man Georges Regiment letztendlich doch nicht nach Indien geschickt hatte.

Meine Brüder wussten nicht, was wirklich vorgefallen war. Für sie war ich von zu Hause weggelaufen und hatte als Leibwächter einen Stallburschen mitgenommen (die beiden waren in sexuellen Dingen noch ahnungsloser, als ich in ihrem Alter gewesen war), womit ich der ganzen Familie Weihnachten verdorben hatte. Die Dienerschaft auf Forston erfuhr kein Sterbenswörtchen von alledem und war nur missmutig, dass sie in diesem Jahr das Haus nicht wie sonst für sich haben würde.

Und wie verhielt es sich mit dem Auge des Sturms? Mein Zorn, meine Ernüchterung und meine Demütigung brodelten noch eine Weile, wichen dann aber praktischeren Überlegungen. Schließlich sagte ich mir, dass ich zumindest ein wundervolles Abenteuer gehabt hatte, umso spannender, als es so anrüchig gewesen war – und dass ich endlich zum ersten Mal mit einem Mann zusammen gewesen war und die Erfahrung mir ausnehmend gut gefallen hatte. Auch kam ich zu dem Schluss, dass ich in letzter Sekunde vor einem traurigen Schicksal als Frau eines Stallburschen bewahrt worden war, auch wenn es mir gelungen wäre, seine Beförderung zum Oberstallmeister durchzusetzen. Ich war jung, schön, begabt, gebildet und wie ich meinte, nun auch erfahren genug, um jeden Mann glücklich machen zu können. Fehlte nur noch der richtige Verehrer.

☆

Als mein Selbstvertrauen sich gerade wieder erholte, erreichte mich die niederschmetternde Nachricht vom Tod Lord Byrons. Wie schon erwähnt, hatte er England acht Jahre zuvor verlassen, als ich selbst noch ein Kind gewesen war. Ich bin sicher, dass ich damals nicht das einzige potenzielle gebrochene Herz war, das er in der Heimat zurückließ. Aber wenigstens hatten wir hin und wieder von ihm gehört, und noch Jahre nach seinem Weggang sorgte er mit seinen Amouren für Aufsehen, vor allem in Italien. Hinzu kam, dass er auch weiterhin als Schriftsteller fleißig war und jedes Jahr in England ein neues Werk veröffentlichte, von dem jeweils schon am Morgen der Erstveröffentlichung die gesamte Ausgabe verkauft wurde.

Ich brauche wohl nicht erst darauf hinzuweisen, dass er in meiner Familie nicht gut gelitten war. Grandpa wollte seinen Namen auf Holkham nicht hören, und Mama war in diesem Punkt ganz seiner Meinung. Und was seine Gedichte anbelangte, blieben mir diese verborgen – abgesehen von der Ausgabe von »Der Korsar«, die Stiefgroßmutter Anne (vor ihrer Ehe mit Großvater, aber damals schon eine sehr eigenwillige Persönlichkeit) besorgte und die wir heimlich mit viel Gekicher lasen. Das alles genügte, um Byrons Namen in der Öffentlichkeit und in meinen Gedanken lebendig zu halten. Umso entzückter war ich, als er den Ruf des »Roué« abstreifte und sich zum Patrioten wandelte, wenn auch nicht für sein eigenes Vaterland. Damals ahnte ich natürlich noch nicht, dass mich eines Tages mehr mit der griechischen Kultur und Politik verbinden würde als seine Lordschaft, aber nach der Lektüre der Klassiker war ich, wie fast das ganze gebildete England, fasziniert von dieser antiken geschichtsträchtigen Zivilisation. Ich hatte Homers Werke gleich mehrfach gelesen, und ebenso wie viele ältere und erfahrenere Landsleute stellte ich mir den modernen griechischen Mann (auch nach fast vier Jahrhunderten türkischer Herrschaft, Unterdrückung und Mischehen) in äußerer und innerer Erscheinung so vor wie Achilles oder Odysseus und die Frauen so schön und verführerisch wie Helena oder Penelope.

Das erklärt auch, dass ich wie viele meiner Landsleute den Aufstand der Griechen gegen die Unterdrücker von ganzem Herzen befürwortet habe und umso entzückter war, dass mein Held für die gute Sache zur Waffe gegriffen und in den Kampf gezogen war. Mit fünfzehn Jahren verschwendet man noch keinen Gedanken daran, dass Menschen, die in den Krieg ziehen, gelegentlich auch darin umkommen, und als dann ein Porträt Byrons in griechischer Landestracht veröffentlicht wurde, in der er schneidiger aussah denn je, verliebte ich mich noch einmal. Ich muss anmerken, dass diese Heldenanbetung mich nicht daran hinderte, mich erst in George und dann in Tom zu verlieben. Ich war immer realistisch genug zu erkennen, wie unwahrscheinlich es war, dass Lord Byron nach England zurückkehrte, mir begegnete und sich in mich verliebte. Tatsächlich aber war der Gedanke gar nicht so absurd. Hätte Byron überlebt und wäre er als gefeierter Nationalheld heimgekehrt, wäre das zusammengefallen mit meiner Einführung in die Londoner Gesellschaft. Dann wären wir uns ganz sicher begegnet, und da ich als die schönste Debütantin jenes Sommers galt (man hatte mir den Spitznamen Aurora gegeben, Morgenröte, nach einer der Hauptfiguren seines eben erst veröffentlichten »Don Juan«), hätten wir ganz sicher etwas miteinander gehabt. Immerhin war er in etwa so alt wie der Mann, den ich bald heiraten sollte.

Und nun war er tot.

Ich war am Boden zerstört. Aber mir blieb nicht viel Zeit zum Trauern.

☆

Wenn man mit fünfzig Jahren und reichlich Lebenserfahrung auf eine solche Einführung in die Gesellschaft zurückblickt, kommt einem das Ganze furchtbar vor, aber damals fand ich alles schrecklich aufregend. Kurz nach Weihnachten, als die Straßen wieder passierbar waren, fuhren wir in die Stadt und zogen in das Haus, das Papa gemietet hatte und auf Mamas Betreiben kurze Zeit später käuflich erwarb.

Es befand sich in der Harley Street, einem aufstrebenden Viertel, und wir waren gekommen, um meinen siebzehnten Geburtstag zu feiern. Es war ein sehr schönes Haus, das in den vergangenen Monaten aufwendig renoviert worden war mit neuen Anstrichen, Teppichen und Wandbespannungen. Alles in allem handelte es sich um ein ziemlich luxuriöses Heim, aber ich fürchte, ich würdigte es nicht so, wie ich es vielleicht hätte tun sollen. Der Gedanke, endlich die Hauptstadt erkunden zu können, erfüllte mich mit überschwänglicher Vorfreude, obwohl sich herausstellte, dass nur wenig Zeit blieb für die Sehenswürdigkeiten, auch wenn der Debütantinnenball noch in weiter Ferne lag. Das lag vor allem daran, dass ich eine völlig neue Garderobe brauchte.

Heute denke ich mit Schaudern daran zurück, was das

alles den armen Papa gekostet haben mag, aber für mich war es natürlich himmlisch. Ich hatte mich noch nie groß um mein Aussehen gekümmert, meiner natürlichen Schönheit gewiss, und auch wenn ich gerne hübsche Sachen trug, besaß ich doch keine große Auswahl, was mich jedoch nie gestört hatte. Jetzt erfuhr ich, dass es ein unverzeihlicher Fauxpas wäre, während der kommenden Saison bei gesellschaftlichen Anlässen zweimal dasselbe Kleid zu tragen. Und so verbrachte ich tagtäglich mehrere Stunden in den Händen verschiedener Schneiderinnen und Accessoire-Händler, stets begleitet von Mama und Steely.

Ich fand das Ganze extrem lästig und anstrengend, aber das Ergebnis war natürlich umwerfend, entstand doch eine Garderobe, die meine Erwartungen um ein Vielfaches übertraf. Auch lernte ich, wie sich sogar meine Schönheit noch mit einigen Tricks hervorheben ließ. An dieser Stelle sollte ich vielleicht erwähnen, dass die Frauenmode im Zuge der französischen Revolution einen völlig neuen Trend erfahren hatte. Eine ganze Generation lang war das alte Korsett verpönt gewesen, und Frauen hatten nur noch einen Hauch von Dessous getragen unter Kleidern aus fast durchscheinenden, weich fließenden, figurbetonenden Stoffen, die Taille unmittelbar unter den Brüsten, sodass nun wirklich jede weibliche Rundung betont wurde. Leider hielt gerade zu der Zeit, da ich an der Schwelle vom Mädchen zur Frau stand, eine neue Tugendhaftigkeit Einzug. So machte ich zum ersten Mal Bekanntschaft mit dem Korsett, und fortan bestand der aufwendigste Teil des Ankleidens darin, dieses entsetzliche Folterinstrument umzulegen und mich an den Bettpfosten zu klammern, derweil Steely mithilfe diverser Dienstmädchen an den Riemen zerrte, um mir eine möglichst schmale Taille zu schnüren. In meinem konkreten Fall war die Prozedur lächerlich, da ich von Natur aus schlank war und kein großer Unterschied zu erkennen war mit und ohne Mieder. Als ich darauf hinwies, wurde mir jedoch mitgeteilt, dass keine anständige Lady ohne Korsett das Haus verließ, ob dieses nun zu sehen war oder nicht.

Um ehrlich zu sein war das verhasste Stäbchenmieder gar nicht so unbequem, wenn es erst fertig geschnürt war, und auch wenn meine Taille keiner künstlichen Korrektur bedurfte, zauberte das Korsett doch ein wunderbar pralles Dekolleté, da meine Brüste zwar stetig voller wurden, aber noch nicht voll ausgreift waren. Durch das Mieder wirkte ich nun viel üppiger ausgestattet, als es tatsächlich der Fall war. Die Überkleider waren ebenfalls wieder aufwendiger geworden. Die unanständig figurbetonenden Kleider, die am Hof von Kaiserin Josefine Mode gewesen waren, gehörten der Vergangenheit an. Die Taille war wieder dort, wo sie hingehörte, oft mit Gürtel oder Schärpe betont, und es waren dickere, verhüllendere Stoffe en vogue. Aber es gab auch Positives zu verzeichnen, so zum Beispiel, dass die langen Schleppen ausrangiert worden waren, hatten sie doch per se das zweimalige Tragen eines Kleides unmöglich gemacht aufgrund der erheblichen Verschmutzung. Sie waren abgelöst worden von aufwendig geschmückten Säumen.

Der weibliche Körper wurde immer noch möglichst verhüllt. In der Zeit der Revolution hatten Frauen der Gesellschaft zum ersten Mal seit dem Mittelalter Bein gezeigt, wenn auch nur durch hauchdünne Stoffe. Jetzt waren unsere Beine außerhalb des Schlafgemachs wieder völlig in Anonymität verfallen. Bei den Brüsten verhielt sich dies jedoch anders. Wir alle hatten Bilder der Schönheiten am Hof der Stuarts gesehen, wo es offenbar nur noch darum ging, ob die Brustwarze beim Gehen deutlich zu sehen war oder nur dezent hervorblitzen sollte. Die Empire-Zeit war da dezenter gewesen, auch wenn tiefe Ausschnitte erlaubt waren. Das Problem war nur, dass diese nur bei jenen Frauen zur Geltung kamen, die von Natur besser bestückt waren (wobei hier selbstverständlich den Kenner reizte, dass die von Männern und Säuglingen so begehrten Brustwarzen durch den Stoff schimmerten). In meiner Generation erlebte nun der Ausschnitt eine Renaissance, zumindest bei der Abendgarderobe.

Der größte Unterschied zwischen unseren Kleidern und jenen von Josefines Hofdamen bestand jedoch in der Farbe. Die französischen Romantiker hatten Weiß und Pastelltöne geliebt. Pastellige Töne waren auch in meiner Jugend noch beliebt, vor allem am Tag, für den Abend jedoch setzten sich immer mehr kräftiger Farben durch. In dieser Hinsicht war ich – zum Missfallen mancher Leute – sehr mutig, beinahe extravagant, als ich selbst über meine Garderobe bestimmen konnte. Andererseits habe ich mein Leben lang gern Grenzen überschritten, im positiven wie im negativen Sinne, und ich war es gewohnt, die Missbilligung anderer zu erregen. Unter den eleganten Roben mussten wir drei gestärkte Unterröcke tragen, die jeder für sich ebenso aufwendig waren wie der eigentliche Rock. Sie sollten zusammen mit dem edlen Material der Oberkleider (häufig Taft oder Organza) beim Gehen rascheln. Um schlimmere Druckstellen zu vermeiden, gehörte unter das Stäbchenkorsett ein schlichtes Hemd. In dieser präviktorianischen Zeit wurde von uns Frauen zumindest in England keine weitere Unterwäsche verlangt, schon gar nicht diese abscheulichen knöchellangen Unterhosen, die heute als unverzichtbar gelten. Ich für meinen Teil habe jedenfalls nie eine solche Monstrosität getragen.

Und ich bin auch sehr sparsam mit Kosmetikprodukten umgegangen, die dazu dienen sollten, die weibliche Schönheit zu betonen. Mir steht Natürlichkeit am besten, zumal mein Teint auch nach siebzig Jahren, in denen mein Gesicht Wind und Wetter und sogar Sandstürmen ausgesetzt war, noch nahezu makellos ist, sodass ich nicht mehr brauche als etwas Creme und Puder. Schmuck war da schon etwas anderes. Mir ist nie eine Frau begegnet, die sich nicht mit ein paar Brillanten oder Rubinen geschmückt schöner vorgekommen wäre, und ich war ganz sicher keine Ausnahme von *dieser* Regel. Hinzu kamen Handschuhe aus jedem erdenklichen Material, Schuhe für jede erdenkliche Gelegenheit, Dutzende von Handtäschchen, jeweils in Farbe und Stil auf die einzelnen Kleider abgestimmt, und natürlich Fächer. Letztere galten fast als das wichtigste Accessoire aufgrund der Codes und Signale, die sich mit einem Fächer übermitteln ließen. Ich war ganz fasziniert, als ich erfuhr, dass ein weit geöffneter Fächer ohne ein Wort zum Ausdruck bringen konnte, dass man seinen Tischnachbarn oder Gesprächspartner höchst interessant fand, während ein knappes Fächern begleitet von flüchtig gesenktem Blick bedeutete, dass man nichts dagegen habe, den Betreffenden näher kennen zu lernen. Hinzu kamen noch zahlreiche weitere Signale, deren Bedeutung offenbar jeder Gentleman verstand. Das ausdrucksstärkste dieser Signale bestand darin, die »Waffe« abrupt zuschnappen zu lassen, um Unwillen und das Ende der Unterhaltung kundzutun.

Krönender Abschluss der Garderobe und jenes Detail, bei dem uns die größte Individualität gestattet war, waren unsere Hüte. Vielfalt und Formen waren unglaublich, und es gab die außergewöhnlichsten, verrücktesten Kreationen. Als Tante Eliza und ihre Nichte bei Hof vorgestellt wurden, musste das Dach ihrer Kutsche entfernt werden, damit sie mit ihrem turmhohen Kopfputz hineinpassten. Aber auch wenn man es nicht auf die Spitze treiben wollte, konnte man sich austoben in einer schier endlosen Fülle von Kopfbedeckungen von breitkrempigen Strohhauben mit flatternden Bändern über enger anliegende Modelle, auch Schuten genannt (und von manchen gehässig als »Kohleneimer« verhöhnt), und Turbane bis hin zu kleineren, hübschen Kunstwerken aus Seide. Im Haus trugen wir für gewöhnlich unsere Morgenhauben zum Schutz unserer raffinierten Frisuren, diente der Kopfputz doch nur dazu, unser Haar ins rechte Licht zu rücken. Das war der einzige Aspekt des Frauwerdens, der mir zutiefst missfiel. Bisher war mein Haar immer mein schönster Schmuck gewesen und hatte meinen feinen Zügen zusätzlich geschmeichelt. Jetzt musste ich meine wunderschönen Locken kürzen und anschließend zu einem dicken Knoten auf dem Hinterkopf auftürmen lassen. Nur einzelne Strähnen wurden noch zu Korkenzieherlocken gedreht, die das Gesicht einfassten und für sich genommen ja ganz hübsch sein mochten, den Zügen aber bei weitem nicht so schmeichelten wie meine wallende offene Mähne. Tatsächlich hatte ich weniger unter dieser Mode zu leiden als manche meiner Geschlechtsgenossinnen, da meine Züge und mein Teint sich sehen lassen konnten.

☆

Die äußere Erscheinung war jedoch nur das Fundament einer wahren Lady. Darüber hinaus wurde von einer Frau ein anmutiger, gleitender Gang erwartet (eine Kunst, die man erlernte, indem man daheim beim Gehen ein Buch auf dem Kopf balancierte), eine elegante Art, sich zu setzen, genug Disziplin, sich beim Sitzen stocksteif aufrecht zu halten, und abschließend die Fähigkeit, sich würdevoll wieder zu erheben. Noch weit schwieriger war es, das Tanzen zu erlernen. Man musste sich die unbeschwerten Bewegungen der Jugend abgewöhnen und sich stattdessen die Schritte von Quadrille und Walzer einverleiben. Nicht einmal die spießigste alte Jungfer konnte an dem steifen Verbeugen und dem Bei-der-Hand-Halten der Quadrille etwas aussetzen, da jeweils zwei Paare zusammen tanzten, was eine private Unterhaltung, geschweige denn einen Flirt über reine Blicke hinaus unmöglich machte. Beim Walzer war das schon anders, immerhin wurde man von einem Mann, den man vielleicht am selben Abend erst kennen gelernt hatte, im Arm gehalten, wobei eine (leider behandschuhte) Hand auf dem Rücken seiner Tanzpartnerin lag, möglicherweise sogar auf der nackten Haut, wenn das Kleid nicht nur vorn, sondern auch im Rücken ausgeschnitten war. Wenn die Paare dann beschwingt durch den Saal wirbelten, kam es schon einmal vor, dass eine zu eng geschnürte Dame vor Anstrengung und Aufregung ohnmächtig wurde. Ich konnte es kaum erwarten, diesen Tanz mit einem attraktiveren Mann auszuprobieren als meinem Tanzlehrer.

Blieb noch ein letzter Schritt, bevor ich endgültig in die Gesellschaft eingeführt werden konnte: Meine Mutter lud die Gräfin Oxford zum Tee ein. Ich war schon ganz verwirrt von den vielen Namen der Damen an der Spitze der feinen Gesellschaft, zumal ich keiner von ihnen je begegnet war. Von Gräfin Oxford hieß es, sie sei in ihrer Zeit, also etwa zwanzig Jahre vor meiner, eine außergewöhnliche Schönheit gewesen. Ich war fasziniert, als Mama mir in unserem ersten richtigen Gespräch von Frau zu Frau erzählte, dass unser Gast außerdem zu den lasterhaftesten Ladys der Regency-Zeit gehört hatte. »Stell dir vor«, sagte Mama. »Sie hat sieben Kinder von sieben verschiedenen Vätern. Man nennt sie auch die Harley'sche Sammlung. Richtig heißt sie nämlich Jane Harley, verstehst du.«

»Heißt das, sie ist noch verheiratet?« Ich konnte mir nicht vorstellen, wie das möglich sein sollte.

»In der Regency-Zeit war alles anders. Damals maß ein Ehemann den ›Wert‹ seiner Frau noch an der Zahl ihrer Liebhaber. Mütterliche Eigenschaften waren weniger wichtig. Wusstest du, dass Lady Oxford beispielsweise auch die Gespielen des armen Byron war?«

Jetzt war ich erst recht neugierig. Ich konnte es kaum erwarten, eine Frau kennen zu lernen, die ein solches Glück gehabt hatte, auch wenn ich mich fragte, warum meine Mutter, die so ziemlich die moralischste Frau war, die ich kannte, mich ausgerechnet einer Person so zweifelhaften Rufs vorstellen wollte, wie adelig diese auch sein mochte. Wie sich herausstellte, war Lady Oxford immer noch eine schöne Frau mit klassischen Zügen, sehr weiblicher Figur und glänzendem rabenschwarzen Haar. Darüber hinaus zählte sie zu den einflussreichsten Gastgeberinnen Londons, und genau das war wohl Mamas Motivation im Hinblick auf meine Zukunft. Ich hatte keine Ahnung, was das bedeutete, tat aber, was man mir sagte, begrüßte die Gräfin mit einem Knicks und setzte mich zu ihr, da dies ihr Wunsch zu sein schien. »Atemberaubend«, sagte sie und wechselte dann zum Französischen, das ich ebenfalls fließend beherrschte. Sie schien sehr angetan und tätschelte meine Hand. »Sie haben da einen richtigen kleinen Schatz, Lady Andover«, bemerkte sie. »Ich hoffe doch, dass Sie ihr gestatten werden, sich unserem Kreis anzuschließen.«

Zu meiner Überraschung, ja Verblüffung, wie ich gestehen muss, hatte ich so etwas noch nie erlebt: Mama glühte förmlich. »Es wird mir eine Freude sein, Lady Oxford.«

»Natürlich erst, nachdem sie offiziell in die Gesellschaft eingeführt wurde«, entgegnete Lady Oxford.

Kurz darauf ging sie wieder. Ich war inzwischen ganz nervös, blieb aber die Höflichkeit in Person. Ich hatte noch nie erlebt, dass meine Mutter sich irgendjemandem unterordnet. »Ist ihr ›Kreis‹ denn etwas so Besonderes?«, fragte ich.

»Mein liebes Kind«, sagte Mama. »Du wurdest soeben ins Almack's eingeladen.« Nach einer kurzen Pause fügte sie hinzu. »Natürlich erst nach deiner Heirat.«

☆

Die Zeit meiner Einführung in die Gesellschaft war gekommen. In meiner Ignoranz hatte ich angenommen, dies würde im Rahmen einer mehr oder weniger familiären Zeremonie vonstatten gehen. Umso verwunderter war ich, dass unsere Kutsche nur eine von mehreren Dutzend war, die den Piccadilly den ganzen Weg bis zum St. James Palast verstopften. Mama und Papa begleiteten mich, wir Ladys in unserem feinsten Staat, komplettiert von weißen Straußenfedern, die damals schick waren. An unserem Bestimmungsort angelangt, kam ich mir vor wie im Schlachtgetümmel, da die Kutschen so dicht hintereinander hielten, dass die Pferde nervös wieherten, scharrten und manche sogar auskeilten, während die livrierten Diener (wir selbst hatten sechs von ihnen mitgebracht) umherwieselten, Kutschentüren öffneten, Trittstufen herunterklappten und dabei versuchten, die aufgebrachten Tiere zu beruhigen. In dem lärmenden Durcheinander riefen sich aufgetakelte Matronen Grüße zu und zupften die Kleidung ihrer Töchter oder Nichten zurecht, derweil ihre Ehemänner (viele von ihnen wie Papa in Uniform und somit weitere Farbtupfer im Getümmel) eher gequält dreinblickten und einander steif zunickten. Die Debütantinnen selbst waren in heller Aufregung, und ein Mädchen fiel sogar in Ohnmacht und kam erst wieder zu sich, als man ihm Riechsatz unter die Nase hielt. Über dem Ganzen lag der Geruch von Pferdeschweiß, Pferdeäpfeln und einer dicht gedrängten Menschenmenge im Zustand höchster Anspannung ...

Glücklicherweise gehöre ich nicht zu der Sorte Frauen, die leicht ohnmächtig werden, auch wenn man mir keinen Vorwurf daraus hätte machen können, vor Erschöpfung umzufallen, als wir schließlich in den Palast vordrangen und uns in die lange Schlange derjenigen einreihten, die darauf warteten, dem König vorgestellt zu werden. Inzwischen war ich nicht minder aufgeregt als alle anderen. Ich hatte den König noch nie gesehen; ich hatte überhaupt noch keinen König zu Gesicht bekommen. In mein kindliches Vorurteil, dass ein König, wenn schon nicht gut aussehend, so doch zumindest majestätisch sein müsse, mischte sich Großvaters oft wiederholte Ansicht, dass unser gegenwärtiger Monarch völlig unfähig wäre, »dümmer als ein Nachttopf«, wie er es nannte, sodass ich nicht recht wusste, was mich erwartete. Als wir dann endlich an der Reihe waren, war ich entsetzt von dem massigen, abstoßenden Fleischberg mit den rot geschminkten Wangen und den dicken Schichten Schminke auf dem Gesicht, die wohl die Spuren eines ausschweifenden Lebens überdecken sollte. Sein Händedruck war feucht und kraftlos, die Gelenke geschwollen von der Gicht. Ich trug natürlich Handschuhe, musste jedoch voller Widerwillen ertragen, wie er die Finger bis über den Rand des feinen Ziegenleders gleiten ließ und die nackte Haut über meinem Ellbogen streichelte. Er war ebenso entzückt, wie ich entsetzt war. »Welch eine Schönheit«, schwärmte er. »Wahrlich, welch eine Schönheit. Nun, meine gute Lady Andover, wenn ich zwanzig Jahre jünger wäre, würde ich um Erlaubnis bitten, persönlich um das Fräulein zu freien.« Alle in Hörweite fanden die Bemerkung offenbar köstlich und applaudierten höflich. Binnen zwanzig Sekunden wurde ich so an die Spitze der Debütantinnenschar katapultiert.

☆

Ich war dem König vorgestellt und von diesem gelobt worden und jetzt, da diese Prozedur zum Glück vorbei war, hieß es, heiratswillige Verehrer anzulocken. Hierzu begannen meine Eltern, Gäste zu laden und auf das Feinste zu bewirten. Das Haus Harley Street Nr. 78 wurde zum Mittelpunkt der Londoner Gesellschaft. Natürlich taten die anderen Eltern, denen wir im Palast begegnet waren, dasselbe, aber keiner von ihnen konnte mit einer Jane Digby aufwarten, was mich bei ihnen nicht unbedingt beliebt machte. Aber die Männer waren fasziniert.

Ebenso wie ich selbst. Ein Abendessen folgte auf das nächste, und jedes Mal war ich Ehrengast, was nur natürlich war – schließlich fanden die Empfänge bei uns zu Hause statt. Ich saß jeweils neben dem Mann, den Mama gerade als den Vielversprechendsten einstufte. Das mit dem Tanzen war nicht so einfach aufgrund der strengen Regeln, die Lady Cowper ersonnen hatte, eine weitere Grande Dame der Londoner Gesellschaft. Sie hatte bestimmt, dass für jeden Tanz drei Männer pro Frau geladen werden mussten (einer zum Tanzen, einer als Tischherr und einer zum Anstarren) und eine Frau am selben Abend nicht zweimal mit demselben Mann tanzen durfte. Das hatte Vor- und Nachteile. Einerseits war die Vielfalt durchaus reizvoll, andererseits war es frustrierend: Wenn ich einmal auf jemanden traf, der mir gefiel und mit dem ich gerne die ganze Nacht getanzt hätte, musste dieser Mann, kaum dass die Musik verstummt war, mich an meinen Tisch zurückbringen, wo er sich vor Mama verneigte und wieder in der Menge untertauchte, um zu essen, mich anzustarren oder gar mit einer anderen zu tanzen.

Dass ich angestarrt wurde, war offensichtlich. Schon nach wenigen Tänzen nannte mich jemand das erste Mal Aurora, und der Spitzname machte die Runde. Ich fand das wunderbar, auch wenn es mich jedes Mal traurig stimmte, wenn ich den Namen hörte, weil es mich an den armen Byron erinnerte. Tatsache ist, dass der Name Jane mir nie besonders gefallen hat, auch wenn meine Mutter und Großmutter so heißen und sogar eine Königin diesen Namen getragen hat. Ich fand ihn nicht klangvoll genug, und ich wollte doch so gerne Eindruck schinden. Außerdem gab es viele Abwandlungen des Namens. Ich hasste es, von meinen Brüdern Jenny gerufen zu werden wie ein Küchenmädchen, und die Verlängerung in Janet, die mein Ehemann später benutzte, gefiel mir ebenso wenig. Andererseits war Aurora auch nicht unbedingt ein Name für den Hausgebrauch; dazu war er vielleicht doch eine Spur *zu* eindrucksvoll. Weit besser gefiel mir da der Name, den König Ludwig mir später gab und den ich fortan führte: Ianthe, im Grunde nur eine ausländische Version von Jane. Dieser Name hat den Vorteil, zwar hübsch und edel zu klingen, aber nicht pompös, und er lässt sich auch nicht verniedlichen. Doch wie auch immer, in jenem Sommer des Jahres 1824 debütierte ich als Aurora, die Morgenröte, in der Londoner Gesellschaft.

☆

Aber hiervon einmal abgesehen schienen die vielen Feiern und die horrenden Ausgaben nicht den gewünschten Erfolg zu bringen. Zwar gab es reichlich Verehrer, die mich mit Komplimenten überschütteten und zweifellos interessiert waren, aber ... nach jeder Dinnerparty setzten Mama, Papa und ich uns zusammen, besprachen die einzelnen Kandidaten und strichen sie einen nach dem anderen von der Liste. Jeder mit einem Jahreseinkommen von weniger als fünftausend Pfund kam sowieso nicht infrage. Das war vor allem für mich traurig, da sich herausstellte, dass die einzigen Gäste, die mir gefielen – die jüngeren – fast alle unterhalb dieser Grenze lagen. Was die anderen betraf, hatten jene, an deren Finanzen nichts auszusetzen war, andere unerträgliche Macken oder waren mir einfach zuwider. Als der Juli in den August überging, wurde es langsam kritisch, waren es doch nur noch wenige Wochen bis zum Saisonende; die meisten Jagd- und Schießgesellschaften hatten bereits gepackt. Und so beschlossen meine Eltern, alles auf eine Karte zu setzen: Wir würden einen Ball geben.

Wir setzten mit allergrößter Sorgfalt eine Gästeliste auf mit vielen netten jungen Damen, von denen mich aber selbstverständlich keine in den Schatten stellen würde, und natürlich einem entsprechenden Kontingent an Männern. Absagen waren also eine ernste Angelegenheit. »Und *er* kann nicht kommen«, sagte Mama und strich wütend einen weiteren Namen von der Liste. »So ein Pech. Jetzt fehlt ein Mann!«

Papa hüstelte, und sie funkelte ihn böse an. »Ich dachte da an den jungen Law.«

»Also wirklich, Henry. Das kann doch nicht dein Ernst sein. Er war schon mal verheiratet.«

»Er ist Witwer, meine Liebe. Das heißt, er hat Erfahrung im Zusammenleben mit einer Frau. Außerdem ist er gesund, hat einen Regierungsposten ...«

Mama schnaubte, denn sie teilte die Ansichten ihres Vaters über die Regierung. »Und Miss Harriette Wilson?«, fragte ich.

Papa errötete und warf mir einen verlegenen Blick zu. »Also, das kannst du ihm nicht verdenken, Schatz, immerhin, nun ja ...«

»Du meinst, weil jeder Gentleman in London die Dame beehrt hat«, sagte Mama und tätschelte seine Hand. »Du natürlich ausgenommen, Liebster.«

Hierauf errötete Papa noch heftiger. Ich war verwirrt. Wer mochte diese Person sein? Aber Papa hatte noch ein Ass im Ärmel. »Zufällig weiß ich, dass er zehntausend im Jahr macht.«

»Hmmm«, bemerkte Mama dazu. »Trotzdem ist der Mann ...«

Papa hüstelte erneut, diesmal warnend, und die beiden schauten mich an. Aber zu spät, ich war neugierig geworden. »Wenn ich diesen Mann heiraten soll, wäre es doch sicher angebracht, dass ich vorher alles über ihn weiß, oder?«

»Du wirst Ellenborough ganz sicher nicht heiraten«, verkündete Mama und teilte mir so durch das Weglassen des »Mister« mit, dass er ein Gentleman von Rang war.

»Er ist auf der Suche nach einer neuen Frau«, entgegnete Papa.

»Genau das ist der Punkt. Er hat diesen Wunsch sehr deutlich nach außen getragen und hatte in den vergangenen Jahren Gott weiß wie viele Flirts und Techtelmechtel.«

Konnte er wahrhaftig ein Frauenheld sein? Grundgütiger! Aber ... »Sagtest du, er sucht eine ›neue‹ Frau?«

»Wie dein Vater schon erwähnt hat, ist Lord Ellenborough Witwer«, sagte Mama in ätzendem Tonfall. Nachdem sie selbst Witwe gewesen war, war sie der Meinung, dass man diesen Zustand auch auf anständige Weise beenden könne.

»Seine erste Frau war Octavia Stewart«, sagte Papa. »Die Schwester des unglückseligen Castlereagh.«

Von Castlereagh hatte ich schon gehört, wenn auch nicht von seiner Schwester. Er war mehrere Jahre Außenminister gewesen und beim Wiener Kongress nach Bonapartes Niederlage zu Ruhm und Ehre gelangt. In seiner Rolle war er Opponent der meisten gekrönten Häupter Europas gewesen, da er es sich zum erklärten Ziel gemacht hatte, diese davon abzuhalten, sich unter dem Vorwand der von latentem Republikanismus ausgehenden Gefahr in fremder Nationen Angelegenheiten einzumischen. So hatte er auch konsequent jegliche britische Unterstützung verweigert, sei es in Form von Soldaten, Schiffen, Geld oder auch nur Worten, als es schließlich zu Übergriffen kam. Ich fand das alles sehr ehrenhaft; unglücklicherweise aber hatte Lord Castlereagh sich nicht nur in der Heimat Feinde gemacht, sondern barg auch dunkle Geheimnisse, derer diese sich rasch bedienten, um ihm zu schaden. Als man ihn der Homosexualität beschuldigte, hatte er sich eigenhändig die Kehle durchgeschnitten. Das war vor zwei Jahren gewesen.

Dass Edward Law, Lord Ellenborough, sein Schwager gewesen war, interessierte mich aber nicht so sehr wie der Umstand, dass er zumindest finanziell einiges zu bieten hatte und offenbar auch mit Frauen umzugehen verstand. Dass er – so wie Byron – doppelt so alt war wie ich, erschien mir nicht mehr so wichtig, wie es noch vor ein oder zwei Jahren gewesen wäre. Er war unleugbar gut aussehend, und sein etwas arrogantes, blasiertes Auftreten ließ eine verborgene Kraft erahnen, die zumindest ich anziehend fand, auch wenn andere ihn als rücksichtslosen, überheblichen Ehrgeizling charakterisierten. Anfangs konnte ich hiervon nichts feststellen. Es war keine Liebe auf den ersten Blick, aber er gefiel mir. Da ich ziemlich sicher bin, dass er mich nie geliebt hat, kann ich auch unmöglich behaupten, *er* hätte sich auf den ersten Blick in *mich* verliebt, aber Tatsache ist, dass er bei unserer ersten Begegnung entschied, dass ich die Braut wäre, die er suchte. Ich hatte natürlich keinen Schimmer, was genau er suchte, aber man kann ihm wohl keinen Vorwurf daraus machen, dass er sich Schönheit, Intelligenz, Bildung, Gesundheit und vor allem Sinnlichkeit wünschte, alles Eigenschaften, von der jede meiner Bewegungen und jedes meiner Worte kündeten. Und ich hatte auch keinen Anlass zu zweifeln, dass er es ernst meinte. Schon eine Woche nach unserer ersten Begegnung ritten wir gemeinsam durch den Park, lächelten einander auf Partys zu und schrieben uns gegenseitig Gedichte, die mit solcher Wärme verfasst waren, dass sie mich in meiner Gewissheit bestärkten, er sei ein wahrer Romantiker. Ich deutete ihm gegenüber an, dass ich noch einer alten Liebe nachtrauere – womit ich Byron meinte und nicht den armen Tom –, aber er zog es vor, dies zu ignorieren. Eine weitere Woche später hielt er bei Papa um meine Hand an.

Ich persönlich war überzeugt davon, dass es die Liebe meines Lebens sein würde. Papa widersprach mir nicht, Mama wohl. Sie ließ sich auch nicht von Edwards Einkommen und seinen Aussichten auf eine Beförderung beeindrucken – von manchen wurde er sogar als künftiger Premierminister gehandelt (was allerdings eine Tory-Regierung voraussetzte). Gegen ihn sprach, dass er ein »Emporkömmling« war, obwohl Castlereagh, als er noch als wichtigster Mann innerhalb der Regierung galt (einmal abgesehen vom Großherzog persönlich), ihn als Protegé unter seine Fittiche genommen hatte. Doch einen Emporkömmling zu akzeptieren, hatte die britische Aristokratie sich schon immer schwer getan, ungeachtet der Tatsache, dass jede Familie im Land irgendwann einmal aus dem bürgerlichen in den Adelsstand erhoben worden war. Edwards Makel bestand darin, dass noch vor einer Generation die Laws gänzlich unbekannt gewesen waren. Dann erst waren sie ganz plötzlich aufgestiegen. Gleich mehrere seiner Onkel waren hochrangige Würdenträger innerhalb der Kirche, ein weiterer hatte in Indien ein Vermögen gemacht, war dann nach Amerika ausgewandert und hatte dort die Urenkelin von George Washington geheiratet, während Edwards Vater sie alle noch übertroffen hatte, indem er es vom einfachen Rechtsanwalt zum Lord Chief Justice von England gebracht hatte, dem Lordoberrichter, ein Triumph, der ihm nicht nur einen Adelstitel einbrachte, sondern dazu beträchtlichen Reichtum. Beides hatte er seinem ältesten Sohn vermacht. Doch ein Mann, dessen Großvater noch ein einfacher und bescheidener Mensch gewesen war, war für eine Coke aus Norfolk natürlich nicht akzeptabel.

Das Absurde daran war, dass die Cokes selbst erst zwei Jahrhunderte zuvor aus der Anonymität aufgestiegen waren, und zwar dank eines Ahnen, der ebenfalls zum Lordoberrichter aufgestiegen war. Bis dahin war Mutters Familie ebenfalls völlig unbekannt, während man beim genaueren Studium von Edwards Familienstammbaum herausfand, dass er tatsächlich der Nachfahre einer Tochter König Eduard III. war! Aber nicht einmal das konnte Mama davon überzeugen, dass er meiner würdig war. Blieben das Alter – er war vierunddreißig – und die Jahre, in denen er als Witwer ebenso unverhohlen wie erfolglos nach einer neuen Ehefrau Ausschau gehalten hatte. Ob die Suche deshalb so lange fruchtlos geblieben war, weil er so hohe Ansprüche stellte, oder weil die vorherigen potenziellen Kandidatinnen durch irgendetwas abgeschreckt worden waren, blieb im Dunkeln.

Dem allen stand mein eigener Enthusiasmus gegenüber. Glücklicherweise kam es nie zu einem Machtkampf zwischen Mama und mir, zumindest nicht in dieser Sache, da Edward, ganz Vollblutpolitiker, sich Unterstützung bei seiner früheren Schwiegermutter holte, der verwitweten Gräfin Londonderry, die Mama schrieb, wie erfreut sie wäre, dass ihr lieber Junge endlich eine so entzückende junge Lady auserkoren habe. Da Schwiegermütter, die ihrem Schwiegersohn wohl gesonnen waren, Seltenheitswert hatten – erst recht, wenn besagter Schwiegersohn die Tochter des Hauses überlebt hatte, und da an den Ahnen der Stewarts nun wirklich nichts auszusetzen war –, ließ Mama sich schließlich erweichen und gab meine Verlobung bekannt. Ich freute mich auf eine aufregende lange Verlobungszeit und war ebenso verblüfft wie Mama, als Edward Papa bat, doch auf die lästigen Formalien wie das Aufgebot und einen Verlobungsball zu verzichten, um stattdessen eine Sondergenehmigung einzuholen und die Sache kurzfristig über die Bühne zu bringen.

Mama war entsetzt. Eine Mutter braucht nun einmal etwas Zeit, um sich an den Gedanken zu gewöhnen, eine Tochter zu verlieren, sowie um besagte Tochter auf das Ereignis vorzubereiten: Eine Aussteuer ließ sich ja auch nicht über Nacht zusammenstellen. Doch Edward war hartnäckig, und Papa war nicht abgeneigt, denn nach den horrenden Ausgaben für meine Einführung in die Gesellschaft war er zweifellos erleichtert, nicht auch noch eine pompöse Hochzeit ausrichten zu müssen, und ich fand die Vorstellung furchtbar romantisch. Und so wurde Mama überstimmt und streckte die Waffen. Die nötige Sondergenehmigung wurde eingeholt, und am 15. September 1824 wurde ich Lady Ellenborough. Ich war noch nicht ganz siebenzehneinhalb Jahre alt.

☆

Die Trauung fand in unserem Haus in der Harley Street statt und wurde vom Bischof von Bath und Wells durchgeführt, Edwards Onkel. Es war eine sehr private Zeremonie im engsten Kreis, aber es gab doch einige Leute, die eingeladen werden mussten, hauptsächlich Mitglieder unserer weit verstreuten Familie, darunter viele, von denen ich noch nie gehört hatte. Ich selbst hatte denn auch wenig Zeit für diese mir nahezu fremden Menschen, und die Anwesenheit George Ansons und seiner Brüder (William trug inzwischen die Uniform eines Offiziers der Königlichen Marine) war mir sogar peinlich. George verschlang mich förmlich mit den Blicken, und ich konnte nicht wissen, ob er seinen Brüdern von der Episode am Bach erzählt hatte. Meine eigenen Brüder, Edward und Kenelm, hatten jedenfalls keine Geheimnisse voreinander. Ich konnte es kaum erwarten, bis die Gratulationen und der Hochzeitsempfang vorüber waren, damit ich mich umziehen und zu meinem Mann in die Kutsche steigen konnte, die uns in die Flitterwochen nach Brighton bringen sollte. Die Fahrt würde mehrere Stunden in Anspruch nehmen, zumeist über holprige Straßen, aber das würde nicht unbequemer sein als die Fahrt von Holkham nach Dorchester – und viel kürzer. Ich war ganz aufgeregt bei dem Gedanken, so viel Zeit ganz allein mit dem Mann zu verbringen, der bis dahin mein Angetrauter sein würde. In dieser Eigenschaft gestattete das Gesetz ihm, mit mir zu tun, was ihm beliebte, und ich ging davon aus, dass dieses Recht auch mir zustand. Mein Mädchen – sie hieß Lucy, stammte aus London und war noch nicht lange in meinen Diensten – würde zusammen mit Edwards Diener auf dem Kutschendach sitzen.

Es begann ein wenig linkisch. Wir hatten mehrere Flaschen Champagner bei uns, und kaum hatten wir Westminster hinter uns gelassen, öffnete Edward eine von ihnen, schenkte zwei Gläser ein und reichte mir das eine. Das war bei fahrender Kutsche kein leichtes Unterfangen, und so kam es, dass schon bald etwas von der perlenden Flüssigkeit über den Glasrand auf mein Dekolleté schwappte. Das meiste landete auf dem Kleid, aber auch einiges auf nackter Haut. Ich schrie leise auf. »Oh!«

»Heiland! Das tut mir aufrichtig Leid!«

»Ach, das macht doch nichts«, versicherte ich ihm.

Wir schauten einander an, und ich fuhr mir mit der Zungenspitze über die Lippen, da mein Fächer neben mir auf dem Sitz lag. Ich glaube, eine deutlichere Aufforderung, mich zu berühren oder sogar die Flüssigkeit fortzuküssen, hätte es nicht geben können ... und ich betrachtete mich dabei keineswegs als verderbt, da wir ja nun verheiratet waren. Aber er ging nicht darauf ein, sondern zückte nach kurzem Zögern ein Taschentuch, das er nicht einmal selbst benutzte, sondern mir reichte. »Du solltest das wegwischen«, sagte er.

Das tat ich, nachdem ich an meinem Glas genippt hatte. Ich wollte mich nicht entmutigen lassen, und bald schon zeigte sich, dass ich auch gar keinen Grund hatte, enttäuscht zu sein. Als ich mich nämlich noch trocken tupfte, beugte er sich vor und küsste mich auf die Stirn. »Habe ich dir schon einmal gesagt, wie wunderschön du bist?«

Das war mehr, als ich erwartet hatte. Ich ließ das Taschentuch fallen und schlang die Arme um seinen Hals, um ihn zu küssen. Da wir beide noch unser Glas in der Hand hielten, ging wieder etwas daneben, und diesmal erwischte es uns beide. »Oh«, rief ich kichernd aus. »Wie ungeschickt ich bin!«

Er löste sich aus meiner Umarmung. »Wir haben noch mehrere Stunden vor uns.« Sein Gesichtsausdruck verriet, dass er besagte Zeit lieber seinem Champagner widmen würde als mir. »Und vergiss nicht, dass wir uns gewissermaßen in der Öffentlichkeit befinden.«

Ich war anderer Ansicht, da die Dienstboten oben auf dem Dach saßen und die Kutsche so schnell unterwegs war, dass wir keine neugierigen Blicke zu fürchten brauchten. Aber es steht einer Frau nicht zu, ihrem Gatten zu widersprechen – zumindest nicht am Hochzeitstag. »Entschuldige. Ich bin von Natur aus sehr impulsiv und habe mich von deinen Worten sehr geschmeichelt gefühlt.«

»Das war nicht als Schmeichelei gemeint, sondern lediglich die Feststellung einer Tatsache«, entgegnete er, was mich daran erinnerte, dass er von Hause aus Jurist war. »Und was deine Natur betrifft, solltest du dir vor Augen halten, dass du jetzt eine erwachsene Frau bist und die Gattin eines Lords. Das heißt, ich erwarte von dir, dass du dich würdevoll benimmst.«

Das klang, als hätte ich Steely vor mir, die ich endgültig los zu sein hoffte. Doch mein Mann hatte das Recht, das Benehmen von mir zu verlangen, das er wünschte. »Ich werde mich bemühen«, versprach ich.

»Natürlich«, erwiderte er mit beunruhigender Überzeugung. »Möchtest du noch ein Glas?«

»Meinst du, ich sollte?«

»Warum nicht, wenn du versprichst, den Champagner nicht wieder zu verschütten.«

Ich hielt das Glas mit beiden Händen, saß stocksteif da und suchte fieberhaft nach einem Gesprächsthema. »Erzähl mir von Roehampton«, bat ich. Das war das Dorf unweit von London, in dem Edward lebte. Ich war nie dort gewesen, aber nach den Flitterwochen würde ich als Herrin dort Einkehr halten.

»Es wird dir gefallen.«

Das war ein bisschen dürftig. »Du hast versprochen, dass ich meine Tiere mitbringen darf.«

»Gewiss. Es ist doch hoffentlich keine Katze darunter, oder?«

»Nein, nein.«

»Gut. Ich kann Katzen nicht ausstehen.«

»Ich habe drei Hunde, einen Esel und einen Affen. Und natürlich meine Stute.«

»Sagtest du ›Affe‹?«

»Er ist ein putziger kleiner Kerl. Du wirst ihn lieben. Er heißt Gibraltar.«

»Warst du schon mal in Gibraltar?«

»Nein, nein. Aber dort kommen Affen doch her, oder?«

»Das sind Paviane. Willst du damit sagen, du besitzt einen Pavian?«

»Nein. Er ist nur ein kleines Äffchen. Ich habe ihn so genannt, weil ich Affen mit Gibraltar in Verbindung bringe.«

»Ach so.« Wir verfielen wieder in Schweigen.

»Was hast du für Haustiere?«, fragte ich nach einer Weile.

»Gar keine. Das heißt, bis jetzt.«

»Und du bist ganz sicher, dass du nichts dagegen hast, dass ich sie mitbringe?«

»Ganz sicher. Vorausgesetzt, sie entpuppen sich nicht als Pest.«

Darauf fiel mir keine passende Antwort ein, da jedes Tier sich hin und wieder daneben benimmt. Ich war ehrlich erleichtert, als wir in Brighton eintrafen, nachdem ich einen möglichst großen Teil der Fahrt verschlafen hatte – oder zumindest vorgegeben hatte zu schlafen.

☆

Als ich aufwachte, war ich gleich besser gelaunt. Schließlich hatten auch meine Beziehungen zu George und Tom Startschwierigkeiten gehabt, und nachdem diese erst überwunden waren, hatten uns nur noch moralische Überlegungen im Wege gestanden. Da dieses Hindernis jetzt ausgeräumt war, glaubte ich ganz sicher zu wissen, was in den kommenden Stunden geschehen würde. Mein Selbstvertrauen wuchs, als Edward sagte: »Du siehst zauberhaft aus, wenn du schläfst.«

»Danke. Ich hoffe, ich schnarche nicht?«

»Nur ganz leise, und es klingt reizend. Du hast ein wenig gesprochen.«

»Gesprochen?« Ich war entsetzt. Niemand, nicht einmal Steely, hatte jemals erwähnt, ich würde im Schlaf sprechen. Und wenn ich nun George erwähnt hatte ... oder Tom? »Und was habe ich gesagt?«

»Keine Ahnung. Ich konnte kein Wort verstehen.« Ich atmete erleichtert auf. Hastig sah ich aus dem Fenster und schaute auf Brighton. Ich war noch nie dort gewesen und bewunderte staunend den Pavillon. Er war grotesk oder fantastisch, je nach Standpunkt. Ich hätte ihn mir gern von innen angesehen, aber er wurde gerade leer geräumt, da die meisten Schätze nach London gebracht wurden, um dort die neue königliche Residenz zu schmücken, Buckingham House, genannt nach dem in Verruf geratenen Baumeister, der das Gebäude zwei Jahrhunderte zuvor errichtet und seinerzeit die Gunst des Königs genossen hatte.

Es war schon ziemlich spät, als wir im Norfolk Hotel eintrafen, wo wir überschwänglich vom Direktor und seinen verschiedenen Stellvertretern empfangen und in unsere Suite geführt wurden. Die Zimmer waren mit frischen Blumen geschmückt, und uns wurde mit Riesenaufwand eine Abendmahlzeit serviert. Überflüssig zu erwähnen, dass es zum Essen wieder Champagner gab und dazu noch zwei Flaschen Wein. Ich war so viel Alkohol nicht gewöhnt, und ich musste meine ganze Konzentration aufbringen, um nicht einzuschlafen, was einer Katastrophe gleichkäme. Ich hätte nach diesem langen und anstrengenden Tag gern gebadet, aber da Edward keine Anstalten machte, sich ein Bad zu gönnen, musste auch ich auf dieses Vergnügen verzichten. Aber wenigstens war er beim Essen entspannt und witzig, was mir neuen Mut machte.

Gleich nachdem das Geschirr abgeräumt war, verschwand er zu seinem Leibdiener ins Ankleidezimmer (inzwischen war es fast Mitternacht), und Lucy und ich machten uns ans Werk. Ich muss gestehen, dass ich bei aller Zuversicht doch auch nervös war. Mir kam es vor, als hätte ich mein ganzes Leben auf diesen Moment gewartet. In meine Erwartungen mischten sich die Erinnerungen an meine bisherigen Erfahrungen und meine Neugier (Mama hatte es bis zuletzt nicht für nötig gehalten, mich über die Einzelheiten aufzuklären). Schließlich war ich fertig: In einem neuen Nachthemd aus weißem Satin, das ich möglichst rasch wieder loszuwerden gedachte, saß ich im Bett, wobei meine wallende rotgoldene Mähne offen über die Schultern fiel. »Wie sehe ich aus?«, fragte ich Lucy.

»Bezaubernd, Miss Jane.«

Plötzlich war ich schrecklich aufgeregt und brauchte jemanden, der mir Mut machte. Wie schon gesagt, war Lucy noch nicht lange bei mir, und abgesehen davon, dass sie hervorragende Referenzen hatte vorweisen können, wusste ich nicht das Geringste von ihr. Andererseits war sie ein paar Jahre älter, und wir wissen ja alle, dass die Arbeiterklasse es mit der Moral nicht so genau nimmt ... »Bist du schon einmal mit einem Mann zusammen gewesen, Lucy?«

Sie errötete. »O Miss Jane.«

»Ich sage es nicht weiter, ehrlich. Ich muss nur wissen ... na ja ... wie das ist. Ich meine, wenn er ... wenn mein Mann ...«

»Oh, es fühlt sich gut an, Miss Jane. Nach den ersten ein, zwei Mal.«

Das klang gar nicht gut. »Aber bei mir ist es ... das erste Mal.«

»Es tut weh, Miss Jane. Furchtbar. Aber dann ...«

»Es tut weh?«

»Nun ja, wissen Sie, Miss Jane ...« In diesem Augenblick wurde an die Tür geklopft, vielleicht zum Glück.

»Darf ich reinkommen?«, fragte Edward.

Solche Förmlichkeit hatte ich nicht erwartet. »O ja. Bitte.« Er trug ein seidenes Nachthemd und eine Zipfelmütze mit Bommel. Ich hatte mich gegen eine Haube entschieden, da ich damit rechnete, sie sowieso nicht lange aufzubehalten. Da ich das erste Mal einen Mann im Nachthemd sah – Tom hatte keins besessen – war ich im ersten Moment ein wenig irritiert. »Danke, Lucy«, sagte ich.

»Gute Nacht, Miss Jane.« Sie knickste vor Edward. »Gute Nacht, Mylord.« Sie schloss die Tür hinter sich.

Edward trat neben das Bett. »Das Mädchen geht zu vertraut mit dir um. Sie muss dich mit Mylady oder Ma'am ansprechen.«

»Wenn du meinst. Ich werde gleich am Morgen mit ihr reden.«

Er setzte sich aufs Bett, sein Schenkel an meinem, und strich mir zu meiner Freude übers Haar. »Es kommt mir vor, als hätte ich ein kostbares Porzellanpüppchen erstanden.«

Ich beschloss, nicht beleidigt zu sein. »Ich versichere dir, dass ich nicht zerbreche, wenn du mich fallen lässt.«

Seine Reaktion war mehr, als ich zu hoffen gewagt hatte. Er packte mich unter den Achseln, wobei er zwangsläufig meine Brüste streifte, zog mich an sich und küsste mich sehr leidenschaftlich. Bisher hatte er mich nur auf Wange und Stirn geküsst, und auch als sein Onkel ihn bei der Trauung aufgefordert hatte, die Braut zu küssen, hatten seine Lippen nur ganz flüchtig die meinen berührt. Jetzt schob seine Zunge sich zwischen meine Lippen, und seine Hände glitten auf meinen Rücken, um mich noch fester an seine Brust zu drücken. Da ich selbst die Arme frei hatte, erwiderte ich die Umarmung so fest ich konnte und ließ dann eine Hand an seinem Arm hinab zu seiner Seite wandern. Mir war so sehr daran gelegen, ihm zu zeigen, dass er alles mit mir tun konnte und ich bereit war, ihm jedes Vergnügen zu bereiten. Und so streichelte ich ihn weiter, ließ die Finger über seinen Schenkel gleiten. Ich fühlte, wie er sich versteifte, nahm jedoch an, es handle sich um ein Zeichen der Erregung. Meine Hand glitt weiter, bis ich durch die Seide seines Hemdes sein Glied spürte. Ich war ein wenig enttäuscht, als ich feststellen musste, dass es weder so groß noch so eifrig war wie Toms.

Als ich ihm jedoch eben auf den rechten Weg helfen wollte, stieß er mich zu meiner Verblüffung von sich und zuckte zurück, als hätte er sich die Finger verbrannt. Schwer atmend und hochrot im Gesicht, starrte er mich an. Im ersten Moment verschlug es mir den Atem. Außerdem hatte ich Angst, machte er doch ein ausgesprochen finsteres Gesicht. »Edward?«, fragte ich zaghaft.

Er stand auf. »Was bist du? Eine billige Hure?« Ich hielt mir das Laken vor die Brust. Ich wusste nicht, was ich darauf erwidern sollte. Er erkannte wohl, dass er zu weit gegangen war. »Es tut mir Leid«, sagte er. »Ich wollte dich nicht beleidigen. Aber ... dass du mich da berührt hast ...«

Meine Verwirrung wuchs. George und Tom waren zwar überrascht gewesen von meinem Wunsch, sie zu berühren, aber die Überraschung hatte sich sehr bald in Entzücken verwandelt. »Mir tut es auch Leid«, sagte ich. »Ich wollte dich nicht verärgern.«

»Mich verärgern? Mein liebes Mädchen, eine Lady berührt nicht das Geschlechtsteil eines Gentleman.«

»Aber ...« Ich wählte meine Worte mit Bedacht. »Wirst du mich denn auch nicht berühren?«

»Grundgütiger, nein. Das würde ich mir niemals herausnehmen.«

»Aber ... müssen wir denn nicht ... nun ja ...«

»Es passiert, wenn es eben passiert. Wenn wir beisammen liegen. Wenn ...«

Ich setzte mich wieder auf und streckte die Arme nach ihm aus. Ich musste einen unwiderstehlichen Anblick bieten. »Dann leg dich zu mir, Edward, Liebster, und lass es geschehen.«

Besser der Spatz in der Hand als die Taube auf dem Dach, und überhaupt, wenn ich ihn erst in den Armen hielt ... Doch zu meiner erneuten Verblüffung, ja, zu meinem Entsetzen, schüttelte er den Kopf und zog sich zurück. »Nicht heute Nacht. Ich könnte nicht. Ich bin zu ... verdammt.« Er machte kehrt und verließ das Zimmer.

## 4. KAPITEL

### Almack's

Wieder war ich am Boden zerstört, ratlos, völlig verwirrt und – typisch für mich – ein wenig beleidigt. In grenzenloser Enttäuschung warf ich mich quer übers Bett, aber schon bald kam mir ein ganz neuer Gedanke. Meine Ehe war nicht vollzogen worden! War sie somit hinfällig? Ich dachte an Großtante Mary. Rückblickend kann ich nur dankbar sein, dass ich so viel Wein getrunken hatte, da ich trotz aller Aufgewühltheit bald einschlief. Doch als ich aufwachte, war ich immer noch allein im Bett. Lucy, die im Zimmer herumfuhrwerkte, fiel fast tot um vor Schreck, als ich mich rührte.

Wir schauten einander einen Moment wortlos an. »Guten Morgen, Miss Jane.«

»Ma'am«, entgegnete ich abwesend. »Du musst mich jetzt mit Ma'am ansprechen. Oder Mylady.« Ich überlegte kurz, ob ich überhaupt das Recht hatte, mich so zu nennen.

»Jawohl, Miss ... Ma'am. Möchten Sie Frühstück?«

»Ich würde lieber erst ein Bad nehmen.« Ich hätte mich liebend gern nach dem Verbleib meines Gatten erkundigt, fand aber, das wäre ein zu offensichtliches Eingeständnis meiner Niederlage gewesen.

Lucy machte ein verlegenes Gesicht. »Man wird die Wanne hier aufstellen müssen.«

»Auf keinen Fall. Warum nicht im Ankleidezimmer?«

»Nun, also, weil ... Miss ... Ma'am ... weil ...«

Der Groschen fiel. Es stand also gar nicht so furchtbar schlecht wie ich befürchtet hatte; ich hatte bereits damit gerechnet, Edward hätte das Hotel verlassen. »Aha. Dann bring mir meinen Morgenmantel und sag Bescheid, dass die Wanne heraufgebracht werden soll.«

Sie lief davon, um meinen Morgenmantel zu holen, und ich stieg aus dem Bett, um ihn anzuziehen. Meine Neugier siegte über meine Diskretion. Ich hatte das Ankleidezimmer bisher noch nicht betreten. »Steht da ein Bett drin?«

»Eine Pritsche, Ma'am.«

Armer Edward. »Geh und kümmere dich um das Bad.« Sie verließ das Zimmer, und ich folgte ihr in die Diele der Suite. Ich öffnete die Tür zum Ankleidezimmer. Das Behelfsbett war wirklich sehr schmal, und die zerwühlten Laken verrieten, dass Edward eine rastlose Nacht hinter sich hatte. Tatsächlich sah er selbst sehr mitgenommen aus. Als ich die Tür öffnete, wachte er auf, fuhr hoch und hielt sich das Laken vor wie eine schamhafte Jungfrau. Hätte ich nicht gewusst, dass er schon einmal verheiratet gewesen war und ihm diverse Liebschaften nachgesagt wurden (nicht nur mit der geheimnisvollen Miss Wilson), hätte ich vermutet, er wäre so unerfahren wie ich. »Ich wollte dich nicht stören. Ich habe mir nur Sorgen gemacht, du könntest eine unbequeme Nacht hinter dir haben.«

Bei diesen Worten wirkte er noch verlegener. Ich fasste es so auf, dass er sich für sein Benehmen schämte, was auch stimmte, allerdings nicht so, wie ich meinte. »Dieses Bett ist wirklich nicht besonders bequem.«

»Warum kommst du dann nicht herüber in meins? Unseres«, fügte ich hastig hinzu. Er kratzte sich am Kopf, und ich beschloss, die Gunst der Stunde zu nutzen, machte er doch einen ganz zugänglichen Eindruck. »Ich bedaure zutiefst, wenn ich dich gestern Abend verärgert habe. Wenn ich wüsste, was ich falsch gemacht habe – ich würde alles in meiner Macht tun, es wieder gutzumachen. Es ist mein größter Wunsch, dir eine gute Frau zu sein, lieber Edward.«

Er nahm meine Hände und zog mich zu meiner Freude zu sich herunter, um mir einen Kuss zu geben. Als ich jedoch versuchte, meine Zunge zwischen seine Lippen zu schieben, zuckte er zurück. »Edward!«, flehte ich.

»Wir haben viel zu besprechen«, sagte er knapp. »Ich schätze, es liegt an deiner Erziehung.«

Diese indirekte Kritik an Mama machte mich wütend, aber ich wollte kein Öl ins Feuer gießen. »Wenn du mir nur sagen würdest, woran es mir fehlt ... mir wurde immer gesagt, ich wäre in allen Dingen bewandert.«

»Bestimmt bist du das. Nur nicht auf den Gebieten, die eine erfolgreiche Ehe ausmachen.« Darauf konnte ich nicht beleidigt reagieren, da ich in dieser Hinsicht ja tatsächlich völlig unbedarft war. »Eine erfolgreiche Ehe gründet sich vor allem auf gegenseitigen Respekt«, erklärte er. Ich persönlich hätte gegenseitiges Verstehen höher eingestuft – an gegenseitige Liebe wollte ich in dem Moment gar nicht denken –, aber ich war lernwillig. »Du hast gestern geschworen, mich zu ehren und mir zu gehorchen. Genauso, wie von *mir* erwartet wird, dass ich meine weltlichen Güter mit dir teile.« Er hob eine Hand, als ich etwas erwidern wollte. »Der Respekt, den dieser Eid beinhaltet, ist unverzichtbar. Aber Achtung ist nur möglich, wenn du dich zu jeder Zeit wie eine Lady benimmst und ich mich wie ein Gentleman. Wie du sicher weißt, würde ein Gentleman in fleischlichen Dingen einer Lady niemals zu nahe traten, erst recht nicht seiner eigenen Gattin ... Das heißt, dass es mir nicht zusteht, dir beim An- oder Auskleiden zuzusehen oder mich nach deiner Unterwäsche oder deinen ... äh, Körperfunktionen zu erkundigen. Anders herum verhält es sich natürlich genauso. Und was das gegenseitige Berühren intimer Körperteile betrifft ... ist das völlig inakzeptabel.«

Meine wachsende Verwirrung drohte in Zorn umzukippen, doch statt zu antworten, stellte ich ein paar eigene Fragen: »Wird denn nicht von uns erwartet, dass wir Verkehr haben, um die Ehe zu vollziehen?«

»Allein die Worte, die du benutzt! Ich will gar nicht wissen, woher du deine Ausdrucksweise oder deine eigentümlichen Vorstellungen hast.« Ich starrte ihn sprachlos an. Hatte er von Tom oder, schlimmer noch, von George erfahren? »Es war diese grässliche Person, habe ich Recht?«, fuhr er fort. Fassungslos schloss ich den Mund. Er konnte unmöglich Steely meinen! »Ich finde wirklich, deine liebe Mutter gehört getadelt, weil sie dich so oft und für so lange Zeit der Vulgarität dieser Frau ausgesetzt hat. Aber das liegt ja nun hinter dir. Ich werde es dir nicht nachtragen, weil ich weiß, du kannst nichts dafür. Doch ich wäre dir sehr verbunden, wenn du fortan von Besuchen auf Holkham Abstand nehmen würdest, es sei denn, ich begleite dich.«

Und das war sehr unwahrscheinlich in Anbetracht der Verachtung, die Großvater ihm gegenüber hegte. Meine erste Gefühlsregung war wieder Zorn, als ich erkannte, von wem er tatsächlich sprach, war meine Stiefgroßmutter doch trotz aller Überheblichkeit, die sie seit ihrer Heirat an den Tag legte, immer noch meine beste Freundin. Ich muss gestehen, dass meine Fähigkeit, eine Situation blitzschnell zu erfassen, mir den Weg aus diesem Dilemma wies, in das ich mich so arglos hineinmanövriert hatte. Mein Gewissen beruhigte ich damit, dass auch Anne sich nicht darum geschert hatte, wen sie vor den Kopf stieß, als sie Großvater verführt und dazu veranlasst hatte, sie zur Frau zu nehmen. Und so sagte ich bloß: »Bestimmt hat sie es nur gut gemeint.«

»Das bezweifle ich«, widersprach er. »Ich habe die Erfahrung gemacht, dass ältere Frauen, die den Geist junger Mädchen vergiften, in der Regel aus niederen Motiven handeln oder zu ihrem eigenen perversen Vergnügen.«

Ich hätte dem entgegenhalten können, dass Anne mit zwanzig Jahren wohl kaum in die Kategorie »ältere Frau«

gehörte, schwieg jedoch. Ich fand, es sei meine alleinige Pflicht, meine Ehe zu retten, indem ich meinem Gatten in allem zustimmte, auch wenn mir dämmerte, dass er nichts anderes war als ein arroganter Blödmann. Die Vorstellung, dazu verdammt zu sein, den Rest meines Lebens an seiner Seite zu verbringen, hätte mich in Verzweiflung stürzen müssen, aber ich habe immer nach dem Prinzip gelebt: »Eins nach dem anderen.« Und so war ich ziemlich beruhigt, als er sagte: »Was den Vollzug der Ehe betrifft, sollte der möglichst bald erfolgen. Wann immer dir danach ist.«

»Jetzt gleich?«, sagte ich eifrig. »Ich verspreche auch, dich nicht wieder zu verärgern.«

Er zauste mir das Haar. »Das weiß ich. Aber im Augenblick verspüre ich kein Verlangen. Keine Angst, es wird geschehen.«

☆

Rückblickend bin ich selbst überrascht, dass ich ihn nicht auf der Stelle verlassen habe. Aber ich erwog es nicht einmal. Abgesehen von dem Skandal, den ich Mama und Papa nicht antun wollte, war ich bei allen unfeinen Gedanken, die ich Edward zufolge hegte, doch in den Dingen, die wirklich zählten, sehr streng erzogen worden. Es war die Pflicht einer Frau, zu heiraten, ihrem Mann Kinder zu gebären und in guten wie in schlechten Tagen an seiner Seite zu bleiben – eine ganz einfache Rollenverteilung, sicher, aber unsere Ansichten werden eben von dem geprägt, was uns vorgelebt wird. Abgesehen von Mrs Mckenzies Predigt hatte ich nur die glückliche Ehe meiner Eltern vor Augen. Ich hatte nie daran gezweifelt, dass ich ebenso glücklich würde, und wenn meine Ehe jetzt nicht ganz reibungslos anfing, war ich doch überzeugt davon, dass diese Anfangsschwierigkeiten sich überwinden ließen, auch wenn ich dafür den ausgeprägtesten Teil meiner Natur unterdrücken musste. Ob ich auch so unterwürfig gewesen wäre, wenn ich geahnt hätte, was mich in meiner Hochzeitsnacht erwartete, kann ich nicht sagen. Ich sollte nämlich noch erfahren, dass Edward zwar nicht ertragen konnte, wenn seine eigene Frau lustvolle Gedanken hegte oder gar danach trachtete, diese in die Tat umzusetzen, dass ihn meine Schönheit und Leidenschaft aber sehr wohl erregt hatten. Nachdem es ihm nicht möglich gewesen war, seine Lust mit mir auszuleben, war er stehenden Fußes nach unten gegangen und hatte sich an einem Hausmädchen vergangen. Vermutlich hatte sie die Vergewaltigung erduldet, weil er ein Lord war, aber diese Begegnung war der Grund dafür, dass er sich am nächsten Morgen außer Stande sah, seinen ehelichen Pflichten nachzukommen.

Zweifellos war es ein Glück, dass ich hiervon erst sehr viel später erfuhr, auch wenn ich nicht viel hätte tun können, galten die Seitensprünge eines verheirateten Mannes doch als gesellschaftlich akzeptabel, die einer Ehefrau hingegen als Todsünde. Im konkreten Fall jedoch spielte das keine Rolle mehr, da unsere Ehe ohnehin vorbei war, als mir dieser geschmacklose Zwischenfall zu Ohren kam.

☆

Aber ich möchte nicht vorgreifen. Der Vollzug der Ehe war für mich eine ebenso schmerzhafte wie peinliche Angelegenheit. Der Schmerz war unvermeidlich, aber die Verlegenheit rührte von seiner Verklemmtheit her. Entschlossen, alles zu tun, was er wünschte, hatte ich mich einfach auf den Rücken gelegt und möglichst wenig bewegt. Als ich so dalag, küsste er mich zweimal keusch, begab sich dann ans Fußende des Bettes und schlug mein Nachthemd ordentlich bis zur Taille hoch. Ich konnte nicht fassen, dass er angesichts solcher

Schönheit nicht den Wunsch verspürte, mich zu berühren, abgesehen davon, dass er sehr langsam und zögerlich meine Beine spreizte, wobei ich ihn passiv gewähren ließ. Dann drang er mit einem einzigen kräftigen Stoß in mich ein. In Anbetracht der Tatsache, dass dem Akt nicht die geringste sexuelle Stimulation vorausgegangen war, nicht einmal ein leidenschaftlicher Kuss, war ich völlig unvorbereitet und stieß einen durchdringenden Schrei aus. Daher rührte dann auch meine eigene Verlegenheit. Erstens, weil ich glaubte, meine Reaktion würde ihn abschrecken, und zweitens, weil ich sicher war, dass man meinen unbeabsichtigten Protest im ganzen Hotel gehört hatte, wenn nicht gar in ganz Brighton.

Meine erste Sorge war gänzlich unbegründet. Mein Gatte war nicht im Geringsten irritiert, sondern fuhr unbeeindruckt mit dem »Vollzug« fort, wobei er ein animalisch anmutendes Grunzen von sich gab. Ich selbst gab auch verschiedene Laute von mir, allerdings vor Schmerz. Nachdem Edward schließlich zum Höhepunkt gekommen war, wozu er für mein Empfinden recht lange gebraucht hatte, rollte er sich von mir und lag dann sichtlich zufrieden und sogar triumphierend da. Er gab mir sogar einen Kuss, natürlich nur auf die Wange, aber immerhin eine Geste der Zuneigung. Meine zweite Sorge bestätigte sich, zumindest, was das Hotel betraf, aber die Reaktionen darauf fielen völlig anders aus als erwartet. Als ich unser Schlafzimmer schließlich verließ, begegneten mir alle mit einem Lächeln und sogar Glückwünschen. Lucy fasste die öffentliche Meinung wie folgt zusammen: »Dann ist es ja doch noch gut ausgegangen, Miss ... Ma'am.«

Wäre ich die Frau gewesen, die Edward sich wünschte, hätte ich jetzt ein sehr angenehmes Dasein vor mir gehabt. Mein Gatte war ein überaus wohlhabender Mann und durch und durch ehrlich und integer. So hatte er sein Ehegelübde, seine sämtlichen weltlichen Güter mit mir zu teilen, sehr wörtlich gemeint, und mir standen schier unerschöpfliche Geldmittel zur Verfügung. Ich war Herrin über ein wunderschönes Haus, das zwar winzig war verglichen mit Holkham und sogar kleiner als Forston, aber immer noch groß genug und geschmackvoll dekoriert und eingerichtet. Außerdem brauchte ich keinen Finger zu rühren, da Edward eine überaus tüchtige Haushälterin hatte. Anders als viele andere in ihrer Position schien Mrs Blundell auch nichts gegen eine neue Herrin zu haben. Im Gegenteil. Sie schien entzückt von mir und allem, was mit mir zu tun hatte, und ließ mir vollkommen freie Bahn, um dann diskret wieder die Zügel in die Hand zu nehmen, wenn ich das Interesse verlor, oder um einige meiner extravagantesten Anweisungen rückgängig zu machen, wobei sie eine so freundliche, respektvolle Zurückhaltung an den Tag legte, dass ich ihr nicht böse sein konnte. Für gewöhnlich sah ich sogar ein, dass sie Recht hatte.

Mrs Blundells Reich war das Haus. Außerhalb des Hauses war ich erst recht meine eigene Herrin, und das war nach den Jahren unter Steelys strengem Regime einfach himmlisch. Diese grenzenlose Freiheit, verbunden mit einer unerschöpflichen Geldbörse und gepaart mit meinem Hang zur Extravaganz sorgten dafür, dass ich meine Tage bei Schneidern verbrachte, Stiefel oder Schuhe anprobierte oder gleich ein halbes Dutzend Hüte auf einmal kaufte ... womit hätte ich mir auch sonst die Zeit vertreiben sollen? Sicher, da waren meine Haustiere, aber Reiten, mit Gibraltar spielen, Turpin füttern und mit den Hunden spazieren gehen füllte keinen ganzen Tag aus. Außerdem konnte ich beim Einkaufen meine Vorliebe für kräftige Farben und Avantgarde-Roben ausleben, wie meine französischen Cousinen sie wohl bezeichnet hätten. Solange ich mich auf Roehampton aufhielt, gab es niemanden, der an meinem Geschmack Kritik geübt hätte. Sogar Mama zog nur stumm die Brauen hoch, als sie mich nach meiner Rückkehr aus den Flitterwochen besuchte. Ich bezweifle, dass Edward meinen Kleidern genug Aufmerksamkeit schenkte, um sich über meine Garderobe ein Urteil zu bilden, und er beklagte sich auch nie, dass ich zu viel Geld ausgäbe.

Doch Mama ließ sich von dem Glanz nicht täuschen und erkannte gleich, dass ich nicht so glücklich war, wie sie gehofft und erwartet hatte, aber ich versicherte ihr, dass ich rundum glücklich sei. Sie gab sich damit zufrieden und bat darum, sofort informiert zu werden, wenn ich schwanger wurde, galt dies doch als ultimativer Beweis einer erfolgreichen Ehe. Aber dazu wäre sehr viel Glück nötig gewesen. Edward hatte sein Sexleben so gründlich organisiert wie alles andere in seinem Leben, und nachdem wir es in seinen Augen in den Flitterwochen übertrieben hatten (wir hatten wahrhaftig sechs Mal in vierzehn Tagen Verkehr gehabt), schliefen wir nur noch alle zehn Tage miteinander. Ich bin sicher, dass Richard einen entsprechenden Vermerk in seinem Kalender machte, damit er die Ausübung seiner ehelichen Pflichten nicht etwa vergaß. Rückhaltlose, leidenschaftliche Liebe? Ha! Und mir war wohl bewusst, dass auch dieses Opfer nur der Zeugung eines Erben diente. Nun, ich wünschte mir ebenfalls, möglichst bald schwanger zu werden, da mein Leben mich furchtbar langweilte und ich mir von einem Kind Abwechslung erhoffte. Allerdings erschien mir bei so seltenen Zusammenkünften ein Erfolg unserer Bemühungen eher unwahrscheinlich. Immerhin war meine Vorgängerin kinderlos verstorben.

Es hätte nicht zu mir gepasst, nicht wenigstens zu versuchen, das Problem zu lösen, und alle Überlegungen führten unweigerlich in ein und dieselbe Richtung. Ich war in jeder Hinsicht die perfekte Ehefrau: Ich mischte mich nicht in bereits bestehende Traditionen ein, kam gut mit dem Personal zurecht und beschäftigte mich, ohne ihm seine Zeit zu rauben. Meine Extravaganzen entsprachen dem, was man von einer Frau erwartete, und im Bett verhielt ich mich genau so, wie er es von mir wünschte, will sagen, ich stellte mich tot. Und doch war offensichtlich, dass er mich nicht liebte. Dafür konnte es nur eine Erklärung geben: Entweder war er homosexuell wie sein Schwager und hatte nur geheiratet, um den Schein zu wahren, oder aber seine Liebe galt noch seiner ersten Frau.

Ich weigerte mich, die erste Möglichkeit ernsthaft in Betracht zu ziehen, und das sicher zu Recht: Nicht einmal der ärgste seiner Feinde machte je eine Anspielung in dieser Richtung. Und so kam ich bald zu dem Schluss, dass Letzteres der Fall sein musste. Eigentlich hätte ich mich fortan so kleiden und benehmen müssen wie die dahingeschiedene Octavia; stattdessen tat ich genau das Gegenteil: Ich begann meine »Rivalin« zu hassen, nicht nur, weil sie meiner Familienplanung im Wege stand, sondern weil sie den Porträts überall im Haus nach zu urteilen nicht halb so hübsch gewesen war wie ich. Umso demütigender empfand ich es, dass mein Mann die Erinnerung an sie der Realität mit mir vorzog.

Im ersten Winter meiner Ehe zog ich die Möglichkeit des Ehebruchs ebenso wenig in Betracht wie eine Reise zum Mond. Möglichkeiten hätte es genug gegeben. Nachdem wir pünktlich zur Wiedereröffnung des Parlaments aus Brighton zurückgekehrt waren, stürzte mein Gatte sich sogleich in sein liebstes Vergnügen: die Freuden politischer Debatten und sein ehrgeiziges Streben nach Aufstieg und Macht. Sein größter Traum war der Posten des Außenministers, den einst sein unglücklicher Schwager innegehabt hatte. So kam es, dass ich ihn tagsüber nur selten zu Gesicht bekam und auch oft bis spätabends allein war. Aber auch wenn ich geneigt gewesen wäre, diese leeren Stunden sinnvoll auszufüllen, hätte ich nicht recht gewusst, wie ich es angehen sollte. Wenn wir Besuch hatten, handelte es sich in der Regel um Kollegen aus Politikerkreisen mit ihren Ehefrauen. Ich bemühte mich, meiner Rolle als Gastgeberin gerecht zu werden, und zweifellos fanden die Männer auch Gefallen an mir, aber da sie alle beträchtlich älter waren als ich, neigten sie dazu, mich als Kind zu betrachten und meine Bestrebungen, unterhaltsame Konversation zu machen (diese beschränkte sich weitgehend auf meine Haustiere und war gespickt mit zuckersüßen Spitznamen, eine Schwäche von mir), als frivol. Hatte Edward ausnahmsweise einmal Zeit, mit mir auszugehen, bewegten wir uns ebenfalls in diesen Kreisen. Ins Theater gingen wir nur selten, da es Edward langweilte, und wenn wir dort waren, interessierte ich mich weniger für die bewundernden Blicke, die ich auf mich zog, als für das Stück. Die leisen Unterhaltungen in unserer Loge, bei denen es in der Regel um Politik ging, fand ich außerordentlich störend, sodass ich wiederum unsere Gäste verärgerte, indem ich mich immer wieder zu ihnen umdrehte und mit einem nachdrücklichen »Pssst!« um Ruhe bat. Ganz allgemein war man sich wohl einig, dass meine Manieren sich mit zunehmendem Alter bessern würden.

Ich wiederhole noch einmal, dass es damals mein einziges Bestreben war, eine gute und zuverlässige Ehefrau und wenn möglich auch Mutter zu sein, aber nachdem Freiheit und Einkaufsorgien etwas von ihrem Reiz verloren hatten, wurde mir klar, dass ich ein sehr ödes Dasein vor mir hatte. Am deutlichsten bekam ich das an Weihnachten zu spüren, als wir bei Lady Londonderry ein paar nüchterne und übertrieben religiöse Tage verbrachten. Die alte Dame nahm mich denn auch beiseite und teilte mir streng mit, der Kosename, den ich für meinen Gatten gewählt habe, »Ouzey«, sei wirklich sehr unpassend. Die einzige fröhliche Note verlieh dem Ganzen der neue Marquis Londonderry, der wie zuvor

Castlereagh Robert Stewart hieß. Er war nicht viel älter als ich, witzig und lachte gern. Als ich an das Fest auf Holkham dachte, musste ich weinen. Doch Weihnachten verblasste mit fortschreitendem Winter zur Erinnerung, und alles konzentrierte sich auf den bevorstehenden Frühling, auch wenn ich mir von der neuen Jahreszeit nicht viel erhoffte. Bis ich Anfang Juni einen Brief von Lady Oxford erhielt!

☆

Ich öffnete das Kuvert ohne großes Interesse, da ich mir nicht sicher war, wie ich nach Mamas Worten zu dieser Frau stehen sollte, die sich die Freiheiten genommen hatte, von denen ich früher geträumt hatte. Auch der Inhalt des Schreibens berührte mich nicht sonderlich, auch wenn er durchaus schmeichelhaft war: *Meine liebe Lady Ellenborough, Sie tun uns keinen Gefallen, indem Sie ein so zurückgezogenes Leben führen. London braucht Sie! Machen Sie uns doch am Mittwoch auf dem Ball im Almack's die Freude Ihrer Anwesenheit. Es wird getanzt! Wir erwarten Sie irgendwann nach acht Uhr. Ihre Jane Harley.*

Ich fühlte mich mehr vom freundschaftlichen Ton des Briefes geschmeichelt als von der eigentlichen Einladung und dachte mir, dass ich von ihr vielleicht mehr darüber erfahren könnte, was Byron, dem ich immer noch nachtrauerte, für ein Mensch gewesen war. Ich konnte mir allerdings nicht vorstellen, dass Edward – zeitlebens überzeugter Tory – meine Freundschaft zu einer Anhängerin der Whigs gutheißen würde. Trotzdem zeigte ich ihm die Einladung. Er reagierte höchst überrascht. »Ich wusste gar nicht, dass du mit Lady Oxford bekannt bist.«

»Sie ist eine Freundin meiner Mutter«, erklärte ich.

»Natürlich. Ja. Nun, ich bin sicher, du wirst dich gut amüsieren.«

Ich starrte ihn verdutzt an. »Heißt das, wir nehmen die Einladung an?«

»Nein, nein. *Du* wirst hingehen, meine Liebe.«

»Ich verstehe nicht ...«

»Das Almack's ist das wohl frivolste Etablissement in ganz London, wenn nicht sogar im ganzen Land. Dort treffen sich Leute, die nichts Besseres zu tun haben, als zu plaudern, zu trinken und zu tanzen.«

»Wenn du es so missbilligst ...«

»Aber es ist auch Mittelpunkt der Londoner Gesellschaft. Und der Höhepunkt ist der Ball am Mittwochabend. Du solltest dich dort sehen lassen.«

Ich traute meinen Ohren nicht. »Und du hast nichts dagegen?«

»Ganz und gar nicht.«

»Aber ... allein?«

»Du wirst nicht allein sein. Ich werde dich vor der Tür absetzen, und die Kutsche wird dich später wieder abholen. Drinnen werden sich dann Lady Oxford und die gute Mama deiner annehmen.«

Ich wusste, dass er seine ehemalige Schwiegermutter so nannte, und war noch verwunderter. »Heißt das, Lady Londonderry geht auch zu diesen Bällen?«

»Mein liebes Mädchen, Mama schmeißt den Laden. Ich glaube, es wird dir gut tun, mal rauszukommen.«

*Mir und deinen ehrgeizigen Plänen,* dachte ich bei mir. Die schöne Lady Ellenborough allein unterwegs, sei es auch als Protegé einer Whig-Anhängerin. Andererseits war vielleicht gerade das der Punkt. Edward war wohl bewusst, dass seine Karriere vor allem deshalb nicht so rasch vorankam, wie er es sich wünschte, weil ihn zu viele Parteikollegen sowie sämtliche Vertreter der Opposition nicht leiden konnten. Dies war für ihn eine Gelegenheit, der Welt zu verkünden, dass er im Privatleben so großzügig sein konnte wie jeder andere, auch wenn seine Tory-Prinzipien im Rat sehr strikt sein mochten. Aber ich war nicht in Stimmung, über seine oder Lady Oxfords Motive nachzudenken (Edward war erst kürzlich zum Vorsitzenden der Handelskammer ernannt worden) oder auch darüber, weshalb die Einladung von ihr und nicht von Lady Londonderry ausgegangen war. Mir wurde die Freiheit geschenkt, wenn auch nur für einen Abend, und ich war entschlossen, das Beste daraus zu machen. Und so kam, sah und siegte ich, um es einmal mit Julius Cäsar zu sagen.

☆

Mein erster Abend im Almack's war eine nervenaufreibende Angelegenheit. Ich war gerade erst achtzehn geworden, und auch wenn ich seit sechs Monaten verheiratet war, hatte dieser Status nicht unbedingt dazu beigetragen, mein Selbstbewusstsein zu stärken, eher im Gegenteil. In meinem bisherigen zugegebenermaßen noch recht kurzen Leben hatte ich mich darauf verlassen, dass meine Schönheit und positive Lebenseinstellung mir über Krisen und Schwierigkeiten hinweghelfen würden. Doch Edward hatte mir drastisch vor Augen geführt, dass diese zwei kostbarsten naturgegebenen Attribute von ihm unerwünscht waren, sodass ich sie in seiner Gegenwart unterdrücken musste. Nun geriet ich völlig unvorbereitet in eine Welt der Anspielungen und Doppeldeutigkeit. Doch meine Sorge, meine neuen Bekannten würden sich allesamt als oberflächliche Trottel entpuppen, erwies sich als unbegründet. Im Almack's war etwas weit Schlimmeres zu Hause: die Heuchelei.

Von alledem ahnte ich an jenem ersten Abend natürlich nichts und wünschte nur, Edward würde mich begleiten. Auch seine Abschiedsworte, als er mich auf dem Weg zu einer politischen Debatte dort absetzte, vermochten mich nicht zu beruhigen: »Viel Spaß, meine Liebe. Watkins wird dich um Mitternacht abholen.« Als wäre ich tatsächlich noch ein Kind oder so etwas wie Aschenputtel. So trat ich allein durch die Doppeltüren und traf auf ein wahres Heer von Lakaien und einen Majordomus, der mich mit gewissem Argwohn beäugte. Ich zeigte meine Karte vor. »Wenn Sie die Güte hätten, dies Gräfin Oxford zu überbringen«, sagte ich in meinem hochnäsigsten Tonfall.

Hierauf folgte ein kurzer Austausch von Blicken, dann ein Nicken, und einer der Lakaien eilte mit der Karte davon. Der oberste dieser Türsteher, der einen Blick auf meine Karte geworfen hatte, ehe er diese weiterreichte, ließ sich zu den Worten herab: »Darf ich Ihnen den Mantel abnehmen, Mylady?«

Ich zog den Mantel aus und fühlte mich erst recht verunsichert, als weitere Gäste eintrafen. Einige von ihnen hatte ich auf Partys im vergangenen Sommer gesehen, aber sie schienen unsicher zu sein, ob sie mich grüßen sollten oder nicht. Ich erwog ernsthaft, das ganze Unterfangen abzublasen und mit einer Droschke heimzufahren, als ich eine vertraute Stimme sagen hörte: »Wenn das nicht meine schöne Aurora ist.« Ich wandte mich um und blickte in das Gesicht meines Vetters George ...

Ich muss gestehen, dass ich ihn völlig verdutzt angestarrt habe, nicht nur überrascht, ihn an einem solchen Ort zu sehen, sondern vor allem, weil er Kniebundhosen und Seidenstrümpfe trug wie die Lakaien. »George? Was tust du denn hier, um alles in der Welt?«

»Ich gehe auf den Ball«, entgegnete er ein wenig steif, da ihm der skeptische Blick, mit dem ich seine Beinkleider betrachtete, nicht entgangen sein konnte. »Und meine Aufmachung entspricht der von Lady Jersey vorgeschriebenen Kleiderordnung.«

Ich kam aus dem Staunen gar nicht mehr heraus. Ich

wusste zwar, dass die Gräfin Jersey vor langer Zeit einmal Mätresse König Georgs gewesen war, hatte aber noch nie gehört, dass eine Frau, sei es auch eine königliche Mätresse, einem Armeeoffizier vorschrieb, was er anzuziehen hatte. Hinzu kam, dass George erst kürzlich zum Oberst befördert worden war, auch wenn er diesen frühen Aufstieg – wie schon weitere Beförderungen – vor allem Geld und Einfluss seines Vaters verdankte. Unser Gespräch wurde von dem Lakaien unterbrochen, der sich auf das Unterwürfigste vor mir verneigte und mir mitteilte: »Gräfin Oxford bittet Sie zu sich, Mylady.«

Das verschlug George und allen in Hörweite, darunter auch einige Neuankömmlinge, die Sprache. Ich lächelte honigsüß in die Runde und folgte dem Lakaien die imposante breite Treppe hinauf. Musik und Stimmengewirr schwollen an, und oben angekommen sah ich einen Saal voller Menschen vor mir, die Damen nach der letzten Mode gekleidet und die Männer alle in den obligatorischen Kniebundhosen. Ich fand mich an der Seite eines höchst arroganten Majordomus wieder, der in der einen Hand meine Karte hielt und in der anderen einen Stab, mit dem er auf den Boden klopfte, während er gleichzeitig meine Karte hochhielt und mit Stentorstimme rief: »Mylady Jane Elizabeth, Lady Ellenborough.«

Die Musik verstummte, und Blicke richteten sich auf mich, zuerst gleichgültig, aber dann folgte ein Augenblick der Totenstille, als die Menge meinen Anblick in sich aufnahm. Ich trug eine meiner neuesten Kreationen aus roter und dunkelblauer Seide mit einem Dekolleté, das so viel von meinem inzwischen üppigen Busen enthüllte, wie eben noch annehmbar war. Eine eng anliegende mehrreihige Perlenkette schmückte meinen Hals, und an beiden Händen funkelten kostbare Ringe. Ich wusste, dass ich umwerfend aussah, kam mir aber trotzdem vor wie ein Christ, der gleich in der Arena den Löwen zum Fraß vorgeworfen werden sollte. Wieder wäre ich am liebsten geflüchtet, aber in diesem Moment sah ich Lady Oxford auf mich zukommen. Sie war so elegant und schön wie immer und strahlte übers ganze Gesicht. »Meine liebe Lady Ellenborough. Jane, wie schön, dass Sie vorbeischauen!« Als wäre ich tatsächlich ganz spontan vorbeigekommen, unterwegs zu einem wichtigeren Anlass.

Sofort erhielt ich die Bestätigung meiner Aufnahme in den Kreis der Auserwählten, als der Majordomus mir eine Tanzkarte in die Hand drückte.

Ein so herzlicher Empfang seitens einer solchen Frau machte den Abend für sich allein schon zu einem Triumph, aber noch gab es einige Hürden zu nehmen. Ehe ich mich unter die Tanzpaare mischen konnte, musste ich fünf anderen Ladys vorgestellt werden, die die Mittwochsbälle gewissermaßen organisierten, auch wenn sie sich selbst lieber als Mäzeninnen bezeichneten. Lady Londonderry kannte ich bereits, und Lady Sefton machte keinen großen Eindruck auf mich. Aber so bedeutend die beiden für sich auch sein mochten, konnten sie sich doch nicht mit der Gräfin Jersey messen, deren amouröse Vergangenheit ebenso passé war wie ihre legendäre Schönheit, deren Wort jedoch in der Londoner Gesellschaft immer noch Gesetz war. Sie hatte einmal die Stirn besessen, auf einem ihrer Bälle dem Herzog von Wellington den Zutritt zu verwehren, weil er lange Hosen trug anstelle der von ihr gewünschten Kniebundhosen. Ich muss hinzufügen, dass diese Zurückweisung, die für einen Geringeren das gesellschaftliche Aus hätte bedeuten können, weder der Moral noch dem gesellschaftlichen Status des Siegers von Waterloo, der auf dem Schlachtfeld wie im Schlafzimmer so viele erfolgreiche Schlachten geschlagen hatte, etwas anhaben konnte, aber Lady Jerseys Ruf festigte es allemal.

Gleich nach ihr kam Lady Cowper, die als absolut monogam galt, nur dass der Mann ihres Herzens nicht der eigene Ehemann war, sondern ein aufstrebender Politiker namens Temple (der seinem Vater als Lord Palmerston nachgefolgt war), der im Gegensatz zu Edward seinen Traum tatsächlich verwirklichen und erst Außenminister und später sogar Premierminister werden sollte. Letztendlich heirateten die beiden sogar, nachdem Lord Cowper und Lady Palmerston das Zeitliche gesegnet hatten, ein anrührendes Beispiel für Beständigkeit. Von Treue kann ich allerdings nicht sprechen, da Palmerston bekanntermaßen während seiner Liaison zu Lady Cowper noch unzählige andere Affären hatte. Ich bin sicher, dass ich so treu gewesen wäre wie Lady Cowper, wenn ich in England nur den richtigen Mann gefunden hätte ... allerdings hätte ich Palmerstons zahlreiche Amouren niemals tolerieren können.

Dann war da noch Fürstin Esterhazy, die Ehefrau des österreichischen Botschafters, eine weitere verblühte Schönheit, die jedoch noch mitten im Leben stand, wenn man so will: Es hieß, dass ihre diversen Liebhaber sich in strenger Reihenfolge bei ihr die Klinke in die Hand gaben. Die Letzte des Sextetts – eine sehr treffende Bezeichnung – war Gräfin Lieven, die Gattin des russischen Botschafters, die jüngste und hübscheste von allen, einmal abgesehen von Lady Oxford. Sie war außerdem die arroganteste der Damen; angeblich stammte von ihr der Ausspruch: *En vogue ist nur, wo ich verkehre.*

Alle diese einflussreichen Damen begrüßten mich herzlich und wohlwollend – wie ich dachte. Ich war noch zu jung und naiv, um die Zweideutigkeiten in ihrer Konversation herauszuhören. So glaubte ich wirklich, Esterhazy würde mir ein Kompliment machen, als sie ausrief: »Meine Liebe, Sie sehen umwerfend aus! Und dieses Kleid, ein wahrer Augenschmaus! Was für Farben!« Ich begriff nicht, dass sie tatsächlich meinte: »Du impertinentes kleines Luder, dieses

Kleid mit seinen schreienden Farben passt eher in ein Bordell als auf einen Ball.« Aber Lady Oxford schien erfreut von dem Empfang, den man mir bereitete, und ich durfte tanzen gehen, was mir hasserfüllte Blicke der anderen Frauen einbrachte, da aus allen vier Ecken des Saales Männer herbeieilten, um sich in meine Tanzkarte einzutragen. Ich war ziemlich überwältigt und erschöpft, als George schließlich an der Reihe war: Er war zu langsam gewesen, sodass vor Mitternacht nur noch ein Tanz frei gewesen war. Aber jetzt hielt er mich endlich zum ersten Mal seit drei Jahren in den Armen. »Die Ballkönigin«, stellte er fest, als wir im Walzertakt durch den Saal wirbelten. »Aber du hast ja schon immer auf jedem Ball im Mittelpunkt gestanden.«

»Höre ich da so etwas wie Neid heraus, Sir?«, fragte ich.

»Neidisch auf dich? Niemals, liebste Cousine. Höchstens auf die Taugenichtse, die mir zuvorgekommen sind. Vor allem auf einen.«

Es war klar, wen er meinte. »Du hattest deine Chance«, entgegnete ich.

»Und ich habe damals schon versucht, dir klar zu machen, dass das unmöglich ist.«

»Das ist dir auch gelungen. Eine Ehe zwischen uns kam nicht infrage, und wenn du mit mir geschlafen hättest, hätte das mein Leben ruiniert. Und deins. Ist es nicht seltsam, wie sich alles fügt?« Er blickte stirnrunzelnd auf mich herab, nicht sicher, wie ich das meinte. Um ehrlich zu sein, wusste ich es selbst nicht so genau. In dieser Minute verstummte die Musik, und wir mussten einander loslassen. Die Uhr schlug zwölf. »Ich muss gehen«, sagte ich.

»Verwandelst du dich gleich in einen Kürbis?«

»Meine Kutsche wartet. Edward hat sie mir geschickt.«

»Ah. Wann sehe ich dich wieder? Kommst du nächste Woche?«

»Das kann ich noch nicht sagen. Aber ...« Ich holte tief

Luft. Einerseits wusste ich selbst nicht genau, was ich wollte; zum anderen fürchtete ich mich vor seiner Reaktion. »Du kannst mich ja besuchen, wenn du magst.«

»Bei dir zu Hause?«

»Warum nicht?« Ich wurde ein wenig mutiger. »Du bist mein Vetter. Wir haben gewiss einige familiäre Angelegenheiten zu besprechen. Deine Schwester Anne vielleicht.« Er schnitt eine Grimasse. Anne Anson, seine ältere Schwester, war verheiratet, und sie und ich hatten uns aufgrund des großen Altersunterschieds nie besonders nahe gestanden. Ich hatte jedoch von anderen Verwandten genug Tratsch aufgeschnappt, um zu wissen, dass sie dem Glücksspiel verfallen war – und leider immer verlor. »Ich würde dieses Problem nur zu gern mit dir besprechen«, sagte ich.

»Und mit deinem Mann, wie ich annehme.«

»Edward ist tagsüber nie zu Hause. Kannst du nicht hier und da ein wenig Zeit erübrigen?«

☆

Als ich am nächsten Morgen aufwachte, war ich noch ganz aus dem Häuschen. Das lag teils an dem vielen Champagner, den ich getrunken hatte, teils an der Aufregung, den vielen Menschen, die ich kennen gelernt hatte, und natürlich an meinem durchschlagenden Erfolg. Aber in meine Aufregung mischten sich auch Schuldgefühle. Zwar hatte ich noch nichts Böses getan, wohl aber etwas in Gang gesetzt, das nur auf eines hinauslaufen konnte. Wie hatte ich das tun können? Handelte ich mir damit ewige Verdammnis ein? Dieser Gedanke allein bewies schon, dass ich noch ein Kind war. Aber der vergangene Abend hatte mir gezeigt, dass es ein Leben außerhalb des tristen Hausfrauendaseins gab, und diese Glitzerwelt wollte ich künftig nicht mehr missen. Auch beruhigte ich mich damit, dass es keinen geeigneteren Kandidaten geben konnte als George, wenn ich schon eine Affäre anfing. Wir kannten uns von Kindheit an, ich wusste, dass ich mich auf seine Diskretion verlassen konnte, und vor allem wusste ich, dass er meine Avancen nicht zurückweisen würde, egal ob über oder unter der Gürtellinie.

Aber meine Ehe! Und Edward! Das schlechte Gewissen plagte mich. Wenn ich meine Ehe ganz nüchtern betrachtete, war mir klar, dass die Heirat ein großer Fehler gewesen war, zumindest von meinem Standpunkt aus. Ich wusste allerdings nicht, ob lieblose oder auch sexlose Ehen eher die Norm waren oder die Ausnahme. Da Mama nie mit mir über diese Dinge gesprochen hatte, wusste ich nicht einmal, ob ihre eigene Beziehung zu Papa leidenschaftlich oder sexuell unterkühlt gewesen war. Sicher, sie hatten vier Kinder bekommen und schienen sich sehr gern zu haben, aber konnte Letzteres nicht auch reine Vertrautheit sein? Ich hätte liebend gern ein offenes Wort mit Stiefgroßmutter gesprochen, aber das ließe sich nur auf Holkham realisieren, und Edward würde kaum erlauben, dass ich dorthin fuhr. Außerdem würde ich es nicht wagen, mich Anne anzuvertrauen, die als unverbesserliche Klatschbase galt.

Fest stand, dass ich ein beträchtliches Risiko einging und, schlimmer noch, möglicherweise sogar ein gesellschaftliches Verbrechen ersten Ranges heraufbeschwor, indem ich Edwards Namen und guten Ruf ruinierte. Meine Gewissensbisse nahmen noch zu, als Edward sich beim Frühstück besonders gut gelaunt zeigte und zum Ausdruck brachte, dass er hoffe, ich hätte mich gut amüsiert (auch wenn er kein Interesse daran zeigte, was genau ich getan und wen ich kennen gelernt hatte). Dann küsste er mich zärtlich, bevor er nach Westminster aufbrach. Zweifellos betrachtete er sich selbst als den perfekten Ehemann, und ich war diejenige, die erwog, etwas zu tun, das eine anständige Ehefrau niemals auch nur in Betracht ziehen würde. Ich setzte mich an meinen Schreibtisch, um an George zu schreiben und meine Einladung zurückzuziehen. Ich brütete immer noch über der Formulierung, als die Post eintraf. Es war ein Brief für mich dabei, den ich sofort an mich nahm, weil ich gleichzeitig hoffte und fürchtete, er wäre von ihm, und er hätte mir die Entscheidung abgenommen.

Aber das Schreiben war von Lady Oxford, die mich zu meinem Triumph beglückwünschte und mir eine Einladung zu sämtlichen weiteren Bällen im Almack's aussprach. Ich war überwältigt und wurde erneut von Schuldgefühlen geplagt, da ich davon ausgehen musste, dass sie nicht so großzügig wäre, hätte sie geahnt, dass ich mit dem Gedanken spielte, Ehebruch zu begehen. Gespielt *hatte,* verbesserte ich mich und griff eben wieder zur Feder, als ich Hufgetrappel hörte. Kurz darauf läutete es an der Tür.

Ich saß da wie erstarrt, bis an meine Tür geklopft wurde und Mowlem, unser Butler, mir einen männlichen Besucher meldete.

Mir war gar nicht in den Sinn gekommen, dass George so prompt auf meine Einladung reagieren könnte. Und nun ... Ich nahm mich zusammen und erhob mich. »Kommen Sie herein.« Mowlem war sehr hager und blass, aber als er mir nun die Karte auf dem Silbertablett präsentierte, sah er aus wie ein wandelnder Leichnam. Ich nahm die Karte. »Das ist mein Vetter, Oberst Anson. Himmel! Ich hoffe, es hat in der Familie kein Unglück gegeben. Ich muss ihn sofort sprechen.« In der Tat, ich besaß ein gottgegebenes schauspielerisches Talent!

Ich eilte nach unten und beglückwünschte mich zu meinem Geniestreich, der auch meine Aufregung erklären würde. Meine Gewissensbisse waren vergessen. George war in Uniform und sah unglaublich schneidig aus. Doch wie ich zu meiner Befriedigung registrierte, schien er außerdem ein wenig nervös zu sein. »Liebste Cousine«, sagte er. »Ich musste einfach herkommen. Meine Schwester ...«

Ich legte einen Finger auf die Lippen, was nur nachvollziehbar war, da ich eine Familienangelegenheit nicht in Anwesenheit von Dienstboten würde besprechen wollen. »Komm mit in die Bibliothek. Und Mowlem, wir möchten nicht gestört werden.«

»Selbstverständlich, Mylady.« Er nahm George Tschako und Mantel ab und blieb dann stocksteif stehen, derweil ich George in die Bibliothek führte und die Tür hinter uns schloss.

»Sind wir hier sicher?«, fragte er.

»Meine Leute halten sich an meine Anweisungen«, versicherte ich ihm und lag gleich darauf in seinen Armen.

Abgesehen von meinem ersten missglückten Annäherungsversuch gegenüber Edward auf der Fahrt nach Brighton war dies mein erster leidenschaftlicher Kuss seit Ende meines Techtelmechtels mit Tom. Das machte ihn nicht nur besonders prickelnd, sondern ließ auch den letzten Rest von Schuldgefühlen schwinden. Wir küssten und küssten und küssten uns, und seine Hände glitten derweil über meine Schultern und meinen Rücken, drückten meinen Po und widmeten sich dann wieder meinen Brüsten. Da ich erst vor kurzem aufgestanden war und nicht mit Besuch gerechnet hatte, trug ich kein hinderliches Korsett, und während er mich liebkoste, schnallte ich seinen Schwertgürtel ab und knöpfte seine Uniformjacke auf. Nach einigen Minuten hektischen Ringens war ich nur noch mit meinem Leibchen bekleidet und er mit seinen Unterhosen. Sekunden später lagen meine Schultern bloß, und er hatte sich auch des letzten Kleidungsstücks entledigt.

Jetzt brauchten wir uns nicht mehr in Zurückhaltung zu üben, konnten uns nach Herzenslust einander widmen, und so war ich ein wenig enttäuscht, dass er es so eilig hatte, mich auf den Diwan zu legen, ein Bein über die Rückenlehne drapiert und das andere auf dem Boden, um sich dann zwischen meine Schenkel zu knien. Somit hatte ich nur noch Sekunden, in denen ich sein pochendes Glied in Händen halten konnte, ehe deutlich wurde, dass er nicht länger warten konnte. Er drang in mich ein, jedoch nicht unsanft, sondern sehr langsam und vorsichtig. Ich möchte anmerken, dass unser – wenn auch recht kurzes – Vorspiel mich sehr erregt hatte, sodass ich bereit war, ihn zu empfangen, und das Eindringen zum ersten Mal als angenehm empfand. Wenngleich ich frustriert war, als er so schnell kam, während ich wieder unbefriedigt blieb (auch wenn ich immer noch nicht genau wusste, was mir entging – oder ob überhaupt), spürte ich doch größere Befriedigung als je zuvor.

Hinterher lagen wir noch eine Weile aneinander gekuschelt da, streichelten und küssten uns. »O Jane, Jane, Jane. Ich bete dich an. Was für eine Tragödie, dass wir miteinander verwandt sind.«

»Vielleicht ist es ganz gut so«, widersprach ich. »Wenn wir verheiratet wären, würdest du meiner bald überdrüssig.«

»Niemals. Kein Mann könnte deiner je überdrüssig werden.«

»Da kennst du meinen Gatten aber schlecht. Ich glaube, er hatte schon vor dem Vollzug unserer Ehe genug von mir. Aber es gibt keinen Grund, weshalb du mich leid werden solltest.«

Er setzte sich auf. »Du meinst, wir können uns wiedersehen?«

»Das will ich doch sehr hoffen.«

»Hier?«

»Ich glaube, das wäre nicht sehr klug. Ich meine, so viele dringende Familienangelegenheiten kann es ja nicht geben, die wir miteinander besprechen müssten. Hast du nicht eine Unterkunft in der Stadt?«

»Doch.«

»Wunderbar. Ich bin fast täglich in der Stadt.«

»Ich bin aber nur selten tagsüber dort. Ich muss zum Dienst.«

»Nun, dann wird dein Dienst eben warten müssen, mindestens an einem Nachmittag in der Woche.«

Er küsste mich. »Und dann sind da noch die Mittwochabende.«

»Nur zum Tanzen«, ermahnte ich ihn.

☆

So kam es, dass ich noch kein Jahr verheiratet war, als ich zum ersten Mal Ehebruch beging und zur gefallenen Frau wurde. Meine Sünde steigerte sich jedoch fast sofort zum Verbrechen, da ich sie in eine Lüge kleidete. Das ließ sich natürlich nicht umgehen, da alle Dienstboten von meinem Besuch wussten und ein Blick auf meine Kleider Lucy verraten würde, was geschehen war. Da sie jedoch bedingungslos hinter mir stand, hatte ich von dieser Seite nichts zu fürchten. »Du errätst nie, was heute passiert ist«, sagte ich am Abend zu Edward, als er heimkam.

»Da hast du wohl Recht«, stimmte er mir mit dem gewohnten Desinteresse an meinem Leben zu.

»Mein Vetter hat mich besucht.«

»Tatsächlich? Welcher denn?«

»Oberst Anson. Mein Vetter George.«

»Ah, der Soldat.« Die leicht verächtliche Betonung verwunderte mich. »Wird er nun endlich nach Indien geschickt?«

»Nein, er wird nicht nach Indien gehen. Er wollte mit mir über seine Schwester Anne sprechen. Hast du von ihr gehört?«

»Ja. Ich finde, du solltest dich aus dieser Sache heraushalten.«

»Die Familie ist sehr besorgt.«

»Zweifellos. Aber soweit ich weiß, hat deine Cousine einen Ehemann und Eltern sowie mehrere Geschwister. Wenn die der Meinung sind, es müsste etwas geschehen, können sie sich noch an zwei Tanten wenden, darunter deine eigene Mutter, sowie an einen Großvater, der zumindest weitestgehend zurechnungsfähig zu sein scheint. Du bist in dieser Angelegenheit kaum der richtige Ansprechpartner, es sei denn ...« Er sah mich zum ersten Mal an. »Du frönst doch nicht etwa selbst dem Glücksspiel?«

Ich war wütend über seine Anmaßung und seine abschätzige Bemerkung über Großvater, beherrschte mich jedoch. »Ich interessiere mich nicht für Glücksspiel.« *Zumindest nicht mit Karten,* dachte ich bei mir. Mit dem Leben zu spielen war doch viel reizvoller.

Das Gespräch mit Edward, das mir noch einmal bestätigte, dass er ein selbstsüchtiger Langweiler war, beruhigte mein Gewissen, sodass ich mich mit der ganzen mir eigenen Leidenschaft der Affäre mit George widmete. Wir trafen uns einmal in der Woche in seiner Unterkunft, verstießen jeden Mittwochabend gegen die Regeln des Almack's, indem wir mehr als einmal miteinander tanzten, und fanden auf Picknicks, an denen wir beide teilnahmen, jedes Mal eine Möglichkeit, zusammenzusitzen oder uns sogar davonzustehlen, um eine Weile allein zu sein. Des Öfteren ritten wir auch im Hyde Park aus. Das war eine aufregende Zeit für mich. Neben meiner verbotenen Romanze und meinen öffentlichen Auftritten im Almack's oder in der Rotten Row erregte meine Person allseits große Aufmerksamkeit, sodass es gelegentlich sogar vorkam, dass ich bei einem Einkaufsbummel Porträts von mir in den Schaufenstern entdeckte, gemalt von Künstlern, die keine entsprechende Erlaubnis eingeholt hatten, weshalb die Bilder aus einiger Entfernung entstanden waren. Trotzdem waren sie ziemlich gelungen und stets schmeichelhaft. Als ich einmal bemerkte, dass ich nicht verstünde, warum jemand ein Porträt von mir sollte besitzen wollen, wurde mir versichert, dass sie sich verkauften wie warme Semmeln.

Ich fürchtete, Edward könnte Anstoß daran nehmen, doch er schien im Gegenteil ganz entzückt, zumal ich in dieser Zeit richtiggehend aufblühte. Ihm kam nie in den Sinn, dass meine Metamorphose eine andere Ursache haben könnte als Zufriedenheit mit meinem Dasein als seine Ehefrau, und es schmeichelte ihm natürlich, dass seine Gattin Stadtgespräch war – und dies ausschließlich ihrer Schönheit wegen, soweit er wusste. Andere jedoch waren nicht so naiv, und so bekam ich, als der Sommer sich dem Ende zuneigte, eine Einladung zum Tee bei Lady Oxford. Obgleich ich als Janets Gast an jedem Ball teilgenommen hatte, hatten wir kaum mehr als ein paar Worte zur Begrüßung gewechselt, und so betrachtete ich diese Einladung als eine Art Saisonabschluss. Entsprechend verblüfft – und geschmeichelt – war ich, als ich feststellte, dass wir unter uns sein würden. »Zwei Janes«, sagte sie, als sie meine Überraschung bemerkte. »Sollten wir da nicht die besten Freundinnen sein? Sagen Sie, meine Liebe, haben Sie einen angenehmen Sommer verlebt?«

»Den schönsten Sommer meines Lebens«, erklärte ich. »Ich bin Ihnen sehr dankbar!«

»Gern geschehen. Auch ich war einmal jung und sogar schön ...«

»Das sind Sie immer noch.«

»Wie lieb von dir. Ich will damit sagen, dass auch ich erst lernen musste, mich als junge Braut in einer Welt zurechtzufinden, von der ich wenig Ahnung hatte. Und ich war mit einem Mann verheiratet, der meine Qualitäten nicht wirklich zu schätzen wusste, um es einmal so zu formulieren.« Sie musterte mich eindringlich. Ich trank meinen Tee, nicht sicher, wie ich reagieren sollte, und als sie erkannte, dass ich mich ihr noch nicht anvertrauen würde, fuhr sie fort: »Was haben Sie für Pläne in diesem Winter? Werden Sie einige Zeit auf Holkham verbringen? Oder in Dorset?«

»Weder noch, fürchte ich. Edward hat weder für die Jagd noch fürs Sportschießen etwas übrig. Sein ganzes Herz hängt an Westminster, und er zieht es vor, jederzeit erreichbar zu sein.«

»Das muss sehr langweilig für Sie sein. Sehr traurig.« Formvollendet schob sie sich ein Stück Kuchen in den Mund, kaute dezent und schluckte den Bissen diskret herunter. Dann legte sie die Gabel aus der Hand. »Zu den schönsten Erinnerungen dieses Sommers gehört für mich, wie Sie auf den Bällen mit Ihrem Cousin getanzt haben. Oberst Anson«, fügte sie hinzu, um jedes Missverständnis auszuschließen.

»Er ist ein wundervoller Tänzer«, stimmte ich ihr zu, immer noch ahnungslos.

»So wie Sie selbst. Und Sie beide zusammen ... nun, ein hübscheres Paar kann es im ganzen Land nicht geben.«

»Sie schmeicheln mir.«

»Gar nicht. Aber vielleicht könnte man es als Warnung verstehen, wenn Sie gestatten.«

Zum ersten Mal ging mir auf, dass etwas nicht stimmte. »Wegen George? Wir waren schon als Kinder Freunde und sind es bis heute geblieben.«

»Und dass er Sie so gerne hat wie Sie ihn, ist offensichtlich. Für alle. Das ist es, was ich sagen wollte.« Sie legte die Hand auf meine. »Es gibt zu viele Menschen, die nichts Besseres zu tun haben, als Spekulationen anzustellen über Angelegenheiten, die sie nichts angehen und sie nicht zu interessieren haben. Mr Soundso versäumt einen Tag im Unterhaus, und schon dichtet man ihm einen Tripper an. Dass er seinen Posten, nachdem er eine starke Erkältung auskuriert hat, eine Woche später wieder antritt, macht den Gerüchten keineswegs ein Ende, o nein, tatsächlich wendet man sich jetzt dem potenziellen Ursprung seiner nicht existierenden Ansteckung zu. Dass Lord Soundso seine Kutsche samt Gespann zum Verkauf anbietet, kann nur bedeuten, dass er kurz vor dem Bankrott steht. Dass er eine größere Kutsche kauft mit einem besseren Gespann und hierfür nur Platz schaffen will in Remise und Stall, macht dem Gerede auch hier kein Ende, weil Klatsch nun einmal so ist wie der Kopf der Hydra aus der griechischen Mythologie, der immer neue Köpfe wachsen. Wenn also Lady Ellenborough auf jedem Ball mehr als einmal mit Oberst Anson tanzt, dann haben die beiden zwangsläufig eine Affäre. Bitte verzeihen Sie meine Offenheit, ich meine es nur gut mit Ihnen.«

Ich sah ihr in die Augen. »Man erzählt sich, ich hätte eine Affäre mit meinem Cousin?«

»Es wird zumindest darüber spekuliert. Und wie ich versucht habe deutlich zu machen, werden Spekulationen bald zu Gerüchten, und die wiederum verwandeln sich auf mysteriöse Weise zu angeblich erwiesenen Tatsachen.«

Wie gewöhnlich reagierte ich nach dem Motto, dass Angriff die beste Verteidigung ist. »Ich gehe einmal davon aus, dass dieses Gerücht im Almack's entstanden ist.«

»Ich fürchte, ja.«

»In die Welt gesetzt von Frauen, die selbst allesamt Liebhaber haben. Bei allem Respekt, Mylady ...«

»Ich möchte Sie nicht schockieren, aber es ist richtig, dass sie alle Liebhaber haben, einige von ihnen sogar mehrere gleichzeitig.«

»Und sind diese Affären nicht allgemein bekannt, sogar ihren Ehemännern?«

»Selbstverständlich. In unserer Zeit ist es einfach nicht möglich, irgendetwas geheim zu halten.«

»Dann verstehe ich nicht, warum mein Lebenswandel, ob die Gerüchte nun den Tatsachen entsprechen oder nicht, so etwas Besonderes sein soll.«

»Das Besondere liegt in dem großen Unterschied zwischen Ihnen und diesen anderen Damen.«

»Was meinen Sie damit?«, fragte ich pikiert. »Es könnte keine angesehenere Familie geben als die der Cokes von Holkham.«

»Natürlich nicht. Der Unterschied, den ich meinte, ist persönlicher Natur. Die Damen sind allesamt Mütter, Sie hingegen nicht, Lady Ellenborough.« Ich starrte sie offenen Mundes an. »Jede Gesellschaft, wie korrupt sie auch sein mag, braucht gewisse Regeln, sonst bricht das Chaos aus.« Jetzt hörte sie sich wie Edward an. »Jeder Mann, erst recht jeder Gentleman, braucht einen Erben, an den er seinen Besitz, gegebenenfalls auch seinen Titel weitergeben kann.«

»Das ist mir klar. Und ich freue mich sehr darauf, Mutter zu werden, das können Sie mir glauben.«

»Das glaube ich Ihnen gern. Der Punkt ist, dass das erste Kind, vor allem der erstgeborene Sohn, zweifelsfrei von ihrem Gatten gezeugt worden sein muss. Wenn eine Ehefrau diese Pflicht erfüllt hat, kann sie so viele Liebhaber haben, wie sie möchte, und von diesen so viele Kinder bekommen, wie sie will.« Ihre Lippen zuckten; zweifellos dachte sie über ihre eigene Situation nach.

Mir kam derweil ein furchtbarer Gedanke. »Und wenn die Ehefrau nur Mädchen zur Welt bringt?«

»Dann ist sie zu bedauern. Töchter sind etwas Wunderbares, aber Söhne sind eine Notwendigkeit. Und jetzt werden wir dieses Thema fallen lassen, mein liebes Kind. Ich habe es nur angesprochen, um Sie zu warnen und Sie zu bitten, nichts Unüberlegtes zu tun bis zur Geburt Ihres ersten Sohnes. Erfüllen Sie diese Pflicht, dann steht Ihnen die ganze Welt offen.«

Sie war so freundlich, dass ich ihr beinahe gestanden hätte, dass ihre Warnung ein paar Wochen zu spät kam. Ich behielt die Wahrheit jedoch lieber für mich, da ich nicht wusste, wie sie reagieren würde, und zudem fürchtete, meine Beichte könnte auch für George Konsequenzen haben. Im Übrigen wusste ich, dass ich auf der sicheren Seite war, da ich erst vor zwei Tagen meine Blutung bekommen und George seitdem nicht getroffen hatte. Wieder entschied ich mich für einen Gegenangriff. »Und Sie haben Ihr Leben genossen?«

»Ja, sehr sogar. Leider lautet eine weitere unausweichliche Regel der Gesellschaft und auch des Lebens, dass wir alle irgendwann alt werden.«

»Aber Sie haben das Leben ausgekostet.«

»Ich hatte das Glück, es mir erlauben zu können.«

»Und Lord Byron? Ich bin eine große Bewunderin seiner Kunst.« Mehr wagte ich nicht zu offenbaren.

Wieder zuckten ihre Lippen. »Der gute George. Ja, er hat einige Zeit mit mir verbracht.«

»Bei Ihnen zu Hause?«

»In meinem Landhaus, ja. Die Kinder waren ganz verrückt nach ihm.«

»Und Ihr Gatte hat das geduldet?« Meine Fantasie reichte nicht aus, mir vorzustellen, wie Edward reagieren würde, wenn George in Roehampton Quartier bezöge, ganz egal, wie viele männliche Nachkommen ich ihm bereits geschenkt hätte.

»O ja. Wir hatten längst eine für beide Seiten sehr befriedigende Vereinbarung getroffen. Ich führte seine verschiedenen Haushalte, organisierte als Gastgeberin seine Empfänge und Dinners, gestattete ihm, meinen Körper zu benutzen, wann immer er es wünschte und die Zeit erübrigen konnte, was nicht oft genug der Fall war, um wirklich lästig zu werden, und die übrige Zeit konnte ich verbringen, wie es mir beliebte.«

»War Byron so leidenschaftlich, wie seine Gedichte vermuten lassen?«

»Ich würde sogar sagen, er hat die Helden seiner Werke noch übertroffen. Er war der leidenschaftlichste Mann, der mir je begegnet ist. Er hat mir größere Lust verschafft als jeder andere.« Sie warf mir einen fragenden Blick zu. »Sie verstehen, wovon ich spreche?«

»Natürlich.«

Sie musterte mich einen Moment forschend. »Ich glaube nicht. Wie viele Orgasmen hatten Sie in Ihrem Leben?«

Jetzt war ich allerdings mit meinem Latein am Ende. »Ich bin eine Frau.«

»Und Sie glauben, Sie seien nicht fähig zu einem solchen Höhepunkt? Mein liebes Kind, der Orgasmus einer Frau kann sehr viel intensiver sein als der eines Mannes – und ist es sehr oft auch. Hinzu kommt, dass eine Frau mehrere Höhepunkte in Folge haben kann, während die armen Männer nach dem Erguss mindestens eine Stunde lang zu nichts mehr zu gebrauchen sind. Wenn sie älter sind, dauert es sogar noch länger.« Ich starrte sie nur sprachlos an. »Haben Sie sich nie ... nun ja, selbst befriedigt?«

Ich musste an die prickelnden Stunden mit Anne denken und hatte natürlich hin und wieder auch meine eigenen Hände anregend gefunden, allerdings war das immer mehr oder weniger zufällig geschehen. Der Gedanke, dass eine so vollendete Dame so etwas tat ... wenn alles stimmte, was man sich über sie erzählte, musste man sich fragen, wann sie Zeit dafür gefunden hatte. »Ich würde Ihnen dringend empfehlen, es auszuprobieren. Auch wenn Selbstbefriedigung noch viel aufregender ist im Beisein eines Mannes und ein schwacher Ersatz dafür, von ihm mit den Fingern zum Höhepunkt gebracht zu werden. Es schafft eine so viel innigere Beziehung.«

»Edward fände schon allein den Gedanken widerwärtig«, murmelte ich.

»Selbstverständlich. Sie dürfen nie vergessen, dass die

englische Oberschicht ein sehr eigentümlicher Haufen ist. Zumindest die Männer. Sie weigern sich schlicht zu akzeptieren, dass ihre Ehefrau sexuelle Lust verspüren könnte, während sie den Ehefrauen anderer zutrauen, wildeste Fantasien auszuleben. Ich glaube, es hat mehr mit Macht als mit Sexualität zu tun. Wenn ein Mann und eine Frau beide Lust empfinden, setzt dies Gleichstellung voraus. Und es kommt noch etwas hinzu. Wenn man sich gegenseitig bis zum Höhepunkt stimuliert, ohne dass es zum eigentlichen Geschlechtsverkehr kommt, erforscht man Mittel und Wege, die vor der Gesellschaft, ganz zu schweigen vor der Kirche, keine Gnade fänden. Wie soll ein Mann, der so etwas mit seiner Frau erlebt hat, dieser weiterhin befehlen oder von ihr erwarten, Dinge zu tun, die sie nicht tun möchte?«

Ich war völlig verwirrt. »Aber Sie sagten doch, dass Ehemänner, darunter Ihr eigener, wissen, was ihre Frauen ... mit anderen Männern tun.«

»Ehemänner ziehen es vor, diese Dinge zu ignorieren. Ihnen geht es nur darum, dass der Status quo gewahrt wird. Das heißt, sie erwarten von ihrer Frau, dass sie ihnen gegenüber angemessene Unterwürfigkeit an den Tag legt und im eigenen Haus sowie vor allem in der Öffentlichkeit die Illusion aufrechterhält, ihm treu zu sein. Was ihre Frau hinter anderer Leute verschlossenen Türen treibt, interessiert sie nicht, vorausgesetzt, es kommt nie ans Licht.« Sie drückte meine Hand. »Machen Sie nicht so ein betrübtes Gesicht. Ihre Zeit wird kommen. Solange Sie vom eigenen Mann keine sexuelle Erfüllung erwarten und sich stets wie eine loyale Ehefrau benehmen, werden Sie irgendwann den richtigen Liebhaber finden.«

Meine Gedanken überschlugen sich. Ich versuchte, mich an Konkretes zu halten. »Hat Lord Byron Sie geliebt?«

Sie verzog wehmütig den Mund. »Ich glaube nicht. Mit diesem Wort wird viel zu großzügig umgegangen. Er war verliebt in meinen Körper und vielleicht auch in meinen Ruf.«

»Haben Sie ihn geliebt?«

»Ganz bestimmt nicht. Von Alters wegen hätte ich seine Mutter sein können. Außerdem wusste ich, dass er sich nur mit mir eingelassen hatte, um seiner Affäre mit Caro Lamb ein Ende zu machen. Haben Sie davon gehört?«

»Nichts Konkretes.«

»Nun, sie bildete sich ein, ihn zu lieben, und steigerte sich in eine wahre Hysterie hinein. Schließlich ging es so weit, dass ihr Mann, der arme Willy Lamb, sie nach Irland schickte. Als auch das nicht half, beschloss Byron, ihr deutlich vor Augen zu führen, dass ihre Romanze endgültig vorbei war.«

»Und? Hat sie es akzeptiert?«

»Ich würde sagen, nein. Als sie erfuhr, dass er mit mir zusammenlebte, schickte sie ihm einen Brief mit Schamhaaren von sich und bat ihn, ihr welches von ihm zu schicken.« Sie lachte. »Wir schickten ihr welche von mir.«

Ich war fasziniert. Diese Frau hatte Dinge erlebt, von denen ich mir (noch) nicht vorstellen konnte, sie jemals persönlich zu erleben. Aber jetzt schaute sie demonstrativ auf die Uhr. »Großer Gott«, rief ich aus. »So spät schon. Ich muss gehen. Nur ... darf ich Ihnen noch eine letzte Frage stellen?«

»Aber selbstverständlich, meine Liebe.«

»Haben Sie schon einmal von einer Frau namens Harriette Wilson gehört?«

Nun war es Lady Oxford, die große Augen machte. »Woher, um alles in der Welt, haben Sie diesen Namen?«

»Ich habe ihn irgendwann aufgeschnappt. Wollen Sie damit sagen, dass es diese Frau gar nicht gibt?«

»O doch, die gibt es allerdings. Harriette Wilson ist zurzeit Londons bekannteste Kurtisane.«

»Oh.« Mama hatte erwähnt, dass Edward sie aufgesucht hatte. Aber wie hatte Mama davon erfahren?

»Wissen Sie, was eine Kurtisane ist, mein Kind?«, fragte Jane.

»Eine Frau, die ihren Körper gegen Geld an Männer verkauft.«

»Das ist richtig. Sie geben sich hochnäsig, kassieren horrende Summen und behaupten, nur mit Männern der Oberschicht zu schlafen und auch das nur mit denen, die ihnen auch gefallen. Tatsächlich rangieren sie nur knapp über gewöhnlichen Prostituierten.«

»Oh. Ich verstehe. Aber ... ist ihre ... Beziehung zu ihren ... Kunden ... denn nicht vertraulich?«

»Eigentlich sollte es so sein. Aber die Wilson, diese überhebliche Schlampe, hat vor ein paar Jahren, als ihre Schönheit allmählich verblasste, ihre Autobiografie geschrieben. Und wissen Sie, was sie getan hat, um die Verkaufszahlen und ihre Einkünfte anzukurbeln? Sie hat jedem ihrer berühmteren oder wohlhabenderen Kunden ein Kapitel gewidmet und dem Betreffenden dieses zum Kauf angeboten, natürlich zu einem exorbitanten Preis. Im Gegenzug sollte das Kapitel dann gestrichen und somit sein guter Ruf gewahrt werden.« Sie lachte. »Sie hat sogar ein aussagekräftiges Kapitel an den Herzog geschickt. Wissen Sie, was er geantwortet hat? ›Wenn das veröffentlicht wird, soll Sie sich warm anziehen.‹ Der Mann hat Mut bewiesen, auch wenn er ein Tory ist.« Ich war sprachlos. Bedeutete das, dass Miss Wilson auch ein Kapitel an Edward geschickt und er sie dem Beispiel seines Mentors folgend in die Wüste geschickt hatte? Das wiederum würde bedeuten, dass Mama das Buch gelesen oder aber den Inhalt sehr detailgetreu erzählt bekommen hatte.

Ich stand auf, und Janet brachte mich zur Tür. »Ich möchte Sie noch einmal bitten, keinen Anstoß zu nehmen an dem, was ich heute gesagt habe. Ich wünsche Ihnen Glück und Erfolg.«

»Vielen Dank. Darf ich noch eine allerletzte Frage stellen?«

Sie lächelte. »Eine allerletzte.«

»Haben Sie je einen Mann wirklich geliebt? Ich meine die Art von Liebe, für die man alles aufgibt, ungeachtet der Konsequenzen?«

Wieder das Zucken der Lippen. »Dieses Glück ist mir nie zuteil geworden.«

»Und wenn es Ihnen zuteil geworden wäre?«

»Wie Sie selbst sagten, für diese Art von Liebe ist man bereit, alles aufzugeben. Und das hätte ich ganz sicher getan. Aber Jane, kleine Jane (ich war größer als sie), bevor Sie so etwas tun, müssen Sie sicher sein, absolut sicher. Ansonsten könnten die Konsequenzen unaussprechlich sein.«

☆

Ich zähle dieses Gespräch zu den wichtigsten in meinem Leben. Es veränderte meine vorherige Einschätzung Jane Harleys grundlegend. Fortan betrachtete ich sie als erfolgreichste Frau in Sachen Frausein, die mir je begegnet war, und ob ich ihren Rat nun annahm oder nicht – ich wusste, ich würde ihn nie vergessen. Auch bedauerte ich zunehmend, nicht den Mut gehabt zu haben, ihr zu gestehen, dass ich die Regeln bereits gebrochen hatte, an die sie und die feine Gesellschaft sich hielten. Ich fürchtete jedoch weiterhin die Konsequenzen einer solchen Beichte, da ich keine Einmischung in mein Leben wünschte (so sehr ich Jane Harley auch bewunderte, wusste ich doch, dass sie ein Alter erreicht hatte, in dem sie aus Mangel an persönlichen Möglichkeiten nur zu gerne in das Leben anderer eingreifen würde, erst recht, wenn es sich um einen Protegé wie mich handelte) und mich andererseits auch nicht selbst in ihren Augen diskreditieren wollte.

Ihre Enthüllungen ließen mich jedoch nicht mehr los, auch wenn ich gleichzeitig ihre Warnung sehr ernst nahm. Die Vernunft sagte mir, dass ich George aufgeben sollte, zumindest so lange, bis ich Edward ein Kind geboren hatte. Aber niemand konnte wissen, wie lange das dauern würde, und wenn ich George den Laufpass gab, würde ich ihn vielleicht nie zurückbekommen, und das gerade jetzt, wo mir unerschöpfliche erotische Freuden in Aussicht gestellt worden waren. Mit George? Er schien mir der einzig mögliche Kandidat für meinen ersten Orgasmus zu sein.

Bisher war es nie dazu gekommen, und er hatte auch nie durchblicken lassen, dass er über die Orgasmusfähigkeit von Frauen informiert war. Und doch hatte ich in seinen Armen schon oft einen Anflug von Ekstase verspürt, die letztlich jedoch immer ausgeblieben war. Ihn aufgeben? Dazu wäre ich niemals fähig, egal wie riskant. Außerdem entsprach ein Verzicht nicht meiner Natur.

## 5. KAPITEL
### Der Fürst

Wie heißt es doch so schön? Der Mensch denkt, Gott lenkt. Oder genauer: Unsere Pläne stehen immer in mehr oder weniger direktem Zusammenhang mit den Plänen anderer, von denen wir nur allzu oft nichts ahnen. Ich bekam George in jenem Winter nur sehr selten zu Gesicht, da er einen Großteil der Saison auswärts verbrachte, auf diversen »Hauspartys« oder bei militärischen Übungen, und auch im darauf folgenden Jahr hatten wir nur wenig Gelegenheit, uns zu sehen. Wir nahmen nicht oft an privaten Partys teil, da Edward sie als frivol betrachtete, und wenn wir doch einmal auswärts übernachteten, dann unweigerlich bei einem politischen Verbündeten, und diese Empfänge waren unerträglich langweilig, da die Unterhaltung sich ausschließlich um die alles entscheidende Frage drehte, ob das Parlament reformiert werden sollte durch eine Erweiterung oder Umverteilung der Sitze, damit wachsende Städte wie Manchester und Birmingham stärker repräsentiert waren, während andere, durch wirtschaftliche Zwänge oder Emigration zur Bedeutungslosigkeit geschrumpfte Bezirke in ihrem Mitspracherecht beschnitten wurden. Die Absurdität der gegenwärtigen Situation war deutlich geworden bei Nebenwahlen 1816, als es um den Sitz des Repräsentanten von Gatting ging, einem Dorf mit nur drei Wählern, Sir Mark Wood, seinen Sohn und den Butler Jennings. Der Butler hatte bis dahin stets treu den von der Familie gestellten Kandidaten unterstützt, dann aber plötzlich eigene Ambitionen entwickelt und war selbst zur Wahl angetreten. Nach geltendem

Recht konnte er jedoch nicht für sich selbst stimmen, und so wurde bei der Wahl nur eine Stimme abgegeben, jene Sir Marks für seinen verschollenen Sohn.

Unnötig zu erwähnen, dass Edwards Tory-Freunde jede Veränderung des bestehenden Systems ablehnten, das sie so lange an der Macht gehalten hatte, aber ihnen war wohl bewusst, dass sie die öffentliche Meinung nicht ewig würden ignorieren können. Da ich als Frau nicht wahlberechtigt war und meine Stimme auch nach einer Reform, gleich welcher Art, nicht gefragt sein würde, fiel es mir schwer, ernsthaftes Interesse für dieses Thema aufzubringen. Und während meine natürlichen Sympathien den Tausenden hart arbeitenden und anständigen Menschen galten, die in Regierungsfragen nicht mitreden durften, fand ich von meinem privilegierten Standpunkt aus die Art, wie das Land regiert wurde, ganz in Ordnung, und ich war noch nie dafür, Veränderungen nur um der Veränderung willen anzustreben.

Ich war viel zu sehr mit eigenen Problemen beschäftigt, da die Ansons sich nicht in denselben Kreisen bewegten wie wir. Heute weiß ich, dass die Gerüchte über meine und Georges allzu offensichtliche gegenseitige Zuneigung auch Tante Anne Margaret zu Ohren gekommen waren, die sich prompt mit Mama beriet. Ich glaube nicht, dass Mama jemandem von der Episode am Bach erzählt hat, nicht einmal ihrer Schwester, aber zweifellos stimmte sie mit dieser darin überein, dass mein Cousin und ich uns in Zukunft nicht mehr so oft sehen sollten. Mama, Gott segne sie für ihr gutes Herz, mochte mich jedoch in dieser Angelegenheit nicht ansprechen, sodass Tante Margaret stattdessen ihren Sohn ins Gebet nahm. Er seinerseits brachte nicht den Mut auf, einen klaren Bruch herbeizuführen, und flüchtete sich in Ausreden und Lügen, um Begegnungen allgemein und vor allem solche unter vier Augen zu vermeiden.

Da ich nichts von den Vorgängen hinter den Kulissen ahnte, litt ich Höllenqualen der Ungewissheit, erfüllt von Eifersucht, da ich annahm, er hätte eine andere Geliebte gefunden, und Frustration, nachdem ich darauf brannte, die völlig neuen Perspektiven, die Jane Harley mir eröffnet hatte, genauer zu erforschen.

☆

Meine direkten Verwandten waren jedoch nicht die Einzigen, die sich über mich austauschten und darüber spekulierten, was ich tat oder nicht. Ich erfuhr später, dass Edward von mehreren Freunden angesprochen wurde, die ihm nahe legten, ein bisschen besser auf seine Frau zu achten, doch er wies diese wohlmeinenden Ratschläge stets schroff zurück. Da er mich immer noch als Kind betrachtete, überstieg es schlicht Edwards Vorstellungsvermögen, dass ich überhaupt wissen könne, was »Fleischeslust« eigentlich war. Wie seinerzeit angedeutet, führte er meine Forschheit in der Hochzeitsnacht auf den schlechten Einfluss meiner Stiefgroßmutter zurück, die er immer noch als verderbte Person betrachtete. Aber auch ohne zu ahnen, dass ich unter ständiger Beobachtung stand, betrachtete ich das Jahr 1826 als eines der unglücklichsten meines Lebens. Ein Besuch meines Cousins Henry Ende des Sommers machte alles nur noch schlimmer. Henry war ganz anders als sein Bruder: Während George sich gern amüsierte und ehrgeizig war, war Henry viel ruhiger, dafür aber mehr an ungewöhnlichen Unternehmungen interessiert.

Er war in Begleitung seines Freundes John Fox-Strangeways, dem Sohn des Grafen Ilchester, und die beiden waren in heller Aufregung. »Papa hat endlich eingewilligt«, verkündete Henry strahlend. »Schon bald geht es los. Wir werden die Welt entdecken. Palästina, Syrien, die Wüste.«

Ich platzte fast vor Neid. »Palmyra?«

»Vielleicht. Es gibt sehr viele Städte und Ruinen zu sehen.« Wie konnte jemand die Hauptstadt Zenobiens so desinteressiert abtun? »Petra!«, rief er aus. »Die rote Stadt. Sie gilt als das achte Weltwunder.«

»Aber ...«, mischte Fox-Strangeways sich ein, »... kannst du ein Geheimnis für dich behalten, Jane?«

»Natürlich. Wenn man mich darum bittet.«

»Tatsächlich wollen wir nach Mekka«, teilte Henry mir mit.

»Mekka!«, rief ich aus.

»Pssst.« Als wären unsere Dienstboten arabische Spione!

»Das geht nicht. Ihr könnt nicht nach Mekka«, fuhr ich leiser fort. »Ihr seid keine Muslime.«

»Wir werden uns entsprechen verkleiden.«

»Aber wenn man euch durchschaut ...«

Er grinste. »Du meinst, dann werden wir entmannt?«

»Henry, mäßige dich«, protestierte Fox-Strangeways. Er kannte mich nicht so gut wie mein Vetter.

»Aber das wäre doch tatsächlich die Strafe für euer unbefugtes Betreten der Heiligen Stadt, oder?«

»Dann wären wir Eunuchen. Aber sie werden uns nicht erwischen. Es ist alles auf das Sorgfältigste geplant. Aber du verstehst, warum es unter uns bleiben muss. Zumindest bis zu unserer Rückkehr.«

»Dann erzählen wir allen davon und werden berühmt«, warf Fox-Strangeways ein.

»Weiß dein Vater davon?«, wollte ich von Henry wissen. »Oder Tante Anne Margaret?«

»Nein, nein. Das ist ein weiterer Grund, weshalb niemand davon erfahren darf.«

»Weil sie dir ein so verrücktes Vorhaben verbieten würden. Was ist mit George?«

»Ach, der alte Langweiler doch nicht.« Offensichtlich waren ihnen die Gerüchte, die in London kursierten, noch nicht zu Ohren gekommen. »Aber wir wollten dir davon erzählen, Jane. Weil ich sicher bin, dass du uns begleiten würdest, wenn du ein Mann wärst.«

»O ja«, entgegnete ich aus tiefster Seele. »Und ob.«

»Dann wünschst du uns Glück?«

Ich küsste die beiden. »Alles Glück der Welt. Kommt wohlbehalten zurück.«

☆

Die Unterredung deprimierte mich zutiefst. Die beiden waren nicht älter als ich und durften die wunderbarsten Abenteuer erleben. Und auch wenn ich schauderte beim Gedanken an die Risiken, die sie eingehen würden, bewunderte ich sie für ihren Mut und ihre Entschlossenheit, ihren Horizont nicht durch die übliche, ziellose Europareise zu erweitern, sondern indem sie sich in Gebiete vorwagten, die noch kein Engländer betreten hatte oder aus denen zumindest noch keiner lebendig zurückgekehrt war. Wenn ich ein Mann gewesen wäre, hätte ich mich ihnen angeschlossen! *Warum muss man ein Mann sein, um Abenteuer erleben zu dürfen?* Das fragte ich mich bedrückt. Tatsächlich gab es ein paar Frauen, die sich auf Entdeckungsreise begeben hatten. Die bekannteste war zweifellos Pitts Nichte, Lady Hester Stanhope, die einige Jahre zuvor die Wildnis Syriens bereist und sich zur Verblüffung ihrer Landsleute sogar dort niedergelassen hatte. Aber Lady Hester war schon vor ihrer Abreise als exzentrisch bekannt gewesen; sie stand in enger Verbindung zum mächtigsten Mann des Landes, und vor allem war sie ledig gewesen. Meine Situation war in allen Punkten eine völlig andere.

Sogar Edward fiel auf, dass ich nicht mehr so lebhaft war wie sonst, und meine Deprimiertheit nahm über die öden Feiertage bei Lady Londonderry noch zu. Meine Stimmung war immer noch auf dem Nullpunkt, als ich Anfang des neuen Jahres einen Brief von Stiefgroßmutter erhielt, in dem sie mir die Geburt ihres dritten Kindes kundtat, die gebührend gefeiert werden sollte, sodass Edward von sich aus vorschlug, ich solle ein paar Wochen im Kreise der Familie auf Holkham verbringen.

Ich war begeistert. Vor allem freute ich mich, Großvater nach drei Jahren zum ersten Mal wiederzusehen. Aber ich fragte mich natürlich auch, ob George dort sein würde. War er nicht. Tatsächlich war bei meiner Ankunft keiner von den Ansons da. Und auch wenn alle Digbys anwesend waren, wurde mir rasch klar, dass sich zwischen mir und meiner Familie, sogar Mama, ein Abgrund aufgetan hatte. Schlimmer noch, Steely, die offenbar inzwischen als vollwertiges Familienmitglied galt, war ebenfalls dort und trug dieselbe Missbilligung zur Schau wie eh und je.

Was Großvater betraf, schien dieser ebenfalls nicht geneigt, mir zu verzeihen, wenn ich auch nicht genau wusste, was für ihn schlimmer war: Meine Eskapade mit Tom Burrows oder der Umstand, dass ich einen Tory geheiratet hatte. Stiefgroßmutter ihrerseits schien sich zwar ehrlich über unser Wiedersehen zu freuen, war jedoch viel zu sehr mit dem neuen Nachwuchs beschäftigt, um mir viel Zeit zu widmen. Die anderen Gäste machten mir den Aufenthalt dennoch angenehm, da sie mich regelrecht vergötterten, aber das waren vorwiegend Fremde, Freunde von Stiefgroßmutter, und ich fand keinen von ihnen sonderlich attraktiv.

Ich war soeben zu dem Schluss gekommen, der Besuch sei ein Fehler gewesen und die Vergangenheit ließe sich eben nicht zurückholen, als ich eines morgens die Bibliothek betrat, in der ich als Kind so viele schöne Stunden verbracht hatte.

☆

Im ersten Moment war ich zu überrascht, um mehr als mein direktes Umfeld zu registrieren: Der Raum war voller Bücher. Natürlich ist das an sich nichts Ungewöhnliches für eine Bibliothek, aber normalerweise sind die Bände ordentlich in Regalen untergebracht. Heute waren die meisten Regale leer, und die Bücher stapelten sich überall auf dem Fußboden und sämtlichen Tischen. Erst nachdem ich mehrere Minuten sprachlos auf das wilde Durcheinander gestarrt hatte, wurde mir bewusst, dass ich nicht allein war. An einem Tisch stand ein Mann auf, der bisher von den Büchern vor ihm verdeckt worden war; offenbar hatte ich ihn gestört. Er schaute mich mit unwilligem Stirnrunzeln an. »Darf ich fragen ...?« Dann erst schien er mich richtig wahrzunehmen. »Ich fürchte, wir wurden einander noch nicht vorgestellt«, schloss er.

»Mein Name ist Jane Law«, entgegnete ich.

»Jane ... Lady Ellenborough!«

»Das auch.«

Er kam um den Tisch herum und suchte sich hastig einen Weg durch das Labyrinth von Büchern. »Mylady! Verzeihen Sie mir!«

»Ich bin es, die um Verzeihung bitten muss, denn ich habe Sie bei der Arbeit gestört. Sie haben doch gearbeitet, nicht wahr?«

»O ja, Mylady! Ich katalogisiere den Bücherbestand.«

»Das heißt, Sie stehen im Dienste meines Großvaters.« Ich schaffe gern klare Verhältnisse. »Haben Sie auch einen Namen?«

»Madden, Mylady. Frederick Madden. Meine Freunde nennen mich Fred.«

Ich musterte ihn. Er war nicht im klassischen Sinne gut aussehend, hatte aber eine nette Ausstrahlung und war groß und sportlich gebaut – er wirkte mehr wie ein Athlet denn wie ein Bücherwurm. Was ich sah, gefiel mir. »Sehr erfreut, Ihre Bekanntschaft zu machen, Frederick.« Ich reichte ihm die Hand, und er verneigte sich. Ich trug keine Handschuhe, und seine Lippen berührten flüchtig meine Haut, aber ich verzichtete auf einen Tadel. Stattdessen wartete ich wortlos, dass er meine Hand wieder losließ, was er nur widerwillig tat, und wanderte dann durch den Raum. »Ich kann mir vorstellen, dass das längst überfällig war«, bemerkte ich. »Sicher eine sehr aufwendige Angelegenheit.«

Er folgte mir. »Das ist nicht die erste umfangreiche Büchersammlung, die ich katalogisiere.«

Ich wandte mich ihm zu. »Dann ist das Ihr Beruf?«

»Ich bin Angestellter des British Museum.«

»Ah! Und Großvater hat Sie von dort ausgeborgt.«

»Genau genommen bin ich auf Betreiben von Mrs Coke hier.«

Stiefgroßmutter spielte also auch gerne mit dem Feuer, auch wenn ich mir nicht vorstellen konnte, dass sie einen Ehebruch wagen würde. »Nun, ich habe Sie schon zu lange von der Arbeit abgehalten. Würden Sie mir glauben, wenn ich sage, dass ich viele Stunden hier verbracht habe, als ich noch hier wohnte?«

»Oh, das glaube ich unbesehen. Ich wünschte, ich wäre damals auch hier gewesen ...« Er errötete. »Um Ihnen die Bücher näher zu bringen.«

Ich betrachtete ihn einen Moment. »Das hätte Sie bestimmt rasch gelangweilt.«

»In Ihrer Gesellschaft kann man sich unmöglich langweilen ... Mylady.«

»Ich überlasse Sie jetzt wieder Ihrer Arbeit«, sagte ich und ging.

☆

Ich hatte ihn ganz sympathisch gefunden, dachte aber erst am nächsten Tag wieder an ihn, als ich gelangweilt von der mir aufgezwungenen Gesellschaft das Musikzimmer aufsuchte und einige meiner Lieblingsstücke spielte, wobei ich hin und wieder zur Musik sang. Wie schon am Vortag spürte ich plötzlich, dass ich nicht allein war. Das Musikzimmer befand sich ganz in der Nähe der Bibliothek. »O nein«, sagte ich. »Jetzt habe ich Sie schon wieder bei der Arbeit gestört, Mr Madden. Ich bitte um Verzeihung.«

»Sie haben die lieblichste Stimme, die ich je gehört habe«, erwiderte er. »Und Sie spielen himmlisch.«

Das übertriebene Lob deutete darauf hin, dass wir uns möglicherweise einer kritischen Phase näherten, und das so bald nach unserer ersten Begegnung ... Ich hörte auf zu spielen, und wir saßen eine Weile beisammen und unterhielten uns. Ich wusste selbst nicht ganz, was ich von ihm wollte, da ich mich nicht auf eigenem Terrain befand. Bisher hatte ich meinen Gatten mit einem Liebhaber betrogen, der, wie ich mir einredete, ältere Rechte besaß, hätte er mich doch besitzen können, lange bevor ich Edward überhaupt kennen gelernt hatte. Das rangierte noch unter »Unerledigtes«, sodass ich es nie wirklich als Sünde betrachtet hatte. Auch war ich immer absolut sicher gewesen, dass George mich nie betrügen würde, so wie ich im Laufe der Monate die Furcht verloren hatte, schwanger zu werden, da ich Lucys Rat folgend anschließend jedes Mal eine sehr sorgfältige Spülung vorgenommen hatte. Dieser sichtlich verliebte junge Mann jedoch war ein völlig Fremder. Ihm Intimitäten zu gestatten würde mein Ehegelübde endgültig zur Farce machen. Aber ich war frustriert, sexuell wie auch emotional, nachdem George mich schon so lange derart vernachlässigte, und hinzu kam meine Abenteuerlust, wenn diese sich auch auf den Körper eines fremden Mannes beschränkte.

Außerdem waren wir uns gar nicht so fremd, oder zumindest war ich für ihn keine Fremde. Er war schon seit einigen Wochen auf Holkham und hatte von den Dienstboten alles über mich und meine Eskapaden erfahren. Bevor wir uns trennten, versprach ich, ihm meine Bücher über Malerei zu borgen und am nächsten Tag mit ihm in den Gärten spazieren zu gehen. Die Bücher lieferte ich wie versprochen ab, und ebenso zuverlässig holte ich ihn zu unserem Spaziergang ab. Leider gesellte sich einer der Hausgäste zu uns, Hauptmann Greville, der uns den Spaß verdarb, indem er den arroganten Adeligen herauskehrte und den armen Frederick seine niedere Stellung deutlich spüren ließ.

Vielleicht trug ja dieser Zwischenfall dazu bei, meinen Entschluss zu festigen, aber es dauerte noch eine ganze Woche, ehe ich dazu kam, mein Vorhaben in die Tat umzusetzen. Das lag teilweise daran, dass der Großteil des Anson-Clans zu einem kurzen Besuch eintraf, auch wenn George (glücklicherweise?) nicht dabei war. Die Ansons freuten sich, mich wiederzusehen, und wollten möglichst viel Zeit mit mir verbringen. Ich genoss das Zusammensein ebenfalls, hatten sie doch Briefe von Henry mitgebracht, der offenbar die aufregendste Zeit seines Lebens hatte. Leider erwähnte er Palmyra nicht, sodass ich zu dem Schluss kommen musste, dass sie noch nicht dort gewesen waren. Natürlich war auch vom geplanten Höhepunkt ihrer Expedition nicht die Rede, aber ich zweifelte keine Minute daran, dass er sein Vorhaben in die Tat umsetzen würde.

Außerdem beanspruchte meine Cousine Fanny, die zwei Jahre jünger war als ich und bald heiraten würde, viel von meiner Zeit. Die Aussicht auf die baldige Trauung stimmte sie jedoch keineswegs glücklich. Seit ihrer Kindheit war sie verliebt in den Sohn eines Nachbarn, Ambrose Isted, und hatte immer geglaubt, sie würden eines Tages heiraten. Aber der arme Ambrose war taub und tumb, und da nichts darauf hindeutete, dass sich an diesem Zustand jemals etwas ändern würde, hatte Tante Margaret sich geweigert, einem solchen Bündnis ihren Segen zu geben. Stattdessen hatte sie verfügt, dass Fanny einen Mann heiraten sollte, der ihr nicht das Geringste bedeutete. Ich bin nicht sicher, dass ich so gehorsam gewesen wäre, mich einem solchen Arrangement zu fügen, aber ich versuchte mein Bestes, sie zu trösten.

Ein Fortschreiten meiner Beziehung zu Frederick wurde außerdem von Stiefgroßmutter selbst verhindert, die – ob sie nun selbst ein Auge auf ihn geworfen hatte oder nicht – nicht dulden wollte, dass er sich von ihrer hübscheren Enkeltochter den Kopf verdrehen ließ. Sie war dahinter gekommen, dass ich jeden Tag einige Zeit in der Bibliothek verbrachte und Frederick jeden Abend, wenn ich vor dem Essen im Musikzimmer spielte, zu mir herüberkam. Und da entwickelte sie urplötzlich sehr großes Interesse an unserem jungen Bibliothekar, bat ihn, sie selbst, mich und diverse Ansons zu zeichnen und sich uns an den meisten Abenden zum Kartenspiel nach dem Dinner anzuschließen. Ihre Winkelzüge amüsierten mich, da ich annahm, sie wolle ihn in Verlegenheit bringen, indem sie um Einsätze spielte, die er sich unmöglich leisten konnte, um ihm seine Schulden hinterher großmütig zu erlassen. Frederick erwies sich jedoch als genialer Spieler, sowohl beim Ecarté wie beim Whist, und gewann jede Partie.

Ihre Bestrebungen, uns voneinander fern zu halten, indem sie immer andere Beschäftigungen für uns ersann, hatten ebenso wenig Erfolg, da wir immer wieder zueinander fanden und feststellten, dass wir sehr viel gemeinsam hatten, wenn auch zu dieser Zeit noch auf rein intellektueller Ebene. Bis zu jenem Tag, da ich mich über seine Schulter beugte, als er mir in irgendeinem Buch eine Illustration zeigte und abrupt den Kopf drehte. Mein Gesicht befand sich ganz dicht neben seinem, und ehe wir uns versahen, berührten sich unsere Lippen. Sekunden später hatte er mich gepackt, auf seinen Schoß gezogen und küsste mich leidenschaftlich, während seine Hände hungrig über meine Korsage fuhren. Dann hielt er ganz abrupt inne und starrte mich entgeistert an. »Mylady«, keuchte er. »Was habe ich getan?«

Mit dieser Reaktion war ich oft genug konfrontiert gewesen, um entsprechend gelassen zu reagieren. »Genug, um mich Jane nennen zu dürfen«, entgegnete ich. »Zumindest, wenn wir unter uns sind. Aber hier ist Privatsphäre nicht gewährleistet.« Ich rutschte von seinem Schoß und stand auf. Ich hatte ganz weiche Knie. Aber Stiefgroßmutter hatte die ärgerliche Angewohnheit entwickelt, urplötzlich aufzutauchen, und die Bibliothek abzuschließen wäre zu eindeutig gewesen.

»Sie zürnen mir«, stellte er betreten fest.

»Ganz und gar nicht«, versicherte ich ihm und strich mein Kleid glatt.

»Dann ...« Er stand ebenfalls auf und kam auf mich zu.

Ich schüttelte den Kopf. »Wie ich schon sagte, hier sind wir nicht sicher.«

»Und wo können wir unter uns sein?«

»Wir werden sehen.«

☆

Sein Kuss war aufregender gewesen als Georges, und ich war ziemlich sicher, dass mich auch der Rest nicht enttäuschen würde. Mir war klar, dass ich mit einem Menschen, den ich kaum kannte, nicht auf Ekstase hoffen durfte, aber ich bin von Natur aus Optimist, und so bereitete ich alles vor. Ich wählte den Samstagabend, an dem Anne länger aufblieb als gewöhnlich, sodass die meisten anderen Gäste bereits schliefen, wenn sie sich zurückzog. Ich sagte Lucy, sie solle an diesem Abend nicht auf mich warten, ich würde mich allein entkleiden. Natürlich ist es unmöglich, dem eigenen Dienstmädchen etwas zu verheimlichen. Lucy war seit mehr als zwei Jahren bei mir, die gesamte Dauer meiner Ehe, und auch wenn sie nicht sicher wissen konnte, wen ich bei meinen zahlreichen Fahrten nach London vor zwei Jahren besucht hatte, wusste sie doch, dass es ein Mann gewesen war, mit dem ich nicht unbedingt über die Lage der Nation debattiert hatte – sexuelle Beziehungen hinterlassen unweigerlich ihre Spuren. So reagierte sie auf meine Anweisung mit Besorgnis. Ich glaube nicht, dass sie moralische Bedenken hatte, aber ihr war klar, dass ich jedes Mal, wenn ich die Grenze überschritt, meine Ehe aufs Spiel setzte, was auch für sie von Bedeutung war, fürchtete sie doch, im Falle eines Falles ihre Stellung zu verlieren.

Es lief alles nach Plan, was nicht weiter verwunderte, da ich ja die Einzige war, die wusste, dass es überhaupt einen solchen Plan gab. Frederick war wie gewöhnlich zum Kartenspiel nach dem Essen eingeladen worden. Ich war ein wenig irritiert, als sich herausstellte, dass Mama als vierter »Mann« mitspielen würde, aber nach zwei Stunden zog sie sich zurück und überließ ihren Platz dem überheblichen Hauptmann. Um Mitternacht beendete Anne den geselligen Abend, gab mir einen Gutenachtkuss und ging, kurz darauf gefolgt von Greville. Ich wusste, dass meine Stiefgroßmutter an der Treppe auf mich warten würde, und so raunte ich Frederick zu: »Komm in einer halben Stunde zu mir. Es wird niemand mehr auf sein, der dich sehen könnte.« Dann verließ ich den Salon, ohne einen Blick zurückzuwerfen, um zu sehen, wie er auf meine Einladung reagierte. Ich hatte meinen Standpunkt klar gemacht. Wenn er nicht den Mut aufbrachte, seine Chance zu nutzen, wäre er auch im Bett enttäuschend, und somit hätte ich nichts verloren. Da es jedoch viel zu lange her war, seit ich einen Mann in den Armen gehalten hatte (Umarmungen gehörten nicht zu Edwards »Verkehrsritual«), war ich ziemlich aufgeregt.

Wie ich es vorausgesehen hatte, wartete Anne am Fuß der Treppe auf mich. Gemeinsam gingen wir nach oben. »Was wolltest du unserem Frederick denn noch mitteilen?«

»Ich habe ihm nur gesagt, dass ich ihn um sein Geschick beim Kartenspiel beneide.«

»Aha.« Wir erreichten den oberen Treppenabsatz. »Ich wünsche dir eine gute Nacht, meine Liebe.«

Ich erkannte, dass sie mir Ehebruch ebenso wenig zutraute wie ich ihr, und gestattete mir ein selbstzufriedenes Lächeln. Sie war seinerzeit ein Wagnis eingegangen, das die Vorstellungskraft der meisten Mädchen überstieg, und sie hatte triumphiert. Trotzdem stand für mich fest, wer von uns mehr vom Leben hatte. Ich zog mich aus und ging zu Bett, ohne hinter mir abzuschließen. Ungefähr zehn Minuten später schwang die Tür leise auf. Ich hatte alle Kerzen gelöscht, aber im Kamin brannte ein Feuer, dessen flackernder Schein eine reizvolle Mischung aus Licht und Schatten schuf. Zögernd näherte er sich dem Bett. Dann sah er, dass ich aufrecht saß, die Bettdecke nur bis zur Taille, mein Oberkörper nackt. Trotz des Feuers war es kalt im Zimmer, und ich weiß, dass ich sehr einladend aussah. Er setzte sich zu mir auf die Bettkante. »O Mylady«, hauchte er überwältigt. »Jane!«

Dann lag ich in seinen Armen, und seine Hände glitten mit viel versprechendem Eifer über meine nackte Haut. »Ich habe auch meine Rechte«, ermahnte ich ihn. Er ließ von mir ab, um sich auszuziehen, derweil ich mich unter die Bettdecke kuschelte. Sein Körper enttäuschte mich nicht, und es war nicht zu übersehen, dass er bereit war. Aber ich wurde wieder einmal mit dem Fluch der männlichen Eile konfrontiert. Nachdem er nur kurz meine Brüste liebkost hatte und sogar noch flüchtiger meinen Po, wobei er mir gar keine Gelegenheit gab, mich dem Gegenstand meiner Begierde zu widmen, drang er in mich ein und kam schon nach wenigen Stößen. Wenigstens kam ich währenddessen in den Genuss eines seiner wirklich meisterlichen Küsse. Dann lag er schwer atmend neben mir.

Ich atmete ebenfalls schwer, jedoch mehr von seinem Gewicht denn aus übermäßiger Leidenschaft. Wie schon so oft spürte ich die Lust, die nur darauf wartete, endlich Erfüllung zu finden. Im Augenblick sah es jedoch nicht so aus, als wäre Frederick in der Lage, mir dazu zu verhelfen. Und doch ... er setzte sich auf einen Ellbogen. »O Mylady. Jane! Ich bete dich an!«

Ich küsste ihn. »Wenn das so ist ...«

»Wann können wir, na ja ... es wieder tun? Morgen Abend?«

Er meinte wohl *heute Nacht*, da es bereits fast ein Uhr war. Aber ich war viel zu abgelenkt, um pedantisch zu sein. »Warum nicht jetzt gleich?«

»Jetzt? Ich kann nicht.«

»Nicht sofort, das weiß ich. Aber vielleicht in einer halben Stunde.«

»Ich muss gehen.« Er machte bereits Anstalten, aus dem Bett zu steigen.

Ich griff nach seiner Hand, um ihn zurückzuhalten, überlegte es mir dann aber anders. »Wo willst du hin?«

»Ins Bett.«

»Du bist im Bett.«

»Ich meine, in mein eigenes.«

»Ist es dort denn so viel schöner als in meinem?«

»Natürlich nicht, Mylady, aber ... nun ja, wenn jemand kommt.«

Jetzt da seine Lust gestillt war, obsiegten Gewissensbisse und Furcht. Ich wusste, dass es sinnlos wäre, ihn zum Bleiben zu überreden. »Gibt mir wenigstens noch einen Kuss.«

☆

Ich stand also wieder ganz am Anfang. Ich musste mir dringend etwas einfallen lassen. Und es war höchste Zeit, dass ich lernte, mir selbst zu helfen, da mein Verlangen nicht im Mindesten gestillt war. Ich war ein beträchtliches Risiko eingegangen, und das völlig überflüssigerweise, wie sich herausgestellt hatte. Ich schlief schlecht, und als ich aufwachte, war ich so übel gelaunt, dass ich weder am Morgen die Bibliothek aufsuchte noch am Nachmittag Musik spielte. Als Frederick mich aufsuchte wie ein Hündchen, das um ein Streicheln bettelte, wies ich ihn ab, und auch am Kartenspiel nach dem Abendessen nahm ich nicht teil. Er war so tief betrübt, dass er mir schließlich Leid tat und ich am Abend vor meiner Abreise nachgab und ihn noch einmal in mein Bett ließ, nicht zuletzt weil ich fürchtete, sein ungestilltes Verlangen könne ihn zu einer Indiskretion in Worten oder Taten verleiten. Wieder kam er innerhalb kürzester Zeit zum Höhepunkt, mir selbst weit voraus. Hinterher versicherte er mir wieder, wie sehr er mich anbete, hatte es aber wie schon beim ersten Mal eilig zu gehen. »Du reist morgen ab. Werden wir uns irgendwann wiedersehen?«

Beinahe hätte ich erwidert: »Wozu?« Aber ich wollte seine Gefühle nicht verletzen. »Möglicherweise. Wirst du dich mit deiner Eroberung brüsten?«

»Gott bewahre. Das ist unser Geheimnis. Wirst du irgendwann nach Holkham zurückkehren?«

Sein Versprechen war eine große Erleichterung, wenn ich auch nicht ganz sicher war, darauf vertrauen zu können. Ich sagte mir jedoch, dass die beste Art, mir seine Diskretion zu sichern, darin bestand, ihm Hoffnung auf ein Wiedersehen zu machen. »Das glaube ich nicht. Zumindest nicht in diesem Jahr. Wann wirst du mit deiner Arbeit hier fertig sein?«

»Bis zum Sommer, hoffe ich.«

»Und dann?«

»Dann kehre ich zurück an meinen Posten im Museum.«

»Nun, vielleicht werde ich in diesem Sommer das Museum besuchen.« Damit schien er sich zufrieden zu geben, und als ich diesen Besuch in Aussicht stellte, meinte ich es sogar ernst – sei es auch nur zu dem Zweck, unsere Affäre geheim zu halten. Doch eine Verkettung von Umständen sorgte schließlich dafür, dass wir uns nie wiedersehen sollten.

☆

Ich war erst wenige Wochen wieder in Roehampton, und nichts deutete darauf hin, dass Edward meine Abwesenheit überhaupt bemerkt hatte, als mein Leben eine Wende erfuhr, auf die zu hoffen ich inzwischen aufgegeben hatte.

Es fing ganz harmlos, sogar amüsant an. Im Frühling veröffentlichte Sir Harry Nicholas eine Biografie unter dem Titel »Die privaten Memoiren Sir Kenelm Digbys«, die für einigen Aufruhr sorgten, vor allem innerhalb unserer Familie, war Kenelm Digby doch unser berühmtester Vorfahr. Der Sohn jenes Everard, der an der Seite von Guy Fawkes ein so tragisches Ende gefunden hatte, hatte sich zu einem außergewöhnlichen Mann entwickelt, überdurchschnittlich gut aussehend und bärenstark: Es wurde erzählt, dass er mit einer Hand einen Stuhl hochheben konnte, auf dem ein erwachsener Mann saß. Außerdem galt er, wie von einem meiner Ahnen nicht anders zu erwarten, als außergewöhnlicher Liebhaber, nur dass er im Gegensatz zu mir schon in frühen Jahren die Liebe seines Lebens fand. Die Liebe war jedoch keine glückliche. Wen wundert es? Die Dame seines Herzens, eine gewisse Venetia Stanley, fand keine Gnade vor den Augen von Kenelms Mutter, die ihren Sohn prompt für mehrere Jahre auf die Reise schickte. Im Verlauf dieser Reisen landete er in zahlreichen Betten. Die wohl berühmteste seiner Geliebten war keine geringere als die Königin von Frankreich, Marie de Medicis, die sich in eine so obsessive Liebe zu dem jungen Engländer hineinsteigerte, dass er seinen eigenen Tod vortäuschen musste, um ihr zu entkommen.

In dieser ganzen Zeit hatte er feurige Liebesbriefe an seine Venetia gesandt, diese jedoch ungeschickterweise an die Adresse seiner Mutter gerichtet, sodass die junge Dame die Briefe nie zu sehen bekam und Lady Digby die Gerüchte um den angeblichen Tod ihres Sohnes wider besseres Wissen bestätigte. Bis dahin hatte Venetia so geduldig wie eben möglich auf seine Rückkehr gewartet, aber nun, da sie annehmen musste, er sei tot, gab sie dem Werben Sir Edward Sackvilles nach, wurde seine Geliebte und besiegelte ihren Abstieg in die Halbwelt, indem sie ihm mehr als ein Kind schenkte. Jahre später kehrte Kenelm heim! Er suchte seine Venetia auf, schnappte sie sich und heiratete sie – Keuschheit hin oder her. Hurra, hurra, hurra! Das Ereignis sorgte damals für einen Riesenwirbel, und unsere Familie war nun ganz und gar nicht angetan von dem wiederauflebenden Interesse an unserer nicht ganz lupenreinen Ahnin. Ich fand die Geschichte herrlich romantisch.

Als ich das Buch gerade ausgelesen hatte, brach eine Katastrophe über mich und die ganze Familie herein. Die Nachricht erreichte uns zuerst in Form einer Botschaft des englischen Konsulats in Bagdad. Edward teilte mir eines Tages bei seiner Rückkehr von Whitehall ganz nebenbei mit: »Ach ja, übrigens, dein Vetter wurde umgebracht.« Ich starrte ihn entsetzt an, da ich im ersten Moment natürlich an George dachte, obwohl der sich meines Wissens noch in England aufhielt. Aber auch in England war für einen Soldaten, der ständig an irgendwelchen militärischen Manövern teilnahm, die Unfallgefahr größer als für andere Leute. Meine Knie wurden weich, doch Edward merkte gar nicht, wie betroffen ich war. Er sah weiter die Post durch und fuhr ungerührt fort: »Du wirst es nicht glauben, aber er war mit einem Freund in Arabien unterwegs und hat versucht, nach Mekka zu gelangen, um den schwarzen Stein zu sehen, den Kaaba.« Er hob den Kopf. »Das ist das größte Heiligtum der Muslime, wie du vielleicht weißt, und keinem Ungläubigen ist es gestattet, sich ihm zu nähern.«

»Henry!«, rief ich aus. »O Gott, Henry!«

»Offenbar hatten die beiden sich als Araber verkleidet, versäumten es aber dann, beim Betreten einer Moschee die Schuhe auszuziehen. Ein unverzeihlicher Fehler. Eine Moschee mit Schuhen zu betreten gilt als gotteslästerlich. Die Umstehenden packten sie, und dabei flog ihre Tarnung auf. Nach allem, was unser Konsul berichtet, ging das Ganze sehr unschön aus.«

»Man hat sie entmannt ...«

»Bitte«, fiel er mir ins Wort. »Woher weißt du überhaupt über solche Dinge Bescheid?« Ich brach in Tränen aus. »Aber meine Liebe!« In seiner Stimme schwang tatsächlich Sorge mit, und er setzte sich zu mir und legte mir einen Arm um die Schultern.

»Mein Cousin!«, stöhnte ich. »Mein Lieblingscousin!« Das entsprach zwar nicht ganz den Tatsachen, aber in diesem Augenblick empfand ich es so.

»O mein liebes, liebes Kind«, sagte Edward und nahm mich wahrhaftig in die Arme, woraufhin ich das Gesicht an seiner Brust vergrub und in sein Hemd weinte. Dann stand er auf, zog mich mit sich auf die Füße, hob mich auf die Arme und trug mich hinauf in mein Schlafzimmer, etwas, das ich eigentlich in unserer Hochzeitsnacht von ihm erwartet hatte. Dass er zu bleiben gedachte ging mir erst auf, als er die herbeieilende Lucy mit einem Wink fortschickte. Ich weiß bis heute nicht, was diesen plötzlichen Ausbruch echter Zuneigung herbeigeführt hat. War es der Anblick der aufgelösten Schönen? In diesem Fall hätte ich viel früher weinen sollen. Oder produzierte sein verklemmtes britisches Oberschicht-Hirn die gleichen Fantasien wie das meine? Wie auch immer. Obwohl er sich darauf beschränkte, mir nur die Kleidungsstücke auszuziehen, die ihm im Wege waren, während er selbst vollständig bekleidet blieb, verschaffte er mir die aufregendsten fünf Minuten meines bisherigen Lebens. Als er hinterher leicht verlegen mein Zimmer verließ, schämte ich mich meines Benehmens auf Holkham und nahm mir fest vor, alles zu tun, damit unsere Ehe doch noch glücklich wurde.

Zumal drei Monate später eindeutig feststand, dass ich schwanger war!

☆

Leider hätte hierzu jeden Monat einer meiner Cousins brutal verstümmelt und ermordet werden müssen, und dazu gab es ihrer einfach nicht genug. Edward war natürlich überglücklich, als er erfuhr, dass er endlich Vater werden würde (ihm kam gar nicht der Gedanke, dass es an ihm liegen könnte, dass es so lange gedauert hatte), aber nachdem mein Zustand einmal feststand, verzichtete er gänzlich darauf, mich weiter zu »beglücken«.

Ich muss ihm allerdings zugestehen, dass er schon kurz nach unserem ersten leidenschaftlichen Intermezzo von wichtigen Ereignissen abgelenkt wurde, da schon in der Woche darauf der Premierminister, Lord Liverpool, starb. Ich habe den Gentleman bisher nie erwähnt, weil es einfach nicht üblich war, ihn in irgendeinem Zusammenhang zu erwähnen.

Er war zwölf Jahre lang Premier gewesen und hatte sich deshalb so lange gehalten, weil er nach allen Seiten hin großes diplomatisches Geschick bewies, wobei er das tatsächliche Regieren stärkeren Persönlichkeiten überließ – Castlereagh zum Beispiel oder Wellington oder seit kurzem George Canning. Trotzdem hatte der Tod eines Premierministers Konsequenzen, darunter eine Neuordnung des Kabinetts, und in diesem Fall wurde die Krise durch die Uneinigkeit hinsichtlich des Nachfolgers Lord Wellingtons verschärft. Sollte der rechts gerichtete Herzog in seine Fußstapfen treten? Oder doch Canning, der Favorit der Linken, den viele als Wolf im Schafspelz oder genauer, als Whig in Verkleidung eines Torys empfanden? Der Streit wurde dadurch beigelegt, dass Wellington sich gar nicht erst zur Wahl stellte. So wurde Canning Premierminister, zur großen Enttäuschung Edwards, der um seine politische Zukunft fürchtete: Canning und Castlereagh waren politisch wie privat verfeindet gewesen und hatten sich sogar duelliert, und Edward hatte natürlich stets auf Castlereaghs Seite gestanden. Doch diese düsteren Zukunftsprognosen hielten ihn nicht davon ab, jeden, der ihm einfiel, von dem zu erwartenden glücklichen Ereignis zu unterrichten, woraufhin Mama sofort herbeieilte, in Begleitung Steelys, die fest entschlossen war, wieder die Kontrolle über mein Leben an sich zu reißen. Aber da ich mir über alles wünschte, dass mit meiner Schwangerschaft alles gut ging, war ich sogar dankbar für ihre Gesellschaft.

Einmal abgesehen von seinen politischen Schwierigkeiten, stand auch die Anwesenheit gleich mehrerer weiblicher Mitglieder meiner Familie jeglicher Intimität zwischen Edward und mir im Wege. Hinzu kam, dass die Mediziner ohnehin von Sex in der Schwangerschaft abrieten, sodass ich in dieser Richtung nicht viel erwartet hatte. Ich verlebte also ein weiteres sehr ruhiges und häusliches Jahr, da mein Zustand die Teilnahme an Bällen im Almack's oder an sonstigen Feierlichkeiten dieses Sommers untersagte, auch wenn man mir bis zum Herbst äußerlich nichts ansah. Ein Besuch im British Museum kam natürlich ebenso wenig infrage, auch wenn ich Lust darauf verspürt hätte, was nicht der Fall war. Mir war klar, dass Frederick schon bald von meiner Schwangerschaft erfahren würde, und ich vertraute darauf, dass seine gute Erziehung ihn davon abhielt, sich mit mir in Verbindung zu setzen oder mich gar zu besuchen. Mein Vertrauen erwies sich als gerechtfertigt: Ich hörte nie wieder etwas von ihm.

Doch es mangelte mir nicht an Besuchern. Lady Londonderry fand sich regelmäßig ein, als stünde die Geburt ihres eigenen Enkelsohnes an. Ich muss an dieser Stelle anmerken, dass niemand auch nur in Betracht zog, ich könnte ein Mädchen zur Welt bringen. Auch Jane Harley kam öfter nach Roehampton, umarmte und küsste mich und flüsterte mir ins Ohr: »Ich freue mich ja so für Sie«, womit sie ganz sicher mehr meinte als nur die Mutterschaft an sich. Sogar George kam, in Begleitung seiner Mutter, die ganz in Schwarz gekleidet war, ein schwarzes Armband trug und schrecklich verlegen wirkte. John Fox-Strangeways war bei ihnen.

Von ihm erfuhr ich die Wahrheit über die Ereignisse in Arabien, die zwar nicht ganz so spannend klang, wie die vorausgegangenen Gerüchte hatten vermuten lassen, aber fast noch entsetzlicher war. Die beiden waren tatsächlich so gedankenlos gewesen, eine Moschee zu betreten, ohne vorher die Schuhe auszuziehen, und sie waren tatsächlich von einem wütenden Mob ergriffen worden. Der hatte sie jedoch nicht in Stücke gerissen, sondern den Behörden übergeben, die sie ins Gefängnis sperrten.

Man hatte ihnen gestattet, einen ortsansässigen Rechtsanwalt mit ihrer Verteidigung zu betrauen, und der hatte auch prompt das Konsulat in Bagdad eingeschaltet. Sein etwas wirrer Bericht hatte ursprünglich das Gerücht ihrer Verstümmelung aufkommen lassen. In Wahrheit wurden sofort alle Hebel in Bewegung gesetzt, die schließlich zu ihrer Freilassung führen sollten. Das Schlüsselwort hierbei war »schließlich«, und in diesen Ländern kann das eine verdammt lange Zeit sein. Bis es so weit war, wurden die beiden Jungen – denn viel mehr waren sie ja nicht –, wie alle Verbrecher dort, unter unbeschreiblich primitiven Bedingungen festgehalten, bekamen gerade genug zu essen, um zu überleben, und waren gezwungen, verseuchtes Wasser zu trinken, das von Organismen bevölkert war, die mit bloßem Auge zu erkennen waren. Fox-Strangeways hatte die Entbehrungen überlebt, auch wenn er bei seiner Rückkehr in die Zivilisation (meine persönliche Meinung, was unsere »Zivilisation« betraf, hat sich im Laufe der Jahre beträchtlich gewandelt) sehr schwach und krank war. Der arme Henry hatte weniger Glück und holte sich eine Krankheit, die ihn binnen weniger Wochen dahinraffte, wobei er jede Kontrolle über seine Eingeweide verlor.

Anne Margarets und Georges Besuch stürzte mich in eine tiefe Depression, nicht nur, weil ich mir dank meiner lebhaften Fantasie Henry in den letzten qualvollen Wochen seines irdischen Daseins vorstellen konnte, wie er dem glücklichen, sorglosen und vor allem gesunden Leben daheim nachweinte, vielleicht sogar im Augenblick des Todes mein lächelndes Gesicht vor sich sah, sondern weil mir zudem die Trauer der beiden sehr zu Herzen ging. Im Vergleich zu dieser Tragödie kamen mir meine eigenen Probleme sehr unbedeutend vor, und so hob meine Laune sich schlagartig, als uns kurz vor Weihnachten die Nachricht von der Schlacht von Navarino erreichte. Der griechische Unabhängigkeitskrieg tobte nun schon seit mehreren Jahren, argwöhnisch beobachtet von den Großmächten, wobei die bedeutendsten unter ihnen – Großbritannien, Russland und Frankreich – einander gegenseitig ebenso misstrauten wie den Türken. Die Griechen hatten sich gar nicht schlecht geschlagen, sodass der Sultan die Unterstützung des Herrschers von Ägypten angefordert hatte, der zumindest nominell sein Vasall war. Mohammed Ali verfügte über eine erstklassige Streitmacht, die von seinem Sohn Ibrahim befehligt wurde, einem der fähigsten Soldaten seiner Zeit. Außerdem besaß er eine große Flotte, die zusammen mit der türkischen zweifellos in der Lage sein würde, die gesamte griechische Küste abzuschotten. Als sie von der bevorstehenden Allianz erfuhren, die die Niederlage der Griechen besiegeln sollte, einigten sich die Großmächte darauf, gemeinsam einzuschreiten. Der britische Oberbefehlshaber im Mittelmeer, Sir Edward Codrington, wurde mit der Aufgabe betraut, der türkisch-ägyptischen Flotte ein Eingreifen in die Kampfhandlungen »auszureden«. Codrington verfügte auch nach dem Zusammenschluss mit der französischen und russischen Schwadron nur über eine bescheidene Flotte (soweit ich weiß, waren es insgesamt nicht mehr als dreißig Schiffe), als er in die Navarino-Bucht auf der südwestlichen Seite der Halbinsel segelte, in der die feindliche Flotte mit über fünfzig Schiffen unterschiedlicher Größe ankerte. Verhandlungen wurden eingeleitet, dann fiel ein Schuss (bis heute scheint nicht genau festzustehen, welche Seite nun das Feuer eröffnete), und wenige Minuten später lieferten sich die gegnerischen Flotten eine erbitterte Seeschlacht. Die Muslime konnten es trotz ihrer deutlichen Überzahl nicht mit der Treffsicherheit der Alliierten aufnehmen, und nur eine Stunde später waren ihre sämtlichen Schiffe zerstört oder versenkt.

Diese vielleicht unnötige Demonstration westlicher Überlegenheit in Waffen und Kriegführung wurde in England wie ein zweites Trafalgar gefeiert und versetzte alle in Hochstimmung, die sich in meiner Familie noch steigerte, als ich am 15. Februar 1828 ohne jede Komplikation einen Jungen zur Welt brachte.

☆

Inzwischen hatte die politische Szene eine weitere Umwälzung erfahren. Canning, den sogar Edward als brillant bezeichnete und der vermutlich ein hervorragender Premierminister gewesen wäre, starb. Trotz einer starken Erkältung hatte er es als seine Ehrenpflicht angesehen, an Liverpools Beerdigung teilzunehmen, obwohl es in Strömen goss. Er zog sich prompt eine Lungenentzündung zu, an der er im August verstarb, nur vier Monate nach seinem Amtsantritt. Da der Herzog immer noch nicht gewillt war, das Ruder zu übernehmen, wurde ein unbeschriebenes Blatt zu seinem Nachfolger erkoren, Lord Goderich, dessen einzige besondere Leistung während seiner kurzen Amtszeit darin bestand, dass er als erster Premierminister in der Downing Street Nr. 10 einen Sohn zeugte. Aber schon im Januar wurde der Posten erneut frei, diesmal nicht durch Krankheit oder Tod, sondern auf allgemeinen Wunsch, und so fügte sich der Herzog endlich in das Unvermeidbare und übernahm die Regierung des Landes. Meine erfolgreiche Entbindung kam uns allen wie das Tüpfelchen auf dem i vor. Alle waren entzückt, und Edward schwebte im siebenten Himmel. Ich selbst war natürlich ebenfalls sehr zufrieden mit mir und meinem Leben, vor allem, weil der oft so langwierige und schmerzhafte Geburtsvorgang bei mir recht kurz und erträglich gewesen war. Wir nannten unseren Sohn Arthur Dudley, nach verschiedenen Mitgliedern aus Edwards Familie. Mir wurde versichert, dass ich den Namen unserer ersten Tochter würde aussuchen dürfen.

Ich hätte Arthur gern gestillt, musste mich aber dahingehend belehren lassen, dass dies gerade nicht in Mode wäre und außerdem meiner Figur schaden könnte, sodass der Kleine mir nach wenigen Schlucken weggenommen und in die Obhut einer Amme und später eines Kindermädchens gegeben wurde. Man brachte ihn mir jeden Abend um sechs, damit ich ihn kurz halten und ihm einen Gutenachtkuss geben konnte, bevor er gebadet und schlafen gelegt wurde, beides Rituale, bei denen meine Anwesenheit unerwünscht war. Ich fand hierbei jedoch nichts Ungewöhnliches, da ich selbst so aufgewachsen war und wusste, dass man es in den gehobenen und höchsten Kreisen nun einmal so hielt. Dies ist einer engen Bindung zwischen Eltern und Kind natürlich nicht sehr förderlich, und so hatten auch Mama und ich nie eine innige Beziehung zueinander entwickeln können. Ich liebte sie, hätte mich aber nie mit einem so ereignislosen häuslichen Dasein wie dem ihren zufrieden geben können.

Der Punkt ist, dass ich nie fähig gewesen wäre, Mama meinen Standpunkt klar zu machen, und sie wäre nie in der Lage gewesen, ihn zu verstehen. Auch hatte ich nicht das Gefühl, dass sie meine Brüder je verstanden hatte – oder dies auch nur versucht hätte. Das war in der Gesellschaft, in die wir hineingeboren worden waren, einfach nicht üblich. Eltern brachten ihre Kinder zur Welt, umgaben sie mit dem größtmöglichen Luxus, sorgten für eine nach ihren religiösen und/oder politischen Vorstellungen möglichst gute Erziehung und erwarteten von ihren Söhnen, zu Führungspersönlichkeiten in Regierung, Heer oder Kirche heranzuwachsen. Lob wurde weder ausgesprochen noch erwartet, Zärtlichkeit galt als Schwäche, und von elterlicher Zuwendung über die Wiege hinaus hieß es, dass sie den Geist verwirre. Jene, die die Spitze ihrer ganz persönlichen Karriereleiter erreichten, ernteten Respekt; jenen, die so oder so scheiterten, trauerte man nach, wenn auch nur in Maßen. Jene aber, die moralisch versagten, wurden aus dem Kreis der Familie ausgestoßen: Wunderkinder gab es in der englischen Aristokratie dieser Tage nicht. Die Legenden lange verschollener Brüder oder Onkel, die Jahre nach ihrer Verbannung völlig unerwartet steinreich aus dem australischen Outback zurückkehren, sollten erst später aufkommen, schon allein deshalb, weil damals noch niemand ahnte, dass sich in Australien ein Vermögen machen ließ: Macarthur hatte noch kein einziges Schaf auf dem Kontinent fern der Heimat gezüchtet.

Mit Mädchen verfuhr man nicht viel weniger lieblos. Man gestattete ihnen gar nicht erst eine Einmischung in die Politik noch in Kirchenbelange, und erst recht war es undenkbar, dass sie für ihr Vaterland auf dem Schlachtfeld ihr Leben ließen. Der moralische Kodex jedoch, dem sie unterworfen waren, war nicht minder streng. Es galt als ihre Pflicht, sich jene Fähigkeiten anzueignen, die nötig waren, um eine Dinnerparty zu organisieren, und natürlich wurde von ihnen erwartet, ihrem Mann Kinder zu gebären, vorrangig einen Erben, versteht sich, wobei man es in Anbetracht der hohen Kindersterblichkeit als sicherer betrachtete, vorsichtshalber eine ganze Schar in die Welt zu setzen. Dass viele wohlhabende und hoch gestellte Frauen außerehelichen Aktivitäten frönten, war allgemein bekannt, wurde aber totgeschwiegen, sodass es nur selten zum Skandal kam.

Meine Gegner bezeichneten es als mein Unglück, ich selbst jedoch als meinen größten Triumph, dass ich diesen Nebel der Heuchelei und geflüsterten Gerüchte durchbrach wie ein Soldat einen Feind durchbohrte, indem ich gegen jede einzelne Regel traditionellen Benehmens verstieß und sogar so weit ging, mir einen Schusswechsel mit einem Feind zu liefern, um schließlich aus der Gesellschaft, in die ich hineingeboren war, verstoßen zu werden, verdammt zu einem Leben in verdunkelten Räumen als Opfer boshaften Tratsches ... und letztlich doch zu triumphieren! Denn wo sind sie heute, diese stolzen, doppelzüngigen Titelträgerinnen, die sich einst eingebildet hatten, die Welt zu regieren? Tot, vergessen oder geschmäht, während die Taten von Digby el Mesrab immer noch in aller Munde sind. Auch jener, die mich weiter kritisieren, obwohl sie mich insgeheim bewundern und verehren.

☆

Aber ich möchte nicht vorgreifen. Was immer ich noch erreichen sollte, ich ahnte nichts davon, als ich am 3. April 1828 meinen einundzwanzigsten Geburtstag feierte. Damals war ich noch sehr häuslich, freute mich darauf, meine Ehe neu zu beleben, hatte keine größeren Ambitionen, als eine erfolgreiche Mutter und Ehefrau zu sein, und war entschlossen, die Eskapaden der vergangenen drei Jahre möglichst weit hinter mir zu lassen. Aus gegebenem Anlass gab Edward eine Dinnerparty. Wie gewöhnlich handelte es sich bei den Gästen größtenteils um Mitglieder des Tory-Establishments, aber da ich Ehrengast war, wurde mir großmütig gestattet, ebenfalls ein paar Namen auf die Gästeliste zu setzen. Mein erster Gedanke galt meinen Eltern und Brüdern, aber als Mama erfuhr, dass sie den Abend mit einem Haufen Torys nebst Ehefrauen verbringen sollte, lehnte sie dankend ab und brachte ihre Hoffnung zum Ausdruck, dass sich zu einem späteren Zeitpunkt noch eine Gelegenheit finden würde, das freudige Ereignis im engsten Familienkreis zu feiern. Enttäuscht schickte ich eine Einladung an Jane Harley. Ich wusste zwar, dass sie überzeugte Liberale war, aber ebenso sicher war ich, dass sie sich nicht von anderer Leute Meinung beeindrucken ließ, egal wie vehement diese auch vorgetragen wurde. Wie ich gehofft hatte, nahm sie die Einladung dankend an.

Die Party war ein großer Erfolg, auch wenn ich persönlich wenig dazu beitrug, abgesehen davon, dass ich hübsch aussah und in die Runde lächelte (Mrs Blundell kümmerte sich um alle Einzelheiten), aber ich weiß, dass ich meine Rolle perfekt spielte mit Brillanten im Haar und um den Hals und einem tiefen Dekolleté, das eine üppige Oberweite präsentierte, da ich immer noch Milch hatte, die täglich abgepumpt werden musste. Ich bin sicher, dass unsere Gäste Edward samt und sonders für einen Glückspilz hielten. Aufgrund der späteren Ereignisse bezweifle ich, dass er diese Ansicht teilte. Jane Harley stimmte mir darin zu, auch wenn wir erst nach dem Dinner Gelegenheit hatten, ein paar Worte unter vier Augen zu wechseln. »Er ist ein ziemlich kalter Hund, was?«, bemerkte sie.

»Nun ja«, entgegnete ich zögernd, konnte eine so zutreffende Feststellung jedoch nicht wirklich übel nehmen. »Es ist eben seine Art.«

»Ja, natürlich. Ich habe ihn im Unterhaus erlebt. Er muss aber ein sehr stolzer Mann sein, auch wenn er es nicht zeigt. Und jetzt verraten Sie mir, wann wir wieder das Vergnügen haben werden, Sie im Almack's zu begrüßen? Es ist so lange her.«

»Also, ich denke, das wird noch eine Weile dauern. Es gibt hier so viel zu tun ...« Ich verstummte, als ich ihren halb fragenden, halb belustigten Blick sah.

»Ich hatte ja keine Ahnung, meine Liebe. Dann haben Sie keine Haushälterin?«

»Selbstverständlich«, protestierte ich.

»Aber sie ist unfähig, nicht wahr? Oder Sie haben die Frau im Verdacht, lange Finger zu machen?«

»Grundgütiger, nein. Mrs Blundell ist eine Perle.«

»Verstehe.« Sie tippte sich in gespielter Verwirrung mit dem Fächer gegen die Zähne. »Oh, ich weiß. Sie haben keine Kinderfrau für den kleinen Arthur.«

»Ich habe sogar zwei.«

»Aha. Dann ... sind Sie wieder schwanger!«

»Um Himmels willen. Ich habe erst vor zwei Monaten entbunden.«

»Das will nichts heißen. Allerdings stimme ich Ihnen insofern zu, als Sie es wohl noch nicht wissen könnten. Dann beabsichtigen Sie, in Kürze erneut schwanger zu werden.«

»Nun ...« Ich errötete.

»Ich gratuliere Ihnen. Aber das Almack's ist ohne Sie nicht mehr dasselbe. Sollten Sie es sich doch noch anders überlegen ...« Lächelnd drückte sie meine Hand. »Sie sind uns immer willkommen. Vergessen Sie nicht, was ich Ihnen gesagt habe: Jetzt, da Sie Ihre Pflicht getan und Ihrem Mann einen Erben geschenkt haben, steht Ihnen die ganze Welt offen.«

Beinahe wäre ich schwach geworden und hätte ihr gestanden, dass sie fast drei Jahre zu spät kam, sei es auch nur, um ihr Gesicht zu sehen. Ich widerstand der Versuchung. »Das ist sehr lieb von Ihnen«, sagte ich stattdessen nur. »Aber ich denke, wir sollten jetzt wieder zu den anderen gehen.«

☆

Ich hatte nicht die Absicht, ihrer Einladung zu folgen, war ich doch fest entschlossen, nicht wieder zu sündigen. Allerdings war meine Entschlossenheit eng mit Edward verknüpft und wurde noch in derselben Nacht zunichte gemacht. Es war schon zwei Uhr, als unsere letzten Gäste sich verabschiedeten, woraufhin Edward in die Bibliothek ging, um sich einen letzten Brandy zu genehmigen, und ein wenig überrascht dreinschaute, als ich ihm folgte. »Ich wollte dir für diese wunderschöne Feier danken«, sagte ich.

»Ich fand den Abend auch sehr gelungen«, stimmte er mir zu. »Nicht einmal die Gegenwart dieser furchtbaren Person hat ihn verderben können.«

Das war eine glatte Ohrfeige, da er wissen musste, dass Jane eine meiner besten Freundinnen war. Aber ich ließ mich nicht aus der Ruhe bringen, obwohl ich selbst auch mehr als genug getrunken hatte. »Jetzt fehlt nur noch eins, um mich zur glücklichsten Frau auf der Welt zu machen.« Ich schloss die Tür hinter mir.

»Und das wäre?«, fragte er und schlug ein Buch auf.

»Die Freude, nackt in deinen Armen zu liegen.«

Er hob den Kopf. »Also wirklich, Janet, du gibst manchmal Dinge von dir ...«

»Ist es denn so verwerflich, dass ich mit meinem Mann schlafen möchte? Möchtest du das denn nicht auch?«

»Im Augenblick dürfte dies wohl kaum angebracht sein.«

»Warum denn? Gut, es könnte sein, dass ein wenig Milch fließt, aber das dürfte doch so schlimm nicht sein.«

»Manchmal bist du richtig vulgär.«

»Entschuldige bitte. Und wenn ich verspreche, das Wort ›Sex‹ nicht in den Mund zu nehmen?«

»Herrgott!«

»Das war wieder vulgär. Ich bitte um Entschuldigung.«

»Das war mehr als das. Das war unanständig.«

Jetzt verlor ich doch die Beherrschung. »Also gut, dann werde ich jetzt gehen und ganz allein unanständige Dinge tun.«

☆

Da es in seiner Welt schlicht unvorstellbar war, dass Frauen lustvolle Gedanken, geschweige denn Gefühle haben könnten, bezweifle ich, dass er überhaupt begriff, was ich damit meinte. Und was mich betraf, waren meine Bemühungen oben in meinem einsamen Bett auch nicht von Erfolg gekrönt: Ich war zu wütend. Trotzdem wollte ich noch nicht hinnehmen, dass der körperliche Teil meiner Ehe vorbei sein sollte, und ich redete mir ein, es sei nur eine vorübergehende Laune, vielleicht weil er zu viel getrunken hatte, obwohl dies meiner Erfahrung nach die Lust eines Mannes eher steigert (wenn auch nicht unbedingt seine Leistungsfähigkeit). Am nächsten

Morgen gingen wir höflich-kühl miteinander um, aber das war nichts Ungewöhnliches. Und doch war ich verblüfft, als ich in mein Zimmer zurückkehrte und sah, dass sein Diener gerade dabei war, seine sämtliche Habe zu entfernen. Nach den Flitterwochen hatte Edward eins der Gästezimmer als Ankleidezimmer zweckentfremdet, was durchaus innerhalb der gesellschaftlichen Regeln lag. Viele Männer wollten weder eine Frau noch deren Kleider und Schönheitsmittelchen um sich haben, wenn sie sich anzogen, und das Gleiche galt zweifellos auch für viele Frauen. Im Übrigen ließ Edward sich beim Ankleiden stets von seinem Leibdiener helfen, der in meinem Schlafzimmer nun wirklich nichts verloren hatte. Während der Schwangerschaft hatte Edward ebenfalls dort genächtigt, und auch daran war nichts Ungewöhnliches. Da er jedoch vor der Schwangerschaft zwar selten, aber regelmäßig das Bett mit mir geteilt hatte, lagen noch einige seiner Sachen herum. Jetzt wurden auch diese entfernt.

»Was hat das zu bedeuten?«, fragte ich.

»Ich führe nur die Anweisung seiner Lordschaft aus, Mylady.«

Es war offensichtlich zwecklos, ihm weitere Fragen zu stellen, und so wartete ich, dass Edward am Abend nach Hause kam. »Ich habe Barrett heute Morgen in meinem Schlafzimmer angetroffen«, sagte ich.

»Ich hoffe, er hat dich nicht lange belästigt.«

»Er hat deine Sachen entfernt und ins Ankleidezimmer gebracht. Er sagte, er handle auf deinen ausdrücklichen Wunsch.«

»Das ist richtig. Ich dachte mir, es wäre dir lieber, wenn meine Sachen nicht länger bei dir herumliegen.«

»Aber ich hatte gerne ein paar Dinge von dir herumliegen. Und ich habe auch gerne das Zimmer mit dir geteilt. Deine Sachen waren wenigstens ein Ersatz, wenn auch ein schwacher.«

»Du redest dummes Zeug.« Ein völlig überflüssiger Zusatz. »Es ist für uns beide das Beste, du wirst sehen. Mir ist nur daran gelegen, dein Leben angenehmer zu gestalten.«

Was für eine Heuchelei! Ein paar Tage standen meine Gefühle und mein Gewissen noch im Widerstreit, dann verkündete ich: »Ich würde gerne am kommenden Mittwochabend ins Almack's gehen. Ich war mindestens ein Jahr nicht mehr dort.«

Mit angehaltenem Atem wartete ich auf seine Antwort. Ich wusste wirklich nicht, was ich tun sollte, wenn er mir seine Erlaubnis verweigerte. Aber er sagte: »Ich denke, das ist eine großartige Idee. Ein wenig Abwechslung wird dir gut tun. Mittwoch ... ja, da findet bis spätabends eine Versammlung im Unterhaus statt. Ich kann dich absetzen, und Carpenter holt dich später wieder ab.«

»Danke, Edward.«

☆

Wonach ich suchte? Vielleicht bestand ja die schwache Hoffnung, dass George dort war, auch wenn ich tief im Innern wusste, dass es unwiderruflich aus war zwischen uns. Außerdem war ich zu diesem Zeitpunkt gar nicht an einer Affäre interessiert, auch wenn das wenig glaubwürdig erscheinen mag. Ich wollte nur raus und fort von Edwards lähmender Gesellschaft. Ich wollte lachen, mich unterhalten, Champagner trinken und tanzen ... und vor allem wollte ich zur Abwechslung einmal wieder bewundert werden. So ging ich auf den Ball, wurde vom Majordomus wie eine alte Freundin empfangen und von ihm persönlich die Treppe hinauf zum Ballsaal begleitet, wo er mich auf die moderne neue Gasbeleuchtung aufmerksam machte, die wirklich sehr hell war, derweil meine Karte Lady Oxford überbracht wurde, so wie an meinem allerersten unvergesslichen Abend im

Almack's. Und wie damals eilte Jane quer durch den Saal, um mich zu begrüßen, woraufhin sich aller Blicke auf mich richteten.

»Meine Liebe«, sagte sie. »Ich bin ja *so* glücklich, dass Sie zu uns zurückgefunden haben. Es gibt da jemanden, mit dem ich Sie bekannt machen möchte.« Sie führte mich zu ihren Freundinnen, die mich wie damals auf das Herzlichste empfingen. »Fürstin Esterhazy«, sagte sie, »ich würde Jane schrecklich gern Fürst Felix vorstellen.«

»Selbstverständlich«, stimmte Fürstin Esterhazy zu. »Hier ist er. Felix.« Ich wandte mich um, und vor mir stand Felix Schwarzenberg.

ZWEITER TEIL

# VON FÜRSTEN UND KÖNIGEN

## 6. KAPITEL

### Die Affäre

Es wurde so viel Unsinn über Felix und mich geschrieben, vor allem von schlecht informierten Klatschkolumnisten, dass es höchste Zeit ist, einiges richtig zu stellen. Ich will gar nicht abstreiten, dass unser – oder zumindest mein – Benehmen skandalös war. In der ersten Zeit unserer Bekanntschaft war Felix der perfekte Gentleman, wobei die Betonung leider auf der zweiten Hälfte des Wortes liegt. Er hatte die schönste Frau seiner Zeit erobert, aber da er sein ganzes Leben Umgang mit schönen Frauen gehabt hatte – er war sieben Jahre älter als ich –, fiel es ihm schwer zu glauben, dass es Frauen geben sollte, die wahrhaftig auf eine lebenslange Liebe aus waren, erst recht, wenn es sich um ein Mädchen von gerade einmal einundzwanzig Jahren handelte. Allem Selbstvertrauen und aller Erfahrung zum Trotz und zusätzlich gehemmt von den Anforderungen seiner Herkunft und den Erwartungen seiner Familie, ganz zu schweigen von seinen eigenen Ambitionen, gab er vermutlich sein Bestes, was uns betraf. Und seines anfänglichen Eifers wegen wäre ich damals nie auf die Idee gekommen, er könnte mich so grausam verraten, und das nicht nur, indem er mit meiner Liebe spielte.

Und ich? Ich lernte Felix an einem Tiefpunkt meines Lebens kennen. Ich war auf die demütigendste Art und Weise von meinem Ehemann zurückgewiesen worden, der offenbar, nachdem ich ihm einen Erben geboren hatte, keine weitere Verwendung mehr für mich hatte, einmal abgesehen von der Rolle der Gastgeberin. Meine Schuldgefühle wegen meiner Affären mit George und Fred Madden, die ich hatte abbüßen wollen, indem ich Edward die treueste und gehorsamste aller Ehefrauen war, hatte sich in verbitterten Trotz gewandelt. Hinzu kam, dass ich immer noch unter dem schrecklichen, viel zu frühen Tod meines Cousins litt und zudem animiert wurde von den kürzlich veröffentlichten Taten meines Vorfahren. Und ich war erst einundzwanzig Jahre alt.

Das alles soll keine Rechtfertigung sein für die Geschehnisse, die folgten, mehr ein Erklärungsversuch. Eins kann ich jedoch an dieser Stelle definitiv klarstellen: Anders als immer behauptet wird, war es keine Liebe auf den ersten Blick. Sicher, mir gefiel, was ich sah. Zum einen lag es an seiner Uniform, da Lady Jersey, die nicht gezögert hatte, einem Großherzog die Tür zu weisen, offenbar nicht gewagt hatte, einen österreichischen Fürsten, bei dem es sich zudem um den Sohn des berühmtesten Soldaten des Landes handelte, ebenso respektlos zu behandeln, zumal er obendrein Protegé einer ihrer engsten Freundinnen war. Der Mann vor mir steckte also in feschen blauen Hosen, schwarzen Stulpenstiefeln, roter Uniformjacke mit Goldtressen und passendem Cape, das er lässig über einer Schulter trug ... fehlte nur das Schwert, das er abgelegt hatte, weil es beim Tanzen hinderlich war. Er hätte den romantischen Helden nicht überzeugender verkörpern können. Er selbst war größer als ich, wie ich erleichtert feststellte, hatte ausgesprochen feine, ansprechende Gesichtszüge, dickes lockiges schwarzes Haar und einen Oberlippenbart. Ich war so verblüfft von seiner Ähnlichkeit mit Lord Byron, dass ich ganz automatisch nach einem Klumpfuß Ausschau hielt. Aber er war perfekt gebaut, wie die enge Husarenuniform erkennen ließ, deren Hose die muskulösen Beine umschloss wie eine zweite Haut – und keinen Zweifel daran bestehen ließen, dass er auch in Bezug auf seine männlichen Attribute von der Natur großzügig bedacht worden war. Seine Stimme war melodisch und doch volltönend, und er sprach Englisch mit nur leichtem Akzent, der ihn noch interessanter machte. »Lady Ellenborough«, sagte er. »Die schönste Frau Englands.«

Ich warf einen besorgten Blick auf Jane, da ich noch nie ein so direktes Kompliment bekommen hatte, schon gar nicht in Gegenwart der Frau, die diesen »Titel« vor mir getragen hatte. Aber sie lächelte nur. »Seine Hoheit versteht es, mit Worten umzugehen«, bemerkte sie.

Felix hatte sich über meine Hand gebeugt und richtete sich nun wieder auf. »Tanzen Sie?« Ich blickte auf die Tanzkarte, die ich in derselben Hand hielt wie meinen Fächer. »Ah!«, rief er aus. »Darf ich?«

Ich gab ihm die Karte. Da ich gerade erst eingetroffen war, war sie noch leer, und ich sah verblüfft zu, wie er quer über beide Seiten von links unten nach rechts oben seinen Namen schrieb: Felix Schwarzenberg.

»Hoheit ...!«, protestierte ich.

»Für Sie, meine Schöne, nur Felix. Und wir müssen einander unbedingt näher kennen lernen, oder?«

Ich warf einen Hilfe suchenden Blick auf Jane, aber sie lächelte auch diesmal nur und ließ uns allein. Ich weiß nicht, was sie von dieser so offensichtlich arrangierten Begegnung erwartete oder sich gar davon erhoffte. Edwards Abneigung war ihr sicher nicht entgangen, und von meiner Schwäche für Lord Byron wusste sie ebenfalls, da ich sie ihr höchstpersönlich gestanden hatte. Aber was immer sie sich dabei gedacht hatte, die Beziehung zwischen Felix und mir geriet schon wenige Tage nach unserer ersten Begegnung außer Kontrolle – der ihren sowie unserer eigenen. Es hatte nicht das Geringste mit meinen Gefühlen in jener Zeit zu tun. Ich war entzückt, in den Armen des bestaussehenden Mannes, der mir je begegnet war, zu den Walzerklängen des Orchesters durch den Saal zu wirbeln, und er war ein wahrlich begnadeter Tänzer. Trotzdem war ich noch verlegen und sogar ein wenig pikiert, dass er so selbstverständlich davon ausgegangen war, dass ich den ganzen Abend nur ihm allein gehören würde – und weil er mich mit so leidenschaftlichen dunklen Augen ansah, dass es mir vorkam, als läge ich bereits nackt in seinen Armen, während er mich fester an sich drückte, als üblich oder anständig war.

Ich suchte verzweifelt nach Worten und verfiel, wie es in solchen Situationen oft geschieht, in Banalität. »Sind Sie wirklich ein echter Fürst?«

»Sind Sie wirklich eine echte Lady?«, konterte er.

Diese Frage konnte auf verschiedene Art interpretiert werden. Ich beschloss, Anstoß zu nehmen. »Ich bin Jane Elizabeth Law, Lady Ellenborough«, erklärte ich möglichst hochfahrend.

»Dann bitte ich demütigst um Vergebung. Und Sie stammen aus der berühmten Familie Coke.«

Offensichtlich hatte er sich über mich erkundigt, was umso schmeichelhafter war, als wir uns nie zuvor begegnet waren und er nicht hatte wissen können, dass ich an diesem Abend im Almack's sein würde. Allerdings hatte ihm niemand gesagt, wie man den Namen richtig aussprach, sodass es bei ihm klang wie »Coak«. »Der Name wird Cook ausgesprochen«, klärte ich ihn auf.

»Aber er wird doch C-O-K-E geschrieben, oder?«

»Aber Cook gesprochen«, beharrte ich.

»Ah, Englisch, welch unergründliche Sprache.«

»Aber Coke ist der Name meines Großvaters. Mein Mädchenname ist Digby.«

»Wie verwirrend. Also, ich bin schlicht Felix Ludwig Johann Nepomuk Friedrich, Fürst zu Schwarzenberg.«

Mir war sofort klar, dass er mich damit an meinen Platz verwies und ich ihm nicht das Wasser reichen konnte. Schon gar nicht in Bezug auf Namen und vor allem Titel. »Dann bitte nun ich vielmals um Entschuldigung«, sagte ich.

»Das geht so nicht. Wir können doch nicht den Rest unseres Lebens damit verbringen, uns gegenseitig zu entschuldigen. Lassen Sie uns einen Pakt schließen. Was immer einer von uns sagen oder tun mag, wir werden den anderen nie wieder um Verzeihung bitten. Stimmen Sie zu?«

Ich musste lachen. »Wenn Sie wollen. Einmal vorausgesetzt, dass wir uns je wiedersehen.«

»O doch, das werden wir«, versicherte er mir. »Ich bin fest entschlossen. Wieder und wieder.«

Er legte wahrhaftig ein völlig inakzeptables Tempo vor, ohne die geringste Rücksicht darauf zu nehmen, was ich wünschte. Vielleicht hätte ich ihn einfach stehen lassen, aber da ich nicht widersprochen hatte, als er meine Tanzkarte ausfüllte, hätte ich möglicherweise den ganzen Abend keinen anderen Tanzpartner mehr gehabt. Hinzu kam, dass es wunderbar war, von ihm in den Armen gehalten zu werden. So tanzten wir den ganzen Abend durch, und als ich ging, hatten die Klatschmäuler bereits den Schluss gezogen, wir müssten ein Liebespaar sein. Natürlich eilen Klatschmäuler der Wahrheit stets voraus. Vor Jahren hatten sie zumindest zu ihrer eigenen Zufriedenheit zweifelsfrei festgestellt, dass George und ich nicht nur harmlos miteinander plauderten, wenn wir allein waren. Nachdem dies für sie erst feststand, hatten sie nie eine Veranlassung gesehen, ihr Urteil zu revidieren, obwohl George und ich uns im vergangenen Jahr so gut wie nie begegnet waren und kein einziges Mal miteinander geschlafen hatten. Es ging sogar das Gerücht um, dass George der Vater meines Kindes sei, was ich als zutiefst verletzend empfand. Jetzt kamen sie zu dem Schluss, dass George ersetzt worden war, lange bevor ich selbst entschieden hatte, mir einen neuen Liebhaber zu nehmen. So begab es sich, dass beim Derby in jenem Jahr, Englands höchst dotiertem Pferderennen, ein Pferd namens Cadland siegte und ein anderes namens The Colonel, der Oberst, auf Platz zwei verwies. Prompt verpasste man Felix hinter seinem Rücken den Spitznamen Cadland, nachdem er im Wettkampf mit Oberst Anson scheinbar das Rennen gemacht hatte!

☆

Das Derby fand im Juni statt, und bis dahin sollten sich die voreiligen Gerüchte längst bewahrheitet haben. Aber noch war es nicht so weit. Unnötig, extra darauf hinzuweisen, dass Jane ihren Teil dazu beitrug, die Ereignisse voranzutreiben, vielleicht unabsichtlich, wenngleich ich mir da nicht sicher bin. Zwei Tage nach jener unvergesslichen Ballnacht, als ich mich noch viel zu lebhaft an die Berührung von Felix' Händen erinnerte und daran, wie sein athletischer Körper sich anfühlte und vor allem an das magnetische Leuchten in seinen Augen, lud Jane mich zum Tee unter vier Augen ein. »Ich würde meinen, Sie haben am Mittwoch einen Riesentriumph gefeiert«, bemerkte sie.

»Mir ist noch kein Mann begegnet, der so forsch und direkt gewesen wäre wie er«, entgegnete ich.

»Ja, das ist er. Aber Sie haben ihn anziehend gefunden.«

»Er ist ein attraktiver Mann«, gab ich zu. »Sein Selbstbewusstsein ist wirklich beeindruckend.«

»Er hat auch allen Grund, selbstbewusst zu sein. Seine Familie gehört zu den ältesten und angesehensten Österreichs. Es gibt sogar verwandtschaftliche Beziehungen zum Königshaus.« Sie legte an dieser Stelle eine Pause ein, um zu sehen, wie ich auf diese Neuigkeit reagierte, aber in diesem Punkt musste ich sie enttäuschen. Ich teilte die Ansichten meines Großvaters zum Thema Monarchie. »Ganz zu schweigen vom Triumph seines Vaters.«

»Welcher Art?«

»Aber meine Liebe ... Fürst zu Schwarzenberg war Kommandeur des Alliierten-Heeres bei der Schlacht von Leipzig

1813. Diese Schlacht war entscheidend für den Ausgang des Krieges.«

»Ich dachte, Waterloo wäre ausschlaggebend gewesen.«

»Aus britischer Sicht, weil unsere Seite vom Herzog befehligt wurde, wenn auch mit ein *klein wenig* Unterstützung der Preußen.« Da sie mit Leib und Seele Liberale war, wusste ich, dass sie keine Bewunderung für Wellington hegte, einen ebenso überzeugten Konservativen. »Auf dem Kontinent sieht man das völlig anders, und wie ich meine realistischer. Dort heißt es, dass auch im Fall einer Niederlage des Herzogs in Waterloo, Bonaparte sich nicht mehr lange gehalten hätte gegen die gewaltigen Armeen, die in Österreich, Russland und Schweden mobilisiert wurden, waren doch nur noch kümmerliche Reste der Grande Armée übrig, die Fürst zu Schwarzenberg zwei Jahre zuvor bei Leipzig vernichtend geschlagen hatte.«

Das war eine völlig neue und unbritische Betrachtungsweise der zeitgenössischen Geschichte, und auch wenn sie stimmen mochte, war ich nicht sicher, ob ich sie teilen wollte. »Hat Fürst Felix auch in dieser Schlacht gekämpft?«

»Ich habe keine Ahnung. Er war damals erst dreizehn. Ich will damit nur deutlich machen, dass seine Familie über unermessliche Reichtümer, Macht und Einfluss verfügt und ihm selbst seit dem Tod seines Vaters in Anbetracht der Erbschaft die ganze Welt offen steht. Zumal er abgesehen vom familiären Hintergrund ein Protegé des Fürsten Metternich ist.« Wieder legte sie eine Pause ein und musterte mich mit hochgezogenen Brauen.

»Fürst Metternich«, sagte ich. »Ist das nicht der österreichische Premierminister?«

»Meine Liebe, er ist der österreichische Kanzler. Man könnte ihn als österreichisches Pendant Wellingtons bezeichnen, aber tatsächlich besitzt er weit größere Macht. In Österreich ist die Position des Kanzlers weder an die eigene

Partei gebunden noch an die Wahlkugel, sondern ausschließlich an den Kaiser. Was für ein Mann! Ich bin ihm begegnet, als er 1815 hier war. So gut aussehend, so kultiviert ...« Sie stieß einen kleinen Seufzer aus, der mich zu dem Schluss veranlasste, dass der Fürst einer ihrer Liebhaber gewesen war. »Was ich damit sagen will, ist, dass es einer Erfolgsgarantie gleichkommt, wenn man zu den Schützlingen Metternichs zählt. So war der junge Schwarzenberg bereits Attaché in St. Petersburg und Rio de Janeiro. Das ist in Brasilien, wissen Sie. In Südamerika.«

Das war mir bekannt, wie sie ganz sicher wusste. Was sie jedoch nicht wissen konnte: Ich hatte mein Leben lang davon geträumt, ferne Länder zu bereisen. Abgesehen von meiner wilden Flucht nach Gretna Green, bei der ich weder in Stimmung war noch Zeit hatte, die Aussicht zu bewundern, sowie unserer Reise in die Schweiz, als ich noch ein Kind gewesen war, hatte mein Wirkungskreis sich auf ein Dreieck beschränkt, das von Wash, den Cotswolds und dem Ärmelkanal begrenzt wurde. Mir war bisher nicht klar, ob Jane mich ermutigen oder warnen wollte, doch ihr folgender Kommentar ließ auf Ersteres schließen: »Ich fürchte, er hatte bei seinen Reisen und Auslandsaufenthalten zahlreiche Liebschaften. Offenbar können die Damen ihm einfach nicht widerstehen. Und bisher hat er offenbar nie auch nur in Betracht gezogen, eine von ihnen zu ehelichen.« Sie fächerte sich heftig Luft zu. Der wieder geborene Byron. Oder besser noch, die Verkörperung meines eigenen Vorfahren Kenelm Digby! Von diesem Moment an war ich verloren.

☆

Aber doch noch zu nüchternen Überlegungen fähig. Wenn Felix verrückt war, schlecht und gefährlich, wie Caro Lamb es von Byron behauptet hatte, wäre schon ein Flirt mit ihm extrem riskant. So begnügte ich mich damit, von ihm zu träumen, und sagte mir, dass es kommen würde, wie es kommen sollte, wobei ich entschlossen war, diejenige zu sein, die Verlauf und Ausgang unserer Bekanntschaft bestimmte. Die Londoner Gesellschaft war tatsächlich sehr begrenzt. Abgesehen von den wöchentlichen Bällen im Almack's traf man auf den verschiedenen Dinnerpartys, Empfängen und Bällen, zu denen man geladen wurde, jedes Mal dieselben Leute. Darum wurde ein neues Gesicht auch so geschätzt. Ich selbst hatte einen Eindruck hiervon gewonnen bei meiner Einführung in die Gesellschaft, und es wäre für mich noch augenfälliger gewesen, wäre ich nicht so rasch mit einem Mann verheiratet worden, der jegliche gesellschaftlichen Zusammenkünfte, die nicht irgendwie politisch motiviert waren, als reine Zeitverschwendung betrachtete. So kam es, dass ich auf Partys und erst recht im Almack's zwangsläufig Felix über den Weg lief, und als sich erst herumgesprochen hatte, dass ich wieder ausging, wurde ich förmlich bombardiert mit Einladungen, von denen ich die meisten annahm, immer allein, da Edward nie die geringste Neigung zeigte, mich zu begleiten oder am Ausgehen zu hindern. Sein Verhalten als mein Ehemann brachte ihm erneut viel Kritik ein, und das nicht nur von seinen Feinden.

Zu seiner Verteidigung muss ich sagen, dass er nach wie vor sehr viel zu tun hatte, auch wenn er, nach den politischen Unsicherheiten des vergangenen Jahres und somit seiner eigenen Karriere, nach der Machtübernahme des Herzogs scheinbar auf der sicheren Seite war. Hinzu kam der Besorgnis erregende gesundheitliche Verfall des Monarchen, der ebenfalls für alle von Bedeutung war, die danach trachteten, das Land zu regieren. König Georg IV. mochte zu einem grotesken Ungeheuer verkommen sein, aber er war keineswegs dumm, und auch wenn es ihm nur darum ging, sich die letzten Jahre seines Lebens Luxus und zumindest den Anschein von Macht zu sichern, hegte er nicht die geringste Absicht, sich in die Regierungsgeschäfte einzumischen. Meines Erachtens nicht ganz zu Unrecht, denn er sagte sich wohl, dass mit dem Großherzog am Ruder nicht viel schief gehen dürfte.

Und doch hatte er in seiner Eigenschaft als König eine Todsünde begangen: Er hatte keinen direkten Nachfolger gezeugt. Er mochte ja anführen, dass das Schicksal ihn grausam gestraft hatte, indem es ihn seiner einzigen Tochter beraubte, aber dass das Leben riskant war, war allgemein bekannt, auch in der Oberschicht, und so herrschte die Meinung vor, dass es trotz aller Abneigung gegen seine Ehefrau seine Pflicht gewesen wäre, mindestens einen Ersatz zu zeugen. Nachdem er dieser königlichen Pflicht nicht nachgekommen war, stand England, oder zumindest die konservative Partei, vor einer potenziell katastrophalen Situation. Wenn der König starb, würde ihm – nachdem sein jüngerer Bruder, der angesehene Herzog von York, noch vor ihm gestorben war – sein nächstjüngerer Bruder Wilhelm nachfolgen, der von allen nur respektlos *Sailor Billy* genannt wurde. Den Spitznamen verdankte er dem Umstand, dass er als junger Mann in der Navy gedient hatte, was ihm in einer Seefahrernation eigentlich Sympathien hätte sichern müssen. Tatsächlich war Billy sogar beliebt, so wie auch sein verrückter Vater in seinen letzten Jahren, allerdings beim Pöbel. Nur jene, die ihn persönlich kannten – die gesellschaftlichen wie politischen Kreise, in denen er sich bewegte –, wussten, dass seine geistigen Fähigkeiten nur knapp über denen eines Schwachsinnigen lagen. Seine Karriere bei der Marine war eine einzige Katastrophe gewesen, sodass er schon früh ausgeschieden war. Seine einzige Tat von geringster historischer Bedeutung bestand darin, dass er auf der fernen westindischen Insel Nevis als Trauzeuge eines Offizierskollegen, Kapitän Horatio Nelson, fungiert hatte, der als berühmtester

Seefahrer Englands in die Annalen eingehen sollte. Aber sogar diese »Amtshandlung« war von wenig Erfolg gekrönt, da Nelsons Ehe sich als Reinfall erwies, auch wenn man der Gerechtigkeit halber hinzufügen muss, dass die Schuld hierfür mehr bei Lady Hamilton zu suchen war denn bei Prinz Wilhelm.

Aber es kam noch schlimmer, da Sailor Billy zwar wie sein Bruder und Vater eine Horde illegitimer Nachkommen gezeugt hatte, ohne dass es ihm gelungen war, seine eigene Ehefrau zu schwängern. Und da er nicht mehr der jüngste war, würde nach ihm sein nächster Bruder den Thron besteigen, der Herzog von Kent, der, seiner ebenfalls desaströsen Laufbahn als Soldat und Kolonialgouverneur sowie seinem Hang zu sexuellen Ausschweifungen und Glücksspiel nach zu urteilen, die schlimmsten Charaktereigenschaften von George und Wilhelm in sich vereinte. Wenigstens hatte er ein legitimes Kind, eine Tochter namens Victoria, die zwar erst neun Jahre alt war, von der man sich jedoch aufgrund ihrer Abstammung nicht allzu viel erwartete.

So waren die Politiker in jenen Tagen sehr beschäftigt, auch wenn die Krise Edward faktisch zugute kam. Die Frage der politischen Reform war dringlicher denn je, und es war allgemein bekannt, dass Sailor Billy in seiner inkonsequenten Art dafür war. Das bedeutete, dass bei seiner Thronbesteigung, die jederzeit erfolgen konnte, die Frage ins Bewusstsein der gesamten Nation gerückt würde, was wiederum die Absetzung der Tory-Regierung und deren Ablösung durch die Whigs zur Folge haben könnte. Unvorstellbar für Männer, die das Land mit wenigen kurzen Unterbrechungen fast fünfzig Jahre lang regiert hatten. Der Herzog, der vielleicht vernünftigste und respektabelste Mann im ganzen Land, der während seiner Militärzeit gelernt hatte, Fakten über sinnlose Hoffnungen zu stellen, beschloss daher, die unausweichliche Zukunft vorwegzunehmen, indem er von sich aus gewisse Reformen durchführte. Hiervon waren viele Mitglieder seiner eigenen Partei und seines Kabinetts allerdings wenig angetan. Wellington war von Natur aus kein Mann, der sich von Widerspruch einschüchtern ließ, aber da er anders als seinerzeit in der Armee nicht die Befugnis besaß, die Aufrührer hängen oder erschießen zu lassen, gestattete er ihnen lediglich, ihre Ämter niederzulegen. Das hatte zur Folge, dass auf allen Ebenen Lücken entstanden, und Edward, der zwar gegen jede Reform war, aber nicht die Absicht hatte, seinen Platz an der Seite des Herzogs aufzugeben, machte sich große Hoffnungen, sein ehrgeiziges Ziel zu verwirklichen. Zwar wurde er nicht Außenminister (mit diesem Posten wurde Lord Aberdeen betraut), aber er wurde immerhin Lordsiegelbewahrer, womit sein zweiter Traum in Erfüllung ging: ein Sitz im Kabinett. Nachdem er sein Amt erst übernommen hatte, setzte er sich mit Leib und Seele für das Ziel ein, die Pläne seines Gönners voranzutreiben, sodass ich ihn in jenem Sommer kaum zu Gesicht bekam.

☆

Aber mich hatte er damals schon längst verloren. Nur zwei Wochen nach unserer Begegnung im Almack's und meinem aufschlussreichen Tee bei Jane Harley nahm ich an einem Empfang teil, wenn ich auch nicht mehr genau weiß, wer der Gastgeber war. Es war eine jener grässlichen Veranstaltungen, bei denen fünfhundert Personen in Räumlichkeiten gezwängt wurden, die gerade mal Platz für ein Viertel dieser Anzahl boten. Man stieg aus seiner Kutsche, tauchte sofort in eine brodelnde Menge ein, bahnte sich mühsam einen Weg durch ein Heer von Lakaien und Dienern, kämpfte sich die Treppe hinauf in den Veranstaltungssaal, zwängte sich durch schreiende, lärmende Menschenmassen zum Buffet, wo man mit etwas Glück ein Glas Champagner und ein

Häppchen ergatterte, achtete beim Trinken und Essen darauf, sich nicht zu verschlucken und nichts fallen zu lassen, und wehrte ansonsten grabschende Pfoten und gierige Lippen ab, wobei man sich bemühte, Hut und Schmuck nicht zu verlieren. Und die ganze Zeit grinste und lächelte man debil in die Runde, bis man endlich wieder gehen konnte. Hatte man sich dann schließlich bis zur eigenen Kutsche durchgekämpft, fühlte man sich, als wäre man von der Kavallerie überrannt worden – und das Ganze, ohne dass man auch nur ein Wort mit dem Gastgeber gewechselt hätte.

So begab es sich, dass ich mich an eine Wand hatte drängen lassen, weil ich hoffte, dort mehr Luft zu bekommen, als sich plötzlich ein Mann vor mir aufbaute und ich zu Felix aufblickte.

☆

Er hielt ein Glas Champagner in jeder Hand. »Ich habe Sie von der anderen Seite des Saales aus gesehen«, sagte er. »Ich dachte mir, Sie hätten vielleicht gern einen Schluck.« Er hatte sich durch die Menge gekämpft, ohne einen Tropfen zu verschütten.

»Sehr aufmerksam von Ihnen«, entgegnete ich und leerte mein Glas in einem Zug. Das erwies sich als vernünftig, nicht nur, weil ich tatsächlich durstig war, sondern weil ihn kurz darauf jemand anrempelte und er gegen mich gedrückt wurde. Da ich gerade den Arm ausgestreckt hatte, um das leere Glas auf einem Tisch abzustellen, konnte ich dem nichts entgegensetzen, und als es mir schließlich gelang, die Arme wieder zu schließen, waren sie um seine Taille geschlungen.

Er schien es nicht eilig zu haben, sich wieder von mir zu lösen, und um die Wahrheit zu sagen, ging es mir nicht anders: Ich hatte mich den ganzen Abend noch nicht so sicher gefühlt. »Geht es auf Londoner Partys immer so zu?«, fragte er.

»Meistens. Es ist grauenhaft.«

»Ich finde, es gibt durchaus einen gewissen Ausgleich, der die Unannehmlichkeiten wettmacht«, sagte er. Ich blickte auf, während er auf mich hinunterschaute. Unsere Gesichter waren nur Zentimeter voneinander entfernt. »Ich verspüre soeben den unwiderstehlichen Drang, Sie zu küssen«, sagte er.

»Nun, hier dürfte das kaum möglich sein«, entgegnete ich. »Denken Sie an den Skandal.«

»Und wenn wir anderswo wären?« Ich hatte mich selbst in die Falle manövriert. »Amüsieren Sie sich?«

»Sie meinen die Party? Im Gegenteil.«

»Warum gehen Sie dann nicht? Meine Kutsche steht draußen. Ich könnte Sie heimfahren.«

»Meine Kutsche steht ebenfalls draußen.«

»Sie kann uns folgen.«

»Ich glaube, das wäre keine so gute Idee. Ich wohne einige Meilen außerhalb. Lassen Sie sich doch von mir nach Hause bringen, und Ihre Kutsche folgt nach.«

Er musterte mich einige Sekunden, ehe er laut lachte. »Sie sind eine höchst bemerkenswerte Frau. Eine Lady fährt einen Gentleman nicht nach Hause.«

»Nun, dann eben ein anderes Mal, vielleicht. Ich möchte keinesfalls Ihr Gefühl für Anstand verletzen.«

»Das würde ich auch gar nicht zulassen. Aber bei Ihnen werde ich eine Ausnahme machen. Gehen wir zusammen oder nacheinander?«

Ich schaute an ihm vorbei auf die Menschenmenge. »Ich fürchte, wenn wir uns im Gewühl erst aus den Augen verloren haben, finden wir uns nicht mehr wieder.« Und so gingen wir gemeinsam.

☆

Das war vielleicht gedankenlos von mir, da wir von vielen Leuten gesehen wurden und so den bereits kursierenden Gerüchten neue Nahrung gaben. Aber ich war nicht in der Stimmung, mich davon beeinflussen zu lassen. Ich war viel zu aufgeregt. Wie zu Anfang meiner Liaison mit George wusste ich auch diesmal nicht, was passieren würde – oder wollte, das passierte. Was mich lockte, war der Reiz der Eroberung, wobei ich in Anbetracht meiner Zugehörigkeit zum schwachen Geschlecht den Part der Beute spielte. Die Frage war, wann ich mich »erbeuten« lassen würde und was dann mit mir geschah.

Wie sich herausstellte, sollten meine Erwartungen bei weitem übertroffen werden. Nachdem wir unsere Karossen herbeigerufen hatten, teilte ich Carpenter, meinem Kutscher, mit, dass wir den Gentleman heimbringen würden (William, ein gescheiter junger Bursche, der mir treu ergeben war, zuckte nicht mit der Wimper, obwohl die Kutsche des Fürsten gleich hinter meiner stand). Dann wandte ich mich Felix zu und sagte: »Verraten Sie uns bitte, wo Sie wohnen.«

»Harley Street«, antwortete er, und im ersten Moment war ich so sichtlich verblüfft, dass er verteidigend meinte: »Mir wurde gesagt, das sei eine gute Adresse.«

»O doch, das ist es«, versicherte ich ihm. »Ich kenne die Gegend sehr gut. Welche Hausnummer?«

»Dreiundsiebzig.«

Zwei Häuser vom Haus meiner Eltern entfernt! Wenigstens waren sie zurzeit nicht in der Stadt. Gleichzeitig analysierte mein reger Verstand bereits die möglichen Vorteile dieser Gegebenheit, so riskant sie mir im ersten Augenblick auch erschienen war. »Harley Street Nummer 73, William«, sagte ich laut und ließ mir in die Kutsche helfen. Felix nahm an meiner Seite Platz, und wir fuhren los. Sekunden später lag ich in seinen Armen.

Auch das war eine ziemlich öffentliche Angelegenheit. Bei

meiner Kutsche handelte es sich um einen Phaeton, einen leichten vierrädrigen Zweispänner, bei dem mehr Wert auf Wendigkeit gelegt wurde als auf Komfort: Er verfügte nur über eine Sitzbank mit Platz für zwei Personen und war nach vorne offen, sodass man auf den Rücken des Kutschers blickte. William benahm sich tadellos und versuchte kein einziges Mal zu sehen, was hinter ihm geschah, obwohl er bemerkten musste, dass irgendetwas vorging: Neben ein paar Seufzern begleitete lautes Rascheln unser Treiben, auch wenn die verräterischen Nebengeräusche weit gehend vom Rattern der Rädern auf dem Pflaster überdeckt wurden. Da dem Gefährt jedoch die Seitenwände fehlten, waren wir den Blicken des Pöbels ausgesetzt. Glücklicherweise waren um neun Uhr am Abend nicht mehr viele Leute unterwegs, und jene, die uns begegneten, konnten nicht wissen, wer die beiden Personen waren, die miteinander zu ringen schienen. Tatsächlich erlebte ich etwas, wovon ich bis dato nur hatte träumen können. Bis dahin hatte mein Liebesleben sich auf die Pflichterfüllung meines Mannes sowie mehr oder weniger ungelenkes Grabschen von Fred Madden und Tom Burrows beschränkt. Sogar George hatte sich viel zu wenig Zeit genommen. Da er ein englischer Gentleman war, war ihm wohl nie der Gedanke gekommen, dass ich eigene Gefühle haben könnte – und ein Recht, sie auszuleben. So kam es, dass ich auch nach meinem aufschlussreichen Gespräch mit Jane Harley nicht sicher war, wie weit genau diese Gefühle gehen konnten und wie man sie konkret erlangte.

Felix ging völlig anders vor. Seine Lippen waren ebenso zärtlich wie seine Zunge, aber nicht weniger fordernd, leidenschaftlich und erregend, zumal seine Finger beim Küssen sanft meine halb entblößten Brüste liebkosten, wobei sie sich nicht gleich auf meine Brustwarzen konzentrierten, sondern sich vielmehr erst einmal der nackten Haut widmeten. Als er von meinem Mund abließ, gesellten seine Lippen sich zu den Fingern der einen Hand, derweil die andere mir das Kleid über die Schulter streifte, sodass der Ausschnitt tiefer rutschte und das Objekt seiner Begierde entblößte. Das erlebte ich natürlich nicht zum ersten Mal; was Felix' Vorgehen aber so anders machte als alles, was ich bisher erfahren hatte, war die Gewissheit, die er ausstrahlte, genau das zu tun, was ich mir von ihm wünschte. Womit er absolut Recht hatte.

Aber das war erst der Anfang. Während er an einer Brustwarze saugte, schob sich seine Hand unter meine Röcke und streichelte erst meine Schenkeln, um dann noch höher zu wandern, über das Strumpfband hinaus. Mir ging durch den Kopf, dass ich ihm Einhalt gebieten sollte, nicht etwa, weil mir nicht gefallen würde, was er tat, sondern schlicht weil ich meinte, dass das, worauf das Ganze hinauslief, sich nicht auf einem so schmalen Sitz bewerkstelligen ließ, schon gar nicht unmittelbar hinter Williams Rücken. Eben deswegen wagte ich auch nicht zu sprechen und legte stattdessen eine Hand auf seine. Er ließ sich einen Moment bremsen, hob den Kopf und flüsterte mir ins Ohr: »Du schmeckst wunderbar.«

»Du hast meine Milch geschmeckt«, entgegnete ich ebenso leise und fragte mich, ob das seinen Zärtlichkeiten abrupt ein Ende machen würde. Ich mochte mir gar nicht vorstellen, wie Edward auf eine solche Feststellung reagieren würde, andererseits konnte ich mir gar nicht erst vorstellen, dass mein Mann je auf die Idee käme, an einer Frauenbrust zu saugen, außer vielleicht an jener von Miss Hariette Wilson. »Ich bin vor zwei Monaten erst Mutter geworden.«

Im ersten Moment schwieg er, dann sagte er noch einmal: »Du schmeckst köstlich. Überall.« Worauf er sich daran machte, diese Behauptung zu überprüfen. Wieder einmal empfand ich Ekstase oder kam dieser zumindest sehr nahe. Seine Finger glitten sachte immer weiter aufwärts. Wieder ein Grund zur Beunruhigung, da ich aufgrund der zu erwartenden Enge und Hitze auf der Party auf Unterhosen verzichtet hatte. So kam es, dass er gleich darauf mein ganz persönliches Tor zum Paradies erreichte. Das war zwar schon einige Male vorgekommen, jedoch immer ohne konkrete Absicht des betreffenden Mannes. Auch das war diesmal anders: Felix handelte sehr gezielt, sich wie schon zuvor der Wirkung seines Handelns wohl bewusst. Ich schnappte nach Luft und griff nach den Sternen, in Erwartung endlich zu erleben, was mir bisher immer verwehrt geblieben war. Abrupt kam die Kutsche zum Stehen.

»Nummer 73, Mylady«, sagte William.

Ich fuhr zurück, obwohl Felix mich nur sehr widerwillig losließ, und strich meine Röcke glatt. Jetzt erst hob Felix den Kopf. »Du machst mich ganz verrückt.«

»Danke, gleichfalls«, entgegnete ich, bemüht, ruhiger zu atmen. So nah und doch so fern. Aber da war noch etwas, das mir Kopfzerbrechen bereitete, denn bei allem Ringen hatte ich keine Zeit oder Gelegenheit gehabt, seine Berührungen zu erwidern. »Aber du ...«

»Ich kann mich bis zu einem gewissen Grad beherrschen. Kommst du noch mit rein?«

Aber das ging mir einfach zu schnell. »Ich muss ... nach Hause.« Und nachdenken, ging es mir durch den Kopf, auch wenn ich den Gedanken nicht aussprach.

»Ich muss dich wiedersehen.«

So viel zu Gedanken. »O ja«, sagte ich immer noch atemlos.

»Wann? Du musst mir deine Adresse geben.«

»Das geht nicht. Ich meine, dass wir uns bei mir zu Hause treffen. Ich bin aber an den meisten Nachmittagen in der Stadt.«

»Heißt das, du würdest zu mir kommen?« Nicht zum ersten Mal hatte ich ihn überrascht. »Mein Gott. Aber ...«

»Ja?« Plötzlich war ich sehr nervös.

»Nichts. Ich teile mein Quartier mit einem anderen Offizier. Aber Dietrichstein ist ein echter Kumpel, er wird mir das Feld überlassen.«

»Und deine Dienstboten?«

»Nenn mir nur eine feste Zeit, dann sorge ich dafür, dass sie ebenfalls fort sind.«

»Zwei Uhr.«

»Ich werde die Sekunden zählen.« Er küsste mir die Hände und stieg aus der Kutsche.

Ich wartete, dass er das Haus betrat, mein Puls sich beruhigte und meine Atmung sich normalisierte, auch wenn ich unter dem Rock immer noch glühte. Dann sagte ich: »Ich verlasse mich auf deine Diskretion, William.«

»Der können Sie gewiss sein«, entgegnete der loyale Bursche. Vielleicht war er ja auch ein Träumer. Aber das war seine Sache. Ich wusste jedenfalls, dass mein ganz persönlicher Traum schon sehr bald Wirklichkeit werden würde.

☆

Rückblickend ist mir natürlich klar, dass das Ganze Wahnsinn war. Und ich kann auch nicht abstreiten, dass es sich damals um nichts anderes handelte als reine Lust: Ich wusste, dass ich mir wünschte, genommen zu werden, und ich wollte, dass er derjenige war, der mich nahm. Ebenfalls rückblickend ist aber auch der Schluss zulässig, dass alle großen Liebesgeschichten aus einer übermächtigen körperlichen Anziehung heraus entstanden sind, die sich erst später dahingehend weiterentwickelt hat, dass man mit dem Menschen seiner Wahl mehr teilen möchte als nur seinen Körper. Aber damals hielt ich mich nicht mit solcherlei Überlegungen auf und mir war auch nicht bewusst, wie absurd es war, mich zu weigern, an jenem Abend ein oder zwei Stunden mit ihm zu verbringen (was kein Problem gewesen wäre, da wir die Party so früh verlassen hatten), um im selben Atemzug ein Rendezvous für den kommenden Tag zu vereinbaren. Ich war ziemlich durcheinander und wünschte mir ein paar Stunden, um nachzudenken und unter Umständen das Privileg einer Frau in Anspruch zu nehmen, ihre Meinung zu ändern. Ich war damals noch nicht verliebt in Felix, sondern – wie schon früher in meinem Leben – verliebt in die Liebe.

Aber wie ebenfalls typisch für mich war, vernachlässigte ich auch diesmal nicht die praktische Seite des Lebens. »Du warst gestern Abend schon früh zurück«, bemerkte Edward beim Frühstück.

Tatsächlich war ich schon lange im Bett, wenn auch noch hellwach, als er heimkam. »Ich hatte bald genug davon, mich anrempeln und mir auf die Füße treten zu lassen«, entgegnete ich.

»Der Preis der Schönheit, meine Liebe.«

Ich starrte ihn offenen Mundes an und fragte mich, ob er etwas von mir wollte und wenn ja, wie ich darauf reagieren sollte. Aber er sah mich nicht an und brach schon Minuten später auf. »Ich dachte mir, ich schaue heute mal in der Harley Street vorbei. Ich möchte mich vergewissern, dass dort alles zum Besten steht.«

»Hat dein Vater keinen Verwalter, der sich darum kümmert?«

»Männer haben einen völlig anderen Blick als Frauen. Einen Verwalter würde eine zentimeterdicke Staubschicht kaum stören.«

»Das ist richtig«, stimmte er mir zu. »Sei aber nicht allzu kritisch.« Dann verließ er das Haus und begab sich nach Westminster.

Bis zu meinem Rendezvous lagen noch viele Stunden vor mir, und sie schienen sehr langsam zu vergehen. Ich nahm ein Bad und verwandte mehr Zeit als sonst darauf, mich zurechtzumachen. Lucy entging dies natürlich nicht, und sie seufzte mehrmals tief, während sie mir das Haar bürstete, wagte jedoch nicht, einen Kommentar abzugeben, egal wie sicher sie sein mochte, dass ich beabsichtigte, etwas Unanständiges zu tun. Ich war angekleidet und bereit, und William wartete bereits mit dem Phaeton vor der Tür, als Hufgetrappel erklang und eine andere Kutsche vorfuhr. »Ich empfange heute keinen Besuch«, teilte ich Lucy mit. »Sag das bitte Mowlem.«

Aber Mowlem war meiner Besucherin nicht gewachsen, und Minuten später betrat Steely den Salon. »Meine liebe Jane«, sagte sie. »Wie hübsch du aussiehst. Ich hoffe, ich komme nicht ungelegen, aber ich war gerade in der Gegend ...«

Natürlich war das gelogen. Es gab keinen plausiblen Grund für sie, nach Roehampton zu kommen, außer um mich zu besuchen. »Es ist immer wieder eine Freude, Sie zu sehen, Steely«, erwiderte ich ebenso unaufrichtig. »Möchten Sie für länger bleiben?«

»Wie freundlich von dir. Ich würde Arthur so gerne sehen. Er ist doch wohlauf?«

»Er hat eine leichte Erkältung.« Der arme Arthur war ständig leicht erkältet. »Aber gehen Sie nur. Lucy, sag Mowlem, er soll Miss Steeles Gepäck ins blaue Zimmer schaffen und Mrs Blundell davon unterrichten, dass wir Besuch haben für ...« Ich sah meine ehemalige Gouvernante fragend an.

»Ich würde mir nicht einfallen lassen, länger als ein, höchstens zwei Tage zu bleiben«, versprach sie.

»... die nächsten Tage.« Lucy eilte davon. »Und nun, liebe Steely, muss ich Sie bitten, sich die nächsten Stunden alleine zu beschäftigen. Wir sehen uns beim Dinner.«

»Du gehst aus? Fährst du in die Stadt? Darf ich dich begleiten? Das würde mir Spaß machen.«

»Grundsätzlich gern«, log ich ihr ins Gesicht. »Leider habe

ich eine geschäftliche Verabredung. Wir sehen uns beim Abendessen.«

☆

Damals kümmerte es mich nicht, wie sie meine Zurückweisung aufnahm. Obwohl ich ziemlich verärgert war von ihrem unangekündigten Besuch, war ich doch erfüllt von prickelnder Vorfreude. Vielleicht fiel ihr das sogar auf. Aber dann war ich fort, zog meine Handschuhe aus und wieder an und fragte mich, was ich wohl in einer Stunde tun würde. In Höhe der Wimpole Street, kurz vor Erreichen der Harley Street, klopfte ich William auf die Schulter. »Halten Sie an, William. Ich möchte den Rest des Weges gerne zu Fuß gehen.«

»Wie Sie wünschen, Mylady.« Er brachte die Pferde zum Stehen. Natürlich wusste er, wohin ich wollte und was ich dort tun würde, aber ich vertraute ihm blind, und das zu Recht. Er hat mich als einziger meiner Dienstboten nie enttäuscht.

»Vielleicht kannst du dich eine Weile beschäftigen.«

»Gewiss, Mylady. Wie lange in etwa? Eine halbe Stunde?«

»Äh ...« Mit George hatte ich nie mehr als eine halbe Stunde am Stück verbracht, wie William zweifellos noch wusste, aber von diesem Nachmittag erhoffte ich mir mehr. »Ich denke, eine Stunde wäre besser. Und ich steige auch hier wieder zu, nicht vor dem Haus.«

»Selbstverständlich, Mylady.« Er stieg vom Kutschbock, um mir beim Aussteigen behilflich zu sein, und ich drückte seine Hand, bevor ich den Sonnenschirm aufspannte und langsam die Straße hinaufging. Ich war in der Nachbarschaft bekannt und wurde von verschiedenen Leuten gegrüßt, die natürlich annahmen, ich wolle zum Haus meiner Eltern. Ich musste damit rechnen, Aufmerksamkeit zu erregen, wenn ich vor der Tür des Hauses Nummer 73 wartete und nicht vor der 78, aber Felix hatte bereits nach mir Ausschau gehalten, sodass die Tür aufging, sobald ich das Haus erreichte, und ich blitzschnell im Flur verschwinden konnte.

Wie versprochen hatte Felix offenbar dafür gesorgt, dass wir allein waren. Wir küssten, streichelten und liebkosten uns die Treppe hinauf bis zu seinem Quartier, das neben dem Schlafzimmer über einen großen hellen Salon mit großem Fenster zur Straße verfügte. Es gab Vorhänge, die jedoch zurückgezogen waren, um möglichst viel von der Nachmittagssonne hereinzulassen. Mir kam gar nicht in den Sinn, das man deshalb auch von draußen einen ebenso freien Blick hinein hatte.

Immer noch mit für meinen Geschmack ein wenig bedauerlicher Hast – diese Eile hatte ich schon zu oft erfahren – entkleideten wir uns, wobei Felix großes Geschick im Umgang mit den Tücken weiblicher Kleidung an den Tag legte, was auf entsprechende Erfahrung schließen ließ. Das war neu für mich, und ich genoss es, splitternackt in sein Schlafzimmer getragen zu werden, wo er mich vorsichtig aufs Bett legte. Ich rechnete fest damit, enttäuscht zu werden, aber anstatt sofort danach zu trachten, sich Erleichterung zu verschaffen, knüpfte er dort an, wo er am Vorabend unterbrochen worden war, wobei er bei meinen Brüsten begann und sich langsam abwärts zu meiner Scham vorarbeitete ... mit dem Mund. Die Berührung seiner Lippen und Hände, die sinnlich meine Beine hinauf- und hinabfuhren, war das Erregendste, was ich je erlebt hatte, wobei er, um besser an mich heranzukommen, praktisch über mir kniete, sodass seine Genitalien für mich problemlos erreichbar waren. Noch nie hatte ich mich in einer für mich so wunderbaren Lage befunden. Er schien meine Berührung zu genießen, und Sekunden später erlebte ich gleich zweifach den Himmel auf Erden Ich dachte, ich hätte es vermasselt, als er kam, aber er säuberte nur lachend mein Gesicht und versicherte mir, dass ich nicht lange würde warten müssen. Mir war es inzwischen gleich, ob er noch in mich eindrang oder nicht, aber als er es schließlich tat, erlebte ich eine Steigerung der Ekstase, die ich nicht mehr für möglich gehalten hätte, denn im Gegensatz zu allen anderen Männern vor ihm ließ er sich Zeit. Seine Stöße waren tief und gleichmäßig, und ich schwöre, dass ich noch zweimal zum Höhepunkt kam, ehe er seinerseits zum Orgasmus gelangte.

Aber er hielt noch weitere Überraschungen für mich bereit. So säuberte er uns beide hinterher mit feuchten Tüchern, und dann lagen wir aneinander gekuschelt beisammen, unterhielten uns und tranken Wein. Wir wollten beide so viel über den anderen wissen. Ich musste diskret sein, und Felix bedrängte mich nicht mit Fragen über frühere Liebhaber oder meinen Mann, schien aber fasziniert von dem, was ich ihm über das Leben auf Holkham erzählte, und interessierte sich zudem für meine Ansichten über die britische Politik. »Was glaubst du, wird es eine Reform des Parlaments geben?«

»Nicht, wenn es nach meinem Mann und seinen Mitstreitern geht. Wie stehst du dazu? Habt ihr in Wien auch ein Parlament?«

»Wir haben einen Reichstag. Aber der besitzt gegenüber dem Monarchen viel weniger Macht als eure Abgeordneten. Darum würde ich persönlich auch von einer Reform abraten. Ich weiß, dass die Politik in England zuweilen hohe Wellen schlägt, aber beide Seiten des Parlaments setzen sich aus Gentlemen zusammen, die etwas darstellen, ich meine finanziell, sodass ihnen ganz selbstverständlich daran gelegen ist, die Wirtschaft des Landes in Gang zu halten. Die Politik Personen zugänglich zu machen, denen das Wohl der Nation weniger am Herzen liegt als das eigene, ist immer riskant. Man darf nie vergessen, was sich in der Geschichte immer wieder herauskristallisiert hat: Jedes Zugeständnis wird schnell zu einem Gewohnheitsrecht, und ein solches Recht lässt sich in den Augen jener, denen es eingeräumt wurde, nicht rückgängig machen, ohne dass man dem ursprünglichen Gönner Tyrannei und Machtmissbrauch vorwirft.«

Das war sehr tiefgründig, und meine Achtung für ihn wuchs, hatte ich ihn doch bislang mehr oder weniger als Lebemann eingestuft, eine Gattung, die sich für gewöhnlich nicht durch besonderen Scharfsinn hervortat. »Manche sagen, dass es einen Aufstand geben könnte, wenn nichts geschieht«, entgegnete ich.

»Und wenn schon. Verfügt ihr nicht über eine der beeindruckendsten Armeen unserer Zeit, *die* beeindruckendste Flotte und den berühmtesten lebenden Soldaten eures Landes an der Regierungsspitze? Fürst Metternich hat wiederholt erklärt, dass es kein wirksameres Mittel gibt, die Ordnung im Heer oder im Land wiederherzustellen, als den einen oder anderen Unruhestifter zu hängen.«

Ich fand, das Gespräch wurde etwas zu ernst für ein Paar, das nackt auf einem Bett lag. »Erzähl mir von deinen Reisen«, bat ich. »Erzähl mir von Rio. Ich würde so gerne einmal dorthin reisen.«

»Ich auch.«

Ich stützte mich auf einen Ellbogen. »Aber du warst doch Attaché am portugiesischen Hof.«

»Das ist richtig, aber das war, nachdem er aus Südamerika zurückgekehrt war. Ich war in Lissabon.«

»Oh! Jetzt hältst du mich sicher für eine dumme Gans.«

»Wenn du eine Gans wärst, meine liebste Aurora, würde ich mir dich genüsslich einverleiben.« Und genau das tat er dann auch.

☆

Erst vier Stunden später verließ ich Felix' Haus wieder. William wartete geduldig am vereinbarten Treffpunkt und wies mich nur darauf hin, dass ich meinen Sonnenschirm vergessen hätte.

»Tatsächlich«, entgegnete ich. »Ich werde ihn bei meinem nächsten Besuch wieder mitnehmen.« Wir waren übereingekommen, uns wiederzusehen, sobald ich Steely losgeworden war.

»Natürlich, Mylady. Aber vielleicht ...« Er errötete. »Ihre Haube ...«

In meinem Handtäschchen befand sich ein kleiner Spiegel, in dem ich mich nun prüfend betrachtete. Tatsächlich sah ich vom Hals aufwärts so aus, als wäre ich rückwärts durch eine Hecke gezerrt worden. Und daheim erwartete mich Steely! Aber im Grunde war es mir gleichgültig. Ich war verliebt. Der Zyniker wird anmerken, dass es auch jetzt noch die pure Lust war, und ich kann nicht leugnen, dass ich es kaum erwarten konnte, das Erlebte zu wiederholen, aber inzwischen hatten sich bereits tiefere Gefühle eingeschlichen. Ich wusste jetzt, dass Felix viel mehr war als nur ein begnadeter Liebhaber: Er war ein netter, rücksichtsvoller Mann, gebildet und kultiviert, beherrschte ein halbes Dutzend Sprachen, war zu tiefgründigen Gedanken fähig und ließ eine faszinierende Andeutung von Skrupellosigkeit ahnen, die bei Bedarf zum Tragen käme. Kurz, er entsprach meinem romantischen Ideal des perfekten Mannes.

Ich wagte nicht, meine Träume bis zum logischen Schluss zu Ende zu denken; diese Gedanken waren zu absurd, als dass ich sie ernsthaft in Betracht gezogen hätte. Ich beschloss einfach, es zu genießen, so lange es eben dauerte, und lehnte in dieser Sache jede andere Meinung als die meine ab. So musste ich an jenem allerersten Tag Steely abfertigen, die mir natürlich auf den ersten Blick ansah, dass ich nicht von einem geschäftlichen Treffen kam, und bald verwirrt und beunruhigt wieder abreiste. Da sie nach Forston zurückkehrte, war anzunehmen, dass sie Mama irgendwann von ihrem Verdacht erzählte, und Mama würde sich ihren Teil denken, auch wenn sie nicht wissen würde, wer der Mann sein mochte, mit dem ich das Stelldichein hatte. Aber im Augenblick optierte sie noch dafür, Stillschweigen zu bewahren, vermutlich in der Hoffnung, die Affäre würde so wie die Liebschaft mit George im Sande verlaufen, bevor es zum Skandal kam.

Aber von allen Seiten traten Leute an Edward heran, machten ihn auf das Treiben seiner Frau aufmerksam und rieten ihm dringend einzugreifen. Sogar sein Onkel, der Bischof von Bath und Wells, der uns vier Jahre zuvor getraut hatte, fühlte sich berufen, seinen Neffen auf die Gerüchte hinzuweisen, handelte sich jedoch wie alle anderen eine Abfuhr ein: Edward, der selbst so wenig für Sex übrig hatte, konnte sich einfach nicht vorstellen, dass ich mich zu einer Affäre herablassen würde mit all der Heimlichtuerei und Lügerei, die einem Vollblutgeschäftsmann schlicht ein Gräuel wäre. Hinzu kam, dass er wie gewöhnlich viel zu viel zu tun hatte, um seinem Privatleben mehr als flüchtige Aufmerksamkeit zu widmen. Auch wenn die Gefahr eines kurzfristigen Ablebens des Königs fürs Erste abgewendet schien und damit die Notwendigkeit kurzfristiger Parlamentsreformen, stellte sich eine neue kritische Frage, jene der katholischen Emanzipation. Dieses Thema beschäftigte die Nation bereits seit einer Generation. Es hatte sogar seinerzeit Pitt zu Fall gebracht. Das Problem war, dass, ungeachtet des Fürs und Widers der katholischen Kirche und ihrer oft blutigen Versuche, die Monarchie und die etablierte Kirche zu stürzen, die anhaltende politische Opposition, die ihren Anhängern entgegenschlug, zur Folge hatte, dass viele charmante und talentierte Menschen nicht nur von der Politik, der Armee und den Universitäten ausgeschlossen blieben, sondern zudem auch gesellschaftlich geächtet wurden. Und so begrüßte ich den Entschluss des Großherzogs, die Situation zu entschärfen.

Aber wie nicht anders zu erwarten gewesen war, legte man ihm allenthalben Steine in den Weg, nicht nur innerhalb der eigenen Partei, was letztlich zu Resignation und Protesten führte. Wie schon zuvor profitierte Edward auch diesmal von den Spannungen. Da er es als pure Zeitverschwendung betrachtete, mit mir über politische oder religiöse Themen zu sprechen, weiß ich nicht, wie er zu diesem Thema stand, aber indem er an seinem eigenen Kurs festhielt, den Herzog in allem bedingungslos zu unterstützen, wurde er im Herbst zum Vorsitzenden des Überwachungsausschusses der indischen Kolonien ernannt. Damit hatte er mehr zu tun denn je und interessierte sich noch weniger als sonst für gesellschaftlichen Tratsch, auch wenn dieser seine eigene Frau betraf. Seine einzige Einmischung in mein Leben in jenem Jahr bestand darin, dass er ein Porträt von mir in Auftrag gab. Ich hatte keine Einwände. Edward beauftragte James Holmes, der gerade sehr in Mode war, arbeitete er doch häufig im Auftrag des Königs. Mich hatte er vor allem durch sein berühmtes romantisches Porträt Byrons im griechischen Gewand überzeugt, in das ich mich als kleines Mädchen verliebte.

Mag sein, dass er talentiert war im Malen von Männern; mein Porträt geriet in meinen Augen jedoch zum Fiasko. Er entschied, dass ich mich ländlich kleiden sollte, mit einem Rock und lose geschnürtem Mieder und sonst nichts, ausgestreckt auf einer Recamière, eine Hand am Kopf und in der anderen einen Brief, bei dem es sich meinem versonnenen Blick nach zu urteilen um einen Liebesbrief handeln mochte. Offenbar war er bestens informiert über den neuesten Londoner Klatsch. Ich würde nicht so weit gehen zu behaupten, dass er meiner Schönheit nicht Genüge tat – Haare, Hände und Teint waren durchaus gelungen –, aber mein Gesichtsausdruck war viel zu kalt und berechnend, um attraktiv zu sein. Nun, vielleicht hatte er ja Dinge in mir erkannt, die mir damals selbst noch nicht bewusst waren. Edward war von dem Bild begeistert, aber ich für meinen Teil fand die kleinen Drucke, die plötzlich wieder in den Geschäften auftauchten, nachdem ich in die Gesellschaftskreise zurückgekehrt war, viel hübscher und war sehr geschmeichelt, als ich sogar im *Heath's Book of Beauty* jenes Jahres erwähnt wurde.

☆

Inzwischen brodelte es in der Gerüchteküche weiter. Meine Beobachter hatten einiges zu verarbeiten, aber ich möchte doch darauf hinweisen, dass meine öffentlichen Auftritte mit Felix nicht viel anders waren als seinerzeit jene mit George. Wir legten gerade so viel Diskretion an den Tag, wie wir für nötig hielten. So fuhren wir immer in unseren eigenen Kutschen vor, wenn wir dieselben Partys besuchten ... auch wenn wir diese hinterher gemeinsam verließen. Wir verbrachten mehrere Nachmittage die Woche in seinem Quartier, scherten uns jedoch bald nicht mehr darum, was die anderen Hausbewohner davon halten mochten – von denen uns im Übrigen keiner in den Rücken fiel, wobei sich vor allem Felix' Mitbewohner, Graf Dietrichstein, als personifizierte Diskretion erwies. Was William betraf, der mich nicht nur zu jedem Rendezvous fuhr und wieder abholte, fungierte er auch als Bote und überbrachte oder holte Nachrichten, die im Windmill Inn in Wimbledon hinterlegt wurden, auf halbem Weg zwischen Roehampton und London, für den Fall, dass sich kurzfristig etwas an bestehenden Verabredungen änderte.

Aber Tatsache war nun einmal: Wo immer Felix auftauchte, war ich an seiner Seite, egal ob beim Ausritt auf Rotten Row oder bei der Kahnfahrt auf der Themse, auf dem Ball im Almack's oder beim Dinner bei gemeinsamen Freunden. Es dauerte nicht lange, bis allgemein akzeptiert wurde, dass es sinnlos war, Felix einzuladen, wenn ich nicht auch auf der Gästeliste stand, weil er dann unweigerlich fernblieb. Ich möchte an dieser Stelle doch erwähnen, dass unsere Beliebtheit nicht nur mit meiner Schönheit und Felix' gutem Aussehen zu tun hatte. So konnten wir beide beispielsweise sehr gut singen und wurden oft gebeten, die Gäste nach dem Souper zu unterhalten, wobei wir uns selbst auf dem Piano begleiteten.

Das muss der gesellschaftlich erfolgreichste Sommer gewesen sein, den je ein Paar für sich verbucht hatte. Den größten Triumph feierten wir auf dem alljährlichen Ball des Jockey Clubs, ein ganz besonderer Anlass, da der König sich zum ersten Mal seit Monaten gut genug fühlte, um sich in der Öffentlichkeit zu zeigen. Wie nicht anders zu erwarten, fand sich eine große Menschenmenge ein, um den Monarchen zu sehen, starrte dann aber stattdessen Felix und mich an, die wir Seite an Seite saßen und offensichtlich ganz mit uns selbst beschäftigt waren. Das will aber nicht heißen, dass wir nicht auch Differenzen hatten, dass es in unserer Beziehung nicht Höhen und Tiefen gegeben hätte. So machte ich jedes Mal eine Szene, wenn ich erfuhr, dass Felix in Begleitung einer anderen Frau gesehen worden war. Er jedoch behauptete, es habe sich um offizielle Pflichten gehandelt. Doch nachdem ich ihn besser kannte als die meisten anderen, hatte ich diesbezüglich meine Zweifel. Vor allem, als er mit einer bestimmten Person gesehen wurde (heute kann ich mich nicht einmal mehr an ihren Namen erinnern), regte ich mich furchtbar auf und beklagte mich bei Jane über Felix' Untreue. Ich fühlte mich sicher, weil ich sie nicht nur als meine Mentorin in Liebesdingen betrachtete, sondern zudem überzeugt war, dass sie Felix und mich bewusst verkuppelt hatte. Mein Vertrauen erwies sich als fatale Fehleinschätzung. Jane zeigte sich zwar verständnisvoll und mitfühlend, doch ich hatte ihren Hang zum Tratsch unterschätzt. Ehe ich Luft holen konnte, labte sich ganz London an der Geschichte, dass mein Liebhaber mich wegen einer anderen sitzen gelassen habe und ich an gebrochenem Herzen litte. Wenigstens führte die unerquickliche Geschichte dazu, dass Felix zu mir zurückkehrte.

Im Hintergrund jedoch kochte mehr als nur die Gerüchteküche. Ein Zeuge unserer Romanze, ein verabscheuungswürdiger österreichischer Diplomat namens Aponyi, der etwa um diese Zeit seinen Dienst in der Londoner Botschaft antrat, vermerkte offenbar in seinem Tagebuch (dessen Inhalt er gern mit anderen teilte), ich hätte ihm erzählt, wie sehr ich unter dem Zorn meines krankhaft eifersüchtigen Gatten zu leiden hätte! Abgesehen davon, dass ich mich nicht erinnern kann, öfter als ein- oder zweimal im Almack's mehr als ein paar Worte mit ihm gewechselt zu haben – zudem es nie meine Art war, Fremden intime Details aus meinem Privatleben anzuvertrauen –, war allein der Gedanke absurd, Edward könne auf jemanden eifersüchtig sein (es sei denn auf einen Rivalen im Kampf um ein politisches Amt). Aber das ist nur ein Beispiel für die wilden Gerüchte, die über uns kursierten. Allmählich wurden auch jene Menschen unruhig, die mir am nächsten standen. Ich war bestürzt, als ich einen Brief von Mama bekam, in dem sie mich bat, zu den Gerüchten Stellung zu nehmen. Ich antwortete, dass das Ganze furchtbar aufgebauscht und übertrieben wäre – wo die Übertreibung anfängt ist natürlich Ansichtssache, und selbstverständlich hatte ich hierzu meine ganz eigene Meinung. Das stellte sie jedoch offensichtlich nicht zufrieden, da Steely kurz nach diesem Briefwechsel Edward mit der ungewöhnlichen Bitte aufsuchte, doch besser auf seine Frau Acht zu geben. Das war der Gipfel der Dreistigkeit, da sie ja standesmäßig weit unter ihm rangierte, und sie handelte sich eine entsprechend schroffe Abfuhr ein.

☆

Das Jahr 1829, das nun anbrach, war eins der zwei schlimmsten Jahre meines Lebens. Als es begann, war ich noch in jeder Hinsicht obenauf. Ich war beliebt, wenn der Umgang mit mir auch als etwas gewagt galt. Ich hatte den begehrtesten Junggesellen ganz Londons an meiner Seite, und wir hatten seit acht Monaten eine Liaison, die zwar viel kommentiert, doch keineswegs verurteilt wurde, derweil der einzige Mensch, den diese Beziehung tatsächlich etwas anging, mein Gatte, sie nicht einmal zu registrieren schien. Bis zum Jahresende aber sollte das Blatt sich wenden, und ich wurde von der feinen Gesellschaft wie eine Aussätzige verstoßen!

Doch ich greife vor. Wie gesagt, fing das Jahr gut an. »Ein neues Jahr«, sagte ich zu Felix, als wir an einem Januarnachmittag gemeinsam in seinem Bett lagen. »Was ist dein größter Wunsch für das kommende Jahr?«

»Eine ganze Nacht mit dir zu verbringen. Eine Nacht, in der du dich nicht davonschleichen musst wie ein Dieb.« Er stützte sich nun ebenfalls auf einen Ellbogen. »Ist dein Mann denn nie fort?«

»Nicht über Nacht. Und selbst wenn, wäre es unmöglich. Von ein oder zwei Ausnahmen abgesehen, stehen unsere Dienstboten mehr auf seiner als auf meiner Seite.«

»Und wenn du eine Nacht wegbleibst?«

»Das geht nur, wenn ich bei meinen Eltern oder Großeltern übernachte. Und dich dorthin einzuladen würde heißen, der ganzen Welt unsere Liebe zu verkünden.«

»Wunderbar, wenn das machbar wäre! Aber da es nun mal nicht geht ...«

»Es gibt da vielleicht eine Möglichkeit.«

☆

»Dem armen Arthur geht es gar nicht gut«, teilte ich Edward an diesem Abend beim Essen mit.

»Er scheint immer zu kränkeln«, stimmte er mir zu.

»Dr. Cowley meint, er muss sehr sorgfältig aufgebaut werden.«

»Darum wird man sich in Eton schon kümmern.«

»Bis dahin sind es noch über zehn Jahre. Ich finde, wir sollten jetzt schon damit anfangen.«

Ausnahmsweise einmal schaute er mich direkt an. »Womit anfangen? Er ist bereits dort eingeschrieben.«

»Ich spreche nicht von seiner Schulbildung, sondern von seiner Gesundheit, Ouzey. Ich möchte, dass Wilson ein paar Tage mit ihm nach Brighton fährt.«

»Wann?«

»Nun, so bald es sich einrichten lässt. Nächsten Monat.«

»Mein liebes Kind, niemand reist im Februar nach Brighton.«

»Genau darum geht es ja. Im Norfolk wird kaum jemand sein. Ehrlich gesagt – ich überlege, ob ich selbst ein paar Tage dort verbringen soll.« Ich schenkte ihm ein strahlendes Lächeln. »Ich dachte mir, es könnte nicht schaden, wenn ich meinen Sohn etwas besser kennen lerne.«

»Hm«, bemerkte er. »Vielleicht hast du Recht. Das Parlament tagt am fünften wieder, und ich werde eine Weile mit dieser Kirchenangelegenheit beschäftigt sein. Würdest du dich um alles Nötige kümmern?«

☆

Eine Frau scheut keine Mühe, wenn es darum geht, mit dem Mann vereint zu sein, den sie liebt. Aber mein kleiner Plan hatte nicht nur niedere Beweggründe. Aufgrund der in der Oberschicht verbreiteten Tradition, die Kindererziehung geschultem Personal zu überlassen, hatte ich bislang keine wirkliche Bindung zum kleinen Arthur entwickeln können: Eine Stunde am Abend – oft während ich mich zum Ausgehen zurechtmachte und entsprechend abgelenkt war – genügte nicht, um Nähe aufkommen zu lassen. So würde ich zwei Fliegen mit einer Klappe schlagen und meine persönlichen Wünsche sowie meinen Mutterinstinkt gleichermaßen befriedigen. Ich setzte die notwendigen Schreiben auf, teilte Felix meine Reisepläne mit, und am sechsten Februar, einem Freitag (Edward war in der Nacht zuvor nicht nach Hause gekommen), fuhr ich nach Brighton zu meinem Sohn, der mit seiner Kinderfrau bereits eine Woche dort weilte. Ich brach zeitig auf und traf Mitte des Nachmittags ein. Ich wurde sehr herzlich vom Hoteldirektor und dem Personal empfangen und in dieselbe Suite geführt, die ich in den Flitterwochen mit Edward bewohnt hatte! Sofort plagte mich das schlechte Gewissen, sodass ich nach einer angenehmen Stunde mit Arthur, dessen Zustand sich bereits deutlich gebessert hatte, einen sehr zärtlichen Brief an Edward schrieb, in dem ich meine Fehler eingestand und ihn um Verzeihung bat. Das war ein Fehler, da man den Brief, als kurze Zeit später mein Privatleben vor der neugierigen Öffentlichkeit ausgebreitet wurde, als Gipfel weiblicher Heuchelei auslegte. Aber die Gefühle, die ich in diesen Zeilen zum Ausdruck brachte, waren aufrichtig, und nachdem ich den Brief aufgesetzt hatte, fühlte ich mich viel besser.

Nicht dass ich die geringste Absicht gehabt hätte, etwas an meinen Plänen zu ändern: Dazu war es ohnehin zu spät. Felix traf gerade rechtzeitig zum Dinner ein. Sein Gepäck bestand aus einer riesigen Brokattasche, die mit den goldenen Initialen FS bestickt war. Das war ein weiteres beunruhigendes Detail, aber ich glaubte nicht, dass es uns in irgendeiner Weise kompromittieren würde, solange keine Fragen gestellt wurden, womit ich zu diesem Zeitpunkt nicht rechnete. Sein Zimmer befand sich am anderen Ende des Hotels, mehrere Treppen und Flure von meiner Suite entfernt. Beim Abendessen grüßten wir einander höflich, unterhielten uns jedoch nicht, und ich zog mich früh zurück. Lucy teilte ich mit, dass ich am nächsten Morgen ausschlafen und somit nicht gestört werden wolle. Sie wusste natürlich sofort, was los war, und fühlte sich ganz und gar nicht wohl dabei.

Ich ging zu Bett und wartete. Und wartete. Es war schon weit nach Mitternacht, als meine unverschlossene Tür endlich geöffnet und dann von innen abgeschlossen wurde, wobei Felix aus einem unerfindlichen Grund den Schlüssel abzog und auf einen Tisch legte, ehe er an mein Bett trat. »Ich dachte schon, du hättest es dir anders überlegt«, sagte ich.

»Ich wäre schon früher gekommen, wurde aber von einem unverschämten Angestellten angesprochen, der wissen wollte, was ich um diese Zeit auf dem Hotelflur zu suchen hätte. Ich hätte dem Burschen am liebsten das Ohr abgerissen, das kannst du mir glauben. Aber unter den gegebenen Umständen hielt ich es für das Beste, irgendeine Ausrede zu erfinden und auf mein Zimmer zurückzugehen. Ich habe so lange gewartet, weil ich sicher sein wollte, dem Kerl nicht wieder in die Arme zu laufen.«

»Und du bist ihm nicht wieder begegnet?«

»Ich habe ihn nicht mehr gesehen.«

»Dann sollten wir ihn vergessen. Wir haben so wenig Zeit.« Und die Zeit, die wir hatten, verstanden wir zu nutzen. Wir schliefen keine Minute, und als er kurz vor Morgengrauen mein Zimmer verließ, war ich tatsächlich so müde, dass ich bis weit in den Vormittag hinein schlief. Es war die wohl glücklichste Nacht meines Lebens, und ich erinnere mich bis heute an jede Einzelheit.

Felix reiste am Morgen wieder ab, ohne dass wir uns öffentlich voneinander verabschiedeten, und ich blieb noch eine Woche in Brighton, wobei ich meine Tage vor allem Arthur widmete. So war ich bei meiner Rückkehr nach Roehampton rundum glücklich und zufrieden.

Drei Monate später fiel meine Welt in sich zusammen wie ein Kartenhaus. Ich war schwanger!

## 7. KAPITEL

## Die Scheidung

Ich hatte stets alle von Lucy anempfohlenen Verhütungsmaßnahmen ergriffen, die ich als notwendig oder sinnvoll erachtete. Das heißt, dass ich jedes Mal, wenn ich das Bett mit einem Mann geteilt hatte, möglichst bald nach dem Geschlechtsverkehr eine Scheidenspülung vorgenommen hatte. Nach Edwards »Besuchen« hatte ich hierauf selbstverständlich verzichtet und war schließlich schwanger geworden, auch wenn es seine Zeit gedauert hatte. Während meiner Liaison mit George und meiner kurzen Affäre mit Frederick sowie in den Monaten, die ich mit Felix verkehrte, hatte diese Verhütungsmethode auch immer funktioniert. So war ich ein wenig unvorsichtig geworden und hatte mir an jenem Februarmorgen im Norfolk Hotel in Brighton Zeit gelassen, ja, ich war sogar für mehrere Stunden eingeschlafen. Da ich Lucy selbst angewiesen hatte, mich nicht zu stören, betrat sie mein Zimmer erst auf mein Läuten hin am späten Vormittag. Mein Versäumnis erwies sich als fatal. Uns fiel beiden am Monatsende auf, dass meine Periode ausblieb, aber das war schon öfter vorgekommen, sodass es mich nicht weiter beunruhigte. Erst das zweite Ausbleiben meiner Regel Ende März machte mich nervös. Ende April war schließlich der letzte Zweifel ausgeräumt. »Oh, Ma'am«, jammerte Lucy und klang dabei wie Mama.

»Sag mir, was ich tun soll.«

»Sie haben drei Möglichkeiten, Ma'am.« Lucy legte eine Pause ein, ehe sie in verschwörerischem Tonfall fortfuhr.

»Sie können das Baby wegmachen.« Ich starrte sie verständnislos an. Sie errötete. »Sie wissen schon, Ma'am ...«

»Ich verstehe, was du meinst. Aber ist Abtreibung nicht ungesetzlich?«

»Nun ja, Ma'am ...« Offensichtlich überlegte sie, ob sie mich daran erinnern sollte, dass ein illegitimes Kind ebenfalls gegen die Regeln verstieß, zumindest gegen jene der Gesellschaft und Moral, erst recht, wenn die Betreffende verheiratet war. »Ich kenne da eine Frau ...«

Ich schauderte. »Wie sehen die anderen Möglichkeiten aus?«

»Die eine wäre, es dem Vater zu sagen.« Sie wusste so gut wie ich, dass das Kind nicht von Edward sein konnte.

Mir war klar, dass ich Felix die Wahrheit würde sagen müssen, war mir aber noch nicht schlüssig, ob er etwas tun konnte oder was ich von ihm erwartete. »Und die dritte Möglichkeit?«

»Lord Ellenborough reinen Wein einschenken.«

»Das kann nicht dein Ernst sein.«

»Nun, Mylady, es kommt durchaus vor, dass ein Ehemann ein Kuckucksei einem Skandal vorzieht. Im Übrigen hätten Sie gar keinen so schlechten Stand.«

»Ich fürchte, ich verstehe nicht.«

»Erinnern Sie sich noch an Ihre Hochzeitsnacht?«

»Die werde ich wohl nie vergessen.«

»Also, Mylady, nachdem seine Lordschaft Ihr Zimmer verlassen hatte ...« Und dann erzählte sie mir, was im Norfolk Hotel in Brighton offenbar jeder wusste. Ich hörte mir die Geschichte mit einer Mischung aus Trauer, Verletztheit und Wut an. Andererseits ... wäre es möglich, Edward die Wahrheit zu sagen und mit ihm verheiratet zu bleiben? Ich hatte das Beispiel Jane Harley vor Augen. Aber ich wusste, dass diese Art von Arrangement in meiner Ehe niemals funktionieren würde. Die Moral hatte sich in den mehr als zwanzig Jahren, die seit Janes Eskapaden vergangen waren, sehr verändert, und der bedauerliche heutige Stand zeichnete sich bereits deutlich ab: Laster und Unmoral sind so gegenwärtig wie eh und je, aber man tut einfach so, als gäbe es sie nicht, nach dem Prinzip: »Was nicht sein darf, ist nicht.« Natürlich nur, was Frauen angeht. Für Männer ist das Leben so unkompliziert und sorglos, wie es schon immer war, was nicht weiter verwunderlich ist, sind es doch Männer, die die Regeln aufstellen. Edward mochte in seiner Hochzeitsnacht ein ebenso unmoralisches wie verachtungswürdiges Verhalten an den Tag gelegt haben, aber das würde seinem Ansehen ebenso wenig schaden wie seine Besuche bei Harriette Wilson. Man würde die Neuigkeit höchstens mit leichter Missbilligung zur Kenntnis nehmen, mehr nicht. Aber ich mochte mir gar nicht vorstellen, wie es sich auf unser Eheleben auswirken würde, wenn ich ihm als Rechtfertigung für meine Untreue seine eigenen Fehltritte vorhielt.

Tatsächlich befasste ich mich in Gedanken bereits mit anderen Möglichkeiten. Für mich war es schlicht unvorstellbar, dass der Ehrenmann, mit dem ich fast ein Jahr lang das Bett geteilt hatte, mich im Stich ließ. Ebenso wenig konnte er in Betracht ziehen, dass sein eigen Fleisch und Blut gemeuchelt wurde. »Ich optiere für die zweite Möglichkeit«, sagte ich und schrieb ihm eine kurze Nachricht, in der ich ihm mitteilte, ich müsse ihn dringend sprechen. Hiernach würde noch Zeit genug sein, um eine Entscheidung zu treffen.

☆

Wir hatten einander im vergangenen Monat nicht so oft gesehen, wie ich es mir gewünscht hätte, da er von diversen diplomatischen Pflichten in Anspruch genommen war. Hinzu kam, dass Dietrichstein offenbar doch nervös geworden war wegen der Gerüchte, die ihn natürlich indirekt ebenfalls betraften – sei es auch nur als Komplizen und Mitwisser –, sodass Felix von der Harley Street in die Holles Street umgezogen war. Ich hatte ihn dort ebenfalls besucht, was jedoch um einiges schwieriger gewesen war, da ich nicht mehr vorgeben konnte, zum Haus meiner Eltern zu fahren. Um neugierigen Blicken zu entgehen, musste ich mich von der rückwärtigen Straße aus nähern und mich dann durch eine schmale Gasse an stinkenden Mülleimern und Wäscheleinen vorbei zum Hintereingang schleichen. Das an sich hatte mich nicht weiter gestört, wohl aber die größeren Abstände zwischen unseren Treffen. Nachdem ich jetzt William zum Windmill Inn geschickt hatte, war ich ebenso überrascht wie dankbar, als er mit einer Nachricht zurückkehrte, in der Felix mich ebenfalls um ein kurzfristiges Treffen bat. Wusste Felix schon Bescheid? Doch meine Erleichterung war nur von kurzer Dauer, hieß es doch in seinem Schreiben weiter, dass er mich nicht in seinem Quartier, sondern im Pub erwartete. Das klang nicht nach einem romantischen Stelldichein. Trotzdem kam ich seiner Bitte nach, und wir nahmen in einer Ecke des Schankraumes Platz, wie ich hoffte, außer Hörweite des Personals und anderer Gäste. »Meine Liebe«, sagte er und ergriff meine Hände. »Ich habe traurige Neuigkeiten.«

»Nicht aus Österreich, hoffe ich.« Ich fürchtete, es habe einen Todesfall in seiner Familie gegeben.

»Doch. Man erwartet meine sofortige Rückkehr nach Wien.« Ich starrte ihn offenen Mundes an. Meines Wissens blieben Militärattachés für gewöhnlich mindestens drei Jahre auf ihrem Auslandsposten. Meine Bestürzung entging ihm nicht. »Ich fürchte, Esterhazy sind gewisse Gerüchte zu Ohren gekommen. Oder zumindest seiner Frau. Er hat mich im vergangenen Monat mehrmals in sein Büro gerufen und mir nahe gelegt, unsere Liaison zu beenden.« Das hatte sich also hinter seinen »diplomatischen Pflichten« verborgen. »Auf meine Weigerung hin hat er offenbar an Fürst Metternich geschrieben. Jetzt habe ich Befehl erhalten, London zu verlassen. England zu verlassen«, fügte er hinzu.

»Wien!«, sagte ich und überlegte fieberhaft, ob das nicht die Lösung war. Ich war immer noch so naiv zu glauben, das Kind wäre unser beider Problem. »Ich kann es kaum erwarten, Wien zu sehen.«

»Wie?« Er war sichtlich verblüfft.

»Ich werde dich begleiten.«

»Das geht nicht. Denk an den Skandal.«

Ich drückte seine Hände. »Damit werden wir leben müssen. Ich muss dich begleiten. Ich erwarte ein Kind von dir.« Noch nie zuvor habe ich einen so konsternierten Mann gesehen. »Es war keine Absicht«, fuhr ich fort und wurde leicht nervös.

»Aber ... hast du denn keine Vorkehrungen getroffen? Ich meine ... es ist doch früher nicht passiert.«

»Ich weiß. Ich war nach unserer gemeinsamen Nacht in Brighton nicht schnell genug.«

»Aber ... was willst du jetzt tun?«

»Das sagte ich doch bereits. Ich begleite dich nach Wien.«

»Und was ist mit deinem Mann?«

»Ich werde ihn verlassen.«

»Und dein Sohn? Dein Titel? Deine gesellschaftliche Stellung?«

Für einen Mann wie Felix war unbegreiflich, dass ich auch nur in Betracht ziehen konnte, eins dieser Privilegien aufzugeben. Er begriff nicht, dass mein Titel und meine gesellschaftliche Stellung mir vollkommen egal waren. Mein Sohn allerdings ... Aber Jane Harleys Warnung, die sie bei jenem ersten Gespräch unter vier Augen ausgesprochen hatte, klang mir noch in den Ohren. Ich hatte vergessen, dass sie wie so viele Leute, die anderen gerne Ratschläge erteilten, selbst nie nach den eigenen Vorgaben hatte leben müssen. »Ich lasse mir etwas einfallen.«

»Jane!« Er schaute mir mit der ganzen Intensität seines durchdringenden Blicks in die Augen. »Du kannst mich nicht nach Wien begleiten.« Er befeuchtete sich die Lippen. »Das wäre mein Ruin.« Ich traute meinen Ohren nicht. »Das wäre das Ende meiner Karriere. In Österreich wird so etwas weder vergessen noch verziehen.«

Ich entzog ihm meine Hände. »Ich dachte, du liebst mich.« Meine Gedanken überschlugen sich.

»Das tue ich auch. Ich verehre dich. Ich bete dich an.«

»Aber nicht genug, um für mich deine Karriere aufs Spiel zu setzen.«

»Was hätte ich dir ohne meine Karriere zu bieten? Man würde mich gesellschaftlich ächten. Ich würde nicht mehr bei Hof empfangen werden. Jane ...« Er nahm wieder meine Hand. »Wir müssen geduldig sein.«

»Geduldig?«, rief ich aus, worauf sich prompt einige Köpfe nach uns umdrehten. Ich senkte die Stimme. »In zwei Monaten wird mein Zustand sich nicht mehr verbergen lassen.«

»Aber jeder wird annehmen, das Kind wäre von deinem Mann.«

»Jeder ... außer ihm. Edward hat mich seit über einem Jahr nicht mehr angerührt.«

Er ließ meine Hand los, fischte ein Taschentuch aus der Jacke und wischte sich den Schweiß von der Stirn.

»Ich hatte ja keine Ahnung. Davon hast du mir nie etwas erzählt.« Dann war es jetzt also alles meine Schuld? »Was wirst du tun?«, sagte er. *Du,* nicht *wir.* »Dir wird nichts anderes übrig bleiben als ...« Er biss sich auf die Unterlippe.

»Wie kannst du so etwas auch nur in Betracht ziehen? Das ist unser Kind.«

»Äh ...« Einen Moment zögerte er am Rande einer Indiskretion, die unserer Beziehung ein abruptes Ende bereitet hätte. Vielleicht wäre es besser gewesen, er hätte die Frage ausgesprochen: »Bist du ganz sicher, dass es von mir ist?«, aber er überlegte es sich anders. »Natürlich. Wir müssen uns etwas einfallen lassen.« Endlich *wir.* Mir schlug das Herz bis zum Hals. »Du wirst deinen Mann bitten, Urlaub machen zu dürfen. Am besten auf dem Kontinent.«

»Wien!«

»Nicht Wien. Ich sagte doch bereits, dass das nicht möglich ist. Du musst in die Schweiz.«

»Und du kommst nach?«

»Es wäre vernünftiger, davon abzusehen, zumindest für eine Weile. Ich möchte dich bitten, weder deinem Mann noch sonst jemandem etwas von der Schwangerschaft zu sagen. Du wirst fortgehen und bis zur Geburt ein zurückgezogenes Leben führen. Auf diese Weise hältst du dir alle Möglichkeiten offen.«

»Möglichkeiten? Ich möchte nur eins: mit dir zusammen sein.«

»Und ich habe dir soeben erklärt, dass das zum gegenwärtigen Zeitpunkt unklug wäre. Das Beste wäre, du würdest nach der Niederkunft zu deinem Mann zurückkehren.«

»Und unser Kind?«

»Wir geben es zur Adoption frei.«

»Adoption? Mein Baby?«

»Keine Angst, wir holen es zurück, wenn die Zeit reif ist. Nach einem Jahr werden die Gerüchte verstummt sein, und niemand wird etwas beweisen können. Dann können wir unsere Zukunft planen, ohne dass der Fluch eines Skandals auf uns lastet.«

Er dachte sich das alles ganz spontan aus, das wusste ich. Ich hatte das Gleiche getan, als ich geplant hatte, mit Tom Burrows nach Gretna Green durchzubrennen. Wie holte man sich ein Baby zurück, nachdem es von jemand anders adoptiert worden war? Und ein ganzes Jahr der Trennung? Aber ich wollte so sehr glauben, dass alles gut wird! Ich sah ihm in die Augen. »Liebst du mich wirklich, Felix?«

»Das sagte ich doch schon. Ich bete dich an.«

»Und wir werden eines Tages wieder zusammen sein? Wenn Gras über die Sache gewachsen ist?«

»Ich schwöre es. Sofern irgend möglich.«

Womit er seinen Eid ad absurdum führte. Aber ich wollte nicht auf die innere Stimme hören, die mir die Wahrheit zuflüsterte. Ich wollte glauben, dass alles gut würde. »Wirst du mir schreiben?«

»Jeden Tag.«

»Und ich dir.« Ich ging, in Tränen aufgelöst.

☆

Doch bis ich in Roehampton eintraf, waren die Tränen versiegt, und das war gut so, weil Edward zwar noch nicht daheim war, wohl aber sein Bruder Henry, der für einige Zeit bei uns wohnte. Er war ein recht netter Kerl, der aus der Ehe seines Bruders offenbar nicht schlau wurde. Er war stets sehr freundlich zu mir, und ich glaube, er gehörte zu jenen, die der Ansicht waren, dass Edward mich sträflich vernachlässigt hatte. Trotzdem musste ich davon ausgehen, dass er sich im Fall der Fälle dem Namen Law verpflichtet fühlen würde. Ich beschloss, sofort erste Schritte einzuleiten, um Felix' Plan in die Tat umzusetzen. Aber mir stand die zweite unangenehme Überraschung des Tages bevor. »Ins Ausland reisen, Ma'am?«, fragte Lucy, als ich ihr erzählte, dass wir verreisen würden. »Sie meinen, raus aus England?«

»Ja, das versteht man gemeinhin darunter.«

»Oh Ma'am. Das kann ich nicht. England ist meine Heimat. Da drüben sind nur Ausländer.«

Mir ging auf, dass ich möglicherweise nicht nur Ehemann, Kind und Heim verlieren würde, sondern dazu noch mein mir treu ergebenes Mädchen. Ich war wie vor den Kopf gestoßen. »Dir ist hoffentlich klar, dass ich keine Verwendung mehr für dich habe, wenn du dich weigerst, mich dorthin zu begleiten, wohin ich gehe.«

»Oh Ma'am.« Einen Moment wirkte sie so bestürzt, dass ich schon hoffte, sie würde es sich doch noch überlegen, aber dann fasste sie sich wieder. »Aber Sie werden mir doch sicher gute Referenzen ausstellen, nicht wahr, Mylady?«

Das kleine Biest drohte mir! Leider hatte sie genug gegen mich in der Hand, kannte sie doch meine sämtlichen intimsten Geheimnisse. »Mal sehen«, entgegnete ich.

☆

Ich zog mich um, ließ mein Haar offen (ich fand, dass es mir so am besten stand) und wartete, dass mein Gatte heimkehrte. Er kam spät und übel gelaunt. Ich nahm an, dass es in Westminster Ärger gegeben hatte, aber da er nie berufliche Dinge mit mir besprach und ich mit mir selbst beschäftigt war, wechselten wir beim Abendessen kaum ein Wort. Henry bemühte sich, Konversation zu machen, doch nicht sehr erfolgreich. Nach dem Essen, bei dem ich nur ein einziges Glas Wein getrunken hatte, bat ich Edward um ein Gespräch.

»Fass dich bitte kurz«, entgegnete er.

»Unter vier Augen.«

»Grundgütiger!«, rief er ungeduldig aus, stand aber vom Tisch auf und ging in die Bibliothek. Ich schenkte Henry ein entschuldigendes Lächeln, ehe ich meinem Mann folgte und die Tür hinter mir schloss. »Wirklich, Janet, verschone mich mit häuslichen Krisen. Wenn einer der Dienstboten sich unangemessen verhalten hat, erwarte ich von dir, dass du das nach eigenem Ermessen regelst. Morgen ist ein wichtiger Tag. Vermutlich hast du dir nicht die Mühe gemacht, die politischen Entwicklungen im Land zu verfolgen, aber meine Ablösung als Lordsiegelbewahrer steht zur Debatte. Chandos ist im Gespräch. Das werde ich nicht zulassen.«

Ich hätte an dieser Stelle kontern können, dass ich mehr Ahnung von und Interesse an Politik hätte, wenn er nur hin und wieder mit mir darüber spräche. Aber ich war entschlossen, mich daran zu halten, was meiner Meinung nach im Augenblick wichtiger war: meine eigene Situation. »Ich möchte gern für eine Weile ins Ausland.«

Edward schenkte sich gerade ein Glas Portwein ein und ließ sich hierbei auch von meinem Anliegen nicht stören, so überraschend es für ihn auch sein mochte. Über die Schulter sagte er: »Also wirklich, Janet. Sei vernünftig. Arthur ist hier gut aufgehoben.«

»Ganz bestimmt. Ich dachte auch mehr an mich.«

Er wandte sich mir zu. »Du willst also ins Ausland. Schwebt dir vielleicht ein so verrücktes Abenteuer vor wie jenes, das deinen leichtsinnigen Cousin das Leben gekostet hat?«

Ich beherrschte mich mit einiger Mühe. »Ich möchte nur gern für eine Weile weg von hier.« Ich holte tief Luft. »Weg von dir.«

»Das ist lächerlich. Eine verheiratete Frau verreist nicht ohne ihren Ehemann, und du weißt, dass gerade jetzt meine Anwesenheit in Westminster unabdingbar ist.«

»Ich sagte ja, dass ich eine Zeit lang Abstand zu dir haben möchte.«

Er schnippte mit den Fingern. »Dann ist an den Gerüchten also doch etwas dran.«

Ich musste wissen, woran ich war. »Was für Gerüchte?«

»Dass du etwas mit Schwarzenberg hast. Du willst ihm nach Wien folgen.«

»Ich dachte nicht an Wien«, log ich. »Ich möchte einfach nur für mich allein sein und über einiges nachdenken.«

»Nun, ich fürchte, das kann ich nicht erlauben. Ob du in Wien bist oder nicht, er würde einen Weg finden, zu dir zu stoßen. Und als Nächstes würdest du dann eine Indiskretion begehen.«

Ich analysierte die Fakten. Er war über den Klatsch informiert, wusste aber offenbar nicht, dass ich bereits mit Felix geschlafen hatte – oder mit sonst jemandem. Natürlich würde der Beweis dafür, dass ich genau das getan hatte, schon bald nicht mehr zu übersehen sein, aber im Augenblick galt es vor allem, ruhig zu bleiben. »Ich gebe dir mein Wort, dass ich mich von Fürst zu Schwarzenberg fern halten werde.« Was ja nicht zwangsläufig bedeutete, dass Felix sich von *mir* fern hielt.

»Und ich habe gesagt, dass du nicht auf den Kontinent reisen wirst. Du benimmst dich wirklich kindisch. Geh schlafen. Morgen hast du diese Laune vergessen.«

Ich war sprachlos vor Zorn. Nicht nur war das Gespräch völlig anders verlaufen als geplant – er behandelte mich auch noch wie ein unreifes Schulmädchen. Fast hätte ich ihm die Wahrheit an den Kopf geworden. Aber meine instinktive Vorsicht hielt mich zurück. Wie Felix gesagt hatte, wollte ich mir möglichst lange möglichst viele Optionen offen halten. Ich lag lange wach und überlegte, was als Nächstes zu tun sei, schlief aber schließlich ein. Als ich am nächsten Morgen zum Frühstück herunterkam, war mein Entschluss gefasst. Edward schien das Gespräch vom Vortag völlig vergessen zu haben. »Kann sein, dass es heute Abend sehr spät wird«, sagte er. »Wegen der verdammten Siegelbewahrer-Wahl.« Darauf drückte er mir einen Kuss auf die Stirn und verließ das Haus. Ich sollte ihn nie wiedersehen.

☆

Ich glaube nicht, dass Edward es geplant hatte. Doch wenn er auch ein introvertierter, verschlossener Mensch war, war er offenbar tiefgründiger, als ich ihm je zugetraut hätte. Tatsächlich hatte er sehr genau registriert, was ich gesagt und indirekt zugegeben hatte, indem ich die Gerüchte um Felix und mich nicht vehement abgestritten hatte. So kam es, dass er in London – parlamentarische Pflichten hin oder her – eine Überprüfung meiner tatsächlichen Beziehung zu Felix in die Wege leitete sowie Maßnahmen, die mich davon abhalten sollten, weitere Dummheiten zu begehen. Letztere hatte er sogar veranlasst, bevor er Roehampton verließ, wovon ich natürlich nichts ahnte. Sobald er fort war, ging ich hinauf in mein Zimmer und befahl Lucy zu packen. »Nur eine Truhe mit einigen meiner besten Kleider«, sagte ich. »Den Rest lasse ich später abholen.«

Sie gehorchte, wenn auch mit skeptischer Miene. Als sie fertig war, läutete ich, und als Mowlem erschien, wies ich ihn an, Carpenter mitzuteilen, dass ich in einer halben Stunde die Kutsche benötigen würde und die Truhe bis dahin hinuntergeschafft werden sollte. Ich besaß genug eigenes Geld für die Überquerung des Ärmelkanals und um mein Auskommen zu haben, bis Felix mir Geld zukommen lassen konnte, was er zweifellos tun würde, sobald ich ihm meine Adresse mitgeteilt hatte. Zu meinem Erstaunen jedoch machte Mowlem keine Anstalten, meinen Weisungen Folge zu leisten. Stattdessen hüstelte er leise. »Ich fürchte, das wird nicht möglich sein, Mylady. Seine Lordschaft hat verfügt, dass kein Gepäck Ihr Zimmer verlassen darf und Ihnen auch die Kutsche nicht zur Verfügung steht.«

Ich fürchte, ich starrte ihn sehr undamenhaft an. Mir war nie in den Sinn gekommen, dass Edward so konsequent handeln könnte. Und so leicht gab ich mich nicht geschlagen. »Ich habe Ihnen einen Befehl erteilt, Mowlem.«

»Ich bin an die Weisungen seiner Lordschaft gebunden, Mylady.«

Beinahe hätte ich ihn geohrfeigt, ließ es aber. Stattdessen ging ich nach unten, um mich persönlich davon zu überzeugen, dass er die Wahrheit gesagt hatte. Ich war sicher, dass William mir auf jeden Fall gehorchen würde. Doch mir war offenbar untersagt, auch nur das Haus zu verlassen, und ich sah mich von einer ängstlichen, nervösen Dienerschar unter Führung von Mrs Blundell umgeben. Ich wollte diese armen Leute nicht in Schwierigkeiten bringen, die doch nur taten, was ihnen befohlen worden war, und denen bei Ungehorsam die Entlassung drohte. Ich sparte mir meinen ganzen Zorn für Edwards Rückkehr am Abend auf. Wenn nötig würde ich ihm gegen Felix' Rat von meiner Schwangerschaft erzählen. Immerhin hatte Felix nicht in Betracht gezogen, dass ich zur Gefangenen im eigenen Haus werden könnte! Ich machte meiner Wut Luft, indem ich ihm einen Brief schrieb und ihm von den aktuellen Ereignissen berichtete. Dann wartete ich auf die Heimkehr meines Gatten. Am Nachmittag traf unerwarteter Besuch ein: meine Mutter.

☆

Ich fiel aus allen Wolken und wurde sofort von Gewissensbissen geplagt, als ich ihr unglückliches Gesicht sah. »Oh, mein liebes Kind«, sagte sie. »Mein liebes, liebes Kind.« Sie schloss mich in die Arme, und da wir von Dienstboten umgeben waren, flüsterte sie mir ins Ohr: »Wir müssen reden.« Ich führte sie in die Bibliothek, einen Raum, der für mich sehr viele Erinnerungen barg, und schloss die Tür hinter uns ab. »Jane, sag mir bitte, dass das alles nicht wahr ist.«

»Dass *was* nicht wahr ist?« Ich hatte keine Ahnung, wie viel sie wusste, wenn ich auch vermutete, dass sie über einiges im Bilde war. Trotzdem war mir schleierhaft, wie sie so prompt auf der Bildfläche hatte erscheinen können.

Sie setzte sich, und ich schenkte uns beiden einen Sherry ein. Ich dachte mir, dass wir beide einen vertragen konnten – oder bald würden vertragen können. »Ich habe heute Morgen von Edward eine Nachricht erhalten, in der er mir deine Absicht kundtut, ihn zu verlassen für diesen österreichischen ...«

»Fürsten?«, half ich ihr aus.

»Er bat mich herzukommen und dich zur Vernunft zu bringen. Sag mir, dass das nicht wahr ist.«

Ich musste erst einmal Zeit schinden. »Willst du behaupten, Edward hätte dir eine Nachricht nach Forston geschickt, woraufhin du von Dorset nach London gekommen bist, das Ganze an einem halben Tag? Kannst du fliegen?«

Sie winkte ab. »Ich war in der Harley Street, Jane ...« Was Edward im Gegensatz zu mir gewusst hatte. »Sag, dass es nicht stimmt«, flehte sie erneut.

Ich setzte mich zu ihr und wählte meine Worte mit Bedacht. »Ich habe Edward gebeten, ein paar Monate im Ausland verbringen zu dürfen, und er hat abgelehnt.«

Sie starrte mich mit großen Augen an. »Ist das alles? Ich hatte den Eindruck, eure Ehe ist in Gefahr.«

»Nun, er hat den Fürsten Schwarzenberg ins Spiel gebracht, und da haben wir gestritten. Jetzt verbietet er mir, das Haus zu verlassen. Ist das zu fassen?«

Mama ließ sich nicht so leicht hinters Licht führen. »Aber dieser Fürst Schwarzenberg ...«

Ich holte tief Luft und wagte den Sprung ins kalte Wasser. »Ich liebe ihn, Mama. Ich kann nicht mehr ohne ihn leben.« Und das entsprach der Wahrheit, obwohl er mich in dieser schwierigen Lage im Stich gelassen hatte. Widerspruch hat mich schon immer gereizt, und in diesem Moment kam ich mir vor wie Byrons Manfred, der droben auf einer Klippe steht, dem Blitz mit dem Schwert droht und die Götter herausfordert.

Mama sah die Dinge natürlich anders als ich. »O Gott! O *Gott!* Das kann nicht dein Ernst sein.«

Ich war versucht, ihr zu verraten, was sich unter meinem Kleid verbarg, aber wieder riet mein Instinkt mir zur Vorsicht. Eltern haben größere Macht, als gemeinhin angenommen, vor allem, wenn sie von einem Ehemann gestützt werden. Ich hielt es für durchaus möglich, das sie mich für geisteskrank erklären und zur Abtreibung zwingen könnten, wenn sie sich gegen mich verschworen. Ich wusste, dass Mama mich zu sehr liebte, als dass sie mir jemals wehtun würde, aber vielleicht glaubte sie ja, mich nur so vor größerem Schaden bewahren zu können. Ich beschloss, meinen Zustand geheim zu halten, bis eine Abtreibung nicht mehr infrage kam. »Das ist mein voller Ernst«, sagte ich fest.

»Aber warum? Ist Edward nicht gut zu dir? Misshandelt er dich? Stellt er dir nicht genug Geld zur Verfügung?«

»Er ist sehr großzügig, Mama. Ob er gut zu mir ist ... nun, das ist Ansichtssache. Ob er mich misshandelt? Ich wünschte, er täte es; er hat mich über ein Jahr nicht mehr angerührt.«

Sie starrte mich entgeistert an. »Heißt das ...«

»Genau das.«

»Aber warum denn? Du bist schön, reizend ...« Sie verstummte. Es widerstrebte ihr, ein Thema mit mir zu besprechen, das sie immer tunlichst gemieden hatte. »Hat er das mit George erfahren? Oder von Tom Burrows?«

»Ich habe ihm nie davon erzählt.«

»Dann gibt es keinen Grund.«

»Doch. Ich liebe ihn nicht mehr. Ich bin nicht einmal sicher, ob ich ihn je geliebt habe.«

»Also wirklich, Jane. Wie viele Eheleute kennst du, die nach ein oder zwei Jahren noch ineinander verliebt sind?«

»Soll das heißen, dass du Papa nicht mehr liebst?«

»Selbstverständlich liebe ich deinen Vater.«

»Und teilst du noch das Bett mit ihm?«

Sie errötete. »Nun ja, sicher ...«

»Dann bist du also eine glückliche Ausnahme. Warum darf ich mir nicht dasselbe Glück wünschen? Ja, es sogar für mich beanspruchen?«

»Weil ... es dein Leben ruinieren würde. Es würde Schande über die Familie bringen. Es würde ...«

»Es tut mir aufrichtig Leid, Mama, aber es geht hier um mein Leben, und ich habe nun einmal nur dieses eine. Du musst mir zugestehen, dass ich so lebe, wie ich es für richtig halte.«

Sie erkannte, dass sie so nicht weiterkam, und versuchte es auf andere Weise. »Du glaubst also, du liebst diesen Schwarzenberg. Und er? Liebt er dich auch?«

»O ja.«

»Und wenn du Edward seinetwegen verlässt, rechnest du damit, dass er dich heiratet?«

»Sobald es möglich ist, ja.«

»Wie sollte das je möglich sein, Jane? Der österreichische Adel, und dem gehören die Schwarzenbergs ja zweifelsfrei an, ist römisch-katholisch. Ehescheidung wird von dieser Kirche nicht anerkannt. Solange Edward am Leben ist, wird man dich als seine Frau betrachten und somit nicht für heiratsfähig.«

Daran hatte ich bisher nicht gedacht. Das war ein böser Schlag! Warum hatte Felix das nie erwähnt? Vermutlich, weil wir bis gestern nie vom Heiraten gesprochen hatten. Und auch gestern hatte eine Heirat nie wirklich zur Debatte gestanden. Ich war einfach davon ausgegangen, dass es irgendwann darauf hinauslief, aber er ... hatte kein Wort darüber verloren! Trotzdem ...

»Felix wird sich etwas einfallen lassen«, sagte ich in trotziger Loyalität.

»Gestatte mir eine Frage: Wie lange geht diese Liaison schon?«

Ich sah keine Veranlassung mehr, es ihr zu verheimlichen. »Ein gutes Jahr.«

»Und wann bist du zu dem Schluss gekommen, dass du Edward nicht mehr liebst?«

»Schon vorher«, erwiderte ich patzig.

»Aber vor einem Jahr hattest du gerade sein Kind zur Welt gebracht.«

»Und zu dieser Zeit ist meine Liebe zu ihm erloschen.«

»Ich fürchte, ich kann dir nicht ganz folgen.«

»Nach Arthurs Geburt hat Edward mir gesagt, wir würden keinen Verkehr mehr haben.«

»Und da hast du beschlossen, ihn nicht mehr zu lieben. Mein liebes Kind, in jeder Ehe gibt es schwere Zeiten. Und fang nicht wieder von mir und deinem Vater an. Vielleicht war es ein Glück, dass er so oft und so lange auf See war, sodass wir uns vorkamen wie ein frisch verheiratetes Paar, wenn wir wieder vereint waren. Glaub mir, Jane ...« Sie hielt meine Hand. »Ich weiß, wie leicht man sich in einer Ehekrise einbilden kann, einen gut aussehenden Mann zu lieben, von dem man nur sehr wenig weiß. Aber jede Verliebtheit geht einmal vorbei, und genauso verhält es sich mit Ehekrisen. Und du bist Mutter! Bitte, Jane, um unser aller willen, vergiss diesen Mann.«

Obwohl ich überzeugt davon war, dass sie sich irrte und ich nie aufhören würde, Felix zu lieben, hatte sie doch schwer wiegende Argumente angeführt, vor allem das der Einstellung der römisch-katholischen Kirche zur Scheidung. Mir wurde klar, dass ich Zeit brauchte, um nachzudenken und sorgfältiger zu planen. Hinzu kam, dass Mama ehrlich besorgt war, und immerhin war sie der Mensch, den ich nach Felix am meisten liebte. Ich wankte zwar nicht in meiner Grundüberzeugung, gab jedoch so weit nach, dass ich versprach, noch einmal über alles nachzudenken. Und so kam es, dass ich in eine Reihe von Situationen geriet, mit denen ich nie gerechnet hätte.

Es fing noch am selben Abend an. Mama war noch bei mir – sie hatte einige Kleider mitgebracht und gedachte offenbar, mir zur Seite zu stehen, bis die Krise überstanden war –, und ich wartete nervös auf Edwards Heimkehr. Henry seinerseits ging uns aus dem Weg, was nicht weiter schwer war, da wir fast den ganzen Nachmittag im Kinderzimmer verbrachten. Zu meiner Überraschung, wenn auch nicht zu Mamas, traf am frühen Abend Tante Anne Margaret in Roehampton ein. Sie hatte einen anstrengenden Tag hinter sich. Nachdem sie Edwards Nachricht erhalten und beschlossen hatte herzukommen, hatte Mama ihre Schwester kontaktiert, die sich ebenfalls gerade in London aufhielt, und gebeten, Edward aufzusuchen, um mehr über den tatsächlichen Stand der Dinge zu erfahren. »Er würde gerne von dir hören, Jane. Ich bin sicher, dass ein entsprechender Brief eine Versöhnung nach sich zöge.«

Ich möchte die Schwester meiner Mutter nicht der Heuchelei beschuldigen, aber ich wage zu bezweifeln, dass sie Mamas Bitte entsprochen und Edward tatsächlich aufgesucht hat. Trotzdem handelte sie zweifellos in bester Absicht. Schließlich war ihr noch mehr als Mama daran gelegen, dass unsere schmutzige Wäsche im kleinsten Kreis gewaschen wurde. Auch wenn sie immer so tat, als gäbe sie nichts um Klatsch und Tratsch, musste sie fürchten, dass auch Georges Name und somit der Name der Ansons in den Schmutz gezogen wurde, falls Edward und ich öffentlich über meine Untreue stritten. Und ihre Furcht war keineswegs unbegründet: Als bekannt wurde, dass Edward die Scheidung eingereicht hatte, brachten verschiedene Leute, darunter die Fürstin von Lieven, ganz offen George ins Gespräch. Jedenfalls gab ich dem allseitigen Druck nach und erklärte mich bereit – so durcheinander, wie ich war – ihren Rat zu befolgen. Der Brief, den ich aufsetzte, war nicht sehr kohärent. Ich versuchte freundlich zu klingen und bat um seine Diskretion, wiederholte jedoch meinen Wunsch, einige Zeit allein zu sein, um nachzudenken. Nur ich allein wusste, dass der Wunsch nach Einsamkeit einen völlig anderen Hintergrund hatte.

Letztendlich sollte sich herausstellen, dass dieser Brief nur ein weiterer Fehler war. Edward machte sich nicht einmal die Mühe, darauf zu antworten, und das Schreiben wurde später bei der Scheidung als weiterer Beweis meiner Unaufrichtigkeit dem Richter vorgelegt. Tatsache war: Als Edward den Brief erhielt, besaß er bereits verschiedene Informationen, die darauf schließen ließen, dass ich ihm nicht die ganze Wahrheit gesagt hatte. Hauptsächlich handelte es sich um Dienstbotengewäsch – wie das einer gewissen Ann Lewis, die Dienstmädchen bei Felix gewesen war, wie ich mich vage erinnerte. Sie hatte bestätigt, dass ich regelmäßig durch die Hintertür das Haus in der Holles Street betreten hatte. Hinzu kam die Aussage eines Mannes namens John Ward, einem Dienstboten in einem der Häuser gegenüber der Harley Street Nr. 73, der behauptete, durchs Fenster beobachtet zu haben, wie Felix mein Korsett schnürte! Mein Schicksal war also bereits besiegelt, und auch wenn der stets vorsichtige Edward noch keine rechtlichen Schritte eingeleitet hatte, spielte er längst mit dem Gedanken. Aber noch gab es für mich dringlichere Probleme: Tante Margaret blieb ebenfalls, und am darauf folgenden Tag komplettierte Steely das Trio. Eine umso beeindruckendere Opposition, als ich selbst keinen einzigen Verbündeten hatte, da Lucy mich weiterhin als eine Art Reinkarnation der Lucretia Borgia betrachtete.

Dass Mama und Tante Margaret die Menschen waren, denen ich am wenigsten wehtun wollte, erschwerte meine Situation zusätzlich. Für Steely galt dies nicht: Ihr war schlicht unbegreiflich, wie eine Frau, die gezwungen gewesen war, sich ihren ehelichen Pflichten zu beugen und sich ihrem Gatten hinzugeben, aus freien Stücken mit einem anderen Mann schlafen konnte, erst recht, wenn sie sich damit eines Verbrechens schuldig machte. Mama und Tante Anne Margaret waren zwar aufgeklärter und weniger engstirnig, hatten jedoch aufgrund ihrer glücklichen Ehen nie eine solche Versuchung gekannt, sodass sie ebenfalls nicht verstehen konnten, wie ich der Leidenschaft wegen Heim, Ehe und Familie aufs Spiel setzen konnte. Und da ich immer noch niemandem von meinem Zustand erzählt hatte, gelangte sie zu der Überzeugung, dass ich einfach nur dickköpfig war.

Dieser Zustand hielt eine ganze Woche an, und ich wurde tagtäglich mit Vorwürfen, Predigten und flehentlichen Bitten überhäuft. Am Ende der Woche lagen meine Nerven ebenso blank wie die ihren. Glücklicherweise ließ Edward uns zu dieser Zeit wissen, dass er sein Haus gerne zurück hätte (seine Frau erwähnte er mit keinem Wort), sodass kurzfristig eine Entscheidung fallen musste. Aber die drei älteren Damen zögerten noch. Sie wollten mir nicht erlauben, das Land zu verlassen, da dies die Situation ihrer Meinung nach nur verschärfen würde und sie die Hoffnung noch nicht aufgegeben hatten, ich würde doch noch zur Vernunft kommen. Einig waren sie sich jedoch darin, dass ich möglichst weit weg sollte von London und jedem größeren Hafen, nur für den Fall, dass ich mir einfallen ließe, bei Nacht und Nebel davonzulaufen und mit dem nächsten Schiff auf den Kontinent überzusetzen. Und so wurde ich in das kleine Küstendorf Ilfracombe in Devon verfrachtet, wo Tante Anne Margaret ein Ferienhäuschen besaß. Das war hart, doch es kam noch schlimmer: Da die Familie der Ansicht war, ich bedürfe einer Aufpasserin, wurde Steely als Wachhund auf mich angesetzt. Ich muss allerdings gestehen, dass ich sogar dankbar war für ihre Gesellschaft, da ich schrecklich deprimiert war und meine Stimmung immer schlechter wurde. Schuld an dem Schlamassel war meine Liebe zu Felix und, wie ich damals noch glaubte, seine Liebe zu mir. Ich hatte ihm am Morgen nach meinem Gespräch mit Edward geschrieben und fuhr fort, ihm täglich zu schreiben, wie wir es einander versprochen hatten. Aber es kam nie eine Antwort. Ich sagte mir immer wieder, dass er bestimmt sehr beschäftigt war in Anbetracht seiner baldigen Abreise, doch mit jedem Tag zweifelte ich mehr an seiner Liebe, gab es doch keine plausible Entschuldigung dafür, in der ganzen Zeit nicht wenigstens ein paar Zeilen zu Papier zu bringen.

Ich musste mit jemandem sprechen, und von meinem Standpunkt aus war Steely so gut wie jeder andere. Als ich ihr nach und nach die ganze Geschichte offenbarte, war sie zutiefst schockiert, doch die Anzeichen für meine Schwangerschaft waren nun nicht mehr zu übersehen. Später behauptete sie, ich wäre ganz hysterisch gewesen vor Schuldgefühlen. Es stimmt, dass ich deprimiert war, aber Hysterie beschrieb eher Steelys Zustand als meinen. Was immer ich empfand, Schuld war es nicht, eher wachsende Verzweiflung, weil ich nichts von Felix hörte. Aber aufgrund ihres Lageberichts nach Forston reisten wir im Juli von Ilfracombe nach Minterne House in Dorset. Dort wurden wir von Mama und Papa erwartet. Der arme Papa, den auf See nichts aus der Ruhe bringen konnte, war sichtlich überfordert und starrte mich an, als könne er nicht glauben, dass ich seine Tochter war. Mama war gefasster als bei unserem letzten Zusammensein, doch so schockiert wie alle anderen auch, als sie erfuhr, dass ich schon im fünften Monat war. Aber es gab noch etwas anderes zu besprechen: Edward hatte verkündet, die Scheidung eingereicht zu haben. Offenbar hatte er von meinem Zustand erfahren, auf welchen Wegen auch immer, und seine Ehre ließ keine andere Vorgehensweise zu. Jetzt gab es keinen Grund mehr, mich daran zu hindern, das

Land zu verlassen, und tatsächlich kam die Familie überein, dass es das Beste wäre, wenn ich möglichst bald abreiste. Stellte sich nur die Frage, wie und wohin. Ich kam mir vor wie ein lästiges Paket, das man unbedingt los sein wollte. Doch in diesen düsteren Stunden zorniger Verzweiflung hoben zwei Ereignisse meine Laune – Ereignisse, die meine Situation in einem völlig neuen Licht erscheinen ließen.

Selbstverständlich hatte ich Felix darüber informiert, dass ich mich jetzt wieder in Dorset aufhielt, und nun trafen auch endlich Briefe ein, voller Liebe und Sorge. Warum er erst jetzt schrieb, erwähnte er nicht, doch er riet mir dringend, England möglichst bald zu verlassen. Er meinte, Basel wäre der ideale Aufenthaltsort bis zur Niederkunft. Er bot sogar an, dort ein Haus für mich zu mieten für die Dauer meines Aufenthalts. Das kam mir sehr zupass, da Basel nicht weit entfernt war von Österreich. Aber ich wäre mit *allem* einverstanden gewesen, nur um von ihm zu hören. Trotzdem beunruhigte es mich, dass er zwar versuchte – wenn auch aus der Ferne –, mein Tun zu kontrollieren, aber mit keinem Wort eine finanzielle Unterstützung erwähnte. Noch beunruhigender war, dass er mir sehr eindringlich nahe legte, keinesfalls nach Wien zu kommen oder auch nur einen Fuß auf österreichischen Boden zu setzen, da dies seinen Ruf und seine Karriere unwiderruflich ruinieren würde. Wäre ich seinerzeit zu klarem Denken fähig gewesen, wäre ich sicher schrecklich wütend geworden, aber nachdem ich für seine Liebe alles geopfert hatte, wollte ich weiter an ihn – an uns – glauben. Ich zeigte den Brief Mama, die ihn wiederum Papa zeigte, und ich sah ihnen an, dass sie überlegten, wie viel der Aufenthalt kosten mochte.

Aber schon wenige Tage später erhielt ich Besuch von Mr Freshfield, der nach eigener Aussage in Edwards Auftrag handelte. Seine pralle Aktentasche verriet, dass er mich in einer geschäftlicher Angelegenheit sprechen wollte. Ich empfing ihn im Garten, wo wir ungestört reden konnten, obwohl mir bewusst war, dass wir von jedem der rückwärtigen Fenster des Hauses aus beobachtet wurden.

Dem armem Mr Freshfield war das Ganze sichtlich peinlich, und er mied tunlichst jeden Blick auf meinen runden Bauch. »Seine Lordschaft möchte wissen, wie Myladys Pläne für die Zukunft aussehen«, begann er.

»Ich werde das Land verlassen.«

»Ich denke, das ist eine kluge Entscheidung. Ich soll mich zudem nach Ihrer finanziellen Situation erkundigen!«

»Ich besitze nichts. Meine Eltern werden für meinen Unterhalt aufkommen.«

»Seine Lordschaft hält das für nicht angemessen. Er vertritt den Standpunkt, dass es seine Pflicht ist, Sorge dafür zu tragen, dass die Mutter seines Sohnes für immer abgesichert ist und den gewohnten Lebensstandard halten kann.« Ich traute meinen Ohren nicht. »Seine Lordschaft hat mich somit ermächtigt, Ihnen folgendes Angebot zu unterbreiten: Lord Ellenborough übergibt Ihnen per sofort eintausend Pfund, um die Kosten Ihres Auslandsaufenthalts und die Anmietung eines neuen Hauses zu decken.« Ich schnappte nach Luft. »Außerdem erhalten Sie lebenslang einen Unterhalt von 500 Pfund jährlich, zahlbar in zwei Teilbeträgen von jeweils 250 Pfund.« Ich war sprachlos. Es musste einfach einen Haken an der Sache geben. »Sind Sie damit einverstanden?«

»Möglicherweise. Das hängt von den Bedingungen ab, die an diese Vereinbarung geknüpft sind«, entgegnete ich.

»Da gibt es nur zwei.«

»Aha. Er macht seine Großzügigkeit davon abhängig, dass ich den Fürsten Schwarzenberg nicht wiedersehe. Dem werde ich nicht zustimmen. Also ...«

»Er hat keinen Gentleman erwähnt, Mylady. Lord Ellenborough hat mich sogar ausdrücklich gebeten, Sie davon in

Kenntnis zu setzen, dass er weder den Wunsch noch die Absicht hat, Ihre zukünftigen Aktivitäten in irgendeiner Weise zu lenken oder zu beeinflussen. Der Unterhalt wird Ihnen bis zu Ihrem Tod ausbezahlt, egal, was Sie mit dem Geld oder Ihrem Leben anfangen. Als Sicherheit hat seine Lordschaft verfügt, dass die Zahlungen im Falle seines vorzeitigen Ablebens aus seinem Nachlass bestritten werden sollen.«

Beinahe hätte ich mich am Kopf gekratzt vor Ratlosigkeit, immer noch auf der Suche nach dem Pferdefuß. »Und wie lauten nun die zwei Bedingungen?«

»Seine Lordschaft möchte, dass Sie England verlassen«, erwiderte er, »und sich nie wieder hier niederlassen.« Er machte eine Pause und musterte mich ängstlich. »Sie sagten ja selbst, dass Sie beabsichtigen, das Land zu verlassen.«

»Und die zweite Bedingung?«

»Sie müssen versprechen, Ihren Sohn nie wiederzusehen, ihm nicht zu schreiben und auch sonst nicht zu versuchen, mit ihm in Kontakt zu treten. Ein Verstoß gegen diese Auflagen hätte die sofortige Einstellung der Unterhaltszahlungen zur Folge.«

Ich saß einige Sekunden wie vom Donner gerührt da. Es sagt sich so leicht, dass ich diese Bedingung hätte ablehnen sollen, und man hat mir oft genug vorgeworfen, dass ich es nicht getan habe. Aber diese Vorwürfe kamen von Menschen, die nie in einer vergleichbaren Lage waren. Tatsache war: Ganz egal, was ich tat, man würde mir sowieso den Kontakt zu Arthur verwehren. Außerdem hätte es ihm sicher nur geschadet, wenn er älter wurde und in der Lage war, die Zusammenhänge zu begreifen. Er war der zukünftige Lord Ellenborough. Bei seinem Erbe und diesem Vater lag eine brillante politische Karriere vor ihm, und die Einmischung einer gefallenen Frau, sei sie auch seine Mutter, wäre seiner Zukunft bestimmt nicht förderlich. Das heißt, dass ich mich völlig unnötig der Gefahr ausgesetzt hätte, mittellos dazustehen, hätte ich Edwards Bedingungen abgelehnt. Akzeptierte ich jedoch, machte mich das zu einem freien Menschen, und mir war durchaus bewusst, dass ich dann zum allerersten Mal im Leben wirklich unabhängig sein würde. Niemand würde mich kritisieren, zumindest nicht direkt, oder mich in meinem Tun einschränken. Hinzu kam, dass ich bald wieder ein Kind bekam ... und Felix! Wenn diese Überlegungen mich zur Rabenmutter abstempeln, bin ich bereit, diesen Vorwurf auf mich zu nehmen – allerdings nur von jenen Leuten, die sich schon einmal in einer vergleichbaren Situation befunden und sich anders entschieden haben. Und die erst zweiundzwanzig Jahre alt waren, als sie vor dieser Entscheidung standen.

Außerdem war ich eine unverbesserliche Romantikerin und Träumerin. Schließlich war nicht ausgeschlossen, dass Edward irgendwann starb und Arthur als sein Erbe auf diese Unterhaltszahlungen stieß – Zahlungen an eine Frau, an die er sich zwar nicht erinnerte, die sich jedoch leicht als seine leibliche Mutter identifizieren ließ. Und wäre es da nicht natürlich, dass er den Wunsch verspürte, sie zu sehen? Es wäre doch unnormal, wenn ein Kind nicht die Frau kennen lernen wollte, die ihm das Leben geschenkt hatte. Und wenn er mich von sich aus aufsuchte, konnte man mir schlecht vorwerfen, Edward gegenüber wortbrüchig geworden zu sein. Ah, Träume ...

»Mylady?«, hakte Freshfield nach, beunruhigt von meinem langen Schweigen. »Welche Antwort soll ich Seiner Lordschaft überbringen?«

»Ist es mir gestattet, meinen Sohn ein letztes Mal zu sehen? Um Abschied von ihm zu nehmen?«

»Ich fürchte nein, Mylady.«

Ich seufzte. »Also gut. Ich bin einverstanden.«

Freshfield atmete erleichtert auf. »Sie werden ein Dokument unterzeichnen müssen, in dem die Einzelheiten Ihres Abkommens festgehalten sind.« Er legte eine Hand auf die Aktentasche. »Ich habe es gleich hier. Können wir ins Haus gehen? Wir brauchen noch einen Zeugen.«

»Wäre mein Vater akzeptabel?«

»O ja. Das wäre ideal.« Hiermit wäre Papa in der Pflicht, dafür zu sorgen, dass ich Wort hielt, auch für den unwahrscheinlichen Fall, dass ich auf die Unterhaltszahlungen verzichten konnte.

Wie alle anderen war auch Papa sehr gespannt, was Inhalt und Ausgang unseres Gesprächs anbelangte. Er las das Dokument, das Freshfield ihm vorlegte, und sein Gesichtsausdruck wurde zu einer Mischung aus Sorge ob der Bedingungen einerseits und Erleichterung angesichts der überaus fairen Regelung anderseits, die ihn zudem in finanzieller Hinsicht aus der Pflicht entließ. »Und du bist damit einverstanden, Jane?«, fragte er mich.

»Ja, Papa«, versicherte ich ihm.

Wir unterzeichneten, und zum Schluss setzte Freshfield noch seine Unterschrift unter den Vertrag. Dann langte er wieder in seine Aktentasche. »Ich habe hier einen Wechsel über 1250 Pfund.« Edward hatte offenbar nicht daran gezweifelt, dass ich seine Bedingungen akzeptieren würde. »Die nachfolgenden Zahlungen erfolgen dann gemäß den Vertragsbedingungen. Sie müssen mir dann nur beizeiten Ihre neue Anschrift mitteilen, Mylady.«

☆

Wir schüttelten einander die Hände, und er ging, woraufhin ich der Familie ausgeliefert war, die Edward entweder für seine Grausamkeit kritisierte oder seine Großzügigkeit pries, je nach Standpunkt. Aber wie bei Papa waren auch die anderen vor allem erleichtert, dass die Angelegenheit so sachlich und diskret abgewickelt worden war. Manch einer mochte sogar ein wenig neidisch sein, dass ich finanziell abgesichert England – und dem Skandal – den Rücken kehren konnte, während alle anderen die unerfreulichen Begleiterscheinungen der Scheidung über sich würden ergehen lassen müssen.

Am Abend schrieb ich Edward einen Brief, in dem ich ihm dankte und sogar andeutete, er wäre zu großzügig gewesen. Ich meinte es ehrlich. Da ich nie eigenes Geld gehabt hatte, abgesehen von meinem Taschengeld als Kind, mit dem ich nie ausgekommen war, konnte ich natürlich nicht wissen, was mein Lebensunterhalt kosten würde. Aber 1250 Pfund in der Tasche und die Aussicht auf weitere 500 im Jahr, das kam mir schon beträchtlich vor. Ich muss gestehen, dass ich nur von übertriebener Großzügigkeit sprach, weil der Vertrag unterzeichnet und nun nicht mehr daran zu rütteln war, sofern ich mich an meinen Teil der Abmachung hielt.

Arthur erwähnte ich mit keinem Wort.

☆

Nachdem dies geregelt war, ging es darum, meine möglichst kurzfristige Abreise zu organisieren. Ich war entschlossen, inkognito zu reisen, um zu vermeiden, dass irgendein neugieriger Journalist Wind von der Sache bekam und uns allen das Leben schwer machte. Ich wählte das Pseudonym Madame Einberg, das angemessen österreichisch klang – und vor allem alles andere als Englisch. Ich teilte Felix in einem Brief meine Pläne und meine neue Identität mit, und er versprach, mich in Basel zu besuchen, sobald er es einrichten könne. Dieses Versprechen machte mich sehr, sehr glücklich.

Dann kamen wir zu den Details. Da ich mich mit Edward geeinigt hatte und mich de facto in allen Anklagepunkten schuldig bekannt hatte, fürchtete ich keine Erpressung mehr.

So kam es, dass ich Lucy nicht noch einmal bat, es sich zu überlegen, sondern sie ohne Referenzen aus meinen Diensten entließ. »Aber Liebes«, protestierte Mama. »Du kannst unmöglich allein reisen. In deinem Zustand.«

»Ich werde mir auf dem Kontinent ein neues Mädchen suchen«, versprach ich.

»Aber bis dahin ... Margaret wird dich begleiten.« *Nicht schon wieder,* stöhnte ich innerlich, aber ich wusste, dass ich tatsächlich Hilfe brauchen würde.

Dann folgte der traurige Abschied. Ich muss dazu sagen, dass meine Brüder, obwohl beide längst erwachsen (Edward würde bald einundzwanzig), nicht an den internen Krisensitzungen teilgenommen hatten und nicht herbeigerufen wurden, um von dem schwarzen Schaf, als das ich nun galt, Abschied zu nehmen. Auch die Ansons blieben fern, abgesehen von Tante Anne Margaret. Sie war gar nicht glücklich mit der ganzen Situation, da es eine Scheidungsverhandlung geben würde und man im Voraus nicht wissen konnte, welche Namen dabei genannt werden mochten. George schrieb mir nicht einmal einen Brief.

Von Holkham hörte ich ebenfalls nichts: Großvater und Stiefgroßmutter hatten mich offenbar abgeschrieben. Unnötig zu erwähnen, dass auch die feinen Damen, die mich in die Londoner Gesellschaft eingeführt hatten, sich von mir distanzierten, sogar Lady Oxford. Ich hatte gegen ihre Regeln verstoßen und den schönen Schein als ebensolchen entlarvt. Aber viel trauriger stimmte mich, dass ich meine Tiere zurücklassen musste. Mama versprach jedoch, sie alle nach Forston bringen zu lassen und sich um sie zu kümmern, bis ich in Basel untergebracht war und sie mir die Tiere nachschicken konnte.

☆

Steely und ich reisten als Erstes nach Brüssel, und diese erste Etappe erwies sich als überaus anstrengend – erst kam die Überfahrt nach Ostende, anschließend eine mehrstündige Kutschfahrt. Es war Ende August, und es waren viele britische Urlauber unterwegs, sodass ich mich nur verschleiert in der Öffentlichkeit zeigen konnte, da mein Gesicht in den vergangenen Jahren ziemlich bekannt geworden war. Hinzu kam, dass mein Zustand – immerhin war ich im siebten Monat – mir zusätzlich zu schaffen machte. Und ich brauche wohl nicht erst darauf hinzuweisen, dass Steely, deren Ansichten über Ausländer sich in etwa mit denen Lucys deckten, nicht die ideale Reisebegleitung war.

Aber ich war trotz allem guter Dinge – zum einen, weil ich Felix bald wiedersehen würde, zum anderen wegen der bevorstehenden Geburt. Ich konnte es kaum erwarten, meine Figur und meine gewohnte Energie zurückzuerlangen ... und meine Sinnlichkeit. Umso irritierter war ich, als wir ganze zwei Wochen in Brüssel vertrödelten, weil Steely endlos brauchte, um ein Dienstmädchen zu finden, das sie für geeignet hielt. Gleichzeitig musste ich natürlich für das Mädchen akzeptabel sein, da entgegen der weit verbreiteten englischen Meinung, Sitten und Moral auf dem Kontinent sich zwar leicht von den unseren unterschieden, jedoch insgesamt nicht weniger streng waren. Man musste kein Genie sein, um zu durchschauen, dass eine junge Frau, die behauptete, verheiratet zu sein, aber hochschwanger und nur in Begleitung einer Gouvernante unterwegs war, auf der Flucht vor ihrem Mann, ihrer Familie, ihrem Liebhaber oder gar dem Gesetz sein musste. Jedenfalls deutete alles darauf hin, dass es sich um eine Person zweifelhaften Rufs handelte. Andererseits zahlte ich gut, und schließlich fand sich doch jemanden, der gewillt war, es mit mir zu versuchen. Ihr Name war Emma. Sie war nur ein oder zwei Jahre älter als ich, abenteuerlustig und ziemlich hübsch mit blonden Haaren und lebhaftem Temperament. Sie war mir auf den ersten Blick sympathisch, und so stellte ich sie Steelys Protesten zum Trotz ein. Steely hätte jemanden vorgezogen, der älter und vernünftiger war.

Dies führte zur letzten, endgültigen Trennung, aber dazu wäre es früher oder später sowieso gekommen, da ich Steely keinesfalls um mich haben wollte, wenn Felix mich besuchte. Ich nehme an, dass sogar ihr klar war, dass sie sich wie das fünfte Rad am Wagen vorkäme, zumal sie wusste, dass sie den Mann, den sie für meine Schande verantwortlich machte, niemals akzeptieren, geschweige denn mögen würde. Außerdem hatte sie Heimweh. Ich hatte mich in Brüssel nicht wohl gefühlt, da ich keinem Ort etwas abgewinnen mochte, an dem Felix mich nicht besuchen konnte, und Steely gefiel Brüssel nicht, weil es eben Brüssel war. Jedes Mal, wenn wir das Hotel verließen, kamen wir an der Statue eines kleinen Jungen vorbei, der in einen Brunnen pinkelte, was sie höchst anstößig fand. So vergossen wir beide ein paar unaufrichtige Tränen und gingen unserer Wege, sie zurück nach England und zu dem Scheidungsprozess (bei dem sie umfangreich aussagte, nicht unbedingt zu meinen Gunsten, aber was blieb ihr anderes übrig, als ihr die Wahrheit zu sagen?), und ich meinem Schicksal entgegen ...

☆

Das nicht geneigt schien, mich mit offenen Armen aufzunehmen. Emma und ich gelangten ohne Zwischenfälle nach Basel. Das Haus, das Felix dort für mich angemietet hatte, war sehr gemütlich, wenn auch ein wenig klein, und lag in einem angenehmen Viertel. Ich suchte sofort einen Arzt und eine Hebamme auf, die mich untersuchten und erklärten, bei meiner Konstitution wäre nicht mit Schwierigkeiten zu rechnen. Dann gab es nichts mehr zu tun, als auf Felix zu warten. Ich brauche wohl nicht erst zu erwähnen, dass er nicht kam. Er hatte einen Brief für mich hinterlegt, in dem es hieß, er käme ein paar Tage später als geplant. Aus Tagen wurden Wochen, und mit jedem Tag wurde mein Bauch größer und ich selbst unattraktiver und schwerfälliger. Es gab nur wenige Neuigkeiten aus England, aber offenbar wurde der Tratsch über mich in den Hintergrund gerückt von einer nationalen Katastrophe, hatte doch die Lieblingsgiraffe des Königs das Zeitliche gesegnet! Ich wusste nicht, ob ich erleichtert oder beleidigt sein sollte vom Wankelmut des öffentlichen Interesses.

Abgesehen von meiner sinnlosen Warterei auf Felix gab es in Basel nichts für mich zu tun. Basel war ein hübsches altes Städtchen, dessen Ursprünge bis zurück in die Römerzeit reichten, und ganz nah am Schwarzwald gelegen. Leider handelte es sich um einen touristischen Ort, in den Sommermonaten überlaufen, aber im Winter – und den hatten wir ja gerade – nahezu ausgestorben. Zwar hätte ich in meinem Zustand sowieso nicht ausgehen können, aber es schmerzte trotzdem, aus den gesellschaftlichen Kreisen ausgeschlossen zu sein. Ich zeichnete viel, aber auch das wurde mir irgendwann langweilig, ebenso wie den jungen Männern bei ihrem Lieblingszeitvertreib zuzusehen, der darin bestand, einen Schneehang hinaufzusteigen, um ihn dann auf zwei schmalen Brettern, die sie sich unter die Schuhe schnallten, wieder herunterzugleiten. Mir kam das ebenso gefährlich wie absurd vor, und ich verstand nicht, was daran so großen Spaß machen sollte.

In meine Unzufriedenheit mischte sich Sorge um mein Baby. Dr. Schmitt hatte einen Geburtstermin Anfang November errechnet, was sich ziemlich mit meinen eigenen Berechnungen deckte, ausgehend von jener Nacht im Norfolk in

Brighton, dem 6. Februar. Aber es wurde November, ohne dass sich etwas tat oder Felix sich blicken ließ. Dann, am 10. November, war es endlich so weit.

☆

Ich weiß nicht, wie vielen hochschwangeren Frauen Felix bis dahin schon begegnet war, aber ich schätze, dass es eher wenige waren, da die österreichische Gesellschaft in diesen Dingen sogar noch strenger war als unsere. Jedenfalls war er sichtlich erschrocken von meinem Anblick, was ich ihm nicht wirklich verübeln kann: Ich war fett wie ein Walfisch. Im Nachhinein denke ich, dass er seine Ankunft bewusst bis nach der Niederkunft hinausgezögert hatte, auch wenn dieser Plan letztendlich nicht aufgegangen war. Aber er machte gute Miene zum bösen Spiel, küsste mich überschwänglich und erteilte eine ganze Latte von Befehlen und Anweisungen. Emma war tief beeindruckt von ihm, da er wie gewöhnlich keinen Hehl aus seiner Identität machte und ihr erst jetzt bewusst wurde, dass sie sich in den allerhöchsten Kreisen bewegte.

Ich war im siebten Himmel, zumal ich schon zwei Tage später ein gesundes Mädchen zur Welt brachte. »Sie ist entzückend«, erklärte Felix. »Wir nennen sie Mathilde.«

»Mathilde?«

»Nach meiner Schwester. Wusstest du nicht, dass sie so heißt?« Bestimmt hatte er es irgendwann erwähnt, und es war mir nur entfallen. »Seit dem Tod meiner Mutter ist sie das weibliche Familienoberhaupt«, erklärte er.

»Und sie möchte, dass wir unser Kind nach ihr benennen? Weiß sie denn über uns Bescheid?«

»Ich habe keine Geheimnisse vor Mathilde. Wie ich schon sagte, sie ist wie eine Mutter für mich.«

Ich war nicht sicher, ob mir das gefiel. Andererseits, wenn

sie der Schlüssel zu seiner Familie war ... »Ich freue mich schon darauf, sie kennen zu lernen.«

»Äh ... ja«, sagte er ausweichend. »Und jetzt hör dir meine wunderbare Neuigkeit an.«

»Du hast unsere Hochzeit arrangiert?«

»Oh, Liebes, du weißt doch, dass so etwas unmöglich ist. Du bist noch nicht einmal geschieden, und das kann auch noch eine ganze Weile dauern.«

»Aber wir werden heiraten? Werde ich vorher konvertieren müssen?« Ich dachte an Mamas Warnung.

»Darüber werden wir sicher nachdenken müssen. Aber erst meine Neuigkeiten. Ich werde nach Paris geschickt. Na, was sagst du?«

»Ich habe einmal eine Nacht dort verbracht, mit meinen Eltern. Das ist allerdings schon eine Ewigkeit her. Ich würde die Stadt gerne wiedersehen.«

»Und das sollst du auch.«

»Heißt das, ich kann dich begleiten?« Der Himmel auf Erden!

»Nicht direkt. Das würde nur Gerede nach sich ziehen. Aber es gibt keinen Grund, weshalb du nicht in Paris wohnen solltest, solange ich dort bin. Ich werde mich um ein Haus für dich kümmern.«

»Und du besuchst mich jeden Tag!«

»Sagen wir, so oft ich kann. Das ist ein sehr wichtiger Posten. Ich werde sehr viel zu tun haben.«

»Erzähl mir mehr darüber.« Ich wollte zumindest den Anschein erwecken, mich für seine Arbeit zu interessieren.

»Nun, Frankreich steht unmittelbar vor einer weiteren Revolution.« Das kam für mich völlig unerwartet. Nachdem ich so viel über das Leben in Paris während der Jahre des Terrors gehört hatte, war ich nicht sicher, ob ich in unruhigen Zeiten in einer Stadt sein wollte, die seinerzeit den Hochadel auf der Guillotine einen Kopf kürzer gemacht hatte. »Ihr König, Charles, hat sich als Tyrann entpuppt, und es ist die Rede von einer bonapartistischen Restauration.«

»Aber ist Bonaparte denn nicht tot?«

»Doch, natürlich. Aber er hat einen Sohn, den Herzog von Reichstadt, der derzeit in Wien lebt. Seine Mutter war unsere Prinzessin Marie Louise.«

»Und ihr möchtet, dass er König von Frankreich wird?«

»Gott bewahre. Ein Bonaparte reicht für ein ganzes Leben. Nein, nein. Wir möchten, dass König Charles auf dem Thron bleibt, aber falls die Opposition zu groß wird, muss er von einem anderen Mitglied der Königsfamilie abgelöst werden, jemandem, mit dem wir gut auskommen. Frankreich muss auf jeden Fall eine Monarchie bleiben. Aber die Lage ist schwierig. So wie du glauben viele Leute, dass wir Reichstadt auf dem Thron sehen wollen. Du siehst also, dass es viel zu tun gibt, wenn wir den Lauf der Dinge zu unserem Vorteil beeinflussen wollen.«

Ich hätte natürlich fragen können, was mit mir und meinem Glück war, aber der Gedanke, frei und ungebunden mit Felix in Paris zu sein, genügte mir für den Augenblick.

☆

Erst aber galt es, das Kind registrieren zu lassen (die Taufe wollten wir uns für Paris aufheben), und so wurde meine Tochter offiziell unter dem Namen Mathilde Einberg ins Geburtenregister eingetragen. Diese Maßnahme zur Wahrung der Anonymität machte mich nicht gerade glücklich, zumal sie in meinen Augen überflüssig war, da Felix keinen Hehl daraus machte, stolzer Vater meiner kleinen Tochter zu sein. Da der Name Mathilde mir nicht gefiel, nannte ich sie übrigens Didi. Sie war ein entzückendes Kind.

Dann der Umzug nach Paris. Felix reiste voraus, um seinen neuen Posten anzutreten und eine angemessene Unterkunft für mich zu suchen. Tatsächlich verließ er Basel unmittelbar nach Didis Geburt, und auch wenn er Anfang des darauf folgenden Jahres zurückkehrte, blieb er wieder nur kurz. Immerhin teilte er mir mit, dass alles für meinen Umzug bereit sei. Diese flüchtigen Augenblicke genügten natürlich nicht, um meine sexuellen Gelüste zu lindern, doch für den Augenblick gab ich mich damit zufrieden, Teil seines Lebens zu sein. Im Februar machten Didi, Emma und ich uns dann endlich auf den Weg. Ich kann nicht behaupten, dass Paris sich bei meinem zweiten Besuch von seiner besten Seite zeigte. Wie von Felix angekündigt, lag Ärger in der Luft. An den Straßenecken standen Grüppchen verschwörerisch zusammen und tuschelten, und man fühlte sich ganz allgemein drinnen sicherer als draußen. Das Haus, das Felix in der Rue de Grenelle im Faubourg St. Germain für mich angemietet hatte, war recht komfortabel, wenn auch ein wenig beengt, wie schon das Haus in Basel. Aber meine Ankunft in der französischen Hauptstadt, meine Beobachtungen der politischen Lage und meine Bequemlichkeit wurden sofort überschattet von einem Brief meiner Mutter, der ich meine neue Adresse bereits im Vorfeld mitgeteilt hatte. Von ihr erfuhr ich, dass mein kleiner Arthur gestorben war.

☆

Ich war am Boden zerstört. Er war immer ein anfälliges Kind gewesen, doch seine Kinderfrauen hatten sich so liebevoll um ihn gekümmert, dass ich ganz fest damit gerechnet hatte, er würde zu einem gesunden, wenn auch etwas zarten Mann heranwachsen. Auch war er offenbar nicht an einem Lungenleiden gestorben, wie seine ständigen Erkältungen hätten vermuten lassen, sondern an einem Anfall. Mama konnte mir nicht sagen, was diesen Anfall verursacht hatte oder wie der medizinische Befund lautete. Trotz meiner Vereinbarung mit Edward war ich in diesem Februar 1830 immer noch Arthurs Mutter, und am liebsten wäre ich sofort nach England gereist, um wenigstens am Grab meines Sohnes zu weinen. Aber ich wusste, dass damit nicht mehr erreicht würde, als mein Gewissen zu beruhigen, und mit der mir eigenen Klarheit erkannte ich, dass ich mich hinsichtlich meines Versprechens gegenüber Edward in eine heikle Lage bringen würde. Ja, ich war nicht einmal sicher, ob der Vertrag nach Arthurs Tod weiter Bestand hatte, aber zu meiner Erleichterung traf schon eine Woche später der erste meiner Unterhaltsschecks ein. Man mag mich für kaltherzig halten, aber ich handelte lediglich praktisch. Ich meine, wenn man mit der Kutsche verunglückt und der Reisegefährte so schwer verletzt wird, dass ihm ein Arm abgenommen werden muss, macht es doch keinen Sinn, sich aus reinem Mitgefühl ebenfalls einen Arm abzuhacken, oder? Ich schrieb Edward einen Brief, in dem ich ihm mein Beileid aussprach und meine eigene Trauer zum Ausdruck brachte. Er antwortete nie. Dann konzentrierte ich mich auf meine Tochter.

Eine Woche später wurde Didi getauft, auf den Namen Mathilde Selden, eine weitere Absurdität, die mich irritiert hätte, wäre ich nicht von anderen Dingen so beansprucht gewesen. Felix wählte den Namen aus, und ich ahnte nicht, dass die Maschinerie des Verrats bereits in Gang gesetzt worden war. Denn während ich noch hin und her gerissen war zwischen Trauer um Arthur und Glückseligkeit wegen der Nähe zu Felix, den ich nahezu täglich sah (und das in meinem eigenen gemütlichen Zuhause und in der Wärme meines eigenen Bettes, ohne fürchten zu müssen, überrascht oder verraten zu werden), begann in London das Scheidungsverfahren. In den meisten Ländern der so genannten zivilisierten Welt, womit ich Westeuropa meine, ist eine Scheidung für gewöhnliche Sterbliche unerreichbar. Könige können eine bestehende Ehe auflösen, wenn ihre Königin ihnen keinen Erben schenken kann, aber sogar dann muss irgendeine Blutsverwandtschaft nachgewiesen werden, wie weit sie auch zurückliegen mag. Ein weiteres Beispiel menschlicher Absurdität, da dieselben heiligen Kirchenväter, die eine Scheidung ausschließlich aus diesen Gründen befürworten, von uns verlangen zu glauben, wir stammten allesamt von Adam und Eva ab, womit wir streng genommen alle aus inzestuösen Beziehungen hervorgegangen wären ... Da die Engländer sich offenbar lieber als andere vor Gericht streiten, oder zivilisierter sind als andere, wie sie es gern darstellen (auf dem Kontinent hat ein gehörnter Ehemann nur die Option, seine Frau zu töten, ihren Liebhaber, oder beide), ist bei uns eine Auflösung der Ehe dann möglich, wenn der Ehemann einflussreich genug ist und zudem über die finanziellen Mittel verfügt, einen so kostspieligen Prozess anzustrengen. Dass eine Frau die Scheidung einreichen könnte, ist selbstverständlich undenkbar. Und auch wenn dem betrogenen Ehemann nicht das Recht zusteht, seinen Rivalen zu erschießen, hat er doch Anspruch auf eine Abfindung seitens des Verursachers, mindestens in Höhe seiner eigenen Auslagen. Tatsächlich hieß es, Edward habe die unvorstellbare Summe von 25.000 Pfund als Entschädigung verlangt. Ich weiß nicht, ob das stimmt. Felix hat nie etwas in dieser Richtung erwähnt, und ich bezweifle sehr, dass diese Forderung je für rechtmäßig erklärt wurde.

Allerdings kann eine Scheidung auch in England nur vor dem höchsten Gericht des Landes verhandelt werden, und die Schuld der Ehefrau muss zweifelsfrei bewiesen werden. Dies führt dazu, dass in Abwesenheit der beiden Schuldigen jedes bisschen schmutzige Wäsche öffentlich gewaschen wird. Die erste Anhörung vor dem Oberhaus war nicht öffentlich, und mein Anwalt, ein gewisser Mr Dampier, den meine Eltern engagiert hatten, versuchte, Schadensbegrenzung zu betreiben, indem er darauf verzichtete, Zeugen aufzurufen, die die Anschuldigungen des Klägers bestritten, was einem Schuldeingeständnis meinerseits gleichkam. Den Richtern blieb somit nichts anderes übrig, als dem Wunsch des Klägers zu entsprechen, wenn auch nicht ohne den einen oder anderen Tadel, dass Edward mich sträflich vernachlässigt habe und somit nicht ganz unschuldig an den späteren Ereignissen sei.

Aber damit war nur die erste Hürde genommen. Die Entscheidung des Oberhauses musste vom Unterhaus bestätigt werden. Die Gentlemen dort bestanden darauf, alle Zeugen zur Sache zu hören, und diesmal wurde die Presse nicht ausgeschlossen. So kam es, dass verachtungswürdige Gestalten wie Ann Lewis und John Ward ihre Aussagen wiederholten, und man spürte sogar Robert Hepple auf, der Felix in unserer gemeinsamen Nacht in Brighton auf dem Hotelflur angesprochen hatte. Wie sich herausstellte, hatte er Felix aufgelauert, um zu sehen, ob er es wieder versuchen würde. Er war ihm gefolgt und hatte sogar durchs Schlüsselloch in mein Zimmer gespäht! Warum man solche Leute nicht wegen Voyeurismus wegsperrt, ist mir ein Rätsel. Wenigstens konnte er unter Eid nicht behaupten, etwas gesehen zu haben, aber er beharrte darauf, aus meinem Zimmer eindeutige Geräusche gehört zu haben ... Dieser Mistkerl! Was für ein Kontrast zum Verhalten William Carpenters, der sich im Zeugenstand weigerte, mehr preiszugeben, als dass er mich hin und wieder an der Straßenecke abgesetzt hatte anstatt vor dem Haus meiner Eltern, weil ich den Wunsch geäußert habe, ein Stück zu laufen.

Eine weitere wichtige Zeugin war Steely, die unter anderem aussagte, dass ich ihr unter Tränen gebeichtet hätte, Felix wäre der Vater meines ungeborenen Kindes. Seltsamerweise wurde Lucy nicht vorgeladen, obwohl sie mich am meisten hätte belasten können. Ich weiß nicht, wie das kam, aber ich vermute, dass sie Edward gegenüber angedeutet hatte, von seinen Umtrieben in unserer Hochzeitsnacht berichten zu müssen, falls Mr Dampier hiervon erfuhr, was sich leicht arrangieren ließe. Ich könnte mir vorstellen, dass ihr das ein hübsches Sümmchen Schweigegeld eingebracht hat.

Ich muss sagen, dass viele sich sehr vehement für mich einsetzten, und zwar weniger mein Anwalt, der sich eher zurückhielt, um weisungsgemäß das Verfahren nicht unnötig in die Länge zu ziehen, sondern vielmehr diverse Ratsmitglieder, die sich bemühten, Edward zumindest eine Mitschuld anzulasten, weil er mich so sträflich vernachlässigt habe. Indem sich durch ihre Aussagen das Verfahren hinzog, erwiesen sie mir allerdings einen Bärendienst, zumal der Ausgang des Prozesses ohnehin feststand. Anfang April wurde meine Ehe rechtskräftig geschieden.

## 8. KAPITEL

### Der Streit

Die Nachricht vom Ausgang des Scheidungsprozesses erreichte mich früher als jeden anderen in Paris und war mir höchst willkommen. Noch willkommener sogar, als die völlig unerwartete Mitteilung Mr Freshfields, dass mir ab sofort weitere 330 Pfund jährlich Unterhalt überwiesen würden, ebenfalls in zwei halbjährlichen Raten. Auf diese Summe hatten sich Edward und das Gericht geeinigt. Von unserer bereits bestehenden Vereinbarung und einer Verrechnung der Beträge war nirgends die Rede. Ein paar Tage war ich ziemlich nervös, weil ich fürchtete, künftig statt der großzügig bemessenen 500 nur noch die gerichtlich vereinbarten 330 Pfund ausbezahlt zu bekommen. Aber Mr Freshfield versicherte mir schriftlich, dass tatsächlich beide Summen addiert würden. Ich vermute, dass Edward unsere private Vereinbarung verschwieg, weil man ihm im Prozessverlauf eine nicht unerhebliche Mitschuld am Scheitern unserer Ehe vorgeworfen hatte und er die Kritik der Öffentlichkeit fürchtete, wenn die Vertragsbedingungen bekannt würden.

Aber was immer auch seine Beweggründe sein mochten, ich war jetzt eine wohlhabende Frau, und es ist wohl nur nachvollziehbar, dass ich hierüber sehr glücklich war. Tatsächlich verlebte ich in den ersten zwei Monaten eine sehr schöne Zeit in Paris, obwohl ich schon bald zu spüren bekam, dass die gehobenen Pariser Kreise mich als *Persona non grata* betrachteten. Mein Ruf war mir vorausgeeilt, und obgleich ich meine Karte bei allen wichtigen Leuten hinterließ, sogar bei Hof, blieben Einladungen aus. Das bereitete mir jedoch keine großen Kopfschmerzen (nach allem, was ich gehört hatte, würde es den Hof sowieso nicht mehr lange geben, zumindest nicht in seiner gegenwärtigen Konstellation), aber ich muss gestehen, dass es mich verletzte, dass auch Fürstin Aloisia zu Schönburg, Felix' jüngere Schwester, sich weigerte, mich zu empfangen. Felix versprach, mit ihr zu reden, aber es kam nichts dabei heraus, und ich war nicht gewillt, mich anzubiedern. Fakt aber war, dass ihre Haltung ganz entscheidend die der übrigen Pariser Gesellschaft beeinflusste.

Eine weitere Beleidigung erfuhr ich, als Lady Blessington, eine verabscheuungswürdige Person, die die Frechheit besessen hatte, eine Karikatur von mir zur Illustration eines ihrer skurrilen Romane zu verwenden, einen großen Empfang für meinen Vetter William gab, inzwischen Kapitän der Königlichen Marine, und es nicht für nötig erachtete, auch mir eine Einladung zukommen zu lassen. William besuchte mich während seines Aufenthalts in der französischen Hauptstadt übrigens kein einziges Mal, was ich sehr kleingeistig fand, war er doch immerhin mein Vetter ersten Grades und ein früherer Spielkamerad. Ich beschloss, die Ansons abzuschreiben. Als George im selben Jahr Isabella Weld-Forrester heiratete, die auf der Insel meinen Platz in der Londoner Gesellschaft eingenommen hatte (für George immer nur das Beste!) und als Tugendhaftigkeit in Person galt, tat ich die Neuigkeit mit einem Achselzucken ab. Überflüssig zu erwähnen, dass Steely diejenige war, die sich bemüßigt fühlte, mir von diesem gesellschaftlichen Ereignis zu berichten.

Trotzdem verspürte ich leises Bedauern, als Cousin William wenig später auf seinem Schiff einen tödlichen Unfall erlitt; jetzt hatten schon zwei meiner drei Sandkastenfreunde ein vorzeitiges Ende gefunden. Andererseits waren die

Tage der Gespensterjagd auf den dunklen Fluren so fern, dass sie mir beinahe unwirklich erschienen.

☆

Aber das war im Herbst. Im Frühling belegte Paris seit jeher Dichter und Liebende gleichermaßen mit einem Zauber, und ich verkörperte beides. Ich war wieder so schlank und schön wie vor Didis Geburt, ich war reich, und ich konnte meinen Liebhaber in den eigenen vier Wänden empfangen, wann immer es ihm möglich war, mich zu besuchen, und das war fast täglich der Fall. Ende April litt mein Ruf zwar zusätzlich, als die Pariser Presse von meinem Scheidungsverfahren berichtete, aber ich gab nichts darauf. Felix war ein wenig schockiert von einer Zeichnung, die ihn dabei zeigte, wie er mein Korsett schnürte (die Szene, die dieser widerwärtige Ward geschildert hatte), aber ich konnte ihn bald dazu bringen, das Ganze mit Humor zu nehmen. Der Zugang zur feinen Gesellschaft blieb mir also verwehrt, doch wir gingen ins Theater und in die Oper, wo wir unweigerlich alle Blicke auf uns zogen, verkehrten in Cafés am linken Seine-Ufer und tanzten sogar auf den Straßen – wie alle anderen auch. Dieses fast schon übertrieben fröhliche Treiben sollte zweifellos von dem Knall ablenken, der kommen musste, da der König seine Repressalien noch verschärfte. Für mich aber war es eine wundervolle Zeit, die ein abruptes Ende fand, als ich Besuch vom Marquis von Londonderry erhielt.

Robert war ein Vetter von Edwards erster Frau gewesen, aber wir hatten uns von Anfang an gut vertragen und den Kontakt nie abbrechen lassen. Er war ganz anders als Edward und hatte des Öfteren die Bälle im Almack's besucht, wo wir ausgelassen miteinander getanzt hatten. Ich war entzückt, ihn zu sehen, wenngleich seine sichtliche Anspannung mich ein wenig beunruhigte. »Robert!« Ich umarmte ihn. »Was führt dich nach Paris?« Ich konnte mir keinen anderen Grund für seinen Besuch vorstellen als eine Familientragödie, und so wartete ich ein wenig atemlos, dass er auf den Grund seines Kommens zu sprechen kam.

»Ich bin auf Edwards Wunsch hier.«

Meine Gedanken überschlugen sich, und ich ging mehrere unerfreuliche Möglichkeiten durch. War Edward vielleicht Bankrott gegangen und ich war somit ebenfalls schlagartig verarmt? Aber ich ließ mir äußerlich nichts anmerken, forderte Robert auf, Platz zu nehmen, setzte mich zu ihm und wies den Butler an, einen Aperitif zu servieren. Dann erst fragte ich: »Es geht ihm doch hoffentlich gut?«

»O ja, sehr gut, danke. Also, eigentlich ...«, er war sichtlich verlegen und nahm den Sherry dankbar entgegen, »... hat er mich gebeten, Schwarzenberg aufzusuchen.«

»Und wozu das, um alles in der Welt?« Ich war nun tief besorgt, da ich wusste, dass Felix sehr ungehalten reagieren würde, wenn Edward eine finanzielle Entschädigung von ihm verlangte.

»Also, es ist so ...« Robert wand sich. »Er ist – wie wir alle, wenn ich das sagen darf – der Meinung, dass er das einzig Richtige tun sollte. In Bezug auf dich, meine ich.«

Ich stellte mein Glas ab. »Was meinst du damit?«

»Nun ja, Teufel auch, er hat dich in diese Lage gebracht, und jetzt, da deine Scheidung rechtskräftig ist, kannst du doch wieder heiraten, oder?«

»Heißt das, du hast ihm in meinem Namen einen Antrag gemacht?« Ich wusste nicht, ob ich lachen oder weinen sollte.

»Ich habe ihm erklärt, dass dies das einzig Ehrenhafte wäre.«

»Ich verstehe. Und was hat er geantwortet?«

»Genau da liegt das Problem. Er sagte, das wäre unmöglich.« Ich hob ruckartig den Kopf. »Er hat eine ganze Reihe von Gründen angeführt«, fuhr Robert fort. »Zum einen, dass er und seine ganze Familie römisch-katholisch seien und du Protestantin.«

»Er weiß, dass ich bereit wäre, zu konvertieren.«

»Tatsächlich? Das ist ja ein Ding! Aber ich denke, seine Familie stellt ein weit größeres Problem dar. Sie ist sehr alt, weißt du.«

»Also wirklich, Robert. Jede Familie auf Erden ist doch gleich alt.«

»Was ich damit meine ... es ist uralter Adel. Die Schwarzenbergs sind seit Menschengedenken Grafen und Fürsten. Ihr Ruf ist untadelig, und so soll es auch bleiben.«

»Du meinst damit konkret, dass es an der Tugendhaftigkeit ihrer Frauen nie etwas auszusetzen gab«, entgegnete ich. »Das gilt aber nicht für die männlichen Vertreter. Wie auch immer. Ich danke dir, dass du dich für mich eingesetzt hast. Darf ich fragen, warum du hergekommen bist, um mir das zu sagen? War das auch Edwards Idee?«

»Nein, nein. Er weiß nicht, das ich hier bin, und vermutlich würde er es auch missbilligen. Aber Jane, meine liebe Jane, ich musste einfach kommen. Ich kann einfach nicht mit ansehen, wie du dein Leben an einen Schuft verschwendest. Sei mir bitte nicht böse«, fügte er hinzu, als er sah, wie meine Züge versteinerten. »Mir liegt nur dein Glück am Herzen.«

»Ich bin böse, aber da ich weiß, dass du es nur gut meinst, verzeihe ich dir. Bleibst du zum Essen?«

»Äh ... das würde ich wirklich sehr gern, aber ich muss los. Mein Schiff läuft morgen Abend von Calais aus.«

»Wie du willst. Richte Edward meinen Dank aus. Und ich versichere euch beiden, dass wir heiraten werden, sobald es sich arrangieren lässt, egal, was Felix in der Öffentlichkeit sagt.« Er blieb skeptisch.

☆

Mein Optimismus beruhte auf einem Geheimnis, in das bislang nur Emma eingeweiht war: Gerade war meine zweite Periode ausgeblieben. Einen Monat später konnte ich Felix bestätigen, dass ich sein zweites Kind unter dem Herzen trug. Er schien sich zu freuen, und ich erzählte ihm nichts von Roberts Besuch. Im Hinblick auf den zu erwartenden Familienzuwachs – und da Paris sich an meine Gegenwart gewöhnt zu haben schien, zumal die Aufregung um meine Scheidung sich im Zuge bedeutenderer Ereignisse gelegt hatte – fand ich, dass es an der Zeit wäre, die Initiative zu ergreifen und Gäste einzuladen. Hierzu benötigte ich allerdings ein größeres und zentraler gelegenes Haus. So zog ich von St. Germain an die Place des Députés, die nach den Parlamentariern benannt war, die im dort gelegenen ehemaligen Königspalast tagten. Das Haus, das ich anmietete, die Nr. 99, befand sich direkt gegenüber; eine zentralere Lage hätte man sich nicht wünschen können. Meine gesellschaftlichen Pläne wurden jedoch rüde vom Ausbruch der Revolution über den Haufen geworfen.

Zum großen Knall kam es ungefähr einen Monat nach dem Tod Georg IV. Ich schätze, dieses Ereignis sorgte für einige Aufregung bei den Engländern in Paris (genau weiß ich es nicht, da ich mit keinem von ihnen verkehrte). Ich für meinen Teil war vor allem neugierig. Betroffen machte mich das Ableben meines Königs nicht, war sein »Abgang« doch längst überfällig gewesen. Ich konnte mir jedoch lebhaft vorstellen, welches Chaos in Westminster ausbrechen würde, wenn Sailor Billy den Thron bestieg und die Tory-Regierung bei den Neuwahlen das Nachsehen hatte. Aber weitere vier Wochen später wurden die Ereignisse auf der Insel von den Geschehnissen in Paris überlagert. Ich wurde an einem Julimorgen von Schüssen geweckt, sprang aus dem Bett und lief ans Fenster. Draußen auf dem Platz sah ich Männer und Frauen, die Pflastersteine aus dem Boden rissen und Barrikaden errichteten (das scheint in Krisenzeiten eine der Lieblingsbeschäftigungen der Franzosen zu sein). Aber die Aufregung draußen war nichts verglichen mit der Hysterie im Haus. Emma war wie die anderen Dienstmädchen außer sich, Didi brüllte angesteckt von der allgemeinen Aufregung wie am Spieß, und mein Butler und das ihm unterstellte männliche Personal luden hektisch Musketen und Pistolen, scheinbar fest entschlossen, mich bis zum letzten Atemzug zu beschützen.

Ich tat das einzig Vernünftige: Ich wies Emma an, unsere große Landesfahne auszupacken, die ich auf Reisen immer mit mir führte (sie sollte im Fall der Fälle über meinen Sarg drapiert werden), und hängte sie aus einem der oberen Fenster. Der Mob jubelte, und schon bald verteilten wir Kaffee und Cognac: Barrikaden zu errichten war offenbar eine schweißtreibende Angelegenheit. Es dauerte nicht lange, bis Felix eintraf, um sich davon zu überzeugen, dass es mir gut ging. Er war völlig perplex, als er sah, dass ich seiner Rettung nicht bedurfte, sondern sogar alles unter Kontrolle hatte, zumindest im eigenen Haus. Tatsächlich handelte es sich um einen eher bescheidenen Aufstand. Es fielen noch ein paar Schüsse, und überall wurden Sperren errichtet, aber offenbar war nicht einmal die Armee willens, für Charles zu kämpfen, sodass Frankreich Ende Juli einen neuen König hatte, einen Bourbonen namens Ludwig Philipp, der in den Augen des Pöbels akzeptabel war, hatte sein Vater sich doch 1791 tatsächlich für die Hinrichtung König Ludwig XVI. ausgesprochen (bevor er selbst im Laufe der großen Revolution guillotiniert worden war). Ludwig Philipp erklärte sich mit der Rolle eines konstitutionellen Monarchen einverstanden. Über Nacht schüttelte Paris alle Anspannung ab, und es wurde wieder gefeiert, die allgemeine Fröhlichkeit noch angefacht von einem militärischen Triumph, der Eroberung der Piratenstadt Algier, die ewige Zeiten eine Bedrohung für die Seefahrt auf dem Mittelmeer gewesen war. Die Franzosen hatten Algier mehrere Jahre belagert und in diesem Sommer endlich den Sieg davongetragen, ein Ereignis, das Charles hatte nutzen wollen, um seine Popularität wiederherzustellen. Diese war jedoch nicht mehr zu retten gewesen, und so profitierte an seiner statt nun Ludwig Philipp von dem Ereignis.

Als die politische Lage sich wieder gefestigt hatte, war ich im fünften Monat schwanger und weder in der Verfassung noch in der Laune, Gäste zu unterhalten. Da ich das Haus nur selten verließ und noch seltener Besuch empfing, war ich weitestgehend auf Felix angewiesen, was Neuigkeiten und Gesellschaft anbelangte. Doch im Laufe des Sommers ließ er sich immer seltener blicken. Ich wusste, dass er sehr viel zu tun hatte in dieser Zeit politischer Wirren und Intrigen, zumal Ludwig Philipp nicht sofort im ganzen Land als neuer Monarch akzeptiert wurde. Österreich wollte ihn jedoch unbedingt auf dem Thron halten, bestrebt, die gute Nachbarschaft zu Frankreich wiederherzustellen, nachdem die Gefahr eines nationalen Autoritarismus oder Bonapartismus gebannt war. Auch körperliche Liebe war mir nicht mehr möglich. Im Laufe des Sommers hörte ich immer öfter Dienstboten tuscheln, dass Felix in Begleitung anderer Frauen auf verschiedenen Empfängen und in der Oper gesehen worden war, vornehmlich mit einer gewissen Madame d'Ourdenarde.

Ich sprach ihn darauf an und war nicht gänzlich beruhigt, als er mir wie seinerzeit in London erklärte, dass es zu seinen Pflichten gehöre, Frauen auszuführen. Doch seine Versicherungen, er würde sich lieber mit mir zeigen als mit jeder anderen Frau, was gegenwärtig meines Zustands und meiner immer noch währenden gesellschaftlichen Ächtung wegen leider nicht möglich sei, beruhigten mich wieder. Außerdem rechnete ich fest damit, dass alles anders würde. In wenigen Monaten würde mein Kind zur Welt kommen, und ich war sicher, dass er mich heiratete, sobald ich wieder auf den Beinen war. Und war ich erst eine Fürstin Schwarzenberg, standen mir sämtliche Türen der feinen Gesellschaft offen.

Felix hatte es versprochen. Er schwor, dass er seine Schwester Mathilde auf seine Seite hatte bringen können (sie zählte um vieles mehr als seine jüngere Schwester Aloisia) und er nur noch seinen Bruder Frederick und den Fürsten Metternich überzeugen müsse. Frederick war kürzlich erst Geistlicher geworden und hegte massive religiöse Vorurteile gegenüber so unmoralischen Umtrieben wie außerehelichem Verkehr und Scheidung. Doch er war Felix' jüngerer Bruder; deshalb war ich sicher, dass er nachgeben würde, vor allem, wenn ich konvertierte. Es fiel mir schwer, einzusehen, was Metternich Felix' Privatleben anging, aber der Kanzler kontrollierte offenbar sämtliche Bereiche des österreichischen Lebens, ob gesellschaftlicher oder politischer Natur, und seine Ablehnung konnte uns sämtliche Türen in Wien verschließen, ganz zu schweigen davon, dass ich ohne seinen Segen niemals bei Hofe empfangen werden würde. Doch Felix schien sicher zu sein, ihn für uns gewinnen zu können, vor allem wenn er hörte, dass ich möglicherweise einen Schwarzenberg-Erben unter dem Herzen trug.

Ich gab mich damit zufrieden, und so sehr ich meine kleine Tochter auch liebte, betete ich doch, dass sie einen kleinen Bruder bekommen würde. Kurz nach Weihnachten brachte ich einen Sohn zur Welt. »Wir nennen ihn Felix«, sagte ich. Felix war entzückt und versprach, seiner Schwester zu schreiben, um die Familie zu informieren und diese, wie ich glaubte, auf die bevorstehende Heirat vorzubereiten. Doch wenige Wochen später zog der kleine Felix sich eine schlimme Erkältung zu, die auch auf seine Lungen übergriff. Eines morgens im Januar lag er tot in seinem Bettchen.

☆

Sein Tod erschütterte mich noch mehr als seinerzeit der seines Halbbruders. Mit dem kleinen Arthur hatte ich aufgrund der Gepflogenheiten der britischen Oberschicht nur sehr wenig Zeit verbracht, aber schon bei Didi hatte sich das radikal geändert. Ich widmete meiner kleinen Tochter viel Zeit, hatte Anteil an jedem Bereich ihres Lebens, und genauso hatte ich es bis zu seinem Tod mit dem kleinen Felix gehalten. Dann wurde er mir genommen. Sein Vater schien ebenso niedergeschmettert wie ich, und in den ersten Tagen nach dem tragischen Verlust und der kurzfristigen Beerdigung standen wir uns besonders nah. »Hast du deiner Familie schon geschrieben?«, fragte ich.

»Es war so wenig Zeit. Und ich muss mir sehr sorgfältig überlegen, wie ich den Brief formulieren soll.«

Ich hielt seine Hand. »Felix, Liebster, ich werde dir noch andere Söhne schenken.«

»Natürlich. Trotzdem ... das will gut überlegt sein.«

Ich ließ die Angelegenheit fürs Erste auf sich beruhen, aber tief in meinem Innersten regte sich eine Mischung aus Misstrauen und Verzweiflung ... und Zorn. Aber was sollte ich tun? Ich hatte für ihn alles aufgegeben, mein Ruf war unwiderruflich ruiniert, meine Hoffnung, außerhalb Englands einen leichteren Stand zu haben, hatte sich zerschlagen seit dem Empfang, den man mir in Paris bereitet – oder nicht bereitet – hatte. Dazu war ich die Mutter seines Kindes und seine anerkannte Mätresse, sodass sich mir kein anderer Mann nähern konnte, sofern überhaupt einer gewillt gewesen wäre, die damit verbundene gesellschaftliche Ächtung in Kauf zu nehmen.

Schwerer als das alles wog jedoch, dass ich Felix immer noch liebte. Er war der einzige Mann, den ich bisher rückhaltlos geliebt hatte, und daran würde sich auch nie etwas ändern, so wie ich es sah (oder sehen wollte). Ohne ihn wäre ich nichts. Ich redete mir ein, ohne ihn nicht mehr leben zu können. Ich möchte an dieser Stelle daran erinnern, dass ich in jenem Frühjahr 1831 erst vierundzwanzig Jahre alt war! Außerdem trauerte ich um meinen kleinen Sohn und konnte das Leben nur durch die Gegenwart seines Vaters ertragen – die mir immer öfter versagt blieb. Wie gewöhnlich schob er berufliche Pflichten vor, aber die Berichte seiner immer häufigeren abendlichen Aktivitäten in Begleitung verschiedener Schönheiten beunruhigten mich zunehmend.

Ich brauchte dringend Ablenkung. Ich griff auf meinen Plan vom Vorjahr zurück und begann, erlesene Soireen zu organisieren. Schon bald erfreuten diese sich großer Beliebtheit, und auch wenn ich nie die wirklich wichtigen Vertreterinnen der Pariser Gesellschaft für mich gewinnen konnte, zog es die Herren zu mir hin wie Motten zum Licht. Es kam selten vor, dass am Abend nicht jemand auf ein Glas Wein und einen Plausch vorbeischaute. Sie kamen aus allen Gesellschaftsschichten, und mein Haus wurde zu einem beliebten Treffpunkt. Einige meiner damaligen Gäste sind zwischenzeitlich zu einigem Ruhm gelangt, darunter Victor Hugo und eine gut aussehende junge Frau namens Aurore Dudevant. Sie war drei Jahre älter als ich, und ich fand sie aus zwei Gründen interessant: Zum einen wegen ihres Vornamens, der jenem Spitznamen glich, den ich zu Almack's Zeiten getragen hatte, und zweitens, weil sie ganz wie ich ihren Mann verlassen hatte, um mit einem Liebhaber durchzubrennen. Vielleicht hätte ich mich genauer mit ihrer Geschichte befassen sollen, erfuhr ich doch später, dass ihre große Liebe sie schon zwei Jahre später hatte sitzen lassen. Jetzt lebte sie mit einem Schriftsteller namens Jules Sand zusammen, dem sie bei zweien seiner Romane zugearbeitet hatte. Sie vertraute mir an, dass sie gerade an ihrem ersten eigenen Roman schrieb, der tatsächlich im darauf folgenden Jahr unter dem Pseudonym Georges Sand veröffentlicht wurde und ein Riesenerfolg wurde. Hiernach wurde sie ziemlich berühmt, nicht nur als Schriftstellerin, sondern auch wegen ihres Lebensstils, trug sie doch gerne Herrenkleider und hatte einen immensen Verschleiß an Liebhabern, darunter der beliebte polnische Pianist und Komponist Frederic Chopin.

Zu meinen Stammgästen gehörte auch Fürst Alfred zu Schönburg, der Gatte der abscheulichen Aloisia und somit Felix' Schwager. Er war charmant und geistreich. Ich genoss seine Gesellschaft, war jedoch pikiert, als er andeutete, dass er für den Fall, dass ich irgendwann genug hätte von Felix, gerne dessen Platz als mein Gönner einnähme. Das war beleidigend, deutete es doch darauf hin, dass er in mir weniger eine Frau sah, die alles aufgegeben hatte für die Liebe, sondern eine Person, die sich mit jedem Mann einließ, der ihre Rechnungen bezahlte, de facto also eine Kurtisane! Ich wies ihn ziemlich schroff zurecht. Mein allerberühmtester Besucher war jedoch ein grotesk hässlicher und (zumindest was seine Garderobe betraf) recht vulgärer Romancier namens Honoré de Balzac, ein gefeiertes Mitglied des literarischen Establishments. Ich kann allerdings nicht behaupten, dass ich besonders viel für ihn übrig gehabt hätte.

Unglücklicherweise war auch der verhasste Aponyi unter meinen Gästen, der ebenfalls von London nach Paris versetzt worden war. Er bestürmte mich regelrecht, informierte mich über den neuesten Londoner Klatsch und stellte eine Menge indiskreter Fragen. Natürlich sprach ich mit ihm nicht über Felix, abgesehen davon, dass ich ihm wie jedem anderen erklärte, dass es nur eine Frage der Zeit wäre, bis wir heiraten würden. Doch wir unterhielten uns über viele andere Belange und Personen. Hätte ich geahnt, dass jedes meiner Worte in seinem Tagebuch festgehalten und weitererzählt werden würde, wäre ich zweifellos zurückhaltender gewesen. Und wenn ich gewusst hätte, dass er aus reiner

Klatschsucht meine Worte völlig falsch interpretieren würde, ich hätte ihm die Tür gewiesen.

☆

Meine Gäste waren vornehmlich Herren. Wenn sie, einmal abgesehen von Aurore, Frauen mitbrachten, handelte es sich meist um bekannte Schauspielerinnen, die keine gesellschaftliche Stellung riskierten, und ich argwöhnte sogar, dass sich unter ihnen die eine oder andere Kurtisane befand, auch wenn ich darauf bestand, dass in meinem Haus Sitte und Anstand gewahrt wurden. Ich zog die Gesellschaft und Konversation der Männer vor, und es wäre unnatürlich gewesen, hätte ich nicht auch ein wenig mit ihnen geflirtet. Abgesehen davon, dass sie es darauf anlegten, war mir wohl bewusst, dass Felix zur gleichen Zeit mit einer hochwohlgeborenen Dame turtelte. Ich gestattete keinem meiner Verehrer größere Intimität als einen Händedruck, sodass ich aus allen Wolken fiel, als Felix eines Morgens im Mai nach mehrtägiger Abwesenheit vorbeischaute und fragte: »Wie läuft es denn heute so im Puff?«

Vielleicht habe ich überreagiert, aber ich war an diesem Morgen schlecht gelaunt, und er hatte sich immerhin eine ganze Woche nicht blicken lassen. »Für deine unpassende Bemerkung solltest du dich entschuldigen«, sagte ich mühsam beherrscht.

»Warum? Unterhältst du denn nicht Gott und die Welt?«

»Ich empfange Leute, die ich unterhaltsam finde.«

»Ich kann mir denken, welche Art Unterhaltung du meinst.«

Jetzt wurde ich erst richtig wütend. »In meinem Haus benehmen sich alle zu jeder Zeit tadellos. Was diese Leute außerhalb meiner vier Wände tun, interessiert mich nicht.«

»Ha!«, schnaubte er. »Als Nächstes willst du mir wohl

erzählen, dass du nicht Stunden alleine mit diesem Tabourier verbringst?«

Jacques Tabourier war ein sehr netter junger französischer Offizier, der sich bis über beide Ohren in mich verliebt hatte. Da er oft zu ungewöhnlichen Zeiten vorbeischaute, waren wir tatsächlich hin und wieder unter uns gewesen, aber auch ihm hatte ich nie mehr gestattet, als meine Hand zu berühren. Ich verlor die Geduld. »Hast du vielleicht Spione in meinem Haus?«

»Dann gibst du es also zu!«

»Ich gebe gar nichts zu, es gibt nämlich nichts zuzugeben.«

»Und das soll ich glauben?«

»Allerdings. So wie du von mir erwartest zu glauben, dass du dich darauf beschränkst, Madame d'Oudenarde zum Abschied die Hand zu küssen, wenn du sie in die Oper und hinterher nach Hause begleitest. Können wir dieses sinnlose Gespräch jetzt beenden?«

»Sinnlos? Du betrügst mich ...«

Ich ohrfeigte ihn. Es war keine bewusste Handlung, mehr ein Reflex. Ich fand seine Anschuldigung ungeheuerlich in Anbetracht meiner absoluten Loyalität ihm gegenüber, erst recht verglichen mit seinen leeren Versprechungen und seinem verletzenden Benehmen. Hinterher starrte ich ihn erschrocken und offenen Mundes an und rechnete beinahe damit, dass er zurückschlug. Stattdessen musterte er mich einen Moment mit feuerroter Wange, machte dann auf dem Absatz kehrt und verließ das Haus.

☆

Ich war schrecklich wütend und im ersten Moment froh, als er fort war, doch am nächsten Morgen hatte ich mich wieder beruhigt und schrieb ihm einen Brief, in dem ich ihn um

Verzeihung bat und zum Essen einlud. Ich rechnete mit einer großen Versöhnung und war entsprechend schockiert, als mein Bote mir bei seiner Rückkehr mitteilte, Fürst zu Schwarzenberg habe Paris verlassen. Ich hatte keinen Schimmer, was ich tun sollte, außer mich in Geduld zu fassen und seine Rückkehr abzuwarten; ich konnte nicht glauben, dass er nur wegen unseres Streits abgereist sein sollte, und vermutete vielmehr berufliche Pflichten. Ich wartete noch zwei Tage und schrieb ihm dann erneut. Ich konnte es nicht fassen, als der Bote mir berichtete, der Fürst habe seine Wohnung geräumt und werde wohl so bald nicht zurückkehren.

Ich weigerte mich, der aufkeimenden Panik nachzugeben. Er konnte unmöglich die Tochter verlassen haben, die er so sehr liebte. »Bring den Brief zur österreichischen Botschaft. Man soll ihn dort für ihn aufbewahren. Und erkundige dich, wann er zurückerwartet wird.«

Die Antwort war niederschmetternd: »Fürst zu Schwarzenberg ist nicht mehr für die Botschaft tätig, Mylady. Er ist nach Wien zurückgekehrt.« Später erfuhr ich, dass er auf eines der Familienschlösser geflüchtet war, aber das machte keinen großen Unterschied. Ich konnte immer noch nicht fassen, dass er einfach auf und davon war, ohne ein Wort der Erklärung; ebenso wenig konnte ich glauben, dass er auf einen Streit derart überreagiert haben sollte. Aber für einen österreichischen Aristokraten gab es wohl keine größere Demütigung, als geohrfeigt zu werden, erst recht von einer Frau, von der man keine Genugtuung in Form eines Duells verlangen konnte.

Für mich war die Situation noch unerträglicher. Ich hatte für diesen Mann alles geopfert, und jetzt hatte er mich einfach sitzen lassen. Mehrere Tage war ich wie gelähmt und konnte nicht klar denken; mein Haus blieb Besuchern verschlossen, als hätte ich einen geliebten Menschen zu beklagen, was in gewisser Hinsicht ja auch der Fall war. Es wurde viel über die Gründe für meine Klausur spekuliert, und Aponyi brachte schließlich seine ganz eigene Version der Ereignisse als angeblich ultimative Wahrheit ein. Nach einer Woche riss ich mich zusammen. Ich schrieb Felix, um mich erneut bei ihm zu entschuldigen und ihn um eine Erklärung für sein Verhalten zu bitten. Da ich aber nicht wusste, wo er sich aufhielt (die Botschaft weigerte sich, mir Auskunft zu geben) und den Brief an die Adresse seiner Verwandten in Wien schicken musste, bezweifle ich, dass er ihn je erhalten hat. Hiernach musste ich meine eigene Position überdenken. Ich war nur seinetwegen nach Paris gekommen. Er war mein einziger wahrer Freund in der Stadt gewesen, und ich hatte keine Lust, mich erneut Klatsch und Tratsch auszusetzen. Dem Mann, den ich liebte, nach Wien zu folgen, hätte mich der Lächerlichkeit preisgegeben, vielleicht sogar Schlimmerem, wenn die Schwarzenbergs tatsächlich so einflussreich waren, wie alle behaupteten. Nach England zurückzukehren würde bedeuten, gegen meine Abmachung mit Edward zu verstoßen. Wo also sollte ich hin?

In meiner Verzweiflung suchte ich sogar eine Wahrsagerin auf. Diese Frau, die sich Madame Normande nannte, war ziemlich berühmt, nachdem sie seinerzeit Bonaparte beraten hatte. Es hieß, sie wäre bei ihm in Ungnade gefallen, als sie ihm die Niederlage in Waterloo prophezeite! Ob das nun stimmte oder nicht, sei dahingestellt, ich für meinen Teil kam jedenfalls zu dem Schluss, dass sie eine Betrügerin war, da sie, nachdem sie eine Weile meine Hand gehalten und diese auf unangenehme Weise gestreichelt hatte, erklärte: »Meine Liebe, vor Ihnen liegt eine sehr aufregende Zukunft. Sie werden noch unzählige Liebhaber haben, bevor sie der Liebe ihres Lebens begegnen. Einige dieser Männer werden sehr mächtig sein. Ich sehe sogar einen König in Ihrem Bett. Nein, warten Sie, zwei Könige. Nein, drei. Drei Könige werden Ihnen ihre Liebe schenken.« Ich hatte in meinem ganzen Leben noch nie solchen Unsinn gehört. Abgesehen davon, dass ich nie einen anderen Mann lieben würde als Felix, war allein aufgrund meiner gesellschaftlichen Ächtung der Gedanke an eine Liaison mit einem König absurd. Und dann gleich drei ... Der Besuch bei Madame Normande trug somit nicht dazu bei, mir die Qual der Wahl zu erleichtern. Ich schluckte meinen Stolz hinunter und bat Mama um Rat.

☆

Sie wollte mich sehen, konnte aber damals nicht nach Frankreich kommen und schlug deshalb vor, wir sollten uns in Dover treffen. Da es sich nur um einen kurzen Besuch handelte, sah ich hierin keinen Verstoß gegen meinen Vertrag mit Edward, in dem es ja lediglich hieß, ich dürfe mich nie wieder in England *niederlassen*. Ich nahm Emma und Didi mit, da Mama ihre Enkeltochter noch nie zu Gesicht bekommen hatte. Ich war im ersten Moment verunsichert, als ich sah, dass sie Steely bei sich hatte, aber das Wiedersehen verlief wider Erwarten sehr harmonisch. Mama war entzückt von Didi und gewillt, die Vergangenheit ruhen zu lassen und mir nach Kräften zu helfen. »Bayern«, empfahl sie mir. »München. Dort solltest du hingehen, bis du dir darüber klar geworden bist, was du möchtest.«

»Aber ich kenne niemanden in München.«

»Doch. Erinnerst du dich nicht an Lord Erskine? Er ist ein alter Freund der Familie. Du bist ihm mehrere Male bei Dinnerpartys begegnet. Vor deiner Heirat.« Ich hoffte, dass er keiner meiner abgewiesenen Verehrer gewesen war, sagte mir aber dann, dass dies wenig wahrscheinlich sein dürfte, da er viel zu alt dafür gewesen wäre. »Er ist kürzlich als Botschafter an den bayerischen Hof entsandt worden«, fuhr Mama fort. »Er schwärmt in seinen Briefen in höchsten Tönen von diesem Land. Ich bin sicher, dass er sich freuen würde, dich dort zu haben.«

»Und was ist mit der bayerischen Gesellschaft? Wie wird die mich aufnehmen?«

»Soweit ich weiß, ist man dort liberaler als bei uns«, entgegnete sie zuversichtlich.

☆

Ich beschloss, ihren Rat zu befolgen, zumal ich im Grunde keine Alternative hatte. Wir verbrachten einen schönen Tag miteinander, auch wenn dieser überschattet wurde von der Neuigkeit, dass Gibraltar und Turpin gestorben waren, an gebrochenem Herzen, wie Mama meinte. Dann umarmten wir uns zum Abschied, und ich setzte wieder über den Ärmelkanal. Glücklicherweise war es von Paris nach München nicht allzu weit. Ich wurde von Lord Erskine und seiner Gattin persönlich empfangen und trotz ihrer umfangreichen Familie nahmen sie mich, Didi und Emma für ein paar Tage bei sich auf, bis ich ein angemessenes Haus gefunden hatte. Ich freundete mich vor allem mit ihrer Tochter Gabrielle an, die nur ein oder zwei Jahre jünger war als ich. Das Haus, das ich mietete, wurde nach meinen persönlichen Vorstellungen renoviert und möbliert. Die ständige Umzieherei klingt furchtbar teuer, aber tatsächlich besaß ich noch einen Großteil der Summe, die Edward mir seinerzeit als »Startkapital« ausgezahlt hatte, und die Lebenshaltungskosten in München waren weit geringer als in Paris, sodass meine Finanzen sich bald wieder erholt hatten. München war einfach himmlisch.

Es war sehr lange die Hauptstadt der Wittelsbacher gewesen, die über Jahrhunderte als bayerische Kurfürsten eine wichtige Rolle gespielt hatten in der politischen und militärischen Geschichte Europas, bevor es wie so viel von

Deutschland Napoleon in die Hände gefallen war. Dies hatte jedoch auch ein Gutes gehabt: Der damalige Kurfürst, der Vater des jetzigen Herrschers, war in den Rang eines Königs erhoben worden. Seitdem hatten die Bayern auf Geheiß Ludwig I. eine Fülle extravaganter Gebäude errichtet. In dieser Hinsicht war München der französischen Hauptstadt nicht unähnlich, wo gerade der Arc de Triomphe entstand und linksliberale politische Ansichten Hochkonjunktur hatten. Überall wurde gebaut, und die bereits hübsche Stadt entwickelte sich zu einer stolzen Schönheit.

Ich spürte gleich: Wenn ich überhaupt jemals wieder glücklich sein könnte, dann hier! Aber noch erschien mir die Zukunft wenig verheißungsvoll, empfand ich doch den Umgang mit Didi als einzigen Lichtblick in meinem ansonsten tristen Dasein. Mama war ein wenig zu optimistisch gewesen, was die liberale Haltung der Münchner Gesellschaft anbelangte, und nicht einmal Erskines Protektion vermochte mir Türen zu öffnen. Aber ich fand mich schnell in örtliche Bräuche und Gepflogenheiten ein, ritt jeden Morgen im Park aus und nahm fast jeden Nachmittag an einem der grünen Tische von Tombosi's Platz, dem beliebtesten Restaurant der Stadt, um dort Tee zu trinken und Leute anzuschauen, war die Promenade draußen vor dem Lokal doch Mittelpunkt des täglichen Flanierens all jener, die sich für wichtig hielten. Die Passanten musterten mich mit der gleichen Neugier, aber niemand brachte den Mut auf, das Wort an mich zu richten. Entsprechend überrascht war ich, als zwei Wochen nach meiner Ankunft ein ziemlich großes Grüppchen den Boulevard hinunterkam und der Mann an der Spitze auf meiner Höhe stehen blieb, um mich unverhohlen anzustarren. Ich fand das sehr ungezogen. Ein verstohlener Blick auf eine schöne, vielleicht auch verruchte Frau war ja akzeptabel, aber zu starren war schlicht unhöflich.

Ich winkte den Kellner herbei. »Wer ist das?«, fragte ich.

Der Mann wurde kreidebleich. »Das ist Seine Majestät, Mylady.«

Seine Majestät? Konsterniert schaute ich wieder zu dem Fremden hinüber. Ich hatte noch nie erlebt – oder gehört –, dass ein König einfach eine Straße hinunterschlenderte. Und bei seinem Hofstaat handelte es sich offenbar, so umfangreich er auch sein mochte, nicht um Leibwächter, sondern vielmehr um Männer und Frauen, die förmlich an seinen Lippen hingen. Und was den Mann selbst betraf ... er war mittelgroß, gut gebaut, mit ebenmäßigen Zügen, gepflegtem Oberlippenbart, dunklem Haar, das sich zu lichten begann, wie die Geheimratsecken verrieten, und ebenso gut wie schlicht gekleidet. Und jetzt kam er auf mich zu! Ich erhob mich hastig, wahrend der Ober hinter mir in Habacht-Stellung erstarrte. Ein König! Der König!!! Die Weissagung von Madame Normande! Aber das war unmöglich. Der König kam geradewegs auf mich zu. »Lady Ellenborough?«, fragte er so laut, dass sich die Blicke aller anderen Gäste im Restaurant auf uns richteten – sofern sie nicht ohnehin bereits herüberstarrten.

Ich knickste. »Jawohl, Eure Majestät.«

»Nun«, entgegnete er, wobei er immer noch viel zu laut sprach, »Sie entsprechen genau dem, was man sich von Ihnen erzählt, Madame.«

Ich war nicht sicher, wie ich das aufnehmen sollte, sagte mir jedoch, dass ich es mir nicht leisten könne, beleidigt zu sein: Immerhin war ich Gast in seinem Land. »Gewiss war das, was Euch zu Ohren gekommen ist, weit übertrieben, Hoheit.«

»Im Gegenteil. Die Berichte sind Ihnen nicht gerecht geworden. Bei weitem nicht. Sie sind sehr schön.« Also hatte er sich nicht auf meinen Ruf, sondern auf mein Aussehen bezogen. Allmählich wurde er mir sympathisch. »Ihr ergebenster

Diener, Madame«, fuhr er fort. »Ich würde mich gerne bei Gelegenheit mit Ihnen unterhalten.«

»Wann immer Ihr wünscht, Hoheit.«

»Ja. Wir werden uns unterhalten. Guten Tag, Madame.«

Ich knickste noch einmal, und er setzte seinen Weg an der Spitze seines Gefolges fort. Nur einer der Gentlemen blieb zurück. »Würden Sie mir Ihre Adresse nennen, Madame?«

Er notierte sie und nickte. »Darf ich fragen, woher Seine Majestät meinen Namen kennt?«, erkundigte ich mich.

»Er hat sich nach Ihnen erkundigt, Madame. Er blieb stehen und fragte: ›Wer ist dieses zauberhafte Wesen?‹ Verzeihen Sie meine Offenheit, aber genau das waren seine Worte.«

»Da gibt es nichts zu verzeihen. Und jemand von Ihnen wusste, wer ich bin?«

»Selbstverständlich, Madame.«

»Dann ...« Ich zögerte und wählte meine Worte mit Bedacht.

»Seine Majestät hatte schon von Ihnen gehört. Wenn Sie mich jetzt entschuldigen.« Er verneigte sich.

»Nur noch eins ... Spricht Seine Majestät immer so laut?«

»Bedauerlicherweise leidet Seine Majestät infolge einer Erkrankung in der Kindheit unter Schwerhörigkeit.«

»Aha.«

☆

Ich verließ das Restaurant und begab mich zu den Erskines, die sich die Geschichte meiner unerwarteten Begegnung mit einer Mischung aus Belustigung und Sorge anhörten. »Ich fürchte, der König ist ein Fall für sich«, sagte Erskine. »Im Grunde ist er ein netter Kerl, aber man weiß nie, was ihm als Nächstes einfällt. Er ist unberechenbar. Leider hat es in seiner Familie schon Fälle ... nun, geistiger Verwirrtheit gegeben.« Das beunruhigte mich, wie er sofort merkte. »Ich will damit nicht sagen, der König wäre verrückt, aber exzentrisch ist er allemal.«

»Er ist ein großer Ästhet«, meinte Lady Erskine. »Er liebt schöne Gebäude, schöne Bäume und Blumen ... Man braucht sich nur anzusehen, wie sehr München sich seit seiner Thronbesteigung verändert hat. In nur sechs Jahren hat er die Stadt völlig neu gestaltet.«

»Er hat auch eine Schwäche für schöne Frauen«, meldete Erskine sich wieder zu Wort. »Er besitzt eine Galerie mit Porträts der schönsten Frauen seines Königreichs, die er auf eigene Kosten hat malen lassen.«

»Und auf seinen *Befehl*«, merkte seine Frau an.

»Nun ja, Liebes, immerhin ist er der König.«

Ich betrachtete eine Schwäche für schöne Dinge und vor allem für schöne Frauen keineswegs als exzentrisch und erst recht nicht als verrückt, wollte mir aber ein Bild davon machen, wo ich stand. Oder möglicherweise bald liegen würde, wenn die Prophezeiung der Wahrsagerin sich bewahrheitete. Ich konnte es immer noch nicht glauben. Aber wenn doch ... sie hatte von drei Königen gesprochen! Nun, irgendwo musste man wohl anfangen. Stellte sich nur die Frage, ob ich das auch wollte. Seit meiner ersten Begegnung mit Felix hatte ich keinen anderen Mann mehr angesehen, und auch jetzt war ich nicht wirklich interessiert an jemand anders: Ich hoffte immer noch auf ein Wunder, glaubte immer noch, dass alles sich zum Guten wenden würde. Nicht einmal in Kindheitstagen hatte ich mir je erträumt, irgendwann das Bett eines Königs zu teilen. Andererseits ... wie gab man einem König einen Korb? Wie sollte man das wagen, zumal, wenn man in seinem Land lebte? Mehr noch, wie sollte man gegen eine Weissagung handeln, zumal, wenn es sich um ein romantisches Abenteuer handelte? »Sind diese Schönheiten denn alle seine Mätressen?«

»Grundgütiger, nein«, rief Lady Erskine aus. »Es sind mehr als dreißig. Das dürfte wohl die Fähigkeiten jedes Mannes übersteigen.« Sie errötete. »Wie auch immer«, fuhr sie munter fort. »Die meisten von ihnen genießen einen einwandfreien Ruf.« Sie errötete noch heftiger. »O Gott! Bitte entschuldigen Sie, meine Liebe, das war taktlos.«

»Ich kann alles verzeihen außer Heuchelei«, versicherte ich ihr. »Gibt es auch eine Königin Ludwig?«

»Allerdings. Aber ...« Lord Erskine warf einen Blick auf seine Frau.

»Napoleon hat Königin Theresa seinerzeit als die schönste Prinzessin Europas bezeichnet.«

»Napoleon?«

»Nun, das war vor zwanzig Jahren. Sie ist immer noch attraktiv, aber ...« Nun war sie es, die ihrem Mann einen Blick zuwarf.

»Sie und Ludwig haben sich kurz nach seiner Thronbesteigung überworfen«, erklärte Erskine. »Das hatte übrigens nichts mit irgendwelchen Techtelmechteln seinerseits zu tun. Aber die Königin hat sehr liberale Ansichten in Bezug auf Politik und persönliche Freiheit. Sie und Ludwig waren sich vor seiner Krönung in diesen Dingen einig, aber dann hat er rasch gemerkt, dass das Regieren eines Landes nicht allzu viel Raum lässt für Liberalität. Verstehen Sie mich nicht falsch: Ludwig ist alles andere als ein Tyrann, und soweit ich informiert bin, erfreut er sich beim Volk großer Beliebtheit. Aber es hat zur Zeit seiner Thronbesteigung einige Unruhen gegeben, und die Königin hat für die Kritiker Partei ergriffen. Ludwig hat ihr das offenbar nie verziehen. Sie hat ihre eigenen Gemächer im Palast und begleitet ihn auch zu offiziellen Anlässen, aber ich glaube nicht, dass sie noch miteinander verkehren, wenn Sie verstehen, was ich meine.«

»Haben die beiden Kinder?«

»Mehrere. Aber alle wurden schon vor seiner Krönung und der inoffiziellen Trennung von der Königin geboren.«

Ich fand das alles höchst interessant, auch wenn es mich nicht wirklich zu betreffen schien. Wenn es König Ludwig gefiel, mich zu bewundern, war ich gerne bereit, mich bewundern zu lassen. Und wenn er wünschte, dass ich für ein Porträt Modell saß, war mir auch das recht. Hiervon abgesehen – und da ich immer noch nicht wirklich an die Prophezeiung glauben konnte – führte ich weiter ein recht zurückgezogenes Dasein, immer noch in der Hoffnung, von Felix zu hören. Ich war ganz sicher, dass er sich melden würde, wenn er seine absurde Verschnupftheit erst überwunden hatte. Am nächsten und übernächsten Nachmittag saß ich an meinem üblichen Tisch im Tombosi's, doch Ludwig ließ sich nicht blicken, sodass ich annahm, dass sein Interesse an mir offenbar doch nur sehr oberflächlicher Natur gewesen war. Umso überraschter war ich, als am dritten Tag nach unserer Begegnung mein Butler Manfred sichtlich erregt in den Garten kam, wo ich gerade mit Didi spielte. »Mylady«, stieß er hervor, »der König ist hier.«

☆

Emma stieß einen unterdrückten Schrei aus, und ich sprang auf. Nachdem ich mit Didi im Gras gesessen hatte, war mein Kleid fleckig und verknittert, und da ich nach meiner Rückkehr aus dem Restaurant die Haube abgelegt hatte, fiel mir das Haar unordentlich über den Rücken. Hinzu kam, dass mir das Herz bis zum Hals schlug und meine Wangen glühten. Ich hatte noch nie gehört, dass ein König unangekündigt am helllichten Tag eine Privatperson zu Hause aufsuchte. Könige ließen bitten, sie gaben Audienzen, aber sie machten sich nicht die Mühe, jemanden persönlich zu besuchen. »Ist er allein?«

»Vor dem Haus steht eine Kutsche, Mylady.«

»Grundgütiger!« Offensichtlicher ging es schon nicht mehr. »Bitte Seine Majestät, im Salon Platz zu nehmen. Ich bin in zwei Minuten bei ihm. Und biete ihm etwas zu trinken an.«

Ich wandte mich zum Haus und erstarrte mitten in der Bewegung. Ludwig stand in der Tür. »Ich bin nicht gekommen, um Ihren Wein zu kosten, sondern um mich an Ihrer Schönheit zu laben.«

Ich hatte reflexartig die Hand gehoben und mir das Haar aus dem Gesicht gestrichen. Als ich jetzt tief knickste, fiel es wieder über die Schultern nach vorn. Er eilte auf mich zu und nahm meine Hand. »Ich war nicht auf Ihren Besuch vorbereitet, Hoheit. Bitte verzeihen Sie mein Aussehen«, sagte ich verlegen.

»Sie können gar nicht anders als bezaubernd aussehen, Lady Ellenborough.«

Das klang aufrichtig. »Das ist nicht mehr mein Name.«

»Dann werden wir uns darüber unterhalten, wie ich Sie korrekt ansprechen muss, ja?« Er warf einen Blick an mir vorbei auf Emma und Didi. »Was für ein entzückendes Kind.«

Ich registrierte den unausgesprochenen Befehl, war jedoch bestrebt, die Kontrolle zu behalten, immerhin war das hier mein Haus. »Bring Mathilde ins Haus, Emma«, sagte ich. »Und du, Manfred, bring uns Wein.« Die Dienstboten verneigten sich vor dem König und eilten davon, wobei Didi ein verdutztes Gesicht machte – mit noch nicht zwei Jahren konnte sie nicht verstehen, was ein König war. »Möchtet Ihr Platz nehmen, Hoheit?« Ich zeigte auf eine rustikale Bank auf einer Seite des Rasens.

Er setzte sich, und da er ein so erwartungsvolles Gesicht machte, setzte ich mich zu ihm. »Darf ich fragen ...?«

»Mathilde ist meine Tochter, Hoheit.« Wenn er meine Freundschaft wollte, würde er mich »mit Kind und Kegel«

akzeptieren müssen. »Ihr Vater ist Fürst zu Schwarzenberg; sie wurde nach seiner Schwester benannt.«

»Und Fürst Felix weilt mit Ihnen hier in München?«

Zweifellos kannte er die Antwort bereits. »Der Fürst hält sich in Österreich auf, Hoheit.«

»Aber Sie erwarten ihn hier?«

Wie viel mochte er noch wissen? »Ich hoffe, dass er herkommt, Hoheit.«

»Um Sie zu heiraten?«

Diese ebenso direkten wie persönlichen Fragen brachten mich ein wenig aus dem Konzept, aber nachdem ich mich einmal für absolute Ehrlichkeit entschieden hatte, behielt ich diesen Kurs bei. »Das auch, ja.«

Er musterte mich einige Sekunden. »Der Fürst muss ein sehr wohlhabender Mann sein.«

»Hoheit?«

»Nun, wenn jemand so nachlässig mit seinem größten Schatz umgeht, muss er noch sehr viel mehr besitzen, das seine Aufmerksamkeit beansprucht.«

In diesem Moment kam Manfred mit dem Wein. Aber er zog sich wieder zurück, noch ehe ich mich gesammelt hatte. »Ihr seid zu gütig, Hoheit«, murmelte ich.

»Nur ein Versuch, das Benehmen dieses Mannes zu entschuldigen. Lieben Sie ihn noch?«

Ich schaute ihn an. »Ja, Hoheit.«

»Dann hat er Sie ganz sicher nicht verdient. Stimmt es, dass Sie alles für ihn aufgegeben haben?«

»So kann man es sehen, ja.«

»Dann besitzen Sie keinen Titel mehr. Wie soll ich Sie anreden?«

Ich wagte einen Schritt ins Ungewisse. »Mein Name ist Jane.«

»Jane«, sinnierte er. »Ich möchte Sie Ianthe nennen. Das ist die griechische Version Ihres Namens.«

»Das finde ich sehr hübsch, Hoheit. Von heute an werde ich mich Ianthe nennen.«

»Ihr schmeichelt mir. Ich heiße Ludwig. Ich möchte, dass Sie mich mit meinem Vornamen ansprechen, wenn wir unter uns sind.«

»Ludwig.«

»Gefällt Ihnen der Name nicht?«

»Ich finde, er klingt zu hart. Ich würde es vorziehen, Euch Lewis zu nennen.«

»Ihr meint Louis. Das französische Äquivalent.«

»Nein, Hoheit. Ich meine Lewis, das englische Äquivalent.«

Wieder musterte er mich einige Sekunden schweigend. Dann lächelte er. »Sie sind reizend. Wie Sie wünschen. Lewis also. Ich würde gern Ihr Schlafzimmer sehen.«

Nicht zum ersten Mal seit dem Anfang unserer noch jungen Bekanntschaft war ich völlig verblüfft. »Ich fürchte, das ist gerade nicht sehr ordentlich.«

»Umso besser. Ich möchte mehr über Sie erfahren. Ich möchte *alles* von Ihnen wissen!« Ludwig legte wahrlich ein atemberaubendes Tempo vor. Aber ich wusste nicht, wie ich ihm seinen Wunsch verwehren sollte, immerhin war er der König. Im Augenblick sogar *mein* König. Mein erster König? Mir ging die Weissagung nicht mehr aus dem Kopf. Ich stand auf und führte ihn vor den empörten Blicken meiner Dienstboten die Treppe hinauf und in mein Schlafzimmer, das einigermaßen ordentlich war, da ich es seit meiner Rückkehr vom Ausreiten am Morgen nicht mehr betreten hatte. Ich blieb an der Tür stehen und sah zu, wie er durch den Raum wanderte, verschiedene Gegenstände in die Hand nahm und betrachtete, bevor er sie zurückstellte, eine meiner Parfümflaschen entkorkte und daran schnupperte, und schließlich die Festigkeit der Matratze prüfte, ehe er sich auf das Bett setzte.

Er bedeutete mir mit einer Handbewegung, die Tür zu schließen. »Ich würde vorschlagen, Sie machen die Tür zu, Ianthe.« Ich gehorchte. »Kommen Sie zu mir.«

Ich durchquerte den Raum, ganz und gar nicht sicher, was ich mir wünschte, das passieren sollte. Er klopfte auf die Bettdecke, und ich nahm an seiner Seite Platz. »Erzählen Sie mir von Ihrer Kindheit.« Das tat ich, wenn ich ihm auch eine stark verkürzte Fassung lieferte, um nicht mehr als nötig von seiner zweifellos kostbaren Zeit zu beanspruchen. Ich hatte fast eine Stunde erzählt und mich dabei insgeheim immer wieder gefragt, wann er zur Tat schreiten würde, als er sich unvermittelt vorbeugte und mich auf die Wange küsste. »Sie werden verstehen, dass ich Sie nicht an den Hof einladen kann. Protokoll. Etikette. Ich bitte hierfür demütigst um Verzeihung.«

Ich musste mich erst gedanklich von Holkham lösen, so vertieft war ich in die Vergangenheit gewesen. »Selbstverständlich, Hoheit. Lewis. Ich habe keine Sekunde mit einer solchen Ehre gerechnet.«

»Wir werden uns also hier treffen müssen.« Er erhob sich, und ich tat es ihm gleich. Er ging zur Tür, wo er innehielt und mich anschaute. »Mit wie vielen Männern haben Sie bisher geschlafen?«

Wieder war ich schockiert. »Äh ... mit fünf.« Ich hatte auch mit Tom geschlafen, auch wenn es nicht zum »Vollzug« gekommen war.

»Ihrem Mann, Fürst zu Schwarzenberg ... und noch drei weiteren?« Er hielt die Finger hoch. »Ich will ihre Namen nicht wissen. Ich würde sie doch nur beneiden.« Er küsste mir die Hand und ging nach unten. Ich stolperte ihm fast nach. Einerseits fand ich, dass es sich so gehörte, ihn zur Tür zu begleiten, andererseits war ich nicht sicher, ob er wollte, dass ich an der Tür stand und wir beide den Blicken neugieriger Passanten ausgesetzt waren. Letztendlich blieb ich im

Haus, obwohl jeder, der sah, wie der König mein Haus verließ, so oder so nur einen Schluss daraus ziehen konnte. Ich sollte Recht behalten. Ich erfuhr später, dass von diesem Tag an ganz München davon ausging, dass ich die neue Mätresse des Königs wäre.

☆

Hätte ich das damals schon gewusst, wäre ich ganz und gar nicht begeistert gewesen. Ich träumte immer noch von einer Versöhnung mit Felix, und diesem Ziel wäre es sicher nicht förderlich gewesen, wenn er von meiner Liaison mit einem anderen Mann erfuhr, auch wenn es sich um einen echten König handelte. Jedenfalls war ich ziemlich durcheinander, da ich noch nie erlebt hatte, dass sich mir jemand auf diese Weise näherte. Und streng genommen war ja auf sexueller Ebene gar nichts passiert. Während ich einerseits nicht wollte, dass Felix an meiner Treue zweifelte, sagte ich mir doch auch, dass was dem einen recht war, dem anderen billig sein sollte. Ich zweifelte keine Sekunde daran, dass Felix seit unserer Trennung verschiedene Liebschaften gehabt hatte. Ich war mir sogar sicher, dass er noch in Paris mit dieser Oudenarde geschlafen hatte. Und das hier war ein König!

Andererseits wusste ich nicht, ob es wirklich irgendwann dazu kommen würde. Ich versuchte, die Situation möglichst gelassen zu betrachten und untersagte meinen Dienstboten, ein Wort über den Besuch des Königs zu verlieren, aber das wäre dasselbe gewesen, wie dem Meer die Gezeiten zu verbieten. Auch kann ich nicht abstreiten, dass das Interesse des Königs mir sehr schmeichelte und ich hoffte, ihn wiederzusehen. So kam es, dass ich etwas sehr Ungehöriges und wohl auch Dummes tat, als er sich die folgenden zwei Tage weder im Tombosi's noch bei mir daheim blicken ließ: Ich schickte ihm eine kurze Nachricht, in der ich meine Freude darüber zum Ausdruck brachte, ihn unterhalten haben zu dürfen. Ich war entzückt, als er antwortete, und so begann ein Briefwechsel, der so lange währte wie unsere Freundschaft.

Aber meine Eigenmächtigkeit trug auch greifbare Früchte, da er mich bereits wenige Tage später erneut aufsuchte. Diesmal kam er noch früher als bei seinem ersten Besuch, und ich kam gerade von meinem Morgenausritt durch den Park zurück. Ich war zum ersten Mal seit meiner Abreise aus Paris guter Laune, und das aus zwei Gründen: Zum einen hatte ich eine Einladung zu einer Soiree im Hause eines königlichen Ministers erhalten – ob diese aus den Gerüchten um mich und den König resultierte oder Ludwig es so befohlen hatte, weiß ich nicht, aber ich nahm dankbar an, in der Hoffnung, meine gesellschaftliche Ächtung hätte damit endlich ein Ende. Der zweite Anlass für meine gute Stimmung war der, dass sich mir am Morgen bei meinem Ausritt ein überaus charmanter und gut aussehender Mann angeschlossen hatte. Reiten gehört zu den wenigen Gelegenheiten, bei denen Mann und Frau einander kennen lernen konnten, ohne dass die Etikette verlangt hätte, dass sie einander von einer dritten Person vorgestellt wurden. So hatte besagter Gentleman sich völlig korrekt verhalten, als er zu mir aufschloss und mir Komplimente machte zu meiner Stute und meinem Sitz. »Sie sind eine wirklich außerordentlich gute Reiterin. Gehe ich recht in der Annahme, dass ich Lady Ellenborough vor mir habe?«

Wozu widersprechen, zumal er so gut aussah: groß, attraktiv, mit kastanienrotem Haar und Schnauzbart und dazu in einer schnittigen Husarenuniform. Hätte ich Felix nicht gekannt, hätte ich diesen Fremden als den attraktivsten Mann eingestuft, der mir je begegnet war. »Sie sind mir gegenüber offensichtlich im Vorteil, Sir«, entgegnete ich.

Er salutierte. »Karl von Venningen. Zu Ihren Diensten, Mylady, jetzt und für alle Zeit.«

Ich fand das überaus schmeichelhaft und wollte Manfred gleich bei meiner Rückkehr anweisen, Erkundigungen über den Gentleman einzuholen. Aber Ludwig traf ein, noch bevor ich Gelegenheit hatte, mich umzuziehen. »Eure Majestät«, rief ich verblüfft. Manfred wartete verunsichert meine Weisungen ab. »Welch wundervolle Überraschung!« Das entsprach zwar nicht ganz den Tatsachen, aber mir war klar, dass der König auf jeden Fall Priorität hatte.

Er küsste mir die Hand und führte mich die Treppe hinauf. »Möchtet Ihr ein Glas Wein?«, fragte ich eine Spur verzweifelt, steuerte er doch ein wenig zu zielstrebig auf mein Schlafzimmer zu.

»Später«, entgegnete er und betrat mein Schlafgemach, ohne mir den Vortritt zu lassen. Ich folgte, schloss die Tür und blieb davor stehen. Mir war bewusst, dass ich nach dem wilden Galopp ein wenig erhitzt und zerzaust aussah, zumal ich Manfred meinen Hut übergeben hatte. Wie schon bei seinem ersten Besuch setzte der König sich auf das Bett und musterte mich eine Weile wortlos.

»Bitte verzeiht meine Aufmachung«, sagte ich schließlich.

»Du siehst bezaubernd aus. Entkleide dich für mich.«

»Wie meinen?« Nicht nur der Übergang zum vertraulichen Du machte mir ein wenig Angst.

»Ich möchte dich anschauen. Ich habe an den vergangenen drei Tagen an nichts anderes denken können.«

Meine Gedanken überschlugen sich. »Für gewöhnlich nehme ich nach dem Reiten ein Bad.«

»Wunderbar. Ich werde dir dabei zusehen. Aber erst möchte ich dich anschauen.« Wie so oft in letzter Zeit tobten widersprüchliche Gefühle in meinem Innern. Einerseits empfand ich seine Art, mir zu befehlen wie einem Dienstmädchen, beleidigend, andererseits war es das Privileg eines Königs, anderen zu befehlen, und er tat es sicher nicht, um mich zu demütigen, sondern weil es sein natürlicher Umgangston war. Und was das betraf, was sich aus dem Entkleiden noch ergeben mochte ... Ich zog mich aus, wozu ich ohne Emmas Hilfe recht lange brauchte. Er beobachtete mich sehr genau, scheinbar ohne die geringste Regung, bis ich das letzte Kleidungsstück, meine Unterhosen, abgelegt hatte. Dann winkte er mich heran. Ich trat vor ihn, und er malte mit dem Zeigefinger kleine Muster auf meine schweißfeuchte Haut, um meine Brustwarzen herum, über meinen Bauch, durch mein Schamhaar und um einen Schenkel herum zu meinem Po. Ich drehte mich um, damit er sich bequemer meiner Rückansicht widmen konnte, fand ich seine Erforschung meines Körpers doch faszinierend sinnlich und erregend. »Du bist göttlich«, stellte er fest.

»Manch einer würde mich eher als teuflisch bezeichnen, fürchte ich.«

»Wir sind umgeben von Menschen, die mit Blindheit geschlagen sind«, entgegnete er. »Deine Haut ist wie Sahne vermischt mit einem Hauch pürierter Erdbeeren. Was tust du, um sie so makellos zu erhalten?«

»Nichts, Hoheit, abgesehen davon, dass ich sie eincreme. Und mich regelmäßig wasche.«

»Es gibt an meinem Hof oder auch im ganzen Land keine Frau, die nicht irgendeinen Makel hätte, sei es eine Narbe, die von den Windpocken zurückgeblieben ist, oder ein unschönes Muttermal. Du bist perfekt. Und deine Zähne! Wie aufgefädelte unbezahlbare Perlen.«

»Ich putze sie täglich.«

»Setz dich zu mir.« Ich gehorchte. Ich war jetzt ziemlich erregt: Gleich würde ich von einem König genommen werden! Oder doch nicht? Er legte die Arme um mich und streichelte mich, machte aber keine Anstalten, sich selbst zu entkleiden. Was mich betraf, wagte ich nicht, diesbezüglich die Initiative zu ergreifen, ganz gleich, wie neugierig und ungeduldig ich auch sein mochte. Schließlich küsste er mich, zwar auf den Mund, aber ohne große Leidenschaft, und ließ mich dann los. »Sag deinem Mädchen, es soll dir ein Bad einlassen.«

Ein weiterer dieser Augenblicke extremer Unsicherheit: Fand er meinen verschwitzten Körper abstoßend? Bis jetzt hatte es den Anschein gehabt, als fände er Gefallen an mir. Ich stand auf, läutete und hüllte mich in meinen Morgenmantel. »Es wird sie in Verlegenheit bringen«, bemerkte ich. Obgleich Emma seit über zwei Jahren in meinen Diensten war, hatte sich zwischen uns nie ein solches Maß an Intimität entwickelt wie seinerzeit bei Lucy. Und nun ... Die Situation machte sie tatsächlich schrecklich verlegen. Mich übrigens auch. Vor den Augen eines Mannes zu baden war etwas viel Intimeres, als mit ihm zu schlafen, da beim Sex weniger das Sehen im Vordergrund stand als das Fühlen. Und Ludwig schaute wirklich sehr genau hin, sodass ich wieder fest damit rechnete, dass wir einander anschließend näher kamen. Aber nachdem er zugesehen hatte, wie ich mich abtrocknete, küsste er mir nur die Hand und ging ... Ich war verwirrter denn je.

☆

Am nächsten Tag wurde ein Riesenstrauß Veilchen für mich abgegeben, beiliegend eine unbeschriftete Karte mit dem königlichen Wappen. Ich war immer noch in den Anblick der Blumen vertieft, als Manfred mir einen Besucher ankündigte. Ich warf einen Blick auf die Karte: *Baron von Venningen.* Auch das noch. Aber ich konnte ihn schlecht fortschicken. »Mylady!« Er küsste mir galant die Hand. »Bitte verzeihen Sie mir diesen Überfall.«

»Nicht doch, Baron. Ich freue mich über Ihren Besuch«, versicherte ich ihm, nicht zum ersten Mal in den letzten Tagen gezwungen, zurückhaltend mit der Wahrheit umzugehen. Ich forderte ihn auf, Platz zu nehmen, und Manfred präsentierte ihm auf einem Tablett einen Sherry. Karl nippte mit leicht kritischer Miene an dem Getränk: Ich hatte den Eindruck, dass er es zum ersten Mal kostete. »Ein englischer Aperitif«, erklärte ich. »Hergestellt in Spanien.«

»Verstehe«, entgegnete er, was ganz offensichtlich nicht der Fall war. »Schmeckt gut.«

»Manche finden ihn zu trocken.«

»Nein, nein. Sehr gut.« Wir schauten einander an. »Ich bin gekommen, um mich zu erkundigen, ob Sie zu Baron Bardochs Soiree gehen werden.«

»Das habe ich vor, ja.« Ich fragte mich, woher er von der Einladung wusste.

»Haben Sie schon einen Begleiter?«

»Brauche ich denn einen?«

»Es ist netter, bei solchen Anlässen einen Begleiter zu haben. Würden Sie mir gestatten ...?«

Warum nicht, sagte ich mir. Er hatte vollkommen Recht: Es war tatsächlich angenehmer, bei öffentlichen Anlässen in Begleitung zu sein. »Es wäre mir ein Vergnügen«, entgegnete ich.

☆

Ludwig besuchte mich am nächsten Tag; inzwischen kam er so regelmäßig vorbei, dass sogar mir dämmerte, dass ganz München, möglicherweise sogar ganz Bayern, von unserer Beziehung wissen musste. Dass die Gerüchte sich bereits über die Grenzen Bayerns hinaus verbreitet haben könnten, kümmerte mich weniger, als es der Fall hätte sein sollen, war es doch bisher nicht zu Unzüchtigkeiten gekommen. Er liebte es, mich anzusehen und zu berühren, blieb aber weiterhin sehr zurückhaltend. Bislang hatte er keinen Versuch unternommen, mit mir zu schlafen, allerdings schickte er mir sehr zärtliche Briefe und Veilchen, »passend zu deinen Augen«, wie er meinte. Davon ausgehend, dass wir nicht mehr seien als gute Freunde, fragte ich ihn, ob er den Baron von Venningen kenne.

»Ja, ich kenne ihn«, bestätigte er. »Warum? Kennst du ihn auch?«

»Wenn ich ihn kennen würde, lieber Lewis, bräuchte ich mich nicht nach ihm zu erkundigen. Ich bin ihm beim Ausritt im Park begegnet.«

»Und er hat dir Avancen gemacht?«

»Nein, Hoheit.« Mir ging auf, dass ich möglicherweise eine Indiskretion begangen hatte. »Verzeiht mir, aber ich bin krankhaft neugierig, was Menschen betrifft, die mir begegnen.«

»War das auch bei mir der Fall?«

»Selbstverständlich.«

»Und bei wem hast du dich über mich erkundigt?«

»Bei den einzigen Menschen, die ich damals in München kannte. Den Erskines.«

»Und welche Meinung haben sie geäußert?«

»Sie sagten, du wärst ein anständiger Mensch.« Das stimmte. »Und du würdest dich als guter und treuer Freund erweisen.« Das war meine eigene Einschätzung.

Er schien erfreut. »Das werde ich. Venningen! Er besitzt Anwesen in ganz Bayern, Österreich, Hessen-Darmstadt und Baden. Seit dem Tod seines Vaters ist er das Familienoberhaupt und verbringt seine meiste Zeit mit der Verwaltung seines Besitzes. Soweit ich weiß, macht er seine Sache sehr gut.«

»Bei unserer Begegnung trug er eine Husarenuniform.«

»Er ist Oberst der österreichischen Armee, aber zurzeit sind sie nicht im Krieg. Manche Männer finden eben, sie sehen in Uniform schneidiger aus. Er ist übrigens ledig«, fügte er mit einem Blick auf mich hinzu.

Ich sagte mir, dass mir ein kleiner Sieg gelungen war, indem ich zumindest einen Funken Eifersucht bei ihm entfacht hatte. Aber ich beeilte mich, ihn zu beruhigen. »Das interessiert mich nicht, Lewis. Ich beabsichtige nicht, wieder zu heiraten, es sei denn, den Fürsten zu Schwarzenberg.«

»Deine Beständigkeit ist lobenswert«, bemerkte er, wenn auch etwas trocken.

☆

Karl von Venningen begleitete mich also zu besagter Soiree, wo ich sehr herzlich empfangen wurde. Ich will nicht behaupten, dass ich nie besser ausgesehen habe, aber das neue Kleid stand mir ausgezeichnet, ebenso wie meine Frisur, die weniger der gerade herrschenden Mode entsprach als vielmehr meinem ganz persönlichen Geschmack. Wie schon so oft in der Vergangenheit umschwärmten mich die Männer wie Bienen einen Honigtopf, derweil die Frauen hinter ihren Fächern heftig tuschelten. Offensichtlich wussten sie nicht, was sie davon halten sollten, dass ich mit Karl an meiner Seite erschienen war, wo doch das Gerücht umging, ich sei mit dem König liiert. Karl war im siebten Himmel und ging in den folgenden zwei Wochen mit mir ins Theater und in die Oper. Außerdem ritten wir regelmäßig zusammen aus. Da meine Vormittage und Abende weit gehend ausgefüllt waren und ich zudem die Nachmittage immer häufiger in Gesellschaft des Königs verbrachte, hatte ich kaum noch Zeit für mich. Mein Ruf begann wieder zu leiden, und ich merkte, dass die Erskines besorgt waren, aber wir blieben trotzdem die besten Freunde.

Was meine zwei Verehrer betraf, gelang es mir, beide zufrieden zu stellen. Karl war Gentleman vom Scheitel bis zur Sohle; mehr als einen Handkuss nahm er sich nie heraus. Er stellte nie Fragen hinsichtlich meiner Beziehung zum König, vermied es vielmehr ganz, meinen mutmaßlichen Liebhaber zu erwähnen. Anders herum verhielt es sich völlig anders, denn der König beäugte meinen ständigen Begleiter mit wachsendem Argwohn. Doch ich erklärte ihm, dass ich einen Begleiter bräuchte, wollte ich nicht daheim versauern. »Du kannst mich in der Öffentlichkeit nicht begleiten, liebster Lewis. Ich verstehe und akzeptiere das, so gern ich mich auch an deinem Arm zeigen würde. Baron von Venningen erfüllt einen Zweck, mehr nicht. Ich bin immer hier und warte auf dich, wenn du die Zeit für einen Besuch erübrigen kannst.«

Das schien ihn zu beruhigen, und er küsste mich sehr leidenschaftlich. Ich freute mich auf einen gesellschaftlich ausgefüllten Winter. Als die Tage im Oktober merklich kürzer wurden, erhielt ich einen Brief von Felix!

## 9. KAPITEL

### Der Betrug

Ich las den Brief wieder und wieder, und mein Herz klopfte dabei so ungestüm, dass ich glaubte, jeden Moment in Ohnmacht zu fallen. Über eine Seite der Liebeserklärungen, der Entschuldigungen für seine Überreaktion, der Sehnsucht nach Didi und mir und schließlich das Versprechen, meinem langen Warten auf die Legitimierung unserer Beziehung ein Ende zu machen! Wie hatte ich je an ihm zweifeln können? Im Grunde meines Herzens hatte ich das nie getan, gleich welche Skepsis meine Freunde und Bekannten ihm stets entgegengebracht hatten. Ich konnte es kaum erwarten, Ludwig wiederzusehen und ihm den Brief zu zeigen.

»Er versteht es, mit der Feder umzugehen«, bemerkte er.

»Er hat mich zur glücklichsten Frau der Welt gemacht.«

»Jedenfalls scheint es, als wäre dies seine Absicht«, entgegnete der König ohne allzu große Begeisterung. »Wirst du ihn empfangen?«

»Natürlich. Ich würde euch gern miteinander bekannt machen.«

»Ich glaube, das wäre keine gute Idee. Tatsächlich würde ich deinem Fürsten sogar dringend davon abraten, nach München zu kommen.«

Ich traute meinen Ohren nicht. »Ich dachte, Ihr wärt mein Freund.«

»Ich bin mehr als dein Freund, Ianthe. Mir liegt nur dein Wohl am Herzen. Dein Glück.«

»Aber Ihr wollt mir verbieten, meinen zukünftigen Ehemann wiederzusehen.«

»Ich bin sehr wohl der Meinung, dass ihr euch wiedersehen solltet. Ich denke nur, dass München hierfür nicht der geeignete Ort wäre wegen der Klatschmäuler. Ich würde vorschlagen, dass ihr euch stattdessen auf einem meiner Schlösser trefft. Berg wäre ideal. Es liegt abgeschieden unmittelbar am Starnberger See. Es ist wirklich sehr hübsch dort.«

»Und Ihr würdet mir gestatten, dort zu wohnen? Oh Lewis ...« Ich nahm seine Hände. »Ich werde immer in Ihrer Schuld stehen.«

»Ich stelle nur eine Bedingung. Ich möchte, dass du diese Angelegenheit ein für alle Mal regelst. Bestehe darauf, dass er sich als Gentleman erweist. Lass dich nicht länger mit Versprechungen hinhalten. Stell ihn vor die Wahl, dich entweder sofort zu heiraten oder aus deinem Leben zu verschwinden. Versprichst du mir das?«

»O ja, Lewis, ja!« Ich empfand genauso, wusste aber im tiefsten Innern, dass es nicht dazu kommen würde. Mir kam nie der Gedanke, dass es ganz andere Gründe haben könnte, weshalb Lewis Felix nicht in München haben wollte, dass er es als Demütigung empfinden könnte, wenn ein ausländischer Fürst jener Frau, die als seine Mätresse galt, den Hof machte oder sie gar heiratete.

☆

Ich erzählte niemandem, dass ich München für eine Weile verlassen würde, sondern schnappte mir nur Emma und Didi, packte ein paar Sachen und fuhr los. Von München nach Berg waren es nur an die dreißig Kilometer, die wir in wenigen Stunden zurücklegten. Das Schloss am Ostufer des riesigen Sees war entzückend, umgeben von tiefen Wäldern, die es von der nahen Kleinstadt trennten, sodass man dort ganz für sich war. Ludwig hatte einen Boten vorausgeschickt, und wir wurden bereits erwartet. Das Personal las uns jeden Wunsch von den Augen ab. Natürlich hatte ich Felix geschrieben, wo er mich antreffen würde (Ludwig hatte mir erlaubt, den Brief mit der diplomatischen Post nach Wien zu schicken, sodass er ihn praktisch über Nacht erreichte), und nun wartete ich voller Vorfreude auf ihn. Nie zuvor hatte ich mich so mit mir selbst in Einklang gefühlt wie einen Tag nach unserer Ankunft, als ich ganz allein einen Spaziergang durch den Wald unternahm. Endlich war ich nicht mehr darauf angewiesen, zu träumen, sondern konnte konkrete Pläne schmieden. Der Spaziergang war so wunderschön, dass ich am nächsten Tag erneut durch den Wald schlenderte. Als ich gegen Mittag aufs Schloss zurückkehrte, herrschte dort große Aufregung. Der Butler erwartete mich bereits. »Sie haben Besuch, Mylady.«

Mein Puls raste, und beinahe wäre ich hingefallen. Ich eilte die Vordertreppe hinauf, wobei ich Hut und Handschuhe auszog, die ich achtlos fallen ließ, und lief in den Rittersaal. Dort wurde ich von Karl von Venningen erwartet. Im ersten Moment waren wir beide sprachlos. Ich fand als Erste die Sprache wieder. »Was machst du denn hier, Charles?«

»Dasselbe könnte ich dich fragen. Der König hat dich hergeschickt.«

»Der König hat mir gestattet, eine Weile hier zu wohnen. Woher weißt du eigentlich, dass ich hier bin?«

»Du musst doch inzwischen wissen, wie schwer es ist, in München etwas geheim zu halten. Er hat dich hergeschickt, um mich von dir fern zu halten!«

»Von dir? Warum sollte er das tun?«

»Weil er weiß, dass ich mich rettungslos in dich verliebt habe.«

Ich ließ mich auf einen der hochlehnigen harten Stühle sinken. »Hast du ihm das gesagt?«

»Natürlich habe ich *ihm* nichts davon gesagt. Aber es ist

für jeden offensichtlich.« Außer für mich! Andererseits hatte ich auch nie darüber nachgedacht. »O Jane, Jane.« Er fiel vor meinem Stuhl auf die Knie. »Ich bete dich an. Ich habe mich auf den ersten Blick in dich verliebt. Jane, es ist mir gleich, ob ich den Zorn des Königs auf mich ziehe. Heirate mich! Ich werde nicht zulassen, dass er dir schadet.«

»Lewis würde mir niemals schaden.«

»Warum hat er dich dann fortgeschickt?«

»Das hat er gar nicht. Er hat mir lediglich sein Haus für einige Tage zur Verfügung gestellt.«

»Dann wirst du mich heiraten?«

Ich stand auf. »Das kann ich nicht.«

»Weil du den König liebst.«

»Ich liebe den König nicht. Nicht so wie du meinst.«

»Du bist seine Mätresse, das ist doch allgemein bekannt.«

»Das ist eine allgemeine irrige Annahme, willst du wohl sagen. Der König und ich sind gute Freunde, aber ich habe nie mit ihm geschlafen.«

»Er besucht dich fast täglich und verbringt Stunden mit dir im Schlafzimmer, und du willst behaupten, du hättest nie mit ihm geschlafen?«

Ich nahm mir in Gedanken vor, gleich nach meiner Rückkehr nach München einige meiner Hausangestellten auszuwechseln. »Wir unterhalten uns gerne ungestört. Und er kommt zu mir, weil das Protokoll es mir verbietet, ihn bei Hofe zu besuchen.«

»Schwörst du mir, dass du nie mit ihm geschlafen hast?«

Ich war gleichermaßen verärgert wie besorgt. Verärgert ob seiner Unverschämtheit und besorgt, weil ich zwar nie Verkehr mit Ludwig gehabt, wohl aber nackt bei ihm auf dem Bett gesessen hatte! Wieder einmal optierte ich für das Motto »Angriff ist die beste Verteidigung«. Ich stand auf und machte ein paar Schritte. »Woher nimmst du das Recht, einen solchen Schwur von mir zu verlangen? Ich sagte bereits, dass ich nie mit dem König geschlafen habe. Es ist nicht meine Art, Lügen zu erzählen.« Nicht zum ersten Mal in meinem Leben – und auch nicht zum letzten Mal, wie ich gestehen muss – war ich nicht ganz aufrichtig, aber meine Empörung verfehlte ihre Wirkung nicht.

Zerknirscht stand er auf, kam zu mir und nahm meine Hände. »Dann heirate mich! Ich gebe dir alles, was du willst. Du würdest mich zum glücklichsten Mann auf Erden machen.«

Konnte es einen anrührenderen Antrag geben? Und doch ...

»Ich kann nicht. Ich liebe einen anderen.«

Er starrte mich lange an. »Doch nicht Schwarzenberg? Immer noch?«

»Ich liebe Felix heute und bis in alle Ewigkeit. Er ist der Vater meines Kindes, und er ist der einzige Mann, den ich zu heiraten gewillt bin.«

»Und er? Will er dich auch heiraten?«

»Genau deshalb bin ich hier. Felix kommt her, um alles Nötige in die Wege zu leiten.«

Er ließ meine Hände los und ging.

☆

Dieser Tag zog sich endlos hin. Ich spielte einige Zeit mit Didi, die inzwischen sehr ordentlich laufen konnte, ließ dann eins der Pferde satteln und ritt aus. Nach meiner Rückkehr aufs Schloss badete ich, kleidete mich an und nahm ein einsames Abendessen zu mir. Der darauf folgende Tag verlief ähnlich ereignislos, und ich wurde immer ungeduldiger, wobei ich gestehen muss, dass sich in die hehre Sehnsucht auch sehr profane mischte. Es war sechs Monate her, seit ich das letzte Mal mit einem Mann geschlafen hatte, und allein der Gedanke daran, nackt in Felix' Armen zu liegen, raubte mir schier die Sinne.

Am dritten Tag traf ein Reiter aus München ein, mit einem Brief, der an mich adressiert und mit der Diplomatenpost gekommen war. Offensichtlich hatte Ludwig ihn mir nachgesandt, auch wenn keine entsprechende Notiz dabei war. Ich zog mich auf mein Zimmer zurück, um den Brief in Ruhe zu lesen, doch ich kannte den Inhalt bereits. Warum sollte er einen Brief schicken, wenn er die Absicht hatte, herzukommen? Mit zitternden Fingern brach ich das Siegel der Schwarzenbergs auf. *Liebste Jane ... dringende geschäftliche Angelegenheiten ... unvorhersehbare Umstände ... unvermeidlich ... komme sobald ich kann ... halte dich auf dem Laufenden ... in grenzenloser Liebe ...*

Ich tat etwas, das ich bis dahin noch nie auch nur erwogen hatte: Ich machte meinem Ärger Luft. Ich nahm die Vase vom Nachttisch und schleuderte sie mit aller Kraft zu Boden.

Von allen Seiten eilten Dienstboten herbei. Ich schickte sie weg, legte mich vollständig angezogen aufs Bett und weinte mir die Augen aus. Und doch fragte ich mich bei aller Trauer: Warum, warum, *warum?* Er hatte mir nach sechs Monaten Schweigen geschrieben. Die ganze Zeit hatte ich geduldig gewartet, und als er sich dann endlich meldete, stürzte er mich gleich wieder in tiefste Verzweiflung. Hatte er von meiner angeblichen Liaison mit dem König erfahren? Aber dieses Gerücht kursierte schon seit Mitte September, und Felix hatte erst Mitte Oktober um ein Wiedersehen gebeten. Bestimmt war ihm der Klatsch lange vorher zugetragen worden, und der Überschwang, mit dem er mir in seinem Schreiben seine Liebe geschworen hatte, klang nicht nach einem eifersüchtigen Liebhaber. Doch meine Spekulationen waren unwichtig verglichen mit den Fakten. Man hatte mich seinerzeit in London von allen Seiten gewarnt, dass ich mich ins Unglück stürze mit meinem Benehmen, und ich hatte alle gut gemeinten Ratschläge mit einem Schulterzucken abgetan, im Vertrauen darauf, dass mein Ruf schlagartig wiederhergestellt sein würde, sobald ich Fürstin zu Schwarzenberg würde. Jetzt war ich nur noch eine verlassene Frau, die nicht sehr klug gewesen war in der Wahl ihres Liebhabers. Ich schwöre – wäre Didi nicht gewesen, hätte ich mich in den See gestürzt und meinem Leben ein Ende gemacht.

Ich wagte nicht, in die Zukunft zu schauen. Nur Ludwigs Freundschaft schien mir noch greifbar, und nachdem ich ihn so vor den Kopf gestoßen hatte, wagte ich nicht einmal mehr, ihm unter die Augen zu treten. Ich weiß nicht, wie lange ich dort lag und düsteren Gedanken nachhing, als zögernd an meine Tür geklopft wurde. Ich lag auf dem Bauch, rollte mich aber jetzt auf den Rücken und setzte mich auf. »Ja?«

»Ich bin es, Emma, Mylady.«

Ich strich mir das Haar aus dem Gesicht. »Komm rein.«

Die Tür öffnete sich. »Der Gentleman ist zurückgekehrt, Mylady.«

Ich musste erst nachdenken, um zu begreifen, wen sie meinte. »Allmächtiger«, stöhnte ich. »Schick ihn weg. Ich empfange heute niemanden mehr. Und morgen auch nicht. Die ganze nächste Woche nicht.« Ihr entfuhr ein erstickter Aufschrei, als sie mit sanfter Gewalt beiseite geschoben wurde, und über ihre Schulter blickte ich in Karls Gesicht.

☆

Ich sah zu, wie er Emma aus dem Zimmer schob und die Tür hinter ihr schloss. Dann sperrte er ab. Ich fand meine Stimme wieder. »Was willst du hier?«

Er kam auf mich zu. »Ich wusste, dass du mich brauchen würdest.« Ich warf einen Blick auf den Brief, der neben mir auf dem Bett lag. »Ich weiß nicht, was da drinsteht, aber ich kann es mir denken. Jemand, der vorhat, persönlich zu kommen, macht sich nicht erst die Mühe zu schreiben.«

Genau mein Gedanke. Aber ich war immer noch ganz benebelt. »Woher wusstest du von dem Brief? Bist du denn nicht nach München zurückgekehrt?«

Er setzte sich zu mir aufs Bett. »Ich war im Gasthaus in Berg. Ich wollte hier sein, um dir Trost zu spenden, falls du enttäuscht würdest ... von eurem Wiedersehen. Als der Bote auf dem Weg hierher in der Schänke eine Rast einlegte, kamen wir ins Gespräch. Es war nicht schwer, eins und eins zusammenzuzählen. Und so bin ich zurückgekommen.«

»Ungebeten.« Ich wollte ihm böse sein, aber wie sollte ich das angesichts solcher Ergebenheit ...

»Mein Herz hat es mir befohlen, und da konnte ich gar nicht anders, als zu gehorchen.«

☆

Es sagt sich leicht, dass ich nicht hätte tun sollen, was ich dann tat – und ich hätte es auch nicht getan, hätte ich mich nicht in einer solchen emotionalen Ausnahmesituation befunden. Ich liebte ihn nicht, aber ich war tief unglücklich, fürchtete mich vor der Zukunft, sehnte mich nach Liebe und Zärtlichkeit. Von ganzem Herzen. Und ich wusste, dass er mich liebte, und das nicht nur für den Moment. Tatsächlich glaube ich sogar, dass er einer der zwei Männer in meinem Leben war, die wirklich *mich* geliebt haben und nicht meine Schönheit oder Ausstrahlung. Es war für uns beide tragisch, dass ich Karls Liebe nie erwidern konnte. Aber auch wenn mein Herz ihm verschlossen blieb, war mein Körper durchaus bereit, ihm nachzugeben. Und wie auch nicht? In den vergangenen sechs Monaten hatte sich wildes Verlangen in mir angestaut, erst recht in den letzten Tagen, seit ich Felix' Brief erhalten hatte. So gab ich meinen Gefühlen rückhaltlos nach, entschlossen, die Vergangenheit zu vergessen – zumindest vorübergehend.

Wie sich herausstellte, war »vorübergehend« ein recht langer Zeitraum, da Karl größeres Stehvermögen an den Tag legte als Felix, und im Gegensatz zu diesem hatte er gerade so viele Liebesabenteuer gehabt, um nützliche Erfahrungen zu sammeln, ohne jedoch abzustumpfen. Es dauerte nur Sekunden, und wir wälzten uns nackt auf dem Bett. Ich spielte mit ihm, meine Lieblingsbeschäftigung, und er mit mir. Er küsste meine Tränen fort und noch einiges mehr, und dann liebte er mich sehr leidenschaftlich und zärtlich, bis wir beide erschöpft waren und schwer atmend, aber schweigend dalagen. Um kurz darauf wieder von vorn anzufangen. Hinterher war mir nach einem Bad. »Wir sehen uns in einer Stunde unten«, sagte ich. »Hat man dir schon ein Zimmer gegeben?«

»Noch nicht.«

Ich schlüpfte in einen Morgenmantel, läutete und wies Emma an (sie hatte die vergangenen Stunden vor der Tür gewartet, wohl für den Fall, dass ich Hilfe bräuchte), den Butler zu rufen, dem ich mitteilte, dass Baron von Venningen ein paar Tage bleiben würde.

»Selbstverständlich, Mylady. Ich weiß allerdings nicht, wo der Baron sich im Augenblick aufhält. Ich habe ihn nicht mehr gesehen, seit ich ihn hereingelassen habe ...« Er mochte nicht wissen, wo Karl sich genau aufhielt, da der Baron sich wohlweislich bedeckt hielt, aber mein zerzaustes Haar, meine geröteten Wangen, meine Aufmachung und vor allem der Ausdruck in meinen Augen mussten ihm verraten, wo mein stürmischer Besucher bis vor kurzem gewesen war.

»Der Baron wird sich gleich bei Ihnen melden. Lassen Sie in der Zwischenzeit schon mal sein Zimmer herrichten.«

☆

Als ich schließlich gebadet und angemessen bekleidet nach unten ging, war Karl bereits dort. Er hatte sich ebenfalls frisch gemacht und vom leidenschaftlichen Liebhaber in einen feinen Herrn zurückverwandelt. Er nippte an einem Glas Wein. »Wir werden sobald wie möglich heiraten«, erklärte er. »Es gibt da allerdings ein, zwei Kleinigkeiten, die ich erst regeln muss. Meine Mutter ist schrecklich altmodisch, und du bist geschieden und Protestantin. Aber ich gebe dir mein Wort, dass solche Kleinigkeiten mich nicht daran hindern werden, dich zur Frau zu nehmen.«

Seine Worte weckten in mir ein sehr starkes Gefühl von Déjà-vu. Aber ich hatte jetzt wieder einen klaren Kopf und war durchaus in der Lage, die Dinge nüchtern zu sehen. Ich ließ mir ein Glas Wein bringen und legte dann eine Hand auf seine. »Du bist der netteste und ehrenhafteste Mann, der mir je begegnet ist. Aber wir können nicht heiraten.«

»Warum nicht? Wer sollte uns daran hindern? Ganz sicher nicht der König. Das würde ich mir nicht bieten lassen.«

Seit ich den Brief gelesen hatte, wusste ich, dass durchaus die Möglichkeit bestand, dass Ludwig mir hinsichtlich einer Heirat Steine in den Weg legte. Aber hier ging es um ganz andere Dinge. »Du sagtest selbst gerade, dass deine Familie Schwierigkeiten machen würde. Wenn ich es richtig sehe, bist du seit dem Tod deines Vaters für die Verwaltung sämtlicher Familiengüter verantwortlich sowie für das Wohl deiner Geschwister und deiner Mutter, die allesamt gegen unsere Verbindung wären, nicht wahr?«

»Lass das mal meine Sorge sein. Immerhin bin ich das Familienoberhaupt.«

Ich seufzte. Ich wollte ihm wirklich nicht wehtun, aber eben weil ich ihn so sehr mochte, war ich es ihm schuldig, offen zu sein. »Ich kann dich nicht heiraten, weil ich immer noch Felix liebe, Charles.« Das entsprach zwar nicht ganz meinen Gefühlen, aber wenn Felix in diesem Moment gekommen wäre, um mich zu holen, wäre ich ohne zu zögern mit ihm gegangen.

Er runzelte die Stirn, und seine Wangen färbten sich tiefrot. »Du kannst doch unmöglich immer noch diesem Schwarzenberg nachweinen, nachdem er dich derart im Stich gelassen und gedemütigt hat!«

»Ich bin sicher, dass er von wichtigen Ereignissen aufgehalten wurde.«

»Aber ... du hast mit mir ...«

»Es tut mir Leid. Ich dachte, es hätte dir gefallen.«

»Natürlich. Aber ...«

»Das freut mich. Mir hat es nämlich auch gefallen. Sehr sogar. Und ich habe es dringend gebraucht.«

»Grundgütiger! Dann bist du also doch nur eine Hure.«

»Du solltest jetzt besser gehen«, sagte ich ruhig. Und das tat er. An diesem Abend weinte ich mich in den Schlaf.

☆

Ich verweilte noch einige Tage in Berg. Ich brauchte noch etwas Zeit zum Nachdenken, um zu entscheiden, wohin ich gehen und was ich tun sollte. Ich bedauerte den Streit mit Karl zutiefst, auch wenn ich nicht wirklich bereute, mit ihm geschlafen zu haben. Der Zwischenfall hatte zur Folge, dass ich keinen Begleiter mehr hatte. Das Problem Ludwig wurde akuter. Da ich in seinem Haus wohnte, umgeben von seinen Dienstboten, musste ich davon ausgehen, dass er schon sehr bald über alles informiert sein würde, was sich auf seinem Schloss in Berg zugetragen hatte. Einerseits würde es ihn zweifellos freuen, dass meine Beziehung zu Felix endgültig beendet war, doch auf mein Techtelmechtel mit Karl würde er weniger erfreut reagieren. Dabei war Ludwig zu diesem Zeitpunkt die einzige Konstante in meinem Leben.

Ich kam zu dem Schluss, dass mir in dieser Krise nur absolute Ehrlichkeit helfen würde, und so setzte ich mich hin und schrieb ihm einen langen Brief, in dem ich ihm alles erzählte. Nachdem ich den Brief abgeschickt hatte, den er vermutlich noch am selben Tag erhalten würde, wies ich Emma an zu packen und kehrte zurück nach München. Ich war ziemlich nervös und rechnete fast damit, dass er bei mir zu Hause auf mich wartete. Aber er war nicht dort, und es war auch keine Nachricht von ihm abgegeben worden. Schon am folgenden Tag nahm ich die gewohnte Routine wieder auf, ritt am Morgen aus und trank am Nachmittag bei Tombosi's meinen Tee. In den folgenden Tagen wartete ich unruhig ab, wagte ich doch nicht, ihm noch einmal zu schreiben. Am vierten Tag nach meiner Rückkehr kam er mich besuchen.

Ich war schrecklich nervös, als er an Manfred vorbei die Empfangshalle betrat. »Du bist so schön wie eh und je«, bemerkte er, und es klang beinahe so, als wäre er überrascht davon. Er küsste mich auf die Wange und ging geradewegs nach oben. So war er immer verfahren, insofern war ich erleichtert; zugleich aber bedeutete es, dass er mit mir allein zu sein wünschte, während ich immer noch nicht wusste, wie seine Stimmung war. Ich folgte ihm zögernd, schloss die Tür hinter mir und blieb davor stehen. Er klopfte neben sich auf die Bettdecke, und ich setzte mich zu ihm. »Hattest du eine schöne Zeit in Berg?«, fragte er.

»Habt Ihr meinen Brief nicht erhalten?«

»Doch.«

»Dann wisst Ihr, dass dem nicht so ist.«

»Scheint so.«

Ich befeuchtete meine Lippen. »Ich war todunglücklich.«

»Dein Brief hat mich sehr aufgeregt. Er hat mir Kopfschmerzen bereitet, sodass ich mich früh zurückziehen musste.«

»O Lewis!« Ich hielt seine Hand. »Es tut mir so Leid.«

»Hättest du dir denn nicht denken können, dass dein Brief mich verletzen würde?«

»Ich dachte, du wolltest klare Verhältnisse.«

»Ich spreche von deinem unmoralischen Treiben mit von Venningen.«

Er klang wütend, sah jedoch nicht danach aus. »Ich war so aufgewühlt, so einsam und unglücklich ... wenn du doch nur da gewesen wärst, liebster Lewis.«

Er sah mich an und sagte leise: »Jetzt bin ich da.«

☆

Es sagt sich so leicht, dass dieser Augenblick allein wegen der Prophezeiung unausweichlich gewesen war. Aber wenigstens gewann ich einen Einblick in seine Eigenarten. Er hatte von unserer ersten Begegnung an mit mir schlafen wollen, aber sein Stolz hatte es ihm verboten, solange ich mich an Felix gebunden fühlte. Ich weiß bis heute nicht, ob er mir unbekannte Informationen darüber besaß, dass Felix entweder nicht kommen oder mich wieder mit leeren Eheversprechen abspeisen würde, aber ich denke, er war sicher, dass ich nach unserer Begegnung – oder Nichtbegegnung – ganz ihm gehören würde. Stattdessen hatte ich mich einem anderen zugewandt, nur weil dieser im entscheidenden Moment zur Stelle gewesen war und er nicht.

Ich bin immer noch überrascht, dass er mir verziehen hat, obwohl ich mich oft gefragt habe, ob das tatsächlich der Fall war. Jedenfalls wollte er mich damals besitzen, und das zu seinen Bedingungen, während ich ihn dringend brauchte – und das nicht nur in sinnlicher oder emotionaler Hinsicht. Ich hatte das Gefühl, dass mein ganzes Leben von seiner Unterstützung abhing, ohne zu ahnen, wie wichtig diese tatsächlich noch sein würde, und so war ich geneigt, ihm zu geben, was er sich wünschte. Und das war erstaunlich wenig. Ludwig berührte gerne, wurde aber selbst nicht gerne angefasst. Das hatte nichts mit Edwards Abscheu für alles Körperliche zu tun, das er mit Vulgarität gleichsetzte. Vielmehr war es so, dass der König sich bei dem, was er tat, nicht gerne ablenken ließ. Und Anschauen bereitete ihm sogar noch größeres Vergnügen als Anfassen. Das bedeutete, dass er den Geschlechtsakt nicht als unabdingbaren Höhepunkt einer amourösen Begegnung betrachtete, zumal man sich bei diesen Begegnungen zu nahe kam, um noch viel zu sehen. Er war völlig orthodox in seiner Annäherung, und noch hatte ich das ultimative Glück nicht erfahren, das körperliche Vereinigung bereiten kann. Aber auch wenn, hätte ich es kaum gewagt, einen König aufzufordern, gegen die Gebote der Kirche und des guten Tons zu verstoßen!

Und so begann die wohl »bravste« Affäre meines Lebens. Fast kam es mir vor, als wären wir ein altes Ehepaar. Ich strickte ihm eine Schlafmütze und bedachte ihn mit dem Spitznamen »Basily«, während er mir einen kleinen Hund schenkte, einen Dackel. Nachdem ich mein Leben lang nur sehr große Jagdhunde besessen hatte, fand ich Bonzo eher kurios, aber er war niedlich und anhänglich. Ich war zufrieden mit meinem Leben. Zwar erlebte ich keine überschäumende Leidenschaft, aber dafür auch keine Phasen abgrundtiefer Verzweiflung sowie zumindest in der Anfangszeit keinen Streit. Und zum ersten Mal in meinem Leben wurde ich nicht kritisiert, weder direkt noch hinter meinem Rücken. Der König tat, was ihm beliebte, und die Bayern gestanden ihrem Monarchen diese Freiheit gerne zu, solange er sie in Ruhe ließ.

Diese Beschaulichkeit stand in solchem Widerspruch zu meiner leidenschaftlichen Natur, dass es scheitern musste, aber in dieser Zeit tat mir die Sicherheit, die Ludwig mir bot, einfach gut, und so war ich durchaus zufrieden. Natürlich wollte Ludwig bald ein Porträt von mir für seine Galerie, und so saß ich dem Hofmaler Josef Stieler Modell. Ich kann nicht behaupten, dass das Porträt zu meinen Lieblingsbildnissen zählt: Ich sehe darauf älter aus, als ich es damals war (im Dezember 1831 war ich noch keine fünfundzwanzig), und der Gesichtsausdruck erinnert an den eines bettelnden treuen Hundes, was so gar nicht meinem Wesen entspricht. Aber Ludwig schien es zu gefallen. Im neuen Jahr bekam unsere Idylle dann erste Risse. Karl besuchte mich.

☆

Ich saß im Wintergarten vor einem lodernden Feuer, als Manfred mir seine Karte brachte. Ludwig war bereits gegangen, Didi schlief, und ich gönnte mir gerade einen Sherry, den ich vor Schreck beinahe verschüttete. Instinktiv blickte ich zur Tür. Ich rechnete fast damit, ihn dort stehen zu sehen, hatte er sich doch in der Vergangenheit so oft unaufgefordert Zutritt verschafft. Diesmal jedoch wartete er in der Halle. Beinahe hätte ich ihn fortgeschickt, was zweifellos vernünftiger gewesen wäre. Leider war Vernunft nie meine Stärke. »Bitte den Baron herein, Manfred.«

Karl näherte sich mir vorsichtig. Immerhin hatte ich auch allen Grund, wütend auf ihn zu sein, nachdem er mich bei unserer letzten Begegnung so beleidigt hatte. Aber er sah so gut aus, und im Gegensatz zu Felix war er nicht einfach verschwunden. Außerdem hatte er mir einen Brief geschrieben.

»Kannst du mir verzeihen?«, fragte er.

»Sollte ich das?«

»Nein. Aber ich bitte dich darum.«

Ich schenkte ihm höchstpersönlich ein Glas Sherry ein. »Erzähl mir, was du in der Zwischenzeit so getrieben hast.«

»Ich habe von dir geträumt.«

»Und tagsüber?«

»Habe ich auch von dir geträumt.« Was sollte ich darauf erwidern? Er stellte sein Glas ab und nahm meine Hände. Ich stellte ebenfalls das Glas weg. »Jane, Jane ... heirate mich.«

»Lieber Charles. Ich habe dir doch erklärt ...«

»Dass du Schwarzenberg liebst. Ich weiß. Ich akzeptiere das. Heirate mich trotzdem.«

Ich war völlig verwirrt. »Du würdest mich heiraten, obwohl ich einen anderen liebe? Und immer lieben werde«, konnte ich mir nicht verkneifen hinzuzufügen.

»Immer ist eine lange Zeit. Ich werde mich in Geduld fassen.«

Für jemanden in meiner Position war das ein wirklich interessantes Angebot. Karl war ein außerordentlich wohlhabender Mann, noch viel wohlhabender, als Edward es je sein würde. Eine Heirat mit ihm würde mich schlagartig von der Halbwelt zurückführen in die höchsten gesellschaftlichen Kreise, wobei ich als Baroness von Venningen sogar einen viel höheren Rang innehätte als seinerzeit als Lady Ellenborough. Hinzu kam, dass weder er noch sonst jemand mir je Heuchelei vorwerfen könnte; immerhin hatte ich ihm klipp und klar gesagt, dass ich ihn nicht liebte und nie lieben würde. Und doch zögerte ich. Ich kann nicht verhehlen, dass ich immer noch hoffte, dass Felix in seinem Brief die Wahrheit gesagt hatte, dass es für sein Fernbleiben eine plausible Erklärung gab und dass er doch noch kommen würde, um mich zu heiraten. Vielleicht spielten aber auch edlere Motive eine Rolle, als ich das Prestige und die Sicherheit ablehnte, die Karl mir mit seinem Namen bot, sah ich mich doch außer Stande, einen so anständigen Menschen wie ihn mit einer lieblosen Ehe ins Unglück zu stürzen. Zudem kannte ich mich inzwischen gut genug, um zu wissen, dass eine Ehe zwischen uns niemals funktionieren würde. Karl wünschte sich Festigkeit und eine schöne Frau an seiner Seite, während ich immer noch von Abenteuern und aufregenden Erfahrungen träumte. Mir war klar, dass Karl das nie verstehen könnte. Aber wie sollte ich ihm das beibringen? Ich fürchte, ich schob die unangenehme Pflicht hinaus. »Lass mir Bedenkzeit«, bat ich.

☆

Ludwig war verständlicherweise wenig begeistert. »Ich dachte, du wolltest ihn nicht mehr sehen?«

»Das habe ich nie gesagt. Er war in Berg sehr unhöflich, worauf ich ihm die Tür gewiesen habe. Jetzt hat er sich für sein Benehmen entschuldigt.«

»Und da habt ihr miteinander geschlafen.«

»Das haben wir nicht. Er will meine Entscheidung abwarten.«

»Und wie wird die ausfallen?«

»Wozu würdest du mir raten, lieber Lewis?«

»Ich denke, du solltest ihn nicht wieder vorlassen.«

»Das kann ich nicht tun. Er ist ein Freund.«

Er hatte bis jetzt meine Hand gehalten; nun ließ er sie los. Er war keinen Widerspruch gewohnt. »Dann sag ihm, dass du ihn nicht heiraten wirst, und verbiete ihm, dich je wieder darauf anzusprechen.« Offenbar ging er davon aus, dass eine Zurückweisung genügen würde, um den Baron zu entmutigen. Aber da kannte er Karl schlecht. Ich erklärte mich jedoch einverstanden, seinen Rat zu befolgen.

☆

Damit begann ein emotionales Tauziehen. »Ich soll dich nicht wieder darauf ansprechen? Liebste Jane, ich beabsichtige, meinen Antrag bis zu meinem Lebensende täglich zu wiederholen. Irgendwann wirst du Ja sagen.«

»Dann musst du den Kontakt zu ihm ganz abbrechen«, sagte Ludwig. »Versprich es mir.«

»Das kann ich nicht. Er ist mein Freund. Du kannst von mir nicht verlangen, etwas zu versprechen, das ich nicht halten kann.«

Abgesehen von diesen anstrengenden Streitereien war es ein recht angenehmer Winter. Im Großen und Ganzen galt ich zwar nach wie vor als nicht gesellschaftsfähig, aber ich hatte mir nach und nach einen kleinen Freundes- und Bekanntenkreis aufgebaut. Die Erskines standen immer noch loyal hinter mir. Außerdem hatte ich mich mit der Gräfin Cetto angefreundet, die ich auf Bardochs Soiree kennen gelernt hatte. Leute wie sie luden mich diskret zu Dinnerpartys ein, und wenn auch mancher weibliche Gast wenig erbaut davon war, waren es die Männer umso mehr.

In meiner Freizeit schaute ich mir zahlreiche wundervolle Kunstwerke an, nicht nur in München selbst, sondern auch im Umland. So stand ich eines Tages in der Naumberger Kathedrale vor der Statue Prinzessin Utas. Die Farbe der fast tausend Jahre alten Figur hatte die Jahrhunderte nahezu schadlos überdauert. Nie zuvor hatte ich eine so beeindruckende Verschmelzung von Schönheit und Kraft gesehen. Ich verliebte mich richtig in sie, und ich bin sicher, dass die Erinnerung an ihre ausdrucksstarken Züge in meiner eigenen charakterlichen Entwicklung eine wichtige Rolle gespielt hat.

Ich muss hinzufügen, dass mein Sexualleben in diesen Monaten praktisch eingeschlafen war. Wie schon erwähnt, zog Ludwig es vor, zu beobachten und herumzuspielen. Karl seinerseits schien sich vor allem für Konversation zu interessieren. Ich fand dies sonderbar in Anbetracht seiner Leidenschaft an jenem Nachmittag in Berg, führte es jedoch darauf zurück, dass er den König nicht vor den Kopf stoßen wollte, da er wusste, dass ich vor meinem königlichen Liebhaber keine Geheimnisse hatte. Im Laufe der Wochen wurde er jedoch mutiger. Er überhäufte mich mit Geschenken und Blumen und besuchte mich bei Tag und Nacht zu den ungewöhnlichsten Zeiten, war allerdings bei aller Hartnäckigkeit schlau genug fern zu bleiben, wenn die königliche Kutsche draußen vor dem Haus stand. Trotzdem fürchtete ich manchmal um seinen Geisteszustand, was ich auch Ludwig gegenüber erwähnte. Da ich mich jedoch weigerte, seinen Rat zu befolgen und den Kontakt zum Baron abzubrechen (ich fürchtete, er könnte sich etwas antun, wenn ich ihn aus meinem Leben verbannte), begnügte er sich mit der Bemerkung, dass sogar Karl dieses sinnlose Spiel irgendwann leid würde. Ende März verkündete Ludwig dann, dass er Bayern für ein paar Monate verlassen würde, um nach Italien zu reisen. »Geschäftlich«, erklärte er.

Nicht zum ersten Mal seit Beginn unserer sonderbaren Beziehung versetzte er mich in Erstaunen. Meiner Erfahrung und meinen Kenntnissen englischer Geschichte nach verließen Könige ihr Reich nicht, um in fremde Länder zu reisen, es sei denn, es handelte sich um einen Staatsakt oder um Krieg: Dass die ersten Georgs zwischen England und Hannover hin und her gependelt waren, war lediglich darauf zurückzuführen gewesen, dass sie in beiden Ländern umfangreiche Besitztümer unterhielten. Ich hätte ihn liebend gern gefragt, welcher Art die Geschäfte waren, die ihn veranlassten, sein Reich und nicht zuletzt auch mich für so lange Zeit zu verlassen, aber ich wollte ihn nicht bedrängen, und von sich aus gab er nichts preis. Es war Karl, der mir bei seinem ersten Besuch nach Ludwigs Abreise seine ganz persönliche Meinung zu den Hintergründen kundtat: »Er stattet seiner Mätresse einen Besuch ab.«

Ich fiel aus allen Wolken. »Seiner Mätresse?«

»Marchesa Marianna Fiorenzi. Eine italienische Dame. Sie ist seit Jahren die Geliebte des Königs.« Er hatte ihren Namen mir gegenüber nie erwähnt! Und er hatte mir den Kontakt zu Karl verbieten wollen, während er die ganze Zeit eine andere hatte ... »Es geht das Gerücht, sie hätte von des Königs Zuneigung zu dir erfahren und eine Erklärung verlangt.«

Und er war wie ein liebeskranker Schuljunge zu ihr geeilt! »Ist diese Frau denn so schön?«, fragte ich, wobei ich mir selbst so hilflos vorkam wie ein Schulmädchen.

»Ich habe sie nie gesehen. Aber der König muss sie einmal sehr anziehend gefunden haben.«

»Wenn das alles stimmt, muss er sie immer noch anziehend finden. Offenbar anziehender als alles andere in seinem Leben.«

Ich war wütend, nicht so sehr aus Eifersucht, sondern dass ich wie so oft getäuscht und belogen worden war von einem Mann, dem ich selbst jedes (oder doch beinahe jedes) meiner Geheimnisse anvertraut hatte und dessen Rat ich stets befolgt hatte – oder doch fast. »Was willst du tun?«, fragte Karl.

Ich stand auf und hielt ihm die Hand hin. »Liebe machen.«

☆

Wie sich herausstellte, lag Karl mit seiner Annahme ebenso falsch wie alle anderen. Der König hatte München nicht aus privaten Gründen verlassen, sondern in einer Staatsangelegenheit. Die Schlacht von Navarino hatte zur Kapitulation der Türken geführt, sodass Griechenland 1829 die Unabhängigkeit zugestanden wurde, noch in einem Abschnitt meines Lebens, in dem ich zu sehr mit mir selbst beschäftigt gewesen war, um den politischen Ereignissen allgemein und erst recht außerhalb Englands große Beachtung zu schenken. Die Griechen waren also unabhängig; stellte sich nur die Frage, für welche Regierungsform sie sich entschieden. Die anderen Mächte waren nicht allzu angetan von der Idee einer Republik; hinzu kam, dass die griechischen Kriegsherren zwar im Kampf gegen den gemeinsamen Feind Einigkeit bewiesen hatten, sich aber seit ihrem Sieg wieder spinnefeind waren, sodass keiner einen von den anderen mitgewählten Präsidenten oder gar König akzeptieren würde. So musste ein König von außerhalb gefunden werden, der für alle Parteien akzeptabel war. Natürlich kam kein Monarch einer der Großmächte infrage, der seine Position dazu hätte benutzen können, Griechenland, Russland, Frankreich, Preußen oder Großbritannien quasi einzuverleiben.

Nach heftigen geheimen Debatten, deren Inhalt der Außenwelt verborgen blieb, war die Wahl auf Ludwigs jüngsten Sohn Otto gefallen, eine merkwürdige Wahl, wenn man bedachte, dass es in der Familie schon Fälle von Geisteskrankheit gegeben hatte. Andererseits war Bayern ein zwar florierendes und wichtiges Königreich, gehörte jedoch zu den sehr wenigen Ländern, die von niemandem als Bedrohung empfunden wurden. Da ich kurz darauf intime Bekanntschaft mit der katastrophalen griechischen Politik machen sollte, kann ich wohl behaupten, dass es sich bei dieser Wahl um eine der größten Fehlentscheidungen internationaler Staatsmänner der letzten Jahre gehandelt hat. Einmal abgesehen von seiner Jugend (immerhin war er erst sechzehn) in der Zeit, als wir einander kennen lernten, sollte ich mehr als zehn Jahre später feststellen, dass Otto nicht viel mehr im Kopf hatte als die heillose Überschätzung der eigenen Fähigkeiten. Damals aber waren alle überzeugt davon, er würde seine Sache gut machen, und Ludwig war zu ihm gereist, um ihm ein wenig unter die Arme zu greifen. Wobei er die Gelegenheit selbstverständlich nutzte, die Marchesa zu besuchen.

Karl, der sich glücklich wähnte, mich endlich für sich allein zu haben und seinem Ziel ein deutliches Stück näher gekommen zu sein, zeigte sich als der enthusiastischer Liebhaber, an den ich mich aus Berg erinnerte. Ich meinerseits sehnte mich verzweifelt nach Liebe, und so gaben wir uns gewissermaßen vorgezogenen Flitterwochen hin – mit den entsprechenden Konsequenzen. Ende April blieb meine erste Periode aus, und Ende Juni stand endgültig fest, dass ich schwanger war. Allerdings waren die Umstände diesmal andere. Als ich mit Didi schwanger war, hatte ich Felix davon erzählen wollen, weil ich glaubte, es würde uns zusammenschweißen. Karl verschwieg ich meinen Zustand, weil ich fürchtete, es könnte ihn noch zusätzlich beflügeln. Die Konsequenz war, dass ich das Kind nicht in München bekommen konnte.

Aber es gab noch schwerwiegendere Gründe, das Manöver von 1829 zu wiederholen. Ich war nicht sicher, ob wirklich ganz München über meine Liaison mit Karl Bescheid wusste, aber fest stand, dass jeder über meine Beziehung zum König informiert war. Ich musste also davon ausgehen, dass alle annehmen würden, das Kind wäre königlichen Geblüts. Dass, auch wenn die Zeugung unmittelbar vor seiner Abreise erfolgt wäre, bis zur Niederkunft nicht neun, sondern zehn Monate verstrichen sein würden, würde den Pöbel nicht weiter interessieren. Ich wollte solche Verwicklungen auf jeden Fall vermeiden. Aber entscheidend war vor allem der letzte meiner Beweggründe: Ich hatte keine Ahnung, wie Ludwig auf die Kunde meiner Schwangerschaft reagieren würde, erst recht, wenn er nicht der Vater meines Kindes war. Und so musste Emma nicht zum ersten (und auch nicht zum letzten) Mal unsere Siebensachen packen, und wir reisten ab.

☆

Wieder einmal wurde mein Leben von Täuschung, Halbwahrheiten und Lügen beherrscht. Ich konnte Ludwig nicht über meine »Urlaubspläne« unterrichten, da ich keine Adresse hatte, an die ich ihm hätte schreiben können. Und selbst wenn ... ich nahm an, dass er nicht sehr erbaut wäre, bei seiner Versöhnung mit der Geliebten Post von der Frau zu erhalten, derentwegen sie ihm eine Szene gemacht hatte. Karl konnte ich ebenso wenig davon unterrichten, dass ich München für einige Zeit verlassen wollte oder weshalb: Er hätte zweifellos versucht, mich davon abzuhalten. So schlich ich mich stattdessen bei Tagesanbruch mit Didi, Emma und Dackel Bonzo davon. Wir reisten zuerst nach Salzburg, wo wir uns ein paar Tage aufhielten, in denen ich meine Gedanken sammeln sollte. Das erwies sich als Fehler, da Karl mich dort aufspürte. Er hatte noch am selben Tag von meiner Abreise erfahren, und es war nicht sehr schwer gewesen, in Erfahrung zu bringen, mit welcher Postkutsche die schöne Lady Ellenborough, wie die meisten Leute mich nach wie vor nannten, gefahren war.

Es kam zu einem tränenreichen Wiedersehen, und ich erklärte ihm, dass ich eine Weile allein sein müsse, um mir über meine Situation klar zu werden, wobei ich durchblicken ließ, dass ich mit »Situation« meine Beziehung zu ihm meinte. Was ja auch den Tatsachen entsprach. Als ich sagte, ich würde vermutlich schon in ein paar Wochen zurück sein, schien er beruhigt und reiste wieder ab. Emma, Didi und ich überquerten derweil die Alpen (ein unvergessliches Erlebnis) und gelangten nach Mailand. Lärm und Hektik dort erinnerten mich an Paris, eine Stadt, die mir nicht in besonders guter Erinnerung geblieben war. Die Krönung war, dass irgendein Strauchdieb versuchte, Bonzo zu stehlen. Da mein Zustand mich noch nicht in meiner Bewegungsfreiheit einschränkte, jagte ich den Spitzbuben mit dem Sonnenschirm in die Flucht.

Der Zwischenfall veranlasste mich zur kurzfristigen Weiterreise nach Genua, zumal ich von der Gräfin Cetto erfahren hatte, dass Ludwig nach München zurückgekehrt war. Ich schrieb ihm einen Brief, in dem ich ihm erklärte, dass seine Abreise mich tief verletzt habe, was nicht gelogen war, und ich etwas Zeit für mich bräuchte. Ich versicherte ihm meine ewige Zuneigung, berichtete ihm vom bisherigen Verlauf unserer Reise und nutzte die Gelegenheit, um mich in aller Höflichkeit nach dem aktuellen Stand seiner Beziehung zur Marchesa zu erkundigen. Da ich um jeden Preis vermeiden wollte, dass er mir jemanden nachschickte, der mich zurückholte, informierte ich ihn abschließend davon, dass ich eine Seereise unternehmen wolle. Dazu hatte der britische Konsul in Genua mir geraten, da er die Durchquerung Italiens auf dem Landweg als viel zu gefährlich erachtete, nachdem im Norden des Landes ein Aufstand gegen die österreichische Herrschaft ausgebrochen war. Nach einer erholsamen Überfahrt bei freundlichem Wetter gingen wir ein paar Tage später in Neapel an Land, wo mir eine unangenehme Überraschung bevorstand: Auf dem Kai wurde ich von Karl erwartet!

☆

Er hatte für uns bereits Hotelzimmer reserviert, und ich wusste nicht, wie ich reagieren sollte. »Ein paar Wochen!«, schnaubte er, sobald wir allein waren – abgesehen von Bonzo, der mir nur selten von der Seite wich und den ich auf dem Bett deponiert hatte. »Du meintest doch wohl eher ein paar Monate!«

Ich seufzte. Aber es nützte alles nichts. Ich war inzwischen im fünften Monat, und er würde mit mir schlafen wollen. Und auch wenn ich diesbezüglich keine moralischen Bedenken gehabt hätte, würde er sofort wissen, was los war, wenn er mich nackt sah. »Ich bin schwanger.«

»Du ... du ...«

»Das Kind ist von dir, Charles.«

»O mein liebes, liebes Mädchen!« Überglücklich schloss er mich in die Arme.

»Was dachtest du denn, wer der Vater ist?«, fragte ich, als er mich wieder herunterließ.

»Nun ja ...« Er errötete. »Der König ...«

»Ludwig hat München Mitte März verlassen. Das Kind kommt erst im Januar.«

»Du machst mich zum glücklichsten Mann auf der Welt. Ich werde sofort unsere Trauung in die Wege leiten.«

»Ich habe nie eingewilligt, dich zu heiraten.«

»Du willst doch nicht im Ernst ein uneheliches Kind zur Welt bringen!«

»Das wäre nicht das erste Mal.«

»Aber warum denn? Im Gegensatz zu Schwarzenberg bin ich bereit, dich zu heiraten. *Möchte* ich dich heiraten.«

»Aber ich möchte *dich* nicht heiraten. Zumindest jetzt noch nicht.« Er starrte mich ungläubig an. »Und überhaupt, so etwas lässt sich nicht von jetzt auf gleich arrangieren.«

»Von jetzt auf gleich? Ich mache dir seit neun Monaten den Hof!«

»Du musst erst den Segen deiner Geschwister und deiner Mutter einholen.«

»Ich sagte dir doch schon ...«

»Dass du mit ihnen fertig wirst. Aber was, wenn sie sich weigern, mich zu akzeptieren? Willst du wirklich den Bruch mit deiner Familie riskieren, nur um etwas zu bekommen, das bereits dein ist?«

»Glaubst du denn, ich begehre nur deinen Körper?«

»Genau das ist der Grund, weshalb ich dich nicht heiraten kann. Ich kann dir nicht mehr geben als meinen Körper.«

Er musterte mich einige Minuten schweigend. »Wo willst du das Kind zur Welt bringen?«

»Ich dachte an Sizilien. Palermo. Ich habe gehört, dort ginge es sehr liberal zu.«

»Weiß der König davon?«

»Ich würde es vorziehen, wenn er nichts davon erfährt. Ich habe ihm geschrieben, dass ich aus gesundheitlichen Gründen verreist bin, was ja nicht gänzlich gelogen ist.«

»Warum willst du nicht, dass er es erfährt? Willst du damit sagen, dass du nach der Geburt des Kindes weiter seine Mätresse sein willst?«

»Charles, ich habe nie aufgehört, seine Mätresse zu sein.«

Er seufzte. »Ich bringe dich nach Palermo. Immerhin ist es mein Kind.«

»Und deine Familie? Deine Güter? Bis zur Geburt sind es noch vier Monate.«

»Dann muss es bis dahin eben auch mal ohne mich gehen.«

»Also wirklich, Charles! Was soll das? Glaubst du, ich würde in Palermo mit dem nächstbesten Mann ins Bett springen? Ich bin nicht die Hure, für die du mich zu halten scheinst.«

»Für diese Bemerkung habe ich mich entschuldigt«, entgegnete er würdevoll. »Ich habe im Zorn gesprochen.«

»Und ich habe nicht die Absicht, bis zur Geburt mit einem Mann zu schlafen. Auch nicht mit dir.«

Er blieb stur. »Ich lasse dich nicht allein in einem fremden Land. Schon gar nicht in deinem Zustand.«

☆

Ich war solche Zuverlässigkeit und Ergebenheit nicht gewohnt. Jedenfalls hatte ich so etwas noch nie erlebt. Also reisten wir gemeinsam weiter nach Palermo. Wie üblich fühlte ich mich verpflichtet, Ludwig davon zu unterrichten, was ich tat und mit wem, zumal ich inzwischen wusste, dass seine Spitzel ihn ohnehin über jeden meiner Schritte unterrichteten. Ich wollte nicht, dass er das Gefühl hatte, ich würde ihm etwas verheimlichen, auch wenn dies der Fall war. Ich gab zu, dass Karl mich immer noch heiraten wollte, dass ich mich aber nach wie vor weigerte. Beides entsprach den Tatsachen. Natürlich erwähnte ich meinen Zustand nicht. Ich hatte vor allem deshalb Sizilien für die Niederkunft auserkoren, weil ich gehört hatte, dort ließe sich eine Adoption leichter arrangieren als sonst wo in Europa. Ich höre schon wieder die »Rabenmutter«-Rufe meiner Kritiker, aber jede Hoffnung auf eine Versöhnung mit Felix wäre unwiderruflich dahin gewesen, hätte ich ihn mit dem Kind eines anderen konfrontiert. Und eine Adoption war doch sicher einer Abtreibung vorzuziehen, oder? Zumal ich entschlossen war, dafür zu sorgen, dass es ihm oder ihr zeitlebens an nichts mangelte. Wenn alles vorüber war, wollte ich im neuen Jahr nach München zurückkehren, ohne dass – abgesehen von Karl – jemand ahnte, dass ich überhaupt schwanger gewesen war.

Palermo war eine ebenso moderne wie aufregende Stadt. Erst sechshundert Jahre zuvor, als Kaiser Friedrich II. – von seinen Zeitgenossen auch *stupor mundi* oder »Das Staunen der Welt« genannt – sie zu seiner Hauptstadt gemacht hatte, war Palermo noch die prunkvollste, kosmopolitischste Stadt Europas gewesen, wo Christen und Sarazenen auf dem Höhepunkt der Fehde zwischen den beiden Religionen friedlich miteinander verkehrten, sehr zum Ärger der Päpste. Friedrichs persönliche Leibgardisten waren samt und sonders Sarazenen gewesen, was für das Vertrauen sprach, das er in Menschen setzte anstatt in Ideologien. Seit jenen großen Tagen hatte die Stadt aufgrund der gnadenlosen Verfolgung der Päpste, die nach dem frühzeitigen Tod des Kaisers (er war nur fünfzig Jahre alt geworden) sämtliche männlichen Nachkommen der Familie beseitigt hatten, an politischer Bedeutung verloren, war jedoch die Heimat grandioser Kirchen sowie weiterer Prachtbauten geblieben – sowie Heimat all jener, die sozialen oder politischen Restriktionen ihrer Heimat entfliehen wollten, um ein Leben in liberaler Atmosphäre zu genießen – das Ganze bei überaus mildem Klima.

Ich liebte Sizilien, und Sizilien liebte mich – oder zumindest die Männer. Ich glaube, die Frauen hielten ebenso wenig von mir wie ich von ihnen, waren sie doch alle dunkelhäutig, übergewichtig und ungepflegt mit strähnigen schwarzen Haaren. Die Männer hingegen waren himmlisch. Sie waren ausgesprochen gut aussehend und hatten tadellose Manieren, wenn auch jede ihrer Gesten und jeder Blick von ihren amourösen Absichten kündete. Ich war im sechsten Monat meiner vierten Schwangerschaft, was sich nicht mehr verbergen ließ, aber sie umschwärmten mich dennoch auf Schritt und Tritt: Trotz meines Zustands war ich in Theater und Oper willkommen sowie auf zahlreichen Soireen und Empfängen, wobei mein Erscheinen jedes Mal mit Applaus quittiert wurde. Karl hatte in seiner Rolle als Tugendwächter alle Hände voll zu tun, erst recht, als bekannt wurde, dass er nicht mein Ehemann war. Ich erhielt Besuch von Dichtern, Stückeschreibern und Reisenden sowie natürlich von Malern, unter denen jedoch leider kein wahrer Künstler war. Ein Gentleman, sofern man ihn als solchen bezeichnen konnte, war so erpicht darauf, zu mir vorzudringen, dass er, nachdem er an der Tür abgewiesen worden war, am nächsten Tag in der Verkleidung eines Ziegenmilchverkäufers zurückkehrte; als diese Verkleidung nicht den gewünschten Erfolg brachte, erschien er tags darauf als Klavierstimmer! Das alles bot mir Gelegenheit, meine Italienischkenntnisse zu vervollkommnen. Karl erklärte mir, dass alle diese Schönlinge höchstwahrscheinlich Mafiosi seien, wie man die Mitglieder verschiedener Geheimbünde nannte, die bis zu fünfhundert Jahre alt waren – seinerzeit gegründet, um fremden Mächten Widerstand zu leisten, die die Insel hin und wieder besetzt hatten. Unter dem Deckmantel des Patriotismus handle es sich in Wahrheit um organisierte Verbrecher, deren einziger Anspruch auf Ehrenhaftigkeit darin bestand, dass sie ihre Beute mit den Einheimischen teilten, die sie unterstützten. Da ich in nicht allzu ferner Zukunft selbst zum Banditen werden sollte, möchte ich mir nicht anmaßen, hierüber zu urteilen. Wenigstens haben sie nie versucht, mich zu bestehlen!

Während meines Aufenthalts in Palermo weilte auch die Gräfin Guiccioli dort. Ich lernte sie nicht kennen, sah sie aber in der Stadt. Ich wusste, dass mehr als zehn Jahre vergangen waren seit ihrer skandalträchtigen Affäre mit Byron, aber ich kann nicht behaupten, dass sie gut gealtert wäre, obwohl sie nicht viel älter war als ich. Jedenfalls war sie zu dick. Natürlich war auch bei mir zu dieser Zeit nicht mehr die Rede von einer Taille, aber ich würde in zwei Monaten wieder rank und schlank sein, während es sich bei ihr offensichtlich um einen dauerhaften Zustand handelte.

Mit großem Interesse nahm ich die Neuigkeit politischer Umwälzungen daheim in England auf, nachdem allgemeine Wahlen im Rahmen einer parlamentarischen Reform die Liberalen an die Macht gebracht hatten, die prompt Absurditäten wie den Fall Gatting abschafften. Mama, Großvater und Jane Harley mussten triumphieren, während die Karriere des armen Edward damit ein jähes Ende genommen haben dürfte!

Für mich war jedoch das wichtigste Ereignis während meines Aufenthalts auf Sizilien das Eintreffen eines Briefes von Felix zwei Monate vor dem errechneten Geburtstermin.

☆

Fast hätte die Aufregung vorzeitige Wehen ausgelöst. Ich schloss mich in meinem Zimmer ein, um den Brief zu lesen. Er enthielt die üblichen Versicherungen seiner unsterblichen Liebe, bei denen ich am ganzen Körper Gänsehaut bekam (offenbar war ich immer noch nicht schlau genug), gepaart mit dem neuerlichen Versprechen, endlich unsere Heirat in die Wege zu leiten. Wir würden sämtliche Schwierigkeiten überwinden, versicherte er mir, wenn ich nur aus Italien zu ihm nach Nizza käme. Natürlich sollte ich auch seine geliebte Didi mitbringen. Karl gegenüber erwähnte ich den Brief gar nicht, und ich verschwendete auch keine Zeit darauf, mich zu fragen, woher Felix meine Adresse kannte. Ich ging einfach davon aus, dass er über die Klatschpresse erfahren hatte, wo ich mich aufhielt.

In meinem Zustand nach Nizza zu reisen kam selbstverständlich nicht infrage, und Felix sollte ja auch nicht erfahren, dass ich bald das Kind eines anderen zur Welt bringen würde. Ich schrieb ihm also, dass meine Gesundheit mir eine so weite Reise nicht gestatte, was ja nicht einmal gelogen war, ich aber im Frühling kommen würde. Rückblickend muss ich zugeben, dass es verrückt war, ihm überhaupt zu antworten, aber sein Brief war so feurig und liebevoll gewesen, dass ich einfach nicht widerstehen konnte. Ich muss noch einmal daran erinnern, dass er der erste Mann war, den ich rückhaltlos geliebt habe, und ich war immer noch davon überzeugt, *niemals* wieder einen anderen so lieben zu können. Die Hoffnung, doch noch Fürstin zu Schwarzenberg zu werden, überstrahlte alles andere.

Und so wartete ich bangen Herzens auf seine Antwort. Die Freude über seine Nachricht blieb auch den Menschen um mich herum nicht verborgen, aber sie führten meine Euphorie auf die bevorstehende Niederkunft zurück. Am 27. Januar 1833 kam Felipo Antonio Herberto von Venningen zur Welt. Ich hatte Vorbehalte dagegen, den Namen seines leiblichen Vaters in die Geburtsurkunde einzutragen, aber Karl bestand darauf. Er wiederum war entsetzt von meiner Absicht, unseren Sohn zur Adoption freizugeben, ließ sich jedoch davon überzeugen, dass es das Beste wäre, ihn zu Pflegeeltern zu geben, bis wir unsere Liaison legitimiert hatten. Wir fanden eine nette sizilianische Familie. Karl zahlte einen großzügigen Unterhalt für unser Kind, und ich nahm unter Tränen Abschied von Felipo.

Es schmerzte mich aufrichtig, ihn nicht behalten zu können, so wie ich es auch ehrlich bedauerte, Karl derart zu täuschen – immerhin war ich bisher immer absolut offen ihm gegenüber gewesen. Ich hatte nie einen Hehl daraus gemacht, dass meine Liebe zu Felix für mich immer Vorrang haben würde, und er hatte dies akzeptiert in dem Vertrauen darauf, dass Felix mich weiter hinhalten und meine Liebe irgendwann in Hass umschlagen würde. Aber er wusste nichts von dem ersten Brief oder der Antwort auf mein Schreiben nach Nizza. Felix hatte mir sein tiefes Bedauern ob meiner angegriffenen Gesundheit ausgesprochen sowie darüber, dass er nicht bis zum Frühjahr in Südfrankreich verweilen könne. Er erwähnte jedoch, dass seine Schwester sich in Rom niedergelassen habe, und wenn ich mich mit Didi dorthin begäbe, werde er baldmöglichst zu uns stoßen, damit wir endlich unser Bündnis legalisieren könnten. Wieder schwebte ich im siebten Himmel. Alles deutete darauf hin, dass mein Traum sich endlich doch noch erfüllen würde. Ich musste Karl sagen, dass ich auf der Heimreise nach München in Rom Station machen und wen ich dort besuchen würde, da ich keinesfalls wollte, dass er mich begleitete. Ich erzählte ihm nicht, dass ich Felix sehen würde, sondern erwähnte nur, dass ich seiner Schwester die Nichte vorstellen wolle, die sie noch nie gesehen habe. Er war zwar nicht glücklich darüber, fand sich jedoch damit ab, da ich den Besuch kurz halten und in spätestens einem Monat wieder in München sein wollte.

Ich hatte Ludwig die ganze Zeit auf dem Laufenden gehalten, abgesehen von meiner Schwangerschaft und der Geburt meines Sohnes. Ich schrieb ihm von Felix' Briefen und war ein wenig überrascht, dass er sich für mich zu freuen schien und mir viel Erfolg wünschte. Ich kam zu dem Schluss, dass ihm Felix lieber war als Karl, wenn ich schon heiratete. Und so brach ich ahnungslos auf zu der bis dahin vernichtendsten Katastrophe meines Lebens.

☆

Fürstin Mathilde und ich waren uns auf Anhieb unsympathisch. Ich vermute, dass sie sich ihre Meinung schon lange vor dieser Begegnung gebildet hatte, ja, lange bevor diese überhaupt arrangiert wurde. Ich meinerseits benahm mich wie ein sorgloses Hündchen, bereit, alte Missstimmungen zu vergessen und mich mit meiner zukünftigen Schwägerin anzufreunden. Das erwies sich jedoch als unmöglich. Ganz abgesehen von der Feindseligkeit, mit der sie mir begegnete, war ihre ganze Erscheinung abschreckend: Sie war sehr groß und hager, mit einem spitzen, verkniffenen Gesicht, das Haar zu einem strengen Knoten frisiert und die Lippen zu einem schmalen Strich zusammengepresst ... in jeder Hinsicht das krasse Gegenteil ihres Bruders. Hinzu kam, dass sie Bonzo verabscheute, auch wenn ich vermute, dass sie Hunde an sich nicht leiden konnte.

Aber sie spielte ihre Rolle gut, tat ihr Bestes, damit ich mich wohl fühlte, auch wenn sie selbst kaum ein Wort mit mir wechselte, und zeigte mir antike Bauwerke wie das Colosseum, von dem ich überwältigt war. Ich tröstete mich damit, dass es nicht mehr lange dauern würde, bis Felix zu uns stieß. Aber ich wurde wieder enttäuscht. Ich erhielt Briefe mit den gewohnten Ausreden und dem üblichen Süßholzgeraspel. Ich war am Boden zerstört, und zu meiner Überraschung schien Mathilde sich auf meine Seite zu stellen, wobei sie sich im Nachhinein als begnadete Schauspielerin erwies. »Meine Liebe«, sagte sie honigsüß. »Das ist furchtbar. Ich bin sicher, dass er triftige Gründe für sein Fernbleiben hat, aber ich kann trotzdem nachempfinden, wie enttäuscht Sie sein müssen.«

»Was soll ich jetzt tun?«

Sie strich sich nachdenklich übers Kinn. »Es wäre wohl das Beste, wenn Sie nach München zurückkehren, dann weiß Felix, wo er Sie finden kann.«

»Sofern er es überhaupt will«, entgegnete ich düster.

»Natürlich will er das. Er betet Sie an. Und ...« Sie schwieg einen Moment. »Ich habe eine Idee!«

»Sprechen Sie.« Wie sehr wünschte ich doch, ich hätte einen genialen Einfall!

»Warum lassen Sie die kleine Didi nicht für ein paar Wochen bei mir. Ich könnte sie nach Wien mitnehmen.«

»Ich kann mich nicht von Didi trennen«, protestierte ich.

»Ich weiß sehr gut, wie Sie sich fühlen. Aber ich denke, das könnte die Lösung all Ihrer – unserer – Probleme sein. Sehen Sie, ich weiß, dass diese ständigen Verzögerungen Metternichs Werk sind, der Ihre Beziehung zu meinem Bruder missbilligt. Zufällig weiß ich aber auch, dass er eine Schwäche für kleine Kinder hat, erst recht, wenn diese hübsch und niedlich sind. Was Kinder betrifft wird er weich, wo er sonst unbeugsam ist. Ich bin sicher, dass er entzückt wäre von Didi, wenn ich sie ihm bei uns daheim vorstellen würde. Sie ist ja ein so reizendes kleines Mädchen. Glauben Sie mir, ich halte das für eine einmalige Gelegenheit, die Sache endlich zum Abschluss zu bringen.«

»Sollte er denn nicht auch ihre Mutter kennen lernen? Vielleicht wäre er ja auch von mir angetan.«

»Das wäre er ganz sicher. Eben deshalb wäre es besser, wenn Sie ihm nicht vor der Heirat begegnen ... Er ist ein unverbesserlicher Schürzenjäger, müssen Sie wissen. Er würde Sie für sich haben wollen, und ich will mir gar nicht vorstellen, wie Felix darauf reagieren würde.« Ich weiß heute, dass sie in diesem Punkt die Wahrheit sagte, zumindest vom Standpunkt der Schwarzenbergs aus. Außerdem deckte es sich mit dem, was Jane Harley mir von dem Fürsten erzählt hatte. Und ich war inzwischen so verzweifelt, dass ich bereit war, nach jedem Strohhalm zu greifen. Oder fast. Noch konnte ich mich nicht mit dem Gedanken anfreunden, Didi in ihre Obhut zu geben, war ich doch noch nie von meiner Tochter getrennt gewesen. »Was haben Sie denn zu verlieren, mein liebes Kind? Wien liegt nur eine Tagesfahrt von München entfernt. Sollte es Probleme geben, ist Didi in Windeseile wieder bei Ihnen.«

Und so gab ich schließlich nach. Hinterher sollte sich allerdings herausstellen, dass Wien für mich ebenso unerreichbar war wie der Mond. Ich sollte Didi niemals wiedersehen – abgesehen von einer Gelegenheit, bei der sie mich nicht bemerkte.

## 10. KAPITEL

### Der Graf

Nicht ahnend, in welch hinterhältige Falle ich getappt war, kehrte ich optimistisch zurück nach München, wo ich Ludwig in beunruhigender Laune antraf. Heute weiß ich, dass gerade seine Beziehung zu der Marchesa zu Ende ging, die sich von seinem kurzen Besuch nicht hatte besänftigen lassen. Somit drängte er darauf, dass ich heiratete, damit ich endlich bei Hofe vorgestellt und seine offizielle Mätresse werden konnte anstelle der Hinterhof-Geliebten, die bis jetzt alle in mir sahen. Das bedeutete, dass er mich in Bayern haben wollte und nicht in Österreich. Er hörte sich skeptisch an, was ich von Felix und unseren Plänen zu berichten hatte, und deutete dann an, dass es sicher kein Fehler wäre, endlich Karls Antrag anzunehmen. Diese Kehrtwende seinerseits verwirrte mich, und mir dämmerte langsam, dass er mit seinen scheinbar so uneigennützigen Ratschlägen weniger mein Wohl im Auge gehabt hatte als sein eigenes. In Anbetracht dieser Erkenntnis traute ich ihm nicht mehr, und da ich nicht wusste, an wen ich mich sonst wenden sollte, schrieb ich an Mama und bat sie um ein Treffen.

Ich hatte das Gefühl, dass wir immer weiter auseinander drifteten. Ich hätte mich sehr gefreut, wenn sie nach München gekommen wäre, aber sie meinte, das sei ihr zu weit. Ich vermute allerdings, dass ihr Zaudern vielmehr darauf zurückzuführen war, dass die Kunde meiner Affäre mit dem König inzwischen England erreicht hatte. Sie bat mich, stattdessen in die Heimat zu kommen, was mir jedoch aus eben diesem Grund widerstrebte. Schließlich einigten wir uns darauf, uns auf halbem Weg zu treffen – in Paris. Ich nahm Emma mit und war erleichtert, dass Steely Mama nicht begleitete, sodass die zwei Tage sehr harmonisch verliefen, auch wenn ich keine glücklichen Erinnerungen mit Paris verband. Mama war jedoch zunehmend beunruhigt, als ich ihr von den Ereignissen seit unserer letzten Begegnung berichtete, die inzwischen immerhin fast drei Jahre zurücklag. Vor allem mein zunehmend schlechter Ruf bereitete ihr Sorgen. Wie ich hatte auch sie große Hoffnungen auf meine gesellschaftliche Rehabilitation durch die Heirat mit Felix gesetzt. Jetzt wurde ihr Gesicht immer länger. »Mein liebes Kind«, sagte sie. »Du musst Didi sofort zurückholen.«

»Ich erwarte sie in etwa einer Woche zurück. Ich brauche der Fürstin nur mitzuteilen, dass ich ihre Rückkehr nach München wünsche.«

»Dann tu das unverzüglich.«

»Du verstehst das nicht, Mama. Mathilde benutzt Didi, um den Fürsten Metternich für uns zu gewinnen. Wenn das erst geschafft ist ...«

»Mein liebes Kind«, fiel sie mir kopfschüttelnd ins Wort. »Du bist ja so naiv. Glaubst du ernsthaft, dass Felix dich heiraten wird?«

»O Mama! Er hat es versprochen!«

»Wann?«

»In seinem letzten Brief, den ich kurz vor meiner Abreise aus Rom erhalten habe.«

»Aber seitdem hast du nichts mehr von ihm gehört?«

»Ich weiß, dass er sehr viel zu tun hatte ...«

»Er hatte die letzten vier Jahre schrecklich viel zu tun, nicht wahr?«

»Du willst damit sagen, er wäre ein Schuft.«

Mama seufzte. »Ja, mein Kind. Genau das meine ich damit. Er und seine Familie wollten nur seine Tochter, und die haben sie jetzt.«

»Ich weigere mich, das zu glauben! Die Schwarzenbergs gehören zum alten europäischen Adel!«

»Adel ist nur ein gesellschaftlicher Status und kein Garant für Ehre und Anstand«, entgegnete Mama vehement. »Im Gegenteil. Solche Menschen sind oft so erfüllt von ihrer eigenen Wichtigkeit, dass sie nur noch ihre eigenen Interessen verfolgen und sich dabei über alle Regeln hinwegsetzen, egal ob moralischer oder gesellschaftlicher Art.«

Noch nie hatte ich meine Mutter mit solcher Schärfe sprechen hören. »Und was soll ich jetzt tun?«

»Wie ich schon sagte, hol deine Tochter zurück. Sofern es dafür nicht bereits zu spät ist. Und dann ... dieser von Venningen. Ist er ein guter Mensch?«

»Ich würde sagen, er gehört zu den anständigsten Menschen, die mir je begegnet sind.«

»Dann heirate ihn.«

»Ich liebe ihn nicht, Mama.«

»Aber nach allem, was du gesagt hast, achtest du ihn und vertraust ihm. Mehr kann man von einem Ehemann nicht erwarten.« Sie nahm meine Hand. »Jane, du kannst im Leben nicht alles haben. Du hast eine romantische große Liebe erlebt, jetzt musst du versuchen, zur Ruhe zu kommen und wieder ein geregeltes Leben zu führen. Baron von Venningen bietet dir die einmalige Gelegenheit. Du wärst wirklich dumm, diese Chance nicht zu ergreifen.«

Es gab so vieles, das ich ihr gern erklärt hätte, wovon ich aber wusste, dass sie es nie verstehen würde. Ich rechnete nicht damit, mich je wieder zu verlieben, aber mir war bewusst geworden, dass ich trotz aller Sorgen wegen Felix die Freiheit der vergangenen vier Jahre viel zu sehr schätzen gelernt hatte, um sie je wieder gegen Langeweile und Beschränkungen einer Ehe einzutauschen. Ich versprach also, über ihre Ratschläge nachzudenken, und wir gingen wieder unserer Wege. Ich kehrte nicht gleich nach München zurück, sondern reiste stattdessen nach Heilbronn, wo Karl ein Haus besaß, das er mir zur Verfügung gestellt hatte. Ich musste nachdenken.

☆

Als Erstes schrieb ich Fürstin Mathilde und fragte, ob ich Didi in Wien abholen sollte oder ob sie es vorzog, mir meine Tochter nach München bringen zu lassen. Noch konnte und wollte ich nicht an das von Mama vermutete Komplott glauben. Ich hatte noch keine Antwort auf mein Schreiben erhalten, als Felix' Schwager, Fürst zu Schönburg, mich besuchte. Ich hatte ihn nicht mehr gesehen, seit ich Paris den Rücken gekehrt hatte, und da wir nie enge Freunde und erst recht keine Vertrauten gewesen waren (ich hatte sein Angebot, Felix in meinem Herzen oder zumindest in meinem Bett abzulösen, seinerzeit schroff zurückgewiesen, wie Sie sich erinnern werden), war ich ein wenig überrascht. »Meine liebe Lady Ellenborough ...« Alle meine Besucher und sogar einige meiner Freunde hielten weiter an dieser Anrede fest, obwohl sie mir seit der Scheidung nicht mehr zustand. Ich schätze, die einzige Alternative wäre gewesen, mich mit Miss Digby anzusprechen, was nun wirklich absurd gewesen wäre.

»Mylord.« Ich reichte ihm die Hand zum Kuss. »Welch freudige Überraschung.«

Ich führte ihn in den Salon, und der Butler servierte uns Sherry, den ich nach wie vor am liebsten trank. »Ich kure gerade in Teplitz-Schönau«, erklärte er. »Wegen des Heilwassers.«

»Wie nett«, entgegnete ich, immer noch ratlos.

»Fürst zu Schwarzenberg war auch dort.«

Mein Herzschlag beschleunigte sich. »Hat er Sie geschickt?«

»Nein, nein. Tatsächlich begehe ich mit meinem Besuch einen Vertrauensbruch. Aber ich empfand es als meine Pflicht als Gentleman, Ihnen meine Aufwartung zu machen.«

»Ich fürchte, ich kann Ihnen nicht ganz folgen.« Mir wurde flau im Magen.

Er räusperte sich und nippte an seinem Glas. »Felix und ich sind seit Jahren befreundet. Fast unser Leben lang. Wir haben keine Geheimnisse voreinander. Ich bitte Sie, mir nicht zu verübeln, was ich Ihnen sagen werde, aber es ist die strikte Wahrheit.« Ich hielt die Luft an. »Während der Kur vertraute Felix mir an, er habe ein Problem. ›Wie soll ich diese Frau loswerden, die mir am Bein hängt wie eine Bleikugel?‹, fragte er. Ich war verblüfft. ›Wollt ihr denn nicht heiraten?‹ – ›Mein lieber Alfred, du weißt sehr gut, dass das unmöglich ist. Sicher, sie ist sehr schön und im Bett wirklich umwerfend, aber ihre Familie gehört nicht zu den besten, und ihre Moral ist überaus fragwürdig.‹« Er verstummte und musterte mich besorgt.

Ich hatte mich jedoch unter Kontrolle. »Reden Sie weiter«, sagte ich knapp.

»Ich entgegnete darauf: ›Wenn du so empfindest, warum hast du die Liaison nicht längst beendet?‹ – ›Das habe ich versucht, glaub mir, aber dieses verfluchte Frauenzimmer wollte mich nicht in Frieden lassen. Gott bewahre mich vor besitzergreifenden Weibsbildern.‹ – ›Aber jetzt wirst du ein für alle Mal Schluss machen, oder?‹ – ›Sobald wie möglich, aber ich muss vorsichtig sein.‹ – ›Warum? Jeder Tag, an dem du weiter vorgibst, sie zu lieben, ist ein Affront gegen deine Ehre.‹ – ›Ich weiß. Aber es geht um das Kind, verstehst du? Mein Kind! Unser Kind. Das Kind unserer Familie. Wir können nicht zulassen, dass es aufwächst bei einer ... du verstehst.‹« Wieder ein ängstlicher Blick.

»Hat er das Wort ausgesprochen?«, fragte ich leise.

»Nein. Aber er hat erzählt, wie Sie ihn in Paris mit diesem Tabourier betrogen haben ...«

»Das ist eine gemeine Lüge!«

»Ich war mir sicher, dass es ein Missverständnis sein musste. Dann sagte er wieder, dass die Angelegenheit mit dem Kind sehr vorsichtig gehandhabt werden müsse wegen Ihrer Protektion durch König Ludwig.«

Damit hatte sich Mamas Einschätzung der Lage bewahrheitet. Mir ging auf, dass ich durch meine eigene Leichtgläubigkeit mein Kind verloren hatte, sofern es mir nicht gelang, Ludwig zum Eingreifen zu bewegen. Aber im Herzen wusste ich, dass der König, wie sehr er mich auch lieben mochte (und in dieser Zeit war ich mir seiner Gefühle nicht einmal gewiss), sich niemals in die Privatangelegenheiten einer Frau zweifelhaften Rufs einmischen würde, die nicht einmal zu seinen Untertanen zählte. Was Felix betraf, empfand ich nur eine Mischung aus eiskaltem Zorn und brennender Wut. Ich konnte nicht mehr still sitzen. Ich stand auf und ging nach nebenan ins Arbeitszimmer, wo Karl mehrere Pistolen aufbewahrte. Ich nahm eine aus ihrer Kiste und lud sie mit geübten Griffen. Zwar war es lange her, dass ich Umgang mit Waffen gehabt hatte, aber ich hatte nichts verlernt. Alfred war mir gefolgt und sah mir bestürzt zu. »Um Himmels willen, Jane! Tun Sie so etwas nicht.«

»Ich habe nicht die Absicht, mir etwas anzutun«, versicherte ich ihm. »Wären Sie so freundlich, mir die Türen zu öffnen?«

Es handelte sich um Doppeltüren aus Glas, die auf eine Terrasse hinausführten. Alfred gehorchte und trat dann eilig beiseite, als ich die Pistole hob und abdrückte. »Worauf schießen Sie?«, fragte er.

»Wer weiß«, entgegnete ich, aber wir wussten es beide.

☆

Alfred reiste am folgenden Tag wieder ab. Ich glaube, er wäre gern noch geblieben, spürte aber, dass ich nicht in Stimmung war für einen Flirt oder gar etwas Ernsthafteres. Sobald er fort war, schrieb ich an Karl und bat ihn, sofort zu kommen. Anschließend setzte ich einen Brief an Felix auf, in dem ich ihm, ohne Alfred zu erwähnen, mitteilte, dass ich ihn durchschaut habe. Ich beschuldigte ihn, unsere Tochter entführt zu haben, obwohl ich wusste, dass er sich für dieses Verbrechen nie vor Gericht würde verantworten müssen, da es von vornherein zwecklos war, von einem österreichischen Richter zu erwarten, zu meinen Gunsten gegen einen Schwarzenberg zu entscheiden. Abschließend teilte ich ihm mit, dass ich Karl heiraten würde, falls er nicht antwortete. Letzteres mag überflüssig erscheinen, aber ich wollte unbedingt, dass er derjenige war, der unsere Beziehung beendete.

Als Letztes brachte ich Ludwig auf den neuesten Stand und lehnte mich dann zurück, um der Dinge zu harren, die da kamen, wobei ich meine Gefühle so weit als möglich unter Verschluss hielt. Ich schätze, Erfahrungen wie diese tragen entscheidend dazu bei, den Charakter zu formen. Jedenfalls war das bei mir der Fall.

☆

Die Ereignisse überschlugen sich. Karl traf schon kurze Zeit später ein, ganz außer sich vor Sorge, da er annahm, mir sei etwas zugestoßen. Er war überglücklich, als ich ihm mitteilte, dass ich ihn heiraten würde, wenn ich nicht binnen einer Woche von Felix hörte, reagierte aber mit blankem Hass, als ich ihm berichtete, was ich von Alfred erfahren hatte. Prompt schrieb er an Felix und forderte ihn zum Duell wegen der diffamierenden Behauptung, ich hätte eine Affäre mit Tabourier gehabt. Offenbar konnte er akzeptieren, dass ich zwei Jahre Felix' Mätresse gewesen war, aber wenn ich während dieser Zeit mit einem anderen Mann geschlafen hätte, hätte er dies als unmoralisch verurteilt. Wie er es mit seinem Wissen vereinbarte, dass ich mit ihm und dem König intim gewesen war, während ich mich noch als Felix' Verlobte betrachtete, weiß ich nicht. Und um ehrlich zu sein, es interessierte mich auch nicht weiter. Männer stellen ihre eigenen Regeln auf und erwarten von den Frauen, dass diese sich daran halten – was die meisten von uns tatsächlich tun. Ein Mann, der ein Dutzend Liebschaften hat, ob in rascher Folge oder auch gleichzeitig, gilt bei seinen Freunden als ganzer Kerl. Einer Frau an der Spitze der Gesellschaft hingegen wird gerade mal ein Liebhaber zugestanden; ein zweiter würde sie sofort zur Hure brandmarken. Ich denke, das ganze Theater, wer es mit wem treibt, ist völlig unnötig: Sex ist eine rein physische Angelegenheit. Liebe ist etwas völlig anderes und hat nichts mit Lust zu tun, auch wenn das eine oft zum anderen führt. Und auch wenn ich sicher war, nie wieder lieben zu können, war ich doch entschlossen, wenigstens nach meinen eigenen Regeln zu leben.

Ich möchte noch einmal mit allem Nachdruck darauf hinweisen, dass ich Karl nie getäuscht habe oder versucht hätte, ihn hereinzulegen. Er wusste immer, dass ich ihn nicht so liebte, wie ich Felix geliebt hatte. Er wusste, dass ich die Mätresse des Königs war und nicht beabsichtigte, diese Freundschaft zu beenden, die zu diesem Zeitpunkt ohnehin platonischer Natur war. Und er wusste auch, dass ich von Natur aus rastlos war, unersättlich in meiner Gier nach romantischen Abenteuern. Er wollte mich trotz alledem zur Frau nehmen. Vermutlich glaubte er mit typisch männlicher Arroganz, er könne mir alles bieten, was mein Frauenherz begehrte, und ich würde mich schon noch in ihn verlieben. Dass er dieses Ziel nicht erreichte, war seine ganz persönliche Tragödie, aber nachdem ich meine Karten offen auf den Tisch gelegt hatte, bevor ich seinen Antrag annahm, weigere ich mich, im Nachhinein hierfür die alleinige Verantwortung zu übernehmen.

Mein Brief blieb unbeantwortet, doch die Ehre verlangte, dass Felix zu Karls Vorwürfen Stellung bezog. Er versicherte Karl, dass er nie meine Ehre in Zweifel gezogen oder mich der Untreue bezichtigt habe, und bat ausdrücklich um Verzeihung, falls er mich in irgendeiner Weise verletzt haben sollte. Im gleichen Atemzug versetzte er mir eine schallende Ohrfeige, indem er uns beiden zur bevorstehenden Hochzeit gratulierte und uns alles Glück der Welt wünschte! Didi erwähnte er mit keinem Wort. Das also war das Ende. Ich hatte drei Jahre meines Lebens darauf vergeudet, einem Gespenst nachzujagen. Und hatte dabei meine Tochter verloren!

☆

Aber ich hatte keine Zeit, Trübsal zu blasen. Wie schon gesagt, überstürzten sich die Ereignisse trotz der beträchtlichen Hürden, die es zu überwinden galt. Was die praktischsten Probleme anbelangte, baten wir Ludwig um Hilfe, der uns auch nicht enttäuschte. Er schrieb höchstpersönlich an den Großherzog von Hessen-Darmstadt, der für den Bezirk zuständig war, in dem Karls Familie residierte, und ersuchte diesen um seine Unterstützung bei der Bewältigung der religiösen Frage. Mir wurde versichert, dass einer Eheschließung nichts im Wege stünde, wenn ich der Kirche beweisen könne, dass es meine erste Ehe nie gegeben habe. Zu meiner Erleichterung war von Konvertierung nicht die Rede. Ich war zu diesem Schritt bereit gewesen, um Felix zu heiraten, hatte inzwischen aber Abstand davon genommen. Ich schrieb an Mama, die mir antwortete, das Dokument werde nicht nur beschafft, sondern von Papa persönlich nach Deutschland gebracht. Dass er als einziger Vertreter meiner Familie bei meiner zweiten Trauung zugegen war, deutet darauf hin, dass die anderen mich immer noch als gesellschaftlich inakzeptabel einstuften.

Das Ganze war ein riesiger Unsinn, doch Papa kam mit dem erforderlichen Schriftstück, in dem bestätigt wurde, dass nach englischem Gesetz meine Ehe null und nichtig sei, so als hätte es sie nie gegeben ... Das schien fast alle zufrieden zu stellen, vor allem jene, auf die es ankam. Mir bereitete weit mehr Kopfzerbrechen, Papa, den ich Jahre nicht gesehen hatte, im Haus zu haben in Anbetracht all dessen, was sich in eben dieser Zeit zugetragen hatte. Ich wäre jedenfalls entspannter gewesen, hätte Mama ihn begleitet. Doch sein Aufenthalt verlief friedlich, auch wenn ich mich wieder einmal des Gefühls nicht erwehren konnte, dass er nicht recht glauben mochte, dass ich wahrhaftig seine Tochter sein sollte. Vor allem zu Anfang gingen wir sehr steif miteinander um, was aber auch daran lag, dass wir uns nie besonders nahe gestanden hatten. Karl aber war ihm offenbar sympathisch, und er war sicher beeindruckt vom Wohlstand und gesellschaftlichen Status meines Bräutigams – und vor allem erleichtert, dass mein Ansehen endlich wiederhergestellt würde.

Vor seiner Ankunft hatte ich jedoch eine weit schwierigere Prüfung durchstehen müssen: die erste Begegnung mit der Familie von Venningen. Ähnlich katastrophal hatte ich mir seinerzeit eine Begegnung mit den versammelten Schwarzenbergs vorgestellt, mit dem Unterschied, dass die von Venningens noch viel zahlreicher waren. Ich betrat einen Raum, der förmlich aus den Nähten platzte von Menschen, die mindestens Vettern zweiten Grades waren. Am meisten stachen die verwitwete alte Baronin hervor sowie ihre unverheiratete älteste Tochter Mimi (zwar hieß es, sie habe einen Verehrer, aber offenbar gestattete sie diesem keinerlei Freiheiten).

Diese beiden wussten zweifellos bestens über mich Bescheid, und was sie gehört hatten, hatte ihnen ebenso wenig gefallen wie Mathilde Schwarzenberg. Man zeigte mir die kalte Schulter. Trotzdem gab es einen entscheidenden Unterschied: Bei den von Venningens gab es keinen strengen alten Mann, der im Hintergrund die Fäden zog. Hier traf der Mann, der mein Gatte sein würde, die Entscheidungen, und auch wenn Karl seine Mutter nicht unnötig vor den Kopf stoßen wollte, so war er, wie ich bald merken sollte, nicht gewillt, sich von ihr Vorschriften machen zu lassen. Von den anderen Familienangehörigen nahmen einige mich sogar recht freundlich auf. Besonders sympathisch war mir Karls Bruder Philipp.

Am 16. November 1833 wurden Karl und ich in Darmstadt standesamtlich getraut, und in der darauf folgenden Woche erhielten wir in der Kathedrale von Sinsheim im Rahmen einer katholischen Zeremonie unter der Leitung des Bischofs von Rothenburg auch den kirchlichen Segen. Hiernach nahm ich Abschied von Papa, und nach kurzen Flitterwochen kehrten Karl und ich Anfang Dezember nach München zurück.

☆

Wie immer hatte ich Ludwig ständig auf dem Laufenden gehalten und war entzückt, dass er sich so auf unser Wiedersehen freute nach der Distanz des vergangenen Jahres, in dem wir uns kaum gesehen hatten. Er schrieb mir in die Flitterwochen und wollte wissen, wann genau ich in seine Hauptstadt zurückkehren würde. Mein Wunsch, an die alte Vertrautheit mit dem König anzuknüpfen, mag moralisch nicht ganz korrekt gewesen sein für eine Braut, aber wie schon gesagt, konnte ich Karl nicht mehr bieten als Sex – was ich ihm mehrfach, und wie ich glaubte unmissverständlich, erklärt hatte. Auch war ich entschlossen, mein Leben nach eigenem Gutdünken zu führen, auch wenn Felix endgültig keine Rolle mehr darin spielte. Mir schwebte eine Beziehung vor, wie Jane Harley sie mit dem Earl von Oxford unterhalten hatte, zumal ich ja bereits die heilige Pflicht einer Ehefrau erfüllt und meinem Gatten einen Sohn geboren hatte.

Genau das aber erwies sich als erster Streitpunkt zwischen uns. Ich gebe gern zu, dass ich über die Geburt Heriberts, wie die Deutschen ihn nannten, nicht so glücklich gewesen war, wie ich wohl hätte sein sollen, da ich ja damals noch auf eine Versöhnung mit Felix gehofft hatte, aber jetzt lagen die Dinge anders. Jetzt war ich mit Heriberts Vater verheiratet und wollte meinen Sohn zurück, erst recht, nachdem ich meine Tochter verloren hatte. Zu meiner Überraschung und Beunruhigung zeigte Karl sich wenig begeistert davon. Seine Erklärung erschien mir fadenscheinig: Er behauptete, nachdem der kleine Junge so lange Zeit bei sizilianischen Bauern verbracht hätte, müsse er erst umfassend umerzogen werden, bevor er seinen Platz als echter von Venningen einnehmen könne. Das war lächerlich, war der Kleine doch nicht einmal ein Jahr alt! Er meinte, wir sollten uns erst einmal als Ehepaar aneinander gewöhnen und unser Kind zu einem späteren Zeitpunkt zu uns holen. Ich war sprachlos, umso mehr, als ich hinter den wahren Grund für sein Zaudern kam: seine Mutter. Die alte Dame hatte dem Verlangen ihres Sohnes nach mir nicht Einhalt gebieten können, weigerte sich jedoch kategorisch, einen unehelichen Enkelsohn zu akzeptieren, auch wenn die Frage der Legitimität nachträglich geregelt worden war.

Damals wollte ich kein Drama daraus machen: Ich war zu beschäftigt mit der Wiederaufnahme meiner Beziehung zu Ludwig und meiner Rückkehr in die Gesellschaft. Ich teilte dem König also wie gewünscht den genauen Zeitpunkt meiner Rückkehr nach München mit und fand bei meiner Ankunft einen Riesenstrauß Veilchen vor. Ludwig traf bereits eine halbe Stunde später ein. Mit einer solchen Situation war Karl bisher nicht konfrontiert worden, und er wusste auch nicht, wie er damit umgehen sollte. Letztendlich verließ er das Haus, und schon Minuten nach Ludwigs Eintreffen lagen wir einander in den Armen. Wunderbar! Zwar konnte ich mich nicht beschweren über Karl als Liebhaber, aber auch wenn er sehr leidenschaftlich und erfahren war, sodass ich ebenso auf meine Kosten kam wie er selbst, hatte ich nie eine emotionale Bindung zu ihm verspürt. Bei Ludwig verhielt es sich genau umgekehrt; er war derjenige, der immer Distanz wahrte. Aber heute war er ganz mein, und ich gehörte ihm allein.

Ich sagte mir, dass seine frühere Zurückhaltung auf seine Eifersucht auf Felix zurückzuführen war, für die nun keine Veranlassung mehr bestand, aber natürlich gab es noch einen anderen Grund für seine Bereitschaft, sich auf mich einzulassen. Offensichtlich war ich mit einer Fruchtbarkeit gesegnet, die der Tante Anne Margarets in nichts nachstand, und für einen König war dies natürlich nicht unproblematisch. Anders als unser Karl II. wünschte Ludwig keine königlichen Bastarde. Sollte aber jetzt ein Kind aus unserer Beziehung hervorgehen, würde dieses ganz selbstverständlich als Karls betrachtet werden.

Und so feierten wir rückhaltlos unser Wiedersehen, bis wir nach zwei Stunden erschöpft dalagen, Seite an Seite, Kopf an Kopf, Schulter an Schulter, Schenkel an Schenkel. »Jetzt wirst du deinen rechtmäßigen Platz in der Gesellschaft einnehmen«, sagte er. »Und als hellster Stern am bayerischen Himmel strahlen.«

»Sofern die Königin es zulässt«, gab ich zu bedenken.

»Das wird sie«, versicherte er mir.

Es dauerte eine Weile, doch Anfang Februar erhielt Baronin von Venningen schließlich eine Einladung Königin Theresas ins Schloss Nymphenburg.

☆

Ich ging auf die siebenundzwanzig zu und betrachtete mich selbst (zu recht, wie ich finde) als Frau von Welt. Doch als ich das Kuvert mit der unbezahlbaren Karte öffnete, wäre ich fast in Ohnmacht gefallen, hatte ich doch trotz Ludwigs Versicherungen nicht mehr daran geglaubt. Die Gerüchte bezüglich meiner Liaison mit dem König kursierten bereits seit etwa zwei Jahren, aber erst nach meiner Rückkehr als Baronin von Venningen brach der Damm. Die früheren Spekulationen bestätigten sich, und ich wurde zum öffentlichen Gut. Schon Tage später hörte ich, wie mich jemand auf der Straße als »Herzdame des Königs« bezeichnete, und als ich bei Tombosi's Tee trinken wollte, versammelte sich dort eine solche Schar von Schaulustigen, dass ich meine Besuche dort ebenso aufgeben musste wie meine morgendlichen Ausritte, es sei denn, Karl begleitete mich. Nicht alle waren mit meinem Benehmen einverstanden, und ich glaube, auch die Erskines gehörten dazu. Trotzdem luden sie Karl und mich kurz nach unserer Heimkehr zur Hochzeit ihrer Tochter Gabrielle mit dem Grafen Paungarten ein. Unnötig zu sagen, dass die Klatschmäuler sich in zwei Lager teilten: Die einen waren erleichtert, dass mein Schattendasein ein Ende hatte; die anderen vertraten den Standpunkt, dass das Schicksal es allzu gut mit mir meinte. Von zwei weiteren Parteien, die sich zwischen diesen beiden Polen befanden, vertrat die eine die Ansicht, dass Karl und ich aus Liebe geheiratet hatten, während die andere überzeugt war, dass der König die Heirat befohlen hatte, um mich zu seiner offiziellen Mätresse machen zu können.

Das alles war sehr schwierig für Karl und erst recht für seine Familie, da letzteres Gerücht auch in Mannheim kursierte. Aber auch wenn Karl wusste, dass der König ihm die Heirat zwar nicht befohlen, aber nahe gelegt hatte, und ich jetzt tatsächlich so offen wie nie zuvor Ludwigs Konkubine war, gab es auch für Karl einen gewissen Ausgleich. Jetzt, wo ich Baronin von Venningen war und nicht mehr eine gefallene Frau, war ich wieder gesellschaftsfähig, und an Weihnachten wurden wir förmlich überhäuft mit Einladungen. Ich bin sicher, dass viele aus reiner Neugierde heraus ausgesprochen wurden, und ich zog bei weitem die Gesellschaft der Leute vor, die mich von Anfang an unterstützt hatten, so wie die Erskines und die Gräfin Cetto. Aber wir gingen trotzdem hin, und Karl platzte jedes Mal fast vor Stolz, jedes Mal, wenn er mit mir am Arm einen Raum betrat. Die Einladung der Königin jedoch war mein größter Triumph, egal ob eigene Neugier oder ein königlicher Befehl dahinter steckte.

☆

Sofort schrieb ich an Ludwig, um ihn um Rat und »Nachhilfe« zu bitten, hatte doch jeder königliche Hof sein ganz eigenes Protokoll. Er kam sofort und gab vor, nichts von der Einladung seiner Gattin gewusst zu haben. Im Großen und Ganzen riet er mir, einfach ich selbst zu sein. Aber ich war so nervös wie an meinem ersten Abend im Almack's, der inzwischen fast neun Jahre zurücklag. Ich kann nicht behaupten, dass meine Audienz bei Königin Theresa ein so durchschlagender Erfolg gewesen wäre wie jener Ball, da Ihre Majestät – abgesehen von einer Hand voll Höflingen – ausschließlich von Damen umgeben war, die hinter vorgehaltenem Fächer tuschelten. Aber Theresa war überaus höflich, forderte mich auf, mich zu ihr zu setzen, und unterhielt sich mit mir über England, als wäre ich eben erst von dort angereist, und als hätte es nie einen Skandal gegeben. Ich fand sie interessant und kultiviert, auch wenn von ihrem ehemals guten Aussehen nicht viel übrig war, und Ludwig erzählte mir später, sie sei auch von mir recht angetan gewesen.

Nach dieser Audienz wurde ich zur inoffiziellen Königin

der Münchener Gesellschaft, eine Rolle, die ich in vollen Zügen genoss. Ludwig ernannte Karl zum Kammerherrn, was bedeutete, dass er und seine Gattin im Palais Nymphenburg nach Belieben ein und aus gehen konnten, was für Ludwig und mich natürlich vieles erleichterte. Doch die sorglose Zeit hatte schon bald ein Ende, da ich Mitte Februar feststellte, dass ich zum fünften Mal schwanger war.

☆

Damit stellte sich zumindest für mich eine wichtige Frage. Natürlich hatte ich, jetzt da ich eine verheiratete Frau war, keine Maßnahmen mehr ergriffen, um eine Schwangerschaft zu vermeiden, auch nicht, wenn ich mit Ludwig zusammen gewesen war, und immerhin sahen wir uns mehrmals die Woche, auch wenn wir nicht jedes Mal miteinander schliefen. Das Gleiche galt für Karl; ich war in diesem Winter wirklich sehr beschäftigt. Dass Mitte Februar die dritte Periode ausblieb, bedeutete, dass ich vor Mitte Dezember empfangen hatte, also unmittelbar nach meiner Rückkehr nach München, möglicherweise auch schon vorher, also in den Flitterwochen. Natürlich träumt jede Frau davon, in den Flitterwochen schwanger zu werden, aber ich musste stattdessen an mein leidenschaftliches Wiedersehen mit Ludwig denken. Ich persönlich bin heute überzeugt, dass Bertha die Tochter des Königs war, zumal das arme Kind noch vor seinem zwanzigsten Geburtstag in einer psychiatrischen Anstalt untergebracht werden musste. Weder in Karls noch in meiner Familie hat es in der Vergangenheit Fälle von Geisteskrankheit gegeben, umso mehr aber bei den Wittelsbachern, wie ich von den Erskines wusste. Später sollte sich ja auch der älteste Sohn des Königs, der ihm als Ludwig II. nachfolgte, als geisteskrank erweisen, musste abdanken und fand ein trauriges Ende.

Aber ich greife vor. Karl zweifelte nie daran, dass das Baby von ihm war, und brachte mich nach Mannheim, in der Hoffnung, mein Zustand würde eine Versöhnung mit seiner Mutter herbeiführen. Seine Rechnung ging jedoch nicht auf: Mimi und die alte Dame zeigten mir nach wie vor die kalte Schulter und versuchten unverhohlen, Zwietracht zwischen mir und Karl zu säen. Das gelang ihnen zwar nicht, aber Karl spürte, wie unglücklich ich dort war, und so reisten wir bald wieder ab ... allerdings nicht zurück nach München. Wir fuhren auf eines seiner Güter, ein Schloss in Grombach, wo ich den Sommer verbrachte. Das störte mich nicht weiter, da ich meine gesellschaftlichen Aktivitäten sowieso hätte unterbrechen müssen und auch im Umgang mit Ludwig gehemmt gewesen wäre. Ich war ein wenig enttäuscht, als ich den König von meinem Zustand in Kenntnis setzte und er mir auf meine Bitte, das Kind nach ihm benennen zu dürfen, eine Abfuhr erteilte. Zweifellos hatte auch er zurückgerechnet. Ich beließ es dabei, und da es ein Mädchen war, erledigte sich das Thema ohnehin von selbst. Allerdings war ich tief verletzt, als er die Patenschaft für meine Tochter ablehnte. Vielleicht war es unklug von mir, dies überhaupt vorzuschlagen, aber in den vergangenen Monaten hatte sich ein so vertrautes Verhältnis zwischen uns entwickelt, dass ich glaubte, das Protokoll käme bei uns nicht zum Tragen.

Natürlich durfte ich mir meine Enttäuschung nicht anmerken lassen, und Graf Alfred Obendorf, ebenfalls Kammerherr bei Hofe, wurde schließlich als Patenonkel erkoren. Der Sommer verlief alles in allem beschaulich, aber ich war doch sehr beunruhigt, als Karl kurz vor der Niederkunft an einer Art rheumatischem Fieber erkrankte und sein Zustand sich rapide bedrohlich verschlechterte. Tatsächlich gaben die Ärzte ihn fast sogar schon auf. Ich war verzweifelt. Auch wenn ich Karl nie so geliebt hatte wie Felix, hatte ich ihn sehr gern, war er mir doch stets ein treuer und loyaler Freund gewesen.

Schließlich erholte er sich erstaunlich schnell wieder, und auch die Geburt ging so reibungslos vonstatten wie schon die vorherigen. Im Herbst meinte ich dann, wir wären beide so weit wiederhergestellt, dass einer Rückkehr nach München nichts mehr im Wege stünde. Zu meiner Verblüffung weigerte Karl sich und beschloss, stattdessen einige Zeit in einem seiner anderen Schlösser zu verbringen, diesmal bei Weinheim gut zwölf Meilen nördlich von Heidelberg. Es war sehr hübsch dort, aber es war nicht München, und ich wurde das Gefühl nicht los, dass er mich bewusst von der Hauptstadt fern hielt ... und von Ludwig. Dies war vor Ort natürlich schwierig gewesen, aber nicht einmal der König konnte meinem Gatten vorwerfen, dass er mich bis zur Geburt meines Kindes aufs Land brachte. Auch konnte er sich aus der Ferne kein Bild davon machen, warum wir nicht zurückkehrten, zumal wir uns nicht mehr auf bayerischem Boden befanden, sondern im Herzogtum Baden.

Ich war sehr unglücklich darüber, aber mir waren die Hände gebunden, zum einen wegen des Babys und einiger unfähiger Kinderfrauen, zum anderen, weil Karl behauptete, noch nicht ausreichend wiederhergestellt zu sein für ein anstrengendes Leben bei Hofe. Ich langweilte mich zunehmend und wurde immer gereizter. Im Frühling 1835 näherte ich mich bedenklich der magischen Grenze der dreißig Jahre und musste fürchten, dass meine Schönheit von da an ebenso abnahm wie meine Energie und vor allem meine Leidenschaft. Viele mochten den Standpunkt vertreten, ich hätte einen Großteil meiner achtundzwanzig Jahre auf sehr aufregende, abenteuerliche Weise verbracht, aber in meinen Augen hatte ich vor allem viel Zeit vergeudet. Meine Laune litt zusätzlich darunter, dass ich fürchtete, Ludwig würde eine neue Liebe finden und mich ersetzen. Aber niemand kann in die Zukunft sehen, was in den meisten Fällen wohl auch besser ist. So konnte ich nicht ahnen (und schon gar nicht damit rechnen), dass noch mehr als vierzig Jahre Gesundheit, Schönheit, Energie und Leidenschaft vor mir lagen sowie Abenteuer, die nur sehr wenigen Menschen und noch weniger Frauen zuteil werden. Jedenfalls war ich nicht gerade bester Laune, als Alfred Schönburg uns besuchte, in Begleitung seines Freundes Honoré de Balzac.

☆

Sie erinnern sich vielleicht, dass ich den berühmten Schriftsteller 1830 in Paris kennen gelernt hatte. Seit damals war sein Ruhm noch gewachsen, doch seine Schulden wohl ebenfalls, und auf seiner Reise durch Deutschland und Österreich war er vermutlich auf der Flucht vor seinen zahlreichen Gläubigern. Wir unterhielten uns etwa zwei Stunden lang recht angenehm, aber was er hinterher daraus machte, gefiel mir gar nicht. In seinen Briefen machte Balzac aus den zwei Stunden ganze fünf und deutete sogar an, wir hätten in dieser Zeit nicht nur geredet, nein, er benutzte mich außerdem als Vorlage für eine seiner weniger ansprechenden Romanfiguren, die höchst unmoralische, wenn nicht gar liederliche Lady Annabelle Dudley.

Auf die Spitze trieb es Alfreds eifersüchtige Ehefrau Aloisia, die nach seiner Rückkehr nach Paris, ermutigt von seinen skurrilen Andeutungen, das Gerücht in die Welt setzte, ich hätte eine Affäre mit dem Romancier gehabt. Als ob ich je das Bett mit einer so abstoßenden hässlichen Kreatur hätte teilen mögen! Da ich seinerzeit aber noch nichts von den späteren Ereignissen ahnte, betrachtete ich den Besuch als willkommene Abwechslung vom eintönigen Alltag in Weinheim, das mir langsam wie ein goldener Käfig vorkam. Dies führte zu Auseinandersetzungen mit Karl, der jedes Mal sehr aggressiv reagierte, wenn ich davon sprach, nach München zurückzukehren, und mir wie früher Edward vorwarf, mich so kindisch aufzuführen wie ein unreifes, frivoles junges Ding. Ich weiß nicht, was geschehen wäre, wenn uns nicht die Nachricht, dass Philipp von Venningen im Sterben liege, zur Heimkehr gezwungen hätte. Karl fühlte sich verpflichtet, seinem Bruder seelischen Beistand zu leisten.

Leider erwartete mich eine herbe Enttäuschung. Da ich noch nie einen Sommer in München verbracht hatte, war mir entgangen, dass in der bayerischen Hauptstadt – anders als in London – in den heißen Monaten sämtliche gesellschaftlichen Aktivitäten ruhten. Alles, was Rang und Namen hatte, zog sich auf seine ländlichen Anwesen zurück, und der König begab sich mit seinem ganzen Hofstaat in die Alpen. Meine Freunde und Bekannten waren also ausgeflogen, und ich sah mich stattdessen umgeben von Venningens, die ans Sterbebett ihres Bruders und Sohnes geeilt waren ... Es wurde erst ein wenig besser, als Ludwig im September zurückkehrte. Sofort begann ein Reigen von Festivitäten und Empfängen, und selbstverständlich waren Baron und Baronin von Venningen zu allen wichtigen Anlässen geladen. Auf der ersten Soiree lernte ich Spiro kennen.

☆

Sein vollständiger Name lautete Graf Spiridion Theotoky. Wie sich aus dem Namen unschwer ableiten lässt, war er Grieche. In München wimmelte es damals von Griechen: Seit Prinz Otto in Athen zum König gekrönt worden war, gehörte es für jeden aufstrebenden griechischen Edelmann zum Pflichtprogramm, Deutsch zu lernen und sich mit der deutschen Kultur vertraut zu machen. Aufgrund meiner monatelangen Abwesenheit hatte ich von dieser Tendenz bisher nichts bemerkt, so wie unsere griechischen Gäste auch mich bislang nur dem Namen nach kannten. Jetzt stand der schönste Mann vor mir, den ich je gesehen hatte, mit rabenschwarzem Haar, markanten Zügen und prächtigem Schnauzbart. Sein athletischer Wuchs wurde von seinem weißen Rock, der traditionellen Fustanella, den dazugehörigen weißen Strumpfhosen und der tiefroten, mit Goldfäden verwobenen Tunika noch betont. Und was sah er? Ich bilde mir ein, dass ich mit achtundzwanzig Jahren schöner war denn je. Ich war fast so groß wie er, mein rotgoldenes Haar schimmerte wie Seide, meine Figur war an den richtigen Stellen wohl gerundet, mein Teint war nach wie vor makellos, und meine Gesichtszüge galten als klassisch. Zweifellos gefiel ihm, was er sah, ebenso sehr wie mir. Das einzige Störende war, dass er unübersehbar jünger war als ich, allerdings nur um vier Jahre, wie sich bald herausstellte.

Er war ein begnadeter Tänzer und verschlang mich auf dem Tanzparkett förmlich mit Blicken. Wie seinerzeit Felix! »Baronin«, sagte er, »hiervon habe ich geträumt, seit ich das erste Mal Ihren Namen gehört habe.«

»Wovon haben Sie geträumt?«

»Sie in den Armen zu halten.«

»Sie schmeicheln mir.«

Die Musik brach ab. »Ich muss Sie wiedersehen.«

»Ich fürchte, das würde mein Gatte missbilligen.«

»Mich interessiert nur, was *Sie* wollen.«

Es war viel zu lange her, dass mir jemand mit solchem Feuer begegnet war. »Ich reite jeden Morgen um zehn im Park aus.«

☆

Spiro war überaus attraktiv und seine Komplimente sehr willkommen, auch wenn ich seine Angewohnheit, in der Öffentlichkeit zu rauchen, ohne vorher um Erlaubnis zu bitten, ein wenig störend fand. Andererseits war ich damals nicht auf mehr als einen harmlosen Flirt aus – was ich auch Ludwig klar zu machen versuchte. Der König war nicht zum Ball erschienen, hatte aber seine Spitzel überall, sodass er nicht nur sehr rasch erfuhr, dass ich mit dem jungen Griechen getanzt hatte, sondern dass dieser mich zudem häufig auf meinen Ausritten begleitete.

»Du solltest diskreter sein«, murrte er, nachdem er seine fast täglichen Besuche wieder aufgenommen hatte.

»Ist der junge Mann denn gefährlich?«

»Jeder junge Mann in deiner Nähe ist gefährlich.«

»Du bist wieder einmal unschlagbar charmant«, bemerkte ich wahrheitsgemäß. »Erzähl mir von ihm. Ist er aus gutem Hause?«

»Seine Familie lebt auf Korfu und gehört seit Jahrhunderten zu den angesehensten Griechenlands. Sein Vater hat im Unabhängigkeitskrieg gekämpft und ist ein einflussreicher Mann. Wenn ich richtig informiert bin, ist er derzeit Provinzgouverneur. Dem jungen Mann wird allerdings der Hang zu unverantwortlicher Romantik nachgesagt. Du solltest dich von ihm fern halten.«

Ohne es zu wissen, hatte er mein Interesse damit erst richtig angefacht. Dass er Grieche war und sein Vater für die Freiheit dieses zauberhaften Landes gekämpft hatte, hätte für sich allein schon gereicht, hinzu aber kam, dass ich mir nach den langen Monaten der Langeweile ein Abenteuer schuldig war. So ritten wir weiterhin zusammen aus und begegneten uns regelmäßig auf Bällen und anderen Anlässen. Mit jeder Begegnung wurde Spiro mutiger. »Ein Kuss«, sagte er einmal, als wir gerade einen Walzer tanzten. »Nur ein Kuss von Ihnen, meine liebste Baronin, und ich würde als glücklicher Mann sterben.«

»Und wenn Sie den nicht bekommen?«

»Dann wäre mein Herz in der Stunde meines Todes erfüllt von quälender, unerfüllter Sehnsucht.«

»Das wäre wirklich traurig«, sagte ich, und da wir eben

vor einer der Terrassentüren standen, als die Musik verstummte, trat ich hinaus in die Nacht.

Es war Anfang Oktober und schon recht kühl, was aber keine große Rolle spielte, da ich schon Sekunden später in seinen Armen lag. Seit Beginn meiner Liaison mit Felix hatte ich kein solches Prickeln mehr verspürt. Natürlich gibt es nichts Göttlicheres, als nackt in den Armen eines ebenso nackten Mannes zu liegen, vorausgesetzt, dass man diesen Mann aufrichtig liebt. Aber im Ballkleid umarmt und geküsst zu werden, rangiert ganz sicher auf Platz zwei. Ich konnte fühlen, wie sein Verlangen buchstäblich wuchs, als er mich leidenschaftlich küsste, während seine Hände erst über meine Brüste glitten und zu meiner Überraschung schon kurz darauf zwischen meine Schenkel: Bisher hatten die Männer in meinem Leben sich immer erst meinem Po gewidmet. Ich reagierte mit dem gleichen Eifer, wovon er offenbar mehr als entzückt war. »O Ianthe, Ianthe«, murmelte er mir ins Ohr. »Ich muss dich besitzen.«

Seine Hände schoben sich unter meine Röcke, während ich vergeblich versuchte, mir einen Weg durch seine fremdartigen Kleider zu suchen. Ich bin sicher, dass wir binnen Sekunden vereint gewesen wären, wenn nicht in diesem Augenblick ein anderes Paar auf der Terrasse ein wenig Abkühlung gesucht hätte. Die beiden schienen keine romantischen Absichten zu verfolgen und begnügten sich damit, ans Terrassengeländer zu treten und in die Nacht zu blicken. Sie waren dennoch so mit sich beschäftigt, dass sie uns nicht bemerkten, was nicht weiter verwunderlich war, da wir hinter einer Säule verborgen waren. Dies verschaffte uns einige kostbare Sekunden Zeit, unsere Kleider wiederherzurichten und uns voneinander zu lösen, da die beiden uns unweigerlich entdecken mussten, sobald sie sich wieder umdrehten. Und so kam es auch. »Ah, Baronin von Venningen«, sagte die Frau. »Frieren Sie denn nicht?«

»Jetzt schon«, gestand ich.

Sie spähte blinzelnd in die Dunkelheit. »Und Graf Theotoky, richtig?«

»Zu Ihren Diensten, Madame«, entgegnete Spiro zackig. Sie lächelte affektiert, ihr Begleiter räusperte sich, und sie gingen wieder hinein. »Werden Sie reden?«, fragte Spiro.

»Ganz bestimmt. Wir sollten wieder reingehen, damit es dabei bleibt ... bei einem Gerücht, meine ich.«

Er hielt meine Hände. »Aber Ianthe ... ich brenne ...« Das galt auch für mich. »Ich muss dich wiedersehen. Ich muss ...«

Ich küsste ihn. »Schick mir eine Nachricht mit deiner Adresse und lass mich wissen, wann du zu Hause bist. Allein.«

Er schnappte nach Luft. »Du wirst zu mir kommen?«

»Wenn es möglich ist.«

Ich beging die gleiche Verrücktheit wie in meiner Jugend. Andererseits wollte ich gar nicht erwachsen werden. Und was das Risiko betraf ... war das nicht das Salz in der Suppe? Was war das Leben ohne Erfahrungen? Ohne Romantik? Vielleicht sagte ich mir ja wie seinerzeit nach der Affäre mit Frederick Madden, dass ich nur ein letztes Mal über die Stränge schlagen wollte, bevor ich mich in die öde Monotonie als Karls Gattin fügte.

Die Nachricht kam schon am nächsten Tag und erregte kein Misstrauen, da Karl davon ausging, dass sie vom König stammte. Wie vereinbart enthielt sie Spiros Adresse (unglücklicherweise war er in einem Hotel abgestiegen) sowie eine Uhrzeit, und zwar 15 Uhr, was noch ungünstiger war, da Ludwig mich für gewöhnlich nachmittags besuchte, wenn Karl meist bei seinem Bruder war. Aber nachdem ich das Spiel in Gang gebracht hatte, wollte ich die Gelegenheit nun nicht ungenutzt verstreichen lassen. Außerdem besuchte Ludwig mich nicht mehr so regelmäßig und kam nur noch selten häufiger als einmal in der Woche. Ich sagte mir, dass es das Risiko wert sei. Ich wies Emma an, dem König, falls dieser käme, auszurichten, ich hätte mich nicht wohl gefühlt und mache einen Spaziergang. Sie schien ein wenig irritiert, allerdings nur, weil sie sich nicht vorstellen konnte, wie jemand sich die Chance auf ein Tête-à-tête mit dem König entgehen lassen konnte, so gering diese auch sein mochte.

Ich verließ das Haus und begab mich zum Hotel. Niemand stellte mir irgendwelche Fragen, und Spiro erwartete mich bereits in der Eingangshalle. Wir wechselten ein paar Worte und gingen dann gemeinsam nach oben. Auch jetzt schenkte uns niemand große Beachtung, da im Hotel ziemlicher Betrieb herrschte, aber wir wurden zweifellos gesehen. Mir war klar, dass ich ein unerhörtes Risiko einging, aber das entsprach eben meinem Naturell – und meiner aktuellen Stimmungslage. Ich wollte unbedingt noch diese letzte Affäre, bevor ich mich in mein Schicksal fügte. Aber die Affäre und die möglichen Konsequenzen waren nur dann akzeptabel, wenn der Mann es tatsächlich wert war. Meine Bedenken erwiesen sich als unbegründet. Als wir seine Suite betraten, rechnete ich damit, auf seinen Kammerdiener zu treffen, aber den hatte er vorsorglich weggeschickt. Er schloss die Tür, und Sekunden später lag ich in seinen Armen und dann auf dem Bett, wo er mich geschickt entkleidete. Als ich Anstalten machte, es ihm gleichzutun, schüttelte er den Kopf. »Bleib einfach still liegen«, sagte er. »Ich möchte dich ansehen.« Und das tat er, während er sich auszog und mir Gelegenheit gab, mich an seinem Anblick zu erfreuen. Anschließend legte er sich neben mich auf das Bett. Da er mich bisher nicht angerührt hatte, wusste ich nicht, was als Nächstes geschehen würde. Er streichelte meinen Arm. »Willst du nicht zu mir kommen?«, fragte er.

Im ersten Moment war ich verblüfft, dann ging mir auf,

was er wollte: dass ich mich auf ihn setzte. Ob Sie es glauben oder nicht, diese Stellung hatte ich bislang noch nie praktiziert. Bei aller Leidenschaft waren Felix, Karl und der König sehr konventionelle Liebhaber gewesen, und George, Fred und Edward hatten gar nicht schnell genug zum Ende kommen können. Ich ging die mir völlig neue Situation sehr bedächtig an, da ich unsicher war, was von mir erwartet wurde. Ich hob das linke Bein über seine Schenkel und setzte mich auf ihn, sein Glied an meinem Bauch. »Keine Angst«, sagte er. »Er gehorcht mir aufs Wort. Wann immer du so weit bist.«

An seiner eigenen Bereitschaft konnte kein Zweifel bestehen, und nun sorgte er auch für die meinige, indem er meine Brüste streichelte und mich dann auf seine Brust zog und küsste. Zwischendurch überzeugte er sich mit einer Hand davon, dass ich tatsächlich so weit war, ehe er mich sachte wieder aufrichtete. »Bitte«, sagte er. Ich holte tief Luft, hob die Hüften an und ließ ihn in mich hineingleiten. So tief hatte ich noch keinen Mann in mir gespürt. »Nicht bewegen«, keuchte er, als ich wieder auf seinen Schenkeln saß.

Das war fast unmöglich, aber ich gab mein Bestes, während er sich weiter meiner Brüste annahm. »Jetzt, jetzt, meine Liebste«, murmelte er schließlich, und ich begann, mich auf und ab zu bewegen. Ich glaube, ich kam noch vor ihm, aber er folgte mir dichtauf, und gemeinsam erlebten wir ein wahres Feuerwerk. Dann erst durfte ich von ihm herabsteigen und mich zu ihm legen. »Ich liebe dich«, sagte er. »Ich bete dich an. Ich will dich. Immer.« Nun, ich hatte auch nichts dagegen, das Erlebte so oft wie möglich zu wiederholen.

»Wann kommst du wieder?«, fragte er.

»Ich glaube nicht, dass das möglich sein wird.«

»Aber ...« Sichtlich enttäuscht, stützte er sich auf einen Ellbogen.

»Wir werden uns wiedersehen«, beruhigte ich ihn. »Bald. Ich lasse mir etwas einfallen und gebe dir Bescheid.«

»Bald«, wiederholte er nachdrücklich.

☆

Euphorisch kehrte ich heim, wo ich von einer sehr nervösen Emma empfangen wurde. »Der König war hier, Mylady.«

»So ein Pech«, schimpfte ich. »Was hast du ihm gesagt?«

»Was Sie mir aufgetragen haben, Mylady. Ich habe gesagt, Sie wären spazieren gegangen. Er ist wieder gefahren. Er schien nicht sehr erfreut.« *Du meine Güte,* dachte ich und schrieb ihm hastig eine Nachricht. Ich weiß nicht, ob er geantwortet hat, weil die Ereignisse sich plötzlich wieder überschlugen, aber ich denke eher nein. Da er zweifellos sehr bald erfahren haben dürfte, wo ich den Nachmittag verbracht hatte, wusste er nicht nur, dass ich als seine Mätresse es gewagt hatte, mir einen neuen Liebhaber zu nehmen, sondern dass ich ihn darüber hinaus belogen hatte, indem ich ihm in meiner Nachricht meine Aktivitäten verschwiegen hatte.

Mir war nie der Gedanke gekommen, dass Karl mich ebenfalls bespitzeln lassen könnte (hätte ich es gewusst, ich hätte ihm die Hölle heiß gemacht ...), aber er kam an diesem Abend erst heim, nachdem ich längst zu Bett gegangen war, was mir nur recht sein konnte, da ich vollauf damit beschäftigt war, mir Mittel und Wege auszudenken, ein weiteres Treffen mit Spiro zu arrangieren. Als er das Schlafzimmer betrat, stellte ich mich schlafend, sodass wir erst beim Frühstück am nächsten Morgen miteinander sprachen. »Ich möchte, dass du bis heute Mittag deine Sachen gepackt hast; wir fahren noch heute Nachmittag zurück nach Weinheim«, sagte er ohne Umschweife.

Ich hätte beinahe meinen Tee verschüttet. »Weinheim? Wir können nicht aus München weg. Was ist mit Philipp?«

»Ich habe für meinen Bruder alles getan, was in meiner Macht steht. Jetzt muss ich an meine eigene Familie denken. Bertha sieht nicht gut aus. Offensichtlich bekommt ihr die Stadtluft nicht.«

»Bertha geht es prächtig«, widersprach ich brüsk.

Wir musterten einander. »Ich habe gesagt, sie sieht nicht gut aus«, sagte Karl gefährlich leise. »Ich habe beschlossen, dass wir heute Nachmittag nach Weinheim fahren, und damit basta.«

»Du hast das entschieden, ja?«, herrschte ich ihn an. »Nun, ich habe nicht die geringste Lust, München zu verlassen. Außerdem hasse ich Weinheim. Dort ist es sterbenslangweilig. Ich bleibe hier.«

»Du wirst mit mir nach Weinheim kommen. Du bist meine Frau. Du wirst tun, was ich sage.«

Ich traute meinen Ohren nicht. War das derselbe Mann, der mir zwei Jahre lang wie ein treuer Hund kreuz und quer durch Europa nachgereist war? »Ich werde erst den König um Erlaubnis bitten müssen.«

»Kein König hat die Macht oder das Recht, sich zwischen einen Mann und sein rechtmäßiges Weib zu stellen. Das weiß auch Ludwig.«

Ich versuchte, Ruhe zu bewahren. »Du hältst dich nicht an unsere Abmachung.«

»Was für eine Abmachung? Ich habe dich gebeten, mich zu heiraten. Ich habe dir meinen Namen, meinen Status, meinen Reichtum und meine Liebe angeboten. Du hast alles angenommen. Tu wenigstens so, als wüsstest du das zu schätzen.« Ich war empört, aber machtlos; es war Karls gutes Recht, mich hinzubringen, wohin es ihm beliebte, ja sogar, mich einzusperren, wenn er es für richtig hielt. Mein Fehler bestand darin, dass ich ihm, der sich immer wie ein Gentleman verhalten hatte, niemals zugetraut hätte, dass er sich so aufführte. Diese Schlacht hatte ich also verloren, aber nicht den Krieg ... Noch erwog ich nicht, ein zweites Mal in meinem Leben den Mann, das Heim und das Kind zu verlassen. Mir war klar, dass ich damit endgültig jede Hoffnung begraben konnte, jemals wieder gesellschaftsfähig zu sein. Aber ich war fest entschlossen, Spiro wiederzusehen, und wenn Karl sich auf den Kopf stellte.

Ich ging nach oben und befahl Emma zu packen. Dann setzte ich mich an meinen Schreibtisch und schrieb Spiro eine Nachricht, in der ich ihm die Situation erklärte und ihm versicherte, irgendwie zu ihm zu stoßen, wenn er nach Heidelberg käme. Ich schickte Emma mit dem Brief zum Hotel. Was erhoffte ich mir davon? Setzte ich wirklich alles für den Sex aufs Spiel? Ich bin mir über meine Gefühle damals nicht ganz im Klaren. Als ich ihm die Nachricht schickte, hoffte zweifellos ein Teil von mir, er würde meiner Aufforderung nicht Folge leisten, sondern sich zurückziehen, weil er die Sache für zu gewagt hielt, womit er sich meine Achtung verscherzt hätte. Kam er aber wirklich, bedeutete es, dass er an mehr interessiert war als nur an meinem Körper. Ich sehe es so, dass ich zwar nicht widerstehen konnte herauszufinden, was er für mich empfand, die Entscheidung aber letztlich den Göttern überließ. Nicht dass ich beabsichtigte, Karl sein diktatorisches Gebaren zu verzeihen. Er hatte nämlich einen entscheidenden Punkt übersehen. Er mochte in der Lage sein, mir seinen Willen aufzuzwingen, solange ich in seiner Gewalt war, doch sobald ich mich außer Reichweite befand, war Schluss damit. Immerhin war ich im Gegensatz zu den meisten anderen Frauen finanziell unabhängig. Er hatte sich nie nach meinen Finanzen erkundigt, und ich hatte ihm nie Näheres erzählt. Aber ich erhielt immer noch meine 800 Pfund jährlich, und nachdem ich in den zwei Jahren unserer Ehe nichts davon hatte anrühren müssen und auch zuvor trotz meiner Extravaganz nie die gesamte Summe ausgegeben hatte, hatte sich auf meinem Konto in Zürich ein nicht unerheblicher Betrag angesammelt. Wenn es hart auf hart kam, war ich auf niemanden angewiesen.

Die Götter waren auf meiner Seite – oder sie hatten sich auch verschworen, mich ins Verderben zu stürzen, je nach Standpunkt.

☆

Eine Woche nach unserer Ankunft in Weinheim bekam ich eine Nachricht. Sie enthielt nur eine Adresse in Heidelberg. Mir ging das Herz auf, und ich begann sofort, die Möglichkeiten und Schwierigkeiten meiner weiteren Vorgehensweise zu überdenken. Ich musste diskret sein, da gehörnte Ehemänner auf dem Kontinent, wie bereits erwähnt, eher dazu neigten (und auch dazu ermutigt wurden), solche Angelegenheiten im Duell zu klären, anstatt den Rechtsweg zu wählen. Und Karl war ein hervorragender Schütze. In unserem ersten Sommer in Weinheim hatten wir oft gemeinsam unsere Treffsicherheit geübt, und ich wusste, dass er fast so gut war wie ich.

Ich wollte nicht, dass ihm etwas passierte, und ich wollte nicht, dass er Spiro verletzte oder gar umbrachte. Und ich fand rasch eine Lösung. Seit unserer Rückkehr nach Weinheim herrschte zwischen Karl und mir eine Art Waffenstillstand. Er hatte in der Nacht unserer Ankunft von seinen Rechten als mein Ehemann Gebrauch gemacht, aber ich hatte mich so demonstrativ passiv verhalten, dass er mich seither nicht mehr angerührt hatte. Nachdem ich ziemlich nervös abgewartet hatte, ob Spiro sich melden würde, war meine Stimmung in der vergangenen Woche entsprechend schlecht gewesen. Nun begab es sich, dass der Kurort Schwetzingen nur wenige Meilen entfernt war, und dort war ein ehemaliger Palast der pfalzgräflichen Kurfürsten in ein Luxushotel für jene umfunktioniert worden, die eine Kur wünschten – und sie sich leisten konnten. Und genau das hatte ich vor.

Noch am selben Tag, an dem ich Spiros Brief erhalten hatte, nahm ich ein Abführmittel. Unnötig zu erwähnen, dass ich es übertrieb, sodass es mir hinterher hundeelend ging. Der Arzt, den Karl kommen ließ, murmelte sogar etwas von Cholera. Schon am nächsten Tag hatte ich mich weit gehend wieder erholt, aber der Doktor pflichtete mir bei, dass eine Wasserkur mir zweifellos gut täte. Karl, der sich große Sorgen um mich gemacht hatte (und natürlich nicht wusste, dass Spiro in der Nähe war), erhob keine Einwände, zusätzlich beruhigt davon, dass ich Bonzo bei ihm lassen wollte – und er wusste, dass ich mich nie lange von meinem Hund trennte. Und so machte ich mich auf nach Schwetzingen, um dort mein Unwohlsein zu kurieren. Karl erlaubte mir sogar, meinen Lieblingswallach mitzunehmen, den ich wegen seiner bemerkenswerten Zähigkeit »Indefatigable« (der Unermüdliche) getauft hatte, wusste er doch, wie sehr mir an meinem morgendlichen Ausritt gelegen war.

Ich musste Theater spielen und gab eine überzeugende Vorstellung. Von morgens bis abends war ich die perfekte Lady. Ich schlief lange und ritt dann als Erstes auf Indefatigable aus. Nachmittags kurte ich, verbrachte dann den frühen Abend mit den anderen Damen, die ganz erpicht darauf waren, mit der berühmten Baronin von Venningen gesehen zu werden, und zog mich dann zeitig auf mein Zimmer zurück. Dort schlüpfte ich in meinen Reitdress, überließ es Emma, die Stellung zu halten (was sie mit der gewohnten Nervosität tat), und stahl mich über die Hintertreppe zu den Stallungen. Ich fand gleich am ersten Tag einen Stallburschen, der mir half, meiner Schönheit und vor allem Großzügigkeit wegen. Er sorgte dafür, dass mein Wallach schon gesattelt war, wenn ich kam, und in Windeseile legte ich die etwa fünf Meilen bis in die Stadt zurück. Um Mitternacht war ich bei Spiro, blieb bis zum ersten Hahnenschrei bei ihm und ritt dann zurück nach Schwetzingen, noch bevor sich im Hotel etwas regte.

Das war zweifellos die bis dahin aufregendste Woche meines Lebens, und sie bereitete mich zweifellos für die noch aufregenderen Zeiten vor, die noch vor mir lagen. Unsere Nächte, in denen wir uns oft in der von uns beiden bevorzugten Stellung liebten, waren himmlisch. Leider kam es zu einem ebenso dramatischen wie traurigen Ende, da wir eines Nachts so erschöpft waren von der Liebe, dass wir den Hahnenschrei verschliefen. Als ich schließlich viel zu spät aufwachte, stieg ich in meine Kleider, küsste Spiro zum Abschied und galoppierte davon. Bis zum Sonnenaufgang würde noch etwa eine halbe Stunde vergehen, aber der Himmel wurde bereits heller, als ich mich Schwetzingen näherte. Ich preschte in vollem Galopp um eine Kurve, als mir unvermittelt ein Marktwagen voller Obst und Gemüse, der quer auf der Straße stand, den Weg versperrte. Der Fahrer hatte sich neben dem Karren zur Ruhe gebettet und schlief noch tief und fest. Zu meiner Rechten befand sich ein Wassergraben und zur Linken eine dichte Hecke. Für einen Richtungswechsel war es jedoch zu spät, und anzuhalten kam ebenfalls nicht mehr infrage. Ich habe mich noch nie vor einem Sprung gefürchtet, und auch diesmal fasste ich mir ein Herz. »Los, voran!«, rief ich Indefatigable zu und setzte die Gerte ein, was bei mir nur äußerst selten vorkam.

Er reagierte sofort, erhob sich in die Lüfte wie ein Vogel, und wir schwebten über den erschrockenen Fahrer hinweg, der leider vom Hufgetrappel geweckt worden war. Ich ritt trotz Rock im Herrensitz, und so sah er vor allem einen Pferdebauch, Stiefel, wehende Röcke und eine wallende rotgoldene Mähne. Ich glaube nicht, dass er mein Gesicht sah oder mich wiedererkannte, aber was er beobachtete, mochte seine Gedanken für den Rest der Woche beschäftigen, womöglich sogar für den Rest seines Lebens. Indefatigable und ich landeten sicher auf der anderen Seite des Karrens, wenn ich auch meinen Hut verloren hatte, den ich mir nicht die Mühe machte zurückzuholen. Eine Viertelstunde später waren wir in Schwetzingen. Inzwischen war es jedoch taghell, und noch bevor ich Indefatigable dem Stallburschen übergeben und in meine Suite verschwinden konnte, lief mir der Hoteldirektor über den Weg. »Meine liebe Baronin«, rief er. »Was ist geschehen?«

»Was soll denn geschehen sein?«

»Nun ja ...« Er blickte auf meine etwas verrutschte Kleidung und mein offenes Haar.

»Ich bin ausgeritten. Das tue ich oft. Ich liebe die frühen Morgenstunden. Allerdings wüsste ich nicht, was Sie das angeht.«

»Gar nichts, Mylady, natürlich nicht. Soll ich jemanden schicken, der Ihren Hut suchen geht?«

»Ich besitze genug andere Hüte«, entgegnete ich kalt.

Er verneigte sich und zog sich betreten zurück. Seine Neugier hätte mir vermutlich nicht viel geschadet, aber bis zum Abend hatte der Marktbeschicker begonnen, seine seltsame Geschichte herumzuerzählen. Die kam auch einigen Hotelangestellten zu Ohren, und über diese wiederum dem Direktor. Ich weiß nicht, welche Schlüsse er hieraus zog, doch er verfügte unverhofft über gewisse Informationen, die erklärungsbedürftig schienen ... Dass ich noch vor Morgengrauen ausritt, war für sich schon seltsam genug, und den wilden Galopp mit Sprung über einen voll beladenen Gemüsekarren konnte man als gefährlichen Leichtsinn betrachten.

Von alledem nichts ahnend, ging ich zu Bett, erschöpft, aber glücklich. Als ich ausgeschlafen hatte, kleidete ich mich an und ging nach unten, um mich davon zu überzeugen, dass Indefatigable wohlauf war (auf meinen morgendlichen Ausritt wollte ich an diesem Tag verzichten). Auf dem Weg zum Stall begegnete ich Karl, der offensichtlich zu bleiben gedachte, befand er sich doch in Begleitung seines Kammerdieners und hatte umfangreiches Gepäck bei sich.

»Charles!«, rief ich aus. »Was für eine wunderbare Überraschung. Was führt dich nach Schwetzingen?«

»Der Ball natürlich«, antwortete er.

»Der Ball?«, fragte ich verdutzt.

»Wusstest du denn nicht, dass morgen Abend ein Ball stattfindet?«

»Äh ...« Ich erinnerte mich, tatsächlich davon gehört zu haben, doch es hatte mich nicht weiter interessiert.

»Und da du so gut erholt aussiehst, werden wir gleich nach dem Ball nach Weinheim zurückkehren. Gemeinsam.«

Ich war verblüfft, aber noch nicht beunruhigt. Ich wusste ja nicht, dass der Hoteldirektor ihn praktisch herbeigerufen hatte. Er erwähnte meinen »Morgenausritt« mit keinem Wort, und ich war immer noch überzeugt davon, dass er nichts von Spiros Aufenthalt in Heidelberg wusste. Ich ging davon aus, dass es sich um einen dummen Zufall handelte. Mein Problem war nur, dass ich nicht wusste, wie ich Spiro davon in Kenntnis setzen sollte, dass ich nicht mehr zu ihm kommen konnte und dass wir uns etwas anderes überlegen mussten, wenn ich auch keinen Schimmer hatte, wie wir uns künftig treffen sollten. Ich brachte hastig eine kurze Nachricht zu Papier, in der ich ihm mitteilte, dass ich am Abend nicht kommen würde, und dass er in ein oder zwei Tagen Post von mir erhielte, doch es war schon später Nachmittag, als ich mich endlich in den Stall stehlen und den Brief meinem Komplizen übergeben konnte. Wilhelm versprach, die Nachricht gleich nach Feierabend zu überbringen, aber ich weiß heute, dass er erst am folgenden Morgen nach Heidelberg kam, als Spiro bereits in heller Aufregung war.

Ich umsorgte derweil meinen Mann den ganzen Tag und die halbe Nacht so liebevoll wie nur möglich, wobei ich mir vor allem nachts vorstellte, er wäre Spiro. Am darauf folgenden Tag machten wir ein paar Anwendungen, bis es Zeit war, uns für den Ball umzuziehen. Arm in Arm stiegen wir die Treppe hinunter in die Halle und standen wie gewöhnlich sofort im Mittelpunkt der allgemeinen Aufmerksamkeit. Wir tanzten einen Walzer. Hinterher erlaubte Karl mir großzügig, die Aufforderungen anderer Herren anzunehmen. Kurz vor Mitternacht tanzten wir noch einmal miteinander. Wir hatten kaum die ersten Schritte gemacht, als Karl plötzlich ein zorniger Ausruf entfuhr. Als ich mich neugierig und verwundert in seinen Armen umdrehte, stand Spiro vor mir.

## 11. KAPITEL
## Die Flucht

Ich ließ Karl los. Meine Gedanken überschlugen sich. Spiro starrte mich einen Moment an, machte dann auf dem Absatz kehrt und verließ den Saal. Ich dachte, er habe aus meinem Verhalten geschlossen, ich wolle unsere Beziehung beenden, und lief ihm hinterdrein, ohne nachzudenken. Die Leute starrten mich entgeistert an, als ich an ihnen vorübereilte, wobei ich die Röcke mit beiden Händen hochhielt und in meiner Eile beinahe die Treppe hinunterfiel. Unten in der Auffahrt stieg Spiro gerade in seine Kutsche. »Warte!«, rief ich. Den Fuß auf dem Trittbrett, warf er einen Blick zurück. »Ich komme mit dir«, keuchte ich, als ich bei ihm war. Wie damals Stiefgroßmutter Anne! Er nahm meine Hand und zog mich neben sich auf den Sitz. »Wo können wir hin?«

Er klopfte ans Fenster zum Kutschbock.

»Nach Frankfurt! Schnell. Ich habe Freunde dort. Aber ... soll das heißen, du brennst mit mir durch?«

»Ich konnte dich nicht einfach so gehen lassen. Und ich werde es auch nicht.«

Er küsste mich. »Du überraschst mich immer wieder von neuem. Was ist mit deinen Sachen?«

»Die lasse ich später holen. Oder ich kaufe mir neue.«

»Aber was ist mit deiner Tochter? Deinem Hund?« Er wusste, wie sehr ich an Bonzo hing.

»Die auch. Später.« Wir kuschelten uns aneinander. Die Zukunft war zu ungewiss. Ich fürchtete mich nicht vor der neuerlichen gesellschaftlichen Ächtung, solange ich mir der Liebe dieses Mannes sicher sein konnte. Aber erst einmal mussten wir diese Zukunft überhaupt erreichen. Wir waren noch keine Stunde unterwegs und befanden uns gerade in der Nähe von Weinheim, als einer der Männer oben auf dem Bock die Klappe öffnete. »Wir werden verfolgt, Mylord.«

Spiro ließ mich los und setzte sich auf. »Wie viele sind es?«

»Nur ein Mann, Mylord.«

Wir tauschten einen Blick, und uns ging derselbe Gedanke durch den Kopf. »Können Sie nicht schneller fahren?«, fragte Spiro.

»Abhängen können wir einen Reiter nicht, Mylord. Dafür ist die Kutsche zu schwer.«

»Also dann ...« Er holte ein Pistolenkästchen unter seinem Mantel hervor, der auf dem Sitz uns gegenüber lag.

»Nein!«, rief ich erschrocken. »Du kannst meinen Mann nicht erschießen!«

»Was soll ich deiner Meinung nach denn tun? Ich muss davon ausgehen, dass dein Mann genau das auch mit mir vorhat.«

Ich kaute nachdenklich auf der Unterlippe. »Lass mich mit ihm reden.«

»Hast du keine Angst, er könnte dir etwas antun?«

»Das wird er nicht.« Ich klopfte ans Fenster. »Halt.«

»Mylord?«

»In Ordnung«, sagte Spiro. »Haltet an.« Beunruhigt sah ich, dass er die Pistole dennoch zu Ende lud. Der Kutscher zog die Leinen straff, betätigte die Bremse, und die Kutsche kam rumpelnd zum Stehen. Spiro öffnete die Tür und stieg aus. Ich tat es ihm nach. Hufgetrappel näherte sich, und kurz darauf kam Karl herangeprescht. Er zügelte sein Pferd erst im letzten Moment und sprang schnell aus dem Sattel. »Sie haben sich der Entführung schuldig gemacht, mein Herr.«

Ich trat vor. »Bitte, Karl. Können wir nicht darüber reden?«

Er beachtete mich nicht, nachdem er die Pistole in Spiros Hand gesehen hatte. »Offenbar wollen Sie Ihrem Verbrechen noch einen Mord hinzufügen.«

»Ich habe zwei Pistolen«, entgegnete Spiro.

»Dann geben Sie mir eine, und wir regeln die Angelegenheit gleich hier und jetzt.«

Ich war entsetzt. Ich wusste, dass Karl ein hervorragender Schütze war, während ich völlig im Dunkeln tappte, was Spiros Fähigkeiten auf diesem Gebiet anbelangte. »Das könnt ihr nicht tun«, mischte ich mich ein.

»Du wirst es nicht verhindern können«, sagte Karl. »Es sei denn, du kommst mit mir.«

»Das dürfte schwierig werden mit nur einem Pferd«, bemerkte Spiro.

Ich versuchte, die beiden zur Vernunft zu bringen. »Ihr könnt euch nicht duellieren. Es gibt weder Zeugen noch einen Arzt. Wenn einer von euch tödlich getroffen wird, kann es gut sein, das man den anderen wegen Mordes anklagt.«

»Wir haben Zeugen«, widersprach Karl. »Dich und diese beiden Männer.«

Der Kutscher und der Lakai waren vom Bock gestiegen und verfolgten das Geschehen mit sichtlichem Unbehagen.

»Du erwartest von mir, dass ich zusehe, wie ihr aufeinander schießt?«, fragte ich.

»Du hast diese Situation selbst heraufbeschworen, meine Liebe.«

Spiro hatte inzwischen die zweite Pistole geladen. Ich war versucht, mir eine der Waffen zu schnappen und die Sache in die Hand zu nehmen. Doch ehe ich eingreifen konnte, reichte er die zweite Pistole Karl. »Wer soll zählen?«

»Das überlasse ich Ihnen«, sagte Karl großmütig.

»Also gut. Auf zehn.« Die beiden Männer stellten sich Rücken an Rücken auf und hielten die Pistolen mit dem Lauf nach oben in Schulterhöhe. Ich wusste nicht, was ich tun sollte. Trotz der Dunkelheit, die einen gezielten Schuss erschwerte, hatte ich das sichere Gefühl, dass jemand verletzt würde, möglicherweise sogar ernsthaft.

»Fangen Sie an«, forderte Karl seinen Rivalen auf.

»Eins.« Beide Männer setzten sich in Bewegung. »Zwei – drei – vier – fünf – sechs – sieben – acht – neun – zehn!«

Sie drehten sich gleichzeitig um, zielten aufeinander und feuerten. Karl zuckte nicht mit der Wimper; Spiro schrie auf und sank in sich zusammen. Wahrscheinlich habe auch ich geschrien, auch wenn ich mich nicht daran erinnern kann. Ich lief zu ihm. Sein weißes Hemd war blutgetränkt. »O Gott! Spiro!«

»Ich sterbe«, stellte er fest.

»Das glaube ich nicht.« Ich verstand damals noch nicht viel von Verletzungen, sah aber, dass das Blut aus der Wunde sickerte und nicht spritzte, was darauf schließen ließ, dass keine Arterie getroffen war. Zudem klang seine Stimme noch recht kraftvoll.

Karl kam hinzu und blickte auf ihn hinunter. »Hat es ihn schlimm erwischt?«

»Wir müssen ihn zu einem Arzt bringen. Oh, Spiro!«

»Ich sterbe«, sagte Spiro noch einmal. »Sind Sie das, Venningen?«

»Ich bin hier. Es war nicht meine Absicht, Sie zu töten.«

»Sie sollen wissen, dass ich Ihre Frau nicht entehrt habe.«

Ich musste wohl davon ausgehen, dass die Griechen andere Vorstellungen von Ehre hatten als wir. Aber Karl glaubte ihm und fiel auf die Knie. »Was sagen Sie da?« Spiro seufzte tief, dann fiel sein Kopf kraftlos auf die Seite. »Mein Gott, ich habe einen Unschuldigen getötet!«

»Er ist nicht tot«, entgegnete ich, da Spiro noch atmete,

wenn auch sehr flach. »Aber das kann sich bald ändern, wenn wir ihn nicht schnellstens zu einem Arzt bringen. Er verliert viel Blut.«

»Wir bringen ihn nach Weinheim«, entgegnete Karl. »Bis dahin ist es nur eine Meile.«

☆

Spiro legte die Strecke in der Kutsche zurück. Sein Kopf ruhte an meiner Brust, und ich hielt ihn auf der ganzen Fahrt in den Armen, sodass ich bei unserem Eintreffen auf dem Schloss ebenfalls blutverschmiert war. Wir brachten ihn zu Bett, nachdem wir einen Boten ins Dorf geschickt hatten, um den Doktor zu holen. Der Arzt kam sofort. Er entfernte den provisorischen Verband, den ich angelegt hatte, und untersuchte den Patienten, der wieder bei Bewusstsein war, aber offenbar nicht begriff, was vor sich ging. Schließlich teilte der Arzt uns mit, dass die Kugel am Rücken wieder ausgetreten war; der Graf habe zwei gebrochene Rippen davongetragen und viel Blut verloren. Er verordnete ihm mindestens zwei Wochen Bettruhe.

»Wird er überleben?«, fragte Karl besorgt.

»Er scheint mir eine robuste Natur zu sein, sodass er es eigentlich schaffen müsste, sofern die Wunde sich nicht entzündet. Diese Gefahr besteht natürlich immer. Allerdings ...« Der Arzt blickte von Karl zu mir. Er hatte Karl seinerzeit während des Fiebers behandelt, war jedoch nicht im Bilde, was die Hintergründe für Spiros Wunde betraf oder wer von uns, sofern überhaupt, die Verantwortung für seine Genesung übernehmen würde.

»Ich werde ihn pflegen«, sagte ich. »Er ist ein alter Freund.«

»Sehr gut. Trotzdem ...« Wieder warf er einen ängstlichen Blick auf Karl. »Ich muss den Vorfall melden.«

»Das werde ich selbst tun«, entgegnete Karl.

»Wie Sie wünschen, Mylord.« Er schaute auf mein blutiges Kleid. »Ist die Baronin ebenfalls verletzt?«

Es lag mir auf der Zunge, zu erwidern: »Noch nicht.« Stattdessen sagte ich nur: »Das ist das Blut des Grafen Theotokys und nicht meins.«

»Gut. Ich werde dann morgen wieder nach dem Patienten sehen.« Ich fand seine Worte ungemein beruhigend. Die Dienstboten waren von der ganzen Aufregung wach geworden, und Bonzo bellte wild, aber nachdem der Doktor fort war, kehrte wieder Ruhe ein, auch wenn eine Auseinandersetzung mit meinem Gatten unausweichlich war.

Ich ging auf mein Zimmer, um mich umzuziehen. Die arme Emma war noch in Schwetzingen, und so war ich noch in Unterwäsche, als die Tür aufging. »Ich dachte, ich hätte ihn getötet«, sagte Karl. »Hätte ich das tun sollen?«

»Das wäre ein großes Unglück gewesen«, erwiderte ich vorsichtig.

»Hat er die Wahrheit gesagt?«

»Er dachte, er läge im Sterben, und wollte meine Ehre schützen.«

Karl kam auf mich zu. Ich stand neben dem Bett und wappnete mich innerlich, unsicher, wie ich reagieren sollte, zumal ich ja nicht wusste, was als Nächstes passieren würde. Auch wenn Karl sich in meinen Augen nicht an die unausgesprochene voreheliche Vereinbarung gehalten hatte, stand ihm von Rechts wegen – und auch in den Augen der Gesellschaft – das Recht zu, mich zu bestrafen, zumal ich ihn in aller Öffentlichkeit bloßgestellt hatte. Doch meine Befürchtungen erwiesen sich als unbegründet. So etwas war nicht Karls Art. Er blieb dicht vor mir stehen. »Wärst du mit ihm durchgebrannt?«, fragte er.

»Ja«, antwortete ich ehrlich, wobei ich immer noch mit einem Gewaltausbruch rechnete.

Seufzend setzte er sich aufs Bett. »Warum? Sag mir, warum, Jane.«

Ich setzte mich zu ihm. »Das lässt sich nicht in Worte fassen.«

Er hielt meine Hände. »Ich habe dir alles gegeben.«

»Ich weiß zu schätzen, was du mir gegeben hast, Charles. Und ich bedaure von Herzen, dass ich deine Gefühle nicht erwidern kann. Andererseits habe ich dir in dieser Hinsicht nie etwas vorgemacht.«

»Ich habe akzeptiert, dass du mich nie so lieben kannst wie Schwarzenberg, aber ich kann einfach nicht glauben, dass du ihn immer noch liebst – nach allem, was er dir angetan hat.«

»Das tue ich auch nicht. Du hast die Situation falsch interpretiert. Ich liebe die Freiheit. Ich will gehen, wohin ich will, anziehen, was ich will, tun, was mir Spaß macht ...«

»Und ins Bett gehen, wann und mit wem es dir beliebt.«

Ich hielt seinem Blick stand. »Ja.«

Wir schauten einander mehrere Sekunden in die Augen, und wieder rechnete ich mit dem Schlimmsten. Stattdessen sagte er: »Wenn ich dir diese Freiheit lasse, wirst du dann als meine Frau bei mir bleiben? Als Mutter unserer Kinder? Ich werde noch heute an meinen Agenten in Palermo schreiben und dafür sorgen, dass Heribert zurückgebracht wird. Hättest du nicht gern deinen Sohn zurück?«

Ich brauchte Zeit. »Wird deine Mutter sich dem nicht widersetzen?«

»Meine Mutter wird ihn akzeptieren. Er ist mein Sohn und Erbe.«

»Und Spiro?«

»Diese Entscheidung liegt bei dir.«

Mir wurde tatsächlich alles angeboten, was ich mir schon immer gewünscht hatte. Konnte das wahr sein? Ich wusste, dass Karl ein durch und durch ehrlicher und aufrichtiger

Mann war. Wenn ich noch zögerte, lag es daran, dass ich im Innersten noch Zweifel hegte. Aber ein solches Angebot wies man nicht zurück, ohne zumindest darüber nachgedacht zu haben. Ich schloss Karl in die Arme.

☆

Doch selbst, wenn wir uns auf ein solches Arrangement geeinigt hätten und damit hätten leben können – es gab da noch den Rest der Welt. Noch bevor wir Spiro nach Weinheim geschafft hatten, waren die ersten Gerüchte aufgekommen. Meine überstürzte Abfahrt und Karls Verfolgung der Kutsche waren von zu vielen Leuten beobachtet worden, und auch die Neuigkeit vom anschließenden Duell verbreitete sich wie ein Lauffeuer, nachdem Karl offiziell Meldung gemacht hatte. Die Fakten wurden furchtbar aufgebauscht, nicht zuletzt von Klatschbasen wie Aponyi und Balzac. Ich sorgte mich mehr um die Version, die nach England hinüberschwappen würde, und so schrieb ich Mama einen Brief, in dem ich ihr den tatsächlichen Verlauf der Ereignisse schilderte. Noch mehr aber fürchtete ich Ludwigs Reaktion, und so schrieb ich auch an ihn und fragte ihn, ob er meine Version der Geschichte hören wolle, also die nackte Wahrheit. Ich hatte noch keine Antwort von ihm erhalten, als wir kurz nach Weihnachten von Weinheim nach Paris aufbrachen, aber ich konnte mir nicht vorstellen, dass Ludwigs Zorn ob der Untreue seiner Mätresse lange anhielt.

Später erfuhr ich, dass er zwar empört war und mein Verhalten als Verrat an seiner Liebe und seinem Rang betrachtete, doch in diesem Jahr 1836 antwortete er deshalb nicht auf mein Schreiben, weil ihn andere, wichtigere Dinge beschäftigten. Tatsächlich hatte der junge Otto sich schon bald als ungeeignet erwiesen, die Position eines Königs zu bekleiden, erst recht bei einem so schwierigen Volk wie den Griechen. Offenbar drohte ein Aufstand, und Ludwig musste dringend nach Athen, um zu versuchen, die Wogen zu glätten und seinen Sohn auf den Boden der Tatsachen zurückzuholen. Zu den Maßnahmen, die dazu beitragen sollten, den Frieden wiederherzustellen, gehörte unter anderem, Otto eine Frau zu suchen. Der Gedanke an sich mochte ja vernünftig sein, aber die Wahl der Braut war – zumindest in meinen Augen – eine katastrophale Fehlentscheidung.

Und was war mit den Hauptakteuren dessen, was man rückblickend nur als komische Oper betrachten kann? Ich glaubte nicht daran, dass unser Arrangement funktionieren würde, aber ich war gewillt, es zu versuchen, in meinem Entschluss bekräftigt von Mama, die mich anflehte, mich um unser aller willen endlich in die Rolle der anständigen Ehefrau und Mutter zu fügen. Selbstverständlich hatte ich ihr nichts von meiner Abmachung mit Karl erzählt. Wie sehr sie Lady Oxford bewundert haben mochte – mir war klar, dass sie eine vergleichbare Situation für ihre eigene Tochter kategorisch ablehnen würde, auch wenn Karl scheinbar bereit war, sich mit nur einem Teil des Kuchens zu begnügen. Spiro seinerseits tat sich überaus schwer zu begreifen, was da vorging, hatte er doch noch nie eine solche *ménage à trois* erlebt.

Anfangs stellte das noch kein Problem dar, da seine Genesung langwieriger war, als wir anfänglich gehofft hatten. Ich machte mir Sorgen, weil er sich weigerte, das Rauchen aufzugeben, und auch die Adresse seiner Eltern nicht herausgab, da er entschlossen war, den Zwischenfall vor seiner Familie geheim zu halten. Ich weiß nicht, was ihm wichtiger war: Seine Liaison mit einer verheirateten Frau zu verheimlichen oder die Tatsache, dass er beim Duell unterlegen war. Doch je weiter seine Genesung voranschritt, desto unbehaglicher fühlte er sich in seiner Position. An seinen Empfindungen für mich schien sich nichts geändert zu haben, und ich für meinen Teil fand ihn so unwiderstehlich wie eh und je, auch wenn es lange dauerte, bis er wieder in der Lage war, mit mir zu schlafen. Allerdings belastete es ihn, dass wir unsere Affäre unter dem Dach meines Gatten auslebten. Ich hatte ihm nie von meiner Affäre mit Ludwig erzählt, sodass er nicht ahnen konnte, dass Karl mich von Anfang an mit einem andere Mann geteilt hatte. Um so konsternierter war er, dass Karl uns demonstrativ jeden Tag für mehrere Stunden uns selbst überließ.

Für mich war das Arrangement oberflächlich betrachtet perfekt. Ich hatte mich vor allem aus Gründen der Respektabilität entschieden, bei Karl zu bleiben. Er seinerseits war überzeugt davon, dass Spiro nur ein vorübergehendes Abenteuer war, und hielt sich aus unserer Beziehung heraus, auch wenn er häufiger als in den vergangenen Monaten von mir verlangte, meinen ehelichen Pflichten nachzukommen. Aber ich bin nie glücklich gewesen mit Heuchelei. Trotzdem wahrten wir den Schein einer zivilisierten, wenn auch ungewöhnlichen Beziehung, und Spiro, der sich inzwischen wieder vollständig erholt hatte, begleitete uns sogar nach Paris, um Heribert abzuholen, den Karls Agent aus Palermo hergebracht hatte. Wir wollten sehr zurückgezogen leben, und Paris war eine sehr große Stadt, aber durch einen unglücklichen Zufall liefen Spiro und ich bei einem Spaziergang ausgerechnet Aponyi über den Weg. Vierundzwanzig Stunden später war es *das* Stadtgespräch, dass die berüchtigte Baronin von Venningen, die ehemals noch berüchtigtere Lady Ellenborough, ungeniert mit ihrem neuen Liebhaber poussierte, *obwohl ihr Gatte in der Stadt war.*

Spiro war peinlich berührt, da er immer noch fürchtete, die Kunde seiner zweifelhaften Liaison könne nach Griechenland dringen. Hinzu kam, dass dank Heribert aus der Dreiecksgeschichte eine Vierecksgeschichte wurde. Ich war natürlich überglücklich, den Sohn zurückzuhaben, den ich für immer verloren zu haben glaubte, und wollte möglichst viel Zeit mit ihm verbringen. Es war nicht meine Absicht, Spiro auszuschließen, aber Heribert war nicht sein Sohn, und Heriberts Anwesenheit mag ihm vor Augen geführt haben, wie stark meine Bindung zu Karl war. So kam es, dass er zurückblieb, als wir im Frühjahr aus Paris abreisten.

☆

Ich versuchte alles, um ihn umzustimmen, vergoss sogar ein paar Tränen, doch er blieb eisern. Was mich betraf, hatte ich mir selbst ein Bein gestellt. Karl erinnerte mich freundlich daran, dass er einen Liebhaber toleriert habe, ich mich aber im Gegenzug dazu verpflichtet hätte, bei ihm zu bleiben, als seine Ehefrau und die Mutter seiner Kinder. Er konnte ja nichts dafür, wenn der von mir ausgesuchte Liebhaber es vorzog, eigene Wege zu gehen. Auch wusste er, dass ich keine Nymphomanin war, sondern lediglich von Zeit zu Zeit von heftiger und unwiderstehlicher Leidenschaft zu einem anderen Mann gepackt wurde, der meinen persönlichen romantischen Fantasien entsprach. Natürlich ahnte er nichts von den für mich ebenso neuen wie aufregenden sexuellen Spielarten, in die Spiro mich eingeweiht hatte. So glaubte er, es genüge, die Versuchung von mir fern zu halten. Wir kehrten also nach Weinheim zurück, wo ich zuvor bereits achtzehn Monate verbracht hatte, ohne fremdzugehen, was den Aufenthalt so schrecklich trist und trostlos gemacht hatte.

Ich sträubte mich anfangs nicht dagegen. Tatsächlich stand mir der Sinn nach ein wenig Häuslichkeit, und wie seinerzeit bei Felix glaubte ich auch diesmal, dass ich nie wieder einen anderen Mann lieben könnte als Spiro. Es hatte mir das Herz gebrochen, ihn zu verlieren, aber ich war überzeugt, dass er mich ebenso sehr liebte wie ich ihn und die Trennung nur vorübergehend war. Doch erst einmal verlebte ich einen friedlichen und angenehmen Sommer. Zu meiner großen Freude kamen Mama und Papa zu Besuch, zweifellos ermutigt von Karl. Spiro wurde mit keinem Wort erwähnt. Mama zeigte sich entzückt von Heribert und Bertha und lud uns im kommenden Jahr zu sich nach England ein. Sie war sicher, dass Edward nichts dagegen hätte – und selbst wenn, spielte es keine Rolle für sie, da ich ja inzwischen mit einem wohlhabenden Mann verheiratet und somit versorgt war. Wie in so vielen anderen Dingen konnte sie nicht nachvollziehen, dass eigenes Vermögen von entscheidender Bedeutung für mich und meine Freiheitsliebe war.

Edward erhob tatsächlich keine Einwände gegen meinen Besuch bei den Eltern, sodass ich meinen ersten Mann sogar um eine gewisse Summe Geldes bat, um mir ein eigenes Anwesen in Bayern zu kaufen. Er beantwortete meinen Brief nicht, aber ich muss ihm zugute halten, dass er kurz vor seiner Wahl zum Generalgouverneur von Indien stand, ein Amt, das er wohl anzunehmen gedachte, denn er hatte offenbar eingesehen, dass ihm höhere Würden in der Politik versagt bleiben würden.

In jenem Sommer besuchte uns außerdem die Gräfin Westmorland, eine Frau mit überdurchschnittlichem Intellekt und eine ausgesprochen anregende Gesellschafterin. Für mich wurde der Sommer jedoch nicht nur vom Verlust Spiros überschattet: Hinzu kam, dass Ludwig meine Briefe nicht beantwortete. Da ich nichts von den Staatsangelegenheiten ahnte, die ihn beanspruchten, dämmerte mir, dass unsere Liaison beendet war, und am Jahresende schickte ich ihm einen förmlichen Abschiedsbrief, in dem ich nicht mehr die Anrede Lewis benutzte, sondern das förmliche »Eure Majestät«, und ihn um Verzeihung bat für jede Unannehmlichkeit, die ich ihm bereitet haben mochte. Nach einigen Monaten, als er wieder in München war, erhielt ich endlich Antwort, aber dann hörte ich nie wieder von ihm. Unsere Beziehung war von Anfang an seltsam gewesen, aber ich bin stolz darauf, reinen Gewissens behaupten zu können, dass ich von ihm nie etwas anderes wollte als seine Zuneigung und seinen Rat. Ich kann nachvollziehen, dass meine Affäre mit Spiro ihn verletzt hat, und da er nicht auf eine schöne Frau in seinem Leben verzichten wollte, suchte er Ersatz für mich. Leider sollte ihn diese neue Liaison ins Verderben stürzen.

Damit meine ich natürlich Eliza Gilbert, die unter dem Künstlernamen Lola Montez in ganz Europa mit einem erotischen Tanz für einen Skandal sorgte, bei dem sie vorgab, unter ihrer Kleidung nach einer Spinne zu suchen. 1846 kam sie nach München. Sie war bereits Tänzerin, als Ludwig und ich uns trennten, auch wenn die beiden sich bis dahin noch nie begegnet waren. Als er sie kennen lernte, verfiel er ihr. Auch nachdem sich herausgestellt hatte, was für eine furchtbar gierige und geizige Person sie war, kam er nicht mehr von ihr los. Anders als ich widmete sie sich ihm nicht aus Liebe, sondern weil er für sie der sicherste und kürzeste Weg zu Macht und Reichtum war – wobei sie ihre Macht gern dadurch demonstrierte, dass sie jeden, der ihr Missfallen erregte, mit einer Reitgerte schlug. Dies alles hatte zur Folge, dass sie bald so verhasst war, wie ich beliebt gewesen war, und viele Historiker stimmen darin überein, dass ihre Beziehung zum König im Zuge der Revolution, die 1848 ganz Europa erschütterte, zu Ludwigs Zwangsabdankung und seinem frühzeitigen Tod führte. Aber damals war ich weit fort, und es war schließlich seine Entscheidung gewesen, unsere Beziehung zu beenden.

☆

Unser Besuch in England – wir schrieben das Jahr 1837 – war kein so großer Erfolg. Vielleicht war es ein Glück, dass er überschattet wurde vom Tod »Sailor Billys« und der Thronbesteigung der siebzehnjährigen Viktoria. In diesem jungen Alter war die Königin noch sehr attraktiv und darauf bedacht, sich beliebt zu machen – zumindest wurde mir dies berichtet. Ich bekam sie nicht persönlich zu Gesicht, da man es offenbar für unangemessen hielt, der anrüchigen Lady Ellenborough, auch wenn deren Ruf seit der Heirat mit Baron von Venningen einigermaßen wiederhergestellt war, die Ehre zuteil werden zu lassen, der Königin vorgestellt zu werden. Diese Entscheidung fällte im Übrigen Willy Lamb, Ehemann der inzwischen verstorbenen unglücklichen Caro und zwischenzeitlich zum Premierminister aufgestiegen. Aber die Stimmung im ganzen Land hatte sich verändert.

Zweifellos war dies eine unvermeidbare Reaktion auf die Exzesse Georgs IV. und die Thronbesteigung einer reinen und tugendhaften jungen Frau. Aber auch die politische Landschaft hatte sich im Zuge der Reform gewandelt. Die Veränderungen betrafen zwar nicht die große Masse – die musste sich noch weitere dreißig Jahre gedulden –, legte jedoch den Grundstein für eine Machtverschiebung von den großen Lords und Grundbesitzern aus Tradition, die bislang das Sagen gehabt hatten, hin zu erfolgreichen Geschäftsleuten und kleineren Grundbesitzern, Männern der Mittelschicht mit nüchternerer Einstellung zum Leben und ganz anderen Moralvorstellungen. Das Almack's gab es nicht mehr. Die Matronen, die es mit ihren ehernen Gesetzen geführt hatten, waren entweder verstorben oder vergreist. Ich glaube nicht, dass das Laster oder die eheliche Untreue abnahmen, denn beide sind untrennbar mit der menschlichen Natur verbunden, aber dies alles wurde jetzt unter den Teppich gekehrt. Für jemanden wie mich, für den Heuchelei eine Todsünde war, war dieser Zustand nicht akzeptabel. Ich musste an Felix' warnende Worte an jenem ersten gemeinsamen Nachmittag in der Harley Street zurückdenken.

Meine Eltern und Geschwister hießen mich herzlich willkommen, sogar Kenelm, der inzwischen Geistlicher war, mit einer jungen Frau namens Caroline Sheppard verheiratet und Vater. Edward, der noch immer darauf wartete, seinen Onkel zu beerben, war kürzlich erst mit John Fox-Strangeways Schwester Theresa Anna getraut worden ... wir trafen kurz nach der Eheschließung ein, was vielleicht ganz gut war. Ich fand, dass er sich mir gegenüber ein wenig steif verhielt, doch er und seine Frau gaben sich Mühe, nett zu mir zu sein. Für den Rest der Familie war ich allerdings nach wie vor ein rotes Tuch. Die Ansons wollten nichts von mir wissen, und als ich den Wunsch äußerte, mein geliebtes Holkham wiederzusehen, wurde mir gesagt, dass dies nicht möglich sei, da Großvater, der gerade zum Earl von Leicester ernannt worden war, verboten hatte, in seiner Gegenwart auch nur meinen Namen zu erwähnen. (Ich vermute, dass Großvater die Erhebung in den Adelsstand nach so langer Weigerung schließlich auf Betreiben seiner jungen Frau doch noch angenommen hatte, sodass sie zur Gräfin aufstieg.) So war ich froh, als wir nach Bayern zurückkehrten.

☆

Trotzdem war ich ein wenig deprimiert, weil mir klar geworden war, dass ich nie wieder in England leben könnte, aber auch sonst nirgendwo richtig zu Hause war. Bayern hieß für mich München. Tatsächlich war München Mittelpunkt ganz Deutschlands, vielleicht sogar Europas, so wie ich es kannte – und dort zu leben war mir jetzt verwehrt. Vergeblich versuchte ich, Karl davon zu überzeugen, dass meine Liaison mit dem König beendet sei, auch wenn ich ihm immer noch gelegentlich schrieb. Aber Karl war wohl der Meinung, ich würde in München zu vielen Verlockungen ausgesetzt. Allerdings tat er etwas, womit er mir eine Freude zu machen hoffte: Er verkaufte Weinheim. Er wusste, dass ich dort nie glücklich gewesen war, und ich war tatsächlich froh, als der Verkauf getätigt wurde. Aber jetzt zogen wir stattdessen nach Mannheim! Dadurch waren wir nicht nur seiner Familie viel zu nah, auch die Stadt selbst war trostlos und langweilig, was das gesellschaftliche Leben betraf. Im Frühjahr 1838 reisten wir kurz nach München, da Karl dort zu tun hatte. Ich informierte Ludwig und äußerte die Hoffnung, wir könnten uns sehen, aber er ließ sich nicht einmal dazu herab, mir zu antworten.

☆

Das Ende meiner Liaison mit Ludwig bezeichnete auch das Ende eines weiteren Kapitels in meinem Leben – oder war es der Anfang eines neuen?

Ich war nicht wirklich unglücklich, fühlte mich aber ausgebrannt und leer. Meine Tage waren schrecklich eintönig, einer wie der andere. Sogar der Sex mit Karl, auch wenn er noch so attraktiv und leidenschaftlich war wie früher, ließ mich kalt. Ich gab mein Bestes, meinen Teil unserer Vereinbarung einzuhalten, während Karl den seinen umging, indem er dafür sorgte, dass ich niemandem begegnete, der auch nur im Entferntesten als Liebhaber infrage käme. Dabei bedachte er allerdings nicht, dass ich auch nach Jahren der Trennung noch in einen anderen verliebt sein könnte. Spiro meldete sich immer noch in Abständen bei mir. Zwar waren es nur kurze Briefe, aber er versicherte mir sehr glaubhaft, dass er mich nie vergessen habe und sich an seinen Gefühlen nichts geändert hätte. Natürlich teilte er mir jeden Adressenwechsel mit, auch wenn er immer noch in Paris weilte. Jedes Mal, wenn ich einen seiner Briefe erhielt und an unsere leidenschaftlichen Begegnungen zurückdachte, wurde ich beinahe verrückt vor lustvollem Verlangen. Bis ich es schließlich nicht länger aushielt.

Im Frühjahr 1839, als Karl gerade für ein paar Tage unterwegs war, befahl ich Emma, ein paar Sachen zu packen (viel Gepäck konnte ich nicht mitnehmen), verabschiedete mich von den Kindern, klemmte mir Bonzo unter den Arm und fuhr mit der nächsten Postkutsche nach Paris.

☆

Ich will gar keine Entschuldigungen anführen für das, was ich tat. Mir war bewusst, dass ich – wie schon so oft in meinem Leben – einem unvernünftigen Impuls nachgab. Ich wusste, dass so ziemlich jede andere Frau in meiner Lage sich mit ihrer Situation abgefunden und das Beste daraus gemacht hätte. Ich wusste, dass ich wieder einmal gegen jede Regel der Gesellschaft und der Moral verstieß und mich damit selbst ins gesellschaftliche Abseits manövrierte, zumindest in Westeuropa. Ich wusste, dass die alten Vorwürfe, ich sei sexsüchtig und eine Rabenmutter, aus der Versenkung hervorgeholt würden, wobei das, was man bei einer Zwanzigjährigen noch als Tollheit hätte durchgehen lassen können, bei einer erwachsenen Frau von zweiunddreißig Jahren nicht mehr zu entschuldigen war. Ich wusste nicht einmal, was mich erwartete, wofür ich Heim, Kinder und Ansehen aufgab. Und doch war ich sicher, dass Spiro mich glücklich machen konnte; nie war ich mir der Gefühle eines Mannes so sicher gewesen, abgesehen von Karls, der mich aber leider nicht glücklich machen *konnte*.

Ich weihte Emma nicht in meine Pläne ein, und so war sie ziemlich nervös, als wir schließlich vor dem Haus vorfuhren, das Spiro mir als seine letzte Adresse genannt hatte. Ich war nicht weniger aufgeregt als Emma. Ich hatte Spiro nichts von meinem Kommen erzählt, und jetzt hatte ich plötzlich Bedenken. Ich fragte mich, ob er sich wirklich freute, mich zu sehen, da es unweigerlich zum Skandal kommen würde.

Auch kam mir jetzt erst in den Sinn, dass er vielleicht gar nicht mehr hier wohnte. Aber ich bewahrte zumindest äußerlich Ruhe, stieg aus der Kutsche und läutete. Es war spät am Nachmittag, und auf der Straße herrschte rege Betriebsamkeit. Wie üblich erregte ich einige Aufmerksamkeit. Emma gesellte sich mit Bonzo auf dem Arm zu mir. »Ist das ein Hotel, Mylady?«, fragte sie sorgenvoll.

»Nein«, entgegnete ich. »Hab Geduld.« Kurz darauf wurde innen der Riegel zurückgeschoben, und wir standen einem Dienstboten gegenüber, der ziemlich schäbig gekleidet war und mich verständnislos anstarrte. »Ist Graf Theotoky zu Hause?«, fragte ich.

Da wir uns in Frankreich befanden, sprach ich Französisch, aber er schien mich nicht zu verstehen. Also versuchte ich es mit Englisch, Deutsch und schließlich Italienisch, jedoch ebenso erfolglos. Dieser ziemlich langwierige und erfolglose Wortwechsel erregte langsam Aufsehen, und auch mein Kutscher wurde allmählich ungeduldig. Ich konnte ihn aber nicht entlassen, solange ich nicht wusste, ob wir am Ziel waren oder nicht. Glücklicherweise mischte sich einer der Umstehenden ein. »Er ist Grieche«, teilte er mir mit. »Er spricht nur Griechisch.«

»Aha.« Das machte mir Mut. Ein griechischer Dienstbote mitten in Paris, der kein Wort Französisch sprach, musste einen griechischen Herrn haben. Und so ging ich einfach an dem verdutzten Mann vorbei ins Haus. »Halloooo!«, rief ich die Treppe hinauf. »Jemand zu Hause?«

Oben wurde eine Tür geöffnet, und Spiro kam die Treppe herunter. Er machte ein ebenso verdutztes Gesicht wie sein Diener. »Ianthe«, sagte er atemlos. »Oh, Ianthe!«

»Freust du dich nicht, mich zu sehen?«

»Ianthe.« Er schloss mich in die Arme. Die Schaulustigen draußen vor dem Haus applaudierten, wie nur die Franzosen es im Angesicht der Liebe können. *Ah, l'amour.* Der Kutscher lächelte und holte mein Gepäck vom Dach, Bonzo bellte freudig ... nur Emma war sichtlich schockiert.

☆

»Oh Ianthe, Ianthe«, wiederholte Spiro immer wieder, als wir uns nach oben in seine Zimmer zurückgezogen hatten. »Hättest du mir deinen Besuch doch angekündigt.«

»Es war ein ganz spontaner Entschluss. Willst du damit sagen, dass es eine andere gibt?« Ich wollte unbedingt wissen, woran ich war.

»Ich kann mir keine andere Frau leisten«, erklärte er grimmig. »Genau genommen kann ich mir überhaupt keine Frau leisten. Ich dachte, du wärst einer meiner Gläubiger.«

»Gibt es viele davon?«

»Unzählige.«

Ein Blick genügte, um zu erkennen, dass seine Unterkunft weder gut möbliert noch besonders sauber war. Aber eine Herausforderung war genau das, was ich brauchte, Hauptsache, ich hatte alles unter Kontrolle. »Also ... wenn du mir zu bleiben erlaubst, werde ich mich deiner Gläubiger und möglicher weiterer Probleme annehmen.«

»Dir erlauben, dass du bleibst? Oh, Ianthe ...« Wieder umarmte er mich. »Ich kann es nicht fassen. Aber ... bleiben? Für wie lange?«

»Sagen wir ... für immer?«

»Ianthe! Aber ... Venningen ...?«

»Ich habe Karl verlassen.«

»Wird er nicht versuchen, dich zurückzuholen?«

»Dazu muss er erst einmal herausfinden, wo ich bin.«

»Das wird nicht lange dauern.«

»Keine Sorge, ich gehe nicht zu ihm zurück.«

Er hielt meine Hände. »Es wird einen Riesenskandal geben.«

»Ich habe schon andere Skandale überstanden. Aber du ...«

»Man wird mich verdammen. Aber das ist es mir wert, wenn ich dafür dich in den Armen halten kann. Sagtest du für immer?«

»Für immer. Von dieser Sekunde an.«

☆

Sofern ich auch nur die leiseste Befürchtung gehegt hatte, unsere frühere Rhapsodie ließe sich nicht wiederholen, wurden diese bald zerstreut. Eine halbe Stunde später war ich im Paradies – zum ersten Mal seit zwei Jahren. Aber Spiro, typisch Mann, konnte seine Sorgen nicht vergessen. »Meine Vermieterin ...«

»Ich hoffe, sie ist nicht auch deine Geliebte.«

»Dieser Drache? Oh nein! Aber sie ist sehr religiös und altmodisch. Sie wird keine sündige Beziehung unter ihrem Dach zulassen. Außerdem hasst sie Hunde.«

»Spielt das eine Rolle? Ich finde, wir sollten uns sowieso eine angemessenere Unterkunft suchen.«

»Ich bin ihr noch die Miete für sechs Monate schuldig. Sie hat mich nur deshalb noch nicht vor die Tür gesetzt, weil ich ihr immer wieder versichert habe, dass ich Geld aus Griechenland erwarte. Wenn sie uns rauswirft, wird sie alle meine Sachen einbehalten.«

»Dann darf sie uns eben nicht hinauswerfen, bis du deine Schulden begleichen kannst.«

Er seufzte. »Ich weiß aber nicht, wann das sein wird. Es dauert immer eine Ewigkeit, bis mein Geld hier eintrifft, wenn überhaupt. Und wenn sie herausfindet, dass eine Frau bei mir wohnt ... mit Hund ...«

»Ich sagte doch schon, dass ich mich darum kümmern werde. Du gehst runter und sprichst mit ihr. Sag ihr, deine

Nichte wäre zu Besuch und müsste bei dir unterkommen, bis sie eine eigene Unterkunft gefunden hätte. Mit Hund.«

»Meine Nichte?«

»Sehe ich nicht jung genug aus, um deine Nichte zu sein?«

»Mein liebes Kind, du siehst jung genug aus, um als meine Tochter durchzugehen.«

»Dann wird es keine Probleme geben. Als Nächstes sagst du ihr, dass das Geld definitiv in zwei Wochen hier sein wird und du dann sämtliche Außenstände auf einen Schlag begleichst.«

»Aber was ist, wenn das Geld bis dahin nicht eingetroffen ist ...?«

»Keine Bange. Ich schreibe gleich morgen Früh an meine Bank.«

»Deine Bank? Das wird Venningen niemals zulassen.«

»Das hat nichts mit Karl zu tun. Das ist *meine* Bank. Und *mein* Geld.«

»Ich kann unmöglich zulassen, dass du für meine Schulden aufkommst.«

»Werden wir denn nicht heiraten?«

»Du willst mich heiraten?«

»Darum bin ich hier.«

»Oh, Liebes. Aber du bist doch schon verheiratet.«

»Ich lasse mich scheiden.«

»Ist das denn möglich?«

»Alles ist möglich. Außerdem ist eine Heiratsurkunde nur Papier. Was zählt, ist die seelische Verbundenheit. Und das bedeutet, von jetzt an sind deine Probleme auch meine Probleme, und es wird mir eine Freude sein, sie aus der Welt zu schaffen.«

»Aber meine Schulden ... sind gewaltig. Ich habe schon meinem Vater geschrieben und ihn um Unterstützung gebeten. Aber wir sind nicht reich, nicht in Bargeld. Wir besitzen viel Land, aber in Griechenland sind die Erträge gering.«

»Um wie viel Geld geht es genau? Kannst du mir eine Zahl nennen? Wenn möglich in englischen Pfund?«

Er seufzte wieder. »In englischen Pfund? Mindestens vierhundert.«

Und ich hatte nach fünf Jahren Ehe nicht weniger als *viertausend* Pfund auf der Bank in Zürich. Ich küsste ihn. »Du wirst deine Schulden bald los sein.«

☆

Ich war glücklich. Als ich Edward verlassen und er mir einen Unterhalt bewilligt hatte, hatte ich mich zum ersten Mal im Leben völlig frei und unabhängig gefühlt. In emotionaler Hinsicht war ich jedoch damals noch an eine Liebe gebunden gewesen, die sich mir entzog, jedes Mal, wenn ich versuchte, sie festzuhalten. Diesmal war ich auch davon frei. Nicht dass ich Spiro nicht geliebt hätte, im Gegenteil: Ich glaube, ich habe ihn sogar noch mehr geliebt als Felix, und damals konnte ich mir nicht vorstellen, jemals wieder ohne ihn zu sein. Aber diesmal hatte ich alles unter Kontrolle, emotional, mental und vor allem finanziell, fast so, als wäre ich der Ehemann. Diese Position hatte ich schon immer angestrebt, und jetzt hatte ich mein Ziel endlich erreicht. Was nicht heißt, dass es nicht einen Berg von Schwierigkeiten zu überwinden galt. Die erste ergab sich gleich am nächsten Morgen, als Emma mir eröffnete, dass sie mich verlassen wolle.

Mir fielen fast die Augen aus dem Kopf, denn es machte keinen Sinn für mich. »Gibt es familiäre Probleme?«

»Nein, Mylady. Aber ich kann nicht hier bleiben.«

»Du hast ja Recht, aber ich werde schon bald etwas Besseres gefunden haben.«

»Sie und Graf Theotoky wollen zusammenziehen?«

»Darum bin ich hergekommen. Um mein Leben mit dem Grafen zu teilen.«

»Aber Mylady, Sie sind die Baronin von Venningen.«

»Und du findest, es wäre ein Rückschritt, diesen Titel gegen den einer Gräfin Theotoky zu tauschen? Vom Titel her wäre das sogar ein Aufstieg. Und ein Titel ist ohnehin nur so viel wert wie der Mann, der dahinter steht. Ich bin von einem Fürsten betrogen und von einem König verlassen worden. Da gefällt mir mein Graf schon besser.«

»Aber Sie sind noch mit dem Baron verheiratet, Mylady.«

»Ich habe dir eben erklärt, dass ich das zu ändern gedenke, und zwar so bald wie möglich.«

»Aber bis dahin werden Sie in Sünde leben, Mylady.«

»Du meine Güte, Emma, ich habe mein halbes Leben in Sünde gelebt, wie du es nennst. Auch schon damals, als du in meine Dienste getreten bist.«

»Nicht ganz, Mylady. Damals hatten Sie einen Liebhaber. Sie haben nicht mit einem Mann unter einem Dach gelebt, der nicht Ihr Gatte war.«

Ich war sprachlos vor Erstaunen und vor Zorn, dass jemand von ihrem niederen Stand so kleinlich sein konnte. In meiner überschwänglichen Laune jedoch war ich nicht in der Stimmung, mit ihr über meine Situation zu diskutieren. »Dann ist es wohl das Beste, wenn du gehst.« Sie war sichtlich schockiert von der fristlosen Kündigung, aber da sie zu dickköpfig war, um Aufschub zu bitten, gingen wir nach zehn Jahren auseinander. Ich ließ sie ungern gehen, weil man zweifellos viel mit dem eigenen Mädchen teilt, und es waren zehn ereignisreiche Jahre gewesen. Aber dann sagte ich mir, dass es vermutlich das Beste war, einen radikalen Bruch zu vollziehen, wenn ich ein neues und völlig anderes Leben beginnen wollte.

☆

Ich stellte nicht sofort jemand anders ein, obwohl es recht unbequem war, allein mit allem klarzukommen, zumal Bonzo es gewohnt war, auch nachts noch einmal ausgeführt zu werden. Stattdessen fuhren Spiro und ich, sobald das Geld eingetroffen und seine Schulden beglichen waren, nach Honfleur am Ärmelkanal, ein Seehafen, der in der englischen Geschichte eine gewisse Berühmtheit erlangt hatte, da das Heer Heinrich V. 1415 zu Beginn des Feldzugs, der zur Schlacht von Againcourt führte, dort gelandet war. Wir wollten uns einen ausgedehnten Urlaub gönnen. Der Frühling war bereits weit fortgeschritten, es war angenehm warm, und wir waren einfach nur glücklich. So ist es wohl nicht weiter überraschend, dass ich bei unserer Rückkehr nach Paris im Sommer schwanger war, auch wenn ich es damals noch nicht wusste.

Paris wurde zu der Zeit von der Nachricht in Atem gehalten, dass Bonaparte oder zumindest seine sterblichen Überreste von St. Helena heimgeholt und im Invalidendom zur letzten Ruhe gebettet werden sollten, nachdem die britische Regierung endlich zugestimmt hatte, in dem Bestreben, den immer noch wackligen Thron Ludwig Philipps zu stabilisieren. Die Umbettung erfolgte erst im darauf folgenden Jahr, aber alle waren ganz erfüllt von patriotischer Begeisterung. Dies war schon das zweite Mal, dass der große Feldherr unbeabsichtigt half, meine Aktivitäten zu verschleiern, sodass Spiro und ich eine Zeit lang in angenehmer Anonymität lebten, bis wir uns als Graf und Gräfin Theotoky auf Haussuche begaben. In den Jahren, die Spiro in Paris verbracht hatte, hatte er sich verständlicherweise bedeckt gehalten, zumal es ihm an den finanziellen Mitteln gefehlt hatte, in gehobenen Kreisen zu verkehren. Und da er weder Dichter noch Journalist war, Bildhauer oder Schauspieler, war er auch nicht Stammgast in den Cafés am linken Seineufer gewesen. Als wir aber dann das Haus Nr. 83 an der Place Bourbon bezogen und ins Theater und in die Oper gingen, fing das Gerede an. Ich muss sagen, dass die Sitten sich in den neun Jahren seit meinem letzten Aufenthalt in der Metropole sehr verändert hatten, was zweifellos darauf zurückzuführen war, dass Frankreich nun einen »Bürgerkönig« hatte. Ludwig Philipp mochte zwar Bourbone sein und mit den Mächtigsten des Landes verwandt, aber die hatten König Karl unterstützt und waren mit ihm in Ungnade gefallen. Die Pariser Gesellschaft wurde – ganz wie die in England – immer mehr von Neureichen und Emporkömmlingen beherrscht, allerdings mit völlig anderem Ergebnis. Anstelle einer verschärften Moral herrschte ein spürbarer Sittenverfall. Der Pariser Hof war immer schon so unmoralisch gewesen wie der britische. Aber die gesellschaftlichen Aufsteiger verdammten diese Unmoral in Frankreich nicht, sondern nahmen sie an. Kurtisanen hatten Hochkonjunktur. Diese Damen hatte es zwar immer schon gegeben, aber bisher hatten sie ein Schattendasein im gesellschaftlichen Abseits geführt. Jetzt galten sie plötzlich als gesellschaftsfähig und tauchten beispielsweise in Longchamps auf. Natürlich waren sie bei den Pferderennen schon immer präsent gewesen, aber die Tribüne war ihnen stets verwehrt geblieben. Nun standen sie Seite an Seite mit feinen Damen und waren sogar besser und teurer gekleidet: Einige von ihnen, wie beispielsweise Cora Pearl, gelangten durch die Großzügigkeit ihrer Gönner sogar zu beträchtlichem Reichtum.

Ich fand sie faszinierend, vor allem die arme Marie Duplessis. Sie war ein sehr attraktiver dunkler Typ und schien mehr Geld zu haben, als sie ausgeben konnte. Wenn ich sie also als »arm« bezeichne, dann nur deshalb, weil sie schon wenige Jahre später an der Schwindsucht starb. Wenigstens machte der junge Dumas sie in seinem Roman »Die Kameliendame« unsterblich, ein Stoff, der Verdi später zu seiner Oper »La Traviata« inspirierte.

Diese vergnügungssüchtige Gesellschaft stürzte sich wie eine ausgehungerte Meute auf den geheimnisvollen, gut aussehenden jungen Mann und seine atemberaubend schöne Gattin. Man wunderte sich, wo die beiden so plötzlich hergekommen waren und warum niemand sie angekündigt hatte. Es dauerte nicht lange, und wir stießen auf jene Leute, die sich an Lady Ellenborough erinnerten, von denen sich wiederum einige entsannen, dass sie nach ihrer Scheidung Baron von Venningen geheiratet hatte. So war es wohl nicht weiter verwunderlich, dass die Rolle des griechischen Grafen Fragen aufwarf und man schließlich zum einzig logischen Schluss gelangte. Der Skandal drang über den Ärmelkanal in die Heimat, und ich wurde erneut verdammt; leider wandten sich diesmal auch meine nächsten Verwandten von mir ab. Ich erfuhr zwar erst später davon, Papa wollte nichts mehr von mir wissen und ließ sämtliche Porträts von mir entfernen, sogar zwei Miniaturen, wenngleich Mama mich in Schutz nahm, so gut es ging. Ich konnte seine Reaktion nachvollziehen und ihm verzeihen, hatte er doch meine Heirat mit Karl persönlich unterstützt und vorangetrieben.

Trotz dieser traurigen Neuigkeiten war ich glücklich. Ich konnte meine Schwangerschaft offen mit meinem Geliebten ausleben und genießen, ein himmelweiter Unterschied zu der Heimlichtuerei, die so viele der vorausgegangenen »freudigen Ereignisse« begleitet hatte. Vor allem aber war es mir eine Freude, mehr über Spiro zu erfahren, zumal das meiste durchaus für ihn sprach. So war beispielsweise seine Familie – auch wenn es ihr am Wohlstand mangelte, der für gewöhnlich mit einer solchen Stellung einhergeht – in der griechischen Politik und Gesellschaft ebenso etabliert wie die Cokes in England, und zu gegebener Zeit erwartete ihn ein hohes Amt. Mit mir an seiner Seite? Ich fand die Vorstellung sehr verlockend, und sei es auch nur, weil es mir eine Genugtuung gewesen wäre meinen Kritikern gegenüber.

Doch mich interessierte an Spiro weit mehr als das. Trotz aller Sorglosigkeit, die bisweilen an Verantwortungslosigkeit grenzte, war er ein sehr tiefgründiger Mensch mit einer großen Liebe zu Büchern und eigenen dichterischen Ambitionen. Alles in allem war er perfekt – oder fast, wäre da nicht die schreckliche Angewohnheit gewesen, an einem Stück zu rauchen. Ich sollte allerdings später noch feststellen, dass es sich hierbei um ein nationales Problem handelte.

☆

Kurz vor Weihnachten zog ich mich aus der Öffentlichkeit zurück, da ich inzwischen im sechsten Monat war. Ich hatte Karl schon vor Monaten geschrieben und ihn um die Scheidung gebeten, doch er hatte nicht geantwortet. Am 21. März 1840 brachte ich einen Sohn zur Welt. Er wurde auf den Namen John Henry, Graf Theotoky, getauft, aber in meinem Hang, griechischer sein zu wollen als die Griechen, nannte ich ihn nur Leonidas, nach dem legendären König von Sparta. Spiro war entzückt und schmiedete bereits Zukunftspläne. Mit einiger Sorge nahm ich auf, dass hierzu die strikte Einhaltung des griechischen Protokolls unabdingbar war. Obwohl ich schon zweimal verheiratet gewesen war und rechtlich gesehen sogar jetzt noch einem anderen gehörte, meinte Spiro, meine Eltern von seinen Absichten in Kenntnis setzen und ihren Segen einholen zu müssen. Ich konnte mir beim besten Willen nicht vorstellen, dass dieser Segen erteilt werden würde, und warnte Spiro, sich auf eine rüde Abfuhr gefasst zu machen. Aber er ließ es sich nicht ausreden und machte sich auf nach England. Ich konnte ihn nicht begleiten, da ich Leonidas noch stillte, und so wartete ich geduldig seine Rückkehr ab, betreut von Giorgio, seinem getreuen Diener. Ich hatte inzwischen genug Griechisch aufgeschnappt, um mich mit ihm verständigen zu können. Ich habe keine Ahnung, wie er sich bei seinen Haushaltseinkäufen verständigte, aber er kam offenbar ganz gut zurecht und war begeistert, als ich ihm eine anständige Livree besorgte. Zur Vervollständigung meines neuen Hausstandes stellte ich mir nun noch ein Mädchen ein, Eugénie. Sie war eine sehr schlanke, wohl proportionierte junge Frau Mitte zwanzig, dunkelhaarig, hübsch und temperamentvoll. Vor allem aber hatte sie nichts dagegen, mich nach Griechenland zu begleiten, im Gegenteil. Das Abenteuer schien sie sogar zu reizen. Armes Mädchen, sie ahnte ja nicht, worauf sie sich einließ. Aber ich ebenso wenig.

So war ich der Meinung, alles Notwendige getan zu haben und nur noch auf Karls Antwort und Spiros Rückkehr aus England warten zu müssen, als eines Morgens Giorgio meinen Salon betrat und einen Besucher ankündigte.

Er konnte sich einfach nicht daran gewöhnen, ein Tablett zu benutzen, und hielt mir nur die Karte hin. Ich nahm sie mit wenig Interesse entgegen, machte gleich darauf aber große Augen: Karl, Baron von Venningen. Ich sah nicht sehr vorteilhaft aus, da ich keinen Besuch erwartet hatte, aber wenigstens lag Leonidas in seinem Bettchen und schlief. Ich wollte nicht, dass Karl den Jungen sah, da von Rechts wegen jedes Kind, das ich als seine ihm gesetzlich angetraute Ehefrau zur Welt brachte, als das seine galt, sofern er es anerkannte. Nach meiner unrühmlichen Vergangenheit als Mutter war ich fest entschlossen, Leonidas niemals herzugeben. »Du kannst den Baron hereinführen, Giorgio«, sagte ich. »Aber bleib in der Nähe.«

Ich blickte zur Tür, und kurz darauf trat Karl ein. »Du siehst gut aus«, sagte er.

»Du ebenfalls.«

Er trat näher. »Bist du allein?«

»Abgesehen von Giorgio, meinem Diener, und meinem Mädchen«, entgegnete ich vorsichtig.

»Theotoky ist nicht hier?«

»Im Augenblick nicht. Er ist geschäftlich unterwegs. Möchtest du ein Glas Wein? Ich habe allerdings nur Sherry, fürchte ich.«

»Ich hätte sehr gerne einen Sherry.« Ich schenkte ein, und er prostete mir zu. »Das weckt alte Erinnerungen.«

»Nimm doch bitte Platz.« Ich selbst setzte mich auf einen etwas abseits stehenden Stuhl mit hoher, sehr gerader Rückenlehne, um eine gewisse Distanz zu wahren. Er nahm mir gegenüber Platz. »Was führt dich nach Paris?«

»Du.«

»Du hast meinen Brief nicht beantwortet.«

»Ich hielt es für besser so. Ich wollte dir Zeit lassen, dich auszutoben. Nachdem du das getan hast, möchte ich, dass du zu mir zurückkommst.«

»Das werde ich nicht, Charles. Ich habe um die Scheidung gebeten. Ich wiederhole diese Bitte hiermit.«

»Dir ist klar, dass du von allen Seiten als Ehebrecherin verurteilt wirst?«

»Das ist nicht das erste Mal. Man hat mir schon oft vorgeworfen, dass ich meinen Gefühlen folge, anstatt mich wie eine seelenlose leere Hülle zu benehmen.«

»Die Sache ist ernst. Es wurde ein Befehl erlassen. Für den Fall, dass du den Titel Baroness von Venningen ablegst, ist es dir fortan verboten, Bayern zu betreten, ja, ganz Deutschland. Zuwiderhandlung hätte deine sofortige Verhaftung zur Folge.«

»Hast du das veranlasst?«

»Nein, aber ich kann mir denken, wer dahinter steckt.«

»Ludwig? Das kann ich nicht glauben.«

»Ich bin mir ziemlich sicher. Nichts ist schlimmer als ein verschmähter Liebhaber.«

So sehr es auch schmerzte – ich musste einsehen, dass er vermutlich Recht hatte.

»Also, kommst du zu mir zurück?«

Nicht zum ersten Mal im Leben hatte ich das beklemmende Gefühl des Déjà-vu. Karl hätte Mama sein können, die mich anflehte, Felix zu verlassen, nicht ahnend, dass ich es nicht konnte, weil ich sein Kind unter dem Herzen trug – mit dem Unterschied, dass das Kind in diesem Fall bereits geboren war. Und wie bei Mama wollte ich auch diesmal nicht nachgeben. »Nein.«

»Du kannst ihn sehen, so oft du willst. Ich möchte nur, dass du bei mir bist, als meine Frau.«

»Spiro kann ein solches Arrangement nicht akzeptieren. Er will, dass ich seine Frau werde.«

»Und seine Wünsche sind dir wichtiger als meine?«

»Im Augenblick ja. Wirst du dich von mir scheiden lassen?«

»Ich sagte dir bereits – wenn ich das tue, kannst du Deutschland nie wieder betreten.«

»Wenn es mein Schicksal ist, verdammt zu werden – bitte. Aber ich werde versuchen, das Beste daraus zu machen.«

Er starrte mich so lange und intensiv an, dass ich schon befürchtete, er würde versuchen, mich gewaltsam zurückzubringen. Aber schließlich verbeugte er sich nur knapp und verließ wortlos das Haus. Nachdem die Tür mit lautem Knall hinter ihm zugeschlagen war, brach ich in Tränen aus.

☆

Einige Tage später kehrte zu meiner großen Erleichterung Spiro zurück. Auch er hatte es nicht leicht gehabt. »Deine Mutter war reizend und sogar verständnisvoll, aber dein Vater hätte mich am liebsten hinausgeworfen.«

»Hat er dir doch noch den Segen gegeben, mich zu heiraten, sobald es von Rechts wegen möglich ist?«

»Er gab mir zu verstehen, dass du ohnehin tun würdest,

was dir in den Sinn käme, und dass es ihn nicht mehr interessiere. Das ist unglaublich für einen Vater.«

»Ich fürchte, ich habe es nicht besser verdient. Ich bin keine gute Tochter gewesen. Ich habe auch etwas zu berichten.«

Ich brachte ihn auf den neuesten Stand. »Dieser Mistkerl«, knurrte er. »Wird er dir Schwierigkeiten machen?«

»Ich glaube nicht. Er meint, das zwischen uns wäre nur eine Affäre, die sich früher oder später totlaufen wird. Das Problem ist nur, dass er sich nicht scheiden lassen wird, solange in seinen Augen noch die Hoffnung besteht, dass ich zu ihm zurückkomme.«

»Wir können nur als Mann und Frau nach Griechenland gehen. In diesem Punkt ist meine Familie sehr streng.« Auch das kam mir wieder sehr bekannt vor. Das Ganze war schrecklich deprimierend. »Allerdings ...«, fuhr er zögernd fort. »Vielleicht gibt es doch eine Möglichkeit.« Er schaute mich nachdenklich an.

»Egal, was es ist, ich tue es.«

»Du müsstest deine Religion aufgeben.«

Ich brauchte nicht lange zu überlegen. Nachdem man mir mehrere Male vorgeworfen hatte, gegen alle Ethik und Moral verstoßen zu haben, konnte ich nicht ernsthaft vorgeben, ein sehr religiöser Mensch zu sein. Sofern ich ein Lebensmotto hatte, lautete dies nach Apoll: »Finde es selbst heraus.« Mir war klar, dass ich der anglikanischen Kirche als schwarzes Schaf nicht willkommen war, und auch wenn ich eine Zeit lang erwogen hatte, zum Katholizismus zu konvertieren, um Felix heiraten zu können, war ich hiervon völlig abgekommen, hauptsächlich wegen des Benehmens diverser römisch-katholischer Würdenträger, die mir im Laufe der Zeit begegnet waren. Religion bedeutete mir nichts mehr. »Würde das denn etwas nützen?«

»Gewiss. Die griechisch-orthodoxe Kirche erkennt weder die römisch-katholische noch die anglikanische Kirche an.

Im Fall deiner Konvertierung wärst du vor den Augen unserer Kirche nie verheiratet gewesen, und damit würde sich auch eine Scheidung erübrigen.«

»Eine großartige Idee«, stimmte ich zu.

☆

Außerdem war es ein neues Abenteuer, wenn auch mehr ein geistiges als körperliches, und ich hatte ohnehin bereits beschlossen, mir Griechenland, seine Menschen und seine Gebräuche zu Eigen zu machen. Die Konvertierung nahm einige Zeit in Anspruch. Ich musste viel lernen und verbrachte zahllose Stunden mit schwarz gewandeten Priestern, von denen einige noch recht jung waren und mehr an meiner physischen als meiner spirituellen Erlösung interessiert schienen. Ich lächelte nur und machte ihnen schöne Augen, was sie noch mehr verwirrte.

Ich nutzte die Zeit und kaufte verschiedene Dinge, die in Griechenland schwer zu beschaffen sein würden: einige Prunksättel zum Beispiel, und einen Flügel. Außerdem gab ich ein Service für hundert Personen in Auftrag, jedes einzelne Teil mit dem Wappen der Theotokys versehen. Spiro verfolgte das Ganze mit Unbehagen, nicht wegen der Kosten, da er mich für unermesslich reich hielt, sondern weil er das Gefühl hatte, mir wäre nicht ganz klar, worauf ich mich einließ. »Tinos, wo mein Vater Gouverneur ist«, versuchte er zu erklären, »ist eine sehr kleine und primitive Insel. Dort gibt es nichts, was mit Paris, München oder London vergleichbar wäre. Oder auch nur mit dem ländlichen England.«

»Ich werde es lieben«, versprach ich. »Immerhin gehört es zu Griechenland.«

Weniger abgeneigt schien er zu sein, als ich bei einem Waffenhändler Pistolen entdeckte, wie ich sie noch nie zuvor gesehen hatte. »Sie stammen aus Amerika«, erklärte mir der

Händler. »Sie wurden von einem Mann namens Samuel Colt entwickelt.«

»Was ist das für ein Zylinder in der Mitte?«

»Das ist eine Munitionstrommel. Sie fasst sechs Patronen. Man spannt den Hahn wie bei einer gewöhnlichen Pistole, aber wenn man abdrückt und die Kugel abgefeuert wird, dreht sich die Trommel automatisch, das heißt, es wird automatisch nachgeladen. Man bezeichnet diese Handfeuerwaffen als ›Revolver‹.«

»Heißt das, man kann sechs Kugeln abfeuern, ohne nachzuladen?«

»Genau, Madame.«

»Ich muss eine haben. Nein, zwei.«

Er rieb sich die Hände. »Ich habe ein zusammengehöriges Paar mit Perlmuttgriff.«

»Perfekt.«

»Und Munition? Sie brauchen Gewehrkugeln.«

»Zwei Schachteln.«

»Ich wusste gar nicht, dass du dich mit Waffen auskennst«, sagte Spiro.

»Ich liebe Waffen.«

»Aber kannst du auch schießen?«

»Lass uns einen geeigneten Übungsplatz suchen, dann zeige ich es dir.«

☆

Es gab nur noch ein potenzielles Hindernis, das mir zugegebenermaßen einiges Kopfzerbrechen bereitete. Man hat mir oft vorgeworfen, ich hätte mein ganzes Leben wie ein gedankenloses Kind gelebt, und ich gebe gern zu, dass es viele Gelegenheiten in meinem Leben gegeben hat, da ich der Meinung war, der Augenblick sei es wert, alle Konsequenzen in Kauf zu nehmen. In einem Punkt war ich jedoch immer eisern: Ich war stets die alleinige Herrin über meine Finanzen gewesen. Das war bisher nie ein Problem gewesen. Edwards Großzügigkeit war es zu verdanken, dass ich ebenso in Paris wie auch im deutlich preiswerteren München einen gehobenen Lebensstil hatte halten können. In den Jahren meiner Ehe mit Karl brauchte ich ja, wie bereits erwähnt, nicht auf mein eigenes Geld zurückzugreifen, sodass sich in Zürich ein ansehnliches Sümmchen angehäuft hatte. Karl hatte nie nach meinen Finanzen gefragt, und auch ich hatte das Thema nie angesprochen, hatte vor allem nie erwähnt, auf welcher Bank mein kleines Vermögen deponiert war, damit er gegebenenfalls keinen Zugriff darauf hatte (auch wenn das nicht zu seinem tadellosen Charakter gepasst hätte).

Jetzt war ich im Begriff, in ein Land zu ziehen, in dem das Leben gerade mal ein Zehntel dessen kostete, was man in Paris aufwenden musste. Mit anderen Worten, wenn ich von 800 Pfund jährlich in Paris ein angenehmes Leben führen konnte, entspräche das atemberaubenden 8000 Pfund in Griechenland. Damit wäre ich, hatten meine Bankiers mir mitgeteilt, so ziemlich die wohlhabendste Person in ganz Griechenland, der König eingeschlossen. Ich war nicht gewillt, die Kontrolle über dieses Vermögen aus der Hand zu geben, egal, welche Rechte das griechische Gesetz dem Ehemann diesbezüglich einräumte. So sprach ich Spiro schließlich ein wenig beklommen darauf an. Ich machte deutlich, dass ich zwar gewillt sei, mein Vermögen mit ihm und gegebenenfalls auch seiner Familie zu teilen, dass ich aber die alleinige Verfügungsgewalt behalten wolle, wobei ich ihm anbot, ihm jährlich eine Summe von 100 Pfund – entsprechend 1000 Pfund in Griechenland – zu überweisen, mit der er nach eigenem Gutdünken verfahren könne. Ich war erleichtert, als Spiro mir zustimmte, dass wir diese Vereinbarung in einem bindenden Vertrag schriftlich festhalten sollten. Als endlich alle Formalitäten erledigt waren, wurden Spiro und ich im März 1841 in Marseilles getraut. Schon wenige Tage später stachen wir mit Leonidas, Eugénie, Giorgio und Bonzo Richtung Griechenland in See.

☆

Da ich Westeuropa für immer den Rücken kehrte (abgesehen von ein, zwei kurzen Aufenthalten), möchte ich an dieser Stelle berichten, was aus den Männern wurde, die eine Rolle in meinem bisherigen Leben gespielt hatten. Ludwigs trauriges Schicksal habe ich ja bereits angesprochen. Edward erging es nicht viel besser. Er wurde 1842 zum Generalgouverneur von Indien ernannt. Ich bin nie in diesem riesigen Land gewesen, aber soweit ich informiert bin, herrscht dort dauernde Unruhe, die derzeit noch geschürt wird von der ständigen Furcht vor einem russischen Einmarsch. Um über die Bergketten, die die Grenzen sichern, nach Indien zu gelangen, muss ein Feind im Norden Afghanistan durchqueren, ein Land, das nicht nur unwegsam ist, sondern dessen kriegerische Bewohner seit Jahrhunderten berühmt sind für ihr militärisches Geschick. Man denke nur an Mahmud von Ghazni, den berühmtesten Soldaten des einundzwanzigsten Jahrhunderts, oder an Babur von Kabul vier Jahrhunderte später, der das Mogulenreich Nordindiens begründete, das erst in unserer Zeit zerbrach.

Die bisherigen Generalgouverneure hatten versucht, die Lage stabil zu halten, indem sie freundliche Beziehungen zu den jeweiligen Herrschern in Kabul unterhielten. Doch als Edward erfuhr, dass der Emir russische Offiziere zu Gast hatte, beschloss er, in Afghanistan einzumarschieren und eine Marionette auf den Thron zu setzen, die den Briten treu ergeben war. Ebenso typisch für ihn war, dass er diese absurde und riskante Aktion in Eigenregie durchführen wollte und es versäumte, den Vorstand der Ostindischen Kompanie zu informieren (deren Vertreter er technisch betrachtet war und über deren Armee er verfügen wollte), oder auch die britische Regierung, die ihn mit der Verwaltung der Kronkolonie betraut hatte. Ich verwende Adjektive wie »absurd«, »gefährlich« und »riskant«, weil der Einmarsch mit einer kleinen Armee dank der zahlreichen Fehden unter den verschiedenen Stammesfürsten zwar gelang und die britischen Soldaten tatsächlich Kabul erreichten, doch Edward hatte offenbar nicht darüber nachgedacht, dass sie dort bleiben mussten, um seine »Marionette« an der Macht zu halten. Der nächste Fehler bestand darin, dass das Kommando einem General übertragen wurde, der in Waterloo seine letzte Schlacht geschlagen hatte und offenbar im Alter zum Feigling geworden war. Als nämlich ihr Land so unerwartet von einer fremden Macht besetzt wurde, legten die afghanischen Stammesfürsten ihre Streitigkeiten bei und belagerten Kabul. Der überforderte Elphinstone gab auf und erklärte sich unter anderem mit dem bedingungslosen Abzug sämtlicher britischer Soldaten einverstanden. Aber damit nicht genug. Kaum hatten die »Besatzer« die befestigte Stadt verlassen, fielen die Afghanen über sie her und metzelten sie nieder. Von 16.000 Mann, davon die meisten Zivilisten, Frauen und Kinder, gelangte nur ein einziger Mann bis zur Grenzfestung in Dschellallabad! Hinsichtlich der Anzahl der Toten war es die größte militärische Katastrophe in der Geschichte Großbritanniens.

Die Kunde sandte Schockwellen durch das gesamte britische Empire (sogar wir in Griechenland bekamen etwas davon mit), doch als sie die Heimat erreichte, hatte Edward sich bereits in das nächste wilde Abenteuer gestürzt und die renitenten Stammesfürsten von Sind und Belutschistan angegriffen. Diese Militäraktion war dank der exzentrischen und oft brutalen Methoden des nichtsdestotrotz brillanten

Kommandeurs Charles Napier, den er besser nach Kabul entsandt hätte, sogar erfolgreich. Napier erlangte Unsterblichkeit, indem er nach Abschluss seines Feldzugs ein Telegramm nach Kalkutta schickte, das nur ein einziges Wort enthielt: *Peccavi,* lateinisch für »Ich habe gesündigt«, ein geistreiches Wortspiel. Whitehall kam jedoch bei genauerem Kartenstudium zu der Erkenntnis, dass mein Ex-Mann mit der einen Hand eine ganze Armee ins Verderben geschickt und mit der anderen ein riesiges Wüstengebiet erobert hatte, in dem es von rebellischen Kriegern nur so wimmelte. Hinzu kam, dass er es sich mit seiner arroganten, herablassenden Art mit jedem Beamten in der Kolonie, ob Brite oder Inder, verscherzt hatte. In London erkannte man endlich, dass seine Ernennung ein folgenschwerer Fehler gewesen war, und rief ihn zurück, lange vor Ablauf der fünf Jahre, die die meisten seiner Vorgänger in diesem Amt geblieben waren. Aber es war zu spät; das Kind war bereits in den Brunnen gefallen.

Verschiedene Historiker haben die Ursachen für den Aufstand in Indien auf Edwards Amtszeit zurückgeführt, zumal das Kabul-Debakel den einheimischen Fürsten sowie der Sepoy-Armee vor Augen geführt hatte, dass die Briten keineswegs unbesiegbar waren. Dies führt mich zurück zu meinem ersten Liebhaber, George Anson, der es bis zum General gebracht hat. Er wurde während der großen Revolte zum Oberbefehlshaber der britischen Truppen in Indien bestimmt, und ihm war es zu verdanken, dass entgegen allen Erwartungen Delhi zurückerobert wurde, auch wenn er selbst noch vor dem entscheidenden Angriff an der Cholera verstarb. Es stimmte mich sehr traurig, dass meine drei Spielkameraden aus Kindheitstagen so früh gestorben waren, während das Schicksal es mit mir so gut meinte.

Der britischen Tradition, niemals einen Fehler einzugestehen, hatte Edward es zu verdanken, dass er nicht in Schimpf und Schande heimkehrte, sondern vielmehr sogar zum Marineminister befördert wurde ... Da alle sich darin einig sind, dass die Marine Großbritannien nicht nur vor einer Invasion schützt, sondern die kleine Insel außerdem zur Großmacht erhoben hat, war das zweifellos ein ausgesprochen riskanter Schritt. Glücklicherweise wurde dies rechtzeitig erkannt, und man berief Edward 1846 von seinem Amt ab. Er wurde zum Vicomte Seaham ernannt. Man bedenke: Ich hätte es Stiefgroßmutter Anne gleichtun und in England zur Gräfin avancieren können anstatt in Griechenland. Allerdings hätte ich dafür mit Edward verheiratet bleiben müssen, und dieses Schicksal hätte ich keiner Frau gewünscht. Im Übrigen hat sich ja gezeigt, dass ich es auch ohne ihn geschafft hatte. Er hat übrigens nie wieder geheiratet, obwohl er erst kürzlich gestorben ist.

Felix' Karriere sah ganz anders aus. Er heiratete schließlich doch noch, Fürstin Windisgratz, mit der offenbar auch Mathilde sehr einverstanden war, und wie Edward sich immer an Wellington gehalten hatte, klammerte er sich stur an Metternichs Rockschöße, nur dass er mit dieser Strategie erfolgreicher war. Als sein Mentor während der Revolution von 1848 aus Österreich fliehen musste, wurde Felix zum Ministerpräsidenten gewählt und mit der Aufgabe betraut, den Aufstand niederzuschlagen. Dies tat er auf traditionelle Weise: Er befahl dem Heer, das von den Aufständischen besetzte Wien zu belagern und bis zur Kapitulation zu bombardieren. Und das, obwohl seine schwangere Frau in der Stadt war! Er selbst starb nur wenige Jahre später.

Fred Madden machte seinen Weg, heiratete und wurde sogar zum Ritter geschlagen. Ich frage mich, ob er jemals irgendjemandem von unserer kurzen Affäre erzählt hat.

Karl, die treue Seele, hielt an seiner Liebe fest. Als er erfuhr, dass ich durch die Hintertür entwischt war und Spiro einen Sohn geboren hatte, strengte er die Scheidung an und erklärte schriftlich, dass Leonidas nicht sein leiblicher Sohn sein könne, da ich ihn mehrere Monate vor der Zeugung bereits verlassen habe. Diese Schritte waren zweifellos notwendig, änderten jedoch nichts an seinen Gefühlen für mich. Tatsächlich schrieb er mir einen sehr lieben Brief, in dem er erklärte, dass ich jederzeit zu ihm zurückkommen könne. Er hat nie wieder geheiratet, und zu meiner großen Freude trat Heribert sein Erbe an.

Alle diese Männer, die einen ehrenhaft, die anderen weniger, verloren sich im Nebel der Geschichte.

Während ich aufbrach in die romantischste, abenteuerlichste Zeit meines Lebens.

# DRITTER TEIL

# VON WAFFEN UND RUHM

## 12. KAPITEL
## Griechenland

Endlich segelte ich wieder auf dem Mittelmeer, und diesmal war ich weder schwanger noch wurde ich von Zukunftsängsten geplagt. Mein Mann, den ich über alles liebte, wich mir nicht von der Seite, ich hatte meinen Sohn ständig in Reichweite, mein treuer Hund lag mir zu Füßen, und nur die Gegenwart zählte. Auch wenn das Wetter völlig anders war als seinerzeit auf der Fahrt von Genua über Neapel nach Sizilien (diesmal war März und nicht Hochsommer), war ich auch bei Wind und Kälte gern an Deck, schaute ins schäumende Wasser und fühlte die Gischt auf meinen Wangen.

Trotz allen Glücks beunruhigte mich Spiros Unbehagen, das umso deutlicher spürbar wurde, je näher wir seiner Heimat kamen. Hierfür gab es zwei Gründe. »Weißt du«, sagte er, als der Sturm vorüber war und das Schiff wieder vor einer leichten Brise über die ruhige See glitt. »Tinos, wo mein Vater zurzeit Gouverneur ist, ist eine sehr kleine Insel.«

»Ich kann es kaum erwarten, sie zu sehen. Wie lange werden wir dort bleiben?«

»Sechs Monate, habe ich meinem Vater gesagt.«

»Wunderbar. Warum können wir uns nicht dort niederlassen?«

»Weil Korfu der eigentliche Familiensitz ist. Dort werden wir nach unserem Aufenthalt auf Tinos leben. Korfu ist großartig, sehr britisch. Es wird dir gefallen.«

Das war eigentlich nicht das, was ich hören wollte. Ich wollte allem Britischen den Rücken kehren. »Und Tinos ist nicht großartig?«

»Ja ... doch. Aber auch sehr primitiv. Außerdem ... nun, es ist kein gutes Reitgelände. Es ist sehr bergig. Und es ist ziemlich einsam.«

»Hört sich aufregend an. Und was die Gesellschaft betrifft, habe ich ja dich, Leonidas und deinen Vater.« Er hatte mir bereits früher erzählt, dass seine Mutter nicht mehr lebte.

Das wiederum führte uns zum zweiten Problem. »Wir müssen uns über meinen Vater unterhalten. Meine ganze Familie.«

*O nein,* stöhnte ich innerlich. »Du hast gesagt, sie würden mich akzeptieren, wenn ich erst zu eurem Glauben übergetreten bin.«

»Oh, das werden sie. Das tun sie bereits.«

»Sie kennen mich doch noch gar nicht.«

»Ich habe ihnen alles über dich erzählt.« Ich schaute ihn an. »Na ja, nicht *alles*.«

»Vielleicht solltest du mir lieber verraten, was genau du ihnen gesagt hast.«

»Also, sie wissen, dass du Lady Ellenborough warst und keine andere Wahl hattest, als vor deinem grausamen und krankhaft eifersüchtigen Ehemann zu fliehen. Und dass wir uns in Paris kennen gelernt haben.«

Er musste während seiner Zeit in der französischen Hauptstadt Aponyi begegnet sein, und nicht zum ersten Mal ging mir durch den Kopf, dass ich Edward möglicherweise nie verlassen hätte, wäre er nicht wirklich grausam und krankhaft eifersüchtig gewesen. »Weiter.« Ich konnte es kaum erwarten zu erfahren, was er ihnen sonst noch erzählt hatte.

»Das ist alles.«

Ich dachte nach. »Ich habe Edward vor zwölf Jahren verlassen. Und was war mit den Jahren bis zu unserem Kennenlernen?«

»Ich fand es unangebracht, Einzelheiten zu erwähnen.«

»Du meinst, sie wissen nichts vom Fürsten zu Schwarzenberg?«

»O nein. Das würden sie missbilligen.«

»Und Karl? Immerhin war ich seine Frau. In seinen Augen und vor dem deutschen Gesetz bin ich das immer noch.«

»Das würden sie nicht verstehen.«

»Und König Ludwig?«

»Grundgütiger, nein. Darüber darfst du kein Wort erwähnen. Sein Sohn ist König von Griechenland. Wusstest du das nicht?«

»Doch, natürlich. Aber wir können doch unmöglich in Griechenland leben, ohne dass er es erfährt.«

»Neuigkeiten verbreiten sich in Griechenland nur sehr langsam. Wir müssen uns bedeckt halten. Und mit der Zeit, wer weiß ...« Er tippte sich an die Nase.

Wäre ich nicht so sehr mit mir selbst beschäftigt gewesen, wäre mir dieses Szenario wohl ein wenig düster erschienen. Aber noch wurden meine Gedanken von der Frage beherrscht, wo genau ich in den Augen der Theotokys stand. »Und meine Kinder? Immerhin habe ich nicht weniger als sechs zur Welt gebracht.«

»Sechs? Und du bist immer noch die schönste Frau Europas? Der ganzen Welt?«

Ich küsste ihn. »Ich scheine ein Naturtalent zu sein.«

»Sechs ... Leonidas eingeschlossen?«

»Ja.«

»Aber die anderen ... werden sie nicht irgendwann nach dir suchen?«

»Ich fürchte nein. Zwei sind tot, und die anderen ...« Ich seufzte. »Ich bezweifle, dass sie überhaupt wissen, wer ihre leibliche Mutter ist.«

»Da bin ich erleichtert. Meine Familie hält Leonidas für dein erstes und einziges Kind. Es wäre besser, sie in dem

Glauben zu lassen.« Er hielt meine Hände. »Du bist nicht böse? Ich habe getan, was ich für das Beste hielt. Ich möchte unter keinen Umständen, dass irgendetwas uns entzweit, und mir liegt sehr viel daran, dass meine Familie dich mit offenen Armen aufnimmt.« Wie sollte ich da noch böse sein? Überhaupt liebte ich ihn damals viel zu sehr, um ihm überhaupt böse sein zu können. Im Übrigen wurde mir ein Geschenk gemacht, das nur sehr wenigen Menschen zuteil wurde: die Gelegenheit, mein Leben noch einmal von vorn zu beginnen, als unbeschriebenes Blatt gewissermaßen. Eine wirklich sehr ansprechende Aussicht. Mag sein, dass ich im Herzen wusste, dass man die Vergangenheit niemals ganz abschütteln kann, aber als Optimist sagte ich mir: Falls es doch möglich ist, bist du diejenige, der das gelingt! »Ich werde alles tun, damit sie mich lieben«, versprach ich.

☆

Das erwies sich als leicht, vor allem in Bezug auf seinen Vater. Johanne Theotoky war vom ersten Moment an ganz vernarrt in seine Schwiegertochter. Er war alt genug, um mein Vater zu sein, aber es war immer noch deutlich zu erkennen, wem Spiro sein Aussehen und seine Persönlichkeit verdankte, und ich möchte lieber nicht darüber nachdenken, was passiert wäre, hätte ich Tinos als Touristin besucht und nicht als Spiros Frau! Jedenfalls nahm Johanne mich buchstäblich mit offenen Armen in seinem kleinen gemütlichen Heim auf. Ich lasse mich normalerweise von männlicher Aufmerksamkeit nicht so leicht aus der Ruhe bringen, aber dieser Empfang war geradezu überwältigend.

Ich fühlte mich auf der Insel in eine Welt zurückversetzt, die ich seit meinem Abenteuer mit den Zigeunern nicht mehr erlebt hatte. Die Insel war tatsächlich winzig, wie Spiro prophezeit hatte. Das galt auch für die Residenz des Gouverneurs, auch wenn es im Vergleich das größte und prunkvollste Haus des kleinen Ortes war. Es war in der Ortsmitte gelegen, eingeschlossen von anderen Häusern; um dorthin zu gelangen, musste man eine sehr enge, steile, schlüpfrige, mit Kopfstein gepflasterte Straße hinauf. Die Häuser an sich waren wunderhübsch in ihren Pastellfarben und mit den Spuren byzantinischer Architektur, aber man konnte nicht niesen, ohne dass alle es mitbekamen. Auch wurde man den Tabakgeruch nie ganz los. Während es in England kein Gentleman gewagt hätte, in Gegenwart einer Dame zu rauchen, ohne diese vorher um Erlaubnis gebeten zu haben, galt ein Mann in Griechenland offenbar erst als feiner Herr, wenn er eine stinkende Zigarre zwischen den Zähnen hatte – je übel riechender, desto besser. Doch weil ich ein Jahr lang mit Spiro zusammenlebte, war ich darauf vorbereitet und erwog sogar, selbst mit dem Rauchen anzufangen. Letztendlich ließ ich es aber doch bleiben, vor allem, weil mir auffiel, dass die Zähne der Raucher sich schmutzig braun verfärbten, und ich war auf mein strahlendweißes Gebiss immer sehr stolz gewesen.

Mangelnde Privatsphäre nach außen hin war eine Sache, aber noch viel schlimmer war es innerhalb der eigenen vier Wände. Zwar hatten Spiro und ich wenigstens ein Schlafzimmer für uns, aber das mussten wir mit Leonidas und Bonzo teilen. Johanne hatte ebenfalls ein eigenes Zimmer, aber die Dienstboten, in deren Mitte Eugénie sich wiederfand, schliefen irgendwo im Haus. Da es auf der Insel kein einziges Wasserklosett gab und der Abort in einer stinkenden Hütte am Ende des Gartens untergebracht war, wäre ich ohne meinen Nachttopf aus Porzellan in arger Bedrängnis gewesen. Ich erkannte auch sofort, dass meine elegante Pariser Garderobe und die sonstigen Errungenschaften hier fehl am Platze wären, und packte sie gar nicht erst aus. Das galt vor allem auch für die neuen Sättel, gab es doch auf der ganzen Insel kein einziges Pferd, was in Anbetracht des unwegsamen Geländes, das sogar Maultieren Schwierigkeiten bereitete, nicht weiter verwunderte.

Schon nach vierundzwanzig Stunden auf der Insel konnte ich verstehen, warum Spiro solche Bedenken gehabt hatte, mich herzubringen. Aber ich liebte die Insel, wie sie war. Alles an Tinos sprach die Sehnsucht nach Einfachheit an, die sich in meinem bisherigen Leben nie erfüllt hatte. Nur eines fand ich ein wenig enttäuschend: dass man vom Haus des Gouverneurs aus das Meer nicht sehen konnte, auch wenn man in fünf Minuten am Wasser war. Ich kann wohl sagen, dass die Gerüche der Insel mir am meisten im Gedächtnis geblieben sind, denn die steilen Hänge waren mit den verschiedensten Kräutern – vor allem Rosmarin, Thymian, Oregano und Basilikum – förmlich überwuchert. Tatsächlich könnte man Basilikum als Tinos' Nationalgewächs bezeichnen: Bei meiner Ankunft war mir sogar als Willkommensgruß ein Strauß überreicht worden. Aber auch der Rest der Insel war faszinierend. Wie ganz Griechenland barg sie eine Fülle antiker Schätze, von Ruinen bis hin zu Gebrauchsgegenständen, die bis in Homers Zeit zurückreichen mochten. Meine Leidenschaft für Geschichte – geboren, als ich in Großvaters Bibliothek zum ersten Mal von Zenobia gelesen hatte, der Königin von Palmyra, und wiedererwacht bei meinem kurzen Aufenthalt in Rom – entwickelte sich nun beinahe zur Besessenheit.

Ich sage deshalb »beinahe«, weil abgesehen von Spiro, der immer noch alles verkörperte, das ich mir von einem Mann wünschte, mein Sohn die wichtigste Rolle in meinem Leben spielte. Auf Tinos, weit fort von gesellschaftlicher Ablenkung, lernte ich zum ersten Mal die wahren Freuden des Mutterseins kennen. Ich hatte auch meine anderen Kinder geliebt, aber wie schon erwähnt, wurden Kinder in der Gesellschaft, in der ich bisher gelebt hatte, von der Mutter weit gehend fern gehalten. Das war für die Mutter natürlich sehr bequem, und ich muss ehrlich gestehen, dass es für mich vermutlich noch praktischer gewesen war als für jede andere. Aber noch bevor wir von Marseilles aus in See gestochen waren, hatte ich nach so vielen Fehlschlägen beschlossen, mich weit gehend allein um die Bedürfnisse meines Sohnes zu kümmern und diesen förmlich mit Liebe zu überschütten. Dieser Entschluss festigte sich auf Tinos, da ich dort alle Zeit der Welt hatte, mich meinem kleinen Leonidas zu widmen. Spiro bot an, eine der einheimischen Frauen als Kindermädchen einzustellen, aber ich lehnte dankend ab. Ich wechselte Leonidas' Windeln, badete ihn, fütterte ihn und schmuste mit ihm. Die einzige Hilfe kam von Eugénie, der das neue Leben ebenfalls zu gefallen schien, wohl vor allem wegen der Aufmerksamkeit, die ihr seitens der männlichen Inselbewohner zuteil wurde, empfanden diese die Französin doch als willkommene Abwechslung von ihren gewohnten Bettgefährtinnen. Sie alle warfen auch mir glutvolle Blicke zu, wann immer ich das Haus verließ, aber ich zeigte ihnen die kalte Schulter, und sie wagten es nicht, den Zorn des Gouverneurssohnes auf sich zu ziehen, indem sie mich ansprachen.

Wenn ich nicht gerade mit Leonidas beschäftigt war, widmete ich mich mit Begeisterung der griechischen Küche, die so völlig anders war als alles, was ich bisher gekannt hatte, vor allem Gerichte wie Tauben oder Tintenfisch, verfeinert mit den bereits erwähnten Kräutern. Auch der Wein war mir fremd. Ich muss gestehen, dass ich mich nie für Retsina habe erwärmen können, aber den einfachen Landwein der Insel fand ich sehr schmackhaft. Die meisten Vorräte wurden von der Nachbarinsel Santorin herübergebracht, was für mich insofern interessant war, als manche Historiker Santorin für Platos Atlantis halten, die Stadt, die einige Tausend Jahre vor Christi Geburt bei einem Erdbeben im Meer versunken sein soll. Es gibt angeblich unwiderlegbare Beweise für die Naturkatastrophe, und einige Historiker behaupten sogar, das Beben sei so gewaltig gewesen, dass es den Zusammenbruch des minoischen Reiches auf Kreta herbeiführte, die einstige Krone der ägäischen Kultur.

Es fehlte nicht gänzlich an Gesellschaft. Der Doktor, ein Italiener namens Zallony, war sehr unterhaltsam, und auf der Nachbarinsel Siros gab es eine kleine Ausländerkolonie, der wir hin und wieder einen Besuch abstatteten, darunter dem britischen Konsul, einem gewissen Mr Wilkinson. Sie alle waren ausgesprochen freundlich zu mir, aber ich fühlte mich in ihrer Mitte nie wirklich wohl, da ich nicht wusste, inwieweit sie über meine Vergangenheit informiert waren und was möglicherweise hinter meinem Rücken getuschelt wurde. Aber es kam nicht zum Skandal, zumindest nicht während unseres Aufenthalts dort, und ich betrachte die Zeit auf Tinos nach wie vor als einen der glücklichsten Abschnitte meines Lebens. Nachdem wir fast doppelt so lange dort geblieben waren wie ursprünglich vorgesehen, reisten wir ein knappes Jahr später, im Frühling 1842, weiter nach Korfu.

☆

Ich hatte die Zeit sinnvoll genutzt, und als wir Tinos verließen, sprach ich ebenso flüssig Griechisch wie Italienisch, Deutsch, Französisch und Englisch. Ich konnte es kaum erwarten, mein neues Zuhause zu sehen, zumal Spiro mir immer wieder versichert hatte, es wäre entzückend. Immerhin gedachte ich, dort den Rest meines Lebens zu verbringen. Ich bedauerte nur, dass wir mit dem Schiff reisten. Auf der Überfahrt von Tinos in der Ägäis nach Korfu im Ionischen Meer folgten wir dem Küstenverlauf, anstatt ins Herz des Landes vorzudringen. Aber auch wenn die südliche Halbinsel, der Peloponnes, wo Leonidas einst geherrscht hatte, mich vom historischen Standpunkt aus reizte, sah ich ein, dass ich mich noch gedulden musste.

Zu meiner Freude stellte sich heraus, dass Spiro nicht übertrieben hatte, was Korfu betraf: Die Insel war ein Paradies, erst recht, wenn man den Namen Theotoky trug. Ein größerer Kontrast zu Tinos wäre kaum möglich gewesen, und auch wenn ich die langen Flitterwochen in der Schlichtheit Tinos' genossen hatte, fand ich hier das Leben wieder, in das ich hineingeboren worden war und das ich zu genießen gedachte. Erst einmal war da die Insel selbst. Sie war viel größer als Tinos, und anstelle der duftenden zerklüfteten Felshänge gab es hier sanfte grüne Hügel mit niedrigen Wäldchen. Fast wähnte man sich in England auf dem Land. Und dann die Lage! Das Ionische Meer hatte zwar nicht die Farben der Ägäis, war aber lebendiger und vom historischen Standpunkt aus interessanter. Von der Küste Korfus aus konnte man beinahe die Schlachtfelder von Actium und Lepanto sehen; auf Ersterem hatten sich die Träume Antonius' und Kleopatras zerschlagen, und auf dem anderen hatte das Osmanische Reich im Kampf gegen die vereinten Flotten des Abendlandes seine erste Niederlage einstecken müssen. Nur fünf Meilen entfernt ragten die Berge Albaniens auf, der wohl abgeschiedenste, geheimnisvollste und faszinierendste Teil Europas.

Die Geschichte Korfus fand sich in seiner Architektur wieder, da dieser Teil des Landes als einziger nie von den Türken erobert worden war und man somit überall noch auf Spuren jener Jahre stieß, die Korfu venezianische Kolonie gewesen war. Erst vor vergleichsweise kurzer Zeit, mit der Vernichtung Venedigs als politische Macht 1797 durch Bonaparte, war die Insel von fremden Mächten besetzt worden: den Russen, den Franzosen und schließlich den Briten. Letzteres war in meinen Augen Korfus einziger Nachteil, aber wie sich herausstellte wurde die schöne Gräfin Theotoky von ihren Landsleuten keineswegs geschmäht, sondern von der Kolonie *ex-patria* herzlich empfangen. Sogar der Hochkommissar, Lord Nugent, machte mir seine Aufwartung. Leider war der einzige sichtbare Beitrag der Briten inmitten der örtlichen Szenerie Nugents riesiger Palast, der, wie ich argwöhnte, die Einheimischen einschüchtern sollte, indem er ihnen ständig den Reichtum und die Macht Großbritanniens vor Augen hielt. Das Bauwerk war gewaltig und pompös, aber unaussprechlich vulgär und in seiner Modernität völlig fehl am Platze inmitten eines solch geschichtsträchtigen Umfelds. Die Griechen ihrerseits zeigten sich überglücklich, mich in ihrer Mitte zu haben, vor allem Spiros' Verwandtschaft, die mich behandelte wie eine vom Olymp herabgestiegene Göttin. Schon wenige Stunden nach unserer Ankunft hatte ich einen Status inne, wie ich ihn für kurze Zeit 1833 in München genossen hatte. Diesmal war ich überzeugt, dass es für den Rest meiner Tage so blieb. Das Leben sollte mich erst noch lehren, dass man seine Vergangenheit niemals ganz loswird.

Doch erst einmal erlebte ich den Himmel auf Erden. Schon bevor ich in sein Leben getreten war, war Spiro der berühmteste lebende Sohn der Insel gewesen. Meine Schönheit und mein Reichtum machten uns zu wahren Fürsten. Wir besaßen bereits unglaublich viel Land und zwei Häuser. Das Stadthaus war zwar geräumig und recht interessant aufgrund seines venezianischen Stils, aber aus eben demselben Grund nicht das bequemste. Außerdem war es mir zu dunkel und der Abstand zu den Nachbarhäusern nicht groß genug. Ich zog unser Landhaus »Ducades« vor, das zwar kleiner, aber idyllischer gelegen war. Es kam mir vor, als wäre ich in der Zeit zurückversetzt worden, weil dort die nahezu feudalen Zustände herrschten wie auf Holkham, da sämtliche Dörfler aus der Nachbarschaft Spiro als ihren Herrn ansahen und mich als ihre Herrin. Das Porzellan, die Möbelstücke und Dekorationsgegenstände, die ich aus Paris mitgebracht hatte, wurden endlich ausgepackt, und ich machte mich daran, meine eigene Version von Holkham zu schaffen, indem ich einen englischen Garten anlegte, ein Musikzimmer für den Flügel einrichtete und eine Bibliothek, nicht nur für mich selbst, sondern auch um Spiro in seinen Ambitionen zu unterstützen. Außerdem richtete ich ihm eine kleine Werkstatt ein, in der er seinem Hobby nachgehen konnte, der Buchbinderei.

Ich kaufte die besten Pferde, die ich kriegen konnte, und nahm meine geliebten Morgenausritte wieder auf, wobei ich statt auf überfüllten Parkwegen in München oder Paris entlangzutraben, in wildem Galopp über offenes Land preschte und über Hecken und Bäche hinwegsetzte wie in Kindheitstagen. Hinzu kam ein für mich völlig neues Vergnügen: das Baden im Meer. Wir besaßen einen Privatstrand in einer Bucht auf der Westseite der Insel. Paleokastritsa war ein wunderschönes Fleckchen, aber die Szenerie war nichts verglichen mit dem Gefühl grenzenloser Freiheit, das es mir vermittelte, mich splitternackt in die Brandung zu stürzen. Zudem beflügelte mich die Legende, derzufolge Odysseus auf seiner langen Reise nach Troja an eben diesem Strand angespült worden war und Prinzessin Nausikaa, die Tochter des Königs der Phäaken, vor einem Seeungeheuer rettete, wodurch er sich die Unterstützung ihres Vaters für seine Weiterreise nach Ithaka sicherte. Da Ithaka, eine der Ionischen Inseln, nur wenige Meilen weiter südlich lag und der Rest der Odyssee sich nicht in der Adria, sondern vielmehr im Mittelmeer abgespielt haben sollte, muss man hieraus schließen, dass Homers geographische Kenntnisse begrenzt waren, was allerdings der Romantik des Abenteuermärchens keinen Abbruch tat.

Wenn wir uns nicht sportlich betätigten, erforschten wir Ruinen oder besuchten Blumenfeste oder andere Feierlichkeiten zu Ehren des Schutzpatrons der Insel, dem Heiligen Spiridion, nach dem auch Spiro benannt worden war. Zu diesen Anlässen fuhren wir in der Kutsche, in vollem Staat und mit wehendem Theotoky-Banner. Und wir gaben eigene Feste, die jenen Feiern, an die ich mich aus meiner Kindheit auf Holkham erinnerte, in nichts nachstanden. Unsere Partys waren schon bald berühmt, oder genauer, berüchtigt. Ich weiß, dass Engländer bekannt sind für die beachtlichen Mengen Portwein und Brandy, die sie sich nach dem Essen genehmigen, wenn Hirn und Verdauung besser gewappnet sind, mit dem Alkohol fertig zu werden. Unsere Gäste auf Korfu hielten sich an einen örtlichen Schnaps namens Raki, der stark nach Anis schmeckte, und zwar vor dem Essen, was zur Folge hatte, dass sie bereits alle betrunken waren, wenn aufgetragen wurde. Auf den Schnaps tranken sie noch große Mengen Wein, Brandy und Port, wobei der Portwein neu für sie war und möglicherweise stärker, als von ihnen eingeschätzt, sodass diese Abende unweigerlich ausuferten. Ich muss gestehen, dass ich dem Alkohol ebenso zusprach wie alle anderen, auch wenn ich gelegentlich um mein Haus, das Mobiliar und das Geschirr fürchtete. Ich erinnere mich noch an einen Abend, an dem Spiro mit solcher Wucht auf einen antiken Tisch fiel, dass die Marmorplatte durchbrach. Noch besser ist mir der Abend im Gedächtnis geblieben, an dem unsere Gäste zum Tellerwerfen aufriefen – offenbar ein alter griechischer Brauch – und buchstäblich mein gesamtes Dinnerservice in einen Scherbenhaufen verwandelten. Frei nach dem Motto: »Wenn du sie nicht aufhalten kannst, schließ dich ihnen an«, zertrümmerte ich selbst einige Teller, aber das Chaos später zu beseitigen war doch eine recht ernüchternde Angelegenheit. Ich gab sofort ein neues Service in Auftrag.

☆

Fast zwei Jahre war ich rundum glücklich auf Korfu. Natürlich wollte ich meiner Familie berichten, dass ich zumindest innerhalb Griechenlands wieder in den besten Kreisen verkehrte und den besten Ruf genoss, und so schrieb ich Mama einen langen Brief. Ich hätte mich sehr gefreut, wenn sie und Papa uns besucht und sich bei dieser Gelegenheit persönlich davon überzeugt hätten, dass ihr schwarzes Schaf glücklich und zufrieden war. Umso schockierter war ich, als Mama antwortete, sie könne in diesem Jahr nicht kommen, da Großvater gestorben sei. Er war immerhin neunzig geworden und hatte ein ausgefülltes Leben gehabt, erst recht im Alter. Auch war es siebzehn Jahre her, dass ich ihn das letzte Mal gesehen hatte, und schon damals hatten wir uns entfremdet, aber ich hatte dennoch das bedrückende Gefühl, dass mit ihm eine Ära zu Ende ging ...

Nach Erhalt dieser Todesnachricht war ich eine Zeit lang deprimiert. Als ich mich gerade ein wenig erholt hatte, musste ich einen noch schlimmeren Schicksalsschlag hinnehmen. Ich erhielt einen zweiten Brief von Mama, in dem sie mir mitteilte, Papa sei gestorben. Ich hatte meinen Vater nicht so gut gekannt wie meinen Großvater, und unser Verhältnis war die letzten Jahre getrübt gewesen, aber der Tod eines Elternteils macht einen unweigerlich sehr traurig. Wenigstens konnte ich mich damit trösten, dass meine Mutter sich in dieser schweren Zeit auf meine Brüder stützen und mit der wachsenden Zahl ihrer Enkel ablenken konnte, auch wenn sie meiner Meinung nach den süßesten ihrer Enkelsöhne noch gar nicht kennen gelernt hatte. Aber ich war fest entschlossen, das nachzuholen, sobald es sich einrichten ließ. Leider machte die Politik meinem Glück vorübergehend ein Ende.

☆

Nachdem wir angemessene Zeit um Großvater und Vater getrauert hatten, nahmen wir unser altes sorgloses Leben wieder auf, auch wenn mir nicht entging, dass Spiro in diesem Sommer 1843 bedrückt wirkte. Ich führte dies auf politische Entwicklungen im ganzen Land und vor allem in Athen zurück. Da ich jedoch beschlossen hatte, mich aus der griechischen Politik herauszuhalten, erkundigte ich mich nicht nach den Gründen für seine Sorge. So fiel ich aus allen Wolken, als er eines Morgens, als ich mich gerade für unseren Ausritt umzog, in mein Zimmer kam und verkündete: »Es ist so weit! Das Land ist wieder in unserer Gewalt.«

Seine Worte beunruhigten mich zutiefst. »Was sagst du da?«

»Es hat einen Staatsstreich gegeben.« Ich musste an Paris 1830 denken. »Dieser Otto ... aber du kennst ihn ja.«

»Ich bin dem König nie begegnet.«

»Du warst mit seinem Vater bekannt.«

Eine diplomatische Formulierung. »Ja, ich war mit Ludwig befreundet, aber damals hielt er es nicht für angemessen, mir seine Familie vorzustellen. Und als er es dann doch für vertretbar hielt, nach meiner Heirat mit Karl, war Otto bereits zum König gekrönt.«

»Der Mann war eine einzige Katastrophe. Und seine Frau ...«

»Soll das heißen, er wurde gestürzt?«

»Nein. Das würden die Großmächte nicht zulassen. Der Palast wurde vom Militär umstellt, und man hat ihm ein Ultimatum unterbreitet. Er soll alle Bayern, die das Land die letzten zehn Jahre regiert haben, nach Hause schicken und einer Konstitution zustimmen. Warum sollten wir, die wir so hart gekämpft haben, um uns von den Türken zu befreien, uns der Regentschaft eines Bayern unterwerfen?«

Ich erinnerte mich an Ludwigs Reise nach Griechenland

1836 und erkannte, dass diese Krise sich schon lange angekündigt haben musste. Ich verstand aber immer noch nicht, was das mit Spiro zu tun hatte. Und ich wollte auch nicht, dass er sich in solche Dinge einmischte. »Spiro, Liebster. Du regst dich unnötig auf. Ich erwarte nicht von dir, dich irgendwem zu unterwerfen. Ich stehe hinter dir. Stellt sich nur die Frage, ob die Großmächte das ebenfalls tun werden.«

»Sieht so aus. Sie wussten ja, dass wir im Recht sind. Es wurde eine neue Verfassung anerkannt, und alle wichtigen Ämter wurden mit Griechen besetzt.«

»Dann kann man deinen Freunden nur gratulieren. Aber sag mir eins: Hattest du mit diesem Staatsstreich zu tun?«

»Nein, nein. Ich war hier.«

»Aber gibt es irgendwelche Korrespondenz, die dich damit in Verbindung bringt?«

»Nun, ich habe ihnen in Briefen Mut gemacht. Das ist doch klar. Sie sind meine Freunde. Und sie haben das Richtige getan.«

Ich überlegte. Ich war Otto zwar nie persönlich begegnet, aber er war Ludwigs Sohn und vor allem ein Wittelsbacher, und auch wenn ich davon ausgehen musste, dass er sich dem Willen der Verschwörer auf Anraten seines Vaters gebeugt hatte, wusste ich doch aus Erfahrung, dass mein ehemaliger königlicher Liebhaber sehr nachtragend sein konnte. Doch ich wollte Spiro nicht unnötig mit zukünftigen Schwierigkeiten beunruhigen, die möglicherweise nie eintraten. »Natürlich haben deine Freunde das Richtige getan«, sagte ich. »Lass uns nur hoffen, dass jetzt alles besser wird. Erzähl mir von der Königin.«

»Ihr Name ist Amalia, und sie ist die Tochter des Großherzogs von Oldenburg.«

»Heißt das, Otto hat keine griechische Prinzessin geheiratet?« Das war in meinen Augen ein grober Fehler gewesen.

»Es gibt keine griechische Prinzessin.«

Natürlich. Ein König musste blaues Blut heiraten. »Wie alt ist sie?«

»Sie hat König Otto 1837 gleich von der Klosterschule weg geheiratet. Das war erst vor sechs Jahren. Ich glaube, sie ist noch nicht einmal einundzwanzig.«

*Ah, wieder einundzwanzig sein ...* Ich ging stramm auf die Vierzig zu, auch wenn diese Zahl mir weniger Angst machte als seinerzeit die Dreißig. »Ist sie hübsch?«

»Sie hält sich dafür.«

Ich musste an die Weiße Lilie denken. »Haben sie Kinder?«

Er schüttelte den Kopf. »Der König ist kurz nach seiner Ankunft in Griechenland an Malaria erkrankt und hat sich davon nie wieder ganz erholt. Seine Frau hat also nichts Besseres zu tun, als durch den Palast zu laufen und andere herumzukommandieren. Und sie lässt bauen, ohne dass Geld da wäre.«

»Du regst dich wieder unnötig auf. Ist damit zu rechnen, dass sie nach Korfu kommt?«

»Das bezweifle ich sehr.«

»Dann brauchen wir ihr ja nie zu begegnen.« Wie immer war ich zu optimistisch. Im nächsten Frühjahr kam ein Brief aus Athen, in dem Graf Theotoky befohlen wurde, sich in der Hauptstadt niederzulassen und seinen Posten als erster Adjutant Seiner Majestät anzutreten.

☆

»Kannst du nicht ablehnen?«, fragte ich.

»Ablehnen? Einem königlichen Befehl widersetzt man sich nicht. Außerdem ist es eine große Ehre, Adjutant des Königs ...«

»Das heißt nur, dass du ständig zu seiner Verfügung stehen musst. Du wirst von einem Mann und einer Frau umgeben sein, die du verachtest.«

»Trotzdem ... es ist meine Pflicht.«

Offensichtlich fühlte er sich zu geschmeichelt, um die Ernennung nüchtern zu betrachten. »Und von mir wird vermutlich erwartet, dich zu begleiten?«, wollte ich wissen.

Er runzelte die Stirn. »Möchtest du denn nicht in Athen leben? Immerhin ist es unsere Hauptstadt.«

»Ich bin glücklich hier. So glücklich wie noch nie im Leben.«

»Das sagst du nur, weil du noch nie in Athen gewesen bist. Du wirst sehen, du wirst es lieben.«

☆

Spiro irrte gewaltig. Athen war ein Dreckloch, das nur von der Akropolis gerettet wurde, die hoch über der elenden Anhäufung schäbiger Häuser am Fuße des Berges thronte, in denen ebenso schäbige Menschen und Tiere hausten. Um dorthin zu gelangen, mussten wir unsere Reise um den Peloponnes in umgekehrter Richtung wiederholen, da die Überlandreise als zu beschwerlich und gefährlich galt wegen der zahlreichen Räuber, die in den Bergen lebten und eines Tages meine besten Freunde werden sollten ... Mir sank das Herz beim ersten Blick auf Piräus. Der legendäre Hafen, in dem einst die griechische Flotte geankert hatte, bestand nur aus einer kläglichen Ansammlung einsturzgefährdeter Docks, verrottender Fischerboote und halb verfallener Häuser.

Dieser erste Eindruck wurde zweifellos noch vom Regen verstärkt. Während der gesamten Reise hierher hatte es geregnet, und der Himmel war so trist und grau gewesen wie diese Stadt, die einst eingefasst gewesen war von den berühmten Molen, die heute ebenso heruntergekommen waren wie der Rest der Stadt. Rückblickend kann ich mich wohl glücklich schätzen, dass ich Athen das erste Mal im strömenden Regen sah, da ich sonst womöglich Befehl gegeben hätte, kehrtzumachen und sofort nach Korfu zurückzusegeln. Der Wasserdampf verlieh der Akropolis eine Grandeur, die sie sicherlich auch besaß, verdeckte jedoch das Elend darunter. Immerhin konnte man sich an die Hoffnung klammern, dass alles viel besser aussehen würde, wenn es erst zu regnen aufhörte. Was ich nicht ahnte: Wenn der Regen während des Sommers aussetzte, wurde das Wasser von Staub abgelöst, der in jeden Winkel drang und alles mit einem Schmutzfilm überzog.

Da Spiros Familie kein Stadthaus in Athen besaß, stiegen wir erst einmal im Hotel d'Europe ab, das einzige Etablissement, das für Gäste der Metropole als zumutbar galt. Hotel und Lage gefielen mir gar nicht, da draußen vor der Tür oberirdisch stinkende Abwasser abgeleitet wurden. Auch das Hotel entsprach nicht dem Standard, den der Name hatte erhoffen lassen, befand es sich doch über einem Buchladen. Immerhin war der Hoteldirektor Franzose, was viel versprechend war, und auch wenn es störend war, verstohlen durch halb offene Türen und einen Spaltbreit zurückgezogene Vorhänge beobachtet zu werden, war das Essen recht passabel.

Da wir mehrere Tage unterwegs gewesen waren, gingen wir früh zu Bett (Eugénie und Leonidas nebenan, Giorgio unten beim Personal) und waren bald eingeschlafen. Bereits eine Stunde später wurden wir von lautem Gepolter, Klopfen, Rufen und Schreien geweckt. Bonzo, der wie gewöhnlich neben meinem Bett geschlafen hatte, fing an zu bellen, und Spiro und ich setzten uns auf und tauschten im Halbdunkel einen verdutzten Blick. Der Lärm kam näher, die Treppe herauf, und Augenblicke später hämmerte jemand an unsere Zimmertür. Eine Frau schrie auf Italienisch um Hilfe! Spiro stieg aus dem Bett und schlüpfte in einen Morgenmantel. Ich stand ebenfalls auf, allerdings um die Revolver zu holen. Spiro zog den Riegel zurück, und die Frau stürzte im Nachthemd, barfuß und mit wehenden Haaren ins Zimmer. »Helfen Sie mir! Hilfe!«, schrie sie, immer noch auf Italienisch. »Er wird mich umbringen.«

Da Spiro kein Italienisch sprach, starrte er sie nur verständnislos an. Ich nahm die Sache in die Hand und klemmte mir hastig Bonzo unter den Arm, damit er unseren ungebetenen Gast nicht in die Waden zwickte. »Wer wird Sie umbringen?«

In dieser Sekunde flog die Tür auf, die Spiro nicht wieder verriegelt hatte. »Wo ist die Schlampe?«, verlangte der Hoteldirektor zu wissen. »Ich breche ihr jeden Knochen im Leib.« Das schien sich mit den Befürchtungen der Frau zu decken. Der Hotelier hielt jedoch inne, als sein Blick auf mich fiel. Da ich nackt schlafe, bemerkte er die Waffe in meiner Hand nicht gleich, denn er war viel zu beschäftigt damit, meinen unbekleideten Körper zu betrachten, von dem trotz der Dunkelheit genug zu erkennen war. Ich legte den Revolver aufs Bett und setzte Bonzo ab, um mir etwas überzuziehen.

Da der Mann Französisch sprach, konnte nun auch Spiro an dem Wortwechsel teilhaben, derweil die Fremde ihm Schutz suchend von hinten die Arme um die Taille geschlungen hatte. »Kennen Sie diese Dame?«, fragte er höflich, auch wenn ich fand, dass er in Anbetracht der Lage ein wenig übertrieb.

»Dame?«, brüllte der. »Das ist meine Frau!«

»Allmächtiger!«, entfuhr es Spiro.

Ich erkannte, dass ich die Sache in die Hand nehmen musste. »Und Sie wollen ihr wirklich jeden Knochen im Leib brechen?«, fragte ich.

»Das wird er tun!«, jammerte die Frau, nun ebenfalls auf Französisch.

»So behandelt man seine Frau nicht«, sagte ich streng, auf

meine eigene umfassende persönliche Erfahrung auf diesem Gebiet zurückgreifend.

»Sie ist eine untreue maltesische Schlampe!« Das erklärte, warum sie Italienisch sprach.

»Ich muss Sie doch bitten, in Gegenwart *meiner* Frau Form und Anstand zu wahren«, sagte Spiro streng. »Sonst sehe ich mich gezwungen, Ihnen Manieren beizubringen!«

»Entschuldigen Sie die Störung, Graf. Gräfin. Übergeben Sie sie mir, und wir werden Sie nicht länger belästigen.«

»Aber ihre Schreie werden uns den Rest der Nacht wach halten«, entgegnete ich. »Ich muss darauf bestehen, dass Sie Ihre Frau in Frieden lassen, solange wir in Ihrem Hotel weilen.«

»Kein Mann hat das Recht, sich zwischen einen Mann und sein Weib zu stellen«, verkündete der Hotelier und fügte frömmlerisch hinzu: »Das steht schon in der Bibel.«

»Das mag ja sein«, entgegnete ich. »Aber da steht nichts von der Einmischung einer Frau in eine Ehe, und genau das tue ich.« Ich nahm den Revolver vom Bett. »Wenn wir noch einen Schrei hören, komme ich herunter, jage Ihnen eine Kugel in den Fuß und hetze meinen Hund auf Sie.«

Er starrte auf die fremdartige Waffe, dann auf mich und schließlich auf Bonzo, der drohend knurrte. »Die Gräfin ist eine exzellente Schützin«, bemerkte Spiro.

Der Hotelier wich zurück zur Tür. »Gehen Sie mit ihm. Er wird Ihnen nichts tun«, sagte ich zu seiner Frau.

»Oh, Signora ...«, stammelte sie, ließ Spiro los und küsste mir die Hände. »Ich verdanke Ihnen mein Leben.«

»Nicht der Rede wert. Ich möchte nur schlafen«, erwiderte ich und schloss die Tür hinter ihr.

Spiro und ich tauschten einen Blick. »Würdest du wirklich auf ihn schießen?«, fragte er.

»Ja.« Ich legte den Revolver weg, hob Bonzo vom Bett und zog den Morgenmantel aus.

Spiro legte sich zu mir ins Bett. »Bist du schon einmal geschlagen worden?«

»Nein.«

»Nicht einmal ... du weißt schon ...«

»Von all den Männern, die ich betrogen habe? Nein, auch von denen nicht.«

»Weil du sie sonst erschossen hättest?« Er nahm mich in die Arme. »Dann ist es wohl besser, wenn ich dich nicht betrüge.«

☆

Wir verbrachten eine geruhsame Nacht, aber wie sich jeder denken kann, hatte die Geschichte unserer gestörten Nachtruhe bis zum Morgen die Runde gemacht, zweifellos von der dankbaren Ehefrau verbreitet. So gelangte der Bericht auch bis in den Palast. Ganz offensichtlich hatte eine neue Macht in der Stadt Einzug gehalten. Aber ich hatte Wichtigeres zu tun. Da ich nicht länger als unbedingt nötig im Hotel d'Europe wohnen wollte, so ungestört wir dort auch künftig bleiben würden, machten wir uns gleich auf die Suche nach einem geeigneten Haus. Athen war mit beinahe geometrischer Präzision in vier Viertel aufgeteilt, von denen jedoch nur eins, Neapolis, für Ausländer überhaupt infrage kam und wo sogar erstaunlich viele von ihnen lebten. Es lag links von der Hermes-Straße, der Hauptverkehrsstraße Athens, eine Verlängerung der Straße von Piräus, die bis zum Königspalast führte, einem langweiligen, rechteckigen, gelb verputzten Gebäude. Erst später erfuhr ich, dass sich unter dem Putz Mauern aus reinstem Marmor aus einem Steinbruch im nahe gelegenen Pentelikon auf Attika verbargen. Was mochte ein wahrer Kenner architektonischer Schönheit wie Ludwig davon halten?

In Neapolis wurden gleich mehrere Häuser angeboten,

und obwohl mir keines davon wirklich zusagte, mieteten wir eins, nur um aus dem Hotel ausziehen zu können. Ich hatte allerdings nicht vor, lange dort wohnen zu bleiben. Ich erkundigte mich nach dem besten Architekten Athens und bat ihn, mich aufzusuchen. Sein Name war Cleantis, und zumindest mir gegenüber gab er sich ausgesprochen hochnäsig. »Ich soll ein Haus für Sie bauen, Gräfin? Haben Sie Bauland?«

»Ich möchte, dass Sie ein geeignetes Grundstück für mich erwerben. Ich möchte einen Blick ins Grüne und leichten Zugang aufs Land. Gibt es so etwas?«

»O ja, gewiss. Allerdings haben solche Grundstücke ihren Preis.«

»Wie viel? Nennen Sie mir eine Summe in englischen Pfund.«

»Nun, das hängt natürlich von der Größe des Hauses ab, das Ihnen vorschwebt ...«

»Ich mag keine kleinen Häuser.«

»Aha. Also eine Doppelparzelle. Nun ... In englischen Pfund ... mindestens fünfzig, würde ich schätzen.«

Ich ließ mir nicht anmerken, wie lächerlich dieser Betrag mir erschien. »Ich denke, für ein Haus, wie ich es mir vorstelle, werden wir mindestens sechs Parzellen benötigen.«

»Sechs! Wollen Sie einen Palast bauen?«

»Ja.« Er fischte ein Taschentuch aus der Hosentasche und wischte sich den Schweiß von der Stirn. »Drei Stockwerke, zwölf Schlafzimmer, vier Bäder, ein Kinderzimmer, ein Ballsaal, ein großer Empfangssalon, ein geräumiger Speisesaal, ein Privatsalon, ein Musikzimmer, eine Bibliothek, ein Arbeitszimmer und ein Atelier für meinen Mann. Ach ja, und ein separates Raucherzimmer. Vor dem Haus möchte ich korinthische Säulen, keine dorischen wie beim Königspalast. Aus Pentelikon-Marmor. Die Eingangshalle sollte nicht kleiner sein als fünf mal zehn Meter, mit einer breiten Treppe nach oben. Außerdem brauche ich einen Pferdestall und einen Hundezwinger. Im Haus möchte ich Marmor und Holz, wo immer möglich. Kein Putz oder Stuck. In einer Woche will ich Ihre Entwürfe sehen. Dann werde ich alle nötigen Schritte in die Wege leiten, damit wir kurzfristig mit dem Bau beginnen können ... Ich sehe mir morgen die Grundstücke an, die Ihrer Meinung nach infrage kommen. Die Abwicklung der Erwerbsformalitäten überlasse ich dann Ihnen.«

Das Taschentuch war in ständigem Einsatz. »Aber Gräfin ... die Kosten ...!«

»Nennen Sie mir eine Summe in englischen Pfund.«

Er schüttelte den Kopf. »Was Sie wünschen ...« Er presste die Lippen zusammen. »Ich glaube, das wird nicht unter 2500 Pfund machbar sein.« Er warf mir einen ängstlichen Blick zu.

»Das klingt akzeptabel.«

»Sie meinen ... Ich muss Ihren Gatten sprechen.«

»Was mir akzeptabel erscheint, wird auch für meinen Mann annehmbar sein. Ich brauche allerdings eine detaillierte Auflistung der einzelnen Posten. Sie können sie mir zusammen mit den Bauplänen Ende der Woche vorlegen.«

Er schluckte. »Aber Gräfin, in so kurzer Zeit wird das nicht möglich sein.«

»Machen Sie es möglich, Mr Cleantis. Haben Sie ein Bankkonto?«

»Selbstverständlich, Gräfin.«

»Sehr gut.« Ich ging zu meinem Schreibtisch, setzte mich und schlug mein Scheckbuch auf. »Ich werde Sie in sechs Raten bezahlen. Insgesamt 3000 Pfund. Die ersten 500 bekommen Sie jetzt gleich.« Ich stellte einen Scheck auf die Zürcher Bank aus. »Das ist für den Ankauf des Grundstücks gedacht. Weitere 250 Pfund jeweils bei Abnahme der Pläne und wenn das Fundament erstellt ist. Wieder 500, wenn ich der Meinung bin, das Haus ist zur Hälfte fertig. Weitere 500 bei Übergabe. Die letzten 1000 Pfund erhalten Sie, wenn ich sechs Monate dort gelebt habe und alle notwendigen Nachbesserungen erfolgt sind. Sind Sie damit einverstanden?«

»Oh, Gräfin ...« Er küsste mir die Hand. »Ich stehe tief in Ihrer Schuld.«

»Nicht doch. Ich stehe in *Ihrer* Schuld. Allerdings nur für einige Monate, hoffe ich.«

Ich gehe davon aus, dass auch diese Neuigkeit binnen kürzester Zeit den Palast erreichte.

☆

Spiro hatte sich sofort im Palast gemeldet und war über seine Pflichten informiert worden, die recht zeitaufwendig zu sein schienen. Im Augenblick störte mich das allerdings nicht sonderlich, da ich damit beschäftigt war, diverse Möbel, darunter meinen Flügel, aber auch andere Gebrauchsgegenstände wie meine Zeichenutensilien in Empfang zu nehmen. Meine Pferde musste ich teilweise in fremden Ställen unterbringen, da die zu unserem Haus gehörigen Stallungen nicht ausreichend Platz boten. Hinzu kam die Überwachung des Baus unseres neuen Hauses, der einiges Aufsehen erregte. Das alles war allerdings nichts verglichen mit unserem ersten Sonntagnachmittag in der Stadt, an dem Spiro und ich uns dem traditionellen Flanieren auf der Patissa-Straße anschlossen. Der Kontrast zum Bois de Boulogne oder den Münchener Boulevards hätte krasser nicht sein können. Auch wenn es nicht regnete, war die unbefestigte Straße schlammig und voller Pfützen, sodass ich mein Kleid hinterher wegwerfen konnte. Aber das Flanieren selbst ... Wie viele andere vor ihnen, hatten die Griechen so etwas wie mich noch nie gesehen: Weder den Pariser Schick meiner Kleider noch so viel kostbaren Schmuck oder, auch wenn das unbescheiden klingen mag, solche Schönheit, fügten sich doch mein tizianrotes Haar, meine schlanke und doch wohl geformte Gestalt, meine klassischen Züge und mein makelloser Teint zu einem strahlenden Ganzen. Wie bei meinem ersten Ball im Almack's brauchte ich nicht mehr als eine Stunde, um Athen zu erobern. Auch dies alles erfuhr man binnen kürzester Zeit im Palast, wo ich in einigen Tagen dem Herrscherpaar in einer privaten Audienz vorgestellt werden sollte. Zu Spiros Überraschung und wohl auch Enttäuschung war ich nicht halb so nervös, wie ich es seiner Meinung nach hätte sein müssen. Trotz aller abwertenden Bemerkungen daheim auf Korfu war er inzwischen stolz auf sein neues hohes Amt und treuer Untertan seines Königs. Für mich, die ich schon an zwei um vieles bedeutenderen Höfen vorgestellt worden war, war das Ganze ein alter Hut.

Aber das galt offenbar nur für mich. Der ganze Palast war in heller Aufregung, als ich an Spiros Arm die Prunktreppe hinaufstieg und den Thronsaal betrat, wo wir vom König und seiner Gemahlin erwartet wurden. Mit Privataudienz meine ich, dass ich die einzige Person war, die an diesem Tag am Hofe eingeführt wurde; es bedeutete nicht, dass wir unter uns gewesen wären. Tatsächlich drängten sich im Saal Männer in absurden Uniformen und Frauen in unmodernen Roben, die hinter vorgehaltenem Fächer aufgeregt miteinander tuschelten. Ich ignorierte sie mit einem leisen Lächeln, als wir den Mittelgang entlangschritten. Vor dem Herrscherpaar blieben wir stehen. Spiro verneigte sich tief, und ich knickste respektvoll. Ich trug ein hellblaues Ballkleid und dazu kostbare Brillanten, Rubine und Perlen, sodass ich wohl selbst aussah wie eine Prinzessin. Otto war jedoch vor allem (was auch seiner Gattin nicht entging) fasziniert von meinem tiefen und tatsächlich sehenswerten Dekolleté. So kam es, dass der König entgegen jeder Etikette aufstand, die paar Stufen der Empore hinabstieg und meine Hand nahm. Er zog mich auf die Füße. »Gräfin Theotoky«, sagte er. »Ianthe! Ich habe schon viel von Ihnen gehört.«

»Nur Gutes, hoffe ich, Majestät«, entgegnete ich.

Wir musterten einander. Ehrlich gesagt konnte ich die Bewunderung, die sich in seinen Augen spiegelte, nicht erwidern, auch wenn ich es versuchte. Die Ähnlichkeit mit Ludwig war unübersehbar, aber Otto fehlte es an der königlichen Würde, die sein Vater ausstrahlte, und das trotz der Uniform, die er trug – eine Aufmachung, in der Ludwig sich nur selten zeigte. Er war auch nicht so gut aussehend wie sein Vater, was möglicherweise auf die von der Malaria eingefallenen blassen Wangen und seine Tendenz zu leichtem Zittern zurückzuführen war. Nur den Charme hatte er vom Vater geerbt. »Nichts von dem, was mir zu Ohren gekommen ist, wird Ihnen gerecht, Gräfin. Ich möchte Sie mit der Königin bekannt machen.«

Ich knickste wieder, diesmal nicht ganz so lange. »Eure Majestät.« Ich richtete mich wieder auf, und unsere Blicke trafen sich. In Amalias Augen (sie war tatsächlich viel älter, als Spiro sie geschätzt hatte, nämlich bereits sechsundzwanzig) konnte ich keine Spur von Freundlichkeit entdecken. Sie war recht hübsch, wenn auch auf eine etwas vulgäre Art, und hatte eine üppige Oberweite. Auch im Sitzen sah man, dass sie nicht sehr groß war. Zwar hatte sie einen langen Oberkörper, dazu aber eher kurze Beine, während an meiner Taille auf den ersten Blick zu erkennen war, dass meine Proportionen stimmten und ich so groß war wie ihr Gatte. Ebenso offensichtlich war, dass ich Schmuck im Wert von mehreren tausend Pfund trug, wohingegen der ihre nicht mehr als ein paar hundert Pfund gekostet haben konnte. »Im Gegensatz zu meinem Gemahl habe ich vor einer Woche zum ersten Mal Ihren Namen gehört.« Ihr Versuch, mich klein zu machen, berührte mich nicht im Geringsten, zumal ich wusste, dass sie log. »Ich freue mich aber schon darauf, Sie näher kennen zu lernen.«

»Ich danke Euch, Majestät.«

»Ich reite fast jeden Morgen um neun Uhr aus. Würden Sie mich morgen begleiten?«

»Es wird mir eine Ehre sein.«

»Dann können Sie mir mehr von diesem Haus erzählen, das Sie bauen lassen.«

☆

»Sie ist die beste Reiterin in ganz Griechenland«, sagte Spiro, als wir wieder daheim waren.

»Tatsächlich?« Das erinnerte mich daran, wie Jane Harley mich vor Felix' Ruf als Frauenheld gewarnt hatte. Es hatte mich nicht abgeschreckt, sondern erst recht angestachelt.

»Man übertrumpft eine Königin nicht.«

Er war sichtlich besorgt. Ich gab ihm einen Kuss. »Ich werde mich wie immer an mein Motto halten.«

Das beunruhigte ihn noch mehr. Überhaupt war er ein wenig gereizt wegen des Hauses. Nicht, dass ihm das ganze Bauvorhaben missfallen hätte; ihn wurmte vielmehr, dass alle nur von »meinem« Haus sprachen (und so war es ja auch). Doch Spiro empfand es als Beleidigung seiner Männlichkeit und des Rufes seiner Familie, dass so offen zu Tage trat, dass mein Geld uns unseren hohen Lebensstandard ermöglichte – und von Anfang an ermöglicht hatte. Ich nahm diese Anwandlung nicht so ernst, wie ich es vielleicht hätte tun sollen, und war sicher, dass er seine Empfindlichkeit bald überwunden hatte. Ich hatte nie ein Wort darüber verloren, wie er sein Geld ausgab, war aber – wie seinerzeit vereinbart – nicht gewillt, die Kontrolle über mein Vermögen abzutreten.

Es war unser erster kleiner Streit, und ich führte ihn darauf zurück, dass es uns auf Befehl des Königs sowie zweifellos auch auf Betreiben der Königin vom paradiesischen Korfu an diesen furchtbaren Ort verschlagen hatte. Dass die Königin nun offensichtlich versuchte, mich an den Platz zu verweisen, an den ich ihrer Meinung nach gehörte, ärgerte mich, zumal ich mich berechtigt fühlte, sie fast als so etwas wie meine Stiefschwiegertochter zu betrachten. Ich war also entschlossen, den Teufel in mir zu erwecken, oder das übermütige kleine Mädchen, das ich nie zu sein aufgehört hatte. Drei Jahre hatte ich ein sehr häusliches Dasein geführt, ohne jede Herausforderung an meinen Mut, meine Persönlichkeit oder meinen Willen. Und es stand außer Frage, dass die Königin mich herausgefordert hatte. Ich mochte wohlhabender und schöner sein als Amalia, doch sie wollte mir zeigen, dass sie mir dort überlegen war, wo es wirklich darauf ankam.

*Nur über meine Leiche,* sagte ich mir. Ich stand schon bei Morgengrauen auf, zog meinen besten Reitdress mit dem neuen Seidenhut und dem blauen Schal an und schwang mich in den (Damen-)Sattel meines Lieblingspferdes. Als ich auf meinem Grauschimmel Ghost durch die Straßen zum Palast ritt, kamen die Leute aus den Häusern, um mich anzustarren. Kleine Jungen liefen hinter mir her, und einer von ihnen rief: »Die Königin! Die Königin!«.

»Das ist nicht die Königin«, wies ein Mann ihn zurecht. »Das ist die britische Adlige.«

Irgendwie klang das noch eindrucksvoller.

Pünktlich um fünf vor neun erreichte ich den Palast. Im Park wimmelte es von Pferden, Pferdepflegern, feinen Damen und Herren sowie Offizieren, von denen uns einige begleiten würden. Nur die Königin war nirgends zu sehen. Ich sagte mir, dass es das Privileg einer Königin sei, andere warten zu lassen, aber diese hier schaufelte sich in meinen Augen ihr eigenes Grab. Einer der wartenden Gentlemen stellte sich mir vor, und die anderen Mitreiter, die mir ziemlich nervös vorkamen, taten es ihm nach. Schließlich kam Amalia aus dem Palast und schlug im Gehen mit der Reitgerte gegen ihren Rock. Sie musterte mich mit einigem Abscheu, zwang sich jedoch zu einem Lächeln. »Sind Sie immer pünktlich, Gräfin?«

»Mir wurde schon als Kind beigebracht, dass Pünktlichkeit eine Tugend sei, Majestät.« Sie warf mir einen mörderischen Blick zu, stieg in den Sattel, wendete ihr Pferd und ritt vom Hof. Ich folgte ihr, und der Rest der Gesellschaft schloss sich uns an. Ich war bereits das eine oder andere Mal im Umkreis von Athen ausgeritten und hatte festgestellt, dass es nur sehr wenig offenes Gelände gab, wo man ein Pferd dahinpreschen lassen konnte; hier war das Gelände in kleine Felder und Olivenhaine aufgeteilt. Amalia kam tatsächlich sehr gut mit diesen natürlichen Hindernissen zurecht und erwies sich als geschickte Reiterin. Ich bezweifle allerdings, dass sie bei einer englischen Fuchsjagd noch eine gute Figur gemacht hätte.

Schon bald ließen wir die Olivenbäume hinter uns und befanden uns in einigermaßen offenem Gelände. Wir galoppierten auf einen Bach zu. Die Strömung war ziemlich stark, der Wasserlauf jedoch nicht sonderlich breit, verglichen mit jenen auf Holkham. Die Königin setzte über den Bach hinweg und zügelte am anderen Ufer ihr Pferd, um zu sehen, wie ich mit dem Hindernis fertig wurde, musste aber feststellen, dass ich den Sprung bereits hinter mir hatte. Das brachte mir einen weiteren zornigen Blick ein, zumal einige unserer Begleiter mir applaudierten. Wir übersprangen noch mehrere Bäche, ritten dann um ein Wäldchen herum und gelangten an eine Mauer, die zwar nicht besonders hoch war, aber den Blick auf das versperrte, was dahinter liegen mochte. Amalia ritt darauf zu, doch einer der Gentleman aus ihrem Gefolge rief: »Nicht, Majestät, nicht! Das ist zu gefährlich!«

Die Königin parierte ihr Pferd durch. Ich ritt neben ihr und hätte es ihr gleichtun können, betrachtete eine anderthalb Meter hohe Mauer jedoch nicht als sonderlich gefährlich und trieb Ghost weiter an. Der Wallach setzte gehorsam zum Sprung an, und erst über der Mauer sah ich, was der Mann mit seiner Warnung gemeint hatte: Auf der anderen Seite fiel das Terrain steil ab. Im Damensattel ist so etwas schwer zu bewältigen, aber ich vertraute meinem Pferd, das bei der Landung zwar ein wenig strauchelte, aber schon bald das Gleichgewicht zurückgefunden hatte. Ich zügelte den Grauschimmel und blickte zurück. Die anderen Reiter standen hinter der Mauer, jubelten und spendeten Beifall. Als ich mich nach der Königin erkundigte, wurde mir mitgeteilt, sie sei zum Palast zurückgeritten.

☆

»Ihre Majestät ist verärgert«, teilte Spiro mir am Abend mit.

»Weil sie zu feige war, zu springen?«

»Weil du wusstest, dass sie nicht springen würde, und dass du sie bloßgestellt hast.«

»Du irrst, mein Schatz. Sie kannte das Gelände, ich nicht. Sie wusste um die Gefahr. Das Ganze war ein abgekartetes Spiel. Ich hatte keine Ahnung, was mich erwartete. Sie wollte *mich* bloßstellen.«

»Du hättest stürzen können. Du hättest dir das Genick brechen können.«

»Ich bezweifle, dass sie das eine oder das andere sonderlich gekümmert hätte.«

»Jedenfalls hast du sie öffentlich gedemütigt. Das bedeutet für uns das gesellschaftliche Aus.«

»Will Majestät seinen Adjutanten entlassen? Seinen *griechischen* Adjutanten? Seinen *Theotoky*-Adjutanten?« An diesem Problem würde sogar Amalia sich die Zähne ausbeißen. Nach dem Staatsstreich war es notwendig geworden, die Bayern im Umfeld des Königs durch Griechen zu ersetzen, wobei der Sohn und Erbe eines Kriegshelden natürlich für das größte Aufsehen gesorgt hatte. Dass seine Wahl unter Umständen beeinflusst worden war von der Neugier des Königs auf die Gräfin, tat da nichts zur Sache. Die Wahl war getroffen worden und in ganz Griechenland bekannt. Spiro jetzt zu entlassen, würde als Affront betrachtet werden, als Verstoß gegen das Abkommen mit der Armee. Hinzu kam, dass man ihn in der patriarchalischen griechischen Gesellschaft als Schwächling betrachten würde, wenn er gar auf Wunsch seiner Frau handelte. Im Übrigen mochte er mich. Mehr als das.

Und so standen entgegen Spiros Befürchtungen unsere Namen ganz oben auf der Gästeliste, als zum nächsten Ball in den Palast geladen wurde. Bälle am griechischen Hof waren eine sehr ernste Angelegenheit. Die einheimischen Gäste wurden in einem Vorzimmer versammelt, und um neun Uhr stießen dann König und Königin dazu. Paarweise begaben die Griechen sich durch die große Halle in den Ballsaal, einen der wenigen gelungenen Räume in dem ansonsten eher stillosen Bau, in dem bereits die Botschafter, Diplomaten und anderen hochrangigen Ausländer warteten, die man für würdig erachtete, an einem solchen Ereignis teilzuhaben. Wir mischten uns unter diese ausländischen Gäste, bis kurz darauf das Königspaar den Saal betrat. Otto und Amalia begrüßten die wichtigsten Gäste und gaben dann ein Zeichen, worauf der Ball mit einem zeremoniellen Marsch um den Saal herum eröffnet wurde, wobei der König mit seiner Gemahlin an der Spitze ging. Natürlich ruhten aller Augen auf mir, als ich am Arm eines französischen Schullehrers namens Edmond About hinter ihnen schritt. About war ein bekannter Satiriker, der später auch viel über mich schrieb. Er gehörte zu den wenigen seiner Art, die ich gemocht habe, weil er immer ehrlich war und nur das wiedergab, was er aus erster Hand erfahren oder mit eigenen Augen gesehen hatte. Meistens wenigstens.

Der große Marsch dauerte eine Viertelstunde, und anschließend begann erst der eigentliche Tanz. Ich war als Tanzpartnerin sehr gefragt, was nicht gerade dazu beitrug, die Laune der Königin zu heben, doch zum Eklat kam es, als das Orchester kurz vor Mitternacht eine Polka spielte. Meine Tanzkarte war voll, und ich wartete in der Nähe des Königspaares auf meinen Tanzpartner, sodass ich zwangsläufig das Gespräch zwischen Otto und Amalia mithörte.

»Das ist unser Tanz«, sagte Otto.

»Ich wusste nicht, dass es eine Polka würde.« Amalia wedelte mit ihrer Karte. »Warum steht das eigentlich nie dabei? Ich hasse Polka. Es ist ein vulgärer Tanz.«

Der König blickte von ihr zu mir, im ersten Moment nur deshalb, weil ich zufällig in der Nähe war, wie ich vermute. In der mir eigenen spontanen Art sagte ich ohne nachzudenken: »Ich liebe Polka, Hoheit.«

»Nun denn ...«

»Aber ...« Ich hob meine Tanzkarte, und in diesem Augenblick kam mein Partner herbeigeeilt.

»Graf Mavrocordato zieht bestimmt ein weiteres Glas Wein vor«, meinte Otto.

Der Graf warf einen zögernden Blick auf mich und verneigte sich dann. »Selbstverständlich, Majestät.«

☆

Otto erwies sich als hervorragender Tänzer, und ich übertraf mich selbst, sodass wir von den anderen Gästen Applaus ernteten – alle anderen hörten auf zu tanzen und machten uns Platz. Amalia kochte vor Wut. »Ich muss Sie wiedersehen«, sagte Otto leise, als die Musik verstummte. »Wir haben vieles zu besprechen.«

»Zu Diensten, Majestät.«

Ich hatte die Prophezeiung beinahe vergessen. Aber konnte er tatsächlich der zweite König sein? Und wenn dem so war, wenn ich davon ausging, dass die Prophezeiung sich erfüllte, wer war dann die Nummer drei? Die Neugier raubte mir fast den Atem. Aber jetzt zählte erst einmal die Gegenwart. Dieser Mann war Ludwigs Sohn, eine Affäre mit ihm wäre beinahe inzestuös. Andererseits war gerade diese Vorstellung besonders reizvoll! Und auch wenn ich etwas Zeit brauchte, um darüber nachzudenken, schien sich sonst niemand damit aufzuhalten. Am Morgen war ganz Athen davon überzeugt, dass ich die Mätresse des Königs war. Das war umso aufregender, als der König bislang noch nie eine Mätresse gehabt hatte, woraus alle geschlossen hatten, dass er grundsätzlich kein großes Interesse an Sex hatte. Tatsächlich war Ottos Interesse daran so groß wie bei den meisten Männern, allerdings war er von der Malaria geschwächt, sodass er rein körperlich nicht zu großer sexueller Aktivität fähig war. Amalia, die vom Kloster weg mit dem König verheiratet worden war, musste bald zu dem Schluss gelangt sein, dass Sex langweilig und reine Zeitverschwendung war. Da sie selbst keinen Hang zur Promiskuität besaß, hatte sie zudem nie das Bedürfnis verspürt, diesen Eindruck eventuell zu revidieren. Vielmehr hatte sie es vorgezogen, ihre Energie in prunkvolle architektonische oder gärtnerische Vorhaben zu stecken, ungeachtet der Kosten und ohne sich darum zu scheren, wem sie damit auf die Zehen trat.

Das heißt allerdings nicht, dass sie nicht zur Eifersucht fähig gewesen wäre, auch wenn es ihr meiner Meinung nach mehr um ihre Position als Ehefrau des Königs ging als um den Mann an sich. Dass es zwischen uns früher oder später zum Knall kommen musste, war unvermeidlich. Ich habe ja bereits zugegeben, dass ich ihre Herausforderung am Tag unseres gemeinsamen Ausritts angenommen habe; aber hätte ich das nicht getan, hätte ich mich unwiderruflich in eine Position der Unterlegenheit begeben. Ich konnte doch nichts dafür, dass ich fortan auf der Straße bejubelt wurde, als wäre ich die Königin. Außerdem brauchten Spiro und ich ein Zuhause. Ich finde nicht, dass man mir zum Vorwurf machen kann, dass ich den Lebensstil meiner Kindheit wiederaufleben lassen wollte. Dass dieses Heim mehr kostete, als irgendjemand in Griechenland sich leisten konnte, der König eingeschlossen, war allein meine Sache. Und dass ich auf einem Fest, bei dem alle anwesenden Frauen ihr schönstes Kleid und ihren kostbarsten Schmuck trugen, wieder alle überstrahlte, einschließlich der Königin, war schließlich auch nicht meine Schuld, wie taktlos es manchem auch erschienen sein mag, darunter Spiro. »Du bist offenbar fest entschlossen, mich zu ruinieren«, klagte er. »Und dieser Tanz!«

»Hätte ich dem König einen Korb geben sollen?«

»Du hättest sagen können, dass du keine Polka tanzt.«

»Aber ich liebe Polka und hätte sonst mit dem Grafen Mavrocordato getanzt.« Zu diesem Zeitpunkt wusste weder Spiro noch sonst jemand, dass der König mir Avancen gemacht hatte. Und ich selbst wusste erst recht nicht, was ich tun sollte, was ich *wollte.* Ich war sehr glücklich mit meinem Sexualleben und verspürte nicht den geringsten Wunsch, Spiro untreu zu sein. Zudem fühlte ich mich körperlich nicht allzu sehr zu Otto hingezogen und war mir im Übrigen bewusst, dass er acht Jahre jünger war als ich. Das sprach gegen eine Liaison. *Dafür* jedoch sprachen der Umstand, dass er der König war, sowie die Prophezeiung. Die angekündigte Nummer zwei hatte an meine Tür geklopft. Ich denke, es war nur menschlich, dass ich mich fragte, wer für den Fall einer Affäre mit Otto der dritte König sein würde?

Vor allem aber kam sein Angebot meinem ewig rastlosen Geist entgegen. Ich hatte angenommen, sogar gehofft, endlich den mir zugedachten Platz im Leben gefunden zu haben. Aber das war wohl naiv gewesen. Tatsache war, dass Spiro und ich einen Punkt erreicht hatten, an dem es langweilig wurde. Ich war gerne seine Frau und genoss es zugegebenermaßen, zumindest finanziell die Kontrolle über sein Leben zu haben, aber so schön es immer noch war, mit ihm zu schlafen – unser Sexleben war mit der Zeit doch ein wenig monoton geworden. Jetzt befand ich mich plötzlich wieder in der Rolle der Beute, und ich genoss die Ungewissheit, was geschehen würde, wenn ich mich fangen ließ. Ich führte mein gewohntes Leben fort, ritt am Morgen aus, nahm die Huldigungen der Bevölkerung entgegen, verbrachte den Nachmittag mit Leonidas, schaute am frühen Abend auf der Baustelle nach dem Rechten und ging am Abend aus. Ein Theater gab es in Athen erstaunlicherweise nicht. Bis etwa vierzehn Tage nach dem berühmten Ball. Ich besprach gerade mit Cleantis auf der Baustelle einige Details, als ein Raunen durch die Reihen der Arbeiter ging. Wir blickten beide auf und sahen unten auf dem Hof den König vom Pferd steigen.

## 13. KAPITEL

### Die Tragödie

Wir eilten beide nach unten. Cleantis verneigte sich tief, und ich machte einen Hofknicks. »Cleantis«, sagte Otto. »Hier wird richtig hart gearbeitet, wie ich sehe. Gräfin, wären Sie so freundlich, mir dieses prächtige Bauwerk zu zeigen?«

»Es wird mir eine Ehre sein, Hoheit. Cleantis, wir sprechen uns später noch.« Ich wollte nicht, dass er sich uns anschloss. »Hier entlang, Hoheit. Ich fürchte, wir befinden uns noch in der Anfangsphase. Ich muss an Ihre Fantasie appellieren.«

»Tun Sie das«, entgegnete er ein wenig geheimnisvoll.

Wir kamen an mehreren Säulen vorbei, während ich ihm zu erklären versuchte, wo die einzelnen Erdgeschosszimmer – noch gab es nicht einmal ein Erdgeschoss – sich befinden würden. Die Arbeiter blickten uns überwältigt an und verbeugten sich linkisch. »Können wir nicht irgendwo unter uns sein?«, fragte Otto auf Deutsch, damit niemand außer mir ihn verstand.

»Nicht hier.«

»Dann lassen Sie uns zu Ihnen reiten.«

»Auch dort wären wir nicht allein, Hoheit. Könnte ich nicht in den Palast kommen?«

»Das würde ziemlichen Ärger verursachen, wenn meine Gattin von Ihrem Besuch erführe.«

»Ihr seid der König. Und ein König ...«

»Kann tun und lassen, was er will? Das sieht nicht jeder so. Aber ... darf ich aus Ihren Worten schließen, dass Sie einem Tête-à-tête nicht abgeneigt wären, Gräfin?«

Diese Unsicherheit – zumal, nachdem ich seine Einladung ja bereits angenommen hatte – verschaffte mir einen Eindruck seiner persönlichen Probleme. Aber nachdem ich beschlossen hatte, mich der Prophezeiung und somit meinem Schicksal zu stellen, entgegnete ich: »Es wäre mir eine Ehre, Majestät. Ich möchte nur um Diskretion bitten.«

☆

Und genau das konnte er mir nicht geben, auch wenn er es versuchte. Wir trafen uns in einem Haus, das einem seiner Adjutanten gehörte, nicht weit von dort, wo ich wohnte, sodass ich bequem zu Fuß gehen konnte. Aber da ich die wohl bekannteste Frau in ganz Athen war, konnte ich nicht unbemerkt dorthin gelangen, und da auch Otto kein Unbekannter war, wurde er ebenso erkannt, wenn er kurz nach mir zu Pferd eintraf, womit erwiesen schien, was alle ohnehin bereits zu wissen glaubten. Ich muss sagen, dass es das Risiko nicht wert war, da Otto körperlich in der Tat sehr geschwächt war, und dass es vermutlich auf die Malaria zurückging, eine Krankheit, von der man bisher nur weiß, dass sie vom Wind verbreitet wird und keinen Unterschied macht zwischen Fürsten und Bauern. Gott sei Dank ist sie in England unbekannt, aber ich wusste, dass Byron ihr angeblich erlegen war, was wohl zeigt, dass sie auch vor Engländern im Ausland nicht Halt macht. Ich machte mir also durchaus Gedanken, dass ich mich möglicherweise einer Ansteckung aussetzte, auch wenn die Malaria angeblich nicht ansteckend war.

Zwar blieb ich von der Krankheit verschont, doch der Umgang mit dem König erwies sich als ausgesprochen anstrengend. Seit meiner Hochzeitsnacht hatte ich nicht mehr das Bett mit einem Mann geteilt, der beim Anblick meines nackten Körpers nicht sofort in Stimmung gekommen wäre.

Dass dieser Anblick Otto nicht in Wallung brachte, war im ersten Moment irritierend, und ich konnte gut nachvollziehen, dass eine jungfräuliche Braut sich fragen mochte, was an der ganzen Sache so wahnsinnig aufregend sein sollte, zumal ihr Gatte auch nicht viel mehr Ahnung hatte als sie.

»Es wird geschehen, Ianthe, liebe Ianthe«, flüsterte er mir ins Ohr. »Geduld.« Dank meiner Erfahrung war ich sicher, die Ereignisse vorantreiben zu können, indem ich die Sache buchstäblich in die Hand nahm ... Im ersten Moment reagierte er verschreckt, aber dann ließ er es geschehen, erst recht, als meine Lippen meine Hände ergänzten. »Du bist anders als alle Frauen, die ich je gekannt habe«, seufzte er.

»Ich bin anders als alle Frauen, die irgendein Mann je gekannt hat«, entgegnete ich und war tatsächlich überzeugt von meinen Worten. Hinterher aber verdarb er alles, indem er mich für meine Dienste entlohnen wollte! Ich lehnte so höflich ab, wie ich konnte, und gab ihm doch unmissverständlich zu verstehen, dass ich sein Angebot als zutiefst beleidigend empfand, was eine Kluft zwischen uns entstehen ließ, sodass es zu keinem weiteren Tête-à-tête mehr kam, auch wenn er mich in der Öffentlichkeit weiterhin ausgesprochen zuvorkommend behandelte.

Aber natürlich war der Schaden, den das öffentliche Wissen um die Liaison anrichtete, nicht rückgängig zu machen. Ich weiß nicht, was zwischen König und Königin vor sich ging, aber ich könnte mir vorstellen, dass Otto das neue Ansehen bei seinen Untertanen genoss, da seine Affäre den Gerüchten ein Ende machte, er sei homosexuell oder impotent. Spiro machte mir erbitterte Vorwürfe. »Du hast meine Familie entehrt!«

»Es wurde noch nie eine Familie dadurch entehrt, dass eines ihrer Mitglieder das Bett mit einem König geteilt hat.«

»Das ist westliche Moral. In Griechenland sehen wir das nicht so locker. Ich sollte dich züchtigen!«

»Du benimmst dich wie ein dummer Junge. Als wir geheiratet haben, hast du von meiner Liaison mit König Ludwig gewusst. Das war eine Pflicht. Und das war es auch diesmal.«

»Du bist immer noch meine Frau und hast es verdient, für deinen Ehebruch bestraft zu werden. Ich *werde* dich züchtigen.«

»Ich muss dir dringend davon abraten.«

»Weil du mich sonst mit einem deiner Revolver erschießt, ja?«

»Ja, Spiro. Weil ich dann mit einem meiner Revolver auf dich schieße.«

Wir starrten einander an, bis er schließlich den Blick senkte. »Ich würde es allerdings vorziehen, nicht dazu gezwungen zu werden. Als Liebhaber kann der König dir nicht das Wasser reichen.«

Ich hatte ihn beruhigen wollen, doch von dieser Sekunde an war unsere Ehe vorbei, auch wenn ich das zu diesem Zeitpunkt aus verschiedenen Gründen gar nicht wollte. Zum einen hatte ich ihn noch sehr gern, und er war tatsächlich der beste Liebhaber, den ich bis dahin gekannt hatte. Vor allem aber wusste ich, dass er Leonidas ebenso sehr liebte wie ich, und ich wollte kein Tauziehen zwischen uns wegen des Jungen – zumal ich fürchten musste, dass eine so einflussreiche Familie wie die Theotokys in Griechenland am längeren Hebel saß. Und so blieb ich und akzeptierte sogar seine diversen Affären, von denen die treue Eugénie mir berichtete. Doch als Mann konnte ich ihn nicht länger respektieren – nicht wegen etwas, das er getan hätte, vielmehr wegen etwas, das er nicht getan hatte: Er hatte die Herausforderung nicht angenommen. Hätte ich auf ihn geschossen, wenn er Hand an mich gelegt hätte? Ich weiß es nicht. Ich weiß nur, dass ich an seiner Stelle gehandelt hätte, ohne mich um die Konsequenzen zu kümmern – so wie ich es immer getan hatte. Vor allem aber war sein Verhalten deshalb so inakzeptabel für mich, weil ich den Verdacht hegte, dass er nicht aus Furcht um Leib und Leben auf die angedrohte Züchtigung verzichtet hatte, sondern weil er nicht riskieren wollte, dass ich die Zahlungen an ihn einstellte.

So führten wir fast zwei Jahre lang eine Art Scheinehe, wie ich sie mit Edward und später mit Karl erlebt hatte. Und damit war ich gar nicht so unglücklich. Als das Jahr 1846 anbrach – es sollte das schwärzeste Jahr meines Lebens werden –, ging ich davon aus, dass meine wildeste Zeit vorbei sei. Dummes Kind! Damals galt ich allgemein als die Favoritin des Königs, was auch stimmte, als seine Mätresse, was falsch war, und als Gegengewicht zur Königin. Das alles, vor allem Letzteres, machte mich beim Volk sehr beliebt und erst recht bei den Pelikari, den Männern aus den Bergen, wenn diese sich auch nur selten in der Stadt blicken ließen.

Diese Menschen nahmen eine sonderbare Stellung in der griechischen Gesellschaft ein. Zum einen stand nicht einmal fest, ob es sich tatsächlich um Griechen handelte: Viele betrachteten sie als albanische Banditen. Dass sie Banditen waren, stand außer Frage, und so brachte sich jeder, der sich in die Berge vorwagte, in Gefahr. Aber sie waren auch Patrioten. Oder doch nicht? Tatsache ist, dass es den Türken, als sie nach der Eroberung Konstantinopels 1453 den ganzen Balkan überrannten, nicht gelang, die Pelikari zu besiegen! Schließlich kam es zu einer Vereinbarung mit ihnen: Die Pelikari erkannten die türkische Herrschaft formell an, bewahrten jedoch ihre eigenen Gesetze und Bräuche, sogar ihre eigenen Anführer, die der Form halber zu Statthaltern im Dienst der türkischen Besatzer ernannt wurden. So war es Jahrhunderte gewesen, bis zum Ausbruch des Unabhängigkeitskrieges. Anfangs waren die Pelikari an der Befreiung Griechenlands nicht sonderlich interessiert gewesen, dann aber hatten sie doch einen Vorteil für sich gewittert und sich den Patrioten angeschlossen. Es war allgemein anerkannt, dass ihre Unterstützung den Sieg überhaupt erst möglich gemacht hatte, zumindest an Land, und so wurden sie in der Stadt wie Helden empfangen, obwohl sie noch das gleiche Wegelagerer-Dasein führten wie eh und je. Ich begegnete ihnen im Sommer 1844 zum ersten Mal. Die Sommer waren in Athen ebenso langweilig wie in München, weil jeder, der es sich leisten konnte, in der heißesten Jahreszeit auf die Inseln flüchtete, weniger wegen der Hitze an sich als wegen der Abwässer, die oberirdisch abgeleitet wurden und einen unerträglichen Gestank verbreiteten. Außerdem kam es zu einer wahren Fliegenplage, und allerlei Krankheiten grassierten. Trotz dieser Unannehmlichkeiten und der Gefahren für die Gesundheit verbrachten wir jenen Sommer in der Stadt, vor allem, weil ich den Bau unseres neuen Hauses im Auge behalten wollte. Dazu gab es in Athen unendlich viele antike Schätze zu besichtigen. So verbrachte ich viel Zeit auf der Akropolis, genoss die Aussicht, zeichnete die Ruinen und fragte mich, wie der venezianische General Francesco Morosini 1687 den Frevel hatte begehen können, den Parthenon, den Tempel der Göttin Athene, zu bombardieren, auch wenn er glaubte, die Türken würden das Heiligtum als Munitionsdepot nutzen.

Für mich waren die Männer aus den Bergen vor allem eine interessante Abwechslung – so wie ich offensichtlich für sie. Sie saßen stundenlang in dem Restaurant, in dem ich einen Kaffee trank, scheinbar ganz vertieft ins Kartenspiel, während sie mich in Wahrheit aufmerksam beobachteten. Da ich mich im Laufe der Jahre daran gewöhnt hatte, überall Aufsehen zu erregen, störte oder beunruhigte mich das nicht, zumindest nicht bis zu jenem Tag, da einer von ihnen sich unaufgefordert zu mir setzte. Er war groß und sah recht gut aus, wenn er auch eine gewisse Verschlagenheit ausstrahlte, war athletisch gebaut, hatte einen buschigen Oberlippenbart und war alt genug, mein Vater zu sein – zumindest schloss ich dies aus seinen fast weißen Haaren. Er war nicht besonders gepflegt, und seine Kleider starrten vor Schmutz, auch wenn sie früher einmal elegant gewesen sein mochten. Er trug die Fustanella und die dazugehörigen Strümpfe, beides ursprünglich weiß, und dazu die traditionelle rote, goldbestickte Tunika, die noch Spuren seiner letzten Mahlzeit aufwies. Die rote Kappe mit der goldenen Troddel war noch das Sauberste an ihm.

Ich musterte ihn mit einem vernichtenden Blick, teils wegen seiner Aufmachung, teils wegen seiner Frechheit. »Ich möchte lieber allein sein«, teilte ich ihm in eisigem Tonfall mit.

»Ich habe dir aber etwas Wichtiges mitzuteilen, feine Lady«, sagte er.

»Dann sprechen Sie«, entgegnete ich seufzend.

»Ich möchte deinen Arsch fühlen. Es gibt nichts, was ich mir mehr wünsche. Erlaubst du mir, deinen Arsch zu berühren? Wenn ja, stecke ich dir ein Geschenk zwischen die Backen.«

Da ich in meinem ganzen Leben noch nie mit solcher Unverschämtheit konfrontiert worden war, war ich regelrecht schockiert, zumal er so laut sprach, dass seine Kumpane und alle anderen im Restaurant mithören konnten. Mir war klar, dass ich mich in dem Lokal nie wieder würde blicken lassen können, wenn ich mich einschüchtern ließ. Vielleicht nicht einmal mehr in der Straße oder überhaupt irgendwo in Athen. Und so nahm ich mit glühenden Wangen meinen ganzen Mut zusammen, trank bedächtig meinen Kaffee aus, griff dann ebenso langsam nach meiner Handtasche, holte einen der Revolver heraus, die ich immer bei mir trug, und richtete den Lauf auf seinen Kopf. Ich spannte den Hahn. Er starrte mich entgeistert an. Seine Freunde sprangen auf, und die anderen Gäste schrien entsetzt. »Ich möchte, dass Sie gehen«, sagte ich laut und deutlich. »Ich möchte, dass Sie dieses Lokal verlassen. Tun Sie das nicht, puste ich Ihnen das Hirn weg. Und noch eins: Sollten Sie jemals wieder das Wort an mich richten, werde ich Sie erschießen.«

Er schob seinen Stuhl zurück. »Weißt du, wen du vor dir hast?«

»Das interessiert mich nicht. Ich habe Ihnen gesagt, was ich von Ihnen erwarte. Sie haben genau zehn Sekunden, meiner Aufforderung nachzukommen, sonst sind Sie ein toter Mann.«

Er musterte mich einige Sekunden lang, und meine Anspannung wuchs. Ich war so wütend, dass ich ihn wahrscheinlich wirklich erschossen hätte, doch zum Glück stand er kurz vor Ablauf der von mir gesetzten Frist auf. »Wir sehen uns wieder«, knurrte er drohend.

»Das wäre nicht gut für Sie«, entgegnete ich. Er verließ mit seinen Männern das Restaurant.

☆

Dieser Zwischenfall verursachte einen Riesenwirbel. Sobald die Pelikari außer Hörweite waren, stürzte der Inhaber des Restaurants an meinen Tisch. »Verehrte Gräfin. Kann ich etwas für Sie tun?«

»Ich hätte gern noch einen Kaffee.«

Er winkte dem Ober. »Aber ... wissen Sie, wer das war?«

»Das hat er mich auch gefragt. Nein, ich weiß nicht, wer er war. Spielt es eine Rolle?«

»Gräfin! Das war der Banditenkönig Cristos Hadschi-Petros.«

Das weckte mein Interesse, zum einen, weil der Begriff »König« für mich eine besondere Bedeutung hatte, und zum anderen wegen des Schicksals, das Henry Anson seinerzeit erlitten hatte. »Hadschi ... diesen Titel führen doch Muslime, die nach Mekka gepilgert sind. Dann war er in Mekka? Er ist Moslem?«

»Nein, nein, Gräfin. Er ist Christ. Nun ja, zumindest dem Namen nach. Er war in Jerusalem.«

»Und er ist Bandit, sagen Sie? Wie kann er sich dann völlig frei in Athen bewegen?«

»Er ist ein berühmter Mann, ein Held. Er hat den Widerstand gegen die Türken im Norden geführt. Man nennt ihn auch den König der Berge.«

Wieder dieser Titel. Noch aber konnte ich diesen ungehobelten Klotz nicht mit der Zukunft in Verbindung bringen, die Madame Normande mir prophezeit hatte. »Dann sollte er schnellstens in sein Königreich zurückkehren«, bemerkte ich.

Otto war bei seiner Rückkehr nach Athen entsetzt, allerdings weniger wegen der rüden Beleidigung meiner Person. »Hättest du wirklich auf ihn geschossen? Mein liebes Kind, das hätte dich den Kopf kosten können!«

»Ich hatte sechs Kugeln in meinem Revolver und die zweite geladene Waffe in der Handtasche. Es waren nur acht, ihr Anführer eingeschlossen.«

»Und du hättest sie alle erschossen?«

»Ich bin im Umgang mit dem Revolver ebenso schnell wie treffsicher.«

Er wischte sich den Schweiß von der Stirn. »Damit hättest du einen nationalen Aufstand auslösen können.«

»Den hättet Ihr doch mit links niedergeschlagen, oder?«

Wieder wischte er sich mit dem Taschentuch die Stirn ab. »Kein Soldat meiner Armee würde es wagen, auf einen Pelikari zu schießen.«

»Dann würde ich Euch dringend anraten, einige Männer zu rekrutieren, die keine solchen Skrupel haben.« Der König sank noch weiter in meiner Achtung.

☆

Spiro war wegen der politischen Konsequenzen und aus Sorge um meine Sicherheit ebenfalls beunruhigt. »Du scheinst wild entschlossen zu sein, Gott und alle Welt gegen dich aufzubringen.«

»Wäre ich nicht die, die ich bin, läge ich nicht hier in deinem Bett, als deine Frau. Ist dieser Mann wirklich so mächtig, wie alle sagen?«

»Er hat großen Einfluss. Man nennt ihn den König der Berge.«

»Das habe ich schon gehört. Welche Berge sind das?«

»Die im Nordwesten. Du hast sie von Korfu aus gesehen.«

»Du meinst, er ist Albaner.«

»Nein, nein. Manche Leute bezeichnen die Pelikari zwar als Albaner, aber der Grenzverlauf dort oben ist nicht ganz eindeutig.«

»Aber es gibt dort ein Königreich?«

»Keines, das international anerkannt wäre. Nur eine ... Banditenkolonie.«

»Und dieser Petros kann trotzdem kommen und gehen, wie es ihm gefällt? Weil alle Angst vor ihm haben?«

»Weil alle ihn respektieren. Es gibt ihn schon sehr lange.«

»Das habe ich gesehen.«

»Er war unter der Herrschaft der Türken offizieller Gouverneur der Region. Sie haben mehrere Male versucht, ihn zu fassen, sind aber stets gescheitert. Schließlich haben sie ihn einfach zum Gouverneur ernannt und in Ruhe gelassen. Als es dann zum Unabhängigkeitskrieg kam, hat er seine Männer für Griechenland in den Kampf geführt. Ohne ihn hätten wir es wohl nicht geschafft.«

Ich war versucht, ihn daran zu erinnern, dass hierfür wohl eher die Seeschlacht von Navarino und der Sieg der Alliierten ausschlaggebend gewesen waren. »Und jetzt darf er wehrlose Frauen beleidigen ...«

»Diese Leute reden eben so. Sie haben keine Manieren. Er

hat dich gesehen, deine Schönheit bewundert und ... na ja ...«

»Er wollte mir an den Po fassen und hat das auch in aller Öffentlichkeit gesagt. Du solltest ihn zum Duell fordern.«

»Er hat meine Frau bewundert. Ich betrachte das als Kompliment. Und was seine Vorliebe für deinen Po anbelangt ... ich habe gehört, dass die Pelikari sehr ungewöhnliche Liebesmethoden praktizieren.« Das interessierte mich, aber er wollte nicht näher darauf eingehen.

Jedenfalls schien es, als hätte ich meinen Standpunkt klar gemacht. Als ich Petros das nächste Mal auf der Straße begegnete, verneigte er sich tief und wahrte Distanz.

☆

Doch zurück zum Jahr 1846, dem grauenhaftesten Jahr meines Lebens. Das Schlimmste für mich ist, dass ich die Tragödie in gewisser Weise selbst herbeigeführt habe. Nachdem wir den Sommer 1844 in Athen geblieben waren, verbrachten wir nach Fertigstellung unseres Hauses die heißen Monate 1845 auf Tinos. Dieser Urlaub war weniger harmonisch als unser letzter Urlaub auf der kleinen Insel. Das Gerücht um meine Liaison mit dem König war bis dorthin vorgedrungen, sodass Johanne mich nicht so herzlich empfing wie damals. So nahm ich mir für 1846 etwas anderes vor. Anfang des Jahres war mein geliebter Bonzo gestorben. Sein Tod kam zwar nicht ganz unerwartet, da er immerhin vierzehn Jahre alt gewesen war, aber ich war dennoch tief unglücklich und wollte für einige Zeit fort von Griechenland.

Aus der Zeitung erfuhr ich, dass es in Italien viele Engländer gab, die im Sommer ihre Häuser vermieteten. Ich schrieb einen Brief an ein Ehepaar namens Stisred, das in einem Dorf namens Bagni di Lucca in der Toskana ein Haus besaß. Genau genommen besaßen sie zwei Häuser, von denen sie jeweils eines bewohnten und das andere vermieteten. Ich mietete uns also ein Ferienhaus für den Sommer. Spiro war von dieser Idee sehr angetan, und da wir kein frisch verliebtes junges Paar mehr waren und ich Mama seit Papas Tod nicht mehr gesehen hatte, lud ich meine Mutter ein, einige Zeit mit uns in der Toskana zu verbringen. Sie nahm die Einladung begeistert an. Sie hatte Spiro bei seinem kurzen Besuch in England 1840 ins Herz geschlossen, und zudem hatte es ja ganz den Anschein, als wäre ich endlich zur Ruhe gekommen. Außerdem freute sie sich darauf, ihren Enkel zu sehen, den sie ja noch nicht kannte. Ich konnte es kaum erwarten, den Sommer mit meiner Mutter zu verbringen, war jedoch ein wenig irritiert, als sie ankündigte, Margaret und Jane Steele mitzubringen. Aber ich wollte sie nicht vor den Kopf stoßen, indem ich ihr diesen Wunsch abschlug, zumal ich meine ehemalige Kunstlehrerin immer gemocht hatte und ich mir als Hausherrin von Steely nichts mehr gefallen lassen musste.

☆

Spiro, Leonidas, Eugénie, Giorgio und ich stachen von Piräus aus in See. In Neapel gingen wir an Land und hatten einige Mühe, eine Transportmöglichkeit nach Norden zu finden – rückblickend wäre es günstiger gewesen, direkt Genua anzusteuern, auch wenn wir dann eine ganze Woche auf See gewesen wären. Während unseres Zwangsaufenthalts beschloss Spiro, ein Porträt von uns dreien in Auftrag zu geben. Ich kann mich beim besten Willen nicht an den Namen des Malers erinnern, und ich finde das Bild auch nicht besonders gelungen. Zudem redete er die ganze Zeit ohne Punkt und Komma, was ich als äußerst störend empfand. Als ich jedoch eines Morgens unbeschreiblich gelangweilt Modell saß, bemerkte er ganz nebenbei, dass er als Letztes

Fürst Felix zu Schwarzenberg gemalt habe. Dieser Zufall weckte nicht gleich mein Interesse, und ich glaubte auch nicht, dass dieser unbekannte Künstler von meiner weit zurückliegenden Affäre wusste, aber ich antwortete mehr aus Höflichkeit: »Dann waren Sie in Wien?«

»Leider nein, Gräfin. Der Fürst weilt derzeit in Neapel. Zusammen mit seiner Familie. Er ist österreichischer Gesandter am Hof der beiden Sizilien.«

Jetzt kostete es mich doch einige Willenskraft, mir meine Aufregung nicht anmerken zu lassen. »Seine Familie? Ich wusste gar nicht, dass Fürst zu Schwarzenberg geheiratet hat.«

Das stimmte, da Felix die Fürstin Windisgratz zu diesem Zeitpunkt noch nicht kennen gelernt hatte, zumindest nicht näher. Die Bemerkung war außerdem ein Lapsus, da ich ja vorhin noch so getan hatte, als wäre Schwarzenberg nicht mehr als ein Name für mich. Aber der Maler schien nichts davon zu merken. »Der Fürst ist nicht verheiratet, Gräfin. Er teilt sich das Haus mit seiner Schwester, Fürstin Mathilde, und ihrem Schützling, Fräulein Selden.« Mir schlug plötzlich das Herz bis zum Hals, und der Maler musterte mich neugierig. »Geht es Ihnen nicht gut, Gräfin?«

»Mir ist ein wenig schwindlig. Das muss an der Hitze liegen. Wir machen morgen weiter.«

Das schien ihm zwar nicht zu gefallen, aber ich ließ ihn einfach stehen und lief hinunter zur Mole, wo eine leichte Brise wehte. Ich brauchte dringend frische Luft. Und ich musste allein sein. Didi war in der Stadt, nur wenige hundert Meter entfernt von dort, wo ich gerade stand! Was sollte ich tun? Ich *musste* meine Tochter einfach sehen, sie in die Arme schließen und möglicherweise ... Aber das musste ich ganz alleine tun. Spiro wusste nichts von Didis Existenz, wohl aber von Felix, und jede Kontaktaufnahme würde unsere ohnehin angeschlagene Beziehung nur zusätzlich gefährden. Spontan beschloss ich, meinen Plan sofort in die Tat umzusetzen. Es war nicht schwierig, die Adresse der Schwarzenbergs in Erfahrung zu bringen. Ich verspürte nicht die geringste Lust auf eine Begegnung mit Felix; ich wollte nur meine Tochter sehen, und dafür war ich zu allem bereit. Ich stieg die Treppe hinauf und läutete. Ein säuerlich dreinblickender Diener öffnete. »Fürst zu Schwarzenberg ist nicht da.«

Ich atmete auf. »Eigentlich wollte ich zu Fräulein Selden.«

Er war sichtlich überrascht. »Sie kennen Fräulein Selden?«

»Wir sind miteinander bekannt, ja.« Bekannt!

Die Tür schwang weit auf. »Treten Sie ein, Signora.« Mit pochendem Herzen betrat ich die düstere Diele. »Bitte warten Sie hier. Nehmen Sie doch Platz.«

Er ließ mich allein. Ich zog es vor, stehen zu bleiben und spürte, wie ich in den Handschuhen ganz schwitzige Finger bekam. Didi war inzwischen sechzehn. Wie sie wohl aussah? Wie mochte sie *sein?* Wie würde sie auf das Wiedersehen mit ihrer Mutter reagieren? Würde sie sich überhaupt an mich erinnern?

Am Ende des Flurs wurde eine Tür geöffnet, und ich stand Mathilde gegenüber. »Grundgütiger«, rief sie aus. »Was machen *Sie* denn hier?«

»Ich möchte meine Tochter sehen.«

»Ihre Tochter?«

»Die Sie mir vor Jahren auf so grausame Weise entrissen haben.«

»Und die Sie vierzehn Jahre nicht wiederzusehen versucht haben.«

Hierüber wollte ich nicht diskutieren. »Ich möchte sie sehen. Wollen Sie versuchen, mich davon abzuhalten?«

»Ich habe jedes Recht der Welt, dies zu verhindern. Das hier ist mein Haus, und hier bestimme ich. Ich kann Sie hinauswerfen lassen.«

Ich strich mit der Hand über meine Handtasche, in der sich wie gewöhnlich beide Revolver befanden. Die Versuchung, meinen Wunsch mit Waffengewalt durchzusetzen, war groß, aber wir waren hier nicht in Athen oder München. Hier war ich weder Baronin von Venningen noch Gräfin Theotoky, sondern nur eine Touristin auf der Durchreise, ohne Freunde oder einflussreiche Beschützer. Ja, ich konnte mich nicht einmal auf die Unterstützung meines eigenen Gatten verlassen. Ich begnügte mich also damit zu erwidern: »Wenn Sie das tun, sind Sie ein gefühlloses Ungeheuer.«

Sie musterte mich eine Weile, und ihre Züge wurden weicher. »Sie müssen sich klar machen, dass Mathilde nichts von Ihnen weiß, Jane. Sie glaubt, ihre Eltern, gute Freunde von mir, seien an Typhus gestorben, als sie noch ein Kind war. Sie kennt nur das Leben als meine Adoptivtochter. Sie ist glücklich und wird eines Tages einen Mann von Rang heiraten. Wollen Sie wirklich ihr Leben durcheinander bringen? Außerdem lebt sie bei ihrem Vater, der sie von Herzen liebt, auch wenn sie in ihm nur einen Onkel sieht. Verstehen Sie denn nicht, dass Sie ihr nur schaden würden, wenn Sie jetzt in ihr Leben einbrechen?«

Ihr Appell berührte mich, vor allem wohl deshalb, weil es ein Appell war und keine schroffe Zurückweisung. Außerdem konnte ich ihrer Logik nicht widersprechen. Auch wenn ein Verbrechen die aktuelle Situation herbeigeführt hatte – wie groß dieses Verbrechen war, wurde mir erst jetzt richtig klar, als ich zurückdachte an den Unsinn mit dem Namen, auf dem Felix seinerzeit bei der Taufe bestanden hatte –, wäre es ein ebenso großes Verbrechen, meine Tochter nun in ein Chaos widerstreitender Gefühle zu stürzen. »Darf ich sie wenigstens sehen?«

Mathilde dachte eine Weile darüber nach. »Wenn Sie mir Ihr Wort geben, dass Sie sie nicht ansprechen und auch sonst nicht versuchen, mit ihr in Kontakt zu treten.«

»Ich verspreche es.«

»Kommen Sie.« Sie führte mich einen Flur hinunter in ein Zimmer mit Blick auf den Innenhof. Dort war ein Garten angelegt worden, in dem mehrere Stühle standen. Auf einem dieser Stühle saß ein junges Mädchen und las in einem Buch. Sie trug einen breitkrempigen Hut, der ihr Gesicht verdeckte. Mathilde läutete, und als der Butler erschien, trug sie diesem auf, Didi ein Glas Limonade zu bringen.

»Danke«, sagte ich.

Mathilde antwortete nicht, blieb aber bei mir am Fenster stehen. Ich war furchtbar angespannt und hielt sogar die Luft an. Dann tauchte Giuliano unten mit einem Tablett auf, auf dem ein Glas Limonade stand. Er trat vor Didi und sprach sie an. Sie blickte auf und lächelte. Tränen liefen mir über die Wangen, was Mathilde nicht entging. »Sie ist sehr hübsch«, sagte sie. »Fast so schön wie ihre Mutter.« Wir schauten einander an. »Glauben Sie mir«, sagte sie. »Es tut mir sehr Leid.«

Ich trocknete meine Tränen und ging. Zu Hause hielt ich Leonidas sehr lange in den Armen. Er war alles, was ich noch hatte.

☆

Ich war froh, als wir Neapel den Rücken kehrten und nach Norden aufbrachen, doch meine Laune hob sich erst, als wir unser Ziel erreichten. Bagni di Lucca war ein entzückender Ort, still und friedlich, und auch wenn das Haus im typisch venezianischen Stil erbaut war – quadratisch und vierstöckig –, war es weniger düster und auch viel luftiger als die meisten seiner Art. Die zentrale Haupthalle reichte bis zum Dach, in das Glaspaneele eingelassen waren, die viel Licht hereinließen. Eine Wendeltreppe führte von einem Stock zum nächsten, und auf jeder Etage gab es eine Galerie mit einem Geländer zur Halle. Mama und die Steeles waren bereits eingetroffen, nachdem sie über die Schweiz angereist waren. Wir feierten ein fröhliches Wiedersehen, und sogar Steely zeigte sich von ihrer besten Seite. Sie alle sahen viel älter aus, als ich sie in Erinnerung gehabt hatte, was nur natürlich war nach all den Jahren, vor allem Mama in ihrem schwarzen Kleid. Sie ihrerseits waren sichtlich verblüfft, dass ich nach allem, was ich seelisch und körperlich durchgemacht hatte, fast noch genauso aussah wie das junge Mädchen von damals, so schlank und wohl geformt wie eh und je, das Haar noch immer rotgolden und die Haut makellos und glatt.

Auch von Spiro waren sie sehr angetan, und Leonidas eroberte ihrer aller Herzen im Sturm mit seinem Aussehen (er war nach mir geraten), seiner Aufgewecktheit und seiner schier unerschöpflichen Energie. Dieser Abend war einer der schönsten meines Lebens.

☆

Am nächsten Morgen gingen wir alle gemeinsam spazieren und schlenderten durchs Dorf. Wir wollten die Stisreds besuchen, doch sie waren nicht daheim, sodass wir unsere Visitenkarten hinterließen und zum Mittagessen nach Hause zurückkehrten. Leonidas war sehr müde; immerhin waren wir die letzten drei Tage unterwegs gewesen, und so legten Spiro und ich ihn in seinem Zimmer im dritten Stock schlafen und zogen uns selbst zu einer Siesta zurück. Die Haushälterin weckte uns und teilte mir mit, Oberst und Mrs Stisred seien unten. Hastig zogen wir uns an und gingen nach unten, gefolgt von Mama und den Steeles. Die Stisreds waren überaus sympathisch, und bald redeten wir alle wild durcheinander. Der Lärm weckte Leonidas, und ich hörte ihn nach mir rufen. Ich schaute hinauf zur Galerie im dritten

Stock und sah zu meinem Entsetzen, wie er über das Geländer kletterte.

»Leonidas!«, rief ich. »Sei vorsichtig, Schatz! Geh da runter!« Aber er kletterte weiter. »Leonidas!«, schrie ich entsetzt. Alle starrten nach oben. Er schwang das Beinchen übers Geländer und versuchte noch einige Sekunden, das Gleichgewicht zu halten.

Dann fiel er.

☆

Die Halle war mit Marmor ausgelegt, und er schlug mit dem Kopf zuerst auf. Ich erinnere mich noch ganz genau daran. Doch die folgenden Stunden, sogar die folgenden zwei Jahre sind mir gnädigerweise nur verschwommen im Gedächtnis geblieben. Ich weiß, dass Verschiedenes passiert ist. Ich weiß, dass ich schrie und schrie und dass mein Hirn nicht begreifen wollte, was ich sah. Es sagte immer wieder: »Nein, nein, das kann einfach nicht sein. Ich schlafe noch, und es ist nur ein Albtraum!« Ich weiß noch, dass ich den blutenden, zerschmetterten Körper meines Sohnes in die Arme nahm und um mich schlug wie eine Furie, als Mama und Steely versuchten, ihn mir wegzunehmen.

Ich erinnere mich, dass ich auf mein Zimmer getragen und zu Bett gebracht wurde, und ich weiß noch, dass ein Arzt mir ein Beruhigungsmittel verabreichte. Ich erinnere mich nicht mehr an die Beerdigung, die aufgrund des Klimas und der Jahreszeit von Gesetzes wegen schon am nächsten Tag stattfinden musste, weiß aber, dass ich daran teilgenommen habe. Ich weiß nicht mehr, wie Spiro sich verhalten hat; ich wollte ihn weder sehen noch seine Stimme hören. Das war irrational, da er nun wirklich keine Schuld an der Tragödie hatte, doch in meinem Zustand war ich einfach nicht in der Lage, klar zu denken oder mich vernünftig zu verhalten.

Immer wieder ging mir durch den Kopf, dass ich auch das letzte meiner Kinder verloren hatte. Ich hatte sechs Kinder geboren, und keines davon war mir geblieben. Es spielte keine Rolle, dass Heribert eines Tages Baron von Venningen und Didi Fürstin sein würde. Durch meine eigene Schuld hatte ich sie alle verloren. Nach den vielen vorangegangenen Fehlern, die ich als Mutter gemacht hatte, hatte ich Leonidas behütet wie einen Schatz; er war das Kind gewesen, dem ich bis an mein Lebensende meine ganze Liebe und Aufmerksamkeit hatte schenken wollen. Jetzt war er tot. Ich war sicher, dass das Schicksal mich bestrafte für all die Jahre, in denen ich gegen alle Konventionen rebelliert, die Moral verlacht und mich im Glanz meiner Schönheit gesonnt hatte. Meine Schönheit mochte unvergänglich sein, aber sie bereitete mir keine Freude mehr.

Rückblickend kann ich wohl nicht leugnen, dass ich für lange Zeit nicht bei Sinnen war. Und doch arbeitete mein Hirn weiter, mit der Klarsicht und Beharrlichkeit, die man Verrückten oft nachsagt. Ich war umgeben von sorgenvollem Getuschel, geflüsterten Unterhaltungen, die abbrachen, sobald ich den Raum betrat. Ich war überzeugt davon, dass man mich in eine Anstalt sperren wollte, womöglich ein Asyl. Ich beschloss, ihnen ein Schnippchen zu schlagen. Vor allem Spiro. Meine Liebe zu ihm war erloschen, und ich war sicher, dass er ein Komplott schmiedete, um sich mein Vermögen anzueignen. Ich traute niemandem außer Eugénie, nicht einmal Mama. Die Französin war mir vertrauensvoll in die Fremde gefolgt und war mir fünf Jahre lang eine treue und loyale Freundin gewesen. »Wirst du immer bei mir bleiben?«

»So lange, wie Sie mich brauchen, Madame.«

»Egal, was auch geschieht? Was ich auch tue?«

»Ja, Madame.«

Da ich unter ständiger Bewachung stand, erst recht, wenn

ich das Haus verließ, übergab ich Eugénie eine Zahlungsanweisung für meine Zürcher Bank. Da es in Bagni di Lucca keine Bank gab, musste sie eine Ausrede erfinden, um nach Reggio zu fahren, und hiernach dauerte es noch zwei Wochen, bis das Geld kam. Ich war tief besorgt, da um mich herum weiter getuschelt und geflüstert wurde, aber ich gab mir die größte Mühe, so zu erscheinen, als erhole ich mich von meiner Trauer und als fände ich langsam in ein normales Leben zurück. Ich muss so überzeugend gewesen sein, dass Spiro sogar mit mir schlafen wollte. Ich erklärte ihm, dass mir nicht der Sinn danach stünde, obwohl mein Körper vor Verlangen schrie. Dann endlich kehrte Eugénie mit einem Beutel aus der Stadt zurück, der genug Lira enthielt, um uns mehrere Wochen über Wasser zu halten. Am darauf folgenden Tag mietete sie zwei Pferde, und in der Nacht stahlen wir uns aus dem Haus und ritten im Schutz der Dunkelheit davon. »Wohin reiten wir, Madame?«, fragte sie.

»Fort«, entgegnete ich. Ich hatte nur eine kleine Tasche mit unserem Geld, den Pässen, zwei Revolvern und einer Haarlocke, die ich dem toten Leonidas abgeschnitten hatte und die ich immer noch besitze.

☆

Wir ritten nach Rom. Ich wusste, dass man uns verfolgen würde, aber inzwischen hatte ich einige Erfahrung im Davonlaufen und war nicht geneigt, mich wieder erwischen zu lassen. Wir hatten einen Vorsprung, doch aufgrund meiner auffälligen Erscheinung würde es nicht schwer sein, unserer Spur zu folgen, zumal ich an jedem Grenzübergang unsere Pässe vorzeigen musste. Nach zwei Tagen, in denen wir ein ordentliches Tempo vorgelegt hatten, erreichten wir ein Dorf etwa zehn Meilen nördlich der Ewigen Stadt. Hier verkauften wir die Pferde (zwar gehörten sie uns streng genommen nicht, aber mir war nicht danach, mich mit solchen Nichtigkeiten zu befassen) und kleideten uns neu ein. »Neu« war nicht ganz richtig; die Kleider mochten zwar neu für uns sein, waren aber nicht so sauber, wie wir es gern gehabt hätten. Dann verließen wir das Dorf zu Fuß, in der Verkleidung italienischer Bäuerinnen. Zum Glück gehörten zu der Verkleidung auch große Schals, unter denen sich mein Haar verbergen ließ. Hiernach machten wir uns auf den Weg in die Stadt, wozu wir einen ganzen Tag brauchten, da wir keine Fußmärsche gewohnt waren. So erreichten wir erst bei Morgengrauen des folgenden Tages die ersten abgenutzten Pflastersteine. Später erfuhr ich, dass Spiro und sein Suchtrupp sogar vor uns in Rom gewesen waren, doch ihm war nichts Besseres eingefallen, als in den besten Hotels der Stadt nachzufragen. Stattdessen tauchten Eugénie und ich in der Menge unter und suchten uns eine Unterkunft in einem der ärmeren Viertel. »Und was jetzt, Madame?«, fragte Eugénie.

»Jetzt? Jetzt gehen wir essen, betrinken uns und lachen uns einen Mann an. Zwei Männer«, fügte ich hinzu, als sie mir einen fragenden Blick zuwarf.

☆

Ich kann schon wieder das Gekreische der Moralapostel hören. Was für ein Benehmen für eine Frau in meinem Zustand, die erst vor so kurzer Zeit ihr Kind verloren hatte und so weiter und so weiter ... Das ist Unsinn. Natürlich gibt es Frauen, die in einer vergleichbaren Situation den Rest ihres Lebens trauern oder sich aus einem Fenster in die Tiefe stürzen. Was für eine Verschwendung, ganz zu schweigen von dem Leid, das sie damit den Menschen zufügen, die sie lieben. Manch eine hätte womöglich Zuflucht im Kloster gesucht, aber ein solcher Schritt wäre für mich vergleichbar gewesen mit einem Selbstmord.

Ich gehörte keiner dieser Kategorien an. Ich hatte mich nie um Konventionen geschert, hatte bei jeder Gelegenheit das Schicksal herausgefordert. Sicher hatte ich auch mehrere Tiefschläge erlitten, von denen jeder mir katastrophal erschienen war, aber ich hatte mich jedes Mal wieder aufgerafft, hatte der Vergangenheit den Rücken gekehrt und entschlossen nach vorn geschaut. Doch was ich jetzt erlebt hatte, stellte alles in den Schatten. Ich war tieftraurig gewesen, als Arthur und der kleine Felix gestorben waren, aber ich hatte beide nicht lange oder gut genug gekannt, um sie so zu lieben, wie eine Mutter es tun sollte. Leonidas hatte ich alles gegeben, hatte ihn zum Mittelpunkt meines Lebens gemacht – und der war mir jetzt genommen worden. Ich hatte die Götter einmal zu oft herausgefordert. Aber ich war nicht gewillt, mich in Sack und Asche zu hüllen und mich vom Schicksal bezwingen zu lassen. Ich wusste, dass mich noch einiges erwartete, vielleicht getragen von der noch nicht gänzlich erfüllten Prophezeiung. Als Erstes musste ich die Vergangenheit abstreifen, um wie Phönix aus der Asche aufzuerstehen, bereit für die Zukunft. Und in meinem Fall konnte sich die Metamorphose nur in den Armen eines Mannes vollziehen.

☆

Natürlich sprach meine Identität sich rasch herum, zumal wir schon bald in luxuriösere Gefilde umzogen. Später kam mir das Gerücht zu Ohren, ich hätte in Rom sechsmal geheiratet. Das ist natürlich absurd, da mir dies – einmal vorausgesetzt, ich hätte heiraten wollen – aufgrund meiner noch bestehenden Ehe mit Spiro gar nicht möglich gewesen wäre, was auch den schlimmsten Klatschmäulern hätte bewusst sein müssen. Aber ich lieferte offenbar zu guten Stoff für fantastische Geschichten, und ich will gar nicht leugnen, dass ich während meiner Zeit in Rom mit mehreren Männern zusammen war. Wie auch Eugénie. Wir teilten alles, und zwischen uns beiden entwickelte sich eine Bindung, die enger nicht hätte sein können, wären wir Schwestern gewesen. Ich gebe zu, dass unser Benehmen skandalös war, aber ich kannte mich gut genug, um zu wissen, dass ich mich von meinem Zusammenbruch nur erholen konnte, wenn ich meinen Bedürfnissen nachgab.

Spiro hatte seine Suche aufgegeben und den gemeinsamen Urlaub in Bagno di Lucca abgebrochen. Mama fürchtete bereits, nicht nur einen Enkel, sondern auch eine Tochter verloren zu haben, doch als ich mich ein wenig gefangen und eine feste Bleibe gefunden hatte, schrieb ich ihr. Da ich wusste, wie sinnlos es gewesen wäre, ihr mein Verhalten erklären zu wollen, konnte ich sie nur um Verzeihung bitten. Sie vergab mir bereitwillig, flehte mich natürlich aber an, zu Spiro zurückzukehren und zu versuchen, die Vergangenheit zu vergessen. Letzteres tat ich bereits, wenn auch auf meine Art, und in meiner Zukunft war kein Platz mehr für Spiro. Nachdem sich herumgesprochen hatte, dass ich in Rom war, suchte er mich auf, überhäufte mich mit Vorwürfen und flehte mich dann wieder an, mit ihm nach Griechenland zurückzugehen. Ich weigerte mich. Ich sagte ihm, dass er sich scheiden lassen könne, wenn er es wünsche. Er verneinte – allein aus finanziellen Gründen, wie ich argwöhnte – und reiste dann beklommen ab, während ich mein fröhliches oder zumindest ausschweifendes Leben fortsetzte.

☆

Zweifellos glaubten viele, darunter auch meine Familie und ganz sicher mein Ehemann, dass ich tiefer nicht mehr sinken könne und mich von meinem Fall nie mehr erholen würde. Mancher rechnete wohl damit, dass ich früher oder später am Alkohol oder irgendeiner Krankheit zu Grunde ging. Was wieder einmal zeigt, wie wenig auch die mir am nächsten stehenden Menschen mich kannten. Ich habe den Alkoholrausch nie besonders genossen, nicht einmal auf unseren rauschenden Festen auf Korfu, und auch wenn unsere Gäste Unmengen der edelsten Weine in sich hineinschütteten, beschränkte ich mich für gewöhnlich auf ein Glas Sherry am Abend. Auch bin ich nie ein großer Esser gewesen. Ich habe stets Wert auf gutes Essen gelegt, aber nur in kleinen Mengen, und auch wenn meine Tafel daheim immer reichlich bestückt war, zog ich es vor, meinen Gästen beim Schlemmen zuzusehen.

Auch war ich immer sehr anspruchsvoll, was die männlichen Gäste betraf, die ich bei mir zu Hause empfing (abgesehen von der einen grotesken Ausnahme). Und auch wenn ich sexuell sehr aktiv war und besonders an ungewöhnlichen Praktiken interessiert, habe ich immer die Gesellschaft geistreicher und intellektueller Gesprächspartner gesucht. Zu meinen Gästen in Rom gehörten stets auch Künstler und Schriftsteller, fast die gesamte Bandbreite, wie in Palermo, nur dass ich ihnen nun ihren innigsten Wunsch erfüllen konnte. Dabei war ich stets vorsichtig, um mir nicht irgendeine Krankheit einzufangen. So machte ich es mir zur Regel, persönlich die Genitalien jedes Mannes zu waschen, bevor ich ihm gestattete, mich zu nehmen – ein Vorgang, der ihnen ebenso viel Freude bereitete wie mir. Das war die ultimative Freiheit, die ich mein Leben lang gesucht hatte und die ich nun umso mehr genoss, als ich die alleinige Kontrolle über die Situation hatte. Bestimmt waren sie alle verwirrt von meiner Weigerung, Geld für meine Dienste zu nehmen, aber das untermauerte meine Macht zusätzlich. Und da ich mich nicht verkaufte, wurde jeder Mann hinausgeworfen, der sich mit Gewalt zu nehmen versuchte, was ich nicht zu geben bereit war – meine Revolver lagen immer griffbereit.

In diesem Zustand grenzenloser Ausschweifungen lebte ich zwei Jahre. Bis ich eines Morgens mit klarem Kopf aufwachte, erfüllt von dem Verlangen, etwas zu *tun*. Vielleicht bewirkten ja auch die schrecklichen Nachrichten aus München, Wien und sogar Paris (Ludwig Philipp, der Bürgerkönig, wurde gestürzt und flüchtete ins Exil nach England) meine Rückkehr zur Normalität. Ich wies Eugénie an zu packen, und wir reisten nach Neapel, wo wir das nächste Schiff nach Piräus bestiegen. Es war an der Zeit, heimzukehren.

☆

Meine Rückkehr nach Athen im Frühling 1849 sorgte für noch mehr Aufregung, als ich ohnehin gewohnt war. Man hatte mich in den vergangenen zwei Jahren nicht vergessen. Tatsächlich war ich immer noch Stadtgespräch, nachdem Spiro seinerzeit vom tragischen Tod unseres Sohnes und meinem Verschwinden berichtet hatte und später immer neue skandalöse Neuigkeiten von meinen Umtrieben in Rom nach Griechenland drangen. Niemand hätte je damit gerechnet, dass ich es wagen würde, mich wieder dort blicken zu lassen, und so stießen wir allenthalben auf Erstaunen, kaum dass wir das Schiff verlassen hatten. Der Hafenmeister starrte mich entgeistert an und stammelte einen Gruß, um dann davonzueilen und sich anderen Pflichten zu widmen, vor allem jener, einen Boten in die Stadt zu schicken. Aber da ich nur mit leichtem Gepäck reiste, hatte er nur einen kleinen Vorsprung.

Wir fuhren geradewegs zu meinem Haus »Hodos Sokratos«. Meine Dienstboten, von denen ich viele noch nie gesehen hatte, starrten mich an wie ein Gespenst. Aber Giorgio war noch da. »O Mylady ... Gräfin ...« Er küsste mir die Hand.

»Es ist schön, Sie wiederzusehen, Giorgio«, entgegnete ich. »Ist der Graf daheim?«

Er wirkte nervös. »Nein, Mylady.«

Ich schaute an ihm vorbei auf die Frau, die in einer der Türen im Haus stand. »Und wer sind Sie, wenn ich fragen darf?«

Sie knickste. »Madame Zorba, die Haushälterin des Grafen.«

»Von jetzt an sind Sie *meine* Haushälterin und an *meine* Weisungen gebunden. Sie werden von niemandem außer von mir oder Mademoiselle Eugénie Anweisungen entgegennehmen. Ich möchte mir das Haus ansehen. Aber erst möchte ich baden. Veranlassen Sie alles Nötige.«

Sie warf einen Blick auf Giorgio, der kaum merklich die Achseln zuckte, worauf sie verschwand. Ich ging hinauf in mein Zimmer. Es war sauber und ordentlich, doch die Gerüche störten. Eugénie öffnete weit die Fenster. Wir schauten in die Schränke. Die Kleider, die dort hingen, gehörten mir nicht. Ich rief Madame Zorba. »Lassen Sie die Schränke ausräumen.«

»Aber Mylady ...« Sie war sichtlich verunsichert.

»Heißt das, Sie rechnen mit der Rückkehr der Besitzerin dieser Kleider? Ich bin sicher, sie hat etwas an. Lassen Sie den ganzen Plunder verbrennen.«

Sie schluckte. »Der Herr ...«

»Ich habe Ihnen etwas befohlen, Zorba, und ich erwarte, dass meine Anweisungen widerspruchslos befolgt werden.« Sie eilte davon.

☆

Ich badete ausgiebig. »Ist es nicht schön, wieder daheim zu sein?«, fragte ich Eugénie seufzend.

»Doch, schon, Mylady, aber ... es wird doch sicher Ärger geben.«

»Nein«, versicherte ich ihr. »Wird es nicht.« Ich kleidete

mich an und unternahm in Begleitung von Madame Zorba und Giorgio einen Rundgang durch Haus und Garten. Alles befand sich in erstaunlich gutem Zustand. »Ich muss Ihnen beiden mein Lob aussprechen. Möchten Sie gerne weiter hier arbeiten, Zorba?«

»Nun, Mylady, der Herr ...«

»Zahlt dir ein fürstliches Gehalt, da bin ich sicher. Zufällig aber ist es mein Geld. Sie können Ihre Stelle behalten, vorausgesetzt, Sie vergessen das niemals.« Weniger zufrieden war ich mit dem Zustand der Stallungen, die sichtlich vernachlässigt worden waren und in denen nur noch ein paar wenige ungepflegte Pferde standen. »Wo ist mein Schimmel?«, wollte ich von dem einzigen Stallburschen wissen, der weit und breit zu sehen war.

»Keine Ahnung, Mylady. Verkauft, nehme ich an.«

»Finde heraus, an wen, und kaufe ihn zurück.«

»Aber Mylady, das wird eine Stange Geld kosten.«

»Ich erstatte dem Betreffenden die damalige Kaufsumme und lege noch einmal einhundert Drachmen drauf. Wenn er handeln möchte, sag ihm, dass derjenige, der ihm mein Pferd verkauft hat, kein Recht dazu hatte, und dass er somit gestohlene Ware erworben hat. Das ist strafbar. Wenn er das Pferd nicht sofort herausgibt, werde ich Anzeige erstatten und ihn verhaften lassen.« Der Stallbursche warf einen verunsicherten Blick auf Giorgio und Zorba, die beide nur die Achseln zuckten, und eilte davon.

Ich nahm eine leichte Mahlzeit zu mir, ging ins Musikzimmer und setzte mich an meinen Flügel. Das hatte mir in den vergangenen Jahren vielleicht am meisten gefehlt. Ich spielte ein paar von meinen Lieblingsstücken. Der Flügel musste dringend gestimmt werden, doch alles in allem war er in einem besseren Zustand, als ich erwartet hätte. Ich spielte immer noch, als ich hörte, wie hinter mir jemand den Raum betrat. »Ianthe? Bist du es wirklich?«

Ich drehte mich auf meinem Schemel um. Spiro war so attraktiv und lässig-elegant, wie ich ihn in Erinnerung hatte, aber ich konnte ihn nicht anschauen, ohne in seinen Zügen Leonidas zu sehen. Außerdem deutete alles darauf hin, dass er mich nicht allzu sehr vermisst hatte. In Anbetracht meines eigenen Verhaltens konnte ich ihm nicht verdenken, dass er anderswo Sex gesucht hatte. Dass er aber einer anderen Frau mein Zimmer, ja mein Haus überlassen hatte, konnte ich nicht hinnehmen. »Hast du jemand anders erwartet?«

»Wenn du nur geschrieben hättest ...«

»Damit du entsprechende Vorkehrungen hättest treffen können? Hast du Ghost verkauft?«

»Ghost? Ach ja, das Pferd ...«

»Mein Lieblingspferd.«

»Ich hatte keine Ahnung, wann du zurückkommst. Und er ... er hat mich an dich erinnert. Ich werde ihn zurückholen, versprochen.«

»Das habe ich bereits veranlasst.«

»Ah! Nun, Liebste, jetzt, wo du wieder da bist ...« Er kam mit ausgestreckten Armen auf mich zu.

»Ich will keinen Sex mit dir.«

Er blieb stehen. Offensichtlich hatte ich ihn aus dem Konzept gebracht. Dann lächelte er zögernd. »Du bist müde und musst dich ausruhen ... Ich kann mich gedulden. Eine Weile.«

»Ich sagte doch, dass ich keinen Sex mit dir will.«

»Du bist meine Frau.«

»Du kannst dich ja scheiden lassen, wenn du willst. Das wäre sowieso das Beste, denke ich.«

»Mich von dir scheiden lassen? Niemals. Denk an den Skandal. Und überhaupt. Wo solltest du hin? Wo solltest du wohnen?«

»In meinem Haus, Spiro. Du kannst dir gern die Besitzurkunde ansehen.«

»Du glaubst, du kannst mich aus meinem eigenen Haus werfen?«

»Ich könnte dich sehr wohl aus *meinem* Haus werfen. Aber ich möchte dich nicht in Verlegenheit bringen. Das Haus ist groß genug für uns beide. Wenn du keine Scheidung willst, darfst du gerne hier wohnen bleiben. Jeden Versuch, dich mir aufzudrängen, würde ich allerdings als Vergewaltigungsversuch interpretieren und entsprechend handeln.«

»Ich soll also zusehen, wie du dich vor meiner Nase mit deinen Liebhabern amüsierst.«

»Ich habe keine Liebhaber.« Tatsächlich hatte ich damals genug von Sex und Männern. Ich war seelisch und körperlich erschöpft von den Ereignissen der vergangenen Jahre und wollte nur zur Ruhe kommen und neue Kraft schöpfen. »Was dich betrifft, kannst du tun und lassen, was du willst, vorausgesetzt, du bringst keine deiner Gespielinnen hierher.« Wortlos machte er kehrt und ging.

☆

Bis zum Abend hatte sich die Neuigkeit, dass ich zurückgekehrt war – schön und herrschsüchtig wie eh und je –, in ganz Athen herumgesprochen. Da Ghost noch am selben Tag in den heimischen Stall zurückgekehrt war, zwar ein wenig mager, ansonsten aber in guter Verfassung, unternahm ich am nächsten Morgen meinen gewohnten Ausritt und wurde wie damals von den Menschen auf den Straßen laut bejubelt. Ich stattete meiner Bank einen Besuch ab und überzeugte mich, dass auch dort alles in Ordnung war, hatte man doch allen Versuchen Spiros getrotzt, sich Zugriff auf mein Geld zu verschaffen. Gesellschaftlich sah es weniger gut aus, da der Palast mich zur *persona non grata* erklärt hatte, zur unerwünschten Person, und mir somit nur ein sehr beschränkter Personenkreis offen stand. Ich hielt mich an die

Ausländer in der Stadt. Zu meinen regelmäßigen Besuchern gehörten der britische Botschafter Sir Thomas Wyse, der französische Minister Monsieur Thouvenal und der österreichische Botschafter Baron von Prokech-Osten. Alle diese Herren waren offizielle Repräsentanten ihres Landes, allesamt Großmächte, auf die Griechenland angewiesen war, sodass sie keine Rüge aus dem Palast fürchten mussten. Unter diesen Herrn war auch ein junger französischer Offizier, Baron Roger de la Tour-du-Pin. Dessen Großmutter – einer Miniatur nach zu urteilen, die sich in seinem Besitz befand, war sie eine wunderschöne Frau gewesen – hatte während der großen Revolution in Frankreich Unglaubliches erlebt und war wiederholt knapp der Verhaftung entgangen, die ihren Tod auf der Guillotine zur Folge gehabt hätte.

All diese Männer und noch einige mehr flirteten mit mir um die Wette, aber ich hielt an der mir selbst auferlegten Keuschheit fest und gestattete keinem von ihnen mehr als den einen oder anderen Kuss. Meine Entschlossenheit wurde gestützt von einem weiteren Ereignis, das mich zum ersten Mal im Leben verunsicherte hinsichtlich meiner sexuellen Macht: Ich kam in die Wechseljahre. Da ich erst dreiundvierzig war, war es eigentlich noch etwas früh, und mein Arzt deutete an, dass mein ausschweifender Lebenswandel dabei möglicherweise eine Rolle gespielt habe. Aber er versicherte mir, dass es gar kein so großes Unglück sei, da ich nach Abschluss des Prozesses uneingeschränkt meinem Vergnügen nachgehen könne, ohne fürchten zu müssen, wieder schwanger zu werden. Der gute Mann ahnte ja nicht, wie sehr mich das bedrückte. Es dauerte nicht lange, und mein Salon galt als der fröhlichste und lebhafteste in ganz Athen, sodass sich nach einiger Zeit auch meine griechischen Freunde wieder einfanden. Und so wurde ich, ohne es zu wollen, erneut in politische Belange hineingezogen.

Doch bevor es dazu kam, gewann ich eine neue und sehr

ungewöhnliche Freundin. Als ich eines Morgens auf dem Paddock mit Ghost arbeitete, der inzwischen zu seiner alten Form zurückgefunden hatte, eilte Giorgio vom Haus zu mir herüber, um mir eine Besucherin anzukündigen. »Es ist die Herzogin, Mylady«, stieß er keuchend hervor. Ich hatte schon von der Herzogin gehört – sie war die einzige Person im ganzen Land, die diesen Titel führte. Sie war während meines Aufenthalts in Rom nach Athen gekommen und hatte versucht – sicher unbeabsichtigt –, mir den Rang abzulaufen. Sie hatte sich einen Palast gebaut, noch größer und prunkvoller als der unsere, und da sie offensichtlich wohlhabender war als ich, war ihr ganzer Lebensstil noch aufwendiger als meiner.

Die Herzogin von Plaisance hatte sich ihren Titel durch die Heirat mit Charles François Lebrun erworben, der seinerzeit ein politischer Verbündeter Bonapartes gewesen war, was ihm nach Gründung des Empire im Jahre 1804 einen Adelstitel eingebracht hatte. Sophie hatte allerdings schon vor der Ehe dem Adel angehört, war sie doch die Tochter des Marquis von Barbe-Marvois. Sie hatte sich großartig am kaiserlichen Hof eingefügt und war sogar Hofdame von Josephines Nachfolgerin gewesen, Marie-Louise von Österreich. Nach dem Zusammenbruch des Kaiserreichs hatte sie ihren Mann und Frankreich verlassen und war schließlich in Griechenland »gestrandet«. Ihren Sohn, der offenbar in der Armee Karriere machte, schickte sie auf Europareise, damit er einen Fürsten als Ehemann für ihre Tochter Louise fand. Da sie sich mit keinem geringeren Titel zufrieden geben wollte, erwies sich die Suche als langwieriges Unterfangen, das letztendlich im Sande verlief, als die junge Frau unerwartet verstarb und als Jungfrau das Zeitliche segnete.

Dass ich die Herzogin bisher nicht besucht hatte, lag nicht nur daran, dass ich sie bis zu einem gewissen Grad als Parvenu betrachtete, erst recht in Athen, sondern hatte vor allem damit zu tun, dass man ihr nachsagte, sie wäre nicht ganz richtig im Kopf. Aber zumindest versprach eine Begegnung interessant zu werden, und da sie *mich* aufgesucht hatte, war ich gewillt, sie zu empfangen. Ich ging ins Haus, die Reitgerte noch in der Hand ... und erlebte eine Riesenüberraschung. Ich hatte gewusst, dass sie einige Jahre älter war als ich, war aber nicht vorbereitet auf ihre Größe: Sie war die kleinwüchsigste erwachsene Frau, die mir je begegnet war – keinen Meter fünfzig groß –, und spindeldürr. Tatsächlich war auf den ersten Blick kaum zu erkennen, dass sich unter dem breitkrempigen Hut und dem weißen Leinengewand überhaupt ein Mensch verbarg. Aber wie verblüfft ich auch sein mochte – sie zeigte sich bei meinem Anblick sichtlich entzückt. »Meine liebe Gräfin«, sagte sie. »Ich habe mich ja so darauf gefreut, Ihre Bekanntschaft zu machen! Sie sind genauso, wie man Sie mir beschrieben hat. So groß, so elegant und schön ... und welch ein Teint!«

Sie sprach Französisch, und so antwortete ich in derselben Sprache. »Wie lieb von Ihnen. Sie müssen meine Aufmachung entschuldigen; ich komme gerade vom Ausreiten. Nehmen Sie doch bitte Platz, dann gehe ich rasch nach oben und ziehe mich um. Giorgio, Wein für die Herzogin.«

»Nein, nein, vielen Dank. Ich kann nicht bleiben. Ich wollte Sie nur unbedingt kennen lernen. Aber Er wartet auf mich.«

»Oh, ich verstehe. Auch wenn es manchmal heißt, es wäre nicht verkehrt, einen Liebhaber ab und an warten zu lassen, zumindest ein wenig.«

»Nicht doch, meine Liebe. Ich habe keinen Liebhaber. Gott bewahre! Ich spreche von unserem Herrn.«

»Aha«, entgegnete ich nur, da mir göttliche Eingebung versagt blieb.

»Wir unterhalten uns jeden Tag Punkt zwölf«, erklärte Sophie mir ernsthaft.

»Und antwortet er?«

»Aber selbstverständlich. Er hat mich zu seiner Dienerin auf Erden auserkoren.«

»Aha«, sagte ich noch einmal, immer noch ratlos.

»Ich werde Sie nicht länger stören. Aber ich schaue bald wieder vorbei.«

☆

Der Winter 1849/50 war der kälteste, den Griechenland je erlebt hatte. Tagelang lag Schnee in den Straßen Athens. So etwas hatte es noch nicht gegeben. Entsprechend unvorbereitet war die Stadt, sodass ich meine Morgenausritte ausfallen ließ aus Angst, Ghost könnte auf Schnee und Eis ausrutschen und stürzen. Andere brachte das Naturschauspiel ziemlich aus der Fassung, vor allem die Königin. Nachdem sie kinderlos geblieben war und nie das Glück gekannt hatte, ein Kind in den Armen zu halten, und nachdem man sie gewarnt hatte, dass die Staatskasse leer und weitere architektonische Abenteuer nicht zu bezahlen seien, hatte sie sich der Blumenzucht zugewandt. Es hieß, sie besäße den schönsten Garten in ganz Griechenland, mit exotischen Pflanzen, die aus dem gesamten Morgenland und Nordafrika zusammengetragen worden waren. Diese Pracht wurde nun binnen weniger Tage vom Frost vernichtet.

Da ich selbst Pflanzen über alles liebte, bedauerte ich diesen herben Verlust trotz aller persönlicher Feindschaft zwischen uns. Dann aber zog diese häusliche Tragödie Kreise. Wie sich herausstellte, hatte Amalia zur Erschaffung ihres ganz persönlichen Garten Eden, der größtenteils während meiner Abwesenheit entstanden war, Land gebraucht, das sie sich einfach angeeignet hatte. Zwar war den rechtmäßigen Eigentümern eine Entschädigung zugesagt worden, die aber nie bezahlt wurde. Die kleinen griechischen Landbesitzer hatten es nicht gewagt, ihre Forderung gegenüber dem Königshaus gerichtlich geltend zu machen, aber nicht alle Gläubiger waren Griechen: Eine der größten Parzellen, die Amalia vereinnahmt hatte, gehörte einem Engländer namens George Finlay. Ich kannte George recht gut, und er war auch mehrmals Gast in meinem Haus gewesen. Er war ein ziemlich jähzorniger Mensch, aber ich hatte ihn stets interessant gefunden, da er in den Wochen vor Byrons Tod mit dem Helden meiner Jugend in Missolonghi gewesen war und manche Anekdote aus dieser Zeit zu berichten wusste. Außerdem hasste er als echter englischer Gentleman jede Ungerechtigkeit, besonders, wenn diese sich gegen ihn selbst richtete. Es hatte ihn immer schon geärgert, dass die Königin einen Teil seines Landes beschlagnahmt hatte, aber er hatte sich mit der Aussicht auf die versprochene Entschädigung getröstet. Nachdem zwei Jahre vergangen waren, ohne dass er trotz mehrmaliger Anfragen auch nur eine Drachme erhalten hätte, teilte man ihm nun mit, dass er keine Zahlung mehr erwarten könne, nachdem der Garten nicht mehr bestünde. Außer sich vor Wut trug George den Fall der höchsten rechtlichen Instanz der Welt vor, dem britischen Parlament. Ich weiß nicht, wie weit er für sich allein gekommen wäre, doch zufällig begab es sich, dass im Sommer 1850 ein weiterer Untertan der britischen Krone wegen unrechtmäßiger Enteignung Anzeige gegen die griechische Regierung erstattete.

Besagter Kläger hieß Don Pacifico, ein zugegeben ungewöhnlicher Titel für einen Engländer. Tatsächlich war er maurischer Jude, doch er war britischer Staatsbürger geworden, auf welchen Umwegen auch immer. Seine »unverschämte« Forderung gegenüber der griechischen Regierung erregte dann auch den Zorn eines antisemitischen Mobs, der sein Haus niederbrannte. Das war kurz vor meiner Rückkehr nach Athen gewesen, und seinerzeit hatte der Zwischenfall niemanden weiter aufgeregt – abgesehen von Don Pacifico selbst, versteht sich. So reichte er ebenfalls Klage bei der britischen Regierung ein. Seine Petition erreichte das Parlament zeitgleich mit Finlays. Der Außenminister, auf dessen Schreibtisch die beiden Beschwerdeschreiben landeten, war niemand anders als mein alter Freund und gelegentlicher Tanzpartner Palmerston. Harry, der nicht nur im Bett stets ein wenig impulsiv gewesen war, hatte die Affäre zu einem nationalen Konflikt hochstilisiert und eine Schwadron der Royal Navy nach Piräus geschickt, um Finlays und Pacificos Forderungen Nachdruck zu verleihen. Die Rechtmäßigkeit dieser Aktion, die beinahe einem militärischen Einsatz gleichkam, wurde allseits infrage gestellt, und Harry wurde in ganz Europa – auch vom eigenen Parlament – für seine Eigenmächtigkeit auf das Heftigste kritisiert. Er rechtfertigte sein Handeln in einer wahrhaft brillanten Ansprache, in der er unter anderem die Worte Civis Romanus Sum benutzte, die auf Münzen aus Cäsars Zeiten geprägt waren und sinngemäß bedeuteten, dass auch der geringste römische Bürger ein Anrecht auf den uneingeschränkten Schutz des römischen Reiches habe.

Hehre Worte für das Volk. Doch Otto beschloss, sich entschieden gegen diese Einmischung in rein innernpolitische Angelegenheiten zur Wehr zu setzen – zweifellos angestachelt von seiner Frau und seinen Beratern, die hierin eine Gelegenheit sahen, etwas für sein Ansehen bei der griechischen Bevölkerung zu tun. Er lehnte eine Entschädigung kategorisch ab und zeigte sich auch nicht verhandlungsbereit. Bislang war die Sache klein gehalten worden, ein Disput auf diplomatischer Ebene, und auch die britischen Kriegsschiffe, die vor Athen ankerten, hatten keine weiter reichenden Konsequenzen, als dass es in den Straßen von gut aussehenden, blau uniformierten jungen Offizieren wimmelte. Diese landeten natürlich bald im berühmtesten

Haus der Stadt – meinem –, und gemeinsam erlebten wir eine Reihe wirklich rauschender Feste. Mit einem Kapitän, Robert Drummond, schloss ich sogar Freundschaft, die bis zum heutigen Tag besteht, wenngleich er inzwischen Marineattaché unserer Königin ist, die mich nie besonders leiden konnte.

Aber das alles war natürlich zu schön, um von Bestand zu sein. Nachdem seine bombastische Geste keinen Erfolg zeigte und Otto diese offensichtlich als Bluff deutete, krempelte Palmerston die Ärmel auf. Befehle wurden erteilt, und die Marine verwandelte sich von einer bloßen Präsenz in eine bedrohliche Macht. Die gesamte griechische Flotte wurde unter Arrest gestellt, die Schifffahrt von und nach Piräus lahm gelegt und ein Handelsembargo verkündet. Plötzlich drohte ein Krieg!

## 14. KAPITEL
## Der König der Berge

Letztlich kam es nicht zum Äußersten, weil ein militärischer Konflikt schlicht unmöglich war. Griechenland konnte weder der britischen Militärmacht trotzen, noch konnte es aufgrund der prekären Finanzlage einer längeren Blockade standhalten, und Hilfe von dritter Seite war auch nicht zu erwarten: Die gekrönten Häupter Europas mochten zwar die britische Eigenmächtigkeit verurteilen, leckten jedoch noch ihre Wunden nach den Ereignissen von 1848. Russland, das einzige Land, das möglicherweise eingegriffen hätte, war mit eigenen Kriegsplänen beschäftigt, die jedoch nichts mit Griechenland zu tun hatten. Und so gab Ottos Regierung sich nach zwei Monaten geschlagen und zahlte eine Entschädigung von 8000 Pfund an die Kläger, was den Staat nahezu ruinierte. Die Königliche Marine segelte heim nach Malta, und die Normalität kehrte zurück.

Natürlich blieb das alles nicht ohne Folgen. Die Griechen entwickelten verständlicherweise eine ausgeprägte Fremdenfeindlichkeit, vor allem gegenüber den Briten. Die Situation während des diplomatischen Tauziehens war tatsächlich sonderbar gewesen. Großbritannien und Griechenland hatten nicht offiziell im Krieg gestanden, und so hatten die britischen Seeleute beim Landgang die Antiquitätengeschäfte und Tavernen von Piräus und Athen frequentiert, während die Offiziere sich auf das Haus der berühmtesten englischen Residentin konzentriert hatten, wo sie herzlich willkommen waren. In meinen Augen war nichts dabei. Immerhin waren es meine Landsleute, und ich genoss ihre Gesellschaft; niemand hätte ernsthaft von mir erwarten können, ihnen die kalte Schulter zu zeigen. Aber meine Beliebtheit litt unter meinem »Verrat«, und man jubelte mir nicht mehr zu, wenn ich durch die Straßen Athens ritt. Gelegentlich sah ich mich sogar Buhrufen ausgesetzt. Das alles war aber nichts verglichen mit der Feindseligkeit, die mir vom Palast entgegenschlug. Zum ersten Mal wurde diese kurz nach Aufhebung der Blockade spürbar. »Ich wurde in den Ruhestand versetzt«, teilte Spiro mir eines Tages mit. »Ich bin nicht mehr königlicher Adjutant.«

»Du meinst, man hat dich gefeuert«, entgegnete ich, vielleicht ein wenig grausam.

»Einen Theotoky feuert man nicht«, erwiderte er. »Ich wurde in den Ruhestand versetzt. Und das nur, weil ich mit dir verheiratet bin.«

»Das könnte allerdings damit zu tun haben«, pflichtete ich ihm bei.

»Du hast mich ruiniert. Ich wusste schon vor sieben Jahren, dass es eines Tages dazu kommen würde. Pack deine Sachen. Wir gehen zurück nach Korfu.«

Ich hob den Kopf. »Ich habe nicht die Absicht, nach Korfu zurückzukehren.«

»Es hat dir dort immer gut gefallen!«

»Ja, als ich dort mit einem Mann zusammenlebte, den ich liebte und der meine Liebe erwiderte. Diesen Mann gibt es nicht mehr. Ich bin nicht mal sicher, ob es ihn überhaupt je gegeben hat.«

Er musterte mich in hilflosem Zorn. »Ich kann dich zwingen, mitzukommen.«

»Davon würde ich dir dringend abraten. Geh zurück zu deiner Familie, Spiro. Amüsier dich.«

»Während du hier bleibst und dich hier amüsierst.«

»Ich würde es auf jeden Fall versuchen, ja.«

»Ich werde mich nie von dir scheiden lassen.« Ich zuckte

die Achseln; das kümmerte mich damals nicht sonderlich. Er ging, blieb an der Tür aber noch einmal stehen. »Wirst du weiterhin die 100 Pfund überweisen?«

Das, was ihm seit Jahren das Wichtigste an unserer Beziehung war. »Ja, Spiro.«

»Lebenslang?«

»Das kann ich nicht versprechen. So lange, wie ich es für richtig halte.«

Wieder ein böser Blick. »Weißt du, wer meinen Platz als erster Adjutant einnehmen soll?«

»Das interessiert mich nicht.«

»Dieser Räuberhauptmann aus den Bergen, dieser selbst ernannte König der Berge. Petros. Ist das zu fassen?«

»Das ist ein Zeichen der Zeit«, entgegnete ich achselzuckend.

☆

Es wurde Sommer. Ich beschloss, im Ausland Urlaub zu machen, und schrieb Mama, um zu fragen, ob wir uns irgendwo treffen sollten. Inzwischen waren fünf Jahre vergangen, seit wir uns das letzte Mal gesehen hatten. Sie hätte England vorgezogen, aber da ich wusste, dass ich dort nicht sehr willkommen sein würde, einigten wir uns schließlich auf die Schweiz. Eugénie und ich brachen also auf in die Alpen, und Mama reiste wie gewöhnlich in Begleitung Steelys, was in diesem Fall aber auch nötig war, denn meine ehemalige Gouvernante war inzwischen Mamas Pflegerin geworden und versorgte sie mit mehr Liebe und Fürsorge, als sie mir je entgegengebracht hatte. Mamas Anblick versetzte mir einen Schock, und so war ich umso dankbarer, dass sie Steely an ihrer Seite hatte. Sicher, sie war inzwischen vierundsiebzig Jahre alt, aber sie wirkte noch älter. Ihr Haar war fast weiß, sie ging am Stock, und Aufstehen wie Hinsetzen fielen ihr gleichermaßen schwer.

Sie schien sich wie immer aufrichtig zu freuen, mich zu sehen, und hatte aus England viel zu berichten, wo Edward und Kenelm, natürlich zusammen mit ihren Frauen, Mama inzwischen nicht weniger als sechzehn Enkelkinder geschenkt hatten und somit mir selbst ebenso viele Nichten und Neffen. Meine Neuigkeiten waren aus ihrer Warte natürlich weniger schön, musste ich ihr doch mitteilen, dass Spiro und ich uns endgültig getrennt hatten. Wie schon in der Vergangenheit konnte sie auch diesmal nicht verstehen, was mich dazu getrieben hatte, ihn zu verlassen, aber immerhin hatte sie sich längst damit abgefunden, dass es vergebliche Mühe gewesen wäre, mich zu etwas überreden zu wollen. Wir verlebten eine sehr schöne Zeit zusammen, in der ich viel zeichnete, und bevor unsere Wege sich wieder trennten, versprachen wir einander, in Zukunft engeren Kontakt zu halten. Doch es kam alles anders.

☆

Ich kehrte sehr finsterer Laune zurück nach Athen und fand dort ein unnatürlich stilles Haus vor. Meine Dienstboten waren noch dort, doch Giorgio, den ich sehr geschätzt hatte, hatte seinen Herrn nach Korfu begleitet. Ebenso Madame Zorba. Hinzu kam, dass die meisten meiner Freunde aufgrund der zunehmenden Fremdenfeindlichkeit weggezogen waren. Ich bereute nicht, mit Spiro gebrochen zu haben, musste mir aber überlegen, was ich mit meiner Zeit anfangen sollte, nachdem niemand mehr da war, den ich besuchen oder einladen konnte. Als ich dann eine Nachricht der Herzogin erhielt, die mich bat, ja förmlich anflehte, sie zu besuchen, kam ich der Bitte nach, denn ich hatte ohnehin nichts Besseres zu tun.

Da sie ganz in der Nähe wohnte, beschloss ich, zu Fuß zu gehen. Um ehrlich zu sein fand ich ihre Villa mit den griechischen Säulen, die aussahen, als wären sie nachträglich hinzugefügt worden, ziemlich vulgär.

Das Tor war nicht verschlossen, was mich überraschte und beunruhigte, zumal ich nirgends Gärtner oder Wachleute sehen konnte. Ich stieß es auf und trat ein. Mir ging gerade der Gedanke durch den Kopf, die Herzogin zu warnen, künftig vorsichtiger zu sein, als plötzlich ein Höllenlärm über mich hereinbrach. Ein Rudel Hunde jeder Größe, Farbe und Form stürzte jaulend, kläffend und knurrend auf mich zu, angeführt von acht schneeweißen irischen Wolfshunden, von denen mir jeder einzelne bis zur Hüfte reichte.

Beinahe wäre ich geflüchtet, aber ich hatte noch nie gekniffen und sagte mir, dass ich jetzt nicht damit anfangen wollte. Ich griff nach meiner Handtasche, auch wenn mir durch den Kopf ging, dass es kein guter Beginn unserer Freundschaft wäre, wenn ich einen von Sophies Hunden erschoss. Aber wenn mir keine andere Wahl blieb, war ich bereit, bis zum Äußersten zu gehen. Ich hatte eben einen der Revolver gezogen, als eine Glocke ertönte, woraufhin die Meute wenige Meter vor mir abrupt Halt machte. Die Hunde verstellten mir jedoch weiterhin den Weg, und so war ich erleichtert, als Sophie auf die Veranda kam. »Meine Liebe ... Ich hoffe, Sie haben sich nicht erschreckt.«

Hastig steckte ich die Waffe weg. »Ich habe ein gesundes Herz.«

Sie hatte meine Geste bemerkt und kam den Weg hinunter auf mich zu. Ihre treuen Wächter machten ihr schwanzwedelnd Platz. »Sie wollten doch nicht etwa auf sie schießen?«

»Im Ernstfall schon, Herzogin.«

Sie blieb vor mir stehen. »Sie sind so stark, so mutig und so schön. Wie ich Sie beneide! Sie müssen mich Sophie nennen.«

»Und Sie mich Ianthe.«

»Was für ein hübscher Name. Kommen Sie, kommen Sie.«

Wir bahnten uns einen Weg durch das Rudel, das enttäuscht zu sein schien, seines Frühstücks beraubt worden zu sein. Als wir das Haus betraten, machte ich große Augen, da es im ersten Moment an eine Kirche erinnerte, wenn auch überall Tische mit Zeichnungen, Plänen und sogar Modellen von Miniatur-Parthenons herumstanden. »Das ist der Tempel, den ich errichten möchte«, erklärte Sophie.

»Tempel oder Kirche?«

»Tempel. Er will es so.«

»Aha.« Ich ging von einem Tisch zum anderen. »Die Pläne sind sehr professionell. Hat Er sie für Sie gezeichnet?«

»Himmel, nein.« Sie war sichtlich verblüfft von meiner Ignoranz. »Er lässt andere für sich arbeiten.«

»Und wann fangen Sie mit dem Bauen an?«

»Das weiß ich nicht. Dazu hat Er sich noch nicht geäußert. Aber kommen Sie, trinken Sie ein Glas Wein mit mir, und erzählen Sie mir alles von sich.« Wir wurden von einem Dienstmädchen bedient, das wie seine Herrin Weiß trug. Männer schien es im ganzen Haus keine zu geben. Der Wein war sehr gut. Sophie stellte Fragen, die ich so schonend wie möglich beantwortete, da ich sie nicht schockieren wollte. Dennoch war sie am Ende sichtlich befremdet. »Von drei Ehemännern verlassen«, sagte sie kopfschüttelnd. »Eine so schöne Frau.«

»Also, um ehrlich zu sein war ich es, die sie verlassen hat«, entgegnete ich.

»Weil man Ihnen keine andere Wahl gelassen hat. Und dann dieser grässliche Schwarzenberg. Ich habe die Familie kennen gelernt, als ich im Dienste der Kaiserin stand, wissen Sie. Schreckliche Leute. Wie die Kaiserin übrigens auch. Man stelle sich das vor. Sie hat den Kaiser verlassen, nur weil der zum Abdanken gezwungen wurde. Sie wissen, dass er gestorben ist?«

»Wer?« Ich nahm an, dass sie von Bonaparte sprach.

»Ihr ehemaliger Liebhaber. Felix Schwarzenberg.«

»Felix ist tot?« Das war ein Schock. Man ist immer schockiert, wenn man vom Tod eines Menschen erfährt, der im gleichen Alter ist wie man selbst. Aber Felix, den ich erst so geliebt und später so gehasst hatte ... Ich musste sofort an Didi denken. Aber meine Tochter musste inzwischen verheiratet und selbst Mutter sein, und jetzt Verbindung zu ihr aufzunehmen wäre für uns beide nur eine seelische Belastung.

»Letztes Jahr. Er hatte übrigens zwischenzeitlich geheiratet.«

»Davon habe ich gehört.«

»Es geht das Gerücht, dass er einen Schlaganfall erlitten hat, als er sich gerade für ein Rendezvous mit der Frau eines anderen zurechtmachte. Männer«, fügte sie verächtlich hinzu. »Es wundert mich nicht, dass Sie ihnen abgeschworen haben.« Tatsächlich verspürte ich nach über zwei Jahren der Enthaltsamkeit eine leise Sehnsucht nach männlicher Gesellschaft, auch wenn ich keine Ahnung hatte, wie ich mir beschaffen sollte, was ich brauchte. Sie drückte meine Hand. »Sie werden es nicht bereuen. Dafür werde ich sorgen. Ich würde mich freuen, wenn Sie bei mir einziehen würden.«

Das war so ziemlich das direkteste Angebot, das man mir je gemacht hatte, und es verschlug mir die Sprache. Ich konnte Sophie nicht mit den unschuldigen Intimitäten in Verbindung bringen, die ich seinerzeit mit Stiefgroßmutter Anne getauscht hatte. Aber ich sehnte mich nach dieser langen Pause nach einer Beziehung, und dies hier klang ganz nach einem interessanten Abenteuer.

☆

Tatsächlich spielte Erotik in unserer Beziehung nur eine sehr untergeordnete Rolle. Sophie hatte ihre Launen, aber die hatte ich auch. Was sie wirklich wollte, waren Unterhaltung und verständnisvolle Gesellschaft, und die schenkte ich ihr gern, wünschte ich mir doch das Gleiche zurück. Allerdings bekam ich nicht viel. Es gab an meiner Lebensgeschichte mehr, was Sophie verurteilte als guthieß. Sie versuchte immer wieder, mich dazu zu bewegen, wie sie selbst Weiß zu tragen anstatt der kräftigen Farben, die ich so liebte. Auch bemängelte sie meine Extravaganz, vor allem in Bezug auf Spiro, dem ich weiterhin den vereinbarten Betrag überwies. »Er ist ein Mann«, schimpfte sie. »Er hat selbst für seinen Unterhalt zu sorgen.« Ich muss sagen, dass sie nie Geld von mir wollte, hatte sie doch selbst viel mehr als ich. Ich für meinen Teil sah damals aber noch keinen Grund, Spiro vollständig abzuschreiben. Noch war ich seine Frau, und ich hatte auch keine Lust, etwas daran zu ändern – eine Gräfin zu sein, hat durchaus auch etwas für sich. Rückblickend denke ich, dass meine kurze Liaison mit Sophie mir gut getan hat, wenn auch nur, weil ich bei ihr meine Trauer um Leonidas endgültig bewältigte. Wäre die Beziehung von Dauer gewesen, wäre ich vielleicht so exzentrisch geworden wie sie, was sogar beinahe geschehen wäre, da ich tatsächlich bei ihr einzog. Eugénie, die mich natürlich begleiten musste und sich nicht zum ersten Mal in einer esoterischen Welt wiederfand, die in krassem Widerspruch zu ihrer eigenen bodenständigen Natur stand, war hiervon wenig begeistert. Nach dem Umzug ging ich so weit, das Haus zum Verkauf anzubieten, da ich nie wieder dort leben wollte.

Dass Sophie exzentrisch war, lässt sich nicht leugnen. Allein ihre angebliche direkte Beziehung zu Gott hätte diese Einschätzung gerechtfertigt. Als seine Dienerin und Hohepriesterin kommunizierte sie jeden Morgen mit Ihm, und in allem, was sie tat, gehorchte sie nach eigenem Bekunden Seinem ausdrücklichen Willen. Das alles war schwierig für mich, da sie mich sehr oft aufforderte, neben ihr niederzuknien, Unser Herr sich aber nie herabließ, sich mir mitzuteilen. In Anbetracht meiner ziemlich eigenwilligen religiösen Vergangenheit machte ich Ihm hieraus keinen Vorwurf, aber es bedeutete doch, dass ich mein Leben nach Sophies Interpretation Seines angeblichen Willens zu führen hatte. Sie wartete mit wachsender Ungeduld darauf, dass Er ihr den Standort für den geplanten Tempel mitteilte, den sie als ihr Vermächtnis betrachtete, allerdings mischte sich hierin auch eine gewisse Furcht, glaubte sie doch, dass sie sterben würde, wenn sie ihre Pflicht erst erfüllt hatte. Sie projizierte diese apokalyptische Sicht der Dinge in jedes architektonische Detail, und während sie mehrere Parzellen Land in und um Athen herum besaß und sie auf jeder einzelnen mit dem Bau eines Tempels begonnen hatte, stellte sie nie einen von ihnen fertig, nur für den Fall, dass dies von Ihm als Anlass betrachtet wurde, sie nun zu »erlösen«. Diese Furcht brachte sie jedoch nicht von ihrer Pflichterfüllung ab, und sie beabsichtigte, ernsthaft mit der Errichtung des Tempels anzufangen, sobald sie die entsprechenden Instruktionen erhalten hatte. Glücklicherweise blieb die entscheidende Nachricht aus, zumindest in der Zeit, in der ich mit ihr zusammenlebte.

Abgesehen von Differenzen bezüglich Charakter, Herkunft, Lebensweise, Erfahrung und mentaler Festigkeit genossen wir unser Zusammensein, und die Einheimischen scheint unser Techtelmechtel allemal belustigt zu haben. Edward About, der Griechenland im darauf folgenden Jahr verließ, schrieb, dass es 1852 in Athen keinen faszinierenderen Anblick gegeben habe als die beiden ausländischen Aristokratinnen, die eine so groß und schön, die andere so klein und hager, die eine in modischen Pariser Chic gehüllt, die andere in elegantes, aber schlichtes Weiß, wie sie gemeinsam durch die Straßen schlenderten, unweigerlich begleitet von einem Rudel abgerichteter Hunde, die sie vor Aufdringlichkeit schützten und ihrer Herrin aufs Wort folgten. About war ein Romantiker. Er hat in seinen Schriften (wie so viele andere auch) behauptet, mich gut gekannt zu haben, und es stimmt, dass wir uns hin und wieder gesehen haben, aber ich fürchte, viele seiner Geschichten über mich sind seiner Fantasie entsprungen. Eine handelt davon, dass ich von einem gut aussehenden jungen Mann angesprochen und in ein Gespräch verwickelt wurde, wobei dieser Mann sich als Trickdieb entpuppte und mir mein Kollier stahl. Diese Episode ist wahr, und der junge Mann war so geschickt, dass ich den Diebstahl erst bemerkte, als ich bei Sophie war. Entgegen Abouts Darstellung kann ich mich allerdings nicht erinnern, auf die Frage, wie es dazu kommen konnte, erwidert zu haben, dass ich unmöglich davon ausgehen könne, ein Mann könnte es auf meinen *Schmuck* abgesehen haben, wenn er sich mir mit bewundernden Blicken nähere.

Aber alles hat einmal ein Ende. Obwohl mein Haus schon längere Zeit zum Verkauf stand, war ein Käufer für ein so teures Anwesen schwer zu finden, und so schaute ich mindestens einmal in der Woche dort vorbei, um mich davon zu überzeugen, dass das Personal alles in Schuss hielt, falls potenzielle Käufer zur Besichtigungen kämen, und dass die Pferde bewegt wurden. So war ich auch an einem Nachmittag im Herbst 1852 dort, als mein Butler mir einen Besucher ankündigte. Ich war gerade oben und eilte hinaus auf die Galerie. In meiner Eingangshalle stand Cristoforos Hadschi-Petros.

☆

Ich will gar nicht versuchen zu entschuldigen, was geschah, ich möchte nur erwähnen, dass Cristos sein Erscheinen zeitlich nicht besser hätte abstimmen können. Sophie begann mich zu langweilen, nachdem mir klar geworden war, dass ich ihre Vorstellung von der Beziehung zwischen Gott und den Menschen nicht teilen konnte – ich tendierte eher zur altgriechischen Philosophie, in der die Götter zwar allmächtig waren, aber gleichzeitig auch vergnügungssüchtige Wesen mit menschlichen Schwächen und Lastern, die deshalb – im Gegensatz zum christlichen Gott – durchaus Verständnis aufbrachten für solches Verhalten bei Sterblichen. Außerdem war mir in dieser Zeit bewusst geworden, dass es sehr lange her war, seit ich das letzte Mal mit einem Mann zusammen gewesen war. Seit Einsetzen der Wechseljahre, um genau zu sein. Dieses Ereignis, das oft zur Folge hat, dass man sich nicht mehr als vollwertige Frau fühlt, da man keine Kinder mehr gebären kann, wirkt sich manchmal sehr belastend auf die Psyche aus, und genau so war es auch bei mir gewesen. Jetzt gingen mir die Worte des Doktors durch den Kopf, ich könne die Leidenschaft sogar noch freier genießen in dem Wissen, nicht mehr schwanger werden zu können. Er hatte Recht. Und ich brauchte einen Mann.

Nicht dass mir auch nur flüchtig der Gedanke gekommen wäre, den Räuberhauptmann in mein Bett zu holen, als ich nun auf ihn blickte. Seine Uniform war entschieden sauberer als bei unserer ersten Begegnung, und auch sein Haar wirkte nicht mehr so zottelig. Allerdings war es noch weißer geworden, sodass ich annahm, er wäre bereits zu alt, um noch ein leidenschaftlicher, vor allem ausdauernder Liebhaber zu sein. Großvaters bemerkenswerter zweiter Frühling mit Anne Keppel war mir völlig entfallen. Vor allem aber war dieser alte Lüstling der ungehobeltste, vulgärste Mensch, der mir je begegnet war. »Darf ich fragen, was Sie wollen, Sir?«, fragte ich ruhig. »Sie sind hier nicht willkommen.«

Er verneigte sich tief. »Wollen Sie denn Ihr Haus nicht verkaufen?«

Ich traute meinen Ohren nicht. »Sie wollen es kaufen?«

»Ich möchte es gern besichtigen. Steht mir das als Kaufinteressent nicht zu?«

Ich zuckte die Achseln. »Führen Sie den ... Gentleman herum, Paul.« Aber zu meiner Verblüffung kam Cristos die Treppe herauf. »Was soll das?«

»Ihr Diener kann mir später das Erdgeschoss zeigen. Ich interessiere mich mehr für die oberen Etagen.«

Ich warf einen Blick auf Paul, der aber offensichtlich nicht geneigt war, sich mit jemandem wie Cristos anzulegen. Und da ich mich im eigenen Haus befand, hatte ich meine Handtasche mit den Revolvern nicht bei mir. Sie lagen in meinem Schlafzimmer. »Wie Sie wünschen«, entgegnete ich. Als er oben war, machte ich kehrt und ging ins Schlafzimmer. Ich steuerte geradewegs die Frisierkommode mit meiner Handtasche an, aber er war noch vor mir da. Wir griffen gleichzeitig nach dem Stoffbeutel, und er entwand ihn mir mit sanfter Gewalt. »Ich bin heute nicht in der Stimmung, mich erschießen zu lassen«, sagte er, die Lippen dicht an meinem Ohr.

Ich wirbelte herum, und er schloss mich in die Arme. Die Tasche mit den Revolvern hatte er einfach fallen lassen. »Fürchten Sie denn nicht, ich könnte Hilfe herbeirufen?«, fragte ich mühsam beherrscht.

»Das werden Sie nicht tun, wenn Ihnen etwas am Leben Ihrer Dienstboten liegt.« Die Arme um meine Taille geschlungen, hob er mich hoch und drückte mich an sich. Schlagartig ging mir auf, dass ich ihm Unrecht getan hatte hinsichtlich seiner Virilität. Meine Arme waren frei, und ich war versucht, ihm das Gesicht zu zerkratzen, wusste aber nicht, wie er darauf reagieren würde, und wollte nicht riskieren, dass er Gleiches mit Gleichem vergalt.

Ich beschloss, an seine Vernunft zu appellieren. »Glauben Sie wirklich, dass Sie mit Vergewaltigung und Mord durchkommen? Dafür wird man Sie hängen.«

Meine Kniekehlen schlugen gegen die Bettkante, und ich fiel mit ihm über mir rücklings auf die Matratze. Im ersten Moment blieb mir die Luft weg. »Ich bin Cristos Hadschi-

Petros. Und überhaupt, bei wem willst du dich beschweren? Im Palast würde man dich nur auslachen: Ich bin erster Adjutant des Königs, und die Königin hasst dich. Mit der Polizei kannst du ebenso wenig rechnen.«

Ich wusste, dass er Recht hatte und Hilferufe nur meine eigenen Leute in Gefahr bringen würden; er war bestimmt nicht allein gekommen. Ich würde also vergewaltigt werden. Im Augenblick war ich der Situation hilflos ausgeliefert, aber ich würde Rache nehmen. Ich fand, dass er wissen sollte, was ihn erwartete, und während er erst mein Kleid zerriss, um meine Brüste zu entblößen, und mir anschließend grob in den Schritt fasste, sagte ich gepresst: »Ich werde dich töten.«

»Könnte es einen schöneren Tod geben?« Er drehte mich auf den Bauch. Obwohl ich schon fünfundvierzig war und einige sexuelle Erfahrung besaß, war ich doch so konditioniert von Manieren, Moral und Konventionen, dass ich nicht mehr als Schläge erwartete – ein Grund mehr, dem Mann bei nächster Gelegenheit das Hirn wegzupusten. Auch als er meine Röcke bis zur Taille hochschob, ahnte ich noch nicht, was mich erwartete. Dann aber packte er mein rechtes Bein knapp über dem Knie und drückte es weg von dem linken, auf dem er lag, und immer höher, fast bis zu meinen Brüsten. Hiernach schlug er mir mehrmals auf die Pobacken, ehe er die Hand zwischen sie gleiten ließ.

Mein Gott, schoss es mir durch den Kopf. Endlich ging mir auf, was er vorhatte. Ich wehrte mich verbissen und versuchte, nach ihm zu schlagen und zu treten. Aber es war zwecklos, und als er der Ansicht war, dass ich bereit sei, ihn aufzunehmen (was ich zu meiner Überraschung – und wie manch einer meinen mag, zu meiner grenzenlosen Schande – auch war), drang er in mich ein. Allerdings hielt er sich dabei zu meiner Erleichterung an dieselbe Öffnung wie alle meine vorherigen Liebhaber, nur dass er eben einen mir völlig neuen Zugang wählte, wobei er aufgrund meiner weit gespreizten Beine tiefer vordringen konnte als jeder andere vor ihm. Um es kurz zu machen: Trotz aller Wut und Demütigung versetzte er mich innerhalb kürzester Zeit in eine Ekstase, wie ich sie nie zuvor gekannt hatte. Aber damit war es nicht getan. Das Ganze setzte sich noch eine Ewigkeit fort, und als er schließlich zum Höhepunkt kam, war ich schon mehrfach gekommen.

Hinterher lagen wir lange schweigend da, während ich mein rechtes Bein langsam an seinen Platz zurücksinken ließ, nicht nur, weil dies bequemer war, sondern zudem, um ihn in mir festzuhalten. Aber er zog sich zurück, auch wenn er noch einige Zeit schwer atmend auf mir liegen blieb. Mir ging es nicht viel anders. Und ich rührte mich nicht, weil ich nicht wusste, wie ich ihm gegenübertreten sollte, hatte er doch jeden meiner bisherigen Liebhaber bei weitem übertroffen, sodass ich mir möglichst bald eine Wiederholung dieser göttlichen Gefühle wünschte. Schließlich stand Cristos auf. Ich blieb auf dem Bauch liegen und hörte, wie er durchs Zimmer ging. »Das sind wahre Kunstwerke«, hörte ich ihn schließlich sagen. »Ich habe noch nie Waffen wie diese gesehen.«

Ich setzte mich auf und sah, dass er die Revolver sehr aufmerksam betrachtete. Als ich mich rührte, blickte er auf und lächelte mir zu. »Du wolltest mich töten. Hier.« Er drehte den Revolver herum, packte den Lauf und hielt ihn mir hin. Ich starrte ungläubig auf die Waffe. »Keine Angst«, sagte er. »Von der Hand einer solchen Frau mit einer solchen Waffe erschossen zu werden, kann mich nur geradewegs ins Paradies befördern.«

Ich nahm die Waffe, legte sie jedoch weg. »Ich denke, wir sollten gemeinsam zu Abend essen und anschließend ... einiges besprechen.«

☆

Sophie machte sich Sorgen, als ich am Abend nicht zurückkam, und schickte eine ihrer Hausangestellten, um nach mir zu sehen. Cristos und ich waren zu dieser Zeit nun wirklich sehr beschäftigt, sodass ich sie nicht empfangen konnte, was zur Folge hatte, dass Sophie früh am nächsten Morgen persönlich herüberkam. Cristos nahm seine Pflichten als Adjutant nicht so ernst, dass er ihretwegen das Bett seiner Geliebten früher als unbedingt nötig verlassen hätte, und so war er noch bei mir. Da Paul es nicht über sich brachte, der Herzogin den Zutritt zu verweigern, ertappte sie uns in flagranti. Sie starrte uns einige Sekunden fassungslos an und ging dann hinaus. Unten hielt sie sich gerade so lange auf, um eine Nachricht zu hinterlassen: *Ich wünsche eine Erklärung für dein abscheuliches Benehmen.* Als wäre sie meine Mutter!

»Wird sie Ärger machen?«, fragte Cristos.

»Nein«, entgegnete ich entschieden.

»Wann sehen wir uns wieder?«

»Heute Abend. Heute Nachmittag. Sobald du dich freimachen kannst.«

»Du bist die leibhaftige Aphrodite. Du hast mich verhext.«

»Ich bin Aurora, die Morgenröte. Und du hast mich erobert.«

☆

Es erfüllte mich mit Verwunderung und Bedauern, wenn ich an all die vielen gut aussehenden jungen Männer und wunderschönen, eleganten Ladys meiner Jugend dachte, von denen keiner ahnte, was körperliche Liebe wirklich bedeuten konnte. Und Cristos, der nun endgültig keine Abwehr meinerseits mehr zu fürchten hatte, nahm meinen Körper erneut in Besitz, wobei seine Hände für sich allein schon ein Feuerwerk entfachten, ganz zu schweigen von dem, was sich zwischen meinen Schenkeln abspielte. Ich war schon immer der Meinung gewesen, dass der Liebesakt im Westen sehr steril und unbefriedigend sei, da die Missionarsstellung alle Bemühungen auf eine doch recht beschränkte Fläche begrenzte, während der eigentliche Akt nach oraler oder manueller Stimulation nur den krönenden Abschluss vorausgegangener Freuden darstellt. Sogar bei der Reiterstellung, die Spiro und ich bevorzugt hatten, hatte er letztlich nicht viel mehr tun können, als mit meinen Brüsten zu spielen, und auch damit war kurz vor dem Höhepunkt Schluss gewesen. Cristos hingegen berührte, streichelte, massierte und reizte meinen Körper bis zum letzten Stoß und oft noch darüber hinaus.

Aber wie viel meine neue Liebe mir auch bedeutete – und wie gewöhnlich ging ich davon aus, dass es die Letzte sein würde –, vergaß ich doch meine Manieren nicht. Ich badete, kleidete mich an und ging zu Sophie hinüber. Sie empfing mich in einem imposanten Sessel, in dem sie thronte wie eine Königin. »Nun?«, fragte sie. »Bist du gekommen, um mich um Verzeihung zu bitten?«

»Ehrlich gesagt, nein.«

»Wie bitte? Glaubst du wirklich, dass ich dich zurückhaben will, nachdem du dich so schändlich benommen hast? Glaubst du denn, Er würde jemals wieder mit mir reden, wenn ich das tun würde?«

»Vermutlich nicht«, pflichtete ich ihr bei.

»Du wirst niederknien und um Vergebung beten, bis ich dir gestatte, dich wieder zu erheben.«

»Ich fürchte, das werde ich nicht tun.«

»Wenn du dich weigerst, habe ich keine Verwendung mehr für dich.«

»Ich bin ganz deiner Meinung.«

»Was soll das heißen?«

»Dass ich gekommen bin, um meine Sachen und Eugénie zu holen. Ich gehe zurück nach Hodas Sokratos.«

»Du ... du verlässt mich?« Ihre Stimme bebte.

»Meine liebe Sophie. Du bist sehr gütig zu mir gewesen, und ich werde immer voller Zuneigung an dich zurückdenken. Aber unsere Zeit ist abgelaufen. Du musst deinen Tempel bauen, und ich ... ich muss mein Leben leben.«

»Mit diesem Schurken? Dann bist du endgültig eine gefallene Frau.«

»Diesen Status habe ich schon vor dreiundzwanzig Jahren erworben. Und es war eine schöne und aufregende Zeit.«

Sie brach in Tränen aus.

☆

Eugénie war erleichtert, als ich sie nach Hause zurückholte und mich in eine wahre Orgie der Zügellosigkeit stürzte, die ich endlich als wichtigen Teil meiner Natur akzeptierte. Mir war klar, dass Cristos mindestens so sehr an meinem Reichtum wie an meinem Körper interessiert war, aber das war ja bei Spiro nicht anders gewesen. Und es war mir egal, da Cristos mich befriedigte, wie kein Mann vor ihm es vermocht hatte und keiner nach ihm es tun würde, davon war ich überzeugt. Und da er mich so glücklich machte, war ich gewillt, auch ihn glücklich zu machen, wobei ich selbstverständlich nicht im Traum daran dachte, die Kontrolle über meine Finanzen aus der Hand zu geben. Er war immer noch fasziniert von meinen Revolvern und fragte, ob ich ihm nicht einen überlassen könne. »Sie sind meine ständigen Begleiter«, entgegnete ich.

»Aber wozu brauchst du sie denn? Wen willst du erschießen? Wenn du Schutz brauchst, stehe ich dir mit meinen Männern zur Verfügung.«

»Ich nehme die Dinge lieber selbst in die Hand. Zumindest in den meisten Fällen. Ich könnte dir aber ein Paar besorgen.«

»Wirklich? Das würdest du tun?« Ich bestellte zusammen mit dem nächsten Schwung Kleider auch zwei Colts in Paris, zusammen mit einem großen Munitionsvorrat, argwöhnte ich doch, dass die Waffen bei Cristos häufiger zum Einsatz kommen würden als bei mir. Er war entzückt, als sie schließlich eintrafen, und zog sich sofort mit ihnen in den Garten zurück, um sie auszuprobieren. Er machte große Augen, als ich mit dem ersten Schuss die Flasche traf, auf die er mehrmals vergeblich gezielt hatte. »Athene!«, rief er aus. »Du bist die Wiedergeburt der Athene!«

»Ich dachte, ich wäre die der Aphrodite«, zog ich ihn auf.

»Auch die!«

»Ich bin nun mal einzigartig.« Und manchmal glaubte ich das wirklich.

☆

Aber auch als Göttin musste ich mich mit den Fallstricken des Menschseins auseinander setzen. Cristos und ich machten unsere Liaison nicht publik. Er kam nach Dienstschluss zu mir, betrat das Haus aber so diskret wie möglich. Und nachdem ich so lange skandalfrei gelebt hatte und auch keine Gäste mehr empfing, ging ich davon aus, dass niemand etwas von unserer Romanze erfahren würde. Vielleicht brüstete er sich mit seiner Eroberung, vielleicht wurde er auch beim Betreten oder Verlassen des Hauses gesehen, oder Sophie plauderte etwas aus, was ich ihr durchaus zugetraut hätte. Jedenfalls sprach die Kunde sich herum und erreichte irgendwann auch den Palast, sodass Cristos eines Tages tief betrübt heimkehrte. »Ich wurde in den Ruhestand geschickt«, teilte er mir betreten mit.

»Du? Entlassen? Du sagtest doch, dass es nie dazu kommen würde.«

»Ich wurde nicht entlassen.« Offenbar hatten griechische

Männer ein Problem mit diesem Begriff. »Ich wurde meines Amtes als Erster Adjutant des Königs enthoben.«

»Oh, Cristos, das tut mir aufrichtig Leid. Andererseits ...« Ich drückte seine Hände. »Dann haben wir künftig mehr Zeit füreinander.«

»Mir wurde befohlen, Athen zu verlassen.«

»Man hat dich in die Verbannung geschickt? Können sie das denn?«

»Nicht direkt. Aber man hat mich mit einem anderen Posten betraut. Ich soll mein altes Amt als Gouverneur der Bergregion wieder einnehmen. Es gibt dort oben einigen Ärger, und ich soll für Ruhe und Ordnung sorgen.«

»Das heißt, du wirst wieder König der Berge«, rief ich aus und musste an Madame Normandes Prophezeiung denken.

Er lächelte schief. »Mag sein, ja. Aber es bedeutet auch, dass wir uns trennen müssen. Mein Hauptquartier wird in Lamia sein, und das liegt mehrere Tage entfernt.«

»Wir werden uns nicht trennen. Ich werde mit dir gehen.«

»Nach Lamia. Ich werde aber viel in den Bergen sein.«

»Dann begleite ich dich auch dorthin.«

»Das kann ich nicht erlauben. Das wäre zu beschwerlich. Regen, Schnee ... wir hätten kein Dach über dem Kopf ...«

»Aber ich würde in deinen Armen schlafen.«

»Es wäre sehr gefährlich. Wenn du diesen Wegelagerern in die Hände fällst ...«

Ich sagte mir, dass sie mir nichts Schlimmeres antun könnten als er seinerzeit, behielt den Gedanken aber für mich. »Wer sollte mich gefangen nehmen? Bin ich nicht der beste Schütze, den du kennst? Bin ich nicht die Reinkarnation der Athene und der Aphrodite? Manchmal habe ich das Gefühl, dass ich auch etwas von Artemis habe: Sie war ebenfalls schön und geschickt im Umgang mit Waffen.« Allerdings war sie im Gegensatz zu mir eine keusche Göttin gewesen.

Er schüttelte den Kopf. »Das würde die Königin niemals erlauben.«

»Die Königin wird nichts davon erfahren. Du wirst deinen Posten antreten, und ich werde allein nachkommen. Ich bitte dich nur, auf mich zu warten, bis du in die Berge gehst.«

»Ich werde warten.«

»Und dass du nur mich lieben wirst und dich von anderen Frauen fern hältst.«

»Bedeutet dir das denn so viel?«

»Mehr als alles andere. Ich kann und will meine Liebe nicht teilen.«

Er schloss mich in die Arme. »Und das sollst du auch nicht. Du bist meine Göttin. Ich schwöre, dass ich bis ans Ende meiner Tage keine andere Frau mehr lieben werde.«

☆

Jetzt musste ich noch Eugénie beibringen, dass wir wieder auf Reisen gehen würden. Diesmal wirkte sie bedrückt. Bei meinen anderen Mädchen, Lucy und Emma, hatte ich nie gefragt, was sie in ihrer Freizeit so anstellten und mit wem, Eugénie aber war eine starke, selbstbewusste Frau, die aus ihrer Sinnlichkeit keinen Hehl machte, sodass ich davon ausging, dass sie die freien Stunden zu nutzen verstand. In letzter Zeit hatte ich den Eindruck gewonnen, dass sie seit unserer Rückkehr nach Athen eine feste Beziehung hatte, sodass ich sie verstehen konnte. »Aber denk doch an die vielen Pelikari«, versuchte ich sie aufzuheitern. »Die werden verrückt nach dir sein.«

»Werden sie alle so sein wie General Petros?«

»Ganz bestimmt.« Seltsamerweise schien sie das eher abzuschrecken als zu freuen. Aber in meiner Vorfreude auf das größte Abenteuer meines bisherigen Lebens dachte ich nicht weiter darüber nach. So packten wir und begaben uns schon wenige Tage nach Cristos über die Hauptstraße, sofern man den holprigen Weg überhaupt als solche bezeichnen konnte, nach Norden in Richtung Lamia. Für mich war der Weg nicht weiter beschwerlich, da ich beschlossen hatte, die Strecke im Sattel zurückzulegen. Die meiste Zeit ritt ich Ghost, nahm aber noch mehrere Ersatzpferde mit, da der arme alte Junge langsam in die Jahre kam. Eugénie ihrerseits optierte für die Kutsche und wurde furchtbar durchgerüttelt.

Die Landschaft war faszinierend. Die ersten zwei Tage führte die Straße an der Küste entlang, und ich bekam endlich die berühmten Schauplätze der Schlachten von Marathon und an den Thermopylen zu sehen. Leider erforderte es viel Fantasie und wiederholtes Nachlesen bei Herodot, dessen Geschichtswerk mich begleitete, um mir vorstellen zu können, wie den griechischen Helden der Sieg über die Perser gelungen war, da das Meer im Laufe der Jahrhunderte weiter zurückgewichen war. Die Straße führte angeblich über das Gelände, auf dem Leonidas und seine Spartaner im Kampf gefallen waren, aber das erschien mir nun unwahrscheinlich. Unmittelbar im Westen ragten die Berge auf, und auf dem flachen, offenen Land im Osten hätten 300 Spartaner höchstens ein paar Minuten lang dem Ansturm von zehntausend feindlichen Soldaten standhalten können.

Kurz hinter den Thermopylen kehrten wir dem Meer den Rücken, wandten uns nach Nordwesten und drangen in noch zerklüfteteres, ungastlicheres Gelände vor, auch wenn es recht grün blieb mit Olivenhainen, so weit das Auge reichte. Zwei Tage durchquerten wir das Bergland, das weitestgehend unbewohnt schien, sodass wir nur vereinzelt einem Dorfbewohner oder Hirten mit Herde und Hütehunden begegneten. Am dritten Morgen kam einer unserer Führer beim Frühstück zu mir und teilte mir mit, dass Männer im Anzug wären.

Eugénie war die Einzige aus meinem gewohnten Umfeld,

aber die Kutsche und mehrere Packesel waren beladen mit meinem umfangreichen Gepäck, auch wenn entgegen späterer Gerüchte der Flügel nicht dazugehörte. Begleitet wurden wir von vier Führern, die die Kutsche lenkten und alle anderen Aufgaben übernahmen, die zu einer solchen Reise über Land gehörten, beispielsweise Kochen und Lager aufschlagen. Eugénie war nicht ganz wohl dabei gewesen, unsere Tugend und vor allem unser Leben vier Fremden anzuvertrauen, aber bisher hatten diese sich tadellos benommen, was ich darauf zurückführte, dass sie um meine Liaison mit dem General wussten, wie Cristos allgemein genannt wurde. Plötzlich wirkten sie sehr nervös. »Männer? Du meinst, der General hat uns eine Eskorte geschickt?«

»Ich glaube nicht, dass es Männer des Generals sind, Mylady.«

»Aber sind wir nicht kurz vor Lamia?«

»Noch etwa einen Tagesritt.«

»Was können diese Männer dann von uns wollen?«

»Ich glaube, dass sie uns schon eine Weile beobachten, Mylady. Sie wissen, dass Sie gute Pferde haben und ...« Er zupfte sich an der Nase.

»Ich verstehe.« Ich schätze, wenn man das Leben in seiner ganzen Vielfalt erleben will, muss man auch bereit sein, eine Vergewaltigung in Kauf zu nehmen. Allerdings ist eine solche Erfahrung genug, auch wenn sich in meinem Fall alles zum Guten gewendet hatte. Und so nahm ich die Revolver aus meiner Handtasche und überzeugte mich davon, dass sie geladen und entsichert waren.

»Sie können keinen Widerstand leisten«, protestierte Boris, der Anführer unserer Begleiter.

»Gibt es ein Gesetz, das das verbietet? Du hast doch selbst angedeutet, dass es Räuber sind.«

»Das stimmt. Aber der Trupp ist ein Dutzend Mann stark.«

»Und wir sind sechs ...«

»Also ...« Wieder zupfte er sich an der Nase.

»Und was sollen wir deiner Meinung nach tun?«

»Wir könnten umkehren und versuchen, das Dorf zu erreichen, an dem wir gestern vorbeigekommen sind.«

»Ich halte das für keine gute Idee. Die Wegelagerer wären zu Pferde schneller als unsere Kutsche.«

»Wir könnten die Kutsche zurücklassen.«

»Und meine Sachen? Und mein Mädchen?« Eugénie verfolgte unseren Wortwechsel sichtlich beunruhigt, obwohl sie wusste, dass ich sie niemals im Stich lassen würde.

»Das Plündern der Kutsche würde sie aufhalten«, meinte Boris.

»Und mein Dienstmädchen auch, nehme ich an. Du bist ein elender Feigling. Du bist fristlos gekündigt. Verschwinde. Ihr könnt alle verschwinden.«

Sie tauschten einen Blick. »Wir haben unseren Lohn noch nicht erhalten.«

»Ich habe euch eingestellt, damit ihr mich nach Lamia bringt. Das habt ihr nicht getan. Ihr bekommt keine Drachme.« Die vier Männer standen im Halbkreis vor uns. Sie wechselten wieder einen Blick, und ich wusste, dass ich ihnen zuvorkommen musste: Wenn es ihnen gelang, Eugénie oder mich in ihre Gewalt zu bringen, wären wir verloren. Ich richtete einen der Revolver auf sie. »Ich würde mir das gut überlegen.«

»Eine Frau.« Boris schnaubte verächtlich. »Was verstehen Frauen schon von Waffen?« Ich drückte ab. Ich hätte ihm leicht den Kopf wegpusten können, da er gerade mal zwei Meter vor mir stand, aber ich hatte noch nie einen Menschen erschossen, noch nicht einmal auf einen gefeuert, und ich verspürte nicht die geringste Lust, jemanden zu erschießen, sofern es nicht ganz und gar unvermeidlich war. Also feuerte ich auf sein Bein. Er schrie auf und brach zusammen.

Seine Gefährten hatten es plötzlich sehr eilig zu verschwinden, sodass ich einen zweiten Schuss über ihre Köpfe hinweg abfeuern musste, um sie aufzuhalten. Ich zitterte vor Aufregung, und meine Kehle war wie zugeschnürt, doch es gelang mir, klar und deutlich zu sagen: »Ihr müsst Boris mitnehmen. Eugénie, gib ihnen Verbandsmaterial aus dem Medizinkasten. Und etwas Laudanum.«

Sie tat wie geheißen. Die Männer verarzteten ihren stöhnenden Anführer, verabreichten ihm etwas von dem Sedativ, halfen ihm aufs Pferd und ritten davon. Eugénie kam sich sehr verlassen vor. »Was sollen wir jetzt tun, Mylady?«, jammerte sie und blickte ängstlich auf die umliegenden Berge. »Wenn da oben wirklich ein Dutzend Räuber sind und ... wir haben keinen Kutscher mehr.«

Ich band Ghost zusammen mit den Ersatzpferden hinten an der Kutsche fest und band anschließend die Packesel mit einem Seil aneinander. Die Pferde machten keine Schwierigkeiten; sie kannten und vertrauten mir, aber die Esel waren weniger kooperativ. Nach einigem Hin und Her brachte ich sie jedoch unter Kontrolle. Zwar hatte sie nach zehn Jahren in meinen Diensten sicher nicht mehr an meiner Kompetenz gezweifelt als die Pferde, aber sie hatte mich noch nie in Aktion erlebt. »So«, sagte ich schweißgebadet und völlig außer Atem. »Ich lenke die Kutsche, und du fährst oben auf dem Dach mit.«

»Auf dem Dach?«, fragte sie mit schriller Stimme. »Aber Mylady, da bin ich doch völlig ungeschützt.«

»Ich ebenfalls. Aber ich denke nicht, dass diese Männer uns erschießen wollen. Sie werden vielmehr versuchen, uns gefangen zu nehmen. Du kannst dich ja auf den Bauch legen.«

»Nein, wirklich, Mylady, warum kann ich nicht in der Kutsche sitzen? Oder neben Ihnen auf dem Bock?«

»Nein. Ich brauche dich auf dem Dach. Weißt du, wie man diese Pistolen lädt? Du hast es mich oft genug tun sehen.«

»Ich glaube schon, Mylady.«

»Los, rauf da. Hier hast du eine Schachtel Munition. Wenn ich dir einen Revolver reiche, öffnest du die Trommel – so, siehst du? Und dann lässt du die leeren Hülsen herausfallen. Anschließend lädst du so schnell wie möglich nach. Verstehst du?«

»Sie wollen diese Männer erschießen, Mylady?«

»Wenn sie uns am Weiterfahren hindern wollen, ja.«

»Aber sie werden zurückschießen.«

»Auf mich, nicht auf dich.« Sie blieb skeptisch, was nicht verwunderlich war, verstand sie doch nichts von Waffen. Ich hingegen wusste, dass die Wegelagerer keinesfalls Revolver besitzen würden und vermutlich noch nicht einmal Gewehre, während meine Waffen mit den gezogenen Läufen doppelt so treffsicher waren wie jede herkömmliche Pistole oder Muskete, ganz zu schweigen, dass sie viermal zuverlässiger waren. Eugénie kletterte gottergeben auf das Kutschendach, die Munitionsschachtel an die Brust gedrückt wie eine Bibel, gegen die sie sie vermutlich nur zu gern eingetauscht hätte.

Ich stieg auf den Bock, steckte mir die Revolver in den Rockbund, obwohl sich dies als äußerst unbequem erwies, nahm die Leinen auf und trieb die Pferde an. Sofort wurde mir klar, wie schwerfällig unser Konvoi war, aber gleich darauf sagte ich mir, dass wir bewaffneten Reitern sowieso nicht hätten entkommen können; wenn es zum Äußersten kam, würden wir uns auf meine Colts verlassen müssen. Ich kann mich nicht erinnern, Angst gehabt zu haben. Ich war zuversichtlich, der Lage gewachsen zu sein, und auch wenn ich ein wenig schwach geworden war, als ich Boris sich in seinem Blut hatte winden sehen – ich wusste, dass ich in einer ähnlichen Situation wieder genauso handeln würde, auch wenn ich immer noch hoffte, dass es nicht zum Blutvergießen kam. Wenn die Banditen schon einmal Bekanntschaft mit einem Revolver gemacht hatten, würden sie nicht so dumm sein, mich ernsthaft herauszufordern. So lenkte ich das Gespann weiter auf der holprigen Straße, zwischen den Felsbrocken rechts und links hindurch, hinter denen sich leicht ein bewaffneter Bandit verstecken konnte. Doch ich vertraute darauf, dass wir ihnen lebend mehr wert waren als tot. Ich nahm sogar den Hut ab und zog die Nadeln aus meinem Haar, sodass es mir frei über die Schultern fiel. Die Halunken sollten sehen, was sie erwartete – wenn es ihnen gelang, mich lebend in ihre Gewalt zu bringen.

Als wir um eine Wegbiegung kamen, sahen wir weiter vorn eine Gruppe von Männern, die uns den Weg versperrten. Im ersten Moment war ich erleichtert, weil sie zu Fuß waren, doch beim Nachzählen stellte ich fest, dass es nur zehn Mann waren und die beiden übrigen bei den Pferden sein mussten, die man im Fall eines Schusswechsels nicht hatte gefährden wollen. Ich zog die Leinen an. Hinter mir murmelte Eugénie auf Französisch ein Gebet, doch mit einem Blick über die Schulter konnte ich mich davon überzeugen, dass sie die Munition griffbereit hatte und einsatzbereit war. »Hallo!«, rief ich. »Guten Morgen, Gentlemen.« Höflichkeit hatte noch nie jemandem geschadet. Sie kamen näher. »Bleiben Sie, wo Sie sind«, warnte ich.

»Du bist die schöne Engländerin mit dem feurigen Haar«, bemerkte einer von ihnen.

»Vielen Dank für das Kompliment. Trotzdem ...« Er kam immer näher, seine Kumpane im Gefolge. »Ich muss darauf bestehen, dass Sie nicht näher kommen.« Ich zog einen der Revolver.

Er machte Halt und musterte erst mich und dann die Kutsche, um das Risiko einzuschätzen. Eugénie, die sich flach auf den Bauch gelegt hatte, musste von ihm aus kaum zu sehen sein. Offensichtlich hielt er die Waffe in meiner Hand für eine gewöhnliche Pistole. »Du hast Sachen bei dir, die ich für mich will, Engländerin.«

»Und was genau hätten Sie gern?«

»Geld. Ich will dein Geld.«

»Ich bin sicher, wir können uns gütlich einigen«, entgegnete ich.

»Und die Pferde. Ich will deine Pferde.«

»Meine Pferde sind unverkäuflich.«

»Ich werde sie mir trotzdem nehmen. Und du hast einen Schlitz, der bestimmt genauso schön ist wie der Rest. Auch den werde ich mir nehmen.«

Wie vulgär. Ich wäre am liebsten im Erdboden versunken vor Scham, und meine Wangen glühten. Allerdings mischte sich in die Schames- auch Zornesröte. »Sie sind ein unverschämter Flegel. Mit Ihnen rede ich nicht. Machen Sie die Straße frei, oder ich schieße Ihnen eine Kugel in den Kopf.«

Er lachte, und seine Kumpane stimmten ein. »Eine Frau mit einer Pistole?« Er schnaubte verächtlich. Ich zog mit der Linken die zweite Waffe, obwohl ich noch nie mit links geschossen hatte und das auch jetzt nicht vorhatte. »Zwei Pistolen? Wie viele von uns können Sie damit schon treffen, hä?«

Mir ging durch den Kopf, dass sein Sehvermögen eingeschränkt sein musste, wenn er immer noch nicht bemerkt hatte, dass es sich nicht um gewöhnliche Pistolen handelte. Das verschaffte mir einen zusätzlichen Vorteil. »Wollen Sie es herausfinden?«, fragte ich kalt. Er musterte mich einige Sekunden, aber ich wusste, die Würfel waren gefallen: Ich hatte ihn in seiner Männlichkeit herausgefordert. Ich ließ die linke Pistole sinken. »Halte dich bereit«, raunte ich Eugénie zu, ohne den Kopf zu drehen.

Der Anführer der Banditen rief etwas, das ich nicht verstand, und stürmte mit seinen Männern auf mich zu. Ich zielte und streckte ihn mit dem ersten Schuss nieder. Dann nahm ich mir die anderen vor und feuerte mit kaltblütiger Präzision. Die Detonationen wurden von den Felsen zurückgeworfen, noch bevor der Hahn auf eine leere Kammer traf.

Ich reichte den Revolver, dessen Lauf ganz heiß war vom Schießen, nach hinten und griff nach dem zweiten. Aber der Kampf war bereits vorbei. Dank jahrelanger Übung waren alle fünf Kugeln Treffer gewesen; fünf Männer hatte ich niedergestreckt. Die anderen fünf, denen noch nie solche Feuerkraft begegnet war, nahmen die Beine in die Hand. Die Straße war frei, aber ich sah mich mit einem unerwarteten Problem konfrontiert: Keiner der Männer, die ich getroffen hatte, war tot, auch wenn zwei von ihnen, darunter der Räuberhauptmann, es wohl bald sein würden. Jedenfalls bluteten sie alle stark, und ihrem Schreien und Stöhnen nach zu urteilen litten sie auch große Schmerzen. Mir schossen Tränen des Mitleids in die Augen, und als ich vom Kutschbock sprang, knickten mir die Knie ein, und ich fiel hin.

»Mylady!« Eugénie lehnte sich über den Rand des Kutschendaches, meinen zweiten Revolver in der Hand. »Wir müssen fort!«

Ich rappelte mich auf. »Wir können diese Männer nicht einfach verbluten lassen.«

»Sie wollten uns töten.«

»Wir wissen nicht, was genau ihre Absicht war. Gib mir den Medizinkasten herunter.« Sie gehorchte, wenn auch mit sichtlichem Widerwillen. Der Anführer der Banditen war halb bewusstlos, nachdem die Kugel ihn in die Brust getroffen hatte, aber einer der anderen hatte sich aufgesetzt und hielt sich mit einer Hand die Schulter, die von einer Kugel zertrümmert worden war.

»Gehen Sie nicht zu nah ran«, warnte mich Eugénie.

»Ich muss. Komm runter. Bring den Revolver mit.« Nach kurzem Zögern stieg sie zu mir herab. In der einen Hand hielt sie mit spitzen Fingern die Waffe, während sie mit der anderen die Röcke anhob, damit der Saum nicht durch die Blutlachen schleifte. »Richte den Lauf auf seinen Kopf«, wies ich sie an.

»*Mon dieu*«, murmelte sie, gehorchte aber.

»So, guter Mann«, sagte ich zu dem Banditen. »Ich werde versuchen, Ihnen zu helfen, aber wenn Sie versuchen, mich zu überwältigen, wird mein Mädchen Ihnen das Hirn wegpusten. Haben Sie verstanden?« Er verdrehte die Augen und schaute dann zu Eugénie auf, die eine angemessen finstere Miene aufsetzte. Nachdem ich die Waffen der Wegelagerer wohlweislich außer Reichweite geschafft hatte (vor allem Messer und die eine oder andere antiquierte Pistole), verarztete ich nach dem gleichen Verfahren auch die anderen Verwundeten. Der Anführer aber würde es nicht schaffen, so viel stand fest: Er spuckte Blut, und aus seiner Wunde drang helles Blut. Die Kugel musste seine Lunge durchbohrt haben.

Die Männer baten um Wasser, und wir gaben ihnen zu trinken. »Jetzt müssen wir aber wirklich weiter«, meinte Eugénie schließlich.

»Wir können sie nicht hier zurücklassen. Das wäre ihr sicherer Tod.«

»Was sollen wir denn noch für sie tun, Mylady? Wir können sie ja schlecht mitnehmen.« Ich kaute auf der Unterlippe. Ich wusste, dass sie Recht hatte, und ich wusste auch, dass diese Kerle es nicht besser verdient hatten. Und doch war mein militärischer Eifer verflogen, als ich sie verbunden und ihren Dank entgegengenommen hatte. Ich brachte es einfach nicht fertig, sie ihrem Schicksal zu überlassen. »Ihre Freunde sind bestimmt noch in der Nähe«, sagte Eugénie, die ahnte, in welche Richtung meine Gedanken gingen. »Sobald wir fort sind, werden sie ihren Freunden zu Hilfe kommen.«

Da war ich mir nicht so sicher. Die Männer hatten auf mich eher den Eindruck gemacht, als wollten sie vor allem ihre eigene Haut retten. Plötzlich hörten wir Hufgetrappel. »Heilige Maria, Mutter Gottes, erbarme dich unser«, stöhnte Eugénie.

»Zurück zur Kutsche«, sagte ich knapp. »Rasch.«

Wir rafften die Röcke und rannten, so schnell wir konnten, hatten die Kutsche jedoch noch nicht erreicht, als mindestens ein Dutzend Reiter hinter uns auftauchten. Ich wirbelte mit gezücktem Revolver herum und atmete erleichtert auf. Sekunden später fiel ich Cristos um den Hals.

## 15. KAPITEL
### Das Heilige Land

Nachdem er mich eine Weile umarmt und geküsst hatte, hielt Cristo mich auf Armeslänge von sich und schaute sich um. »Was ist passiert?«

»Diese armen Männer wollten uns ausrauben.«

»Und eure Leute haben sie überwältigt?«

»Nein, nein. Unsere Eskorte hat sich aus dem Staub gemacht.«

»Wer hat euch dann gerettet?«

»Niemand. Eugénie und ich haben das allein erledigt.«

Er ließ mich los, drehte sich um und zählte die Verwundeten. »Das waren fünf Angreifer!«

»Nein, zehn. Die anderen sind auf und davon, als ich das Feuer eröffnet habe.«

Er wandte sich mir wieder zu. »Du hast geschossen? Du?«

»Ich weiß, das war furchtbar von mir. Aber ich wusste nicht, was ich sonst hätte tun können. Ich habe sie aufgefordert, uns in Ruhe zu lassen, aber sie wollten nicht hören. Es tut mir sehr Leid.«

»Leid?« Er umarmte mich wieder. »Du bist wunderbar! Du bist Aphrodite! Und Athene! Und Artemis!«

»Und Aurora«, erinnerte ich ihn.

»Eine Frau!«, rief er und winkte seine Gefährten heran. »Eine Frau gegen zehn Männer, und sie hat die Hälfte von ihnen niedergestreckt.« Die Pelikari jubelten.

»Eugénie hat mir die Waffen gereicht«, keuchte ich, während ich die Männer abwehrte, die mich in ihrer Begeisterung allesamt umarmen wollten. »Aber ich glaube, nur einer von ihnen ist tot. Wir müssen die anderen zum Arzt bringen. Sie müssen dringend versorgt werden.«

»Wir kümmern uns um sie. Jetzt gleich. Du und du, geht da rüber und besorgt ein paar Pfähle.«

»Du willst Tragen bauen?«, fragte ich ein wenig befremdet. Immerhin wäre es viel leichter gewesen, sie in die Kutsche zu setzen.

»Wir werden sie nicht mitnehmen, sondern ihnen Holzpfähle in den Hintern schieben und ihnen beim Sterben zusehen.«

»Wie bitte?«

»Das ist ein alter Brauch, den wir von den Türken übernommen haben.«

»Du meinst, du willst sie pfählen?«

»Genau das. Du wirst sehen. Ein wirklich interessantes Schauspiel.«

»Ich habe noch nie etwas so Furchtbares gehört. Das werde ich nicht zulassen.«

»Du bist meine Frau, und diese Kerle wollten sich an dir vergehen. Hast du eine Vorstellung, was sie mit dir gemacht hätten, wenn du ihnen in die Hände gefallen wärst? Sie hätten dich auch aufgespießt, allerdings nicht mit Stöcken.«

»Aber sie haben mich nicht angerührt. Es tut mir Leid, Cristos, aber eine derartige Barbarei kann ich nicht zulassen.«

»Du bist meine Frau ...«

»Und das bleibe ich auch, es sei denn, du rührst diese Männer an. Dann kehre ich nämlich auf direktem Weg nach Athen zurück.«

Er funkelte mich zornig an, derweil seine Männer und Eugénie uns unsicher beobachteten. Dann grinste er. »Also gut. Wenn es dir so wichtig ist, werden wir sie eben nicht pfählen. Dann schneiden wir ihnen nur die Schwänze ab, ja? Mal sehen, was sie ohne machen.«

»Du willst sie kastrieren?«

»Ja, so nennt man das wohl. Auch das haben wir von den Türken gelernt.«

»Ich werde nicht zulassen, dass diese Männer kastriert werden. Eugénie, hilf den armen Leuten in die Kutsche.«

Cristos hob in einer Geste hilfloser Verzweiflung beide Arme gen Himmel. »Was ist los mit dir? Diese Männer wollten dich ausrauben, vergewaltigen und umbringen. Und du spielst für sie die gute Samariterin?«

»Ja, ich will, dass sie ärztlich versorgt werden.«

»Und dann?«

»Dann kannst du sie einsperren, sie für dich arbeiten lassen oder sie freilassen. Was genau haben sie denn verbrochen? Sie wollten mich für sich haben. Hast du mich nicht auch gegen meinen Willen genommen?«

Er musterte mich mehrere Sekunden lang wortlos. Ich hielt die Luft an. »Du bist eine Göttin. Setzt die Kerle in die Kutsche«, befahl er seinen Leuten.

Ich glaube, meine Ankunft in Lamia wäre sowieso ein Triumph gewesen, aber unter den gegebenen Umständen wurde sie zu einem unvergesslichen Ereignis. Die ganze Stadt umringte mich und versuchte, mir die Füße zu küssen oder sogar die Hufe meines Pferdes. Die Szene erinnerte mich an ein Gemälde der Königin von Saba bei ihrem Einzug in Jerusalem. Tatsächlich fühlte ich mich wie sie. Ich wurde zu Cristos' Haus geleitet, wo ich vor einer Gruppe von Frauen abstieg, in denen ich Dienstboten vermutete. Cristos hielt mir den Arm hin, um mich hineinzugeleiten. In einem Haus wie diesem hatte ich noch nie genächtigt. Der Fußboden bestand aus gestampfter Erde, an den Wänden lief Kondenswasser herab, und es gab keine Türen, sodass Federvieh, Hunde, Katzen und Ziegen ein und aus gingen. Im Vergleich hierzu war das Haus in Tinos ein Palast gewesen. Vielleicht wäre ich trotz aller Abenteuerlust nach Athen zurückgekehrt angesichts dieser Zustände, wäre da nicht der kleine Junge gewesen.

Er war recht hübsch, aber ziemlich mager und etwas blass. Aber er war höchstens ein Jahr älter, als Leonidas gewesen war, als ich ihn das letzte Mal in den Armen gehalten hatte. Ich warf einen Blick auf Cristos. Er strahlte vor Stolz. »Das ist Eirini, mein Sohn.« Ich wandte mich wieder dem Jungen zu. Seltsamerweise war mir nie der Gedanke gekommen, Cristos könnte einen kleinen Sohn haben. Ich musste immer wieder von einem zum anderen sehen. »Seine Mutter ist gestorben«, erklärte Cristos. »Sie war ...«

Ich schüttelte den Kopf. »Sag es mir nicht.« Ich streckte dem Jungen die Hände entgegen, und nach einem kurzen Blick auf seinen Vater trat Eirini vor und ergriff sie. »Ich wäre gern deine Mutter«, sagte ich. »Wenn du es erlaubst. Möchtest du das?«

Eirini schaute erneut zu seinem Vater auf, der sein Einverständnis zu geben schien. »Das wäre schön, große englische Lady.«

»So darfst du mich nicht nennen. Nenn mich Mama.«

»Ja ... Mama.« Ich schloss ihn in die Arme.

☆

Ein solches Glücksgefühl hatte ich sechs Jahre nicht gekannt. Die Monate, die ich in Lamia und in den Bergen verbrachte, zählen zu den glücklichsten meines Lebens. Der Ort selbst war nicht weit vom Meer entfernt auf einem Hügel gelegen; die Berge waren noch ein Stück weg. Lamia war das Verwaltungszentrum des Bezirks, und auf einer kleinen Anhöhe vor der Stadt stand eine alte, halb verfallene Festung. Sie war Cristos' Basislager, aber er wollte nicht, dass ich dort wohnte, weil dort zu viele Männer ein und aus gingen und er meine Privatsphäre nicht garantieren könne. Das behauptete er zwar, aber ich argwöhnte, dass er mich deshalb von dort fern halten wollte, weil er in der Festung auch Urteile fällte und vollstreckte. Nach dem Zwischenfall mit den Banditen wollte er wohl nicht riskieren, dass ich mich in diesen Teil seiner Pflichten einmischte. Ich akzeptierte das, da ich mich zwar für die Männer verantwortlich gefühlt hatte, die versucht hatten, mich auszurauben, mich aber nicht für jeden Kriminellen der Gegend einsetzen konnte. Ich weiß übrigens bis heute nicht, was aus »meinen« Wegelagerern geworden ist.

Davon einmal abgesehen war das Leben wunderbar. Ich erkannte sofort, dass meine Pariser Kleider in dieser Umgebung völlig unpassend waren, und ließ sie nach Athen zurückbringen. Ich war erst zwei Wochen in Lamia, als ich die Nachricht vom Verkauf meines Hauses erhielt. Der Nachricht lagen noch diverse Dokumente bei, die ich unterzeichnen sollte. Da ich beim Verkauf sogar noch einen Gewinn erzielte, war ich plötzlich im Besitz einer riesigen Geldsumme, die es mir ermöglichte, Cristos' bunt zusammengewürfelte »Armee« mit modernen Waffen auszustatten, darunter Musketen und Revolver, was die Männer noch mehr darin bestärkte, dass ich eine vom Olymp herabgestiegene Göttin sein müsse.

Was die Kleidung anbelangte, passte ich mich den anderen Pelikari-Frauen an, die weite, hemdartige Gewänder mit einem breiten schwarzen Wollgürtel trugen und dazu ein aufwendig verziertes Kopftuch ... sonst nichts. Ich genoss die neue Bewegungsfreiheit sehr, und es gefiel mir auch, barfuß zu gehen. Zwar hatte man ständig schlammige oder staubige Füße, aber Wasser gab es ja reichlich: Es regnete jeden Tag. Eugénie war nicht sehr glücklich mit der neuen Situation, stand mir aber treu zur Seite, was mein Glück war, da es überaus mühsam war, mein Haar, das mir inzwischen bis weit über den Po reichte, zu waschen und zu bürsten.

Wir ernährten uns hauptsächlich von Lammfleisch, Oliven, Käse, Joghurt und Honig, eine sehr ausgewogene und gesunde Kost. Natürlich gab es weder Bücher noch intellektuell anspruchsvolle Konversation. Früher hätte mich das wahnsinnig gemacht, heute aber weiß ich, dass mir nur deshalb so viel daran gelegen hatte, weil ich mich ohne diese Vorzüge der kultivierten Kreise zu Tode gelangweilt hätte. In Lamia gab es immer viel zu tun, zumal ich viel Zeit mit Eirini verbrachte. Wir spielten stundenlang, aber ich versuchte auch, ihm das eine oder andere beizubringen. Am Abend wurde dann Retsina getrunken (ich war doch noch auf den Geschmack gekommen) und Karten gespielt, meistens eine örtliche Variante von Whist, die im Großen und Ganzen darin bestand, fluchend eine höhere Karte auf den Tisch zu knallen, um mir dann einen entschuldigenden Blick zuzuwerfen.

☆

Cristos aber war nicht zum Vergnügen in Lamia. Wir wohnten erst drei Wochen dort, als ich eines Morgens Lärm vor dem Haus hörte. Ich ging hinaus, um nachzusehen, was es damit auf sich hatte, und sah, dass sich dort an die vierzig bewaffnete Männer versammelt hatten. Cristos war schon früh aufgestanden und saß bereits im Sattel. »Ist etwas passiert?«, fragte ich.

»Nichts Besonderes«, beruhigte er mich. »Es hat ein wenig Ärger in den Bergen gegeben, und ich muss die Ordnung wiederherstellen.«

»Warte einen Moment, dann komme ich mit.«

»Du? Wir ziehen in den Kampf!«

»Das wollte ich schon immer.«

»Frauen kämpfen nicht«, widersprach er in einem Tonfall, als richte er das Wort an die Opposition im Parlament.

Ich ließ mich nicht beirren. »Ich bin nicht wie andere Frauen. Ich bin Aphrodite. Und Athene. Und Artemis. Und Aurora.«

»Du könntest verletzt werden. Ich verbiete es.«

Seine Männer verfolgten den Disput sichtlich belustigt, und auch einige Frauen waren hinzugekommen, um zu sehen, was los war. Ich wollte Cristos nicht in Verlegenheit bringen, und so sagte ich leise: »Würdest du bitte kurz absteigen, Liebster? Ich möchte dich unter vier Augen sprechen.«

Er zögerte, blickte von rechts nach links und trat dann zu mir. »Was gibt es? Ich dulde keinen Widerspruch.«

»Ich möchte dir nur eine Frage stellen. Werdet ihr bei eurer Strafexpedition eure Waffen abfeuern?«

»Selbstverständlich.«

»Und wenn ihr zurückkommt, habt ihr eure Munition größtenteils verbraucht, richtig?«

»Dazu ist Munition nun einmal da. Um sie zu benutzen.«

»Aber ihr werdet neue besorgen müssen, bevor ihr wieder in den Kampf ziehen könnt. Wovon willst du diese neue Munition kaufen?« Er musterte mich stirnrunzelnd. »Im Übrigen wurde auch die Munition, die ihr jetzt mitführt, von meinem Geld bezahlt.«

»Und jetzt willst du uns deine Unterstützung entziehen?«

»Keineswegs. Sofern ich mir persönlich ein Bild davon machen darf, wie die von mir gestifteten Waffen eingesetzt werden.«

»Glaubst du denn, wir könnten unsere Munition nicht selbst herstellen? Das tun wir seit Jahren. Seit Jahrhunderten.«

»Natürlich. Aber könnt ihr auch Patronen für Musketen mit gezogenem Lauf und Revolver herstellen?«

»Du hinterhältige Schlange. Du hättest eine Tracht Prügel verdient.«

»Wenn du Hand an mich legst, gehe ich zurück nach Athen. Vielleicht gehe ich ganz weg aus Griechenland.

Liebster Cristos, ich möchte doch nur mit dir reiten, bei dir sein, Gefahr und Triumph mit dir teilen.«

Er funkelte mich noch einige Sekunden zornig an, aber ich habe mich von Blicken noch nie in die Knie zwingen lassen. Schließlich grinste er breit und umarmte mich. »Athene!«, rief er. »In Ordnung, du wirst an meiner Seite zum Sieg reiten.«

☆

Eirini ließen wir in der Obhut der Frauen zurück. Ich sagte Eugénie, dass es ihr freistünde, ebenfalls in der Stadt zu bleiben, doch sie zog es vor, mich zu begleiten. Ich glaube, sie fühlte sich in meiner Nähe sicherer, ganz egal, welche Gefahren uns erwarteten. Aber zumindest anfangs hatten wir nur mit einigen Unannehmlichkeiten oder Unbequemlichkeiten zu kämpfen. Ich fand es wunderbar. Wir ritten über die Ebene und führten unsere Pferde dann zu Fuß hinauf in die Berge. Die meiste Zeit mussten wir auf dem schmalen Pfad hintereinander gehen, und oft ging es an Felshängen entlang, die mehrere Dutzend Meter tief fast senkrecht abfielen. Es regnete mehrere Tage ununterbrochen; dann fing es zu schneien an, doch die Temperaturen hielten sich um den Gefrierpunkt, sodass Eugénie und ich uns an den nackten Händen und Füßen keine Frostbeulen zuzogen.

Wir übernachteten trotz Regen und Schnee unter freiem Himmel, aber ich hatte es schön warm unter einer gemeinsamen Decke in Cristos' Armen. Wie absurd mir das eingeengte, von Konventionen regierte Dasein, das ich so viele Jahre geführt hatte, plötzlich erschien. Cristos erzählte mir, dass wir Jagd machten auf eine Gruppe Albaner, die sich in unsere Berge vorgewagt hätten, aber wir konnten sie nicht finden. Nach einer Woche berichteten die ausgesandten Späher, die Eindringlinge hätten sich wieder über die Grenze verzogen. Ich war erleichtert, da ich keine Lust verspürte, in blutige Kampfhandlungen verwickelt zu werden. »Reiten wir jetzt zurück?«, fragte ich.

»Ich denke, du solltest auf jeden Fall zurückreiten. Ich komme bald nach.«

»Warum kommst du nicht gleich mit?«

»Du stellst zu viele Fragen«, knurrte er.

»Und ich will Antworten. Sag mir, warum du in den Bergen bleiben willst.«

»Ich habe etwas zu erledigen.«

»Dann bleibe ich so lange bei dir, bis es erledigt ist.«

»Das ist nichts für dich.«

»Unsinn. Sag mir, worum es geht.«

Er zog die Schultern noch. »Meine Späher haben mir eine Karawane gemeldet. Ausländer.«

»Eine Karawane? Woher?«

»Wer weiß. Buda. Oder Wien.«

»Und mit welchem Ziel?«

»Athen.«

»Und sie überqueren die Berge? Warum haben sie nicht den Seeweg genommen?« Spiro hatte seinerzeit nicht riskieren wollen, den Pelikari in ihrem Revier zu begegnen, und sich für ein Schiff entschieden.

Cristos zuckte die Achseln. »Vielleicht werden sie seekrank. Auf der Adria kann es sehr stürmisch zugehen.«

»Wie auch immer. Wenn sie diese Berge erreicht haben, sind sie doch in Sicherheit. Glaubst du wirklich, dass sie deinen Schutz brauchen?«

»Du verstehst nicht. Eine Karawane transportiert kostbare Güter. Und sie wird von reichen Leuten begleitet.«

Jetzt erst ging mir ein Licht auf. »Du willst sie ausrauben! Aber sie sind Gäste deines Landes.«

»Sie sind nicht *meine* Gäste. Ich habe sie nicht eingeladen.«

Ich war entsetzt und warf einen Blick auf seine Männer. Diesmal lächelte niemand. Ich erkannte, dass es hier um das Überleben dieser Menschen ging, um ihre Existenz, unabhängig von dem, was in Athen beschlossen wurde. Aber vielleicht konnte ich die Unglücklichen wenigstens vor dem Schlimmsten bewahren. »Dann los.«

☆

Es war nicht schwer, die Karawane zu finden, da unsere Späher zwei Mann zurückgelassen hatten, die die Fremden im Auge behielten. Zwei Tage später schauten wir in der Abenddämmerung von einem Hang hinunter auf ihre Lagerfeuer. Im Gegensatz zu uns kamen sie nur langsam voran und gönnten sich einigen Luxus: Ich zählte sieben große Zelte, mindestens zwanzig Pferde und zahlreiche Maultiere. Es schien, als hätte sich die gesamte Reisegesellschaft zum Abendessen um das Feuer versammelt. »Verhandeln wir mit ihnen?«, fragte ich.

»Nein, nein. Wir greifen an. Jetzt gleich.« Er gab seinen Männern ein Zeichen, grub seinem Pferd die Absätze in die Seiten und preschte den Hang hinunter. Ich folgte ihm dichtauf, und Eugénie blieb unmittelbar hinter mir. Die arglosen Reisenden sprangen auf, und einige griffen nach ihren Waffen. Einer von ihnen wurde angeschossen, woraufhin die anderen sofort aufgaben und die Arme hoben. Sie wurden zusammengetrieben. Eugénie und ich eilten dem Verwundeten zu Hilfe und verarzteten ihn so gut wir konnten; die Verletzung war recht harmlos. Dann ging ich zu Cristos, der seine Gefangenen musterte. Die Gruppe bestand aus mehreren Begleitpersonen und vier farbenfroh gekleideten, leicht geckenhaften Gentlemen. Sie redeten aufgeregt auf Cristos ein, der sie jedoch ganz offensichtlich nicht verstehen konnte. »Was ist das für eine Sprache?«, fragte er.

»Deutsch. Und sie möchten wissen, was das Ganze zu bedeuten hat.«

»Sag ihnen, dass sie für die Überquerung der Berge Wegezoll bezahlen müssen.«

Ich übersetzte. Die Fremden musterten mich forschend. »Sind Sie nicht Baronin von Venningen?«, fragte schließlich einer von ihnen.

»Nein«, entgegnete ich. »Ich bin Gräfin Theotoky. Haben Sie Baronin von Venningen gekannt?«

»Ich habe sie einmal gesehen. Und Sie sind es. Ich würde Sie jederzeit wieder erkennen. Dieses Haar ...«

»Sehr schmeichelhaft, danke. Kommen Sie aus Bayern?«

»Aus Wien. Aber ...« Er wirkte plötzlich verlegen.

»Schnee von gestern«, versicherte ich ihm.

»Aber diese Banditen ...«

»Ja, ich fürchte, Sie werden nicht umhin kommen, den Wegezoll zu entrichten.«

»Aber das ist eine Unverschämtheit. Wir besitzen Passierscheine, ausgestellt vom griechischen Botschafter in Wien.«

Ich übersetzte für Cristos, der langsam ungeduldig wurde. »Sag ihm, dass Wien weit weg ist. Ich will ihr Geld und ihre Pferde.«

»Alle?«

»Sie können vier für sich selbst behalten. Bin ich nicht großzügig?«

»Ich weiß nicht, ob sie sich dieser Auffassung anschließen werden.« Ich erklärte meinem neuen Freund die Lage.

»Unfassbar!«, erregte sich dieser. »Die Antwort ist nein.« Seine Gefährten nickten zustimmend.

»Sie weigern sich«, teilte ich Cristos mit.

»Das ist lächerlich. Sie befinden sich in meiner Gewalt. Wenn sie sich widersetzen, röste ich ihre Eier über dem Feuer, sag ihnen das.«

»Ich denke, Sie sollten tun, was General Hadschi Petros verlangt«, warnte ich die Österreicher. »Er könnte sonst sehr unangenehm werden.«

»Und Sie würden das zulassen?«

»Es läge nicht in meiner Macht, es zu verhindern. Allerdings ... wie viel Geld haben Sie bei sich, und was sind Ihre mitgeführten Güter alles in allem wert? Einschließlich der Pferde und Ihrer persönlichen Habe. In englischen Pfund.«

Sie tauschten einen Blick, und ich wusste, dass sie mich übervorteilen würden. »Mindestens 300 Pfund.«

»Gut. Übergeben Sie den Herren, was sie verlangen, und ich stelle Ihnen einen Scheck über 350 Pfund auf meine Athener Bank aus. Würde Sie das zufrieden stellen? Allerdings nur unter einer Bedingung.« Sie tauschten wieder einen Blick. »Ich verlange, dass Sie mir Ihr Wort darauf geben, dass niemand davon erfährt. Sie lösen den Scheck ein, ersetzen, was Ihnen weggenommen wurde, und verleben einen angenehmen Aufenthalt in Athen. Wenn Sie vernünftig sind, treten Sie die Rückreise auf dem Seeweg an. Geben Sie mir Ihr Wort?« Das taten sie, und der Abend verlief friedlich. Wir aßen gemeinsam, und ich gestattete jedem der vier Herren einen Kuss, was Cristos empörte, die Gentlemen jedoch umso glücklicher machte. Ich bilde mir gern ein, dass dies der Höhepunkt ihres Abenteuers war. Der einzige Verlierer bei der ganzen Sache war ich.

☆

Ich war glücklich, unnötiges Blutvergießen verhindert zu haben. Die Erinnerung an die Männer, die ich angeschossen hatte, plagte mich immer noch, auch wenn ich wusste, dass ich unter vergleichbaren Umständen genauso handeln würde. Fasziniert nahm ich nach unserer Rückkehr nach Lamia im Hauptquartier an der feierlichen Aufteilung der Beute teil. Mir wurde sogar ein Anteil angeboten, was ich jedoch ablehnte.

Weniger erfolgreich war ich einige Wochen später, als die Albaner den Fehler begingen, zurückzukehren. Cristos machte sich an die Verfolgung, und ich begleitete ihn. Diesmal machte er jedoch zu meiner Verblüffung nicht an der Grenze Halt (eine richtige Grenze gab es eigentlich gar nicht, nur eine stillschweigende Übereinkunft), sondern folgte den Marodeuren bis in ihr Gebiet und griff ihr Dorf an. Die Albaner, den Pelikari nicht unähnlich, waren keine Feiglinge, und so kam es zu einem blutigen Kampf. Cristos erlaubte nicht, dass ich am eigentlichen Angriff teilnahm, und diesmal gehorchte ich gern, war mir doch klar, dass ich diesmal nicht ins Geschehen würde eingreifen können.

Er wollte mich auch daran hindern, das Dorf nach seinem Sieg zu betreten, aber ich ließ es mir nicht verbieten – was ich hinterher bitter bereute. Die Häuser brannten; überall lagen tote Albaner; vergewaltigte, weinende Frauen irrten ziellos umher. Das Schlimmste aber waren die Kinder, die hatten mit ansehen müssen, wie ihre Eltern getötet oder misshandelt wurden. Ich fühlte mich hundeelend in meiner Ohnmacht. Als ich einem verwundeten Albaner helfen wollte, wurde mir schroff mitgeteilt, ich solle mich um unsere eigenen Verletzten kümmern. »Ich wollte nicht, dass du das siehst«, sagte Cristos in dieser Nacht. »Aber du bist eine eigenwillige Frau. So ist das Leben hier oben in den Bergen seit Hunderten von Jahren. Unter türkischer Herrschaft war es noch schlimmer. Du ahnst ja nicht, zu welchen Grausamkeiten sie fähig waren. Es war furchtbar. Aber so ist das Leben.«

»Sag mir, dass du wünschst, es wäre anders. Dass du ein anderes Leben anstreben würdest, wenn es nur möglich wäre.«

»Natürlich würde ich ein anderes Leben vorziehen. Wenn

man tötet, muss man damit rechnen, eines Tages selbst getötet zu werden. Ich möchte ewig leben und dich lieben.«

Natürlich war mir klar, dass Cristos ein Schurke war, der in England vermutlich am Galgen geendet wäre. Aber Griechenland, zumindest die Berge südlich von Mazedonien, waren eine Welt für sich, mit völlig anderen Regeln und Anforderungen an das Leben. Ich hatte gewusst, was Cristos für ein Mensch war, bevor ich ihm in die Wildnis folgte, und in dieser Wildnis benahm er sich genauso, wie ich es erwartet hatte. Auch wenn die Unmenschlichkeiten, die er beging oder begehen wollte, mich abstießen, stand ich ihm gegenüber wie einer Raubkatze: Ich wusste, dass ich ihn zähmen konnte, wollte ihn aber nicht seiner Würde berauben. In diesem ganzen romantischen Kontext sprach er meine primitiven Instinkte an, und hinzu kam, dass er mich sexuell immer noch mühelos in Ekstase versetzte. Ich liebte ihn rückhaltlos, und meine Gefühle waren nicht rein körperlicher oder romantischer Natur. Er besaß so viele Qualitäten, die ich bei anderen Männern vergeblich gesucht hatte. Mut und Sorglosigkeit deckten sich mit meinen, und hinter der rauen Schale schlug das Herz eines Ehrenmannes, zumindest mir gegenüber, was sich beispielsweise darin äußerte, dass er stets versuchte, mich vor den wildesten Exzessen seiner Leute abzuschirmen, dass er ständig um mein Wohl fürchtete und mich gleichberechtigt behandelte, was für einen Pelikari, der von Hause aus gelernt hatte, Frauen als Dienstmägde, Sexobjekte und Gebärmaschinen zu betrachten, bemerkenswert war. Vor allem aber gehörte er nur mir ganz allein. Ich war ziemlich sicher, dass er vor meiner Ankunft herumgehurt hatte; das entsprach einfach seiner Natur und der jener Gesellschaft, in der er aufgewachsen war. Doch seit ich bei ihm war, hatte er meines Wissens keine andere Frau mehr angerührt.

Und dann war da noch Eirini. Ich wusste, dass der Junge

Leonidas oder sein Andenken niemals ersetzen konnte. Aber ich wusste auch, dass ich kein eigenes Kind mehr bekommen würde, und so war ich bereit, Cristos' Sohn als den meinen zu betrachten. Auch wenn ich mich nicht so verzweifelt danach gesehnt hätte, Mutter zu sein, hätte ich den Jungen ins Herz geschlossen. Er war so klug, so voller Wissensdurst und so darauf bedacht, mir alles recht zu machen, dass es mir bisweilen vorkam, als wäre er tatsächlich mein eigen Fleisch und Blut. Ich glaube, ich hätte den Rest meines Lebens glücklich in Lamia verbringen können, und es entsprach nur meiner Natur, eine Legitimierung meiner Beziehung zu Cristos zu wünschen. Doch es schien mir nicht vergönnt zu sein, dauerhaftes Glück zu finden. Kurz nach Anbruch des neuen Jahres traf ein offizielles Schreiben aus Athen ein.

☆

Ich habe nie einen unglücklicheren Menschen gesehen als Cristos, als er mit dem Brief ins Schlafzimmer kam. »Ich wurde abgesetzt«, sagte er.

Ich setzte mich auf. »Wie das?«

»Von hier, von meinem Posten. Von meinem Leben.«

»O Cristos.« Ich nahm seine Hand, zog ihn zu mir auf die Matratze und nahm ihm das Schreiben aus der Hand. Es handelte sich um eine Mitteilung des Innenministeriums, in dem General Hadschi-Petros kurz und bündig mitgeteilt wurde, dass seine Dienste nicht mehr erwünscht seien und man ihm befehle, das Kommando niederzulegen und sich ins Privatleben zurückzuziehen. »Ohne Angabe von Gründen? Einfach so?«

»Sie brauchen keinen Grund, um mich abzuschieben.«

»Dann lass uns darüber nachdenken, was der Grund sein könnte.«

»Das habe ich bestimmt diesen österreichischen Mistkerlen zu verdanken. Sie müssen Anzeige erstattet haben.«

»Das glaube ich nicht.« Da es sich um Gentlemen gehandelt hatte, war ich überzeugt, dass sie Wort gehalten hatten. Außerdem hatten sie nicht mehr eingebüßt als ein wenig von ihrer Würde. »Ich glaube eher, dass der König dahinter steckt. Oder zumindest die Königin.«

»Ich habe nie etwas getan, das ihr hätte missfallen können.«

»Doch, hast du, wenn auch unwissentlich. Amalia hasst mich. Ich glaube, sie hat dich nur deshalb hergeschickt, weil sie uns auseinander bringen wollte. Jetzt hat sie erfahren, dass ich hier bei dir bin, und das ist ihre Rache.«

Er zupfte an seinem Bart. »Wenn das stimmt ...«

»Du darfst nichts Unüberlegtes tun. Das wäre Hochverrat. Wir müssen uns gedulden. Erst einmal musst du gehorchen. Hör zu. Ich werde ...«

Aber er hörte mir gar nicht zu. »Ich werde ihr schreiben.«

»Und was willst du ihr sagen?«

»Ich werde an ihre Großmut appellieren.«

»Du willst dich doch nicht etwa vor ihr erniedrigen und sie anbetteln, dir deinen Posten wiederzugeben?« Ich war entsetzt von der Vorstellung.

»Nein, nein. Ich werde sehr würdevoll vorgehen.« Ich hielt es für einen Fehler, ließ ihn aber gewähren. Hätte ich gewusst, was er tatsächlich schrieb, wäre ich wütend gewesen. Aber die erste Reaktion auf seinen Brief war negativ, und er erhielt den Befehl, Lamia binnen einer Woche zu verlassen. »Was soll ich tun?«, jammerte er. »Wo soll ich hin?«

»Wir gehen nach Athen. Wenn die Königin Krieg will, soll sie ihn haben.«

»Athen? Was soll ich in Athen?«

»Du wirst als mein Mann dort leben.«

Er starrte mich entgeistert an. »Du willst mich heiraten?«

»Du mich denn nicht?«

»Nichts würde mich glücklicher machen. Aber ... du bist noch Gräfin Theotoky.«

»Das lässt sich ändern.«

☆

Und so kehrten wir zurück nach Athen, sehr zur Freude Eugénies – wenigstens ging ich davon aus. Wir nahmen Eirini mit. Ich war der Ansicht, dass das feuchte Bergklima ihm nicht bekam; darüber hinaus wollte ich einen Gentleman aus ihm machen. Zu meinem Erstaunen schlossen sich uns ein Dutzend Pelikari an. Der Gedanke, mit einer solchen Eskorte in die Hauptstadt einzureiten, gefiel mir, allerdings beunruhigte es mich, dass sie offenbar vorhatten, zu bleiben. In meinem ehemaligen Haus hätte ich sie leicht unterbringen können, aber das war verkauft, und so mietete ich zwei nebeneinander liegende Häuser. In dem einen brachte ich die Banditen unter, und das zweite bezog ich mit Cristos, Eirini und Eugénie.

Unsere Rückkehr war natürlich eine Sensation, erst recht, als das Haus der Pelikari schon bald zum Schauplatz regelmäßiger Saufgelage wurde und sich immer mehr Kameraden aus den Bergen dort einfanden. Bei den Pelikari war es Brauch, sogar Gesetz, nie einen Gast abzuweisen, und schon bald lebten bis zu sechzig Mann mit ihren Frauen auf meine Kosten. Ich hatte nichts dagegen, solange es Cristos glücklich machte – und die Königin ärgerte. Sie reagierte niveaulos, indem sie Cristos' Bittschreiben an sie veröffentlichte, in dem er erklärt hatte, mich nicht zu lieben, sondern mich nur deshalb zur Gefährtin genommen zu haben, weil ich ihn und seine Männer mit Waffen und Munition versorgt hätte. Ich hätte ihn hassen müssen für diesen Verrat, und eine Zeit lang tat ich das sogar, doch er entschuldigte sich so überschwänglich, dass ich schließlich weich wurde. »Ich wollte mit dir in Lamia bleiben, und um das zu erreichen, war ich zu allem bereit. Ich konnte nicht ahnen, dass jemand vom Inhalt des Briefes Kenntnis bekommen würde.«

Ich glaubte ihm. »Im Krieg und in der Liebe ist eben alles erlaubt. Und es rückt die Königin in ein weit schlechteres Licht als dich.« Ich war entschlossener denn je, der Königin eins auszuwischen, indem ich Cristos heiratete, im Rahmen einer prunkvollen Zeremonie, wie man sie in Athen noch nicht erlebt hatte. Doch bevor es dazu kommen konnte, mussten einige Hindernisse aus dem Weg geräumt werden. Ich reiste nach Meteora, in die nahezu unberührte Bergregion in Nordgriechenland, wo geologische Kataklysmen vor Urzeiten einzelne Berge hatten entstehen lassen, die von den Einheimischen als »Kegel« bezeichnet wurden und auf deren Gipfeln sich verschiedene Klöster befanden. Ich wurde begleitet von einer Eskorte Pelikari und war nicht in Gefahr – bis ich mein Ziel erreichte und feststellte, dass Frauen in dieser rein männlichen Gemeinschaft nicht willkommen und die Gebäude nur über Förderkörbe erreichbar waren, die mithilfe einer Winde hinaufgezogen wurden.

Das erste Problem war schnell gelöst, als ich dem Klostervorsteher eine Nachricht zukommen ließ, in der ich ihm mitteilte, dass ich eine Spende an seinen Orden erwöge – diese Leute waren so arm wie die sprichwörtlichen Kirchenmäuse. Was die Beförderung betraf, hieß es, die Zähne zusammenbeißen und sich dem Allmächtigen anvertrauen, genauer gesagt, den Muskeln der Mönche an der Winde. Eugénie weigerte sich kategorisch, und so fuhr ich allein hinauf. Ich war schon mehrere Male in Lebensgefahr gewesen, und es sollten noch weitere Gelegenheiten folgen, aber das hier war die beängstigendste Erfahrung von allen, ganz einfach, weil ich mein Schicksal sonst immer in der Hand gehabt hatte, während ich diesmal der Muskelkraft eines Menschen ausgeliefert war, den ich noch nie gesehen hatte und der auch keinen Einfluss besaß auf den Wind, der zwar nicht besonders stark wehte, aber trotzdem den Korb hin und her pendeln ließ, sodass er in Abständen gegen die Felswand schlug.

Ich gelangte jedoch wohlbehalten nach oben, wo mir über eine niedrige Mauer und auf eine Plattform geholfen wurde. Sofort war ich umringt von bärtigen jungen Männern in schwarzen Roben und mit hohen schwarzen Hüten, die bei aller Frömmigkeit jedoch sehr männliches Interesse zeigten an ihrem weiblichen Besucher. Jetzt sah ich auch, dass die Muskeln der Männer, denen ich mein Leben anvertraut hatte, keineswegs außergewöhnlich waren, sodass mir bei dem Gedanken an die Fahrt zurück nach unten ganz flau wurde. Ich bekam ein obligatorisches Glas Wein vorgesetzt und wurde zum Abt geführt, wobei ich Gelegenheit hatte, im Vorbeigehen die wunderschönen Dekorationen, Ikonen und Buntglasfenster der verschiedenen Kapellen zu bewundern, an denen wir vorbeikamen. Der Abt war schon etwas älter, von meiner Erscheinung jedoch ebenso angetan wie die jüngeren Mönche, da ich aus gegebenem Anlass eines meiner Pariser Kleider trug. Das war zwar unpraktisch, aber im Falle eines Absturzes würden mir die Unterröcke möglicherweise noch von Nutzen sein. Das Haar fiel mir in seidigen Wellen über den Rücken. Wir tranken noch ein Glas Wein und kamen dann auf den Grund meines Besuchs zu sprechen.

»Hm«, sagte der Abt. »Das ist sehr schwierig, Mylady. So etwas braucht seine Zeit.«

»Aber ist es grundsätzlich möglich?«

»Alles ist möglich. Ein Appell an Gottes Großmut mit der Bitte um seine Führung, eine angemessene Spende an seine Diener ...«

»Wie viel? In englischen Pfund, bitte.« Ich zog die Handschuhe aus.

»Nun, ich denke, für eine Summe von ...« Er legte eine Pause ein und betrachtete sehr genau meine Kleidung, mein Haar und meinen Schmuck, ehe er fortfuhr. »Sagen wir, 200 Pfund. Dann müsste es möglich sein, himmlischen Beistand zu erlangen.«

Ich hatte mich in Athen bereits vorab erkundigt und öffnete nun mein Handtäschchen. »Zufällig habe ich einen solchen Betrag bei mir. In bar.« Ich legte die beiden Bündel Geldscheine auf sein Schreibpult.

Er zählte mit geübten Griffen nach. »Gelobt sei Gott unser Herr.«

»Wie lange wird es dauern, bis die Annullierungsurkunde ausgestellt ist?«

»Ich werde sie sofort aufsetzen lassen.« Er läutete und gab dem Mönch, der hierauf erschien und sich nach seinen Wünschen erkundigte, entsprechende Anweisungen. Ich verstand nicht viel von dem juristischen Jargon, aber nachdem sein Gehilfe davongeeilt war, blickte er mich strahlend an. »In einer halben Stunde ist alles erledigt.«

»Aber Sie sagten doch ...«

»Die Wege des Herrn sind unergründlich. Als Sie mir von Ihrem Anliegen erzählten, hatte ich einen langwierigen und kostspieligen Vorgang vor Augen, aber beim Zählen des Geldes kam mir eine göttliche Inspiration. Die Frage ist eigentlich ganz einfach. Ein Priester in Paris hat Ihre beiden ersten Ehen für nichtig erklärt, wozu er aber kein Recht hatte. Eine solche Annullierung kann nur hier in Griechenland erfolgen.« Er legte das Geld in ein Schubfach. »Ich weiß nicht, wie es um Ihre Ehe mit Ihrem bayerischen Gatten steht, aber was uns betrifft, war Ihre Ehe mit dem Grafen Theotoky nie rechtmäßig.«

»Baron von Venningen hat sich vor Jahren von mir scheiden lassen.«

»Dann steht es Ihnen frei, zu heiraten, wen Sie wollen.«

»Einfach so?«

»War das nicht Ihr Wunsch? Wie schon gesagt, das entsprechende Dokument wird gerade aufgesetzt. Ab sofort sind Sie nicht mehr Gräfin Theotoky.«

»Das ist kein Problem. Und dieses Verfahren ist rechtlich einwandfrei?«

»Niemand in Griechenland würde es wagen, eine Entscheidung des Priors von St. Stefan infrage zu stellen.«

»Nicht einmal die Königin?«

»Nicht einmal die Königin.«

☆

Ich genehmigte mir zur Stärkung noch ein weiteres Glas Wein, steckte die kostbare Aufhebungsurkunde ein und verabschiedete mich. Ich muss gestehen, dass ich nach meinen diversen Begegnungen mit Geistlichen ein wenig skeptisch war hinsichtlich ihres Charakters, und so ging mir, als ich in dem schaukelnden Korb hinuntergelassen wurde, durch den Kopf, dass meine Gastgeber möglicherweise kein großes Interesse an meinem Wohlbefinden mehr hatten, nachdem sie erst die 200 Pfund für eine halbe Stunde Arbeit kassiert hatten. Aber ich erreichte heil und gesund den Fuß des Felskegels.

Bester Laune kehrte ich nach Athen zurück. Die Hauptstadt war in heller Aufregung, nachdem sich herumgesprochen hatte, dass ich beabsichtigte, Cristos zu heiraten. Viele taten die Spekulationen als haltlos ab, da ich ihres Wissens noch Gräfin Theotoky war. Doch als ich bekannt gab, dass meine Ehe annulliert worden sei, mussten auch die Skeptiker die Neuigkeit zur Kenntnis nehmen. Fast alle reagierten schockiert. Die liebe Sophie war eine rühmliche Ausnahme. Sie suchte mich auf, wobei sie geschickt gleich mehreren Pelikari auswich, und beglückwünschte mich aufrichtig. »Ich dachte, du kannst Cristos nicht leiden«, sagte ich.

»Um ehrlich zu sein, meine Liebe, ist mir in meinem ganzen Leben noch kein Mann begegnet, den ich gemocht hätte. Aber wenn du ihn liebst ... und dann wirst du endlich diesen schrecklichen Spiro los. Dem habe ich nie über den Weg getraut.« Sie fuhr Eirini durch das Haar. »Was für ein reizender kleiner Junge. Ich hoffe, er hat saubere Hände.«

Kurz nach ihr traf Spiro aus Korfu ein. »Das kannst du nicht tun«, erklärte er.

»Ich habe es bereits getan.«

»Du bist meine Frau!«

»Offenbar waren wir nie legal verheiratet. Wir haben in Sünde gelebt.«

»Soll das heißen, unser Sohn war ein Bastard?«

Ich seufzte. »Es schmerzt mich, dass du das zur Sprache bringst. Ich habe sechs Kinder geboren. Nur zwei wurden unehelich empfangen. Aber ich habe sie alle geliebt, und ich liebe sie noch heute. Aber ich muss mein Leben leben.«

Jetzt kam das, worum es ihm eigentlich ging. »Und meine Überweisungen?«

»Ich fürchte, ich muss die Überweisungen einstellen. Mit über vierzig bist du sicher alt genug, auf eigenen Füßen zu stehen, oder?«

Er funkelte mich so zornig an, dass ich schon fürchtete, er würde handgreiflich, aber es waren mehrere Pelikari in Hörweite, und so beherrschte er sich. Resolut konzentrierte ich mich auf das, was ich wie immer für die letzte Liebe meines Lebens hielt. Was nicht heißt, dass es mit Cristos nicht auch Probleme gegeben hätte. Zu meinem allergrößten Bedauern brach Ghost sich ein Bein und musste erlöst werden. Tatsächlich waren alle meine Pferde recht betagt, sodass ich überlegte, Ersatz anzuschaffen. Es hieß, die besten Pferde gäbe es in Syrien. Dass arabische Vollblüter als die edelsten Pferde der Welt galten, wusste ich bereits, und so schlug ich Cristos vor, die Flitterwochen in Damaskus zu verbringen und bei dieser Gelegenheit Pferde zu kaufen. Diesen Teil der Welt hatte ich ohnehin schon lange bereisen wollen. Cristos war alles andere als begeistert. Syrien, Palästina und der gesamte Mittlere Osten gehörten zum Osmanischen Reich, und nachdem er eine so entscheidende Rolle im griechischen Unabhängigkeitskrieg gespielt hatte, war er nicht sicher, dass man ihn dort freundlich empfangen würde. Ich spielte seine Bedenken herunter, zumal ein Krieg zwischen Russland und der Türkei drohte und Großbritannien für die Türken Partei ergriffen hatte. Das hatte zwar weniger mit Sympathie für die Osmanen zu tun als damit, dass die Briten um jeden Preis vermeiden wollten, dass Konstantinopel den Russen in die Hände fiel, aber die Hohe Pforte, der Hof des türkischen Sultans, konnte es sich nicht erlauben, die Engländer vor den Kopf zu stoßen, indem sie eine Engländerin verhafteten oder misshandelten, die zudem, wenn auch nur entfernt, mit dem Premierminister bekannt war. Wenn Harry gewillt gewesen war, sich für einen eingebürgerten Juden mit Athen anzulegen, ließ sich schwer abschätzen, wozu er fähig wäre, um die berühmteste Engländerin ihrer Zeit zu retten.

Nachdem ich Cristos' Bedenken hatte zerstreuen können, traf er Vorbereitungen für unsere Abreise am Tag nach der Hochzeit. Ich tat das Gleiche, und da ich vorhatte, das Heilige Land zu bereisen und vor allem auch heidnische Gebiete – konkret meinen Kindheitstraum Palmyra –, ließ ich eine beträchtliche Anzahl von Truhen an Bord des Schiffes schaffen, das uns nach Beirut bringen sollte. Größere Gegenstände wie mein Flügel waren seit dem Verkauf meines Hauses eingelagert. Nach meiner Rückkehr wollte ich mir ein neues Haus bauen, wusste allerdings noch nicht genau, wo. Ich neigte dazu, in die Berge zurückzukehren, womit ich Amalia einen weiteren Seitenhieb verpassen würde.

Aber eins nach dem anderen. Als Erstes stand einmal die

Hochzeit an. Ich war so aufgeregt wie vor meiner ersten Heirat, vielleicht sogar noch mehr. Ich liebe rauschende Feste, vor allem, wenn ich selbst im Mittelpunkt stehe. Meine Ehe mit Edward war ziemlich langweilig gewesen; die Trauung mit Karl war trotz der Zeremonien eine für mich eher traurige Angelegenheit, weil ich immer gewusst hatte, dass wir nie glücklich miteinander sein würden; Spiro hatte ich fast heimlich geheiratet, mit Giorgio und Eugénie als einzigen Zeugen ... Aber diesmal würde ich einen Mann heiraten, den ich mehr liebte als alle anderen zuvor, und die Organisation und Ausrichtung der Feier lag allein in meiner Hand. Ich war entschlossen, ein Ereignis daraus zu machen, wie Athen es seit der Thronbesteigung Ottos nicht mehr erlebt hatte, ein Ereignis, das die Krönung sogar noch in den Schatten stellte. Einladungen gingen an jeden, der in der Stadt Rang und Namen hatte, und die meisten sagten zu. Ich schickte sogar eine an den Palast, erhielt jedoch nie eine Antwort.

Am Morgen vor der Trauung blieb ich lange im Bett und ging in Gedanken noch einmal alles durch, um ganz sicherzugehen, nichts vergessen zu haben. Ich hatte beschlossen, ein paar Nächte vor der Hochzeit allein zu schlafen, damit die Hochzeitsnacht besonders leidenschaftlich ausfiel. Doch ich wusste, dass Cristos die vergangene Nacht mit seinen Kameraden durchgezecht hatte und die heutige Nacht außerhalb der Stadt verbringen würde, um mit Freunden seinen Junggesellenabschied zu feiern. Tatsächlich ging ich davon aus, dass er bereits fort war, da er bei Morgengrauen hatte aufbrechen wollen. Das würde zweifellos eine feuchtfröhliche Angelegenheit werden, bei der vielleicht mehr passierte, aber diese letzte Affäre gönnte ich ihm. Ich war ein wenig besorgt, weil er Eirini mitgenommen hatte, doch er hatte gemeint, der Junge müsse irgendwann zum Mann werden, und eine passendere Gelegenheit als die Hochzeit seines Vaters könne es dafür nicht geben.

Nachdem ich schon etwa eine Stunde wach gelegen hatte, ohne dass mir der übliche Frühstückstee gebracht worden war, läutete ich mehrere Male, doch es dauerte einige Minuten, bis Eugénie endlich erschien. Ich wollte sie nicht rügen, weil sie verschlafen hatte, hielt einen Tadel jedoch für angebracht. Doch bevor ich ein Wort sagen konnte, kam sie zu mir gelaufen, ließ sich neben dem Bett auf die Knie fallen und vergrub den Kopf in meiner Armbeuge. Erst jetzt fiel mir auf, dass sie weinte. Ich hatte sie bisher noch nie weinen sehen, obwohl wir manch schwere Zeit durchgemacht hatten. Ich legte ihr eine Hand unters Kinn und hob ihren Kopf an. Ein hässlicher Bluterguss zog sich über Wange und Auge bis zur Stirn. »Eugénie! Was ist passiert?«

»Oh, Madame ...« Tränen strömten ihr über die Wangen.

Ich schwang die Beine aus dem Bett und hielt ihre Hände. »Sag mir, wer dir das angetan hat. Dein Liebhaber? Sag mir seinen Namen, und ich sorge dafür, dass er bestraft wird.«

Sie schauderte, und ein gequälter Ausdruck trat in ihre Augen.

Mir kam ein schlimmer Verdacht. »Du?«, rief ich aus. »Du hast meinen Mann verführt? Du? Die Frau, der ich immer blind vertraut habe? Es wundert mich nicht, dass er dich geschlagen hat. Ich werde dich ebenfalls züchtigen.«

»Madame!«, schluchzte sie. »Bitte. Ich habe das nicht gewollt. Ich habe es nie gewollt. Von Anfang an nicht. Ich habe ihn angefleht, mich in Ruhe zu lassen. Ich habe gedroht, es Ihnen zu sagen, aber er sagte, dann würde er mir die Kehle durchschneiden. O Madame!«

Ich war aufgestanden, aber jetzt ließ ich mich auf die Matratze zurückfallen. »Von Anfang an? Was soll das heißen?«

»Von dem Tag an, da er Ihr Liebhaber wurde, Madame.«

»Das glaube ich nicht.« Leere Worte. Ich kannte Cristos zu gut. Aber ich hatte mich auf sein Ehrenwort verlassen. »Du bist ein hinterhältiges Weibsstück. Du bist fristlos entlassen.«

»Madame ... Ich flehe Sie an, schicken Sie mich nicht fort. Ich bin so viele Jahre bei Ihnen. Lassen Sie mich bleiben. Was sollte ich denn tun? Ich wusste, dass er mich töten würde, wenn ich mich weigerte oder Ihnen etwas sagte. Aber gestern Nacht habe ich ihm gesagt, dass ich es nicht mehr zulassen könne. Wegen der Hochzeit. Und da hat er mich geschlagen und mit Gewalt genommen.«

Ich wusste, dass sie die Wahrheit sagte. Und das nach all seinen Versprechen und Liebesbeteuerungen ... Ich musste die ganze Wahrheit wissen. »Du sagst, er wäre zu dir gekommen, nachdem er mit mir geschlafen hatte. Wie kann das sein.«

»Er hat sich immer schnell wieder erholt, Madame. Er ist in dieser Hinsicht ungewöhnlich viril. Er sagte, er käme zu mir, weil er eine richtige Frau wolle nach ›der bornierten arroganten Schlampe‹. Das waren seine Worte, Madame. Und dasselbe hat er auch zu den anderen Frauen in Lamia gesagt.« Mir wurde übel. Den anderen Frauen in Lamia! Er hatte mich zum Gespött gemacht! Er war die ganze Zeit nur auf mein Geld aus gewesen. Er war in der ganzen Zeit nur einmal ehrlich gewesen, und zwar in seinem Brief an Amalia! Das Einzige, was er von Anfang an gewollt hatte, war mein Geld! Wäre er in diesem Moment durch die Tür gekommen – ich schwöre, ich hätte ihn erschossen. Eugénie schaute mich ängstlich an. »Madame?«

Ich berührte sehr vorsichtig ihre Wange, und sie zuckte vor Schmerz zusammen. »Lass das verarzten. Und dann pack unsere restlichen Sachen und lass sie nach Piräus bringen.«

»Aber ... soll ich auch das Hochzeitskleid einpacken?«

»Nein, das bleibt hier.«

☆

Ein Teil von mir wollte bleiben und Cristos zur Rede stellen, aber ich wusste, dass das keine gute Idee wäre, nicht zuletzt, weil ich tatsächlich fähig gewesen wäre, ihn zu erschießen, wenn er mir weitere Lügen aufgetischt hätte. Außerdem fürchtete ich, ihm doch zu verzeihen, wenn er mich um Verzeihung bat, vor allem, wenn er es im Bett versuchte. Ich hatte ihm noch nie widerstehen können.

Ich kehrte allem den Rücken, was mir in den vergangenen Monaten so viel bedeutet hatte. Eirini, die Pläne für das neue Haus, für eine neue Zukunft. Es schmerzte mich, dass Amalia die Genugtuung zuteil würde, mich gedemütigt zu sehen, aber ich wollte nur fort und etwas tun, irgendwas. Ich ging zur Bank, hob genug Geld für eine längere Reise ab und ließ eine größere Summe an die Osmanische Bank in Damaskus überweisen. Ich besaß noch fast die gesamte Kaufsumme für das Haus auf dem Hodos Sokratos, zusätzlich zu dem, was sich noch aus Edwards Überweisungen angesammelt hatte (in Griechenland war es schlicht unmöglich gewesen, alles auszugeben), und die Überweisungen aus England kamen auch weiterhin, sodass ich keine finanziellen Sorgen hatte. Hiernach begab ich mich nach Piräus, wo Eugénie mich bereits an Bord unseres Schiffes erwartete.

»Aber wir stechen erst übermorgen in See«, protestierte der Kapitän.

»Ich bestehe darauf, dass wir noch heute ablegen. Jetzt gleich, um genau zu sein.«

»Das wird nicht möglich sein. Der General ...«

»Der General wird nicht mitkommen. Ich habe Sie angeheuert. Wenn Sie sich weigern, sofort auszulaufen, muss ich Sie bitten, mir das Geld für die Passage zurückzuerstatten und mein Gepäck umgehend ausladen zu lassen. Ich werde schon ein anderes Schiff finden.«

Er schluckte, erteilte aber die erforderlichen Befehle. Seine Mannschaft wurde zusammengetrommelt, und schon wenige Stunden später wurden die Taue von der Mole gelöst. Eugénie stand an meiner Seite, und wir sahen gemeinsam zu, wie die Dächer von Piräus achtern immer weiter zurückwichen und schließlich außer Sichtweite verschwanden. »Wird er uns folgen?«, fragte sie.

»Ich glaube, so dumm wird er nicht sein.«

☆

Wir rochen den Libanon, noch bevor wir ihn sehen konnten. Die Überfahrt hatte drei Wochen gedauert, nicht nur aufgrund der Entfernung von mehr als 700 Meilen, sondern zudem wegen anhaltender Flauten und der ungünstigen Winde. Aber es war eine interessante Reise, da wir uns durch die ägäischen Inseln fädelten und anschließend das südöstliche Ende der Türkei umrundeten. Wir sahen sogar Herodots Geburtsort bei Halikarnassos, das die Türken in Bodrum umbenannt hatten. Rechter Hand waren die kretischen Berge zu sehen. Dann segelten wir an der Südseite Zyperns vorbei, das viel größer war, als ich erwartet hätte, um dann unvermittelt von dieser Wolke von Wohlgerüchen eingehüllt zu werden.

Unser Schiff war nicht sehr groß, und die einzige Unterbringungsmöglichkeit für Passagiere war eine Einzelkabine achtern. Da Eugénie und ich die einzigen Passagiere waren, war das nicht weiter schlimm, wäre da nicht die Hitze gewesen. Bald war es in der kleinen Kabine so stickig, dass wir dazu übergingen, hinter dem Steuermann an Deck zu schlafen. Dort waren wir auch, als wir eines Tages bei Sonnenaufgang wach wurden, auf die schrumpfenden Berge Zyperns in der Ferne blickten und tief einatmeten. »Die Zedern des Libanon«, erklärte uns der Kapitän. »Der lieblichste Duft im ganzen Mittelmeerraum.«

Ein paar Stunden später kam die Küste in Sicht, die ziemlich flach und eben war, auch wenn wir weiter im Landesinneren hohe Berge sehen konnten. Schließlich konnten wir auch die Stadt Beirut erkennen. Da es keinen Hafen gab, ankerten wir in einer freien Reede und machten uns bereit, von Bord zu gehen.

☆

Was ich nach dieser langen Zeit und so fern der Heimat suchte? Jedenfalls keine männliche Gesellschaft, so viel steht fest. Ich hatte auf der Reise über mein Leben nachgedacht. Nur einer von den Männern, die ich geliebt hatte, hatte mich ehrenhaft behandelt, und das war Karl – tragischerweise der Einzige, der in mir nicht die Liebe und Leidenschaft hatte wecken können, nach der ich strebte. Was mochte mich noch erwarten? Zwar hatte ich gelernt, Männer zu verachten, aber sie waren doch immer die treibende Kraft hinter all meinen Abenteuern gewesen; entweder war ich einem von ihnen nachgelaufen oder aber vor einem anderen geflüchtet, so wie auch jetzt. Was sollte nun werden? Ich hatte nicht die Absicht, mich in eine religiöse Exzentrikerin zu verwandeln wie Sophie; das hätte meiner Natur völlig widersprochen. So fiel mir kurzfristig nichts anderes ein als reisen, reisen und nochmals reisen, um durch ständige Bewegung meinen rastlosen Geist in Schach zu halten.

Außerdem lockte die Wüste, ein alter Kindheitstraum. Dort war einer meiner Lieblingsvettern gestorben, wenn auch weit weg von Beirut. Zudem war mein Interesse von einem Buch neu geweckt worden, das ich einige Jahre zuvor gelesen hatte, *Eothen* von William Kinglake, ein Reisebericht aus Palästina und Syrien. Ich dachte mir, dass es interessant sein müsse, seiner Route von Beirut nach Jerusalem zu folgen, von dort aus durch den Süden Palästinas zu streifen, um mich abschließend wieder in nördliche Richtung nach

Damaskus zu begeben und einer Karawane nach Palmyra anzuschließen. Doch wie sich herausstellte, ließ mein Vorhaben sich nicht ganz so leicht verwirklichen. Offenbar gab es auf der von mir geplanten Route keine Pferdewechsel-Stationen, sodass ich Packtiere mieten musste. Das Ganze erwies sich als logistische Herausforderung aufgrund des vielen Gepäcks (allein meine Kleider füllten fünf Schiffstruhen), und weil die Lasttiere so klapprig waren. Damals fing ich an, Tagebuch zu schreiben. Im Großen und Ganzen sollte es ein Reisebericht werden, aber hier und da schlichen sich auch private Erlebnisse und Gedanken ein, obwohl ich bei unserem Aufbruch von Beirut fest entschlossen war, großen Gefühlen zu entsagen. Ich führte das Tagebuch, weil ich mir dachte, es könnte entweder für meine Familie oder spätere Generationen von Interesse sein. Es hatte nichts gemein mit den sehr persönlichen Memoiren, die ich zu meinem eigenen Vergnügen niederschrieb, um noch einmal die einzelnen Stationen meines Lebens Revue passieren zu lassen.

Etwa zwei Wochen nach unserer Ankunft in Beirut brachen wir auf in den Süden. Es war Ende April und sehr heiß, auch wenn der türkische Leutnant, der uns begleitete, mir erklärte, dass es in zwei Monaten noch viel heißer werden würde. Ich möchte an dieser Stelle erwähnen, dass ich zwar dankbar war, von Leutnant Sigourty und seinen Männern begleitet zu werden, dass sie aber nicht als Leibwächter gedacht waren (die türkischen Behörden in Beirut hatten eine Eskorte für unnötig gehalten mit der Begründung, Palästina sei ein friedliches Land). Der Leutnant musste zufällig in dieselbe Richtung, um seinen Dienst in der Garnison von Jerusalem anzutreten. Ich sollte außerdem erwähnen, dass Russen und Türken zwar noch immer mit den Säbeln rasselten, die Großmächte sich jedoch nach Kräften bemühten, die Wogen zu glätten, sodass ein Krieg zu diesem Zeitpunkt wenig wahrscheinlich schien. Offiziell ging es darum, ob man dem Zaren das Recht zugestehen sollte, die christlichen Minderheiten und Pilger bei der Ausübung ihrer Religion innerhalb des Osmanischen Reiches zu beschützen, vor allem in Jerusalem mit seinen zahlreichen Heiligtümern, ein Anliegen, das die Türken verständlicherweise vehement zurückwiesen. Aber auch wenn es hier und da Übergriffe in christlichen Enklaven gegeben hatte – es wäre einfach unvorstellbar gewesen, dass die britische Regierung der Bitte der Türkei entsprochen hätte, Gesandte oder gar Truppen nach England zu entsenden, um dortige muslimische Minderheiten zu schützen.

Mir gegenüber hatten die Türken sich immer tadellos benommen, wenngleich das auch daran liegen mochte, dass mein Vermögen in Syrien und Palästina sogar noch mehr wert war als in Griechenland. Hinzu kam, dass Engländer und Franzosen bei den Einheimischen beliebt waren (wenngleich es noch vor Jahresende 1853 zum Krieg kam), da ihre Regierungen der Türkei ihre Unterstützung zugesagt hatten.

Leider waren die Türken zu nicht-türkischen Untertanen weniger freundlich als zu einer reichen Engländerin und ihrem französischen Dienstmädchen, und auch ihre Auffassung von Hygiene war mehr als zweifelhaft. Ich musste an Cristos denken, der des Öfteren erwähnt hatte, alle schlechten Gewohnheiten von den Türken übernommen zu haben, und so wurden wir Zeugen unmenschlicher Bestrafungen von Gesetzesbrechern. Aber so bedauerlich dies auch sein mag, man gewöhnt sich mit der Zeit an Dinge, die man doch nicht ändern kann. In Bezug auf die Hygiene fiel es mir allerdings überaus schwer, Kompromisse einzugehen. Mir war klar, dass man auf einer längeren Reise durch die Wüste nicht täglich baden, ja, sich nicht einmal täglich waschen konnte, aber ich wollte mir dieses Vergnügen natürlich nicht mehr nehmen lassen, sobald wir in die Zivilisation zurückgekehrt waren. Leider war das Wasser aufgrund des Staubes und des feinen Sandes nirgendwo klar und sauber, was das Badevergnügen doch ein wenig trübte.

Was die Verpflegung betrifft, war diese so gerade noch genießbar, mehr aber auch nicht. Das Fleisch war faserig, das Gemüse matschig, und Wein gab es in diesem muslimischen Land auch keinen, sodass man sich mit Wasser begnügen musste, das man aufgrund der Temperaturen in größeren Mengen benötigte, obwohl man bei jedem Schluck befürchten musste, sich irgendeine Seuche zu holen.

Jerusalem, das wir nach einer glücklicherweise ziemlich kurzen Reise erreichten, erwies sich als herbe Enttäuschung und konnte die Unbequemlichkeiten, die wir bislang auf uns genommen hatten, nicht wettmachen. Eugénie und ich suchten all die berühmten Schauplätze auf, an denen Christen angeblich gestanden, gepredigt oder gelitten hatten, aber in meinen Augen besaßen sie nicht die Grandeur einer Akropolis oder der griechischen Berge. Zudem hatten die Heiligtümer unter Jahrhunderten türkischer Herrschaft gelitten, was allerdings auch in Griechenland der Fall gewesen war. Am schlimmsten war der Zustand der Straßen, die übersät waren mit Unrat und dem Kot unzähliger Hunde. Nie zuvor hatte ich so elende Kreaturen gesehen. Die meisten waren so mager, dass sie nur aus Haut und Knochen zu bestehen schienen, und sie balgten sich um jedes Stückchen Abfall. Viele dieser ausgemergelten Geschöpfe verhungerten, und überall lagen verwesende Kadaver. Der Gestank war unbeschreiblich.

Die Hunde taten mir schrecklich Leid, aber was hätte ich tun sollen? Ich konnte mich unmöglich aller Streuner Jerusalems annehmen. So verlockend die Vorstellung auch war, wäre eine solche Maßnahme eher unpraktisch gewesen, zumal ich meine Reise ja noch fortsetzen wollte. Aufgrund der Zustände, die ich in Jerusalem vorfand, gab ich mein Vorhaben auf, Südpalästina zu erkunden, und begab mich gleich nach Damaskus, da man mir versichert hatte, es sei so schön und gepflegt, wie Jerusalem heruntergekommen und abstoßend war. Meine Erlebnisse in der Heiligen Stadt hatten mir die Lust auf einen längeren Aufenthalt verdorben, aber ich war dennoch entschlossen, nach Palmyra zu reisen, bevor ich mir einen Ort suchte, an dem ich mich niederlassen wollte. Jedenfalls erschien mir ein Leben in einem der von den Türken beherrschten Gebiete wenig verlockend. Ich ahnte noch nicht, dass der glücklichste Abschnitt meines Lebens erst vor mir lag – zumal ich vorher noch einige Schwierigkeiten überwinden musste.

☆

Wir folgten dem Jordan nach Norden, vor allem deshalb, weil wir uns damit einen ständigen Wasservorrat sicherten, wenngleich dieses Wasser nicht viel sauberer zu sein schien als das in Jerusalem. Da Wasser der Quell des Lebens war, begegneten wir hier zahlreichen anderen Reisenden. Manchmal schlossen wir uns für ein oder zwei Tage einer Karawane an, dann wieder schlugen andere ihre Zelt bei uns auf. So kamen wir auch mit den ersten Arabern in Berührung: Beduinen. Eugénie stand Höllenängste aus inmitten der Zelte dieser dunkelhäutigen Krieger (oder Banditen, wie die Türken sie nannten) mit ihren in unförmige Gewänder gehüllten, verschleierten Frauen, ihren Ziegen, Kamelen und vor allem Pferden. Auch wenn ich nicht mehr hier war, um Pferde zu kaufen, genoss ich den Anblick der wunderschönen Tiere, die wir ständig vor Augen hatten.

Ebenso fasziniert war ich von den Arabern selbst, die im Gegensatz zu den Türken gepflegt und sauber wirkten und ganz andere Umgangsformen an den Tag legten. Ihre Manieren waren tadellos. Eugénie sah es gar nicht gerne, dass ich vom Lager zum Fluss ging, wo die Pferde getränkt wurden, um mich am Anblick der Tiere zu erfreuen und ein paar Worte mit ihren Besitzern zu wechseln. Dank meiner Sprachbegabung hatte ich genügend Türkisch aufgeschnappt, um mich verständlich zu machen, und sogar ein paar Brocken Arabisch. Meine Grammatik war zweifellos fürchterlich und meine Wortwahl sicher oft fehlerhaft, aber die Nomaden lächelten höflich und beantworteten meine Fragen bereitwillig. Auch waren sie offensichtlich ebenso fasziniert von mir wie ich von ihnen. Es gab im Land genug nicht-muslimische Frauen, dass sie an meinem unverschleierten Gesicht keinen Anstoß nahmen – im Gegenteil. Auch meine Kleider schienen ihnen zu gefallen. Vor allem aber schienen sie fasziniert zu sein von meinem Haar. Das war für mich grundsätzlich zwar nichts Neues, aber noch nie waren meine goldenen Zöpfe so bestaunt worden, auch wenn ich glaubte, bei den Arabern auch ein wenig Unbehagen zu spüren. Ich erzählte einem türkischen Offizier von meinem Eindruck, und er erklärte mir, dass für die Araber blondes Haar ein Zeichen für böse Kräfte sei. Nun, dann würde meine Haarfarbe uns möglicherweise Schutz bieten – zusätzlich zu den beiden Revolvern, die ich nach wie vor ständig bei mir trug.

Wir zogen weiter, bis man uns schließlich mitteilte, dass wir Damaskus in zwei Tagen erreichen würden. Als wir am Abend am Fluss unser Lager aufschlugen, schlenderte ich wie üblich ans Wasser, um mir die Pferde anzusehen. Es war der 4. Mai 1853, ein Datum, das ich nie vergessen werde, da ich unter den trinkenden Vollblütern den prächtigsten Hengst erblickte, den ich je gesehen hatte. Ich musste ihn einfach haben. Ich ging zu dem Mann hinüber, der mir am nächsten stand. »Ein wunderschönes Tier.«

»Allerdings. Das beste.«

»Ist er zu verkaufen?«

»Wie könnte ein solches Tier verkäuflich sein?«

»Alles hat seinen Preis«, entgegnete ich. »Nennen Sie mir Ihren.«

»Der Hengst gehört mir nicht.«

»Und wer ist dann der Besitzer? Bringen Sie mich zu ihm.«

»Das Pferd gehört mir«, sagte eine tiefe Stimme in meinem Rücken. »Mein Name ist Saleh.«

Ich drehte mich um und verliebte mich.

## 16. KAPITEL

### Der Scheich

Was soll ich sagen? Nach Cristos' Verrat hatte ich mir geschworen, mich nie wieder zu verlieben, ja mich überhaupt von Männern fern zu halten. Doch gegen die Gesetze der Natur ist man machtlos. Ich war schon öfter über längere Zeit sexuell abstinent gewesen, und es war erst einen Monat her, dass ich Griechenland verlassen hatte. Aber der Orient, die Wüste, hatten meine Sinne betört, und wie bereits erwähnt fand ich Beduinen überaus anziehend. Man könnte sagen, dass ich mich in ein ganzes Volk verliebt hatte, trotz aller religiösen und kulturellen Unterschiede. Außerdem waren die meisten Araber von recht kleinem Wuchs, aber jetzt stand ein wahrer Märchenprinz vor mir. Er war mindestens einen Meter achtzig groß und somit größer als ich selbst, schlank, hatte feinste, wie gemeißelte Züge, einen sorgfältig getrimmten Bart, blitzende dunkle Augen und sinnliche Lippen. Ich wusste sofort, dass er alles verkörperte, was ich mir je gewünscht hatte. Dass er so jung aussah, als hätte er mein Sohn sein können, spielte keine Rolle. »Saleh?«, wiederholte ich.

Er verneigte sich knapp. »So lautet mein Name.«

Einen Moment vergaß ich, was ich von ihm gewollt hatte. Dann fasste ich mich wieder. »Ich habe gerade Ihr Pferd bewundert. Ein prächtiges Tier.«

Eine weitere knappe Verbeugung. »Sehr freundlich. Kennen Sie sich mit Pferden aus?«

»Allerdings. Würden Sie ihn mir verkaufen?«

»Ich habe zwar grundsätzlich nicht vor, ihn zu verkaufen,

würde es mir aber möglicherweise überlegen, wenn der Preis angemessen ist.« Während er sprach, musterte er mich so aufmerksam wie ich ihn; ich vermutete, dass er mich bereits eine Weile beobachtet hatte, bevor er herübergekommen war. Offensichtlich gefiel ihm, was er sah.

»Nennen Sie mir Ihren Preis«, entgegnete ich.

»Und Sie werden zahlen, was ich verlange?«

»Ja.«

»Sie müssen unermesslich reich sein. Ich würde es vorziehen, die Verhandlungen unter vier Augen zu führen.« Erst jetzt bemerkte ich, dass sich mehrere Schaulustige eingefunden hatten.

»Gewiss«, sagte ich. »Mein Zelt ist gleich dort drüben.«

»Das meine ist näher.«

Ich zögerte nur kurz. Immerhin hatte ich die Tasche mit den Revolvern bei mir. »Wie Sie wünschen.«

Er bedeutete mir voranzugehen. Nicht zum ersten Mal im Leben hatte ich keinen Schimmer, was weiter geschehen mochte. In diesem Augenblick wusste ich nicht einmal, ob ich wieder die Beute war oder nur träumte. Er langte an mir vorbei, um die Zeltbahn vor dem Eingang anzuheben, und ich betrat das süß duftende, geschmackvoll eingerichtete Heim des Wüstennomaden. Es waren zwei verschleierte Frauen dort, die er jedoch mit einem Wink fortschickte. Dann zeigte er einladend auf eines der Sitzkissen auf dem mit Teppichen ausgelegten Boden. In Reitkleidung auf dem Boden Platz zu nehmen, ohne Bein zu zeigen, ist nicht ganz einfach, aber ich schaffte es, indem ich mich seitlich setzte und die Knie anwinkelte.

Saleh nahm im Schneidersitz mir gegenüber Platz. »Sie sind schön wie der Sommermond.«

Es verschlug mir den Atem. »Sie wollten mir Ihren Preis nennen.«

»Den Sie sich bereit erklärt haben, zu zahlen.«

Ich überlegte kurz, ehe ich antwortete. »Ja. Ich werde zahlen, was Sie verlangen.«

»Ich will kein Geld«, warnte er.

»Dann sind Sie ein reicher Mann? Ein Scheich?«

»Ich bin kein Scheich, aber sehr wohlhabend. Allah, gelobt sei sein Name, hat es gut mit mir gemeint!«

»Dann sagen Sie mir, was Sie für das Pferd verlangen.«

»Ich werde es Ihnen zeigen.«

☆

Was nun folgte, war in mehr als einer Hinsicht unanständig. Obwohl ich diesen wunderbaren Mann erst wenige Minuten zuvor kennen gelernt hatte, ließ ich ihn gewähren, als er mich anfasste. Abgesehen von den denkwürdigen Zusammenkünften mit Edward und meiner ersten Begegnung mit Cristos hatte bisher jeder verliebte Mann als Erstes danach getrachtet, mich zu entkleiden, um mich anschauen zu können. Saleh machte keinerlei Anstalten, mich auszuziehen, und während ich davon ausgegangen war, mit Cristos die größtmögliche körperliche Ekstase erlebt zu haben, wurde ich nun eines Besseren belehrt, auch wenn das, was ich nun kennen lernte, ganz sicher niemals von der christlichen Kirche gebilligt würde, weder von der orthodoxen noch von der katholischen oder der protestantischen.

Saleh rückte neben mich, versuchte jedoch nicht, mich zu küssen. Er strich mit den Händen über mein Haar, meine Arme und meine Schenkel, was ich höchst stimulierend fand. Dann drehte er mich auf die Seite. Da ich erwartet hatte, entkleidet zu werden, war ich erstaunt und gleich darauf sogar schockiert, als er meine Röcke bis zur Taille hochschob, um dann meine Schenkel zu packen und anzuheben. Ich stützte mich instinktiv mit den Händen ab, derweil er sich zwischen meine Beine kniete und mit Händen und Knien meine Schenkel spreizte.

Nachdem ich gewarnt worden war, dass Homosexualität bei Arabern und Türken ebenso weit verbreitet war wie in der englischen Oberschicht, war ich auf das Schlimmste gefasst, erlebte stattdessen aber das Paradies auf Erden. Ich hatte ehrlich geglaubt, dass kein Mann meinen Körper gründlicher erforschen könnte, als Cristos es getan hatte, aber diese Position hatte nicht einmal der Räuberhauptmann angewandt. Und er hatte auch nicht Salehs Standvermögen besessen. Ich schwöre, dass er mindestens eine halbe Stunde in mir war, ehe er sich gestattete zu kommen. Ich hatte inzwischen aufgehört zu zählen.

☆

»Das Pferd gehört dir«, sagte er, als er sich aus mir zurückzog.

Ich hatte mich auf den Bauch sinken lassen. Jetzt drehte ich mich um, setzte mich auf und richtete meine Kleidung in dem Bestreben, etwas von meiner Würde zurückzuerlangen. Und doch hatte ich für mich bereits entschieden, dass es nicht bei dieser einen Begegnung bleiben würde. »Und was noch?«, fragte ich.

Er musterte mich einige Sekunden schweigend. »Du willst mehr?«

»Viel mehr.«

»Du bist eine feine Dame, und ich ...«

»Und du bist ein großer Mann.«

»Du wirst bei mir bleiben?«

»Ich muss nach Damaskus. Ich möchte Palmyra sehen. Wirst du mit mir gehen?«

»Ich kann diesen Teil der Wüste nicht betreten. Das ist Amazeh-Gebiet. Sie würden mich töten.«

Das erschien mir sehr drastisch, vor allem in Anbetracht der Gastfreundlichkeit, die ich bislang bei diesen Menschen beobachtet hatte. »Sind Fremde ihnen nicht willkommen?«

»Nur wenn sie ihrem Volk angehören. Und vielleicht noch Ausländer. Andere Beduinen jedoch sind ihre Erbfeinde.«

»Aber sind nicht die Türken Herrscher dieses Landes?«

»Das behaupten sie, aber gegen unsere Bräuche können sie nichts ausrichten. Es wäre zu aufwendig, etwas verändern zu wollen. Außerdem haben die Türken gar nichts dagegen, dass wir uns traditionsgemäß gegenseitig bekriegen, weil sie dann nicht befürchten müssen, dass wir uns gegen sie verbünden.«

»Ich verstehe. Dann hat also jeder Stamm sein eigenes Hoheitsgebiet. Und welches ist das deine?«

»Hier und im Süden.«

»Du meinst Palästina? Ausgerechnet.« Ich hatte nicht die geringste Lust, mich in diesem Teil der Welt niederzulassen. »Wenn du mich begleitest, werde ich dich schützen.«

»Ich glaube nicht, dass das möglich wäre.«

»Vertrau mir. Du hast doch selbst gesagt, dass sie Ausländer nicht angreifen. Du wirst als meine Eskorte mitkommen.«

»Sie würden mir trotzdem nach dem Leben trachten, und wenn du versuchen würdest, mich zu schützen, könnte es dich das eigene Leben kosten. Das könnte ich niemals riskieren. Ich liebe dich.«

»Du bist wunderbar.«

»Außerdem muss ich mit meinen Leuten in die Wüste ziehen.«

»Wann?«

»In einer Woche.«

»Dann werde ich diese Woche bei dir bleiben.«

☆

Eugénie war empört, doch ich ließ mich nicht umstimmen. So verbrachte ich eine himmlische Woche, und ich war fest entschlossen, später daran anzuknüpfen. »Wirst du hierher zurückkehren?«, fragte ich in unserer letzten gemeinsamen Nacht.

»Selbstverständlich.«

»Dann werde auch ich zurückkommen. Wir treffen uns hier. Sag mir wann.«

»In drei Monaten.«

Das passte mir gut, da ich meine Wallfahrt nach Palmyra auf jeden Fall unternehmen wollte. Und nun würde ich mit der Aussicht dorthin reisen, dass bei meiner Rückkehr dieser göttliche Mann auf mich wartete. »Also dann ... bis in drei Monaten.« Ich küsste ihn. »Dann bleibe ich für immer bei dir.«

»Und ich werde für immer dein sein.«

Ich küsste ihn wieder. »Allerdings müssen wir vorher noch eins klären. Diese Frauen ... sind das deine Ehefrauen?«

»Ich habe keine Ehefrau.«

Ich atmete erleichtert auf. »Trotzdem ... Schläfst du mit ihnen?«

»Ein Mann braucht eine Frau.«

»Das verstehe ich. Aber wenn ich zurückkehre, müssen sie fort sein. Ich werde deine Frau sein. Deine einzige Frau.«

Er dachte darüber nach. »Das entspricht nicht dem Brauch meines Volkes.«

»Aber dem meines Volkes und vor allem dem meinen.«

Wieder dachte er einen Moment nach. Dann zuckte er die Achseln. »Wenn es dir so wichtig ist. Wie ist eigentlich dein Name?«

»Ianthe.«

»Ianthe. Das ist Griechisch.« Es klang verächtlich.

»Dann nenn mich Digby, wenn es dir lieber ist. Das ist mein richtiger Name.«

»Digby. Du wirst meine Frau sein, Digby. Meine einzige Frau.«

»Willst du mir nicht noch ein Andenken mit auf den Weg geben für die Monate bis zu unserem Wiedersehen?«

☆

Unerhört? Zweifellos, aber in dieser Stunde war ich so verrückt wie die arme Caro Lamb es einst gewesen war. Die Wüste war schuld mit ihrer Atmosphäre unveränderbarer Ewigkeit, mit den Sternen, die in den klaren Nächten so nah waren. Und dort in dieser unbezwingbaren Weite war man der Natur näher, als man es in der Zivilisation je sein könnte. Die gleiche Freiheit hatte ich in den Bergen Griechenlands empfunden, doch die Hitze war um vieles angenehmer als Nässe und eisige Kälte. *Cogito ergo sum,* hatte Descartes einst festgestellt: Ich denke, also bin ich. Mein Motto lautete: Ich will, also nehme ich.

Pure Lasterhaftigkeit, aber es war himmlisch. Und ich hatte das schönste Pferd, das ich je gesehen hatte, in meinen Besitz gebracht. Und seinen Besitzer gleich dazu. Mehr wünschte ich mir nicht für den Rest meines Lebens. Ich war sechsundvierzig Jahre alt und glaubte wider besseres Wissen immer noch daran, dass das Leben sich so einfach regeln ließ.

Eugénie war von Anfang an skeptisch, brachte meinem neuen Ghost aber die angemessene Bewunderung entgegen und beschränkte sich darauf, Saleh einen vernichtenden Blick zuzuwerfen. Dann, nach einem zärtlichen Abschied, brachen wir auf nach Damaskus! Ich gebe gern zu, dass ich so euphorisch war, dass ich sogar Jerusalem bezaubernd gefunden hätte ... Aber nicht nur ich sah in Damaskus die schönste Stadt der Welt. Sie war entlang des Flusses Barada gelegen, der aus den Bergen des Libanon herabströmte, und wenn man sich ihr von der Wüste aus näherte, erschien sie einem wie das Paradies nach einem langen Aufenthalt im Fegefeuer. Bevor man die Stadt sieht, trägt der Wind einem ihren Duft zu wie jenen der Zedern des Libanon. Nur ist der Duft noch verführerischer, eine Mischung aus Parfums, tausend Blumengärten und zahlreichen, fast ausschließlich angenehmen Gerüchen, die die vielen Souks mit ihren Ständen voller unwiderstehlicher Waren verströmten. Auf dem Markt von Damaskus bekommt man einfach alles: schöne Mädchen, kostbaren Schmuck, ein scharfes Schwert oder ein edles Pferd. Die Schönheit der Stadt, die sich dem Betrachter sofort erschließt, die vielen Bäume und die rauschenden Wasserläufe aber verbergen die sogar noch beeindruckendere Schönheit hinter den Mauern, die atemberaubenden Paläste und versteckten Innenhöfe voller Orangen- und Zitronenbäume. Im Hotel wurden wir vom Inhaber persönlich empfangen. Dimitri (ich glaube, er war Türke) zeigte uns unsere wirklich sehr komfortablen Zimmer mit Blick auf einen entzückenden Patio, den nicht nur Bäume und Blumenrabatten schmückten, sondern außerdem ein plätschernder Springbrunnen. Ich kann nicht behaupten, dass Essen oder Wein besonders gut gewesen wären, aber wenigstens gab es überhaupt Wein, da Dimitri gern bereit war, seinen ausländischen Gästen zuliebe gegen ein entsprechendes Bakschisch das eine oder andere religiöse Verbot zu umgehen.

Meine Ankunft, die schon lange von anderen Reisenden angekündigt worden war, die unterwegs unseren Weg gekreuzt hatten, sorgte für einiges Aufsehen, nicht zuletzt wegen des Umfangs unserer Karawane, die zwar nur wenige Menschen beförderte, doch umso mehr Gepäck. Aber das war ich ja gewohnt, und so ließ ich mich nicht davon beeindrucken. Nach einem Besuch auf der Bank, wo ich mich davon überzeugte, dass hinsichtlich meiner Finanzen alles seine Ordnung hatte, veranlasste ich, dass meine restliche Habe aus Athen geholt wurde, denn ich hatte die Absicht, mir in der syrischen Hauptstadt bald eine Bleibe zu suchen, die ich mit Saleh bewohnen wollte, ob es diesem nun passte oder nicht. Außerdem organisierte ich meine Weiterreise nach Palmyra.

Der Bankdirektor gab sich skeptisch. »Und Sie möchten alleine reisen, Madame Digby?«

»Mein Dienstmädchen wird mich begleiten.«

»Aber ... haben Sie denn keinen männlichen Begleiter? Keinen Ehemann?«

»Im Augenblick nicht.«

»Dann muss ich dringend von diesem Vorhaben abraten. Es wäre besser, sich noch zu gedulden und dann einer größeren Karawane anzuschließen.«

»Und wie lange würde das dauern?«

»Schwer zu sagen. Es müssen sich genügend Leute finden, die zur gleichen Zeit nach Palmyra wollen.«

»Danke«, sagte ich und ging.

»Was muss ich tun, um eine Karawane nach Palmyra zu organisieren?«, fragte ich Dimitri.

»Sie wollen nach Palmyra? Das ist aber ein sehr weiter Weg. Neun Tage quer durch die Wüste.«

»Das weiß ich bereits. Ich möchte trotzdem hin.«

»Aber Sie haben keinen Mann an Ihrer Seite.«

Ich seufzte. »Nein, ich habe keinen Ehemann. Ist das denn so wichtig?«

»Nun, die Reise ist sehr gefährlich. Man könnte Sie ausrauben. Ermorden. Man könnte Sie sogar ...«

Ich verkniff mir die Bemerkung, dass Letzteres mich weder psychisch noch physisch allzu sehr belasten würde. »Also, wie komme ich dorthin? Es kommt doch vor, dass jemand nach Palmyra reist, oder?«

»Im Schutz einer großen Karawane, ja.«

»Aber es kann Monate dauern, bis sich eine solche zusammenfindet.«

»Das ist richtig. Aber Sie können doch hier warten. Ich werde dafür sorgen, dass es Ihnen an nichts fehlt.« Er lächelte anzüglich; offenbar hatte die Vorstellung, ich könnte von einem Wüstenscheich vergewaltigt werden, seine Fantasie angeregt. Aber ich lächelte nur und suchte den britischen Konsul auf, von dem ich mir eine realistischere Einschätzung meiner Wünsche und der entsprechenden Erfordernisse versprach.

☆

Das erwies sich als Irrtum. Dieser Gentleman namens Oberst Richard Wood empfing mich zwar sehr höflich, doch als ich ihm von meinem Vorhaben berichtete, reagierte er wie alle anderen. »Ich fürchte, Sie werden warten müssen, bis sich eine Karawane gebildet hat.«

»Ich möchte eine eigene Karawane zusammenstellen.«

»Wie viele sind Sie?«

»Mein Dienstmädchen und ich.«

»Und wer noch?«

»Nur wir beide.«

Er betrachtete mich einige Sekunden wortlos. »Meine liebe ...« Er zögerte, offenbar nicht sicher, welchen Namen er verwenden sollte, und entschied sich schließlich für den auf meiner Karte: »... Madame Digby, zwei weiße Frauen können nicht alleine die Wüste durchqueren.«

»Warum nicht?«

»Nun ja ...« Er errötete. »Sie könnten ausgeraubt werden. Sogar ermordet. Sogar ...«

»Vergewaltigt?« Er errötete noch heftiger. »Es kommt, wie es kommen soll. Allerdings beabsichtige ich nicht, alleine zu reisen. Ich sagte ja bereits, dass ich mit einer Karawane reisen würde. Es muss doch möglich sein, eine eigene Karawane zusammenzustellen?«

»Das wäre aber sehr kostspielig und nicht weniger riskant. Um nach Palmyra zu gelangen, müssen Sie dem Euphrat folgen, und die Wüste auf dieser Seite des Flusses gehört den Amazeh.«

»Das hörte ich bereits. Mir wurde aber auch gesagt, dass dieser Stamm Ausländern nicht feindselig gegenübersteht. Könnte ich mir nicht sogar ihren Schutz erkaufen?«

»Bestimmt, aber das wäre keine Garantie, dass Sie unterwegs nicht doch ausgeraubt werden. Und am anderen Flussufer haben die Gomussa das Sagen. Sie sind Todfeinde der Amazeh, und es kommt öfter vor, dass sie den Fluss überqueren, um ein Lager der Amazeh zu überfallen. Sie könnten zwischen die Fronten geraten.«

»Wie aufregend. Würden Sie für mich den Kontakt mit den Amazeh herstellen? Leben sie in der Nähe?«

»Die Mesrab lagern gerade in der Nähe der Stadt, ja.«

»Die Mesrab?«

»Das ist einer der Amazeh-Stämme. Einer der kleineren. Nur etwa zweihundert Zelte. Aber sie haben schon Karawanen nach Palmyra begleitet.«

»Genau das, was ich suche. Wären Sie so freundlich, sie zu bitten, jemanden in mein Hotel zu schicken, damit wir die Einzelheiten besprechen können?«

»Ich werde nichts dergleichen tun. Ich rate eindringlich von einem so leichtsinnigen Abenteuer ab. Ich werde es sogar verbieten.«

»Mit welchem Recht, wenn ich fragen darf?«

»Als britischer Konsul bin ich für das Leben aller Untertanen der britischen Krone in Syrien verantwortlich.«

»Oberst, es ist vierundzwanzig Jahre her, dass ein Engländer versucht hat, mein Leben zu schützen. Ich wünsche nicht, dass Sie oder sonst jemand diese Bürde auf sich lädt. Sprechen Sie jetzt mit diesen Mesrab, oder muss ich mir jemand anderen suchen?«

Er funkelte mich zornig an. »Erwarten Sie nicht von mir, dass ich einen Suchtrupp losschicke, falls sie in der Wüste verschwinden sollten. Und ich kann auch nicht versprechen, dass die Türken dies tun werden.«

»Mir würde nicht im Traum einfallen, mit so etwas zu rechnen.«

»Und ich werde offiziell zu Protokoll geben, dass ich Sie vor den Gefahren dieses irrsinnigen Vorhabens gewarnt habe.«

»Da wären Sie nicht der Erste, Sir.« Ich erhob mich. »Ich erwarte, dass sich innerhalb von vierundzwanzig Stunden ein Vertreter der Mesrab bei mir im Hotel meldet. Guten Tag, Oberst, und vielen Dank für Ihre Kooperation.«

☆

Er war sprachlos, aber ich war ziemlich sicher, dass er meinem Wunsch nachkommen würde. Tatsächlich suchte Dimitri mich auf, als ich am nächsten Morgen auf der Veranda meiner Suite beim Frühstück saß. »Sie haben Besuch, Madame.«

»Ah. Ein arabischer Gentleman?«

»Ich glaube, er ist ein Scheich.«

»Grundgütiger. Welche Ehre. Bitten Sie ihn doch herauf. Hat er seinen Namen genannt?«

»Medjuel el Mesrab, Madame. Aber ...« Er warf einen viel sagenden Blick auf meinen Morgenmantel. Doch ich war zu aufgeregt und wollte Medjuel nicht warten lassen, fürchtete ich doch, er könne es sich anders überlegen.

»Bitten Sie ihn herauf«, sagte ich noch einmal.

Nur sehr wenige Menschen besitzen seherische Kräfte, und ich gehöre ganz sicher nicht dazu. So berührte dieser Augenblick, der sich als der wichtigste meines Lebens entpuppen sollte, mich erst einmal nur sehr oberflächlich. Mir war bewusst, dass der Scheich ein sehr angenehmer und überraschend kultivierter Mann war. Seine Ausdrucksweise war formvollendet, und er war sehr elegant gekleidet, von den kniehohen Stiefeln aus rotem Ziegenleder über sein gestreiftes Seidengewand bis hin zur tiefroten Tunika und dem ebenfalls seidenen Burnus, der vorn mit einem Büschel Kamelhaar geschmückt war. Um die Taille trug er eine breite Schärpe, in der zwei Pistolen und ein Krummsäbel steckten. Sein Vollbart war tiefschwarz und gepflegt – von seinem Kopfhaar war nichts zu sehen. Er hatte sehr markante, attraktive Züge. Alles in allem bot er einen äußerst eindrucksvollen Anblick, sodass ich sofort den Wunsch verspürte, ihn zu zeichnen.

Mehr allerdings nicht, vor allem wohl deshalb, weil er so klein war, höchstens einen Meter sechzig, mit sehr feinen, schmalen Händen. Um mir zu gefallen, musste ein Mann über einen Meter achtzig groß sein, athletisch gebaut und in der Lage, mit Schwert und Pistole umzugehen (nur bei Königen machte ich eine Ausnahme). Und obwohl er bewaffnet war, sah Medjuel alles andere als kriegerisch aus. Wieder einmal ein Beweis dafür, wie sehr Äußerlichkeiten täuschen können.

So kam es, dass ich ihn als Mann nicht wirklich registrierte, während er offensichtlich noch nie eine Frau wie mich gesehen hatte, zumal ich das Haar offen trug, sodass es mir in weichen Locken über den Rücken fiel und wie jetzt im Sitzen bis auf den Boden reichte. Medjuel war ziemlich dunkelhäutig, sonst hätte ich ihn ganz sicher erröten sehen. Stattdessen wirkte er unsicher und nervös, als er mich nach arabischer Sitte begrüßte, indem er mit einer Hand Brust, Mund und Stirn berührte. Dann sagte er in akzentfreiem Türkisch: »Bitte verzeihen Sie die frühe Störung, Madame Digby.«

»Sie kommen nicht ungelegen, Scheich Medjuel. Ich habe

mich schon auf Ihren Besuch gefreut. Bitte nehmen Sie doch Platz.«

Er war sichtlich verblüfft und warf einen Blick auf Dimitri an seiner Seite. Dimitri nickte hastig, und Medjuel ließ sich auf den Stuhl mir gegenüber sinken. »Sehr freundlich, Madame.«

»Finden Sie? Danke, Dimitri.« Dem Hoteldirektor war anzusehen, dass er gern geblieben wäre, doch er zog sich gehorsam zurück. »Haben Sie schon gefrühstückt? Wenn nicht, bedienen Sie sich bitte.«

»Sie wünschen, dass ich mit Ihnen speise?«

»Wenn Sie möchten.«

Er betrachtete mich eine Weile schweigend. »Ich bin nicht der Scheich«, sagte er schließlich. »Mein Bruder Mohammed ist der Scheich.«

»Dann freue ich mich schon darauf, seine Bekanntschaft zu machen.«

»Und Sie würden trotzdem das Essen mit mir teilen?«

Nun war es an mir, ihn lange und wortlos zu mustern. »Habe ich etwas falsch gemacht? Ich möchte nicht gegen Ihre Sitten und Gebräuche verstoßen.«

»Falsch? Nein. Aber es ist ungewöhnlich.«

»Sie meinen, dass Mann und Frau an einem Tisch essen?«

»Ja, auch das. Vor allem aber, dass eine feine Dame wie Sie einem einfachen Beduinen solche Ehre erweist ...«

»Meine Güte, Mr Medjuel, ich bin Gast in Ihrem Land. Sie sind derjenige, der mir Ehre erweist, indem Sie mich aufgesucht haben.« Er war sichtlich verwirrt. »Möchten Sie vielleicht einen Tee?« Ich schenkte uns beiden ein.

Medjuel beäugte die Tasse argwöhnisch, senkte dann den Kopf und schnupperte. »Das riecht nicht nach Tee.«

»Das ist englischer Tee.«

»Enthält er Alkohol?«

»Allmächtiger, nein.«

Er nippte und verkniff sich eine Grimasse. »Sehr gut.«

»Es freut mich, dass er Ihnen schmeckt. Sie wissen um mein Anliegen?«

»Sie möchten mit einer Karawane nach Tadmor.«

»Nein, nein, nach Palmyra.«

»Tadmor ist der arabische Name für Palmyra.«

»Oh. Gut. Und, können Sie eine Karawane nach Tadmor organisieren?«

»Ihnen ist bewusst, dass es eine weite Reise bis dorthin ist?«

»Neun Tage, wurde mir gesagt.«

»Und neun weitere für die Rückreise. Eine gefährliche Strecke.«

»Fangen Sie bitte nicht davon an, Mr Medjuel. Glauben Sie mir, ich habe schon Reisen hinter mir, die viel gefährlicher waren als alles, was mich in der Wüste erwarten könnte.«

Offensichtlich wusste er nicht, was er darauf erwidern sollte, und so schwieg er eine Weile, ehe er fortfuhr. »Zu Ihrer Sicherheit und Bequemlichkeit wäre eine recht große Karawane nötig, was ziemlich kostspielig wäre.«

»Ich verstehe. Können Sie mir einen Betrag nennen?«

Er schaute mich an, sah dann auf den Boden und schließlich an die Decke. Er schien zu rechnen, aber ich vermutete, dass er vielmehr abzuschätzen versuchte, wo meine Schmerzgrenze lag. »Achttausend Francs.«

Ich rechnete nach; das waren nach meinen letzten Kenntnissen des aktuellen Kurses annähernd 300 Pfund. »Einverstanden. Ich zahle ein Drittel jetzt gleich, ein Drittel bei Ankunft in Palmyra beziehungsweise Tadmor, und das letzte Drittel, wenn wir wieder in Damaskus sind.«

Er starrte mich entgeistert an. »Sie sind mit diesem Preis einverstanden?«

»Ich finde, der Betrag ist fair.«

Er öffnete den Mund und schloss ihn wieder. »Wann möchten Sie aufbrechen?«

»So bald wie möglich.«

»Es wird etwa eine Woche dauern, die Karawane zusammenzustellen.«

»Gut. Ich werde gleich heute Morgen zur Bank gehen und das Geld holen. Sie können sich die erste Rate heute Nachmittag abholen. In Ordnung?«

Er zögerte, als wollte er noch eine andere Angelegenheit ansprechen, überlegte es sich dann aber anders. Er schaute auf seinen Tee, ohne ihn anzurühren, und stand auf. »Sie sind sehr großzügig, Madame Digby.«

Ich reichte ihm die Hand, und nach kurzem Zögern drückte er sie.

☆

Ich zog mich an und ging nach unten, um Dimitri zu suchen. »Was für ein sonderbarer kleiner Mann«, sagte ich. »Er schien richtig Angst vor mir zu haben.«

»Medjuel el Mesrab ist ein berühmter Wüstenkrieger, Madame.«

»Das hätte ich offen gestanden nicht vermutet.«

»Vermutlich haben Sie ihn durch Ihr Verhalten aus dem Konzept gebracht.«

»Mein Verhalten? Ich habe ihn doch sehr zuvorkommend behandelt.«

»Genau das ist es ja. Die meisten Ausländer und alle Türken behandeln die Beduinen unverhohlen wie eine minderwertige Rasse. Dass Sie ihn aufgefordert haben, an Ihrem Tisch Platz zu nehmen und mit Ihnen zu essen ...«

»Er hat nichts angerührt.«

»Das liegt daran, dass eine gemeinsame Mahlzeit bei den

Beduinen eine tiefere Bedeutung hat. Ein Beduine muss jeden, mit dem er gespeist hat, für immer als Freund behandeln und darf diesem niemals Schaden zufügen.«

»Heißt das, er hat die Absicht, mir zu schaden, weil er nichts gegessen hat?«

»Nein, nein. Es bedeutet bloß, dass er sich noch nicht schlüssig ist, ob er Ihr Freund sein möchte. Außerdem ist da noch die Sache mit dem Geld.«

»Ich habe seine Forderung akzeptiert.«

»Genau das hätten Sie nicht tun sollen, Madame Digby. Der Preis, den er genannt hat, war als Ausgangspunkt für Verhandlungen gedacht. Dass Sie nicht versucht haben zu handeln, ist ihm unverständlich.« Beinahe hätte ich mich am Kopf gekratzt. »Er weiß also nicht, was er von Ihnen halten soll. Soll ich ihn aufsuchen und einen niedrigeren Preis aushandeln?«

»Ganz sicher nicht. Ich habe zugestimmt, und ich stehe zu meinem Wort. Immer.« Als ich ging, war er mindestens so entgeistert wie Medjuel.

☆

Eine Woche war äußerst knapp bemessen für die Organisation einer Karawane. Medjuel suchte mich regelmäßig auf, um mich über den Stand seiner eigenen Vorbereitungen zu informieren sowie über das, was mich erwartete. Ich hatte das Gefühl, dass er mich zwar als ein wenig exzentrisch einstufte, mich aber ebenso schätzen lernte wie ich ihn. Er erklärte mir, dass ich auf einem Kamel reiten müsse, weil ein Pferd für den Ritt durch die Sandwüste ungeeignet sei. »Was für eine Schande. Dabei habe ich gerade erst einen neuen Hengst erworben.«

»Er wird noch hier sein, wenn Sie zurückkommen. Sind Sie schon mal auf einem Kamel geritten?«

»Nein.«

»Manche finden es schwierig. Vor allem Damen.«

»Sie haben schon früher Damen nach Tadmor gebracht?«

»Vor ein paar Jahren haben wir die Tochter des Königs von England dorthin begleitet.«

»Hester Stanhope!«, rief ich aus.

»So war ihr Name, ja.«

Typisch Hester, zu behaupten, sie wäre die Tochter des Königs. Andererseits hatten die Araber ihren Rang vielleicht einfach falsch interpretiert. »Und sie hat sich schwer getan mit dem Kamelreiten?«

»Ich weiß es nicht. Ich war damals noch ein Kind.«

»Ich werde damit keine Schwierigkeiten haben«, erklärte ich, was sich dann auch als zutreffend herausstellte. Ich vermute, dass nicht zuletzt meine Geschicklichkeit im Umgang mit diesen fremdartigen Tieren, die eine gewisse Ähnlichkeit mit einem verstockten Pferd hatten, mir den Respekt der Mesrab einbrachte.

☆

Nachdem er seine Anzahlung erhalten hatte, ließ Medjuel sich von meiner Vorfreude auf die Reise anstecken. Aber damit standen wir allein. Sogar Eugénie murrte, die mich natürlich begleiten würde und mit Kamelen nichts anfangen konnte. Alle anderen in Damaskus schlossen sich der Meinung Oberst Woods an, der mich für völlig verrückt hielt. Ich bekam sogar Besuch vom Gouverneur der Stadt, General Ahmed, der mir darlegte, dass es in Anbetracht der politischen Lage und der notwendigen Allianz unserer beider Staaten zu unliebsamen diplomatischen Verwicklungen kommen könne, falls ich von den Arabern entführt oder gar ermordet wurde. »Sind Sie befugt, mir die Reise durch die Wüste zu verbieten?«, fragte ich.

»Das könnte ich wohl. Ich würde von meiner Autorität jedoch nur ungern Gebrauch machen.«

»Dann tun Sie es auch nicht. Seien Sie versichert, General, dass es in England niemanden kümmert, was aus mir wird.« Natürlich abgesehen von Mama, aber das ging ihn nichts an. »Im Übrigen schützt mich doch mein Haar. Mir wurde gesagt, die Araber fürchten sich vor blonden Haaren.« Er zog murrend wieder ab, und meiner Abreise stand nichts mehr im Wege.

☆

Erwartungsgemäß sorgte unser Aufbruch für einigen Wirbel, aber der tatsächliche Trubel überraschte sogar mich. Zwar hatte ich gehört, dass jede Karawane mit einigem Zeremoniell verabschiedet wurde, aber ich bilde mir ein, dass unsere Karawane für besonderes Aufsehen sorgte, ganz einfach, weil ich mit von der Partie war. Wir brachen um vier Uhr nachmittags auf, da traditionsgemäß der erste Reiseabschnitt kurz gehalten wurde. Ich hatte mich bereits im Kamelreiten geübt, nur im Beisein Medjuels, zweier Kameltreiber, Eugénies und Dimitris. Nun bestieg ich mein Reittier das erste Mal in der Öffentlichkeit, und mein Geschick und Selbstbewusstsein wurden mit Applaus belohnt. Eugénie hatte ebenfalls geübt, wenn auch nicht ganz so erfolgreich, aber auch ihr gelang es, sich im Sattel zu halten, als das Kamel aufstand.

Es ging los. Ich staunte über den Umfang unserer Karawane, zu der allein zwölf Dromedare gehörten, von denen zehn mit Gepäck, Lebensmitteln und Wasser beladen waren. Hinzu kam eine Eskorte von zwanzig Männern, befehligt von Medjuel und begleitet von einem Dutzend Frauen und Reitkamelen. Bis hierher war ich im Bilde gewesen. Jetzt aber schien es, als würde der gesamte Mesrab-Stamm sich uns anschließen, und auch einige Hundert Schaulustige hatten sich eingefunden, schreiende kleine Jungen, kläffende Hunde, meckernde Ziegen ...

»Muss ich all diese Leute neun Tage lang verköstigen?«, fragte ich Medjuel.

»Nein, nein. Sie begleiten uns nur ein kleines Stück.«

Ich atmete auf. Aber viele gaben uns den ganzen ersten Nachmittag das Geleit, buchstäblich mit Pauken und Trompeten. Wieder einmal kam ich mir vor wie die Königin von Saba, aber der ganze Lärm sorgte natürlich auch dafür, dass jeder im Umkreis von hundert Meilen, ob Freund oder Feind, auf uns aufmerksam wurde. Wie Medjuel versprochen hatte, blieb der Begleittross am nächsten Morgen zurück, als wir unseren Weg fortsetzen. Die nächsten vier Tage waren paradiesisch. Wir standen bei Morgengrauen auf, für gewöhnlich gegen vier, zogen weiter, rasteten während der heißesten Stunden des Tages und brachen am späten Nachmittag wieder auf. Eugénie und ich trugen gewöhnliche Reitkleidung, dazu breitkrempige Hüte mit einem Schleier davor, doch Medjuel besorgte uns Seidentücher, die wir über die Hüte breiten und unter dem Kinn verknoten konnten als zusätzlichen Schutz vor der sengenden Sonne, dem feinen Sand und den Myriaden von Insekten, die uns umschwirrten.

Wenn wir am Abend auf ein Signal Medjuels hin Halt machten (er brachte sein Kamel zum Stehen und stach seinen Befehlsstab in den Sand), entstand für einige Minuten eine Art geordnetes Chaos. Doch binnen weniger Minuten wurden die Zelte aufgestellt (natürlich von den Frauen), Teppiche wurden ausgebreitet, Kochfeuer angezündet, und wir stärkten uns mit kaltem Huhn und heißem Tee. Da wir jedes Mal erschöpft waren nach den anstrengenden Tagen und so früh am Morgen wieder aufstehen mussten, legten wir uns meist schon kurz nach dem Abendessen schlafen, doch Medjuel und ich fanden trotzdem meist noch Zeit für einen kurzen Plausch. Er aß immer noch nicht mit Eugénie und mir zusammen (ob es daran lag, dass wir Frauen waren, oder er sich immer noch nicht im Klaren darüber war, ob er mein Freund sein wollte, konnte ich nicht sagen), aber er interessierte sich sehr für meinen Werdegang, von dem ich natürlich einiges ausließ. Allerdings konnte er mit meinem gesellschaftlichen und kulturellen Hintergrund nicht viel anfangen. Ich meinerseits war fasziniert von seinen Kenntnissen nicht nur Syriens und der Wüste, sondern des ganzen Morgenlandes sowie von seiner so offensichtlich guten Erziehung. Ich erfuhr, dass er verheiratet war, zwei erwachsene Söhne hatte und damit rechnete, eines Tages seinem um vieles älteren Bruder als Stammesoberhaupt nachzufolgen. Ich war vielleicht ein wenig enttäuscht von seinem mangelnden Ehrgeiz, akzeptierte er doch bedingungslos, dass es Allahs Wille war, dass er sein ganzes Leben damit verbrachte, durch diesen Wüstenstreifen zu ziehen (abgesehen von sehr seltenen Karawanen, die sie eskortierten, lebten die Mesrab nur wenige Monate im Jahr in Damaskus – die übrige Zeit verbrachten sie bei ihren Herden und mit der Bewachung ihrer Brunnen). Aber mir war klar, dass es nicht leicht war, eine Zivilisation zu ändern, die seit so vielen Jahrhunderten nahezu unverändert Bestand hatte. Vielleicht war das ja auch gar nicht erstrebenswert.

Ihm wiederum war unbegreiflich, dass eine Frau, die noch nicht einmal verwitwet war, solche Freiheiten genoss, wenn er auch Verständnis zu haben schien für meinen rastlosen Geist. »Wo werden Sie nach Tadmor hingehen?«, fragte er.

»Ich würde gerne Bagdad sehen, möchte mich aber später in Syrien niederlassen. Ich werde heiraten.«

»Oh! Einen Europäer? Oder einen Türken?« Letztere Möglichkeit schien ihm gar nicht zu behagen.

»Einen Beduinen.«

Seine Überraschung war offenkundig. »Das würden Sie tun?«

»O ja. Ich liebe ihn. Sein Name ist Saleh. Kennen Sie ihn?«

Er überlegte und schüttelte dann den Kopf. »Welchem Stamm gehört er an?«

»Ob Sie es glauben oder nicht, ich habe keine Ahnung. Ich glaube allerdings, dass er mit den Ihren verfeindet ist. Darum ist er auch nicht hier.«

»Er wäre ein unerwünschter Eindringling«, meinte Medjuel zustimmend.

»Und dafür hätten Sie ihn bestraft?«

»Meine Leute haben viele Mäuler zu stopfen, und das Leben in der Wüste ist hart. Aber ich wünsche Ihnen alles Glück der Welt mit Ihrem Auserwählten. Er ist zu beneiden.«

*Was für ein reizender Mensch,* dachte ich bei mir.

☆

Wie schon auf der Reise nach Jerusalem war Hygiene ein Problem. Auch gab es keine Privatsphäre, nicht einmal für die privatesten Verrichtungen. Mir fiel auf, dass die Beduinen-Frauen, die zwar oberhalb der Taille nicht einmal sich selbst einen Blick auf ihren Körper gestatteten, in Bezug auf die unteren Extremitäten im Bedarfsfall weniger zimperlich waren. Ich passte mich an, wie auch Eugénie, wenn auch widerwillig. Baden oder die Kleidung zu wechseln war nicht möglich. Letzteres ersparte uns morgens viel Zeit, da wir nur die Kleider gerade rückten, in denen wir geschlafen hatten, unser Haar bürsteten, Hut und Schleier anlegten und damit auch schon reisefertig waren. Als wir nach vier Tagen die Oase von El Quryatein erreichten, hoffte ich, mich endlich waschen zu können, doch in der Oase lagerten bereits einige zerlumpte Beduinen, womit der Traum von einem Bad sich erledigt hatte. Allerdings gab es ganz in der Nähe römische Ruinen, und als Medjuel mir erzählte, dass es dort seinerzeit ein Badehaus gegeben habe, konnte ich mir nicht verkneifen zu fragen: »Heißt das, wir könnten dort ein Bad nehmen?«

»Sie möchten baden?« Wie so oft war er verblüfft von meinen Eigenarten.

»Wenn ich nicht gerade in der Wüste bin, bade ich jeden Tag.«

Er verdrehte die Augen. »Höchstens ein Dampfbad. Im Badehaus gibt es eine heiße Quelle. Allerdings ist es nicht ungefährlich.«

Ich war nicht gewillt, mich von dieser typisch männlichen Herablassung abschrecken zu lassen, und so begaben Eugénie und ich uns zum Badehaus, zogen uns aus und schauten uns um. In dem Mosaikboden befand sich eine kleine Öffnung, aus der heißer Dampf aufstieg, der einen grässlichen Schwefelgestank verbreitete. »Ich zuerst«, sagte ich und trat in die Dampfwolke. Die Hitze raubte mir den Atem, und an ein Einseifen war nicht zu denken. Ich blieb im Dampf stehen, so lange ich es aushalten konnte, wohl kaum mehr als ein paar Sekunden, und kam mir dabei vor, als würde ich bei lebendigem Leibe gegart. Keuchend trat ich wieder an die frische Luft. Eugénies Schreie verrieten, dass ihr das Dampfbad ebenfalls zusetzte, aber wir fühlten uns hinterher viel sauberer, auch wenn es einige Zeit dauerte, bis wir den Schwefelgeruch wieder los waren.

☆

Als wir am darauf folgenden Tag aus einer Schlucht hinaus wieder auf offenes Terrain gelangten, brach urplötzlich ein

Höllenlärm los, eine Mischung aus Kreischen, Schreien, Schüssen und Hufgetrappel. Gleich darauf sahen wir an die fünfzig Kamelreiter auf uns zu preschen, die offensichtlich Übles im Schilde führten.

Unsere eigenen Leute schrien ebenso laut wie die Angreifer, jedoch aus Furcht. Sie machten auf der Stelle kehrt und flüchteten, Medjuel war mitten unter ihnen. Ich war enttäuscht und beunruhigt. Meine Eskorte schien nur darauf bedacht, die eigene Haut zu retten, ohne einen Gedanken an unser Gepäck zu verschwenden. Es ihnen gleichzutun hätte bedeutet, meine ganze Habe zu verlieren, ganz zu schweigen von Vorräten und Wasser. Ich dachte nicht daran. »Mylady!«, kreischte Eugénie.

»Denk an Griechenland«, entgegnete ich und holte einen meiner Revolver aus der Tasche. Um ehrlich zu sein boten die nahenden Banditen, die jetzt nur noch etwa einhundert Meter entfernt waren, einen Furcht einflößenden Anblick, sodass ich insgeheim damit rechnete, mein letztes Stündlein habe geschlagen. Aber ich war fest entschlossen, nicht kampflos aufzugeben, und so entsicherte ich die Waffe und richtete sie auf die feindlichen Reiter. Ich wollte niemanden töten; die Erinnerung an das Blutvergießen in Griechenland hing mir immer noch nach. Auch wollte ich kein Kamel verletzen, denn die armen Tiere taten ja nur, was von ihnen verlangt wurde. Trotzdem musste ich irgendwie den Angriff stoppen, wenn wir nicht in wenigen Sekunden niedergetrampelt werden wollten. So zielte und feuerte ich sechsmal in rascher Folge knapp vor dem Reiter an der Spitze auf den Boden. Sand spritzte empor, und die rasch aufeinander folgenden Schüsse mussten bei den Angreifern den Eindruck wecken, sie hätten es mit einem Trupp kampferprobter Soldaten zu tun. Sie zügelten ihre Reittiere.

Unglücklicherweise war mein Kamel solches Verhalten

seitens seines Reiters nicht gewöhnt, auch wenn man mir und Eugénie bestimmt die gutmütigsten Tiere überlassen hatte. Ich weiß nicht genau, wie mein Reittier es anstellte, aber zum ersten Mal seit sehr langer Zeit wurde ich aus dem Sattel geschleudert. Ich landete auf den Füßen, allerdings mit solcher Wucht, dass ich in die Knie ging. Revolver und Handtasche hielt ich aber noch fest, und während Eugénie eilig abstieg und zu mir gelaufen kam, reichte ich ihr die leere Waffe und die Munitionsschachtel. »Nachladen«, sagte ich knapp, holte den zweiten Revolver aus der Tasche und richtete mich auf.

Ich wollte den Banditen wie seinerzeit in Griechenland mitteilen, das ich sie erschießen würde, wenn sie auch nur einen Schritt näher kamen, auch wenn mir bewusst war, dass man fünfzig bis an die Zähne bewaffnete berittene Beduinen nicht mit einem Haufen zerlumpter griechischer Wegelagerer vergleichen konnte. Ich rechnete mir also keine großen Erfolgschancen aus und war vielmehr darauf gefasst, nicht mehr lange zu leben. Als ich mich jedoch eben wieder hinstellte, ertönte hinter mir schrilles Kampfgeschrei, und Medjuel preschte an mir vorbei.

Ich schaute nach hinten, um zu sehen, wie viel Mann er bei sich hatte, und stellte fest, dass er allein war. Zu meinem Entsetzen führte er den Angriff im Alleingang fort, wobei er seine beiden Pistolen abfeuerte, ohne jemanden zu treffen, und dann den Krummsäbel zog. Ich hätte ihm gern Feuerschutz gegeben, wagte es aber nicht, da ich fürchtete, ihn zu treffen. Zu meinem grenzenlosen Erstaunen machten die Angreifer abrupt kehrt und flüchteten. Medjuel blickte ihnen nach, wendete dann sein Kamel und kam zu mir zurückgeritten. »Sie haben auf sie geschossen«, sagte er ungläubig.

»Ich wusste nicht, was ich sonst tun sollte.«

»Sie, eine Frau, haben auf angreifende Beduinen geschossen. Wenigstens haben Sie keinen von ihnen getroffen.« Er schien erleichtert.

»Ich wollte niemanden verletzen«, erklärte ich. »Allerdings war ich sicher, dass es sich nicht vermeiden lassen würde, bis Sie dazugekommen sind. Ich glaube, Sie haben uns das Leben gerettet.«

Er stieg ab. »Sie hatten keine Angst.« Das war keine Frage, sondern eine Feststellung.

»Um ehrlich zu sein, hatte ich sogar Todesangst. Und Eugénie ebenfalls. Oder, Eugénie?« Eugénie war immer noch sprachlos. Sie hatte vor Furcht beim Nachladen mehrere Patronen in den Sand fallen lassen.

Medjuel hob sie auf und nahm ihr den Revolver aus der Hand. »Ich wusste gar nicht, dass Sie bewaffnet sind. Und das hier ...« Er blickte von der Waffe in seiner Hand zu dem Revolver in meiner. »Ich habe von solchen Pistolen gehört. Die Türken benutzen sie. Furchtbare Waffen.«

Ich nahm ihm den Revolver wieder ab. »Ich trage sie immer bei mir.«

»Sie sind ein Mann unter Frauen«, verkündete er. Ich fasste es als Kompliment auf.

☆

Die anderen Männer fanden sich bald wieder ein, angemessen kleinlaut ob ihrer Feigheit, und wir setzten unseren Weg fort. Wenn das Ganze Ihnen jetzt spanisch vorkommt, wundert mich das nicht. Ich erfuhr aber später, dass das Ganze von Anfang bis Ende abgesprochen war. Die Mesrab hatten offenbar einige Stammesbrüder davon unterrichtet, dass eine reiche Europäerin mit kleiner Eskorte die Wüste durchqueren würde und geplant, diese – mich! – auszurauben. Meine Leute sollten flüchten und erst zurückkommen, wenn die Räuber triumphierend wieder abgezogen waren. Die

Beute sollte hinterher brüderlich geteilt werden. Aber es gab keine Beute, weil ich ihnen die Suppe versalzen hatte, indem ich mich weigerte, mich widerstandslos überwältigen zu lassen. Jetzt waren sie ganz aufgeregt, da meine Eskorte, wenn ich einen der Angreifer getötet hätte, dafür verantwortlich gemacht worden wäre, was eine blutige Stammesfehde nach sich gezogen hätte.

Nach meiner Rückkehr nach Damaskus hieß es sogar, Medjuel sei in das Komplott eingeweiht gewesen, aber das wollte ich nicht glauben, auch wenn es wahrscheinlich ist. Aber auch wenn, hatte er sich ehrenhaft verhalten, war er mir doch zu Hilfe geeilt – auch wenn er selbst nichts zu befürchten gehabt hatte. Jedenfalls gereichte mir die Angelegenheit zur Ehre. Die Kunde von der furchtlosen Engländerin verbreitete sich rasch in der ganzen Wüste, und als ich Jahre später tatsächlich an Kampfhandlungen mit Feinden der Mesrab teilnahm, wagte offenbar niemand, auf die legendäre Europäerin zu schießen – jedenfalls wurde ich nie getroffen.

☆

Die unmittelbare Folge des Zwischenfalls war jedoch das Sonderbarste überhaupt. Wir setzten unseren Weg fort und gelangten vier Tage später nach Palmyra. Es waren anstrengende Tage gewesen, da wir ein hohes Tempo vorgelegt hatten, doch meine Müdigkeit verflog schlagartig, als ich die rosafarbenen Säulen der Prachtstraße aus der Wüste auftauchen sah, und erst recht, als mein Blick auf den riesigen Torbogen des Sonnentempels fiel. Der Tempel übertraf sogar die Akropolis. Die Ruinen waren noch überwältigender, kündeten sie doch von unglaublicher Pracht, auch wenn diese längst vergangen war. Immerhin war von Palmyra aus die Route von Persien nach Ägypten kontrolliert worden. Die größte Faszination ging jedoch von meiner Fantasie aus. Ich wandelte auf den Spuren Zenobias, die mir allgegenwärtig schien.

Meine Begeisterung war so offenkundig, dass Medjuel mir am zweiten Abend, den wir in den Stadtruinen verbrachten (am nächsten Tag wollten wir die Rückreise antreten) die Ehre erwies, mit mir zu speisen. »Ihnen gefällt, was Sie sehen?«

»Es ist noch viel überwältigender, als ich erwartet hatte. Wissen Sie, ich habe davon geträumt, hierher zu kommen, seit ich neun Jahre alt war und von diesem Ort gelesen habe.«

»Es ist schön, wenn man sich einen Traum erfüllen kann. Und wie gefällt Ihnen die Wüste?«

»Ich habe mich in sie verliebt.«

»Dann ...« Er schwieg einen Augenblick, ehe er fortfuhr. »Es wäre mir eine große Freude, wenn du meine Frau würdest.« Ich war so verdutzt, dass ich im ersten Moment keinen klaren Gedanken fassen konnte. Dieser Mann hatte mich nie angerührt. Er hatte höchstens flüchtig meine Hand gedrückt, mich jedoch niemals umarmt oder gar geküsst. Er musterte mich einige Sekunden. »Ich habe die Sitten und Gebräuche der Europäer studiert und weiß um ihre Religion und ihre Vorurteile. Wenn du mich erhörst, werde ich meine Frauen fortschicken.«

»Und deine Söhne?«

»Die auch, wenn du es wünschst.«

»O Medjuel ...« Ich nahm seine Hand. Wie sollte ich diesem liebenswerten kleinen Mann beibringen, dass er einfach nicht mein Typ war, schon gar nicht körperlich. Im Übrigen wollte ich Saleh heiraten. »Du erweist mir mit deinem Antrag eine große Ehre. Aber ich sagte dir ja schon, dass ich einem anderen versprochen bin.«

»Einem Niemand.«

»Einem Mann, den ich liebe«, entgegnete ich streng. »Und der auch mich liebt.«

»Ich würde dich lieben, wie kein anderer es könnte.«

Ich drückte seine Finger. »Wie gesagt, ich fühle mich sehr geehrt. Aber ich muss leider ablehnen. Es ist unmöglich. Ich würde mich aber freuen, wenn wir Freunde blieben.«

Er betrachtete mich eine Weile aus tiefgründigen dunklen Augen, entzog mir dann seine Hand, erhob sich und verneigte sich vor mir. »Zu Ihren Diensten, Madame Digby.«

☆

Mir war zum Heulen. Und es war wohl auch nur menschlich, dass mir durch den Kopf ging, er könne versuchen, sich gewaltsam zu nehmen, was ich ihm verwehrt hatte. In dieser Nacht schlief ich mit einem der Revolver unter dem Kopfkissen. Aber meine Bedenken erwiesen sich als unbegründet. Medjuel war der vielleicht ehrenhafteste Mann, der mir je begegnet war, und auf der Heimreise war er so höflich wie immer, erwies mir sogar die Ehre, jeden Abend mit mir zu speisen. Ich hatte das Gefühl, einen wahren Freund gewonnen zu haben.

Der Rückweg war zwangsläufig weniger aufregend, als der Ritt nach Palmyra es gewesen war, doch der Empfang, den man uns in Damaskus bereitete, stand dem Abschied in nichts nach. Eine große Schar Mesrabs begrüßte uns vor der Stadt. Sie saßen auf wunderschönen Pferden, und ehe ich mich versah, war Medjuel von seinem Kamel gestiegen, hatte sich auf ein Pferd geschwungen und preschte so selbstvergessen davon wie ich in meiner Jugend auf Holkham. Alle wollten mich sehen und von meinen Abenteuern hören. Ich fühlte mich, als wäre ich nach Hause zurückgekehrt. Ich war entschlossener denn je, mich dauerhaft in Damaskus niederzulassen. Es gab viel zu tun. Ich wusste, dass Saleh noch mit seinen Leuten in Palästina war und frühestens in sechs Wochen zurückkehren würde; ich hatte also Zeit genug, alles vorzubereiten. Ich buchte eine Passage auf dem nächsten Schiff nach Athen.

Wir reisten so anonym wie möglich, da ich nicht die geringste Lust auf eine Begegnung mit Cristos verspürte. Ich suchte meine Bank auf, gab meinen Schmuck in Verwahrung, verkaufte Verschiedenes, das ich nicht mehr brauchte oder haben wollte, ließ meine Möbel einschließlich des Flügels einlagern und bereitete alles für ihren Abtransport nach Damaskus vor. Ich wollte sie nachliefern lassen, sobald ich dort eine feste Anschrift hatte. Abschließend wies ich Zürich an, mein Geld künftig nach Damaskus weiterzuleiten ... und stattete Sophie einen Besuch ab.

Das erwies sich als Fehler. Sie schien sich zwar zu freuen, mich zu sehen, und wollte auch alles wissen, doch als ich ihr erzählte, dass ich wieder heiraten wolle, und zwar einen Moslem und Araber, der zudem noch halb so alt war wie ich, regte sie sich furchtbar auf, beschimpfte mich als verantwortungslos und kindisch, sagte mir ein übles Ende voraus und warf mich förmlich hinaus. Ich ließ mich nicht zweimal bitten, auch wenn es mir Leid tat um eine Freundschaft, die mir seinerzeit viel gegeben hatte. Der Zwischenfall stimmte mich jedoch auch nachdenklich. Sophie von meinen Plänen zu erzählen war eine Art Probelauf gewesen. Sophie mochte ja verrückt sein, doch ihre Reisen und Erfahrungen hatten ihren Horizont erweitert, und im Großen und Ganzen war sie liberaler als die meisten anderen Menschen. In Anbetracht der Heftigkeit ihrer Reaktion dachte ich darüber nach, wie meine Mutter und Brüder auf meine Heirat mit einem dunkelhäutigen Heiden reagieren würden. Mir war klar, dass meine Landsleute ganz so wie die Türken dunkelhäutige Menschen als minderwertig einstuften, vor allem, weil sie diese Völker dank überlegener modernerer Waffen so oft besiegt hatten. Diese Überheblichkeit hatte mir noch nie gefallen. Die Bücher, die ich als Kind und junge Frau gelesen hatte, hatten mir die großen Reiche, tiefgründigen Denker und kultivierten Menschen Arabiens, Ägyptens und Indiens näher gebracht, deren Zivilisationen der unseren einst so überlegen gewesen waren. Im Übrigen war auch Zenobia Araberin gewesen! Und in ihrer Schönheit, ihrem Mut, ihrer Entschlossenheit und Moral hatte sie jede englische Königin, ja, jede englische Frau, weit übertroffen.

Aber auch wenn ich die möglichen Vorurteile meiner Familie ablehnte, wollte ich den Graben zwischen uns nicht weiter vertiefen, und so beschloss ich, in meinem Brief an daheim nichts von meinen Absichten zu erwähnen. Ich wollte die Verwandtschaft später vor vollendete Tatsachen stellen, die sie hinnehmen mussten.

☆

Das alles schürte meine Ungeduld, meinen Geliebten wiederzusehen. Zuerst musste ich zurück nach Damaskus, da ich wieder eine große Anzahl von Truhen und Kisten bei mir hatte. Nachdem ich mein Gepäck in Dimitris Hof hatte bringen lassen, machte Eugénie sich ans Auspacken. Derweil schwang ich mich auf Ghost und brach zum vereinbarten Treffpunkt auf, der nur einen Tagesritt entfernt war. Es ist schwer, die Euphorie zu erklären, die mich erfüllte, als ich am Fluss entlangritt. Teilweise war es pure Fleischeslust, die mich beflügelte. In den vergangenen drei Monaten hatte kein Mann außer Medjuel auch nur meine Hand berührt, abgesehen von förmlichen Höflichkeitsgesten. Hinzu kam mein rebellischer Geist, der sich wie so oft herausgefordert fühlte, Konventionen und Regeln umzustoßen. Und dies hier war der ultimative Verstoß gegen jede Konvention meiner Heimat. Nicht einmal Hester Stanhope war so weit gegangen, einen Araber zu heiraten. Das alles wurde jedoch überstrahlt von dem beflügelnden Gefühl, einer Vergangenheit, die zwar zuweilen aufregend, alles in allem aber ziemlich katastrophal gewesen war, endgültig den Rücken zu kehren, um mich einem Leben zu widmen, von dem ich geträumt hatte, solange ich denken konnte. Mein Dasein sollte sich tatsächlich radikal ändern, allerdings kam alles anders als erwartet.

Als die gestreiften Zelte von Salehs Leuten in Sicht kamen, hätte ich beinahe einen Freudenschrei ausgestoßen. Ich ritt in die Mitte des Lagers und stieg ab. Einige der Stammesangehörigen erkannten mich und grüßten, schienen jedoch überrascht, mich zu sehen. Ich schloss daraus, dass Saleh niemandem von unserer Vereinbarung erzählt hatte, gewiss aus Furcht, sich der Lächerlichkeit preiszugeben, falls ich mich nicht blicken ließ. Ich hatte Salehs Zelt bereits ausgemacht, und so führte ich Ghost dorthin, befahl ihm, stehen zu bleiben, und trat ein. Das Erste, was ich sah, war nicht Saleh, sondern eine junge Frau, fast noch ein Kind. Ich schätzte sie auf höchstens vierzehn Jahre. Sie lag nackt auf den Kissen und bot einen bezaubernden Anblick mit ihrem makellosen schlanken Körper, dem langen tiefschwarzen Haar und den feinen, ebenmäßigen Zügen.

Bei meinem Eintreten setzte sie sich erschrocken auf, machte jedoch keine Anstalten, ihre Nacktheit zu verhüllen. »Wer bist du?«, fragte ich.

»Sabla.«

»Ich verstehe. Und du bist Salehs ... Schwester? Du solltest wirklich nicht nackt herumliegen. Das gehört sich nicht.«

»Ich bin nicht Salehs Schwester«, eröffnete sie mir selbstbewusst. »Ich bin seine Frau. So wie du«, fügte sie hinzu, nachdem sie mich erkannt hatte, anhand von Salehs Beschreibung, wie ich annahm. »Warum ziehst du dich nicht auch aus?«

Ich war sprachlos und hätte ihr die Augen auskratzen mögen. In diesem Moment wurde die Zeltbahn vor dem Eingang zurückgeschlagen, und Saleh kam herein. »Digby!«, rief er aus. »Es ist schön, dich nach so langer Zeit wiederzusehen.«

Ich wandte mich ihm zu. Er sah genauso aus, wie ich ihn in Erinnerung hatte, und wirkte nicht die Spur verlegen. Ich meinerseits wusste nicht, ob ich das alles wirklich erlebte, oder ob es sich um einen Albtraum handelte, aus dem ich gleich aufwachen würde. »Was hast du mir zu sagen?«, fragte ich gepresst.

»Ich habe bereits alles gesagt.«

»Und sie?«

»Ein Mann braucht eine Frau.«

»Das akzeptiere ich. In meiner Abwesenheit. Aber jetzt bin ich zurück. Schick sie weg.«

»Das geht nicht. Sie ist meine Frau.«

»Ich sollte deine Frau werden. Aber du konntest nicht warten.«

»Habe ich das nicht? Ich bin doch hier, wie vereinbart.«

»Mit einer anderen Frau. Einer Ehefrau!«

»Warum bist du so wütend? Der Prophet gestattet mir vier Ehefrauen. Du wirst deinen Platz neben Sabla haben.«

»Du hast geschworen, dass du nur mich lieben würdest!« Mir war bewusst, dass ich mich lächerlich kindisch aufführte, aber ich war zutiefst verzweifelt.

»Das war voreilig«, gab er zu. »Ein Mann muss so viele Frauen haben, wie er braucht und ernähren kann. Auch darf ein Mann sich von keiner Frau befehlen lassen außer von seiner Mutter. Und jetzt hör auf mit dem Unsinn, zieh dich aus und leg dich zu mir. Ich habe sehr lange auf diesen Augenblick gewartet.«

Meine Finger krallten sich in die Tasche mit den Revolvern. Ich hatte große Lust, ihn zu erschießen. Stattdessen drehte ich mich um, verließ das Zelt und ritt zurück nach Damaskus.

# 17. KAPITEL

## Die Frau des Scheichs

Ich ritt fast die ganze Strecke im Galopp, und der arme Ghost war völlig erschöpft, als wir endlich wieder am Hotel waren. Ich hatte in amouröser Hinsicht weiß Gott schon manch harten Schlag hinnehmen müssen, aber noch nie war ich so verletzt und gedemütigt worden. Und das Ganze war umso schlimmer, als das Mädchen so jung und schön gewesen war. Sie hätte vom Alter her meine Enkelin sein können. Zum ersten Mal fühlte ich mich alt. *Das war's. Endgültig,* sagte ich mir. Ich wollte von Männern nichts mehr wissen. Nie wieder. Ich hatte keine Lust, nach Europa zurückzukehren, schon gar nicht, nachdem ich Sophie von meinen Plänen erzählt hatte, die in Athen zweifellos inzwischen Stadtgespräch waren. Alle würden mich auslachen. Und auch wenn ich im Augenblick alle Araber hasste, war Damaskus nach wie vor meine Traumstadt. Ich beschloss, ein kleines Haus mit Garten zu kaufen und mit Eugénie in Ruhe und Frieden alt zu werden.

Doch die Wunde schmerzte sehr, und ich wusste, dass die nächsten Monate schwierig würden. Als ich in die Stadt ritt, sah ich, dass eine Karawane im Aufbruch begriffen war. Ich wendete Ghost, ritt mitten unter die erregten Menschen und Tiere und stieg aus dem Sattel. »Wer hat hier das Sagen?«, fragte ich.

Ein stämmiger Mann, an dem in jeder Hinsicht mehr dran war als am Durchschnittsbeduinen – Saleh ausgenommen –, kam auf mich zu. »Ich, Madame Digby.«

»Woher wissen Sie, wer ich bin?«

»Jeder kennt die reiche und schöne Madame Digby.«

Das Kompliment tat meinem verletzten Stolz gut. »Und wer sind Sie?«

»Mein Name ist El Barrak.«

»Und wohin zieht diese Karawane, El Barrak?«

»Nach Bagdad, Madame.«

»Bagdad?«, rief ich aus. »Wann brechen Sie auf?«

»In einer Stunde.«

»Wenn Sie sich noch eine weitere Stunde gedulden, begleite ich Sie.«

»Sie möchten nach Bagdad? Das ist aber ein sehr weiter Weg.«

»Und sehr gefährlich, nehme ich an.«

El Barrak warf sich in die Brust. »Nicht, wenn ich dabei bin.«

»Wunderbar. Schieben Sie den Aufbruch eine Stunde auf, damit ich mich umziehen und mein Dienstmädchen holen kann.«

»Das wird Sie aber einiges kosten.«

»Ich bezahle, wenn Sie mich wohlbehalten zurückgebracht haben.«

☆

Eugénie, die gerade erst unser Gepäck aus Athen ausgepackt hatte, war wenig begeistert von der Neuigkeit, sofort wieder aufzubrechen, doch ich versprach ihr, dass es unsere letzte Reise sein würde, bevor wir uns dauerhaft niederließen. Dimitri erklärte sich gerne bereit, unsere Tiere zu versorgen, meine Habe einzulagern und unsere Suite für uns zu reservieren. Wie so viele andere vor ihm betrachtete er mich allmählich als ständige Einnahmequelle.

Es war eine bitter-süße Reise. Zwar erfüllte sie ihren Hauptzweck nicht, mich Saleh vergessen zu machen, aber sie war für sich genommen ein Erlebnis voller neuer Eindrücke und Erfahrungen. Die Reise an sich verlief so reibungslos und friedlich, wie El Barrak es versprochen hatte. Da es sich nicht um eine private, sondern um eine Handelskarawane handelte, waren Eugénie und ich die einzigen Europäer, und alle begegneten uns mit ausgesuchter Höflichkeit, vor allem der Anführer. El Barrak zögerte nicht, mit mir Freundschaft zu schließen: Er speiste schon am ersten Abend mit mir und machte sich dies zur Gewohnheit, wobei er jede Gelegenheit zu flüchtigen Berührungen nutzte. Mir war klar, dass sich hieraus Probleme ergeben könnten, andererseits hatte ich die Bewunderung eines Mannes nie als eigentliches Problem betrachtet, und ich hatte männliche Anerkennung dringend nötig – und sei es auch nur, um mein angeschlagenes Selbstbewusstsein wiederherzustellen. Weiter dachte ich im Augenblick noch nicht.

Tatsächlich verbrachte ich die meiste Zeit mit Tagträumen und dachte mit einer Mischung aus Zorn und Trauer an Saleh. Ich konnte mir nicht vorstellen, dass mir je wieder ein Mann wie er begegnen würde. Und ebenso unwahrscheinlich erschien mir, dass ich noch einmal so tiefe Gefühle für einen Mann empfinden könnte. Was wohl darauf hindeutete, dass meine Entschlossenheit bereits bröckelte. Doch ich dachte auch an Ludwig, und seltsamerweise drängte sogar Medjuel sich immer wieder in meine Gedanken. Beide waren auf ihre ganz eigene Art Ehrenmänner durch und durch gewesen. Ludwig war Geschichte, und Medjuel ... Ich rechnete nicht damit, ihn je wiederzusehen, erst recht, nachdem ich seinen Heiratsantrag abgelehnt hatte.

Nach mehreren Wochen gelangten wir ohne Zwischenfälle nach Bagdad, wo die Karawane sich auflöste und die Händler ihren Geschäften nachgingen. »In einem Monat treten wir den Rückweg an«, teilte El Barrak mir mit. »Was wollen Sie bis dahin tun, Madame?«

»Bagdad erkunden.«

»Aber Sie müssen doch irgendwo wohnen.«

»Nennen Sie mir das beste Hotel am Ort.«

»Ich bedaure, Madame, aber es gibt hier kein Hotel.«

»Grundgütiger!«

»Sie können gern bei meinem Schwager wohnen. Dort werde auch ich die kommenden Wochen verbringen«, fügte er unschuldig hinzu.

»Ich überlege es mir«, entgegnete ich.

»Wir werden doch nicht etwa bei Arabern wohnen, oder, Mylady?«, fragte Eugénie entsetzt.

»Nicht, wenn es sich vermeiden lässt«, versprach ich. »Es gibt hier ein britisches Konsulat.«

Wir fanden ohne Mühe hin und wurden am Tor von einem hünenhaften indischen, bis an die Zähne bewaffneten Sepoy aufgehalten. »Sie wünschen?«, fragte er knapp auf Französisch, da ich auf den ersten Blick als Europäerin erkennbar war.

»Ich möchte zum Konsul«, antwortete ich auf Englisch.

Er starrte mich an und läutete, woraufhin mehrere weitere Sepoy erschienen, darunter einer in einer besonders prunkvollen Uniform mit drei Streifen auf den Ärmeln. »Seine Exzellenz ist beschäftigt«, teilte er mir mit.

»Bringen Sie ihm das.« Ich reichte ihm meine Karte. »Und lassen Sie uns bitte eintreten. Es ist furchtbar heiß hier draußen.«

Man gestattete uns, im Schatten einer überdachten Veranda zu warten. Ich hatte keine Ahnung, was mich erwartete. Sicher war nicht damit zu rechnen, dass es sich noch um denselben Gentleman handelte, der uns vor einem Vierteljahrhundert die tragische Neuigkeit von Henry Ansons Tod übermittelt hatte. Ich versank wieder in Träumereien von vergangenen Zeiten, wurde dann aber abrupt von einem schrillen Aufschrei Eugénies in die Gegenwart zurückgeholt.

»Ihre Waffe, Mylady! Schießen Sie!«

Ich blickte auf und sah einen offenbar noch jungen, aber doch fast ausgewachsenen Tiger auf uns zukommen: ein ebenso prächtiger wie Furcht einflößender Anblick. Eugénie war aufgesprungen und hatte sich hinter meinen Stuhl geflüchtet. Ich griff in meine Handtasche, sah aber dann, dass der Raubkatze ein englischer Gentleman folgte. Er hatte lichtes, aber sorgfältig gekämmtes Haar, einen kleinen, bleistiftdünnen Oberlippenbart und trug ein weißes Leinensakko, Drillichhosen mit akkurater Bügelfalte und dazu auf Hochglanz polierte schwarze Schuhe. »Jane Digby? Lady Ellenborough? Oberstleutnant Henry Creswick-Rawlinson, zu Ihren Diensten.«

Ich gab ihm die Hand. »Das ist Vergangenheit, Oberst. Schlicht Jane Digby.«

»Nichts an Ihnen ist schlicht, meine Liebe. Aber ... was führt Sie nach Bagdad?«

»Reiselust. Aber nun brauche ich eine Unterkunft für etwa vier Wochen, bis meine Karawane nach Damaskus zurückkehrt. Mir wurde gesagt, es gäbe in der Stadt kein Hotel.«

»Das ist richtig. Selbstverständlich werden Sie hier wohnen.«

»Das ist sehr freundlich von Ihnen. Aber glauben Sie nicht, Sie sollten erst mit Ihrer Gattin Rücksprache halten?«

»Ich bin nicht verheiratet.«

Ich überlegte. Doch der Oberst schien ein Ehrenmann zu sein, und da ich mich nicht mehr für englische Sexpraktiken oder auch Männer interessierte, sagte ich mir, dass ich nichts zu befürchten hätte. »Dann nehme ich Ihre Gastfreundschaft gerne an.«

☆

Der Monat verging überaus angenehm. Henry war ebenso belesen wie charmant. Er zeigte mir alle Sehenswürdigkeiten Bagdads und unternahm mit mir sogar einen Ausflug ins Sumpfgebiet des Deltas. Er war ein faszinierender Mann, der es sich zum Ziel gesetzt hatte, den Türken und Arabern die Macht und Überlegenheit des britischen Empire vor Augen zu führen, weshalb er in unglaublichem Prunkt lebte. Das Konsulat wurde von einer Kompanie Sepoy bewacht, die offenbar alle nach Größe ausgewählt worden waren. Sie folgten Henry, sobald er das Gelände verließ, oder empfingen ihn bei seiner Rückkehr mit lautem Trommelwirbel. Zudem nahm er seinen Tiger überallhin mit, was Fremde zusätzlich veranlasste, Distanz zu wahren. Er arbeitete in einem kleinen Nebengebäude, dessen Dach ständig bewässert wurde, damit es im Innern kühl blieb. Ich sollte erwähnen, dass inzwischen Krieg zwischen Russland und der Türkei herrschte, und dass Großbritannien und Frankreich zur Unterstützung der Türken Truppen und Schiffe ins Schwarze Meer entsandt hatten. In Bagdad gab es wohl kaum jemanden, der an der Größe des Empire gezweifelt hätte, doch Henry meinte offenbar, dass es nicht schaden könne, die Leute trotzdem immer wieder von neuem zu beeindrucken.

Obwohl Bagdad zweifellos eine faszinierende Stadt ist, war ich leider nicht in der Stimmung, sie angemessen zu würdigen. Henrys Lebensstil, das prunkvolle Tafelsilber, seine aufmerksamen Diener, die erlesenen Weine ... all das erinnerte mich zu sehr an eine Vergangenheit, der ich abgeschworen hatte. Ich trauerte dem nicht nach, aber es war meine Absicht gewesen, vieles davon in dem Haus wieder aufleben zu lassen, das ich in Damaskus hatte bauen wollen – für Saleh und mich. Aber wozu der ganze Pomp und Prunk, wenn man es nicht mit einem Mann teilen konnte? Trotz Henrys außergewöhnlicher Gastfreundschaft empfand ich kein Bedauern, als es Zeit war, die Heimreise anzutreten, auch wenn meine Stimmung auf dem Nullpunkt war und ich noch keine Ahnung hatte, wie es weitergehen sollte.

☆

Noch deprimierter wurde ich, als wir auf der Rückreise in Aleppo Station machten, wo mein Vetter Henry beerdigt war. Ich kniete eine Weile an seinem Grab und ließ mein Leben noch einmal Revue passieren. El Barrak entging nicht, wie bedrückt ich war, und einige Tage später suchte er mich in meinem Zelt auf. Eugénie wollte ihn fortschicken, aber ich bat sie, uns allein zu lassen, und so zog sie sich grummelnd zurück. Ich war nicht verliebt in El Barrak. Wie mit Tom vor all den Jahren sehnte ich mich vor allem danach, geliebt zu werden, von einem Mann getröstet zu werden – ein Verlangen, das von meiner damaligen Unsicherheit noch verstärkt wurde. Ich war fast Siebenundvierzig Jahre alt und fühlte mich wie siebzehn, aber erst kürzlich war mir auf brutale Art klar gemacht worden, dass ich in den Augen eines Arabers eine alte Frau war. Ich zweifelte bereits selbst an meiner Schönheit und sogar an meiner erotischen Ausstrahlung. Barrak zerstreute meine Zweifel, und seinem etwas derben Äußeren zum Trotz war er ein überraschend sanfter und rücksichtsvoller Liebhaber. Und auch wenn ich wusste, dass er keinen Platz in meinem zukünftigen Leben hatte, machte er mir doch die Gegenwart erträglicher.

Natürlich musste es irgendwann vorbei sein. Barraks Sanftmut war nur auf meine Person beschränkt. Eines Morgens wurde ich von einem Geräusch draußen vor meinem Zelt geweckt, und als ich hinausging, um nachzuschauen, sah ich, dass ein herrenloses Kamel an den Befestigungsseilen nagte. Das arme Tier war bis auf die Knochen abgemagert. Ich besorgte sofort etwas Milch, als mein Liebhaber hinzukam. »Was tust du da?«, wollte er wissen.

»Ich gebe dem armen Tier etwas zu trinken.«

»Wir haben genug Kamele.«

»Das ist noch lange kein Grund, ein Lebewesen einem ebenso sicheren wie qualvollen Tod zu überlassen.«

»Dann werden wir es erlösen. Bei dieser Gelegenheit kannst du mir endlich einmal zeigen, wie gut du wirklich mit deinen Revolvern umgehen kannst.«

»Bist du ein Mensch oder ein Tier?«, konterte ich. Ich hatte mich schon immer darüber geärgert, wie respektlos Araber diese Tiere behandelten, die doch so unentbehrlich für sie waren. Der ganze Zorn der vergangenen Monate brach aus mir hervor. »Wir nehmen es mit.«

»Und ich sage, es muss sterben.«

»Wenn du Hand an dieses Tier legst, *werde* ich dir zeigen, wie gut ich mit meinen Revolvern umgehen kann«, sagte ich sehr ruhig. »Dann werde ich es nämlich an dir demonstrieren.«

☆

Inzwischen hatte sich eine Schar Schaulustiger um uns herum versammelt, und Barrak kochte vor Wut. Allerdings war er klug genug, mich nicht weiter zu reizen. So endete unsere Affäre. Da er eine direkte Konfrontation scheute, ließ Barrak seinen Zorn indirekt an mir aus, indem er mir das Leben schwer machte, wo er nur konnte, beispielsweise, indem er veranlasste, dass wir schon morgens um vier aufbrachen und erst weit nach Sonnenuntergang das Lager aufschlugen. Dieser Schuss ging jedoch nach hinten los, da ich zäher war als viele andere und statt meiner seine Leute zu murren begannen. Daraufhin änderte er seine Taktik erneut und versuchte, mich zurückzugewinnen, indem er so zuvorkommend und aufmerksam war wie zu Beginn unserer Bekanntschaft. Er legte sogar mehrfach Pausen ein, um mir Gelegenheit zu geben, griechische und römische Ruinen anzusehen, auf die wir unterwegs stießen, wobei er mich oft auf meinen Exkursionen begleitete. Zu diesen antiken Stätten gehörte auch Baalbek, das sogar noch beeindruckender war als Palmyra, wie ich gestehen muss; leider war ich immer noch nicht in der seelischen Verfassung, es gebührend zu würdigen. Trotzdem verliefen die letzten Wochen unserer Reise recht angenehm, auch wenn ich froh war, wieder in Damaskus zu sein.

☆

Die Episode mit El Barrak hatte mich in meinem Entschluss bestärkt, mich gemeinsam mit Eugénie endgültig niederzulassen und fortan ein keusches und friedvolles Dasein zu führen. Aber es begab sich, dass wir ein paar Tage vor Damaskus die antike Hetiter-Stadt Hama besichtigten. Die Stätte an sich war schon sehenswert, doch es kam hinzu, dass es sich um eine Amazeh-Basis handelte. Ich hörte immer wieder Medjuels Namen, da sein Bruder zwischenzeitlich verstorben war und er dessen Rang als Stammesoberhaupt übernommen hatte. Ich freute mich sehr für ihn, mehr aber auch nicht, bis er uns kurz vor Damaskus an der Spitze einiger seiner Leute, die mehrere Handpferde mitführten, entgegengeritten kam. Ich war entzückt, ihn wiederzusehen, zumal er sich die Mühe gemacht hatte, mir entgegenzureiten. Das bedeutete immerhin, dass er sich über mich informiert hatte, um zu wissen, wann genau ich zurückkehren würde. Geradezu überwältigt war ich, als er mir zur Feier meiner Rückkehr eine wunderschöne Stute schenkte. Barrak raunte mir zu: »Der Scheich will dich zur Frau nehmen.«

In dieser Nacht tat ich kaum ein Auge zu, wie Eugénie mit Besorgnis registrierte, da sie fürchtete, ich hätte mir irgendein Wüstenfieber eingehandelt. Womit sie nicht ganz Unrecht hatte. Die Wüste und ihre Bewohner hatten mich erobert. Ich wollte für immer dort leben, vorausgesetzt, ich konnte hin und wieder für einige Zeit in Damaskus wohnen. Nach der Episode mit Saleh war mir klar, dass eine Heirat mit einem Beduinen einen Riesenskandal zur Folge hätte. Aber war nicht mein ganzes Leben skandalumwittert gewesen? Warum sollte ich mich jetzt davon abhalten lassen?

Und was war mit Saleh? Ich hatte ihn rückhaltlos lieben wollen, wenn er bereit wäre, mir die gleiche exklusive Liebe zu schenken, aber er hatte meine Gefühle mit Füßen getreten. Würde es bei Medjuel anders sein? Ich wusste, dass er schon zwei Frauen hatte, und hinzu kam, dass ich für ihn nicht die übermächtige Leidenschaft verspürte wie seinerzeit für Felix, Spiro oder sogar Cristos. Und doch war er ein so sanfter und ehrenhafter Mensch!

Da ich zu keinem Ergebnis kam, wartete ich ungeduldig auf seinen nächsten Besuch. Doch am folgenden Morgen zeigte er sich nicht. Ich weiß noch, dass ich enttäuscht und übel gelaunt auf den Veranden und Fluren des Hotels auf und ab ging. Immerhin hatte ich nicht mehr als Barraks Worte; vielleicht hatte er sich ja geirrt. Am Nachmittag kam er endlich, und wir ritten gemeinsam in die Wüste, ich auf meiner neuen Stute. Doch wir beschränkten uns auf Smalltalk, wobei ich ihm von meiner Reise nach Bagdad erzählte – und selbstverständlich das Intermezzo mit Barrak ausließ, auch wenn ich glaube, dass er bereits davon wusste. Jedenfalls war er über meine Trennung von Saleh im Bilde. Am darauf folgenden Tag, als wir beim Tee auf der Veranda vor meiner Suite saßen, sagte er unvermittelt: »Ich habe meine Frauen zu ihren Familien zurückgeschickt. Zusammen mit ihrer Mitgift.« Das war die arabische Version einer Scheidung.

»Oh. Waren sie sehr unglücklich?«

»Ich glaube schon. Aber wir alle haben nur ein Leben.« Genau meine Einstellung. »Und wenn ein Mann feststellt, dass Allah ihm das kostbarste Geschenk macht, das man sich nur denken kann, wäre es Blasphemie, es zurückzuweisen.« Ich hielt die Luft an. »Darum möchte ich dich noch einmal bitten, meine Frau zu werden.« Als ich zu einer Erwiderung ansetzte, hob er abwehrend eine Hand. »Ich möchte, dass du darüber nachdenkst, bevor du antwortest. Wir müssten viele Schwierigkeiten überwinden. Meine Leute, deine Leute. Meine Religion, deine Religion. Meine Bräuche, deine Bräuche.«

Das vollkommene Déjà-vu. »Nichts, das sich nicht regeln ließe, wenn wir beide es wirklich wollen.« Er küsste mich.

☆

Nachdem sich am Anfang all meiner früheren Liebesbeziehungen ein Berg scheinbar unüberwindlicher Probleme aufgetürmt hatte, die sich letztlich doch hatten regeln lassen, war ich auch jetzt überzeugt, dass sich alles fügen würde. Meine Einschätzung war richtig, auch wenn es schwieriger wurde als erwartet. Es fing an, als Medjuel mich in sein Lager draußen vor den Stadtmauern mitnahm, um seine Leute mit der neuen Frau ihres Scheichs bekannt zu machen. Das Szenarium erinnerte mich daran, wie ich seinerzeit den Saal voller von Venningens betreten hatte. Schon damals war es mir vorgekommen, als würde ich den Löwen zum Fraß vorgeworfen. Die Beduinen waren noch viel zahlreicher und begegneten mir noch feindseliger, vor allem die Frauen, die mich anfunkelten, als wäre ich ihr Feind, was umso schwerer zu ertragen war, als einige von diesen Leuten die Karawane nach Palmyra begleitet hatten und ich mir eingebildet hatte, wir wären so etwas wie Freunde geworden. Ich war tief getroffen von diesem Empfang, und als ich eine Blume fallen ließ, die Medjuel mir überreicht hatte, und eine der Frauen sie mit dem Absatz zerquetschte, ergriff ich weinend die Flucht.

Medjuel war furchtbar wütend. »Sie werden lernen, dich zu lieben, wenn sie dich erst besser kennen«, versprach er.

»Aber warum hassen sie mich so?«, schluchzte ich. »Sie haben mich doch früher nicht gehasst.«

»Da warst du eine Ausländerin, die meinen Leuten Arbeit angeboten hat. Jetzt trachtest du danach, eine von ihnen zu werden.«

»*Ich* trachte danach?«

»Nun, ganz sicher ist es das, was ich mir wünsche. Und ich bin der Scheich. Sie werden dich also akzeptieren, aber es wird einige Zeit dauern, bis sie dich auch willkommen heißen. Es ist weniger Hass als Misstrauen. So ist das in der Wüste. Seit Menschengedenken haben Fremde versucht, uns Wasser, Vieh und Frauen zu stehlen.«

»Wie sollte ich euch Wasser oder Vieh stehlen? Und was eure Frauen betrifft ...«

»Ich weiß, dass es unsinnig ist, aber immerhin hast du das Herz ihres Scheichs gestohlen. Lass ihnen Zeit, sich an den Gedanken zu gewöhnen.«

Ich nahm seine Hand. »Sag mir, was ich tun muss, um ihr Vertrauen zu gewinnen.«

»Hab Geduld. Allerdings gäbe es da tatsächlich etwas ...« Er zögerte.

»Sag es mir.«

»Dein Haar.«

»Das Böse!«

»Nur ein Aberglaube. Irgendwann ...«

»Ich habe aber keine Zeit.« Noch am selben Nachmittag

färbte ich mir das Haar schwarz. Da es inzwischen offen bis zu meinen Knöcheln reichte, war das eine sehr langwierige Aktion, aber ich war mit dem Ergebnis sehr zufrieden. Medjuel war entzückt. Eugénie reagierte entsetzt, tat aber, worum ich sie bat, und flocht es zu zwei Zöpfen. Ich schwöre, dass ich wieder aussah wie ein junges Mädchen.

Die Mesrab zeigten sich sehr erfreut, und ich war zutiefst erleichtert, als ausgerechnet El Barrak eine Verlobungsfeier für uns ausrichtete und so seine Billigung des Ereignisses offen kundtat. Es war eine sehr pompöse Feier mit Bergen köstlicher Speisen und einer nachgestellten Schlacht, bei der zwei gegnerische Beduinen-Trupps einander Speere werfend angriffen. Ziel war es, zu vermeiden, getroffen zu werden, was nur vernünftig war, und die Männer nutzten die Gelegenheit, ihre beeindruckende Sattelfestigkeit zu demonstrieren, indem sie akrobatische Einlagen zum Besten gaben, bei denen sie in gestrecktem Galopp seitlich an ihren Pferden hingen. Am Ende des Abends war ich beruhigt, was mein Verhältnis zu den Beduinen betraf.

☆

Meine anfänglichen Probleme mit den Mesrab waren aber noch harmlos verglichen mit den Reaktionen meiner eigenen Landsleute. Eine Heirat mit einem Beduinen erforderte einigen Papierkram, auch wenn ich Medjuel traute. Er hatte nie das geringste Interesse an meinem Vermögen gezeigt, obwohl er natürlich wusste, dass ich reich war. Als einer seiner Brüder dringend Geld brauchte und er die Summe mühsam bei seinen Leuten sammelte, wollte ich ihm das Geld geben, aber er lehnte ab und meinte, er könne und wolle nicht vom Vermögen seiner Frau leben. Wenn ich allerdings in den Stamm aufgenommen wurde und ihm etwas zustieß, hätte ich einen schwierigen Stand gegenüber seinem Nachfolger und vor allem den Söhnen seiner beiden ersten Frauen. Auch wollte ich die britische Nationalität behalten, vor allem, um nicht unter türkische oder arabische Herrschaft zu fallen und womöglich meine Bewegungsfreiheit einzubüßen. Ich suchte Oberst Wood auf. Ich hatte gehofft, dass der Oberst nach meiner triumphalen Rückkehr aus Palmyra und erst recht Bagdad verstanden hätte, dass ich meinen eigenen Kopf hatte und mir von niemandem reinreden ließ, aber das erwies sich als Trugschluss. Erst einmal starrte er mich fassungslos an, wofür ich durchaus noch Verständnis hatte. »Was haben Sie getan?«, fragte er schließlich und forderte mich mit einer Handbewegung auf, Platz zu nehmen.

Ich setzte mich. »Ich habe mir das Haar gefärbt. Ich werde einen Beduinen heiraten.«

»Haben Sie den Verstand verloren?«

»Müssen Sie so unhöflich sein?«

Er errötete. »Meine liebe Miss Digby, weiße Frauen, erst recht Vertreterinnen der britischen Aristokratie, heiraten keine Araber.«

»Ich heirate nicht irgendeinen Araber, sondern Scheich Medjuel el Mesrab.«

»Glauben Sie denn, das macht einen Unterschied? Ich werde das verbieten.«

»Glauben *Sie,* das macht einen Unterschied?«

Eine senkrechte Zornesfalte bildete sich zwischen seinen Brauen. »Ich werde an Ihre Familie schreiben. An Ihren Bruder.«

»Mein Bruder hat seit Jahren kein Interesse mehr an mir oder meinen Umtrieben bekundet. Ich glaube also nicht, dass ihn jetzt kümmern wird, was ich tue.«

»Er ist immer noch das Familienoberhaupt.«

»Er ist nicht das Oberhaupt *meiner* Familie. Können wir jetzt zum Punkt kommen? Ich bin gekommen, um mir Ihren Rat zu holen, wie ich mich finanziell am besten absichere.«

»Nehmen Sie von diesem Irrsinn Abstand. Das ist der einzige Rat, den ich Ihnen geben kann.«

Ich stand auf. »Dann werde ich mich anderswo beraten lassen müssen.«

»Miss Digby ... Mylady ... bitte, hören Sie mir zu.«

»Das kommt ganz darauf an, was Sie mir zu sagen haben.«

»Ich fürchte, Ihnen ist die Tragweite Ihres Vorhabens nicht ganz klar. Wussten Sie schon, dass eine Beduinen-Frau keinerlei Rechte hat? Weder auf Eigentum noch auf ihre eigene Person? Ihrem Mann stehen von Gesetzes wegen noch drei weitere Ehefrauen zu – und so viele Konkubinen wie er sich leisten kann.«

»Der Scheich hat seine früheren Frauen weggeschickt. Und was meinen Besitz betrifft, werde ich dafür Sorge tragen, dass niemand anders als ich darauf Zugriff hat. Genau darum bin ich ja hier.«

»Er hat das Recht, Sie zu züchtigen. Und sollten Sie, nun ja ...«

Offenbar war er über meine Vergangenheit informiert. »Sprechen Sie nur, Oberst.«

Seine Wangen waren flammendrot. »Ein Beduine hat das Recht, seine untreue Ehefrau zu enthaupten.«

»Das werde ich mir merken. Wenn das alles war ...«

Er versuchte noch einen letzten Vorstoß. »Ich muss Ihnen mitteilen, dass eine solche Ehe von der anglikanischen Kirche niemals anerkannt würde.«

»Und meine erste Ehe, die mit dem Segen der anglikanischen Kirche geschlossen wurde, war nichtig in den Augen der katholischen Kirche Bayerns. Meine dritte Ehe wiederum, geschlossen von einem griechisch-orthodoxen Geistlichen, wurde später von keiner Kirche anerkannt, nicht einmal von der eigenen. Aber da ich immer im guten Glauben geheiratet habe, bin ich sicher, dass alle diese Bündnisse vor dem Herrn Bestand hatten. Und so wird es auch mit der vierten Ehe sein. Guten Tag, Oberst.«

Er starrte mir sprachlos hinterher.

☆

Doch unser Gespräch stimmte mich doch nachdenklich und führte zu einer Aussprache mit Medjuel. »Dein Vermögen interessiert mich nicht«, versicherte er mir erneut. »Wozu brauche ich Geld? In der Wüste ist es wertlos.«

»Vor einer Woche hast du noch Geld gebraucht.«

»Das war eine Ausnahme. Mein Bruder hätte niemals Schulden machen dürfen. Schon gar nicht bei einem Türken!«

»Aber so etwas kann wieder vorkommen. Außerdem verbringst du nicht deine ganze Zeit in der Wüste. Lass uns einen Pakt schließen: Du kümmerst dich um alles, was wir in der Wüste brauchen, und ich übernehme alles, was in Damaskus anfällt.«

Er überlegte. »Du willst mit mir in die Wüste kommen?«

»Möchtest du das nicht?«

»Das ist nicht ungefährlich.«

»Glaubst du, ich scheue die Gefahr?«

»Nein. Das weiß ich. Aber hier geht es nicht um den Begleitschutz einer Karawane. Wir müssen regelmäßig unsere Brunnen und unser Vieh vor Räubern schützen.«

»Ich werde an deiner Seite reiten. Wenn du in der Stadt an meiner Seite bleibst.« Er strich sich nachdenklich über den Bart. »Wenn wir in der Stadt sind«, fuhr ich fort, »behandelst du mich mit dem Respekt, der einer englischen Lady gebührt.« Ich holte tief Luft. »Im Gegenzug verspreche ich, in der Wüste dir gegenüber die Unterwürfigkeit einer Beduinen-Frau an den Tag zu legen, deinen Gesetzen zu gehorchen und eure Bräuche und Sitten zu respektieren.«

»Bist du ganz sicher, dass du das wirklich willst? Manche unserer Gesetze sind sehr strikt, unsere Strafen drakonisch.«

»Ich weiß, worauf du anspielst. Ich werde dir nie untreu sein. Ich schwöre es. Als Gegenleistung erwarte ich nur von dir, dass du mich respektvoll behandelst.«

»Habe ich es dir gegenüber je an Respekt mangeln lassen?«

»Nie. Aber noch liebst du mich. Wie lange wird das der Fall sein?« Ich konnte einfach nicht vergessen, dass ich älter war als er.

»Noch habe ich dich nicht geliebt«, entgegnete er leise.

☆

Aber nicht zum ersten Mal im Leben versuchte ich das Unmögliche. Tatsächlich wurden wir schon kurz darauf getrennt, und das noch vor der Trauung. Ich erhielt einen Brief von meiner Bank in Athen, die mir mitteilte, dass ein Teil des Schmucks, den ich dort in Verwahrung gegeben hatte, gestohlen worden sei. Das untergrub mein Vertrauen in die Tresore besagter Bank, und ich sah keinen anderen Ausweg, als die Angelegenheit persönlich vor Ort zu regeln. Medjuel war wenig erfreut darüber, doch ich versprach, so bald wie möglich zurückzukehren. Ich hielt mein Versprechen und blieb gerade so lange in der griechischen Hauptstadt, wie ich brauchte, um mein Geld und den restlichen Schmuck abzuholen sowie die Verschiffung meiner restlichen Möbel nach Damaskus zu veranlassen. Ich hängte meine Anwesenheit nicht an die große Glocke, da ich Sophie nicht begegnen wollte und schon gar nicht Cristos. Ich glaube, ich war bereits wieder in Beirut, ehe überhaupt jemand gewahr wurde, dass ich da gewesen war. In Beirut fand ich endlich einen verständnisvollen und hilfsbereiten Berater in Gestalt von Mr Heald, dem englischen Direktor der Imperial Ottoman Bank, der seine persönliche Meinung zu meinen Heiratsabsichten für sich behielt und sich ansonsten sehr hilfsbereit zeigte. Er machte mich mit einem türkischen Rechtsanwalt bekannt, der sich der juristischen Fragen annahm und Dokumente aufsetzte, die neben meiner Unterschrift nur noch die meines zukünftigen Mannes und eines Regierungsbeamten erforderten, um mich lebenslang abzusichern. Sobald dies erledigt war, kehrte ich nach Damaskus zurück.

Medjuel und ich feierten ein überschwängliches Wiedersehen. Er unterschrieb ohne zu zögern und erhob auch keine Einwände, als ich meinen alten Freund General Ahmed aufsuchte, der ebenfalls mit Freuden unterzeichnete. Ich nehme an, er betrachtete meine baldige Zugehörigkeit zu den Mesrab als potenziell mäßigenden Einfluss auf diese für gewöhnlich so kriegerischen Menschen. Schon wenige Tage später begaben wir uns nach Homs, in die Hochburg der Mesrab unweit von Damaskus, wo wir von einem türkischen Staatsbeamten getraut wurden. Da es sich um eine muslimische Zeremonie handelte, war es die vierte Religion, in deren Angesicht ich einem Mann das Jawort gab, und rückblickend war es die schönste. Jetzt war ich die *Sitt* Mesrab.

Noch schlug mir große Feindseligkeit entgegen, vor allem von Medjuels Söhnen Schebib und Japhet, beides erwachsene Männer, die verständlicherweise die »Scheidung« ihres Vaters von ihren Müttern übel nahmen, doch ich war wild entschlossen, alles zu tun, damit auch sie mich eines Tages akzeptierten. Meine Arabischkenntnisse waren ganz passabel. Jetzt kleidete ich mich in ihrer Gesellschaft zudem nach arabischer Sitte, trug ein alles verhüllendes Gewand und verdeckte mein Gesicht hinter einem *Yaschmak,* wenn ich das Haus verließ. Weit unbequemer aber war, dass ich bei Regen meine Stiefel gegen die Holzpantinen mit mehreren Zentimeter hohen Plateausohlen tauschen musste, die verhindern sollten, dass die nackten Füße mit dem Schlamm in Berührung kamen. Ich legte sogar sämtlichen westlichen Schmuck ab und trug anstelle der Brillantringe, Rubinarmbänder und Perlenketten einfache Goldreifen wie die anderen Beduinen-Frauen. Meine Bemühungen hatten Erfolg. Die anderen wurden langsam mit mir warm, sogar meine Stiefsöhne, und ich wurde bald von allen »Milch-Mutter« genannt wegen meines hellen Teints.

So begann meine vierte Ehe voller Zuversicht und Zufriedenheit, und das zu Recht, wie sich bald zeigte. Trotzdem gab es noch einige Anpassungsarbeit zu leisten, vor allem auf religiöser Ebene. Ich war nie besonders fromm gewesen, hatte Sonntage als Feiertage betrachtet, die allein meinem eigenen Vergnügen dienten, und auch nie den Zorn Gottes wegen meiner Lasterhaftigkeit gefürchtet, überzeugt, zu gegebener Zeit alles erklären zu können. So hatte die Religion nie Einfluss auf mein Leben gehabt, weder in England noch in Frankreich, Bayern oder Griechenland. Nun war ich in eine tiefreligiöse Welt eingetaucht, in der jeder Tag mit dem Ruf des Muezzin zum Gebet begann und endete, und in der man Fastentage bis hin zu einem ganzen Fastenmonat sehr ernst nahm. Medjuel bildete da keine Ausnahme und kniete morgens, mittags und abends in Richtung Mekka nieder, um Allah zu huldigen, so wie der Prophet es verlangte. Ich fühlte mich sehr isoliert, da ich abgesehen von Eugénie die Einzige im Lager war, die nicht an diesem heiligen Ritual teilhatte. Natürlich konnte ich niederknien und zum Gott der Christen beten, aber ich verspürte zunehmend den Wunsch nach mehr. Ich wollte ebenfalls umgeben sein von Anhängern meines Glaubens, wollte in einer Kirche mit ihnen zu meinem Gott beten. Ich hatte allerdings keinen Schimmer, wie ich das bewerkstelligen sollte. Wood hatte mich gewarnt, dass die Ehefrau eines Beduinen-Scheichs in keiner anglikanischen Kirche willkommen wäre, auch wenn es so etwas in Damaskus gegeben hätte. Zwar gab es verschiedene christliche Gemeinden, aber nichts, was auch nur im Entferntesten anglikanisch gewesen wäre. Das bedrückte mich zunehmend.

Hinzu kam Medjuels Nomadendasein, ebenso Notwendigkeit wie Tradition. Als Scheich der Mesrab war er verantwortlich für das Wohl des gesamten Stammes, für jedes Tier in dessen Besitz und sogar jeden Quadratzentimeter seines Territoriums. So kam es, dass wir noch keinen Monat verheiratet waren, als er in seiner Eigenschaft als Stammesführer in die Wüste reiten musste, um nach seinen Leuten zu sehen. Da er mich damals noch nicht so gut kannte und mich weder Gefahr noch Entbehrungen aussetzen wollte, bestand er darauf, dass ich im Lager blieb. Er schätzte, dass er etwa zwei Monate fort sein würde. Ich war sehr unglücklich, nicht nur wegen der Trennung – so viel zu meiner Absicht, ihm nicht von der Seite zu weichen –, sondern weil ich wusste, dass er, wenn Krieger vom anderen Flussufer in Mesrab-Gebiet vorgedrungen waren, diese mit Waffengewalt verjagen würde, womit er sich in Lebensgefahr begab. Man mag sich fragen, warum die Türken diese Stammesfehden im Herzen ihres Reiches tolerierten, doch es kam ihnen tatsächlich zupass, dass die Stämme sich ständig bekriegten. Da sie sich ihrer eigenen Unbeliebtheit bewusst waren, fürchteten sie, die Beduinen könnten sich eines Tages verbünden und eine ernst zu nehmende Revolte gegen die ausländischen Herrscher anzetteln. Nicht alle teilten General Ahmeds Zuversicht oder auch Hoffnung, ich würde mäßigend auf die Mesrab einwirken. Im Übrigen glaubte ich selbst aufgrund meiner eigenen Natur nicht daran.

Medjuel versicherte mir, dass er sich nicht in Gefahr begab, und da ich noch Braut war und unsere Beziehung in den Kinderschuhen steckte, ließ ich ihn alleine ziehen. Ich musste mich erst noch in der Rolle als seine Ehefrau zurechtfinden und war noch auf der Suche nach einem geeigneten Heim für uns, das ich entweder selber bauen (was ein fast unmögliches Unterfangen wäre), oder aber meinen Vorstellungen anpassen wollte. Mir schwebte natürlich wie immer das Ultimative vor. Hinzu kam, dass meine letzten Güter aus Athen eintrafen und fast Dimitris gesamtes Hotel beanspruchten. Das aber stand nicht zum Verkauf.

Ich verbrachte also einsame zwei Monate, in denen ich mich täglich fragte, was Medjuel treiben und mit welchen Gefahren er konfrontiert sein mochte. Mir kam gar nicht in den Sinn, mir anderweitige Sorgen zu machen, war ich mir seiner Liebe doch absolut gewiss. Auch belastete mich die unangenehme Pflicht, meine Familie von den neuesten Ereignissen zu unterrichten. Ich war mir noch immer nicht schlüssig, wie ich das anstellen sollte, als ein Brief von meiner Schwägerin Theresa eintraf, die mir mitteilte, Edward sei sehr aufgebracht gewesen, als er von Oberst Wood erfahren habe, ich sei so tief gesunken, mit einem Beduinen in wilder Ehe zu leben. Der gute Oberst weigerte sich offenbar immer noch strikt zu akzeptieren, dass Medjuel und ich rechtskräftig getraut waren. Theresa flehte mich förmlich an, das absurde Gerücht zu dementieren. Außerdem teilte sie mir mit, dass mein Onkel endlich in wahrhaft biblischem Alter das Zeitliche gesegnet hatte. Trotzdem war die eigentliche Erbschaft eine herbe Enttäuschung für Edward gewesen, hatte Lord Digby ihm doch wenig mehr vermacht als seinen Titel. Auch hatte der alte Mann, den ich seit meiner Kindheit nicht mehr gesehen hatte, mich zu meiner Überraschung in seinem Testament bedacht. Theresa schrieb, dass Edward sich freuen würde, wenn ich nach England käme, um die Papiere zu unterzeichnen, auch wenn ich nicht auf das Geld angewiesen wäre. Ich hatte den Eindruck, dass er ziemlich verzweifelt war, wenn ich mich auch wunderte, dass er offenbar nicht in der Lage zu sein schien, mir persönlich zu schreiben. Abschließend erklärte Theresa mir, dass ich aufgrund von Edwards neuem Titel das Recht besäße, mich fortan »Ehrenwerte Jane Digby« zu nennen! Sie schien zu glauben, das wäre mir wichtig. Als würde jemand, der Lady Ellenborough, Baronin von Venningen und Gräfin Theotoky gewesen war – und jetzt sogar Sitt el Mesrab –, Wert darauf legen, seinem Namen ein »Ehrenwert« voranstellen zu dürfen.

Nach der jahrelangen Missbilligung seitens der Familie tat es gut zu wissen, dass ich immer noch gebraucht wurde, und so hoffte ich auf eine späte Versöhnung. Ich antwortete, dass ich baldmöglichst käme, und ließ die Frage meines aktuellen Familienstandes unbeantwortet. Zwar konnte ich nicht vor Medjuels Rückkehr abreisen, nutzte aber die Gelegenheit, Mama zu schreiben und ihr mitzuteilen, dass ich noch vor Jahresende nach England käme. Um das Eis zu brechen und die Temperatur des darunter liegenden Wassers zu prüfen, erwähnte ich, dass ich wieder geheiratet habe, einen sehr lieben Mann namens Scheich Medjuel el Mesrab.

Ich wartete nervös auf Antwort, doch als endlich Post aus der alten Heimat kam, war der Brief nicht von Mama, sondern von Steely! Auch war er an Gräfin Theotoky adressiert, was ich als ausgesprochen beleidigend empfand. Ich wollte nun wirklich nicht an diesen Teil meines Lebens erinnert werden und war wütend. Der Inhalt des Schreibens war dann auch entsprechend. Steely schrieb in eisigem Tenor, dass meine Mutter sich über meinen Besuch freuen würde, wenn ich nach England käme. Meine Neuigkeit erwähnte sie mit keinem Wort.

Ich konnte nicht glauben, dass Mama mich so eiskalt abfertigen würde, und konnte es kaum erwarten, nach England aufzubrechen. Aber noch war Medjuel nicht zurück, und als er schließlich zurückkehrte, war ich zutiefst besorgt, da es zum Kampf mit den Gomussa gekommen war und es den zahlenmäßig unterlegenen Mesrab nur mit Mühe gelungen war, den Feind zurückzuschlagen. Mehrere Männer waren getötet worden, und wir hatten viele Kamele an den Feind verloren. »Ich habe versagt«, meinte Medjuel düster.

Es tat mir in der Seele weh, ihm ausgerechnet jetzt zu eröffnen, dass ich für ein paar Monate fort müsse. »Du verlässt mich.«

»Nur für ein paar Monate«, protestierte ich. »In einer Familienangelegenheit. Das tust du doch ständig.«

Das schien ihn nicht zu beruhigen. »Wirst du je zurückkommen?«

»Selbstverständlich komme ich zurück. Schau, ich lasse meine ganze Habe – abgesehen von der Kleidung, die ich für die Reise benötige – hier im Hotel.«

»Bist du nicht die reichste Frau der Welt? Du kannst deine Habe jederzeit ersetzen.«

»Glaub mir, Liebster, ich bin keineswegs die reichste Frau der Welt. Und doch ...« Ich hatte einen genialen Einfall. »Erzähl mir mehr von der Schlacht. War die Übermacht wirklich so groß?«

»So viele waren es gar nicht. Aber ihre Waffen! Sie besaßen Musketen, die sie den Türken abgekauft haben müssen. Und wir hatten nur unsere Pistolen.«

Ganz so, wie ich vermutet hatte. Aber ich wollte sichergehen. »Diese Musketen der Gomussa ... Wie wurden sie geladen?«

Er runzelte die Stirn angesichts meiner scheinbaren Unwissenheit. »Schießpulver und Kugel wurden in den Lauf gegeben und mit einem Ladestock ganz nach hinten geschoben.«

»Aha! Würdest du deine Leute gerne mit modernen Waffen ausrüsten?«

»Die Türken würden uns keine verkaufen. Unser Territorium liegt zu nah bei Damaskus.«

»Diese Musketen wären ohnehin nicht von großem Nutzen. Die Waffen, die sie den Gomussa verkauft haben, sind veraltet und für sie selbst wertlos geworden.«

»Unseren Pistolen sind sie aber weit überlegen.«

»Und wenn ihr wirklich moderne Waffen hättet?« Ich hatte mich aus Interesse über englische Zeitungen stets auf dem Laufenden gehalten, was die Entwicklungen auf dem Waffenmarkt anging, und war bestens informiert. »Die Franzosen haben gerade ein neues Gewehr entwickelt, das sich Chassepot nennt. Ein Hinterlader, der fünfzehn Schuss in der Minute abfeuern kann bei einer Reichweite von fünfhundert Metern. Das ist die zurzeit beste Schusswaffe der Welt.«

Wieder musterte er mich stirnrunzelnd, diesmal jedoch ungläubig. »Mit solchen Waffen ... aber woher sollten wir die nehmen?«

»Ich werde sie euch besorgen. Ich werde sie in Europa kaufen und in meinem Privatgepäck herbringen.«

»Das könntest du? Das würdest du tun?«

»Ich bin die Sitt el Mesrab. Dein Volk ist auch mein Volk.«

☆

Und ich hielt Wort, auch wenn mein letzter Besuch in England eine Erinnerung ist, die ich am liebsten aus dem Gedächtnis löschen würde. Ungemach drohte praktisch von dem Augenblick an, da ich in einem griechischen Schiff der Papayanni-Linie von Beirut aus in See stach. Ich hatte dieses Schiff gewählt, weil es auf dem Weg nach Neapel, wo ich mich nach Marseille einschiffen würde, ein paar Tage Aufenthalt in Piräus einlegte und ich in Athen noch einige finanzielle Angelegenheiten zu regeln hatte. Nachdem der Entschluss, nach England zu reisen, erst gefasst war, hatte ich an meine Bank und einige andere Personen geschrieben, um diese von meinem baldigen Besuch in Kenntnis zu setzen. Das mag unklug gewesen sein; ich hatte vergessen, dass es in Griechenland praktisch unmöglich war, etwas geheim zu halten. Und so wurde ich bei meiner Ankunft am 25. November 1856 bereits von Cristos erwartet.

Fast hätte ich auf dem Absatz kehrtgemacht und wäre zurück an Bord gegangen, als ich ihn auf dem Dock erblickte. Eugénie ihrerseits zögerte, den Laufsteg zu betreten. Aber es war zu spät. Er eilte auf mich zu, so imposant, selbstbewusst und attraktiv wie früher. »Ianthe! Bist du es wirklich! Aber ... was hast du mit deinem Haar gemacht?«

Ich hatte die Zöpfe hochgesteckt und trug eine Haube, unter der jedoch einige schwarze Strähnen hervorschauten. »Ich habe es gefärbt.«

Er packte meine Arme, um mich zu küssen. »Aber warum?«

»Weil ich einen Beduinen geheiratet habe.«

»Das glaube ich nicht. Wie könntest du mit einem Araber verheiratet sein? Das ist absurd.«

»Ich habe einen Beduinen geheiratet, weil ich ihn liebe.«

»Das kannst du nicht. Du liebst mich. Das hast du selbst gesagt. Du wirst mich heiraten. Wir sind verlobt.«

Mir ging auf, dass eine schwierige Zeit vor mir lag. Cristos schien es gar nicht erwarten zu können, mich ins Bett zu schleifen. Es dauerte einige Zeit, ihn davon zu überzeugen, dass ich tatsächlich verheiratet war und nicht die Absicht hatte, meinem Mann untreu zu sein. Er zog alle Register, um mich dazu zu bewegen, Medjuel zu verlassen, wollte mir einreden, Eugénie hätte mich belogen, und machte mir bittere Vorwürfe, dass ich auf und davon wäre, ohne ihm Gelegenheit zu geben, zu meinen Anschuldigungen Stellung zu nehmen. Es ist mir noch nie leicht gefallen, einem leidenschaftlichen Mann zu widerstehen, und es war eine emotional sehr anstrengende Woche, zumal ich auch Eirini besuchte, dem es gar nicht gut ging. Tatsächlich erkannte ich auf den ersten Blick, dass er sterben würde. Ich weinte, ließ mich aber nicht erweichen. Ich hatte meine endgültig letzte Wahl in Sachen Liebe getroffen und war nicht gewillt, diese aufs Spiel zu setzen. Als ich an Bord meines Schiffes von Piräus aus nach Neapel aufbrach, stand Cristos weinend am Kai.

Ganz abgesehen von dieser unglücklichen Episode hatte Griechenland für mich seinen Reiz verloren. Sogar Sophie war gestorben – ich weiß nicht, ob sie nach oder wegen der Vollendung ihres Tempels starb, aber in meinen Augen hatte das ganze Land sich zum Nachteil verändert. Das war vor allem auf den Krimkrieg zurückzuführen. Der war zwar vorbei, aber die Griechen konnten den Briten nicht verzeihen, dass sie auf Seiten der Türken gekämpft hatten. Noch nie hatte ich mich so unbehaglich gefühlt.

Bis ich im Dezember England erreichte. Wir waren in Marseille von Bord gegangen und hatten Frankreich über Land durchquert, zur großen Freude Eugénies, die nach so vielen Jahren endlich Gelegenheit hatte, ihre Familie wiederzusehen. Man bereitete ihr – und auch mir – einen herzlichen Empfang, der mich optimistisch stimmte. Hiernach machten wir einige Tage Station in Paris, wo ich meinen alten Freund, den Waffenschmied, besuchte. Nachdem ich noch einige weitere Einkäufe getätigt hatte, darunter ein neuer Flügel, den ich nach Damaskus schicken ließ, fuhren wir weiter nach Boulogne, von wo aus wir über den Ärmelkanal nach Folkestone übersetzten. Ich hatte Mama über die Einzelheiten meiner Reise informiert, sodass meine ehemalige Kunstlehrerin Jane Steele mich bei unserer Ankunft bereits erwartete. Ihre Begrüßung fiel um einiges wärmer aus als das Wetter, das ich als äußerst unangenehm empfand, nachdem ich fast dreißig Jahre keinen englischen Winter mehr erlebt hatte. Jane war so reizend, wie ich sie in Erinnerung hatte, und sie war eine angenehme Begleiterin auf der Fahrt nach Tunbridge Wells, wo Mama inzwischen mit Jane und Margaret wohnte. Sie stellte keine Fragen zu meinem neuen Leben oder gar meinem neuen Ehemann, war aber so verblüfft wie alle anderen von meiner neuen Erscheinung. Natürlich trug ich europäische Kleidung und wie schon in Griechenland eine Haube, aber die neue Haarfarbe war dennoch nicht zu übersehen. »Mein Volk glaubt, blondes Haar bringt Unglück«, erklärte ich.

Sie war völlig entgeistert. »Und da haben Sie es gefärbt? War es denn grau geworden?«

»Natürlich nicht.«

»Sie haben Ihr Haar gefärbt, Ihr wunderschönes Haar, nur wegen eines ...«

Ich legte eine Hand auf ihre. »Meinem Mann und seinem Volk zuliebe. Würden Sie das nicht tun, meine liebe Jane?« Nachdem sie nie verheiratet gewesen war, konnte sie mir diese Frage nicht beantworten. Wie schon in Griechenland ahnte ich, dass mir eine schwere Zeit bevorstand.

☆

Mein erster Eindruck bei unserer Ankunft in der Ernstein Villa in Tunbridge Wells war der, dass Steely es weit gebracht hatte, seit sie neununddreißig Jahre zuvor in mein Leben getreten war. Inzwischen stand sie dem Haushalt meiner Mutter vor und führte selbst ein Leben, wie es komfortabler kaum hätte sein können. Ich war von ihrem Aussehen so verblüfft, wie Mamas Erscheinungsbild mich schmerzte. Steely hatte stark abgenommen und wirkte beinahe zerbrechlich, während Mama so dick geworden war, dass sie sich kaum noch bewegen konnte. Noch schlimmer aber war, dass sie, die immer so ruhig und gelassen auf mich gewirkt hatte, nervös und streitsüchtig geworden war. Und doch schien sie sich zu freuen, mich zu sehen, nachdem sie die erste Überraschung überwunden hatte. »Jane? Bist du es wirklich? Was ist denn mit deinem Haar passiert?«

»Es ist noch alles da, Mama. Ich habe es nur schwarz gefärbt.«

»Aber warum?«

Ich antwortete ihr das Gleiche wie zuvor Jane, und die Reaktion war ganz ähnlich. Mama konnte einfach nicht begreifen, was ich sagte, und Steelys Miene wurde mit jeder Sekunde säuerlicher. Doch ich war fest entschlossen, nicht die Geduld zu verlieren; der Besuch sollte ein Erfolg werden. So verlebten wir ein paar alles in allem recht schöne Tage zusammen, bevor der Sturm losbrach. Schuld hieran war vor allem Steely, deren Charakter und Vorurteile sich im Alter nicht gebessert hatten. Nachdem das Begrüßungszeremoniell vorbei war und wir die beiderseitige Befangenheit überwunden hatten, wollte ich Mama natürlich von Medjuel und meinem Leben in der Wüste erzählen, aber es erwies sich als schlicht unmöglich, auch nur ein paar Minuten mit ihr allein zu sein. Wenn es um meine Ehe ging, zeigte Steely sich zudem von ihrer schlechtesten Seite und bezeichnete Medjuel als »Schwarzen«, als wäre das von größerer Bedeutung gewesen, als wenn ich sie »weiße« Frau genannt hätte. Beleidigender war da schon, dass sie ihn einen ignoranten, primitiven Wilden schimpfte. Dabei sprach sie von einem Mann, der kultivierter war, als sie je sein konnte! Ich war so wütend, dass ich fast abgereist wäre, aber ich schluckte meinen Zorn herunter, da ich wusste, dass ich Mama nicht wiedersehen würde. Es war jedoch kein sehr glückliches Weihnachten, umso mehr, als mir bewusst war, dass es mein letztes christliches Fest war.

Die Situation entspannte sich auch nicht, als Edward und

Theresa im Januar eintrafen. Ich hatte gehofft, dass die beiden – sie waren immerhin jünger als ich – aufgeklärter wären und nicht das Vorurteil der älteren Generation teilen würden, dass man nur einen weißen angelsächsischen Protestanten als gleichwertigen Menschen betrachten konnte. So war ich tief enttäuscht, als sie den gleichen Standpunkt vertraten wie Steely und wie sie kein Wort von Medjuel hören wollten. Und doch umarmte und küsste Edward mich drei Tage später zum Abschied.

Nach Edwards Abreise traf Kenelm in Tunbridge ein, endlich ein Lichtblick. Tatsächlich hatte ich so meine Bedenken gehabt: Wenn schon Steely und Edward so engstirnig waren, was sollte ich da von einem anglikanischen Geistlichen erwarten? Doch Kenelm war wie ein frischer Lufthauch. Er wollte alles über Medjuel und mein neues Leben wissen und betrachtete lange meine Zeichnungen von Palmyra und der Wüste, die Edward und Theresa sich geweigert hatten anzuschauen.

Kenelms Besuch war eine reine Freude, auch wenn Caroline und die Kinder ihn nicht begleiteten. Bei seiner Abreise war meine Stimmung jedoch wieder auf dem Tiefpunkt. Nachrichten von Medjuel blieben leider aus, aber nachdem sich herumgesprochen hatte, dass ich »daheim« war, trafen Briefe von anderer Seite ein. Karl teilte mir mit, dass Bertha in eine Anstalt hätte eingewiesen werden müssen; nachdem ich immer schon vermutet hatte, dass sie Ludwigs Kind war, hatte ich hinsichtlich ihrer geistigen Stabilität stets Bedenken gehabt. Trotzdem war ich entsetzt, dass Karl einen so drastischen Schritt für nötig erachtet hatte. Tief unglücklich machte mich ein Brief von Bertha selbst, in dem sie mich anflehte, sie zu retten und nach Syrien mitzunehmen. Das war unmöglich, da sie in Anbetracht ihrer schwachen Gesundheit einem Leben, wie ich es führen wollte, niemals gewachsen gewesen wäre, aber ich schrieb Karl und erbot mich, sie in einem Heim in England unterzubringen. Er stimmte dem zu, und alles Nötige wurde in die Wege geleitet. Tragischerweise erkrankte sie und starb, noch bevor sie die Reise nach England antreten konnte. Fast ebenso tief traf mich die Nachricht von Cristos, der mir Eirinis Tod mitteilte.

Erfreulicher war ein Brief von Heribert, der inzwischen Offizier in der österreichischen Armee war und nach all den Jahren unbedingt seine Mutter kennen lernen wollte. Ich antwortete freudig, und seitdem schreiben wir uns regelmäßig. Alles in allem war ich froh, als ich Tunbridge Wells den Rücken kehren und mich in geschäftlichen Angelegenheiten nach London begeben konnte, wo ich auch aufgeschlossene Menschen zu treffen hoffte. Natürlich wusste ich, dass es das Almack's schon längst nicht mehr gab und meine alten Freunde entweder tot waren oder vergreist, aber richtig entsetzt war ich darüber, wie sehr die Hauptstadt sich zum Nachteil verändert hatte. Früher war es dort sehr heiter und fröhlich zugegangen, die Luft war rein, und überall zwitscherten Vögel in den Bäumen und Hecken. Jetzt lag eine ständige Dunstwolke über der Stadt, die von dem Rauch herrührte, der unablässig aus den Fabrikschloten quoll, die überall wie Pilze aus dem Boden geschossen waren. Hinzu kamen eine allgegenwärtige Armut und Verelendung, die mir in der Seele wehtaten. Ich hielt mich sehr zurück und zeigte mich nur einmal in der Öffentlichkeit, anlässlich eines Konzerts des verrückten Musikers Julien, aber es gab auch schöne Augenblicke. Ich lief zufällig Bob Drummond über den Weg, mit dem ich mich seinerzeit in Athen angefreundet hatte. Er hatte es weit gebracht und war inzwischen Marineadjutant im Dienste der Königin. Er war sichtlich entzückt, mich zu sehen, und wir feierten ein fröhliches Wiedersehen. Er gehörte zu den wenigen, die kein Problem damit hatten, meine Ehe zu akzeptieren. Er stimmte mir allerdings darin zu, dass Viktoria mich wohl kaum empfangen würde, sofern ich überhaupt den Wunsch auf eine Audienz verspürte.

Eine weitere freudige Überraschung war das Wiedersehen mit Fanny Anson, oder genauer Fanny Isted, wie sie inzwischen hieß. Auch für sie hatte sich alles zum Guten gewendet. Der Mann, den Tante Anne Margaret seinerzeit für sie ausgewählt hatte, war zum Invaliden geworden und sehr jung gestorben. Nach seinem Tod war sie endlich ihr eigener Herr gewesen und hatte ihren tauben und geistig zurückgebliebenen Kindheitsfreund geheiratet, mit dem sie immer noch glücklich war. Ich freute mich aufrichtig für sie. Von ihr erfuhr ich, dass George den Höhepunkt seiner beruflichen Laufbahn erreicht hatte und Oberbefehlshaber der britischen Truppen in Indien war – noch war es nicht zum Aufstand gekommen.

Ich freute mich auch über einen zweiten Besuch meiner Brüder, der von Kenelm arrangiert wurde, wie ich vermute, um eine Versöhnung zwischen Edward und mir herbeizuführen. Der Versuch missglückte, da Edward bei allem guten Willen seine Vorurteile nicht überwinden konnte. Diesmal brachte Kenelm Caroline mit, und ich stellte fest, dass ich völlig falsch gelegen hatte mit meiner Vermutung, sie wäre Tunbridge Wells ferngeblieben, weil sie mir nicht hatte begegnen wollen. Tatsächlich war sie wegen einer familiären Angelegenheit daheim unabkömmlich gewesen. Sie war ganz reizend und wollte alles über mein neues Leben in der Fremde wissen. Zwischen uns entstand eine Freundschaft, die bis zu ihrem Tod währte. Trotzdem muss ich gestehen, dass ich froh war, mich endlich dem Teil meiner Reise zuwenden zu können, der mir wirklich Spaß machte: kaufen, was ich für mein gemeinsames Glück mit Medjuel für notwendig erachtete.

Als ich nach Tunbridge Wells zurückkehrte, um mich zu verabschieden, war es für mich eine deprimierende Angelegenheit, nicht zuletzt, weil ich meinen fünfzigsten Geburtstag feierte. Fünfzig! Wenn ich an die Ereignisse der vergangenen Jahrzehnte zurückdachte, konnte ich es kaum glauben. Ich fühlte mich noch wie das junge Mädchen, das sich seinerzeit auf Holkham in den Bach hatte fallen lassen. Jedenfalls besaß ich noch die Energie und Entschlossenheit, das Leben so wie damals in vollen Zügen zu genießen, während ich hier umgeben war von Vergreisung und Hinfälligkeit. Ich wusste, dass ich Mama nie wiedersehen würde, und das stimmte mich traurig, aber ich wusste auch, dass ich nicht mehr ihre Tochter war, schon seit einiger Zeit nicht mehr. Der Graben zwischen uns wurde noch weiter, als ich ihr mein Abreisedatum mitteilte und ein letztes Mal versuchte, ihr zu erklären, wie wundervoll mein Mann war, wie großartig sein Land und überhaupt das ganze Leben, zu dem ich als Sitt el Mesrab zurückkehrte. Sie reagierte entsetzt, dass ich wahrhaftig das Ereignis der Saison verpassen wollte ... »Aber Jane, du musst noch eine Woche bleiben, sonst versäumst du die Henley-Regatta!« Als wäre das sinnlose Gepaddel junger Männer auch nur im Entferntesten vergleichbar damit, an der Spitze meiner Leute in den Kampf zu reiten. Mir fiel einfach keine Erwiderung darauf ein.

Am 6. April 1857 kehrte ich England endgültig den Rücken. Ich hatte einiges an Gepäck angehäuft, darunter Norfolk-Truthähne und -hennen, um eine eigene Zucht zu betreiben, nachdem Geflügel ein so wichtiger Bestandteil des beduinischen Speiseplans war. Natürlich hatte ich auch einen Berg von Büchern gekauft. In Paris setzte ich meine Einkaufstour fort. Ich war verärgert, als sich herausstellte, dass mein neuer Flügel noch nicht transportfertig war und erst in einigen Wochen nachgesandt werden würde. Ich erwarb noch einige Bücher, darunter der skandalöse Roman »Madame Bovary« von Gustave Flaubert, der von einer Frau handelte, die ihren Mann aus Liebe zu einem anderen verließ (da es sich um eine moralistische Geschichte handelte, hatte sie kein glückliches Ende). Auch holte ich die hundert modernen Gewehre ab, die ich bestellt hatte, dazu ein Dutzend Revolver und einen gewaltigen Munitionsvorrat. Anschließend begaben wir uns nach Marseille zu unserem Schiff.

Ich schrieb einen letzten Abschiedsgruß an Mama, indem ich ihr mein Bedauern darüber aussprach, dass ich ihr nicht die Tochter hatte sein können, die sie sich gewünscht hätte, auch wenn ich nichts bereute. Ich bat sie, sich keine Sorgen um mich zu machen, da ich mein Glück endgültig gefunden hätte.

Dann war ich auf See, auf dem Weg nach Hause.

## 18. KAPITEL

### Die Wüstenkönigin

Beirut erschien mir noch zauberhafter als bei meinem ersten Aufenthalt (die letzten beiden Male, die ich dort gewesen war, hatte ich in meiner Eile kaum etwas wahrgenommen). Es gab ein neues Hotel, das Grand Hotel Bassoul, das, wie der Name schon sagte, einem Mann namens Nicholas Bassoul gehörte, der früher als Dolmetscher Touristen verschiedener Nationalitäten auf Wüstensafaris begleitet hatte. Er zeigte sich hocherfreut, mich zu sehen, und gab sich alle Mühe, mir jeden Wunsch von den Augen abzulesen. Mr Heald seinerseits hatte Berge neuer Unterlagen zusammengetragen, die ich unterschreiben musste, damit mein Restvermögen aus der Schweiz und aus Griechenland auf die Bank in meiner neuen und endgültigen Heimatstadt überwiesen wurde. Aber ich dachte nur an Medjuel und konnte es kaum erwarten, den letzten Reiseabschnitt anzutreten. Ich versprach den Kameltreibern einen Bonus, wenn sie die übliche Reisedauer unterschritten, sodass meine kleine Karawane in Rekordzeit die Berge in Richtung Damaskus überquerte.

Er hatte von meiner bevorstehenden Ankunft erfahren und war einige Stunden später bei mir. Ich schwebte im siebten Himmel! Allerdings war mein Glück nur von kurzer Dauer. Schon wenige Wochen nach meiner Rückkehr in die Wüste kam es zu einer Eskalation der Gewalt, sodass Medjuel in den Krieg ziehen musste. Ich war entsetzt, nicht zuletzt weil meine ganzen Pläne, die ich auf der langen Heimreise weiter durchdacht hatte, noch nicht verwirklicht waren. Medjuel war auch ganz angetan gewesen von meinen Ideen, und jetzt war er auf und davon. Schlimmer noch, er weigerte sich, mich mitzunehmen, da er nicht sicher war, wie die Stammesangehörigen, die ich bisher noch nicht kennen gelernt hatte, mich empfangen würden, erst recht, wenn sie hörten, dass eine Frau sie in den Kampf begleiten wollte! Ich denke, dass er außerdem noch an meinem Mut und meiner Entschlossenheit zweifelte, wenn es hart auf hart kam. Ich wollte mithilfe der neuen modernen Waffen und meiner Cleverness die Mesrab trotz ihrer geringen Anzahl zur führenden Macht in der Wüste machen, war aber realistisch genug einzusehen, dass sich dies nicht über Nacht bewerkstelligen ließ. Die Gewehre und Revolver, die ich mitgebracht hatte, waren noch nicht einmal alle ausgepackt worden, und erst recht war die Zeit zu knapp gewesen, als dass die Männer mit den Waffen hätten üben können. Auch wollte ich dabei sein, wenn sie zum Einsatz kamen. Doch Medjuel wollte nicht warten.

So verbrachte ich sehr einsame und unglückliche Tage. Ich hatte der Vergangenheit endgültig den Rücken gekehrt, und auch wenn Damaskus und die Wüste meine neue Heimat waren, war Medjuel doch der Mittelpunkt meines neuen Lebens. Und wenn er getötet wurde? Der Gedanke verfolgte mich, und die Einträge in mein Tagebuch waren entsprechend düster. Am Siebzehnten Tag jedoch traf ein Bote ein, der uns mitteilte, dass der Scheich wohlauf sei, einen Sieg errungen habe und sich auf dem Heimweg befände. Erneut gab es eine glückliche Wiedervereinigung.

Medjuel hatte ebenfalls über meinen Platz nachgedacht. Ihm war klar geworden, dass es nicht meiner Natur entsprach, zu Hause herumzusitzen und sich mit Handarbeiten die Zeit zu vertreiben wie die anderen Frauen, wenn ihre Männer im Krieg waren. Auch wusste er, nachdem er mich ja in Aktion erlebt hatte, dass mein Mut dem eines Mannes in nichts nachstand. Nur galt es, meine Fähigkeiten und meine einzigartige Stellung als Mann-Frau bei seinen Leuten durchzusetzen, und so wie ich wusste auch er, dass sich dies nicht von einem Tag auf den anderen umsetzen ließ. So nutzte er eine Gelegenheit, die sich schon eine Woche nach seiner Rückkehr bot. Drei Engländer – Pennant, Raley und Redcliffe – suchten ihn auf; sie wollten wie seinerzeit ich selbst mit einer Karawane nach Palmyra. »Da müssen Sie mit meiner Frau sprechen«, eröffnete er ihnen.

Sie waren völlig entgeistert, als sie erfuhren, wer seine Frau war, während ich selbst überwältigt war von der Riesenverantwortung, die Medjuel mir übertrug. Zudem war ich überglücklich, dass mein Flügel endlich eingetroffen war und es Medjuel zu gefallen schien, mir beim Spielen und Singen zuzuhören. Jetzt stürzte ich mich mit vollem Elan in die Aufgabe, eine Karawane zusammenzustellen, wobei ich mich als gewiefterer Geschäftspartner erwies als seinerzeit Medjuel, war mir doch daran gelegen, die Geldkassetten der Mesrab zu füllen. Im Übrigen bekamen sie für ihr Geld einiges geboten, da zu dem eigentlichen Abenteuer noch die Gunst meiner Gesellschaft hinzukam. Triumphierend brach ich an der Spitze meiner Karawane auf, wobei Medjuel sich nicht blicken ließ, sodass für meine Leute und die Engländer gleichermaßen klar war, wer das Kommando hatte. Tatsächlich war Medjuel mit einem größeren Trupp vorausgeritten, um sicherzustellen, dass es zu keinen unliebsamen Begegnungen kam. Was ich nicht wusste, war, dass er uns in Palmyra einen feierlichen Empfang bereiten wollte. Kaum kamen die Säulen in Sicht, wurde uns eine typisch beduinische Fantasia zuteil mit Kriegern, die Scheinangriffe ritten und dabei ihre Waffen abfeuerten, das Ganze untermalt von Pauken und Trompeten und überhaupt ohrenbetäubendem Lärm. Die Engländer waren zutiefst beeindruckt, und die Kunde der gelungenen Expedition sprach sich herum. Bald fragten immer mehr Interessenten bei uns an, und zu meiner

Freude überließ Medjuel auch weiterhin die Organisation mir ganz allein. Hiermit erreichten wir dreierlei: Ich war beschäftigt, meine Beliebtheit bei den Mesrab wuchs wegen des zusätzlichen Einkommens, das ich dem Stamm einbrachte, und vor allem führte es den Kriegern meine Führungsqualitäten vor Augen – eine Grundvoraussetzung, wenn ich eines Tages von ihnen als gleichwertig anerkannt werden wollte. Als die Waffen schließlich fertig waren und ihnen vorgeführt wurden, kannte ihre Begeisterung keine Grenzen. Medjuel und ich kamen überein, dass die Krieger zwar mit den neuen Waffen üben durften, um den Umgang mit der modernen Technik zu erlernen, deren Hauptvorteil in der größeren Reichweite und Zielgenauigkeit bestand, die Waffen aber nur im Kampf Verwendung finden sollten. Sie waren viel zu kostbar, um damit herumzuballern, wie die Araber es so gerne taten. Im Übrigen war uns nicht daran gelegen, dass sich unsere waffentechnische Überlegenheit allzu schnell herumsprach. Aber nach der kürzlich erst niedergeschlagenen Eskalation herrschte in der Wüste erst einmal Frieden.

Leider waren nicht alle unsere Kunden akzeptabel, so willkommen sie uns aus finanzieller Sicht auch waren. Ich möchte aus dieser Kritik ausdrücklich Leute wie Emily Strangford und ihre Schwester ausnehmen, da wir gute Freundinnen wurden und seit ihrem Besuch regelmäßig korrespondieren. Bei Carl Haag jedoch verhielt es sich schon anders. Ich empfing ihn mit offenen Armen, erstens wegen seines Rufs als Künstler – immerhin war er Hofmaler Viktorias –, und weil er gebürtiger Bayer war und erst später die britische Staatsangehörigkeit angenommen hatte. Ich genoss es, mit ihm über die alten Tage in München zu plaudern, obwohl er viele Jahre jünger war als ich und mich nicht in meiner wilden Jugend gekannt hatte. Ich überredete Medjuel sogar, ihm trotz seiner religiösen Vorbehalte gegenüber bildlichen Darstellungen für ein Porträt Modell zu sitzen, und ich muss zugeben, dass das Gemälde großartig gelang. Aber der Schuft erwies sich im Nachhinein als Lästermaul vom Kaliber eines Aponyi und machte sich nach seiner Rückkehr nach England damit interessant, dass er die »berüchtigte Lady Ellenborough« kennen gelernt habe, wobei er mir Worte in den Mund legte und Dinge andichtete, die frei erfunden waren. Die Krönung war, dass er behauptete, er wäre derjenige gewesen, der Medjuel und mich zusammengebracht habe! Und das, nachdem wir bereits vier Jahre verheiratet waren! Nicht zum ersten Mal beschloss ich, künftig vorsichtiger zu sein und mir Gäste, die ich in meinem Haus empfing, genauer anzusehen.

Allerdings lernte ich um diese Zeit auch einen wirklich außergewöhnlichen und liebenswerten Mann kennen, den Emir Abd el-Kader. Sie erinnern sich vielleicht, dass während meines ersten Aufenthalts in Paris während der Revolution die Eroberung Algiers von den Piraten gefeiert worden war. Die Einheimischen hatten die Freibeuter natürlich mit anderen Augen gesehen; für sie waren sie Patrioten gewesen, die ihr Land gegen die Franzosen verteidigten. Ich möchte hier keine Stellung beziehen, sondern lediglich festhalten, dass der Krieg mit der Eroberung der Hauptstadt nicht aufhörte, sondern sich noch über zehn Jahre hinzog, wobei die Algerier in Abd einen herausragenden Anführer hatten, ging er doch siegreich oder zumindest ungeschlagen aus einem Dutzend Schlachten mit den Eroberern hervor. Aber schließlich war er doch überwältigt und zur Kapitulation gezwungen worden. Nachdem er ursprünglich zu lebenslangem Exil auf der Insel Réunion im Indischen Ozean verurteilt worden war, war er kürzlich dank der Intervention meines alten Freundes Bob Stewart freigekommen, unter der Bedingung, nicht nach Nordafrika zurückzukehren. Er hatte sich für Damaskus entschieden, wo er ein fast so luxuriöses Dasein führte wie ich selbst, in einem eleganten Haus, das er sich mit seinen algerischen Leibwächtern teilte. Er war ein sehr gebildeter und kultivierter Mann tadelloser Herkunft und ein angenehmer, geistreicher Mensch. Ich kann mit Fug und Recht behaupten, dass wir beide die berühmtesten Bewohner der syrischen Hauptstadt waren.

☆

Zum Winteranfang zogen die Mesrab mit ihren Kamelen traditionsgemäß nach Süden. Weder sie noch ihre Tiere hatten viel für Kälte übrig, und in Damaskus fiel die Temperatur regelmäßig unter den Gefrierpunkt. Obwohl ich mich inzwischen an das einfache Leben in der Wüste gewöhnt hatte, hielt ich an unserer Vereinbarung fest und blieb in der Stadt. Zu meiner großen Freude blieb Medjuel bei mir, und wir bauten uns gemeinsam ein Haus, das heißt, genau genommen bauten wir ein bereits bestehendes Gebäude nach unseren Vorstellungen um.

Es stand unmittelbar vor den Stadttoren und war ziemlich heruntergekommen. Es war im typisch türkischen Stil um einen Innenhof herum gebaut, und ich erkannte auf den ersten Blick, was sich daraus machen ließ. Also kaufte ich es vom Fleck weg und machte mich ans Werk. Ich unterteilte das Haus in zwei Hälften: Im Erdgeschoss rechts befand sich ein arabischer Empfangsraum mit weichen Teppichen und prunkvollen Diwans, die Wände mit Waffen geschmückt, jedoch ohne Porträts, da der Koran die bildhafte Darstellung des Menschen ablehnte. Hiervon ging ein Flügel ab, der den Innenhof seitlich einfasste und wo Mesrab untergebracht wurden, die uns besuchten, sodass sich dort in den Sommermonaten Menschen mit ihren Tieren tummelten, die meine Gastfreundschaft auskosteten – was ich ihnen im Übrigen ebenso wenig verübelte wie seinerzeit den Pelikari in Athen.

Links der Eingangshalle war mein Reich. Hier befand sich ein englischer Salon, ebenfalls mit Teppichen ausgelegt, aber mit Polstermöbeln und Stühlen ausgestattet anstelle von Sitzkissen und Diwans. An den Wänden hingen Bilder, vornehmlich eigene Werke, und es kamen immer neue hinzu. Vervollständigt wurde das Ganze von meinem Klavier. Nebenan hatte ich mir eine Bibliothek eingerichtet, in der ich viel Zeit verbrachte. Über diesem westlichen Trakt befand sich das Schlafzimmer, in dem Medjuel und ich aufregende Stunden verbrachten.

Auch Pflanzen und Tieren galt mein Interesse. Abgesehen von den paar glücklichen Jahren auf Korfu hatte ich viel zu lange darauf verzichten müssen. Der Innenhof war wie das Haus an sich im türkischen Stil gehalten, mit Dattelpalmen als Schattenspendern und einem Springbrunnen in der Mitte. Ich beließ alles weitestgehend so, wie ich es vorgefunden hatte, legte aber in einer Ecke einen englischen Garten an wie damals auf Korfu, wobei es nicht ganz einfach war, Pflanzen zu beschaffen, die in England heimisch waren. Was die Tiere betrifft, übertrieb ich, fürchte ich. Der Stall befand sich hinter dem arabischen Haustrakt, und es gab separate Unterbringungsmöglichkeiten für Pferde und Kamele. Ich schaffte von beidem eine beträchtliche Anzahl an. An Haustieren umgab ich mich mit Katzen und Hunden, und innerhalb kürzester Zeit waren es nicht weniger als siebzehn Stubentiger, von denen jeder seinen eigenen, mit seinem Namen versehenen Napf besaß, und dazu ein Dutzend bildschöner Hunde, die aufs Wort gehorchten, so wie seinerzeit Sophies Hunde. Den Garten bevölkerten Pfauen, Gazellen, Rebhühner, Turteltauben, Falken und ein ausgewachsener Pelikan. In einem eingezäunten Areal waren Hühner, Gänse und natürlich meine Puten untergebracht. Der Lärm war beträchtlich, wie man sich denken kann.

Haushalt, Garten und Menagerie unterstanden Eugénie,

die inzwischen Arabisch fast so fließend beherrschte wie ich und in Sachen Disziplin ein strenges Regiment führte. Sie hatte es nicht leicht, da die Beduinen-Frauen sehr eigenwillig waren und nicht besonders eifrig in Sachen Haushalt. Ich ließ ihr freie Hand im Umgang mit dem Personal und hielt mich als oberste Autorität im Hintergrund, doch es kam hin und wieder vor, dass ihr alles über den Kopf wuchs. Einmal drohte sie sogar zu kündigen und in die Heimat zurückzukehren. Ich musste sehr geduldig mit ihr sein und sie daran erinnern, dass sie jetzt hier zu Hause wäre. Da sie wusste, dass sie nach all den Jahren ebenso wenig auf mich verzichten konnte wie ich auf sie, kehrte ihre gute Laune bald wieder zurück.

Medjuel verfolgte das alles nachsichtig, wenn auch manchmal etwas verwundert. Ich denke, uns war beiden bewusst, dass unsere Beziehung ständigem Druck ausgesetzt war aufgrund der kulturellen und religiösen Unterschiede, und dass es durchaus eines Tages aufgrund unüberwindbarer Differenzen zum Bruch kommen konnte. Im Augenblick jedoch war eitel Sonnenschein, und unsere gegenseitige Liebe, unsere Sinnlichkeit und die gemeinsamen Interessen bescherten uns eine Zeit grenzenlosen Glücks. Hinzu kam, dass unsere Lebensweise, die perfekte Mischung von häuslichem Frieden, der sich hin und wieder abwechselte mit Aufregung und Abenteuer, meinen rastlosen Geist in Schach hielt.

☆

Doch während wir im Glück schwelgten, erging es anderen weniger gut. Wir erfuhren vom Aufstand in Indien, der, wie bereits erwähnt, meinem alten Spielkameraden einen ebenso ehrenhaften wie frühzeitigen Tod bescherte, was mich tieftraurig stimmte. Als der Aufstand 1858 endete, hatten wir inzwischen ganz eigene Probleme. In der Wüste war es über ein Jahr friedlich zugegangen, aber jetzt erfuhren wir, dass ein Wegelagerer namens Holo Pascha auf unserer Flussseite sein Unwesen trieb und den Frieden der Amazeh störte. Medjuel schien den Mann zu kennen. Er strich sich mit der Hand über den Bart und sagte: »Wir müssen ihm ein für alle Mal das Handwerk legen.«

Ich wusste inzwischen, dass Kriegsführung in der Wüste, zumindest unter Beduinen, in der Regel so aussah, dass ein Riesenspektakel veranstaltet wurde, bei dem die Männer in wildem Galopp ihre Waffen abfeuerten, jedoch ohne die ernsthafte Absicht, jemanden zu töten. So fand ich die Bemerkung meines Mannes ebenso unheilvoll wie aufregend: »Was meinst du damit?«

»Er hat ein paar von unseren Leuten getötet. Diesmal kann es kein Pardon mehr geben.« Seine Augen leuchteten. »Wir werden zum ersten Mal deine Waffen einsetzen.«

Ich klatschte in die Hände. »Und ich werde zum ersten Mal mitkommen.«

»Das kann ich nicht erlauben. Was, wenn du verletzt würdest?«

»Ich kann nicht hier bleiben. Was, wenn dir etwas zustieße? Außerdem sind es meine Waffen, wie du ganz richtig bemerkt hast.«

Er dachte eine Weile darüber nach und nickte schließlich. »Du hast Recht. Wir werden zusammen reiten. Und wir werden gemeinsam triumphieren oder sterben.«

Wunderbar. Die wiederauferstandene Zenobia. Ich war in meinem ganzen Leben noch nie so aufgeregt gewesen. Allerdings erwies sich die Umsetzung unseres Vorhabens schwieriger als erwartet. Zwar genoss ich die Anerkennung unserer Krieger als Waffenlieferantin und Sitt, vor allem aber sahen sie in mir eine Frau und die Gattin des Scheichs. Ich akzeptierte dies, nicht nur um des lieben Friedens willen, sondern weil ich mit Medjuel vereinbart hatte, dass ich mich in der Wüste verhalten würde wie eine Araberin, wenn er mich in Damaskus wie eine europäische Ehefrau behandelte.

Wir ritten in einem vierhundert Mann starken Trupp nach Süden, Medjuel und ich an der Spitze unserer Prätorianergarde von hundert Kriegern mit ihren brandneuen Waffen. Unsere handverlesene, zwanzig Mann starke Leibgarde war sogar zusätzlich mit Revolvern ausgestattet. Ich hatte diese Männer in europäischer Kriegführung geschult, und jetzt würde sich bald herausstellen, ob sie überhaupt fähig waren, im Kampf Disziplin zu wahren.

Wir folgten dem Fluss und wurden von den Beduinen, die wir unterwegs trafen, auf dem Laufenden gehalten, auch wenn die Informationen jeweils schon ein paar Tage alt waren. Erst nach zwei Wochen stießen wir auf ein erst kürzlich überfallenes Lager, von dem nur verbrannte und verstreute Zelte, tote Tiere und einige ermordete Beduinen übrig waren. Aufgrund der Mittagshitze lag über dem Schlachtfeld ein unerträglicher Verwesungsgestank. Die Überlebenden hatten sich zwischen Felsen und in Senken versteckt, als sie uns jedoch erkannten, kamen sie hervor und berichteten uns in allen Einzelheiten von der Gräueltat. Medjuel interessierte sich jedoch vor allem für den Aufenthaltsort Holo Paschas. »Sie waren gestern noch hier«, sagte der Sprecher der Überlebenden.

»Wussten sie, dass wir ihnen auf den Fersen sind?«

»Davon war jedenfalls nichts zu spüren, Herr. Sie haben sich Zeit gelassen mit Morden und Plündern.«

»Weißt du in etwa, wie viele es waren?«, fragte ich.

»Viele, Herrin.«

Ich warf einen Blick auf Medjuel, der nickte und Späher auf unseren schnellsten Kamelen aussandte. »Was hast du vor?«, fragte ich.

»Sie vernichten, wie ich gesagt habe.«

»Wie willst du das bewerkstelligen, wenn sie doppelt so zahlreich sind wie wir?«

»Wir greifen an, sobald wir sie oder ihr Lager entdecken. Gegen unsere Gewehre haben sie keine Chance.«

Ich unterdrückte einen Seufzer. Trotz meiner Bemühungen konnte er die Wüstentaktiken offenbar nicht ablegen. »Medjuel, Liebster, wenn ihr auf euren Kamelen in den Kampf reitet, hebt das Schaukeln die Treffsicherheit der Waffen auf, und dann könnt ihr ebenso gut eure alten Pistolen abfeuern. Damit würdet ihr euren Vorteil verschenken.«

Er runzelte die Stirn. »Aber wie sollen wir sie besiegen, ohne sie anzugreifen?«

»Indem wir sie in die Falle locken und dazu verleiten, dass sie uns angreifen.«

»Unmöglich.«

»Ich denke nicht. Gestattest du mir, dir einen Rat zu geben?«

Er streichelte nachdenklich seinen Bart. »Hast du schon einmal eine Schlacht geschlagen?«

»Nein.« Ich konnte meine Begegnung mit den griechischen Banditen kaum als Schlacht bezeichnen. »Aber ich habe eine Menge über Kriege und Schlachten gelesen. Ich weiß, wie wir diese gewinnen können, glaub mir.«

»Bei Allah, wenn dir das gelingt ...«

»Vertrau mir.«

☆

Wir ritten weiter, und zumindest ich war euphorisch, war es doch schon immer mein Traum gewesen, in Zenobias Fußstapfen zu treten. Am Abend kehrten die Späher zurück und berichteten von einem großen Trupp bewaffneter Männer in nur wenigen Meilen Entfernung. »Wie viele?«, fragte Medjuel.

»Mindestens zweihundert Zelte, Herr.«

Bei einer Belegung von vier Mann pro Zelt entsprach dies in etwa der geschätzten Zahl, die uns die Überlebenden des letzten Überfalls genannt hatten. Medjuel warf mir einen Blick zu. »Wir müssen uns zurückziehen und Unterstützung zur Hilfe holen«, meinte Japhet.

»Wir können sie besiegen«, sagte ich.

Japhet schaute seinen Vater an. »Die Sitt ist sich ihrer Sache sicher. Sag uns, was wir tun sollen.«

»Teil deine Männer auf.«

»Das ist Irrsinn«, protestierte Japhet kopfschüttelnd. »Wir sind so bereits zahlenmäßig unterlegen.«

»Hört mir zu. Schickt hundert Mann nach Westen. Sie müssen sich außer Sichtweite des Feindes halten und dürfen erst angreifen, wenn sie das Signal hören. Weitere hundert Mann schickst du den Fluss hinunter. Auch sie sollen darauf achten, bis zum Signal vom Feind nicht gesehen zu werden.«

Medjuel nickte. »Sie werden bei Morgengrauen aufbrechen.«

»Sie müssen jetzt gleich aufbrechen.«

»In der Dunkelheit kann man nicht kämpfen.«

»Sie sollen gar nicht kämpfen. Aber sie müssen bei Morgengrauen auf ihrem Posten sein. Bei Tagesanbruch schickst du hundert der restlichen Männer zum Angriff auf das Lager. Die Männer werden nur mit Speeren und Pistolen bewaffnet sein.«

»Du verlangst von mir, meine Männer in den sicheren Tod zu schicken?«

»Sie werden nicht getötet. Sie sollen nur einen Scheinangriff durchführen, möglichst viel Lärm machen und um sich schießen. Sobald der Feind zu den Waffen greift, sollen sie so schnell wie möglich zu uns zurückkehren. Meinst du nicht auch, dass Holo Pascha sie verfolgen wird, in der Annahme, es handle sich nur um einen kleinen Trupp?«

Medjuel nickte. »Er wird die Verfolgung ganz sicher aufnehmen.«

»Und geradewegs unseren letzten hundert Mann in die Arme laufen.«

»Sie werden aber viel zahlreicher sein als wir.«

»Und ihr habt moderne Gewehre. Ihr werdet vom Boden aus kämpfen. Ich zeige euch die Aufstellung.«

Ein letzter Blick, dann nickte er. »Wir werden niedergemetzelt«, grummelte Japhet.

»Ihr werdet euren größten Sieg erringen«, versprach ich. »Wenn Holo Pascha uns angreift, gebt ihr das Signal, und unsere beiden Flügel fallen ihm in den Rücken. Er wird den Kürzeren ziehen.«

☆

Medjuel erteilte die notwendigen Befehle, und die beiden Trupps ritten davon. Mir war klar, dass ich ein beträchtliches Risiko einging, indem ich darauf vertraute, dass sie ihren Befehlen gehorchten und den richtigen Moment abwarteten. Ich wusste aber auch, dass wir die Schlacht auch ohne sie gewinnen konnten. Wir rückten so leise wie möglich weiter vor, bis wir aus etwa einer Meile Entfernung die Geräusche aus dem feindlichen Lager hörten. Wir machten Halt. Wir verzichteten darauf, die Zelte aufzuschlagen und Feuer zu machen, und ruhten nur im Sand aus, die Waffen griffbereit. Ich schlief tief und fest und erwachte kurz vor Morgengrauen. Hastig nahmen wir eine Mahlzeit zu uns, und ich löste die Bänder aus meinem Haar, da ich gehört hatte, dass die Mesrab-Frauen vor einer Schlacht ihr Haar lösten. Wie ein weiter schwarzer Umhang umwehte es meine Schultern und meinen Rücken. Ich bat Medjuel, seine Schützen hinter einer kleinen Anhöhe in Stellung zu bringen, da die Krieger von mir niemals Befehle entgegengenommen hätten. Sie sollten zwei Reihen bilden, wobei die vordere sich hinkniete und die hintere stehen blieb. Jeder Mann hatte einen kleinen Beutel Munition ausgehändigt bekommen. Ich nahm mir ebenfalls ein Gewehr. Darüber hinaus hatte ich auch meine Revolver griffbereit, wenn auch außer Sichtweite. Medjuel stand mit Gewehr und Revolver bewaffnet an meiner Seite. Das Signal wurde gegeben, und der erste Trupp brach auf zum Scheinangriff. »Hast du Angst?«, fragte Medjuel.

»Nein, aber ich bin aufgeregt. Ich kann es kaum erwarten.«

»Wie lange?«, fragte Japhet.

»Nicht mehr als eine halbe Stunde.«

Die Vorhut pirschte sich im Schritt bis auf hundert Meter an das Lager heran, bevor sie zum Angriff übergingen. Wie befohlen veranstalteten die Männer einen Höllenlärm. Pauken dröhnten, Männer kreischten und schrien, und Pistolenschüsse knallten. Die Mesrab legten vorbildliche Disziplin an den Tag: In dem Moment, da ihre Feinde ihre Verteidigung mobilisierten, wendeten sie ihre Kamele und kehrten eilig zurück. Als sie bei uns eingetroffen waren, machten sie Halt und wendeten erneut, als wollten sie ein weiteres Mal angreifen.

Aus dem feindlichen Lager hallten zornige und höhnische Rufe herüber, und wir sahen immer mehr Männer auf ihren Kamelen auf uns zureiten. Wütend schwenkten sie Säbel und Speere und feuerten ihre Pistolen ab. Medjuel warf mir einen fragenden Blick zu. »Sind es genug?«, fragte ich.

»Mindestens fünfhundert.«

Ich blickte auf die Lawine, die sich auf uns zuwälzte. »Sag deinen Leuten, sie sollen wieder flüchten. Nur so weit, bis sie nicht mehr zu sehen sind.«

Medjuel erteilte den entsprechenden Befehl, und seine Männer ritten davon. Die Angreifer machten ihrer Verachtung Luft. »Und wir?«, fragte Medjuel.

Ich nickte. »Jetzt werden sie nicht mehr zögern. Wie weit sind sie noch weg?«

»Weniger als einen Kilometer, und sie kommen rasch näher.«

»Ideal. Sag deinen Leuten, sie sollen sich bereithalten.«

Er winkte den Schützen. »Aufstellung einnehmen.«

Sie kamen den Hang heraufgelaufen. Die ersten fünfzig ließen sich gehorsam auf ein Knie sinken, während die zweite Abteilung sich hinter ihnen aufstellte. »Nicht vergessen«, sagte ich. »Salven feuern.«

»Gib du den Feuerbefehl«, forderte Medjuel mich auf.

Als der Feind noch an die dreihundert Meter entfernt war und seine Kamele mit Schreien zur Eile antrieb, die einem das Blut in den Adern gefrieren ließen, holte ich tief Luft. »Vordere Reihe – Feuer!«, rief ich.

Die Gewehre feuerten zeitgleich. Die Kugeln mähten mindestens zwanzig Angreifer nieder, aber der Rest ließ sich nicht beeindrucken. »Vordere Reihe, nachladen. Hintere Reihe – Feuer!«

Dieser zweite todbringende Bleihagel sorgte auf der gegnerischen Seite für Verwirrung. Da sie inzwischen näher waren, waren bei der zweiten Salve noch mehr Männer getroffen worden. Doch die Anführer befahlen, den Angriff fortzuführen, als sie sahen, dass unsere beiden Reihen ihre Waffen abgefeuert hatten, und sie annehmen mussten, dass das Nachladen mehrere Minuten in Anspruch nehmen würde. Sie ahnten ja nicht, dass unsere Chassepots die leeren Hülsen einfach ausspuckten und wir nur eine neue Patrone in den Lauf zu schieben brauchten. »Hintere Reihe nachladen. Vordere Reihe – Feuer! Medjuel, das Signal zum Angriff.«

Medjuel gab dem Trompeter ein Zeichen, und gleich darauf ertönte ein anhaltender Laut. Die dritte Salve richtete verheerenden Schaden in den Reihen des Feindes an. Die

Anführer hatten immer noch angenommen, wir besäßen nur Musketen, und erst als die vermeintlich leeren Gewehre erneut feuerten, realisierten sie, dass sie es mit einem Gegner zu tun hatten, der so gut ausgestattet war wie reguläre türkische Truppen. Sie schwenkten die Arme, um ihren Leuten zu signalisieren, dass diese den Rückzug antreten sollten. Aber noch bevor sie reagieren konnten, wurden sie auf beiden Flanken angegriffen. »Beide Reihen – Feuer!«, rief ich.

Diese Salve war vernichtend; ein gutes Drittel von Holos Männern lag nun im Sand. Unsere Leute luden in fieberhafter Eile nach und waren sichtlich verwirrt, als ich befahl, das Feuer einzustellen.

Sie waren sich nicht im Klaren über die Reichweite der Gewehre und dass sie ihre Kameraden hätten treffen können, die von hinten heranpreschten. Der Feind stob auseinander und flüchtete in alle Himmelsrichtungen.

Medjuel umarmte mich. »Das war genial für eine Frau!«

»Nicht nur für eine Frau.«

☆

Es war ein großer Sieg, der jedoch zumindest für mich eine schlechte Wendung nahm. Zum einen war Holo Pascha nicht unter den Toten. Wir verfolgten die Flüchtigen, und es kam zu weiteren Gefechten. Seine Leute, denen inzwischen klar war, dass sie gegen unsere Waffen nichts ausrichten konnten, wurden unweigerlich geschlagen, aber ihm selbst gelang es immer wieder, zu entwischen, und schließlich entkam er über den Fluss. Medjuel war trotzdem zufrieden. »Er wird uns keinen Ärger mehr machen«, meinte er.

Die Einschätzung war zwar richtig, zumindest kurzfristig, aber die Konsequenzen unseres Sieges ließen nicht lange auf sich warten. Die Kunde unseres Triumphs sprach sich im ganzen Land herum und kam auch den Türken zu Ohren, die sofort erkannten, dass sie es mit einer ernst zu nehmenden Militärmacht zu tun hatten. Sie wagten nicht, die Mesrab zu entwaffnen aus Furcht vor einer Revolte, meinten jedoch, Medjuels Aktivitäten einschränken zu müssen, bevor er nicht mehr zu stoppen war. Da er weder gegen türkisches Gesetz noch gegen den Koran verstoßen hatte, konnte man ihn nicht verhaften. So kam es, dass nach unserer Rückkehr nach Damaskus, wo wir als Helden gefeiert wurden, General Ahmed mich aufsuchte. »Ich gratuliere Ihnen zu Ihrem Sieg«, sagte er und blickte von Medjuel zu mir.

»Das Lob gebührt alleine dem Scheich«, entgegnete ich.

»Natürlich. Hoffen wir, dass Ihr Sieg den Frieden in der Wüste wieder herstellt, zumindest auf dieser Seite des Flusses.« Ich wurde sofort misstrauisch, wusste ich doch, dass die Türken gar nicht interessiert waren an einem Frieden zwischen den Wüstenstämmen. »Wir möchten dem Scheich das Amt des Gouverneurs von Hama anbieten.«

Er schwieg erwartungsvoll, während Medjuel und ich einen Blick wechselten. Ich sah Medjuel an, dass er sich geschmeichelt fühlte, konnte aber nicht mehr tun, als den Atem anzuhalten.

»Vielleicht möchten Sie ja Bedenkzeit«, meinte Ahmed und ging.

»Gouverneur von Hama«, sagte Medjuel. »Welche Ehre.«

»Was ist so Besonderes an dem Posten? Kontrollierst du Hama nicht bereits?«

»Es ist eine Hochburg der Amazeh, gehört jedoch nicht ausschließlich den Mesrab. Man hat mir eine Gelegenheit geboten, Macht und Ansehen meiner Leute merklich zu steigern. Und das von Seiten der Türken!«

»Macht dich das nicht nachdenklich?«

»Nun, sie haben eben erkannt, was ich zu leisten vermag. Welche Macht ich habe.«

»Sie wollen dich nur in Feindseligkeiten zwischen den

einzelnen Amazeh-Stämmen verstricken. Glaubst du denn, dass die Bevölkerung von Hama dich akzeptieren wird?«

»Wenn ich von der Regierung zum Gouverneur bestimmt werde ...«

»Lieben sie denn die ausländische Regierung? Respektieren sie sie? Tut das irgendein Beduine?« Er strich sich nachdenklich über den Bart, und ich legte eine Hand auf seine. »Ich will nur das Beste für dich, Liebster. Ich wünsche dir, dass man dich ehrt, dass du Ruhm erntest. Aber ich traue den Türken nicht über den Weg. Ich bitte dich nur, sorgfältig nachzudenken, bevor du diesen Posten annimmst.«

»Bei Allah! Gelobt sei sein Name! Du verblüffst mich immer wieder mit deiner Weisheit. Ja, ich werde lange und sorgfältig nachdenken, bevor ich mich entscheide. Und als Erstes werde ich nach Hama reiten und mir vor Ort einen Eindruck verschaffen.«

Ich hatte mir also wieder einmal selbst ein Bein gestellt. Aber ich konnte schlecht widersprechen, auch als er entschied, alleine zu gehen: Auch wenn ich bei den Mesrab als Ausnahmeperson galt, war dies bei den anderen Stämmen – noch – nicht der Fall. Somit wäre man ihm vermutlich feindselig begegnet, wenn er mit einer hellhäutigen blauäugigen Ungläubigen im Schlepptau in Hama aufgekreuzt wäre. »Ich werde nur eine Woche weg sein«, versprach er. »Höchstens zwei.«

Damit musste ich mich zufrieden geben, und so lenkte ich mich ab, indem ich mich mit den letzten Details der Hauseinrichtung befasste. Als erst eine und dann zwei Wochen verstrichen, ohne dass ich Nachricht erhielt, wurde ich unruhig. Ich stellte ihn mir ermordet in einem Graben vor ... oder in den Armen einer jüngeren, schöneren Frau. Ich muss gestehen, dass ich schon immer von Natur aus eifersüchtig war, und die Kränkung, die Saleh mir zugefügt hatte, schmerzte jetzt noch. Medjuel war um vieles älter, als Saleh gewesen war, aber immer noch viele Jahre jünger als ich. Ich war inzwischen zweiundfünfzig Jahre alt. Ich fühlte mich noch wie ein junges Mädchen, sah viel jünger aus als meine Jahre, besaß die Energie eines jungen Mädchens, war noch so sinnlich wie ein junges Mädchen und zudem überzeugt, jeden Mann glücklich machen zu können ... trotzdem war mir bewusst, dass die meisten arabischen Frauen in meinem Alter längst einer Jüngeren hatten weichen müssen.

Es wäre leichter für mich gewesen, hätte ich eine Vertraute gehabt, der ich mein Herz hätte ausschütten können und die mir Trost gespendet hätte. Aber so nahe Eugénie und ich uns auch standen, konnte ich mich in diesem Fall nicht an sie wenden, da ihre persönlichen Erfahrungen mit Männern sowie ihre Beobachtungen der meinen ihr Misstrauen gegenüber dem anderen Geschlecht derart geschürt hatten, dass sie alles nur noch schlimmer gemacht hätte. Auch hatte ich unter den Ausländerinnen in Damaskus keine Freundin. So gerne sie sich auch damit brüsteten, mich zu kennen und mit mir zu verkehren, betrachteten sie mich als Exzentrikerin und würden sich wie die Aasgeier auf die Nachricht stürzen, dass es in meiner lächerlichen Ehe kriselte. Und was die Beduinen-Frauen betraf ... es gab nur eine, Fatima, die Hauptfrau eines anderen Scheichs, mit der ich mich angefreundet hatte, aber als ich sie darauf ansprach, dass ich mir Sorgen mache wegen Medjuel, antwortete sie nur: »Männer gehorchen ihren eigenen Gesetzen, Madame Digby. Wir sind nur dazu da, ihnen zu dienen.«

Ihre Worte trugen nicht eben dazu bei, mich zu beruhigen. Ich suchte General Ahmed auf, der sich als noch weniger hilfreich erwies. »Ich weiß, dass der Scheich in Hama war«, teilte er mir mit. »Aber er ist nach einer Woche wieder aufgebrochen. Ich weiß nicht, wo er sich gegenwärtig aufhält.«

Ich ritt jeden Morgen hinaus in die Wüste und starrte wie gebannt auf den Horizont, in der Hoffnung, ihn auf mich zu galoppieren zu sehen. Mein Herz tat einen Sprung, als ich am dritten Tag nach einem Besuch bei Ahmed tatsächlich einen Reiter sah. Es war nicht Medjuel, aber immerhin kam er aus südlicher Richtung. Ich winkte ihn heran. »Gibt es Neuigkeiten vom Scheich?«

»Keine Neuigkeiten. Es heißt, er wäre mit seiner zweiten Frau in der Wüste.«

Fast wäre ich vom Pferd gefallen. Den ganzen Tag war ich wie in Trance. Ich dachte an all die Männer, denen ich bedingungslos vertraut hatte und von denen fast alle meine Liebe verraten hatten. Als ich nach Damaskus zurückkehrte, war ich so niedergeschmettert, dass ich den Mesrab, die in meinem Haus wohnten, einen richtigen Schreck einjagte. Seit unserem spektakulären Sieg im Sommer war ich für sie nicht mehr nur die »Milch-Mutter« und Stammesfürstin, sondern außerdem ihre lebendige Nike, ihr Siegessymbol, schon allein wegen der Waffen, mit denen ich ihre Krieger ausgestattet hatte. Fatima suchte mich auf. »Du kannst nicht wissen, ob es auch wirklich stimmt«, gab sie zu bedenken.

»Aber er hat noch andere Frauen.«

»Er *hatte* andere Frauen. Bevor er dich geheiratet hat«, entgegnete sie.

Aber das tröstete mich nicht. Auch wenn er nicht bei einer seiner früheren Ehefrauen war, was bedeuten würde, dass ihm bei mir etwas fehlte, bestand immer noch die Möglichkeit, dass er sich in ein junges Ding verguckt hatte, das von Alters wegen meine Enkelin sein könnte. Ich sah immer wieder Sabla vor mir. »Hier ist kein Platz mehr für mich«, verkündete ich. »Ich werde fortgehen.« Aber ich hatte keinen Schimmer, wohin.

Fatima war entsetzt und ersann allerlei ausgeklügelte Pläne, um mich am Gehen zu hindern. Sie rief Scheich Mohammed Dukhi zur Hilfe, der behauptete, Medjuel würde von einer kranken Zuchtstute aufgehalten. Diese Erklärung erschien mir aufgrund meiner eigenen Liebe zu Pferden plausibel, doch als wenige Tage später jemand anders auftauchte, der behauptete, mein Mann sei auf der Suche nach versprengtem Vieh, wurde ich stutzig. Ich fürchte, ich verlor die Beherrschung, als ich erkannte, dass ich getäuscht worden war. Ich befahl Eugénie zu packen. Sie war todunglücklich, hatte sie doch gehofft, die Zeit des Reisens wäre endgültig vorbei. Dukhi jedoch überredete mich, wenigstens bis nach dem Fest zu bleiben, das in Homs stattfinden sollte, um den Erfolg einer von mir gestifteten Schule zu feiern. Als Schirmherrin konnte ich schlecht ablehnen, aber ich war fest entschlossen, gleich am nächsten Tag aufzubrechen. Auf der Feier lernte ich Scheich Fares ibn Mesiad kennen, der sichtlich fasziniert von mir war und andeutete, dass ich nicht lange nach einem neuen Ehemann zu suchen brauchte, falls ich Medjuel verließ. Ich war an keinem anderen Mann interessiert, doch Fares blieb hartnäckig. Er sagte mir gerade mithilfe von Kieselsteinen die Zukunft voraus – natürlich zu seinen Gunsten –, als ein Reiter eintraf. Er überbrachte mir einen Brief von Medjuel, der mir ewige unsterbliche Liebe schwor und mir mitteilte, er wäre nur noch wenige Tage entfernt.

Ich gab jeden Gedanken ans Fortgehen auf und ritt ihm entgegen. Unser Wiedersehen war der Himmel auf Erden! Wir zögerten unsere Rückkehr nach Damaskus hinaus und genossen zweite Flitterwochen. Er erklärte mir, dass er sich verspätet habe, weil er sich mit den verschiedenen Staatsoberhäuptern habe treffen müssen, um mit diesen zu besprechen, ob er den Gouverneursposten von Hama annehmen sollte oder nicht. Zu meiner grenzenlosen Erleichterung hatte er sich dagegen entschieden, auch wenn das im Augenblick nicht so wichtig war. Ich erwähnte ja bereits, dass ich von Natur aus eifersüchtig bin, und persönliche Erfahrungen mögen diesen Charakterzug noch verstärkt haben. Auch das Alter und die Furcht, an Attraktivität zu verlieren, machten mir zu schaffen, sodass es noch öfter vorkam, dass ich Höllenqualen litt, wenn Medjuel allein unterwegs war. Und diese Unsicherheit sollte mich schließlich in große Schwierigkeiten bringen. Wenn wir zusammen waren, oder sind, bin ich aber nach wie vor die glücklichste Frau auf der Welt.

☆

Blieb nur ein Reibungspunkt zwischen uns: die Religion. Ich schätze, es war von vornherein unausweichlich gewesen. In der ersten Zeit unserer Ehe stellte sich die Frage nicht, da ich seine Gebete gen Mekka respektierte und ihn sogar um seine tiefe Gläubigkeit beneidete. Wir versuchten beide nicht, den anderen zu missionieren, und auch wenn es ziemlich viele Christen in Damaskus gab, stellten sie eine Minderheit dar, die in unserem Leben nie eine Rolle spielte. Bis zum großen Drusenaufstand 1860.

Es war ein besonders heißer Sommer, und vielleicht trug das dazu bei, die Gemüter zu erhitzen. Aber im Grunde weiß man nicht viel über die Drusen, die eigentlich mehr ein Geheimbund sind als eine religiöse Sekte. Ihre Ursprünge reichen zurück bis zu el-Hakim Bi-Amr, dem Sechsten Fatimiden-Kalifen, der enttäuscht war vom Glauben der Sh'ia-Muslime, denen er angehörte. Statt seine eigene Religion zu reformieren, gründete er eine eigene, sehr geheime Sekte. Mehrere Jahrhunderte lang hatte diese im Herzen der orthodoxen muslimischen Welt gelebt, allgemein toleriert, weil sie ihre Steuern zahlte, keinen Ärger machte und ihren Glauben, der jüdische, christliche und muslimische Strömungen vereinte, im Stillen ausübte. So hatten die Drusen lange Zeit unbehelligt in Damaskus gelebt, da die Muslime die religiösen Minderheiten in ihrer Mitte nie so verbissen verfolgt hatten wie die europäischen Kirchen. Aber jetzt kam es plötzlich zum Knall.

Ich erwähnte bereits das Wetter. Der vergangene Winter war der kälteste gewesen, den man in Damaskus je erlebt hatte. Wie 1850 in Athen herrschte strenger Frost, und es schneite sogar. So kam es im Frühling zu Überschwemmungen, ein Großteil der Ernte ging verloren, und viele Tiere ertranken oder verhungerten. Die Situation war dramatisch. Darauf folgte dann ein außergewöhnlich heißer Sommer, der wiederum vielen zu schaffen machte. Es fing damit an, dass im alten Seehafen Sidon drei Drusen ermordet aufgefunden wurden. Aller Wahrscheinlichkeit nach handelte es sich um die Tat gewöhnlicher Verbrecher, aber bald hieß es, die Männer wären von Christen gemeuchelt worden, woraufhin die gesamte Sekte aufgebracht rebellierte.

Ich erfuhr erst davon, als die Unruhen einige Tage später auf Damaskus übergriffen. Ich wurde geweckt von Schüssen und dem Klirren von Stahl sowie markerschütterndem Kriegsgeheul, vermischt mit Angst- und Schmerzensschreien. Mein erster Gedanke war, dass Damaskus von einem feindlichen Heer angegriffen worden sei, aber wie sollte eine fremde Armee unbemerkt bis ins Herz des Osmanischen Reiches vordringen? Dann fielen mir die Geschichten wieder ein, die ich über das Massaker am St.-Bartholomäus-Tag in Paris im Jahre 1572 gelesen hatte. Der Vergleich war gar nicht so abwegig.

Doch als ich nach unten ging, stellte ich fest, dass mein Personal völlig gelassen seinen alltäglichen Pflichten nachging. Eugénie, die als Einzige in heller Aufregung war, klärte mich auf. »Sie bringen alle Christen um, Mylady.«

»Wer? Die Türken?«

»Die Drusen, Mylady.«

»Und niemand hält sie auf?«

»Ich glaube nicht, Mylady.«

Ich eilte davon, um Medjuel zu wecken, aber er war bereits auf. »Wir müssen etwas unternehmen!«, sagte ich.

»Wir können nichts tun.«

»Da draußen werden Menschen umgebracht.«

»Das ist eine Fehde zwischen zwei gegnerischen Stämmen. Da dürfen wir uns nicht einmischen.«

Nach arabischem Verständnis hatte er natürlich Recht. Unvorstellbar, dass ein Beduinen-Stamm, der in der Wüste auf zwei andere Stämme stieß, die sich bekriegten, sich einmischte und für den einen oder anderen Partei ergriff. »Aber diese Leute sind unschuldig.«

»Ist jemand ohne Schuld?«

Ich stampfte mit dem Fuß auf. »Ich werde eingreifen.«

»Du bist Christin. Wenn du das Haus verlässt, wird man dich töten!«

»Unter unserem Dach leben hundert Krieger. Sie werden mich beschützen.«

Er schüttelte den Kopf. »Ich kann nicht von meinen Leuten verlangen, ihr Leben zu riskieren für eine Sache, die sie nichts angeht.«

Ich war so außer mir, dass ich ihn beinahe geohrfeigt hätte. »Dann gehe ich eben allein, und wenn es mich das Leben kostet.«

Er versuchte nicht, mich aufzuhalten.

☆

Ich zog mich an und verließ das Haus, das Haar offen, als zöge ich in den Krieg. In Tränen aufgelöst, schloss Eugénie das Tor hinter mir; sie rechnete offenbar nicht damit, mich lebend wiederzusehen. Ich für meinen Teil fürchtete mich nicht, wenn ich mich auch innerlich wappnete für das, was mich erwartete. Und das zu Recht: Kaum betrat ich die Straße, stieß ich auf einen Sterbenden, dessen Kopf halb vom

Rumpf abgetrennt war. An der Ecke wurde eine halb nackte, vor Angst und Scham kreischende Frau von vier Widerlingen geschändet. Ich zückte einen meiner Revolver und feuerte über ihre Köpfe hinweg. Sie sprangen auf und wandten sich mir mit gebleckten Zähnen zu. Ich erkannte, dass ich mich gleich meiner eigenen Haut würde wehren müssen, und richtete die Waffe auf sie. Plötzlich hielten sie inne, der eine zeigte auf mich und rief: »Das ist die Sitt el Mesrab.«

»Die Sitt!«, riefen auch seine Kumpane. »Die Sitt!«

»Wir bitten tausend Mal um Vergebung, Herrin«, sagte der Anführer, und sie suchten das Weite.

Ich war erleichtert. Ich half der Unglücklichen auf die Füße und führte sie zum Haus, wo Eugénie besorgt auf mich gewartet hatte. »Gott sei Dank sind Sie zurück, Madame!«

»Nur kurz. Kümmere dich um diese Frau, bis ich wieder da bin.« Ich selbst machte kehrt und begab mich zur Gouverneursresidenz. Unterwegs wurde ich Zeuge unbeschreiblicher Gräueltaten, oft umringt von einem rasenden Mob, der meine Anwesenheit in seiner Mitte beklatschte.

Die Wachen ließen mich mit sichtlichem Argwohn herein, und General Ahmed starrte mich an wie ein Gespenst. »Madame Digby? Was machen Sie denn hier?«

»Ich wollte Sie sprechen.«

»Aber ... Sie waren da draußen? Wie viele Leibwächter haben Sie bei sich?«

»Keinen.«

»Sie sind ganz allein durch die Stadt gelaufen? Und haben es bis hierher geschafft?«

»Ich bin die Sitt el Mesrab. Aber da Sie ja offensichtlich wissen, was da draußen los ist, würde ich gerne wissen, warum Sie dem Gemetzel nicht ein Ende machen?«

»Was sollte ich denn tun?«

»Bei Allah, gelobt sei sein Name. Sind Sie nicht Gouverneur dieser Stadt und für das Leben jedes einzelnen Bürgers verantwortlich? Befehligen Sie nicht eine Garnison Soldaten?«

»Meine Aufgabe ist es, die türkische Herrschaft zu sichern und nicht, mich in Glaubenskriege einzumischen oder das Leben meiner Soldaten aufs Spiel zu setzen, indem ich mich in Dinge einmische, die die türkische Herrschaft nicht berühren. Ihre Sorge ist im Übrigen völlig unnötig, Madame Digby. Die Unruhen werden schon bald ganz von alleine aufhören.«

»Sie meinen, wenn alle Christen abgeschlachtet wurden!«

»Ich bin sicher, dass die meisten von ihnen sich inzwischen in Sicherheit gebracht haben. Ich würde Ihnen im Übrigen dringend anraten, es genauso zu machen. Sie können aber auch gerne hier abwarten, bis draußen wieder Ruhe eingekehrt ist.«

Ich ging, bevor ich die Beherrschung verlor. Ich kehrte zurück auf die Straße, wo das Morden noch in vollem Gang war. Ich verspürte den übermächtigen Drang, jeden Drusen, der mir begegnete, zu erschießen, aber mir war natürlich klar, dass ich sie unmöglich alle töten konnte. Hinzu kam, dass sie mich weiterhin bejubelten. Ich war noch nicht weit gekommen, als ich Gewehrschüsse hörte. Kurz darauf begegnete ich Abd el Kader an der Spitze einer Kompanie seiner Algerier, die einige Flüchtlinge beschützten und den Drusenmob in Schach hielten. »Madame Digby! Jane! Was machen Sie denn hier?«

»Ich würde gerne dasselbe tun wie Sie, Abd, bin aber auf mich allein gestellt.«

»Sie hätten getötet werden können!«

»Ich werde Ihnen größeren Schutz bieten als Ihre Soldaten«, versicherte ich ihm, und tatsächlich wich der Mob zurück, als man mich erkannte.

»Diese Leute fürchten sich vor Ihnen«, stellte Abd staunend fest.

»Nein. Sie verehren mich. Sie halten mich für eine Göttin.« Wir brachten die Flüchtlinge sowie noch einige weitere, die wir unterwegs auflasen, zu mir nach Hause. Ich bot Abd an, hereinzukommen, aber er zog es vor, zu seinem eigenen Palast zurückzukehren und unterwegs noch möglichst viele Christen einzusammeln. Ohne mich tat er sich schwerer, und ich erfuhr später, dass er richtiggehend belagert wurde, ein Problem, das er jedoch mit dem ihm eigenen militärischen Geschick großartig bewältigte. Er gewährte insgesamt knapp zwölftausend Menschen Schutz und stellte meinen bescheidenen Beitrag damit weit in den Schatten.

Wie von Ahmed prophezeit, legten sich die Unruhen schon am nächsten Tag wieder, aber die Zahl der Toten war beträchtlich und die jener, die ein dauerhaftes Trauma erlitten, noch weit größer. Die Weltpresse berichtete von meinem und Abds mutigem Eingreifen, was Medjuel gar nicht passte. Ich weiß bis heute nicht, ob er so wütend war, weil ich ohne sein Einverständnis gehandelt habe, weil er in Anbetracht meiner »Heldentat« selbst in ziemlich schlechtem Licht dastand, weil er der Meinung war, die Christen hätten es nicht besser verdient oder schlicht, weil sein Haus – mein Haus – vorübergehend als Flüchtlingslager diente. Jedenfalls reagierte er beleidigt und ritt ohne mich in die Wüste. Ich überwand meinen Zorn und die Verzweiflung über das Massaker rasch und war bereit, ihm aus Respekt vor seinen religiösen Ansichten zu verzeihen. Ich wusste, dass er irgendwann zurückkehren würde, was er auch tat, als er erfuhr, dass eine Schiffsladung Waffen und Munition eingetroffen war. Es kam zu einer unserer stürmischen Versöhnungen. Als ich zwei Jahre später – vom schlechten Gewissen geplagt, weil ich den Gott meiner Kindheit und Jugend so lange vernachlässigt hatte – in den Schoß der Kirche zurückkehrte, erhob er keine Einwände. Ich wollte nicht, dass es bekannt wurde, und so besuchte ich den Gottesdienst, den einige Missionare unter Führung von Dr. Meschaka hielten, verschleiert. Außerdem schlüpfte ich erst nach Beginn des Gottesdienstes in die Kirche und suchte mir einen Platz ganz hinten, aber ich wurde bemerkt und aufgefordert, meinen Namen zu nennen. Die Frage wurde auf Englisch gestellt, und ich antwortete ohne nachzudenken in derselben Sprache, sodass die Katze aus dem Sack war. Die Missionare behielten diesen Beweis der Unterstützung von höchster Stelle natürlich nicht für sich. Doch Medjuel akzeptierte, dass ich meiner eigenen Religion so ernsthaft nachgehen wollte wie er der seinen, und schon bald hatte ich zu Hause eine eigene Kapelle.

Während Medjuel in der Wüste war (und da der Grund hierfür allgemein bekannt war), besuchte mich ein Gesandter Scheich Fares', der mir einen Heiratsantrag seines Herrn überbrachte. Ich wusste ehrlich nicht, ob ich geschmeichelt oder beleidigt sein sollte. Auf jeden Fall war ich belustigt, dass er beim ersten Krach zwischen mir und Medjuel an meine Tür klopfte, und ich fühlte mich geschmeichelt, dass ich mit immerhin dreiundfünfzig Jahren noch solchen Eindruck auf einen Mann gemacht hatte, aber ich war vor allem pikiert, dass er offenbar nicht nur meinte, ich würde aus so nichtigem Anlass meinen Mann verlassen, sondern weil er zudem einen Boten geschickt hatte, anstatt persönlich zu kommen, zumal der Überbringer der Nachricht ein arroganter Schnösel war, der sich einbildete, sein Herr – und somit er selbst – würde mir eine große Ehre erweisen. Ich schickte ihn bildlich gesprochen in die Wüste.

☆

Und so führten wir ein sehr glückliches und aufregendes Leben. Wenn nötig, zogen wir in den Kampf. Holo Pascha war zurückgekehrt, und es kam zu mehreren Schlachten. Er hatte sich inzwischen auch bei den Türken moderne Gewehre beschafft, sodass wir unsere ursprüngliche Überlegenheit eingebüßt hatten und gelegentlich auch eine Niederlage erlitten. Aber wir waren gerissener und in Strategiefragen bewanderter als er, sodass wir letztlich immer Sieger blieben. Es kam vor, dass ich in Medjuels Abwesenheit die Mesrab persönlich in die Schlacht führte, das rabenschwarze Haar wie eine Fahne hinter mir her wehend, ein schrilles Heulen auf den Lippen wie eine leibhaftige Todesfee. Tatsächlich kannte ich im Bann dieses Augenblicks keine Furcht vor Verletzung, nicht einmal vor dem Tod. So erlangte ich mit der Zeit immer größeren Ruhm, zumal ich nie von einer feindlichen Kugel auch nur gestreift wurde, und Medjuel ebenso wenig. Dass wir trotzdem nicht unsterblich waren, wurde mir spätestens dann bewusst, als er ernsthaft erkrankte und von Schüttelfrost und Lähmungserscheinungen befallen wurde. Aufgrund meiner Kenntnisse der westlichen Medizin, die ich mir durch eingehende Lektüre angeeignet hatte, galt ich als Heilerin des Stammes. Ich versorgte Kriegsverletzungen und Krankheiten, die die Männer sich während der Feldzüge holten, und so erhob auch niemand Einwände, als ich meine Bücher hervorholte, auf der Suche nach einer Diagnose und vor allem Therapie. Ich kam zu dem Schluss, dass es sich um Typhus handelte, aber trotz all meiner Bemühungen verschlimmerte sich Medjuels Zustand weiter. »Mein Vater wird sterben«, stellte Japhet fest.

»Er darf nicht sterben«, protestierte ich. »Medjuel darf nicht vor mir sterben.«

Er zupfte an seinem Bart. »Aber du kannst ihn nicht heilen, Große Mutter.«

»Ich tue, was in meiner Macht steht.«

»Es gibt Krankheiten, gegen die auch westliche Medizin machtlos ist.« Ich wollte das nicht hören und wollte ihn eben wegschicken, als er hinzufügte: »Aber es gibt Heilmethoden aus der Wüste, die euch unbekannt sind.«

Ich nahm seine Hand. »Du kennst diese Krankheit?«

»Ich habe so etwas schon erlebt.«

»Und du weißt ein Heilmittel?«

»Ich weiß, dass die Krankheit grundsätzlich heilbar ist. Die alten Männer des Stammes wissen, was zu tun ist.« Er hob abwehrend eine Hand, als ich etwas erwidern wollte. »Es könnte sein, dass es dir nicht gefällt, Große Mutter.«

»Wenn du das Leben deines Vaters, meines Gatten, retten kannst, bin ich mit allem einverstanden.«

»Ich nehme dich beim Wort. Und denk daran, dass du dich nicht einmischen darfst, wenn die Behandlung erst begonnen hat.«

Diese Warnung war nötig, denn nun folgte die bisher quälendste Zeit meines Lebens. Medjuel wurde der Kopf kahl rasiert, und man setzte glühende Eisen an seinen Schädel an. Ich war entsetzt. Hätte Japhet mich nicht festgehalten, ich wäre dazwischengegangen. Und doch – es grenzte an ein Wunder – zeigte dieses barbarische Vorgehen Wirkung, und Medjuel genas.

Mit den Türken hatten wir mehr Ärger als mit den Gomussa und den Tücken der Wüste zusammen. Unsere Herren wussten wohl, dass ich die Mesrab mit Waffen und Munition versorgte, wagten jedoch nicht, gegen mich vorzugehen, da sie den Zorn der Briten fürchteten. Das aber galt nicht für Medjuel, dem sie nie verziehen hatten, dass er den Gouverneursposten von Hama abgelehnt hatte. So begab es sich, dass eines Tages, als ich in Damaskus weilte und er noch in Homs war, ein Bote mir von seiner Verhaftung berichtete. »Verhaftet?«, fragte ich. »Aber warum?«

»Er hat gegen das Gesetz verstoßen.«

»Ach ja?« Ich war zornig. Die türkischen Gesetze, die Strafen für die geringfügigsten Vergehen vorsahen, wurden tagtäglich von so ziemlich jedem Einwohner gebrochen. Niemand war je dafür verhaftet worden.

Ich ritt sofort nach Homs. »Ich möchte wissen, was meinem Gatten zur Last gelegt wird«, sagte ich zum Kommandanten. »Und ich will ihn sehen.«

»Das wird nicht möglich sein, Miss Digby. Niemand darf den Zellentrakt betreten.«

»Dann verraten Sie mir wenigstens, was er getan haben soll.«

»Die Anklage wird vor Gericht verlesen.«

»Und wann wird das sein?«

»Wer weiß? In sechs Monaten vielleicht.«

»Sechs *Monaten*?«

»Die Gerichte sind zurzeit überlastet.«

Ich wahrte mühsam die Beherrschung, kämpfte meine Furcht nieder, bestach gewisse Leute und brachte auf diese Weise in Erfahrung, dass Scheich Fares hinter der Verhaftung steckte. Er war unser erbittertster Feind und hatte uns sogar Pferde gestohlen, seit ich seine Avancen zurückgewiesen hatte. Vielleicht hatte er Medjuel tatsächlich so sehr provoziert, dass der sich zu einer Überreaktion hatte hinreißen lassen. Anders als in der Wüste, wo man von uns erwartete und uns sogar ermutigte, unsere Angelegenheiten selbst zu regeln, legten die Türken in Städten wie Homs allergrößten Wert auf Einhaltung der Gesetze, ihrer Gesetze, die mehr mit Beziehungen zu tun hatten als mit Gerechtigkeit. Und Medjuel hatte in Homs keine Beziehungen.

Aber er war mein Mann. Ich kehrte nach Damaskus zurück und suchte Ahmed auf. »Das Ganze ist reine Schikane, und das wissen Sie.«

»Es ist meine Pflicht, über die Einhaltung des Gesetzes zu wachen, Madame Digby. Ihr Mann hat gegen das Gesetz verstoßen.«

»Welches Gesetz?«

»Es steht mir nicht zu, das bekannt zu geben, bevor der Prozess vor einem Gericht verhandelt wird.«

»In sechs Monaten.«

»Gut möglich. Da Sie es sind, Madame Digby, werde ich allerdings mein Möglichstes tun, um die Angelegenheit voranzutreiben.«

»Während mein Mann im Gefängnis misshandelt wird und hungern muss.«

»Ich gebe Ihnen mein Wort, dass ihm kein Haar gekrümmt wird, solange er nicht verurteilt wurde.«

Ich stand auf. »Ich glaube einfach nicht, dass Medjuel ein schlimmeres Verbrechen begangen haben soll, als seinen Besitz zu verteidigen.«

»Wir werden abwarten müssen.«

»Ich bin in wichtigen Angelegenheiten noch nie besonders geduldig gewesen«, entgegnete ich.

Als Nächstes wandte ich mich an das britische Konsulat. Ich wusste, dass mein alter Sparringspartner Wood abgelöst worden war. Dem neuen Konsul, Edward Rogers, war ich aber erst ein einziges Mal begegnet. Nun erwies er sich als unvergleichlicher Charmeur und Fels in der Brandung, obwohl er ziemlich pessimistisch begann: »Wenn der Scheich tatsächlich gegen das Gesetz verstoßen hat ...«

»Er hat kein Gesetz von Bedeutung gebrochen«, erklärte ich. »Es geht vielmehr darum, dass er den Türken zu mächtig geworden ist.«

»Aber die Türken sind nun mal die regierende Macht.«

»Nicht für mich.«

»Natürlich nicht. Sie sind britische Staatsbürgerin und haben somit ein Anrecht auf Protektion unseres Landes.«

»Civis Romanus Sum.«

»Äh ... genau. Man hat Ihnen doch nicht mit Verhaftung gedroht, hoffe ich?«

»Wenn dem so wäre, würden Sie doch eingreifen, oder?«

»Selbstverständlich.«

»Und wenn mein Sohn verhaftet würde, würden Sie sich auch für ihn einsetzen?«

»Sie haben keinen Sohn. Nicht hier in Syrien.«

»Aber wenn?«

»Ja, ich würde einige Hebel in Bewegung setzen.«

»Auch wenn sein Vater Beduine wäre und er somit kein britischer Staatsbürger?«

Edward holte ein Taschentuch hervor und wischte sich den Schweiß vom Hals. Wie so viele andere vor ihm war auch er verwirrt von dieser Mischung aus Schönheit und eisernem Willen. »Ich würde alles in meiner Macht Stehende tun, um Ihren Sohn vor Schaden zu bewahren, Madame Digby.«

»Darf ich Ihnen dann noch eine Frage stellen, Mr Rogers? Wird in den meisten zivilisierten Gesellschaften der Ehemann nicht über den Sohn gestellt?«

»Nun ...« Er wurde sichtlich nervös, als ihm aufging, worauf ich hinaus wollte.

»Civis Romanus Sum.«

Am darauf folgenden Tag wurde nach einem Besuch des Britischen Konsuls bei General Ahmed Scheich Medjuel es Mesrab als Ehemann der Ehrenwerten Jane Digby (das erste und einzige Mal, dass der Titel mir von Nutzen war) unter den Schutz des britischen Empire gestellt. Medjuel kehrte heim. Die Türken waren nicht glücklich darüber, und tatsächlich wurde Medjuel noch mehrmals wegen geringfügiger Vergehen verhaftet, doch jedes Mal genügte ein Besuch beim Konsulat, um seine Freilassung zu bewirken.

Das machte mir umso mehr Spaß, als ich zwar nicht behaupten könnte, von den englischen Kreisen in Syrien akzeptiert zu werden, doch man konnte mich wenigstens nicht länger ignorieren. Mein Ruhm wuchs mit jedem Tag. Seinen Höhepunkt erreichte er, als ich in einer wilden Wüstenschlacht vom Pferd fiel, den nachfolgenden Reitern vor die Hufe. Ich war knapp sechzig, und auch wenn ich wie üblich Glück hatte und nur ein paar Prellungen davontrug, konnte ich mich eine Weile nicht rühren. Erst als die Schlacht vorüber war, wurde mein Fehlen bemerkt, und schon bald ging das Gerücht, ich sei tot.

Ein paar Stunden später wurde ich gefunden, aber inzwischen war die Neuigkeit bereits unterwegs nach Damaskus und erreichte die Hauptstadt, bevor Gelegenheit gewesen wäre, sie richtig zu stellen. Von Damaskus aus verbreitete sich die Kunde nach Europa, und als wir schließlich heimkehrten, hatten gleich mehrere Zeitungen einen Nachruf auf mich veröffentlicht. Es kommt sicher selten vor, dass jemand seinen eigenen Nachruf zu lesen bekommt, und ich stellte mir das amüsant vor. Ganz und gar nicht belustigt war ich dann aber, dass man mich als einstmals berüchtigte Lady Ellenborough bezeichnete und mir sechs Ehemänner andichtete für die Zeit, die ich seinerzeit in Rom verbracht hatte.

Aber egal, was die Öffentlichkeit im Ganzen von mir halten mochte, meine Familie war endlich bereit, mich so zu nehmen, wie ich war, und ich wurde in Gnaden wieder aufgenommen. Es entstand ein reger Briefverkehr, und die Verwandtschaft besuchte uns sogar. Eins der schönsten Erlebnisse aus dieser Zeit war 1862 der Besuch meiner Nichte, Kenelms Tochter Emily, inzwischen Mrs Buxton, die mit ihrem Mann die Flitterwochen im Heiligen Land verbrachte. Sie als Gast bei mir zu haben, war eine unglaubliche Freude. Ebenso aufregend war es für mich, als Karl mir von Heriberts Verlobung mit Gabrielle Paumgarten berichtete, einer Enkelin der Erskines und Tochter meiner alten Freundin Gabrielle, an deren Hochzeit mit Baron von Paumgarten Karl und ich vor dreißig Jahren teilgenommen hatten. Ich schickte meinem Sohn 100 Pfund als Hochzeitsgeschenk, obwohl bis zur Hochzeit noch einige Zeit vergehen würde. Kurz darauf erhielt ich Besuch von Graf und Gräfin de Boury. Die Gräfin war die Tochter von Gräfin Lerchfeld, einer alten Freundin aus Münchner Tagen, und das Mädchen war mit Heribert befreundet und konnte mir viel von ihm erzählen.

Natürlich gab es nicht nur gute Neuigkeiten. Wenn man alt wird, verliert man immer öfter Menschen, die man gekannt und geliebt hat. Der schriftliche Kontakt zu Mama war nie abgebrochen, auch wenn in letzter Zeit Steely die Briefe geschrieben hatte, und eines Tages teilte meine frühere Gouvernante mir dann mit, Mama sei gestorben. Die Nachricht kam nicht unerwartet; Mama war dreiundachtzig Jahre alt und schon lange krank gewesen. Ich weinte und betete für ihr Seelenheil, aber noch tiefer traf mich ehrlich gesagt der tragische Tod Isabellas, der Witwe von George Anson, obwohl ich ihr nie begegnet war. Meine Schwägerin Theresa, bei der Isabella gelebt hatte, schrieb, dass Isabella anstelle ihres Gesundheitstonikums irrtümlich einen tödlichen Schluck Laudanum getrunken hatte. Bewundernswert gefasst war sie nach unten in den Salon gegangen und hatte Theresa und Edward mitgeteilt, was passiert sei. Edward hatte sofort nach dem Doktor geschickt, aber das dauerte eine Weile, und das Gift fing an zu wirken. Theresa zwang ihre Freundin, auf und ab zu gehen in der vergeblichen Hoffnung, das Ende hinauszögern zu können, bis Hilfe eintraf.

Diese Tragödie berührte mich tief, aber es gab noch weitere Todesfälle. Meine Schwägerin Caroline, die von Anfang an zu mir gestanden hatte, starb ebenfalls um diese Zeit. Ich erfuhr es von Kenelm persönlich, und er war es auch, der mir kurz darauf schrieb, Steely wäre verstorben. Offenbar hatte sie ein schlimmes Ende genommen, da sie an einer tödlichen Krankheit litt, die ihr so unerträgliche Schmerzen bereitete, dass sie darüber den Verstand verlor. Ich vergaß unsere Differenzen und ihre unmögliche Haltung Medjuel gegenüber und dachte nur an die guten Zeiten zurück, derer es allerdings nicht allzu viele gab.

In Damaskus kamen mir die Ereignisse und Krisen in Europa sehr weit weg vor, doch war ich gleichermaßen beunruhigt und aufgeregt, als ich 1866 hörte, dass Preußen und Österreich im Krieg stünden, wusste ich doch, dass alte Freunde darin verstrickt werden mochten. Ich sorgte mich vor allem um Heribert, aber glücklicherweise währte der Krieg nur sehr kurz, da die Österreicher in Sadowa vernichtend geschlagen wurden. Karl schrieb mir, dass unser Sohn wohlauf sei.

Die allerletzte Verbindung zu meiner Vergangenheit schien abzubrechen, als ich erfuhr, dass Ludwig am 28. Februar 1868 gestorben war. Ich habe ja sein trauriges Los nach seiner verhängnisvollen Liaison mit Lola Montez erwähnt, den Verlust seines Thrones und die Geisteskrankheit seines ältesten Sohnes. Auch dass Otto einige Jahre zuvor vom griechischen Thron gestürzt worden war, musste ein harter Schlag gewesen sein. Ich für meinen Teil hatte mir ein schadenfrohes Lächeln nicht verkneifen können, da Amalia es in meinen Augen nicht anders verdient hatte, aber mir war auch klar, wie tief es Basily getroffen haben musste, dass seine gesamte Dynastie um ihn herum zusammengebrochen war.

☆

Mitte der Sechzigerjahre war mein Haus zum Anziehungspunkt zahlreicher Besucher auf der Durchreise geworden. Ich hieß sie alle willkommen und freute mich an der Faszination, die sie an den Tag legten, nicht nur für mich, das Haus, meine Tiere und die Aura der Autorität, die ich verströmte, sondern vor allem auch, wenn ich sie verlassen musste, um Medjuel auf einen Feldzug in die Wüste zu begleiten.

Besonders freute ich mich, wenn meine Besucher Kinder bei sich hatten. Mein Haus stand Kindern jederzeit offen, und es wohnten immer mehrere mit ihren Eltern im Beduinen-Trakt; es war eine Freude, wenn sie lärmend und vor allem lachend durch das Haus tobten. Ich liebte sie alle, und mein Haus, für gewöhnlich auch mein Herz und oft auch meine Geldbörse standen ihnen offen. Ich muss gestehen, dass ich meinen Ruhm genoss, auch wenn einige der Meinung waren, ich wäre weniger berühmt als berüchtigt.

Doch meine Großzügigkeit in Sachen Gastfreundschaft und Offenheit wurde auch hin und wieder enttäuscht. Ich denke hierbei vor allem an die hinterhältige, doppelzüngige Gattin Burtons. Richard Burton löste den lieben Rogers Ende des Jahrzehnts als Konsul ab und kam kurz darauf zu einem Höflichkeitsbesuch vorbei. Ich wusste, dass er eine ziemlich ereignisreiche Laufbahn hinter sich hatte, zu der so beeindruckende Leistungen gehörten wie die Kartographierung des Nil und weniger appetitliche wie seine Stationierung in Indien, in deren Verlauf er die meiste Zeit als Eingeborener verkleidet in den grässlichen Elendsvierteln Kalkuttas verbracht hatte. Manche behaupteten, er habe auf diese Weise wichtige Informationen für die Regierung gesammelt, andere, dass es ihm vielmehr um die Befriedigung abstoßender Neigungen gegangen sei.

Ich sah hierin keinen Grund, ihn nicht zu mögen, und fand ihn auf Anhieb unterhaltsam wegen seines umfassenden Wissens und seiner Klugheit. Er war auf eine etwas zwielichtige Art durchaus anziehend. Wie Edward verströmte er eine Aura verborgener Geheimnisse. Im Gegensatz zu meinem ersten Mann täuschte dieser Eindruck bei ihm nicht, was ihn noch reizvoller machte. Besonders interessiert war ich, als er mir erzählte, er arbeite an einer Übersetzung des arabischen Märchens von »Tausendundeiner Nacht«, in dem die Konkubine Scheherazade, die im neunten Jahrhundert von Kalif Harun-al-Raschid zum Tode verurteilt worden war, ihren Herrn bat, ihm in der Nacht vor der Hinrichtung eine Geschichte erzählen zu dürfen. Der Kalif erfüllte ihr diesen letzten Wunsch und war dann so gefesselt, dass er die Hinrichtung immer wieder hinausschob, um eine weitere Geschichte zu hören, bis die kluge junge Frau schließlich fast drei Jahre herausgeschlagen hatte und der Kalif längst in sie verliebt war, sodass er sie schließlich begnadigte. Diese Geschichte sprach das Herz jedes Romantikers an, und die Vorstellung, dass dieses Märchen aus meiner Wahlheimat in englischer Fassung erscheinen sollte, entzückte mich natürlich.

»Aber um einen Mann wie den Kalifen, dem alle Vergnügen und Laster offen standen, 1001 Nacht lang zu fesseln«, erklärte Richard mir ein wenig zögerlich, »müssen diese Geschichten ... nun ja, etwas gewagt sein. Ich fürchte, die meisten Leser in England würden sie als obszön verurteilen.«

Mir ging durch den Kopf, dass es in England auch Gelehrte gab, die Shakespeare als obszön betrachteten, beeinflusst von der Engstirnigkeit des Hofes der verwitweten Königin. »Können Sie die Geschichten denn nicht entschärfen?«

»Niemals!«, protestierte er vehement. »Ich lehne jede Form von Zensur kategorisch ab!«

»Bravo!«, rief ich, woraufhin er mir einige von den Geschichten erzählte. Ich musste ihm Recht geben: Es war ein riskantes Vorhaben. Trotzdem stand ich voll und ganz hinter seinem Projekt und weihte ihn sogar in einige Besonderheiten beduinischer Sexualpraktiken ein, von denen er sichtlich fasziniert war. Dann erschien seine Frau auf dem Plan.

Richard und ich waren inzwischen eng befreundet, und Isobel war ebenfalls entschlossen, meine beste europäische Freundin in Damaskus zu werden. Obgleich sie zwanzig

Jahre jünger war als ich, sprach auf den ersten Blick auch nichts dagegen, hatten wir doch ähnliche Vorlieben und Interessen. So hatte sie unter anderem eine kleine Menagerie mitgebracht – darunter einen Bernhardiner-Welpen –, hatte bald einige wirklich gute Pferde angeschafft und war zudem eine geistreiche Gesprächspartnerin. Ich war ein wenig irritiert, als sie behauptete, meine Cousine zu sein, aber die Arundells waren offenbar entfernt mit Mamas erstem Mann verwandt gewesen, Lord Andover, und auch wenn sich hieraus nur schwerlich Blutsbande herstellen ließen, ließ ich Isobel diese Schwindelei durchgehen. Nach einiger Zeit fasste ich Vertrauen zu ihr und erzählte recht freizügig Einzelheiten aus meiner Vergangenheit. Sie können sich vorstellen, wie empört ich war, als sie nach Ablauf von Burtons Amtszeit in England Memoiren veröffentliche, in denen auch viel von mir die Rede war, wobei sie – wie Anponyi seinerzeit – schrecklich übertrieb und absurde Gerüchte als Wahrheit verkaufte. Ich war so wütend, dass ich etwas tat, das ich bis dahin noch nie in Betracht gezogen hatte: Ich schrieb ein Dementi an die *Times,* in dem ich die Autorin rundheraus der Lüge bezichtigte.

☆

Isobels Verrat traf mich deshalb so tief, weil ich sie als meine Freundin und Vertraute in ein Geheimnis eingeweiht hatte, das ich noch niemandem sonst erzählt hatte und das ich auch ihr verschwiegen hätte, hätte ich auch nur den geringsten Zweifel an ihrer Diskretion gehabt. Es handelte sich um die letzte schwere Krise meines Lebens, die sich kurz nach Eintreffen der Burtons in Syrien ereignete.

An dieser Beinahe-Tragödie war ich selbst schuld. Ursprung waren meine zahlreichen Enttäuschungen mit Männern, die mich betrogen hatten. Unglücklicherweise neigt man im Alter dazu, vergangene Kränkungen überproportional zu bewerten. Ich denke, ich habe mich nie von der Episode mit Saleh erholt, und egal wie oft Medjuel mir seine Liebe schon bewiesen hatte, litt ich jedes Mal, wenn wir getrennt waren, unter Anfällen heftigster Eifersucht, gefolgt von noch heftigeren Depressionen. Dass meine Zweifel sich in Luft auflösten, sobald wir wieder vereint waren, änderte nichts daran, dass ich bei der Trennung wieder die gleichen Höllenqualen litt. Hinzu kam, dass ich leicht die Beherrschung verlor, wenn ich das Gefühl hatte, betrogen worden zu sein.

Es begann, als Schebib starb. Er war stets Medjuels Lieblingssohn gewesen, der aber nie von so robuster Konstitution gewesen war wie sein Bruder Japhet. Trotzdem bestand er darauf, uns auf unseren Feldzügen zu begleiten, und bei einer dieser Gelegenheiten erkrankte er und starb. Medjuel brach es das Herz, und ich teilte seinen Schmerz. Schebibs Frau war daheim geblieben, und als wir ihr bei unserer Rückkehr nach Damaskus die traurige Nachricht überbrachten, war sie niedergeschmettert. Ihr Name war Ouadjid, und sie war ein außergewöhnlich hübsches Mädchen (ich bezeichne sie deshalb als Mädchen, weil sie noch keine zwanzig Jahre alt war). Aufgrund des großen Altersunterschieds hatten wir uns nie besonders nahe gestanden, umso mehr, als ich immer das Gefühl hatte, dass sie mich im Gegensatz zu ihrem Mann und Schwager nie wirklich akzeptiert hatte. Trotzdem tat sie mir Leid, und ich wollte ihr über den Schmerz hinweghelfen und sie für die Zukunft absichern. Sie und Schebib waren nur drei Jahre verheiratet gewesen, und die Ehe war kinderlos geblieben, sodass ich Medjuel gegenüber erwähnte, dass es für sie vielleicht das Beste wäre, wieder zu heiraten. Zu meiner Überraschung lehnte er dies strikt ab. »Sie gehört zur Familie. Ihr Platz ist hier.«

»Willst du sie wirklich zu einem Leben als einsame Witwe verdammen? Sie ist noch so jung.«

»Wie sollte sie in unserer Mitte einsam sein?«

»Eine Frau ohne eigenen Mann ist zwangsläufig einsam.«

»Ouadjid wird nicht einsam sein«, beharrte er.

Ich bedauerte seine Haltung, jedoch noch ausschließlich um des Mädchens willen. Bis mir auffiel, dass sie tatsächlich gar nicht dazu kam, sich einsam zu fühlen, weil Medjuel jede freie Minute mit ihr verbrachte. Anfangs weigerte ich mich noch zu glauben, was sich vor meinen Augen abspielte, war aber verwundert, als Ouadjid uns auf unserem nächsten Feldzug begleiten sollte. Sie war früher noch nie mitgekommen, auch nicht, als ihr Mann noch lebte, und so sprach ich Medjuel darauf an. »Wir können sie nicht alleine in Damaskus zurücklassen«, sagte er.

Alleine? In einem Haus voller Menschen? Mir erschien diese Erklärung verdächtig. Ich machte mir Gedanken darüber, dass es Medjuel vielleicht um mehr ging als nur darum, sie abzulenken. Die Saat der Eifersucht fiel auf fruchtbaren Boden, und schließlich kam es zum Eklat, als wir eines Tages durch die Wüste ritten und Ouadjid unvermittelt in Tränen ausbrach. »Was hast du denn?«, fragte ich.

»Immer wenn ich durch die Wüste reite, muss ich an Schebib denken, Mutter, und das macht mich traurig.«

»Du solltest dich zusammenreißen und dich nicht länger benehmen wie ein Kind.«

Zu meinem Erstaunen reagierte sie zornig. »Was weißt du schon von Trauer? Hast du je einen geliebten Menschen verloren? Du mit deinem Reichtum und deiner Schönheit kaufst dir das Glück – so wie du den Scheich gekauft hast.«

Zufällig hatte ich in diesen Tagen öfter an Leonidas denken müssen, dessen Haarlocke ich immer noch in meiner Handtasche ständig bei mir trug, und die Anschuldigung machte mich wütend – vielleicht umso mehr, als sie nicht ganz falsch war. Jedenfalls reagierte ich so unkontrolliert wie an jenem unvergessenen Tag in Paris, da ich Felix geohrfeigt hatte. Ich holte mit der Reitgerte aus und schlug nach ihr. Ich traf sie im Gesicht, und sie stürzte aus dem Sattel.

Sofort brach die Hölle los. Binnen Sekunden war ich umringt von Menschen, die wild durcheinander riefen – Schebib und Ouadjid waren beide sehr beliebt –, und die Feindseligkeit, die mir entgegenschlug, war so greifbar, dass ich einen Moment sogar um mein Leben bangte. Ich bereute meine Unbeherrschtheit bereits und wäre abgestiegen, um dem Mädchen aufzuhelfen, ließ es aber blieben, weil ich fürchtete, es könne zu Handgreiflichkeiten kommen. Ich griff nach meinem Revolver, auch wenn mir ganz schlecht wurde bei dem Gedanken, auf diese Menschen zu schießen, die ich längst als meine Familie betrachtete.

Glücklicherweise kam in diesem Moment Medjuel hinzu, der mit der Vorhut vorausgeritten war. Bei seinem Anblick legte sich die Aufregung ein wenig. »Was ist hier los?«, fragte er.

Japhet kam mir zuvor. Er hatte Ouadjid aufgeholfen und schützend die Arme um sie gelegt. »Deine Frau hat meine Schwester geschlagen, Vater«, sagte er, »und daraufhin ist sie gestürzt.«

Medjuel warf mir einen teils verwunderten, teils zornigen Blick zu. »Ist das wahr? Du hast die Frau meines Sohnes geschlagen?«

»Ich habe die Beherrschung verloren. Es tut mir Leid. Sie war respektlos, und da sind die Pferde mit mir durchgegangen.«

»Du hast die Frau meines Sohnes geschlagen«, sagte er noch einmal. »Wenn sie dir gegenüber respektlos war, hättest du mir das sagen müssen.«

Jetzt wurde auch ich wütend. »Und was hätte das gebracht?«

»Seine Frau erweist dir nicht den gebührenden Respekt«, rief Japhet empört. »Dafür hat sie eine Strafe verdient.«

Medjuel und ich funkelten einander an. Ich sah ihm an, dass er wirklich sehr wütend war. Ich wusste, dass es nicht so sehr um Ouadjid ging als vielmehr darum, dass wir zum ersten Mal in der Öffentlichkeit stritten. »Du musst bestraft werden«, stellte er fest. »So will es das Gesetz.«

Im ersten Moment war ich wie gelähmt. Ich befand mich in einer Zwickmühle und sah im Augenblick keinen Ausweg. Ich hatte geschworen, in der Wüste nach den Regeln seines Volkes zu leben, und jetzt hatte ich mich wie eine Europäerin verhalten, und das auch noch vor den Augen seiner Leute. Ich hatte gegen ein ehernes Gesetz verstoßen.

Ich war versucht, mir den Weg freizuschießen, aber dann hätte ich als Erstes Medjuel erschießen müssen, da er mir am nächsten war. Wie sollte ich auf den Mann schießen, den ich liebte? Ich beschloss, stattdessen auf seine Liebe zu mir zu vertrauen. »Und welche Strafe sieht das Gesetz vor?«

»Zwanzig Hiebe«, entgegnete Japhet.

Das verschlug mir die Sprache. Ich blickte auf Ouadjid, die ebenso entgeistert dreinblickte. Sie hatte wohl selbst niemals damit gerechnet, dass die Situation sich derart zuspitzen würde.

»Das Gesetz schreibt Hiebe vor, aber die Zahl liegt im Ermessen des Scheichs«, sagte Medjuel.

»Dann lass sie uns fesseln und für die Züchtigung bereitmachen.«

»Rührt sie nicht an«, befahl Medjuel, als die Männer sich mir näherten. »Ich werde die Strafe persönlich vornehmen. Die Sitt und ich werden in die Wüste reiten.«

»Es müssen Zeugen zugegen sein«, sagte Japhet stur.

»Ouadjid wird uns als Zeugin begleiten.«

Das Mädchen zögerte kurz und stieg dann wieder in den Sattel.

»Das entspricht nicht dem Gesetz«, widersprach Japhet.

»Ich bin das Gesetz«, entgegnete Medjuel streng. »Du da!«

Er zeigte auf eine der umstehenden Frauen. »Hol einen Sack Datteln. Beeil dich.«

Die Früchte wurden gebracht, dazu ein Lederschlauch mit Wasser. »Kommt.« Medjuel wendete sein Kamel und ritt davon. Ouadjid und ich tauschten einen Blick und gehorchten. Ich konnte immer noch nicht fassen, dass das alles tatsächlich geschah.

Wir ritten mehrere Stunden, bis wir nur noch von Sand und Sonne umgeben waren. Es war sehr heiß, und ich war schweißgebadet, als Medjuel endlich Halt machte. Wir stiegen ab, legten unseren Kamelen Fußfesseln an und warteten.

»Also, was ist vorgefallen?«, fragte Medjuel.

»Ich war respektlos gegenüber der Sitt«, sagte Ouadjid.

»Und ich habe sie unüberlegt im Zorn geschlagen«.

»Da steckt doch mehr dahinter«, bemerkte Medjuel.

Wieder wechselten wir einen Blick. Ouadjid hatte nichts zu sagen. »Für mich ist offensichtlich, dass du dieses Kind liebst. Vielleicht mehr als mich.«

»Ich liebe sie als die Witwe meines Sohnes. Dich liebe ich als meine Frau.«

Ich warf einen Blick auf Ouadjid.

»Der Scheich hat mich nie als Mann angerührt, das schwöre ich beim Andenken meines toten Gemahls.«

»Dann bitte ich demütigst um Verzeihung.«

»Trotzdem hast du eine Strafe verdient«, sagte Medjuel. »Du hast in aller Öffentlichkeit ein Mitglied meiner Familie geschlagen.«

»Du willst mich züchtigen?«

»So schreibt das Gesetz es vor. Es sei denn ...« Er schaute auf Ouadjid.

»Ich verzeihe der Sitt, meiner Mutter«, sagte diese.

»Dann nimm ihre Hand und umarme sie.«

Das tat sie, und dann setzten wir uns, aßen und tranken.

Anschließend zog Ouadjid sich zurück.

»Hättest du mich wirklich gezüchtigt?«, fragte ich Medjuel.

»Vielleicht. Was hättest du dann getan?«

»Ich habe geschworen, jeden Mann zu töten, der mir Gewalt antut«, erwiderte ich. »Ich hätte jedenfalls nicht mehr das Bett mit dir geteilt.«

»Wenn ich dich gezüchtigt hätte, meine Digby, dann nicht für dein Verbrechen, sondern weil du ernsthaft geglaubt hast, ich könnte eine andere Frau lieben als dich.«

Ouadjid blieb taktvollerweise eine Stunde fort.

☆

Als wir ins Lager zurückkehrten, wurde ich von den Mesrab mit Jubel empfangen, weil ich meine Strafe mit Würde angenommen hatte. Da Ouadjid und ich jetzt beste Freundinnen waren, kam die Wahrheit nie ans Licht. Wohl aber der Streit zwischen meinem Ehemann und mir und meine »Bestrafung« in der Wüste. Natürlich interpretierten die Leute, allen voran Isobel, das Ganze völlig falsch, und so entstand das Gerücht, Medjuel hätte mich in flagranti mit einem anderen Mann erwischt und in der Wüste halb tot geprügelt. Diese Geschichten machten mich sehr wütend, weniger wegen der Demütigung, die ich angeblich erfahren hatte, sondern weil unterstellt wurde, mein Mann sei zu solcher Brutalität fähig – und ich hätte sie zugelassen.

Aber das liegt schon einige Jahre zurück, und es waren wundervolle, glückliche Jahre. Medjuel liebt mich für das, was ich bin: eine Frau mit eigenem Willen und Durchsetzungsvermögen, die auch mit über siebzig noch versucht, jeden Augenblick eines jeden Tages zu *leben.* Und ich habe erkannt, dass ein Mann nicht groß, schön und kräftig sein muss, um mein Traumprinz zu sein. Nachdem ich im letzten Lebensabschnitt das große Glück gefunden habe, bereue ich nichts. Nur der Tod meiner vier Kinder schmerzt nach wie vor. Mein Leben war ganz sicher nicht immer leicht, aber ich habe es zweifellos intensiver ausgekostet als jede andere Frau meiner Zeit. So sollte auch mein Nachruf lauten ...

Und jetzt werde ich den Füller aus der Hand legen. Ich kann mich nicht erinnern, schon einmal einen so heißen Sommer erlebt zu haben, und ich fühle mich heute nicht besonders gut.

# NACHWORT

Die Ehrenwerte Jane Digby el Mesrab starb im August 1881 im Alter von vierundsiebzig Jahren an der Ruhr. Sie wurde auf dem protestantischen Friedhof von Damaskus bestattet.

Es heißt, ihr Gatte, Scheich Medjuel el Mesrab, hätte bei ihrer Beerdigung vor Schmerz fast den Verstand verloren.

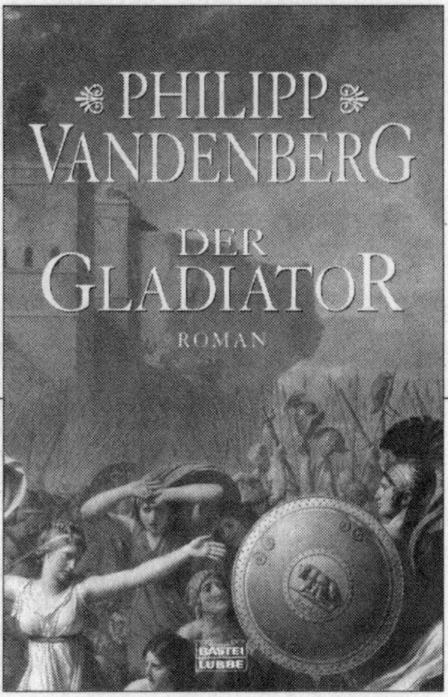


**Ein farbenprächtiger Roman um ein Thema, das Millionen in die Kinos lockte und seit jeher fasziniert**

Vandenberg erzählt die Geschichte des beispiellosen Aufstiegs des Kesselflickers Gaius Vitellius zum gefeierten Idol seiner Zeit. Ein Drama am Rande der Weltgeschichte, ein Roman um die zarte Liebe zweier junger Menschen und um die Ausschweifungen von mächtigen Senatoren, die ihre Frauen vernachlässigen und sich mit Kurtisanen vergnügen. Der Gladiator ist ein aufwühlendes Sittengemälde des ersten nachchristlichen Jahrhunderts: vor dem Hintergrund des Brandes von Rom, der Zerstörung Jerusalems und der letzten Tage von Pompeji. Ein packender Roman über das alte Rom von Bestsellerautor Philipp Vandenberg.

ISBN 3-404-15209-5

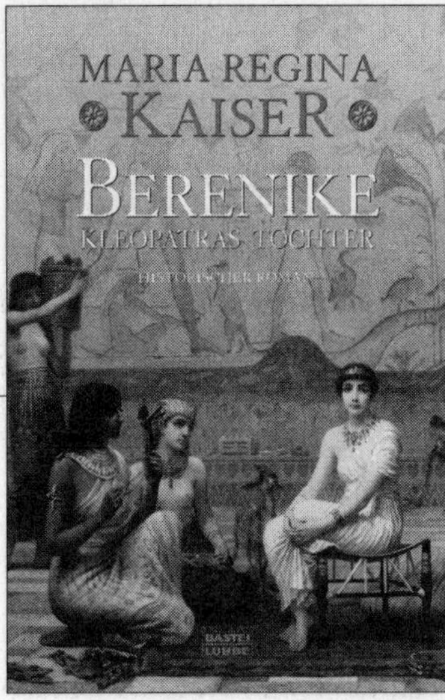


**Aus dem Land der Sonne in das feindliche Rom – ein Frauenschicksal im Alten Ägypten**

Sie war Priesterin in Memphis und den Prunk des Hofes gewöhnt – Berenike, Tochter von Kleopatra und Julius Cäsar. Als Ägypten in die Hand der Römer fällt, muss sie inmitten ihrer Feinde ein neues Leben beginnen. Doch die kluge, schöne Prinzessin ist stark und scheut keine Gefahr. Schon bald wird sie in Rom wegen ihrer Heilkunde geschätzt. Aber ihre heimliche Verbindung zu Kaiser Antonius könnte ihr ebenso zum Verhängnis werden wie die Intrigen im Palatin ...

ISBN 3-404-15154-2

BASTEI LÜBBE